MW01227983

Dello stesso autore negli Einaudi Tascabili

Il rosso e il nero
L'*Abbesse de Castro* (Serie bilingue)
Armance

Stendhal
La Certosa di Parma

Traduzione di Camillo Sbarbaro
Nota introduttiva di Emilio Faccioli
Con un saggio di György Lukács

Einaudi

Titolo originale   *La Charthreuse de Parme*

Copyright 1994 e 1995 by Giulio Einaudi editore, Torino
per la nota introduttiva

© 1976 Giulio Einaudi editore s.p.a., Torino

Prima edizione «Narratori stranieri tradotti» 1944

www.einaudi.it

ISBN 978-88-06-18942-6

Nota introduttiva.

Intorno al 1833 o al '34, negli anni trascorsi a Civitavecchia, Stendhal ha occasione di metter mano su alcune cronache inedite del Cinque e del Seicento in cui si raccontano storie avventurose di passioni e di delitti e che gli forniscono materia per quei racconti che vanno sotto il titolo comprensivo di *Croniques italiennes* (*Vittoria Accoramboni, Les Cenci, La Duchesse de Palliano, L'Abbesse de Castro,* e altri). La sua attenzione si sofferma tuttavia piú a lungo sopra un manoscritto intitolato *Origini delle grandezze della famiglia Farnese*: tra l'altro, vi è narrata con dovizia di particolari la vicenda di Vannozza Farnese, affascinante gentildonna romana, la quale con l'aiuto dell'amante, Roderigo Borgia, riesce a favorire la carriera ecclesiastica del proprio nipote Alessandro; questi, da tempo prigioniero in Castel Sant'Angelo per aver rapito una giovane donna, grazie all'intervento della zia evade nottetempo dal carcere e finisce per ottenere la porpora cardinalizia; continua peraltro a condurre una vita sregolata, fino a quando, innamoratosi perdutamente di una nobildonna romana di nome Cleria, contrae con lei una relazione clandestina dalla quale gli nascono parecchi figli senza però che ne nasca scandalo alcuno, tale è il segreto di cui sanno circondarsi i due amanti. Sulla cronaca dell'anonimo cinquecentista, tuttora conservata presso la Biblioteca Nazionale di Parigi, sono segnate frequenti annotazioni di mano dello scrittore: la piú antica è in data 17 marzo 1834, la piú recente è del 16 agosto 1838 e rivela il suo proponimento di farne un «romanzetto» sul genere di quelli sopra ricordati. Ma dopo qualche settimana di riflessione, in data 3 settembre 1838, Stendhal decide di dare uno svolgimento piú ampio al canovaccio prestatogli dall'antico manoscritto e di trasferire l'azione dal XVI secolo ai primi decenni del XIX e, quanto all'ambiente, dalla Roma dei papi al Ducato di Parma.

Le *Origini delle grandezze della famiglia Farnese* costituisce dunque il nucleo centrale e la fonte prima della *Certosa di Parma,* ma infiniti altri sono i motivi di natura storica ed ambientale a cui lo scrittore ricorre, sia pure per singoli particolari che non hanno una parte determinante nell'economia del romanzo.

Si citano, a titolo d'esempio, il nome della duchessa di Sanseverina, ripreso dai manoscritti romani in persona di una Sanseverina decapitata nel 1612 per aver cospirato contro un Farnese, nonché di un'altra Sanseverina, contessa di Nola, che dopo un primo matrimonio e la perdita del marito era diventata la favorita di un principe; e la possibile identificazione di Ferrante Palla con Ferrante Pallavicino, del conte Mosca col principe di Metternich o col conte di Saurau, del Ducato di Parma con quello di Modena, specie per quanto riguarda le figure dei regnanti e i casi delle sommosse popolari; e l'avventura di Fabrizio del Dongo con la cantante Fausta, anch'essa desunta dai manoscritti romani; e l'episodio della prigionia di Fabrizio ispirato a quelli recentissimi dell'incarcerazione di Silvio Pellico e di Alexandre-Philippe Andryane (nonché alle *Mie prigioni* del primo e ai *Mémoires d'un prisonnier d'état* del secondo); e l'evasione di Fabrizio dalla torre Farnese che si rifà alla fuga di Benvenuto Cellini da Castel Sant'Angelo (e ovviamente alla *Vita* del Cellini medesimo); senza dire dei numerosi motivi autobiografici, della partecipazione di Stendhal alle campagne napoleoniche e dei riflessi di tali esperienze nella descrizione della battaglia di Waterloo, dei viaggi compiuti dallo scrittore in Italia e delle impressioni di cui è traccia per ogni dove nel romanzo, e soprattutto dei suoi amori, per cui la Sanseverina richiama alla mente la persona di Angela Pietragrua e Clelia quella di Matilde Viscontini Dembowski.

Torna cosí a proporsi con la *Certosa di Parma* il problema dell'utilizzazione delle fonti da parte di Stendhal, forse piú evidenti in questo romanzo o maggiormente evidenziate dalla critica di quanto non sia accaduto nei confronti di altre sue opere: problema che si pone proficuamente quando la ricerca, sottoposta ai dovuti accertamenti sui diari e sugli appunti dello scrittore, sia ricondotta all'ideale umano che ha informato gli atti della sua invenzione e non corra il rischio d'indugiare nel rilevamento puntiglioso delle inverosimiglianze, degli anacronismi e degli errori d'informazione, i quali indubbiamente non difettano nella *Certosa* ma che non rappresentano in alcun modo un limite per la formulazione di un giudizio. Il pericolo di un'errata impostazione del problema delle fonti è poi tanto piú grave quando si giunga ad investire la concezione e la struttura del romanzo e specie quando vi sia motivo di eccepire circa l'operazione effettuata dallo scrittore col trasporre i costumi dell'Italia cinquecentesca nel mondo dell'età romantica e del primo Risorgimento, operazione che secondo alcuni darebbe luogo ad arbitrî ed incongruenze intollerabili in sede di un'oggettiva interpretazione storica, donde, per contrasto, i generosi quanto maldestri tentativi compiuti da altri in difesa di Stendhal per dimostrare documentariamente la perfetta obbiettività ed autenticità dell'Italia da lui rappresentata nel suo romanzo. A siffatta impostazione, e alle opposte conseguenze che se ne traggono in termini di apprezzamento critico, sfugge un elemento fondamentale per la retta comprensione dell'arte di Stendhal e in particolare della *Certosa*, e cioè il carattere di puro reperto della fantasia che ha l'Italia per lo scrittore, sia che essa trovi riscontro nella realtà storica, o in certi dati non controvertibili, sia che non vi corrisponda in alcun modo e appaia interamente gratuita ed immaginaria: «C'è per lo Stendhal un'Italia mitica – scrive Luigi Foscolo Benedetto –, indipendente da qualunque contatto reale col nostro paese, un'Italia *terra dell'energia* (cioè, per lui, dell'amore e dell'arte) di cui s'è formata nel suo spirito l'immagine per ben note influenze ambientali e per la spontanea reazione che hanno talvolta gli spiriti giovanili piú ardenti contro l'azione limitatrice dei tempi, della famiglia, della patria. C'è poi l'Italia concreta, quella di cui si può studiare la storia millenaria e osservare direttamente la vita attuale. Lo Stendhal la studia e la osserva, non si può negare, l'ama, l'esalta, la giudica. Ma il suo studio e la sua osservazione si riducono solo a un confronto tra quell'Italia concreta e l'altra Italia che ha nel cuore e che s'identifica in sostanza col proprio ideale». In altre parole, l'Italia di Stendhal non è che un dato dell'invenzione e la sua autenticità consiste nella congruenza degli elementi che concorrono a formarne l'immagine, la quale non ritrae le ragioni della propria validità dal fatto di corrispondere o meno alla realtà storicamente accertata e neppure può dirsi spuria per essere il risultato della sovrapposizione di un'Italia romantica ad una cinquecentesca, cosí come il mondo della cavalleria rappresentato dall'Ariosto nell'*Orlando furioso* non può considerarsi arbitrario per essere il prodotto della contaminazione del Medioevo carolingio con la civiltà dell'Italia rinascimentale. Con ciò non s'intende infirmare quanto vi è di legittimo nella ricerca delle fonti della *Certosa* ma soltanto condizionarla al fine di ricostruire l'elaborazione personale a cui le sottopose Stendhal, di cogliere le modalità e i momenti essenziali del suo lavoro d'artista.

Quanto ai tempi di tale lavoro, è noto che Stendhal si accinse alla stesura del romanzo in data 4 novembre 1838 e che il 25 dicembre dello stesso anno l'opera era già terminata e pronta per le stampe di Ambroise Dupont, che la diede in luce ai primi d'aprile del '39. La rapidità della composizione sembra non abbia l'uguale in nessun altro scrittore, a memoria degli studiosi, ma oltre ad un senso di stupore essa può insinuare anche il dubbio di un che d'improvvisato, di facile e di corrivo e persino dell'abuso di un «mestiere» ormai troppo scaltrito per garantirci la genuinità del processo inventivo. In realtà, se è vero che i tempi della stesura sono estremamente brevi, quelli dell'accumulo dei materiali, della loro progressiva assimilazione e della progettazione definitiva si estendono ben al di là del reperimento del manoscritto romano e risalgono ad epoche ed esperienze assai piú lontane, dalla venuta di Stendhal in Italia, nel 1801, alla dimora a Milano al soggiorno di Civitavecchia alla frequentazione delle persone e degli ambienti piú disparati alla lettura appassionata dei poeti e dei prosatori italiani, e sono insomma tali da spiegare ampiamente le ragioni di ciò che può apparire il dono di un'ispirazione folgorante o un fenomenale prodotto di mestiere.

Ma prima di ogni altra considerazione di merito sul romanzo vediamo di seguire·lo svolgimento delle vicende che vi sono raccontate.

Fin dalle prime pagine del romanzo Stendhal ci lascia intendere che il protagonista, figlio del marchese del Dongo, è in realtà il frutto degli amori della marchesa con un tenente dell'armata francese, al tempo della vittoriosa campagna d'Italia nel 1796. Fabrizio del Dòngo nasce e cresce cosí all'epoca delle guerre napoleoniche, di cui gli pervengono notízie vaghe e non sempre veritiere ma sufficienti per accendere la sua mente fantasiosa. Nel castello di Grianta, sul Lago di Como, egli trascorre i primi anni della sua vita nel clima di restrizioni imposte dal padre – che insieme col figlio maggiore tiene le parti dell'Austria e della reazione – e per contrasto·nell'affettuosa indulgenza consentitagli dalla madre e dalla giovane zia Gina, moglie e poi vedova del conte di Pietranera, ufficiale della Repubblica cisalpina. Seguendo l'esempio delle sue protettrici, Fabrizio non tarda a concepire un'ammirazione fanatica per Napoleone, al punto che nel 1815, alla notizia del ritorno dell'imperatore dall'Elba, fugge di casa per raggiungere il suo eroe: dopo romanzesche peripezie arriva a Waterloo il pomeriggio dell'infausta battaglia, rimanendo travolto nella ritirata e nella fuga. Tornato in Italia, viene messo al bando dal marchese e trova rifugio presso la zia, la quale nel frattempo è diventata l'amante del conte Mosca, primo ministro del principe di Parma, e per salvare le apparenze ha sposato il vecchio duca di Sanseverina-Taxis, trovandosi presto al centro della vita mondana della città e della piccola corte. Per il nipote essa sogna un fulgido avvenire e poiché i tempi sono ormai tali da non nutrire speranze di gloria nel mestiere delle armi, lo avvia alla carriera ecclesiastica. Dopo aver frequentato per quattro anni l'accademia di teologia di Napoli, Fabrizio torna a Parma nel 1821 e col titolo di monsignore viene nominato vicario del vecchio arcivescovo della città. Ardente di giovinezza, bellissimo nell'aspetto e nel portamento, sincero e generoso di carattere, egli è legato alla zia da un rapporto d'affetto spontaneo che finisce per destare la gelosia del conte Mosca, nonostante l'assidua corte che il giovane monsignore dedica a una commediante, la bella Marietta. Venuto a contrasto col pretendente di costei, l'attor comico Giletti, Fabrizio è costretto a far uso delle armi per difendersi e lo

colpisce a morte, sottraendosi poi all'arresto con la fuga e trovando ospitalità a Bologna. Indotto tuttavia a tornare a Parma
con false promesse d'immunità, viene arrestato e rinchiuso nella fortezza, sulla cima della torre Franese, non tanto per l'uccisione del Giletti quanto per certi intrighi politici ai quali il
principe Ranuccio Ernesto IV ha voluto prestar orecchio, poiché, tenendo prigioniero Fabrizio, egli spera di poter conquistare la Sanseverina. In carcere, il giovane trascorre lungo tempo sotto continue minacce di morte, ma in luogo del terrore o
della disperazione egli trova la felicità nell'amore per Clelia,
figlia del generale Fabio Conti, governatore della fortezza e re-
sponsabile del prigioniero. Con una serie di ingegnosi accorgi-
menti i due innamorati riescono a comunicare fra di loro, mentre la Sanseverina, temendo non senza ragione che Fabrizio
muoia avvelenato ad opera dei suoi nemici personali, d'accordo con Clelia e con l'aiuto di un cospiratore e poeta, Ferrante
Palla, fa pervenire a Fabrizio i mezzi necessari per l'evasione.
Calatosi dall'alto della torre e poi dagli spalti della fortezza, il
giovane riesce cosí a fuggire e ripara in Svizzera insieme con la
zia. Frattanto Clelia, presa dal rimorso d'aver tradito il padre,
ha fatto voto alla Madonna di non vedere mai piú Fabrizio e di
adattarsi alla volontà del genitore che l'ha promessa in isposa
al ricchissimo marchese Crescenzi. Muore intanto improvvisamente Ranuccio Ernesto IV, in apparenza per malattia ma in
realtà avvelenato da Ferrante Palla, che ha agito per suggestio-
ne della Sanseverina, decisa a vendicarsi del favore concesso dal
principe al partito che le è avverso. A lui succede il giovane
figlio, Ranuccio Ernesto V, presso il quale lo scaltro conte Mosca, dopo aver domato un tentativo di sommossa popolare, acquista tale potenza da consigliare a Fabrizio e alla zia il ritorno
in città. Senonché Fabrizio, che ha saputo dell'imminente matrimonio di Clelia, precorre il piano del conte e si costituisce vo-
lontariamente rientrando nella torre Franese per essere vicino
all'amata. Da parte sua la Sanseverina, il cui amore per il nipote è ormai palese anche a lei stessa e che perciò è torturata
dalla gelosia, cerca di sottrarlo alla morte minacciatagli e in un
medesimo tempo d'impedirgli di turbare le nozze di Clelia. Non
esita perciò a concedere le sue grazie al giovane principe che si
è invaghito di lei, ottenendo in tal modo la revisione del processo e la liberazione di Fabrizio; consapevole peraltro di non
poter essere ricambiata nel suo amore per il nipote, si allontana per sempre da Parma insieme col conte Mosca e con lui,
da legittima sposa dopo la morte del duca di Sanseverina, vivrà
il resto dei suoi anni. Fabrizio torna cosí alla carriera ecclesiastica impegnandosi con austera condotta ai suoi doveri di pre-
sule, anche se intimamente è sempre tormentato dalla passione
per Clelia, che nel frattempo è andata sposa al marchese Crescenzi. In breve tempo egli diventa un celebre predicatore: nel-

la piccola chiesa della Visitazione attrae un pubblico sempre
piú folto di fedeli, commossi dal fervore della sua parola e dalla sincerità della sua opera d'apostolato. Fra gli altri compare
un giorno anche Clelia, la quale, benché combattuta fra l'amore
e il dovere, da ultimo acconsente a fissargli un convegno nel
giardino di palazzo Crescenzi: di notte, poiché con tale espe-
diente potrà tener fede al voto di non vederlo mai piú. Questa
intimità fra i due amanti continua anche quando Fabrizio diventa arcivescovo della città: dalla loro relazione nasce un figlio,
che tuttavia muore dopo breve tempo conducendo presto alla
tomba la povera madre, torturata dal dubbio di esser punita
dalla giustizia divina per aver mancato al suo voto. Fabrizio si
ritira allora nel silenzio della Certosa di Parma, in un bosco sulle rive del Po, rinunciando agli onori della carriera ecclesiastica
e alle ricchezze ereditate, e anch'egli non tarda a morire, all'età
di trentadue anni.

Con riferimento specifico alla figura di Fabrizio del Dongo,
ma anche a quelle di Clelia e della Sanseverina, *La Certosa di
Parma* è stato definito, con qualche enfasi, il poema della giovinezza: insieme con *Armance*, con *Le rouge et le noir*, con *Lucien Leuwen* e con *Lamiel*, esso concorrerebbe a formare quel-
l'epopea degli anni verdi che Stendhal ci ha lasciata corredan-
dola dei suoi ricordi personali, delle sue riflessioni e dei suoi
pensieri di giovane. Conviene peraltro riconoscere che come
«poema della giovinezza», la *Certosa* è il piú tipico dei romanzi stendhaliani, proprio per quell'arcana lievitazione dei sentimenti che lo pervade ad ogni pagina, per quel senso di attesa
trepidante, di rischio e d'avventura, per quella forza d'entusiasmo che coinvolge i protagonisti e i lettori medesimi, i meno
provveduti quanto i piú raffinati ed avvertiti. Ciò che vi è di
singolare nella *Certosa* è poi l'atteggiamento dell'autore, il quale sembra assistere con animo distaccato allo svolgersi degli
eventi, al manifestarsi delle passioni, senza mai tradire un minimo moto di partecipazione: proprio lui, che nel romanzo aveva trasfuso ogni sua esperienza di vita e che della conoscenza di
sé, dei suoi casi particolari e delle reazioni della sua sensibilità,
s'era fatto quasi un dovere ossessivo e che aveva registrato e
continuamente ripercorso il proprio passato nell'egotistica ri-
costruzione della sua personalità. In siffatta facoltà di assimilazione dei dati autobiografici, indirizzata al fine di prospettarli
fuori di sé e di farli oggetto di un'autonoma decantazione e
reinvenzione, è da ravvisare il segno piú alto dell'arte di Stendhal, nel tormentato itinerario ch'egli segue partendo dalla mi-
stificazione, dal mascheramento e dallo schermo di se stesso,
propri degli scritti diaristici, e giungendo nei grandi romanzi
al pieno distacco e alla liberazione da sé, quando gli è consentito di oggettivarsi interamente in ciò che rappresenta. A questo proposito può essere forse assunto in positivo il giudizio

poco benevolo di Sainte-Beuve, secondo il quale nel concepire
e costruire i suoi personaggi l'autore della *Certosa* segue «certe
idee anteriori e preconcette» per cui in essi, «quasi ad ogni
moto, si vedono le molle che il meccanico introduce e tocca dal-
l'esterno». In effetti è dalle sue «idee anteriori» che Stendhal
trae quel potere d'astrazione, quella «doppia anima – per dirla
col Croce –, l'una che agisce e l'altra che osserva nell'agire l'agire», che determina l'attitudine alla riproduzione plastica dei
«tipi» e dei «caratteri» da lui progettati e di momento in momento realizzati mediandoli dall'esperienza letteraria non meno che da quella umana. Tale riproduzione gli è resa possibile
non già da una grande apertura angolare né dal punto di vista
di chi contempla le cose dall'alto, bensí da un accostamento
continuo ed implacabile all'azione dei personaggi, al nascere
e al dispiegarsi dei sentimenti, come se lo scrittore operasse
trovandosi in mezzo a loro, invisibile a tutti, con l'occhio intento a captare ogni gesto e con la fredda determinazione di portare in luce il palese e l'occulto, il detto e il non detto, senza
interporre nessuna tregua all'analisi e senza lasciare al lettore
il margine sufficiente per una interpretazione personale o per
una possibile integrazione di ciò ch'egli traduce in immagini.
    Dire che tutto questo risponde ai canoni della tecnica tea-
trale non è cosa nuova e non è da riferirsi soltanto alla prevalen-
za dei dialoghi sulle parti propriamente narrative della *Certosa*
e neppure alle sequenze di scene raccordate da semplici dida-
scalie o all'uso frequente dei monologhi e degli «a parte»: il
teatro come strumento di oggettivazione e di riproduzione plastica di fatti e sentimenti è al fondo dello spirito di Stendhal,
è frutto della sua vocazione «comica», di un temperamento e
di un'educazione acquisiti dall'ascendenza molieresca, dalla frequentazione di Shakespeare, di Beaumarchais, di Alfieri, del-
l'opera seria e di quella buffa, della commedia in prosa e del
vaudeville; e i problemi della definizione dei caratteri, della
logica consequenziale che deve presiedere allo svolgimento del-
l'azione, della distribuzione dei compiti e della sceneggiatura –
parola che ricorre quasi ad ogni pagina nel suo *Journal* –, costituiscono l'assillo costante di Stendhal romanziere e la ragione
prima del suo metodo di lavoro e delle soluzioni a cui perviene.
Che queste soluzioni portino ad effetti da melodramma e anche
da vaudeville è poi questione da affrontare con criterio diverso
da quello comunemente usato da chi intende d'imputarle al
manierismo di Stendhal, a certa meccanica scaltrezza con la
quale conduce le sue operazioni di montaggio scenico, poiché,
a ben guardare, quegli effetti derivano dalla logica rigorosa delle situazioni e dal loro puntuale inserimento nella struttura nar-
rativa, per il cui equilibrio si rendono necessarie, di volta in
volta, le alternanze d'un'accensione di tono, di un abbandono
melodico, di un precipite «allegro», senza che per questo lo

scrittore venga meno alla propria preoccupazione di esser «naturale», visto che le tecniche del teatro, le piú nuove quanto
le piú adusate, gli sono utili per riprodurre plasticamente la
«natura», cosí com'egli la vede, e per rendere credibile ed accetta la sua favola. In piena temperie romantica, e nei confronti
di una delle piú romantiche vicende che ci siano raccontate, l'atteggiamento di Stendhal è insomma quello di uno scrittore
«classico», capace di dosare ogni ingrediente dell'arte e soprattutto capace di non commuoversi davanti al destino dei suoi
eroi: è il suo modo di esser discreto, di non esibire impudica-
mente la sua storia d'uomo privato.

EMILIO FACCIOLI

Cronologia della vita e delle opere.

1783   Il 23 gennaio nasce a Grenoble, rue des Vieux-Jésuites, Marie-Henri Beyle, primogenito di un avvocato a quel Parlamento, Chérubin (nato nel 1747), e di Henriette-Adélaïde-Charlotte Gagnon (metà del 1757), figlia d'uno dei piú stimati medici della città, Henri Gagnon (1728-1813).

1786   Al piccolo Henri nasce, il 21 marzo, una sorella, Pauline-Eléonore, destinata a diventare la sua alleata e confidente e, piú tardi, la sua «discepola».

1788   Nascita di una seconda sorella, Marie-Zénaïde-Caroline (10 ottobre).
        Nel dicembre, Henri Gagnon è nominato deputato agli Stati provinciali di Romans, incaricati di scegliere i deputati del Delfinato agli Stati generali, che si riuniranno il 5 maggio 1789 a Versailles.

1790   Morte di Henriette Beyle (23 novembre). Il piccolo Henri vive sempre piú in comunione di spirito col nonno materno, che gl'ispira il gusto delle lettere, e con la sorella di lui, Elisabeth.

1792   Chérubin Beyle assume come precettore del figlio l'abate Raillane. S'inizia per il piccolo Henri un periodo di «tirannia».

1793   L'arrivo dei due rappresentanti in missione Amar e Merlino (21 aprile) segna a Grenoble un inasprimento della tensione rivoluzionaria. Il 26 aprile Chérubin Beyle viene iscritto nella lista dei «sospetti» e il 15 maggio è arrestato per la prima volta (rilasciato il 9 luglio, sarà nuovamente incarcerato il 27 agosto).

1794   Nel maggio, H. B. tenta di arruolarsi nelle milizie patriottiche giovanili (il «bataillon de l'Esperance»).
        26 giugno: esecuzione degli abati Revenas e Guillabert, le sole due vittime del Terrore a Grenoble.
        Il 24 luglio Chérubin Beyle esce definitivamente di prigione, e nell'agosto congeda l'abate Raillane. L'istruzione di Henri viene affidata a un tal Joseph Durand.

1796   Il 21 novembre si apre a Grenoble la prima Scuola centrale, dove H. B. entra come allievo lo stesso giorno.

1797   Arrivo al teatro di Grenoble della giovine attrice Virginie Kubly, di cui H. B. non tarda a innamorarsi.

1798   Al termine del suo terzo anno di studi alla Scuola centrale, H. B.

ottiene un primo premio in matematica (15 settembre); e un mese
e mezzo dopo, il 30 ottobre, parte per Parigi (dove arriva il 10
novembre, lo stesso giorno del colpo di Stato del 19 brumaio),
per presentarsi al concorso di ammissione alla Scuola politecnica.
Ma non si presenta agli esami. Verso la fine dell'anno, va ad abitare presso un ricco cugino germano del dottor Gagnon, Noël
Daru.

1799   Grazie all'appoggio del figlio di costui, Pierre Daru, capodivisio-
ne del dicastero della Guerra, H. B. ottiene in quel Ministero un
modesto impiego (fine gennaio o primi di febbraio).
Il 7 maggio, parte per l'Italia al seguito dell'armata di riserva comandata dal Berthier (ma di fatto dal Bonaparte), ma «piú da tu-
rista che da soldato». Per il Gran San Bernardo e la valle d'Ao-
sta, scende nella pianura padana; ascolta (probabilmente a Novara) *Il matrimonio segreto* del Cimarosa, che gli dischiude il mondo
della musica, e giunge tra il 10 e il 12 giugno a Milano. Prime ine-
brianti impressioni d'Italia; primo incontro con la milanese Angela Pietragrua.
Il 23 settembre è nominato sottotenente di cavalleria a titolo
provvisorio, e un mese dopo viene assegnato al 6° reggimento
dragoni, che raggiunge alla fine di novembre a Romanengo, nel
Cremonese.

1801   H. B. trascorre l'intero anno in Italia: prima in Lombardia (dal
1° febbraio al 18 settembre come aiutante di campo del generale
Michaud, comandante della 3ª divisione cisalpina); poi, col suo
reggimento, in Piemonte, a Bra e a Saluzzo. Ammalatosi, ottiene
alla fine di dicembre una licenza di convalescenza e ritorna a
Grenoble.

1802   Qui egli s'innamora di Victorine Mounier, figlia dell'ex deputato
alla Costituente, Joseph Mounier, e la segue nell'aprile a Parigi
(ma non a Rennes, dove lei si trasferisce con la famiglia nel maggio). Risoluto a darsi alla letteratura, il 20 luglio si dimette da ufficiale. Legge moltissimo, scrive, va «a caccia delle idee», abbozza progetti di tragedie e d'un poema epico, inizia una commedia
che non condurrà mai a termine (*Les deux hommes*), frequenta
con assiduità i teatri e fa la corte a una giovanissima cugina: Adè-
le Rebuffel.

1803   Ragioni di economia lo inducono a tornare, a fine giugno, a Grenoble.

1804   Ritornato l'8 aprile a Parigi, dove comincia una nuova commedia, *Letellier*, nell'agosto comincia a frequentare, col cugino Martial Daru, le lezioni di recitazione dell'attore La Rive, che lascia
qualche mese dopo per il Dugazon. Nel novembre, «scopre» la filosofia del Destutt de Tracy; e alla fine di dicembre fa la conoscenza, in casa del Dugazon, di un'attrice, Mélanie Guilbert, della quale non tarda a innamorarsi.

1805   Nel maggio decide di seguire Mélanie a Marsiglia, dove giunge,
dopo una lunga sosta a Grenoble e un vano tentativo di ottenere
dal padre un piccolo capitale per mettersi nel commercio, alla fine

di luglio e dove s'impiega presso un commerciante, Charles Meunier. Mélanie premia finalmente la sua devozione.

1806   Il 1° marzo Mélanie lascia Marsiglia, seguita tre mesi dopo, il 24 maggio, da H. B. Il quale, dopo un breve soggiorno a Grenoble, rientra a Parigi il 10 luglio; vi riprende contatto con i Daru (il maggiore dei quali, Pierre, è diventato nel frattempo intendente generale della «grande armée») e il 16 ottobre, due giorni dopo la battaglia di Jena, parte, col cugino Martial, per la Germania. Il 27 ottobre entra a Berlino, al seguito di Napoleone; e due giorni dopo viene nominato aggiunto ai commissari di guerra e inviato a Brunswick, dove giunge il 13 novembre, e dove resterà due anni.

1807-8   A Brunswick: soggiorno interrotto da escursioni e da viaggi al Brocken, a Hannover, a Halbertstadt, ad Altona. H. B. si accende di interesse per la storia e intraprende un'*Histoire de la guerre de Succession*; legge molti libri inglesi e fa la corte, senza successo, a Wilhelmine (Minna) von Griesheim. Dal 29 gennaio 1808 è incaricato di amministrare, insieme col prefetto, i dominî imperiali del dipartimento dell'Ocker.
Il 25 maggio 1808, a Grenoble, sua sorella Pauline sposa François Périer-Lagrange.
Richiamato a Parigi l'11 novembre H. B. vi giunge il 1° dicembre.

1809   Il 28 marzo, essendo scoppiata la nuova guerra con l'Austria, H. B. parte per Strasburgo, di dove, sempre agli ordini di Pierre Daru, raggiunge a metà viaggio Vienna, occupata il 12 dai Francesi. Il 15 giugno, assiste al *Requiem* per la morte di Haydn; dal 15 al 24 luglio si reca in missione in Ungheria; a metà dicembre, a Linz. Durante il soggiorno viennese si lega sempre piú di amicizia con sua cugina, la contessa Alexandrine Daru. (Pierre Daru era stato, quell'anno, creato conte dell'Impero).

1810   Ritornato nel gennaio a Parigi, è nominato uditore al Consiglio di Stato (1° agosto) e poco dopo (22 agosto) ispettore del mobilio e degli edifici della Corona. Fa la corte alla contessa Daru, conduce una brillante vita mondana e dal gennaio 1811 ha come amante un'attrice del Théâtre-Italien, Angéline Bereyter.

1811   Breve viaggio in Italia (settembre-novembre). A Milano, dove giunge il 7 settembre, ritrova Angela Pietragrua, e ne diventa senza troppe difficoltà l'amante. Visita poi Bologna, Firenze, Roma e Napoli e ritorna il 28 ottobre a Milano. Prima idea di una storia della pittura in Italia. Rientra a Parigi il 27 novembre, dopo aver riveduto per l'ultima volta a Grenoble il nonno Gagnon.

1812   Il 23 luglio, dopo un'udienza dell'imperatrice Maria Luisa, H. B. parte per la Russia, incaricato di recare all'imperatore il portafogli dei ministri. Lo raggiunge il 14 agosto a Boyarinkova; e assiste alla battaglia della Moscova. Dal 14 settembre, a Mosca, dove lavora sotto gli ordini dell'intendente generale della «grande armée», il generale Dumas. Nominato direttore generale degli approvvigionamenti di riserva, parte il 16 ottobre per Smolensk; e partecipa poi alla tragica ritirata, distinguendosi per il suo tranquillo coraggio. Giunge verso la metà di dicembre a Königsberg, nella Prussia orientale. E il 30 riparte per Parigi.

1813   Giunge a Parigi il 31 gennaio: gelato nel fisico come nel morale. Nonostante la sua condotta durante la ritirata di Russia, non ottiene nessuna delle sperate ricompense.
Il 19 aprile, ripresesi le operazioni belliche, deve lasciare nuovamente Parigi, al seguito del Daru. Il 6 giugno è nominato intendente della provincia di Sagan, nella Slesia. Ammalatosi, ottiene il 14 agosto di ripartire per Parigi, e poi di andare a curarsi nella sua «cara Italia». Il 7 settembre, giunge a Milano, dove ritrova Angela Pietragrua e lavora alla *Histoire de la peinture en Italie*. Rientra a Parigi alla fine di novembre. Il 26 dicembre riceve l'ordine di recarsi a Grenoble (dove tre mesi prima, il 20 settembre, era morto suo nonno Henri Gagnon), per presiedere, come aggiunto del senatore conte di Saint-Vallier, alla difesa del Delfinato.

1814   Arrivato il 5 gennaio a Grenoble, col Saint-Vallier, H. B. si dedica tutto al suo lavoro. Il 27 febbraio si trasferisce a Chambéry; e dal 7 al 12 marzo si reca in missione presso il generale Marchand, nella zona di Ginevra. Il 27 è di ritorno a Parigi, dove assiste alla fine dell'Impero e all'ingresso delle truppe della coalizione.
Vani tentativi per trovare, con l'appoggio del conte Beugnot, nuovo ministro dell'Interno, e di sua moglie, un nuovo impiego governativo. Intanto lavora alle *Vite di Haydn, Mozart e Metastasio*.
Nel luglio decide di lasciare Parigi e di tornare in Italia. Il 10 agosto arriva a Milano, dove finirà col restare sette anni: «il fiore della *sua* vita». Vi ritrova Angela Pietragrua, che lo accoglie piuttosto freddamente e lo convince ad allontanarsi per qualche tempo dalla capitale lombarda. 29 agosto - 13 ottobre: viaggio a Genova (dove si ferma una ventina di giorni), Livorno, Pisa, Firenze, Bologna e Parma. Ritornato a Milano H. B. riprende l'*Histoire de la peinture en Italie*.

1815   Dal 13 al 25 gennaio, fa un breve soggiorno a Torino, sempre per compiacere Angela. Qui apprende la morte, avvenuta il 6 gennaio, a Parigi, della contessa Daru. Escono a fine gennaio a Parigi, sotto lo pseudonimo di Louis-Alexander-César Bombet, le *Lettres écrites de Vienne sur le célèbre compositeur J. Haydn, suivies d'une vie de Mozart et de considérations sur Métastase et l'état présent de la musique en France et en Italie*.
Il 5 o il 6 marzo H. B. apprende lo sbarco in Francia di Napoleone, ma «fou de *love* pour Gina Gr.» rimane a Milano.
30 maggio: sua sorella Zénaïde sposa a Grenoble Alexandre-Charles Mallein.
12 luglio - 12 agosto: soggiorno a Venezia, dove egli passa una decina di giorni in compagnia di Angela.
2 ottobre: rottura definitiva con Angela Pietragrua.

1816   Dal 5 aprile al 19 giugno, a Grenoble: dove è testimone del fallimento e della repressione della cospirazione antiborbonica del Didier. Di ritorno a Milano, è presentato a Ludovico di Breme e

comincia a interessarsi attivamente al romanticismo italiano.
Nell'ottobre fa la conoscenza di Lord Byron, di passaggio per Milano, e ha frequenti conversazioni con lui. «Scopre» inoltre, con
entusiasmo, l'«Edimburgh Review». Nel dicembre si reca a Roma, per studiare sul luogo gli affreschi di Michelangelo nella Cappella Sistina.

1817   Il 26 gennaio parte per Napoli, di dove ritorna a Roma il 1° marzo. Dal 4 marzo, nuovamente a Milano. Un mese dopo, il 9 aprile, parte per la Francia; si ferma sino al 1° maggio a Grenoble e
trascorre i mesi successivi (tranne la prima metà di agosto, in cui
si reca a Londra) a Parigi: dove pubblica la *Histoire de la peinture
en Italie* e, nel settembre, *Rome, Naples et Florence*, sul cui fron-
tespizio compare per la prima volta lo pseudonimo di «M. de
Stendhal, ufficiale di cavalleria»: sotto il quale pubblicherà d'ora
innanzi tutti i suoi libri. Dopo un soggiorno d'un mese e mezzo
a Grenoble, rientra il 21 novembre a Milano, insieme con la sorella Pauline, rimasta vedova nel dicembre 1816; e intraprende
una *Vie de Napoléon*.

1818   Nuovo soggiorno di un mese a Grenoble (9 aprile - 5 maggio), per
curarvi gl'interessi di Pauline. Il resto dell'anno a Milano, dove
si appassiona sempre piú alla battaglia romantica.
        Inizio del suo grande amore per Matilde Viscontini Dembowski
        (marzo), al quale egli sacrificherà anche le amicizie di Nina (Ele-
        na) Viganò e della contessa Cassera, una cremonese celebre per le
        sue «amabili pazzie».

1819   Sempre piú innamorato di «Métilde», che pur non gli lascia nessuna speranza, H. B. la segue a Volterra (giugno), di dove si reca
ad aspettarla, per una quarantina di giorni, a Firenze. Durante il
viaggio di ritorno a Milano, apprende a Bologna la morte del padre, avvenuta il 20 giugno. Si reca allora a Grenoble (dove si ferma dal 10 agosto al 14 settembre), ma qui lo attende un'amara
delusione: suo padre, rovinatosi in sfortunate speculazioni immo-
biliari, non gli ha lasciato pressoché nulla. Dopo un breve soggiorno a Parigi, H. B. rientra il 22 ottobre a Milano. Matilde
Dembowski gli fa capire di non gradire affatto le sue assiduità.
Dopo aver pensato di esprimere il suo amore per lei in un romanzo, il 29 dicembre, «day of genius», decide di scrivere *De l'A-
mour*.

1820-21 H. B. lavora a *De l'Amour*, che termina nel luglio del '20, e
continua a soffrire per i crescenti rigori di «Métilde». Dopo essere stato per qualche tempo sospettato nei circoli liberali di Milano di essere un agente del governo francese, si vede sospettato
dalla polizia austriaca di carbonarismo. Intanto ai moti rivoluzionari di Napoli (luglio '20), tengono dietro a Milano l'arresto del
Maroncelli, del Pellico e di altri (ottobre '20) e a Torino e Ales-
sandria i moti del marzo 1821. L'atmosfera politica si fa sempre
piú pesante; e H. B. giudica prudente lasciare Milano (13 giugno
1821). Il 21 giunge a Parigi; dal 19 ottobre al 21 novembre, fa un
secondo viaggio a Londra. Al suo ritorno a Parigi, riprende e
completa con nuove pagine *De l'Amour*.

1822   Benché sempre ossessionato dal ricordo di «Métilde», H. B.

prende a frequentare vari salotti letterari e politici parigini (del de Tracy, del Delécluze, di Miss Clarke, l'amica del Fauriel, di Giuditta Pasta, di Emmanuel Viollet-le-Duc, del Lafayette, degli Aubernon, ecc.), dove si fa una fama di conversatore cinico e caustico; e si lega di amicizia con Mérimée, il barone de Mareste, Victor Jacquemont, l'inglese Shutton Sharpe, il napoletano Domenico di Fiore, Albert Stapfer e altri. Comincia a collaborare ad alcune riviste inglesi (la «Paris Monthly Review» e, piú tardi, il «New Monthly Magazine», il «London Magazine», l'«Athenaeum»), il che gli permette di migliorare le sue condizioni finanziarie. E pubblica nell'agosto *De l'Amour*, che passa, d'altronde, quasi inosservato.

1823   Pubblica nel marzo *Racine et Shakespeare*, in difesa dei romantici, e nel novembre la *Vie de Rossini*. A fine luglio, fa un breve soggiorno nel castello di Monchy-Humières, ospite della bella contessa Clémentine Curial, nata Beugnot.
Il 18 ottobre parte per l'Italia e si reca a Firenze e poi, ai primi di dicembre, a Roma: dove ritroverà il Delécluze, J.-J. Ampère e il Duvergier de Hauranne.

1824   Sino al 4 febbraio a Roma; nel febbraio, per una quindicina di giorni, a Firenze, di dove raggiunge, per la Svizzera, Parigi (7 marzo).
Inizio dei suoi amori con la contessa Curial (Menti), che il 22 maggio diventa la sua amante.
Agosto: inizio della sua collaborazione a «Le Journal de Paris», che proseguirà sino al giugno 1827.

1825   Marzo: pubblicazione d'una nuova edizione di *Racine et Shakespeare*.
1° maggio: morte a Milano di Matilde Dembowski.
Dicembre: pubblicazione dello scritto *D'un nouveau complot contre les industriels*, un «pamphlet» diretto contro i sansimonisti.

1826   28 giugno - 17 settembre: nuovo soggiorno a Londra e viaggio nell'Inghilterra settentrionale.
Fine della «liaison» con Clémentine Curial, la quale lo abbandona per un M. de Rospiec (settembre). H. B. riprende un romanzo già abbozzato nel febbraio: *Armance*.

1827   Gennaio: H. B. fa la conoscenza di una giovine donna senese, Giulia Rinieri de Rocchi, pupilla del ministro di Toscana a Parigi, Danielo Berlinghieri.
Febbraio: esce una nuova edizione, in due volumi, di *Rome, Naples et Florence*. Nuove difficoltà finanziarie, dovute alla fine della sua collaborazione alle riviste inglesi del Colburn.
18 luglio: morte di Martial Daru.
20 luglio: H. B. parte per l'Italia.
Agosto: pubblicazione di *Armance*. H. B. trascorre il mese d'agosto e parte di quello di settembre a Napoli e a Ischia; dal 25 settembre al 15 ottobre, soggiorna a Roma; dal 17 ottobre al 23 dicembre, a Firenze: qui frequenta il gabinetto letterario del Vieusseux, dove fa la conoscenza del Leopardi e stringe amicizia col Salvagnoli, e fa frequenti visite al Lamartine, primo segretario della Legazione francese nella capitale toscana.

1828   1-2 gennaio: arrivato il 31 dicembre a Milano, H. B. ne viene su-
       bito espulso dalla polizia austriaca. E, dopo una quindicina di
       giorni sul Lago Maggiore, riprende la via di Parigi. Qui cerca in-
       vano di ottenere un pubblico impiego, e comincia a lavorare alle
       Promenades dans Rome.

1829   Breve e violenta passione per una cugina del pittore Delacroix,
       Alberthe de Rubempré (Mme Azur).
       Pubblicazione delle *Promenades dans Rome* (settembre).
       5 settembre: morte di Pierre Daru.
       Dicembre: al ritorno da un viaggio nel Mezzogiorno e a Barcel-
       lona, H. B. trova che Alberthe de Rubempré si è presa un altro
       amante: il suo amico barone de Mareste. Incomincia un nuovo
       romanzo, *Julien* (ispiratogli dal resoconto d'un processo letto nel-
       la «Gazette des Tribunaux»), che diventerà poi *Le Rouge et le
       Noir*. Pubblica nella «Revue de Paris» la novella *Vanina Vanini*.

1830   27 gennaio: Giulia Rinieri gli fa una dichiarazione d'amore, e due
       mesi dopo, il 22 marzo, diventa la sua amante.
       Maggio-giugno: escono su «La Revue de Paris» i due racconti *Le
       coffre et le revenant* e *Le philtre*.
       27-29 luglio: le «trois glorieuses»: un moto rivoluzionario abbat-
       te a Parigi la monarchia borbonica. Luigi Filippo d'Orléans di-
       venta re dei Francesi.
       25 settembre: H. B. viene nominato console a Trieste, con lo sti-
       pendio annuo di 15 000 franchi.
       Il 6 novembre, lascia Parigi, dopo aver chiesto per lettera la mano
       di Giulia Rinieri al suo tutore (che gli risponderà con un velato e
       cortese rifiuto); il 25, giunge a Trieste. Intanto a Parigi viene
       messo in vendita *Le Rouge et le Noir*.
       24 dicembre: H. B. viene informato che il governo austriaco ha
       rifiutato l'*exequatur* alla sua nomina.

1831   20 gennaio - 19 febbraio: soggiorno a Venezia.
       31 marzo: H. B. lascia Trieste per Civitavecchia, dov'è stato no-
       minato console, con uno stipendio annuo di 10 000 franchi. Rag-
       giunge la nuova sede il 17 aprile. Il conte di Saint-Aulaire, amba-
       sciatore francese a Roma, gli ottiene l'*exequatur* della Santa Sede.
       Egli si reca di frequente a Roma, dove stringerà amicizia con i
       Caetani.
       Nell'agosto-settembre, a Siena e a Firenze.

1832   1-21 gennaio: a Napoli.
       8-31 marzo: ad Ancona, dove disimpegna le funzioni di inten-
       dente-pagatore delle truppe francesi sbarcate colà.
       Nell'agosto, nuovo viaggio a Siena per il Palio: nell'ottobre, viag-
       gio in Abruzzo; nel novembre, nuovamente a Siena, per incon-
       trarvi Giulia Rinieri, e a Firenze.
       Scrive i *Souvenirs d'égotisme*, in cui rievoca gli anni parigini dal
       1821 in poi, e i primi capitoli d'un nuovo romanzo, destinato pe-
       rò a rimanere ben presto in tronco, *Une position sociale*, ispirato-
       gli in parte dai suoi sentimenti per la contessa di Saint-Aulaire.

1833   Fa copiare vecchi manoscritti, dai quali ricaverà gli argomenti
       delle *Chroniques italiennes*.
       Dal 22 gennaio al 14 febbraio fa un nuovo soggiorno a Siena, per

Giulia Rinieri. La quale il 24 giugno si mariterà col cugino Giulio Martini, futuro ministro di Leopoldo II.

Dall'11 settembre al 4 dicembre: in licenza a Parigi, dove ritrova Mérimée e ricompare nei salotti.

1834   Ritornato l'8 gennaio a Civitavecchia, H. B. prende a scrivere un nuovo romanzo, *Lucien Leuwen*. A Roma si lega di amicizia con i giovani conti Cini.

Crescenti contrasti con un suo impiegato del Consolato, Lisimaco Tavernier.

1835   Continua a lavorare al *Leuwen*, che lascia però interrotto nel settembre.

Il 23 novembre, comincia a scrivere la *Vie de Henry Brulard*: le sue «*Confessions* au style près, comme J.-J. Rousseau, avec plus de franchise».

1836-38 Ottenuta una licenza di tre mesi, H. B. lascia l'11 maggio Civitavecchia per far ritorno a Parigi, dove (grazie al favore del nuovo ministro degli Esteri, conte Molé) finirà col restare tre anni. Vi riprende la vita mondana, stringe nuove amicizie e intraprende nuovi lavori letterari: dei *Mémoires sur Napoléon*; un romanzo, *Le Rose et le Vert*, destinato anch'esso (come *Lucien Leuwen*, *Lamiel* e la *Vie de H. Brulard*) a rimanere incompiuto; alcune «cronache italiane»: *Vittoria Accoramboni*, *Les Cenci* e *La Duchesse de Palliano* (che escono nella «Revue des Deux Mondes» rispettivamente nel marzo e nel luglio del '37 e nell'agosto del '38). Da alcuni viaggi nella provincia francese (nel '37 nella regione della Loira, in Bretagna, in Normandia, nel Delfinato; nel '38 a Bordeaux, Tolosa, Marsiglia, Grenoble e Strasburgo, oltreché in Svizzera, Renania, Olanda e Belgio), nascono i *Mémoires d'un Touriste*, pubblicati, in due volumi, nel giugno 1838. Nell'agosto, egli riannoda i suoi rapporti con Giulia, ritornata per breve tempo a Parigi. Nello scorcio di quell'anno, scrive in nemmeno due mesi *La Chartreuse de Parme*.

1839   Nei fascicoli di febbraio e marzo della «Revue des Deux Mondes» esce *L'Abbesse de Castro* (pubblicata poi in volume nel dicembre). Nei primi giorni di aprile vien messa in vendita *La Chartreuse*. Intanto H. B. abbozza altri racconti (*Le Chavalier de Saint-Ismier*, *Féder*, *Suora Scolastica*) e comincia un altro romanzo: *Lamiel*.

Il 24 giugno, Molé non essendo piú ministro, H. B. è costretto a ritornare a Civitavecchia, dove giunge il 10 agosto, dopo essersi fermato a Siena a salutare Giulia. A Civitavecchia e Roma, continua a lavorare a *Lamiel*. Nel novembre passa un mese a Roma e a Napoli con Mérimée.

1840   Il suo consolato gli è più che mai un esilio, da cui cerca di distrarsi recandosi sempre piú di frequente a Roma, dove lo chiama anche un nuovo amore per una misteriosa «Earline» (forse la contessa Cini); compiendo scavi nella campagna romana e spingendosi due volte, nell'estate, sino a Firenze, dove rivede Giulia. Scrive, con la scorta di alcune note di un amico, il pittore svizzero Abraham Constantin, le *Idées italiennes sur quelques tableaux célèbres* che usciranno l'11 agosto, sotto il nome del Constantin, presso il

Vieusseux. Nell'ottobre riceve la «Revue Parisienne» del 25 settembre, con un ampio e caldo articolo del Balzac su *La Chartreuse*.

1841 Il 15 marzo è colpito da un attacco di apoplessia («Je me suis colletté avec le néant»), dal quale si rimette solo lentamente. «Un'oasi nel deserto della vita»: Cecchina Lablache Bouchot. In ottobre chiede, per ragioni di salute, una licenza e l'8 novembre è nuovamente a Parigi, accompagnatovi nell'ultima parte del viaggio dal Salvagnoli.

1842 Qui riprende *Lamiel* e *Suora Scolastica*. Il 21 marzo firma con la «Revue des Deux Mondes» un contratto per una nuova serie di racconti. Ma il giorno seguente, verso le sette di sera, è colpito per strada, nella rue Neuve-des-Capucines, da un nuovo attacco di apoplessia. Muore alle due del mattino del 23, senza aver ripreso conoscenza; e viene sepolto il 24 nel cimitero di Montmartre.

Postumi usciranno – oltre che la *Correspondance*, i diari, le novelle inedite, vari *Mélanges* letterari e artistici – la *Vie de Napoléon* (1876), *Lamiel* (1889), la *Vie de Henry Brulard* (1890), i *Souvenirs d'égotisme* (1892), *Lucien Leuwen* (1894), ma quasi sempre in edizioni poco soddisfacenti, che solo dopo il 1913 lasceranno il posto ad altre, piú compiute e criticamente corrette.
Fondamentale resta tuttora l'edizione delle *Œuvres*, a cura di Henri Martineau, in 79 volumi, uscita a Parigi, nelle edizioni del «Divan», tra il 1927 e il 1937. Incompiuta è rimasta quella intrapresa nel 1913 da E. Champion e P. Arbelet presso l'editore H. Campion (ne uscirono, tra il 1913 e il 1940, 34 volumi).

Nota bibliografica.

La bibliografia critica su Stendhal è affidata a un grande repertorio (*Bibliographie stendhalienne*) redatto da L. Royer (Paris, Éditions du Stendhal Club, 1928-33, Grenoble, Arthaud, 1934-37) e (a partire dal 1938) da V. Del Litto (Grenoble, Arthaud, 1938-52; Lausanne, Éditions du Grand Chêne, 1953-56).

Qui di seguito vengono indicati alcuni studi di particolare interesse: Balzac, *Étude sur M. Beyle. Frédéric Stendahl* [sic], in «Revue parisienne», 25 septembre 1840; P. Mérimée, *Portraits historiques et littéraires*, Paris 1874; P. Bourget, *Stendhal*, in *Essais de psychologie contemporaine*, Paris, Lemerre, 1885; J. Lemaitre, *Stendhal*, in *Les contemporains*, quatrième série, Paris Lecène, Oudin et C., 1893; H. Taine, *Stendhal*, in «Nouvelle Revue de Paris», 1° marzo 1864, poi in *Nouveaux essais de critique et d'histoire*, Paris, Hachette, 1901; E. Zola, *Romanciers naturalistes*, Paris 1881; Ch. Dubos, *En relisant «Le Rouge et le Noir»*, in «La Revue critique des idées et des livres», 25 avril 1920; B. Croce, *Stendhal*, in *Poesia e non poesia*, Bari, Laterza 1923; P. Valéry, *Essais sur Stendhal (À propos de Lucien Leuwen)*, in «Commerce», 1, 1927, ora in *Œuvres*, 1, Paris, Gallimard, Bibliothèque de la Pléiade, 1957; P. P. Trompeo, *Nell'Italia romantica sulle orme di Stendhal*, Roma, Leonardo da Vinci, 1924; A. Thibaudet, *Stendhal*, Paris, Hachette, 1931; P. Martino, *Stendhal*, Paris, Boivin, 1934; L. Foscolo-Benedetto, *Arrigo Beyle milanese*, Firenze, Sansoni, 1942; G. Lukács, *Balzac, Stendhal, Zola e Nagy orosz realistak*, Budapest 1945 (trad. it. *Saggi sul realismo*, Torino, Einaudi, 1957); E. Auerbach, *Mimesis*, Bern, Francke, 1946 (trad. it. *Mimesis*, Torino, Einaudi, 1956); H. Martineau, *Petit dictionnaire stendhalien*, Paris, Le Divan, 1948; L. Foscolo-Benedetto, *La Parma di Stendhal*, Firenze, Sansoni, 1950; H. Martineau, *L'œuvre de Stendhal, histoire de ses livres et de sa pensée*, Paris, Albin Michel, 1951; A. Hauser, *Sozialgeschichte der Kunst und Literatur*, München, Beck, 1951 (trad. it. *Storia sociale dell'arte*, Torino, Einaudi, 1955); J. Prévost, *La création chez Stendhal*, Paris, Mercure de France, 1951; H. Martineau, *Le cœur de Stendhal. Histoire de sa vie et de ses sentiments*, Paris, Albin Michel, 2 voll., 1953; V. Brombert, *Stendhal ou sa voie oblique*, Yale University Press et Presses Universitaires de France, 1954; J.-P. Richard, *Connaissance et tendresse chez Stendhal*, in *Littérature et sensation*, Paris, Seuil, 1954; M. Proust, *Notes sur Stendhal*, in *Contre Sainte-Beuve suivi de Nouveaux Mélanges*, Paris, Gallimard, 1954; L. Aragon, *La lumière de Stendhal*, Paris, Denoël, 1954; G. Blin, *Stendhal et les problèmes de la personalité*, Paris, Corti, 1958; G. Macchia, *La Chartreuse de Parme e il romanzo puro*, in *Il paradiso della ragione*, Bari, Laterza, 1960; R. Girard, *Mensonge romantique et vérité romanesque*, Paris, Grasset, 1961 (trad. it. *Personaggi e struttura del romanzo moderno*, Milano, Bompiani, 1963); J. Starobinski, *Stendhal pseudonyme*, in *L'œil vivant*, Paris, Gallimard, 1961; V. Del Litto, *La vie intellectuelle de Stendhal*, Paris, Presses Universitaires de France, 1962; P. P. Trompeo, *Incontri di Stendhal*, Napoli, ESI, 1963; G. Poulet, *Stendhal*, in *Mesure de l'instant*, Paris, Plon, 1968; M. Proust, *Notes sur Stendhal*, in *Contre Sainte-Beuve, précédé de «Pastiches et Mélanges» et suivi de «Essais et articles»*, Paris, Gallimard, Bibliothèque de la Pléiade, 1971; G. Blin, *Stendhal et les problèmes du roman*, Paris, Corti, 1973; G. Tomasi di Lampedusa, *Lezioni su Stendhal*, Palermo, Sellerio, 1977; M. Butor, *Phantasie chromatique à propos de Stendhal*, in *Répertoire V*, Paris, Minuit, 1982; M. Colesanti, *Stendhal. Le regole del gioco*, Milano, Garzanti, 1983; M. Crouzet, *Raison et déraison chez Stendhal. De l'idéologie à l'esthétique*, Université de Lille III (Atelier des Thèses), Lille-Berne-Francfort, ed. Peter Lang, 2 voll., 1984; *Stendhal ou Monsieur Moi-même*, Paris, Flammarion, 1990 (trad. it. *Stendhal, Il signor Me stesso*, Roma, Editori Riuniti, 1990).

La Certosa di Parma

Questo racconto è stato scritto nell'inverno del 1830 a trecento leghe da Parigi. Molti anni prima, al tempo che le nostre armate scorrazzavano l'Europa, il caso m'aveva dato un biglietto d'alloggio per la casa di un canonico, a Padova; beata città dove, come a Venezia, il gran daffare è divertirsi per cui non resta il tempo di prendersela col vicino. Prolungandosi quel soggiorno, il canonico ed io eravamo divenuti amici.

Ripassando da Padova verso la fine del 1830, corsi alla casa del bravo canonico: egli non era piú dei vivi, lo sapevo, ma io volevo rivedere il salotto dove avevamo passato insieme tante belle serate, delle quali m'era poi sempre rimasto il rimpianto. Trovai il nipote del canonico e sua moglie i quali mi accolsero come un vecchio amico. Degli altri sopraggiunsero; il nipote fece recare dal caffè Pedrocchi un ottimo zabaglione e ci si separò molto tardi. Quel che ci fece protrarre cosí a lungo la veglia fu soprattutto la storia della duchessa Sanseverina, della quale qualcuno dei presenti aveva fatto il nome: storia che in mio onore il nipote volle narrare da cima a fondo.

– Nel paese dove mi reco, – dissi ai miei amici, – sarà difficile ch'io trovi una casa come questa; per passare le lunghe ore della sera farò quindi una novella della vita della vostra simpatica duchessa Sanseverina. Imiterò il vostro antico novelliere Bandello, vescovo di Agen, che si sarebbe fatto scrupolo di trascurare un solo particolare vero o d'aggiungerne dei nuovi.

– Allora, – disse il nipote, – le presterò le memorie di mio zio che sotto l'articolo *Parma*, menziona alcuni degli intrighi di quella corte, del tempo che la duchessa vi faceva la pioggia e il bel tempo; ma badi! è una storia tutt'altro che morale e adesso che in Francia vi piccate di purezza evangelica potrebbe procacciarle la fama di assassino.

Pubblico oggi questo racconto senza mutar nulla alla stesura del 1830; cosa che può avere due inconvenienti:

Il primo per il lettore: essendo i personaggi italiani, lo interesseranno forse meno; colà la gente è molto diversa da qui: gli italiani sono sinceri, buona gente, e, se non sono intimiditi, dicono quello che pensano; raramente hanno della vanità: quando l'hanno, essa acquista l'importanza d'una passione e prende il nome di *puntiglio*. Inoltre, presso di loro la povertà non è ridicola.

Il secondo inconveniente riguarda l'autore.

Confesso che ho osato lasciare ai personaggi i difetti del loro carattere; ma ciò non vuol dire, e lo dichiaro altamente, ch'io risparmi a molte delle loro azioni il piú severo biasimo morale. Perché avrei attribuito loro l'alta moralità e le doti di carattere che hanno i francesi i quali amano sopra ogni altra cosa il danaro e commettono ben poche colpe per odio o per amore? Assai diversi sono gli italiani di questo racconto. Del resto mi pare che, come si ha il diritto di descrivere un nuovo paesaggio, tutte le volte che ci si spinge di duecento leghe da mezzodí a settentrione, cosí lo si abbia di scrivere un romanzo nuovo.

La gentile nipote del canonico aveva conosciuto e molto amato la duchessa Sanseverina: essa mi prega di non mutar nulla alle sue avventure, per quanto, ripeto, esse siano meritevoli del maggior biasimo.

23 gennaio 1839.

Capitolo primo

Il 15 maggio 1796 il generale Bonaparte entrò in Milano a capo di quella giovane armata che aveva varcato il ponte di Lodi e annunciato al mondo che dopo tanti secoli Cesare e Alessandro avevano un successore.

I prodigi d'ardimento e di genio cui l'Italia assistette nel giro di qualche mese, ridestarono un popolo addormentato; ancora otto giorni prima dell'arrivo dei francesi, i milanesi non vedevano in essi che un'accozzaglia di briganti avvezzi a fuggir sempre davanti alle truppe di Sua Maestà Imperiale e Reale; questo almeno era quanto ripeteva loro tre volte alla settimana un giornaletto, grande come la mano, stampato su cattiva carta.

Nel Medio Evo i milanesi non erano stati meno bravi dei francesi della Rivoluzione, tanto che s'erano meritati di vedere la loro città rasa al suolo dagli imperatori d'Alemagna. Ma da quando erano diventati dei *fedeli sudditi*, il loro gran daffare era di stampare sonetti su fazzolettini di taffetà rosa ogni volta che si celebrassero le nozze d'una donzella appartenente a qualche famiglia nobile o ricca. Due o tre anni dopo questa data memoranda della sua vita, quella stessa donzella si prendeva un cavalier servente; talora il nome del cicisbeo, scelto dalla famiglia del marito, occupava un posto d'onore nel contratto di matrimonio. C'era un bel salto tra tali costumi effeminati e le profonde emozioni che diede l'arrivo imprevisto dell'armata francese. Sorsero presto nuovi costumi profondamente sentiti. Il 15 maggio 1796 tutto un popolo ebbe ad accorgersi che quello che aveva sin allora rispettato era estremamente ridicolo e qualche volta odioso. La partenza dell'ultimo reggimento austriaco segnò il tramonto delle vecchie idee; esporre la propria vita diventò di moda. Si vide che dopo secoli di ipocrisia e di sensazioni scipite bisognava amare qualche cosa di vera passione e per quello sapere all'occa-

sione arrischiare la vita. Il geloso dispotismo di Carlo V e
quello di Filippo II con la loro durata avevano sprofondato i lombardi in una fitta notte: bastò ch'essi rovesciassero
le statue di quei sovrani per trovarsi di colpo inondati di
luce. Da una cinquantina d'anni, mentre l'Enciclopedia e
Voltaire irradiavano di luce la Francia, i frati predicavano
al buon popolo di Milano che imparare a leggere o altro
era al mondo un'inutilissima fatica; che pagando con esattezza le decime al proprio parroco e raccontandogli fedelmente tutti i peccatucci, s'acquistava pocomeno che la certezza d'aver un buon posto in paradiso. Per finir d'infiacchi-
re quel popolo ch'era stato un tempo cosí bravo, l'Austria
gli aveva venduto a buon mercato il privilegio di non forni-
re reclute al suo esercito.

Nel 1796 l'esercito milanese si componeva di ventiquattro cialtroni vestiti di rosso che facevano la guardia alla città di conserva con quattro magnifici reggimenti ungheresi.
La licenza dei costumi era estrema ma le passioni assai rare. A parte la velleità di liberarsi dalla seccatura di raccon-
tar tutto al parroco, i milanesi del 1790 non sapevano desi-
derar nulla con forza. Il buon popolo di Milano era ancora
sottomesso a certe piccole pastoie monarchiche che non ces-
savano per questo di essere vessatorie. Ad esempio, l'arciduca che risiedeva a Milano e governava in nome dell'Imperatore suo cugino, aveva avuto l'idea redditizia di darsi
al commercio dei grani. Di qui la proibizione ai contadini
di vendere i loro cereali finché Sua Altezza non ne avesse
riempito i propri magazzeni.

Nel maggio 1796, tre giorni dopo l'ingresso dei francesi,
un giovane miniaturista, un po' strambo, di nome Gros, diventato in seguito celebre – venuto a Milano con l'armata
– udendo raccontare al grande caffè dei Servi (allora di moda) le imprese commerciali dell'Arciduca, che per di piú
era un omaccione, presa la distinta dei gelati stampata in
bozze su un foglio di cattiva carta gialla, disegnò sul rovescio il corpulento arciduca: un soldato francese gli dava
una baionettata nell'epa e invece di sangue ne usciva una incredibile quantità di grano. La cosa che andava sotto il nome di scherzo o caricatura era sconosciuta in quel paese di
cauto dispotismo. Il disegno lasciato da Gros sul tavolo del
caffè dei Servi parve un miracolo caduto dal cielo; venne
stampato nella notte e l'indomani se ne vendettero ventimila esemplari.

Il giorno stesso veniva affisso l'avviso d'un contributo di guerra di sei milioni, imposto per far fronte ai bisogni dell'armata francese che, vinte sei battaglie, e da poco conquistate venti province, mancava solamente di scarpe, di brache, di uniformi e di berretti.

La pazza gioia e la sete di divertimento che al seguito di quegli straccioni di francesi aveva invaso la Lombardia era tale che solo i preti e qualche nobile avvertirono il peso di quella contribuzione di sei milioni: seguita ben presto da parecchie altre. I soldati francesi ridevano e cantavano tutto il giorno: non avevano vent'anni e il loro generale in capo, che ne aveva ventisette, passava per l'uomo piú anziano dell'armata. Quell'allegria, quella gioventú, quella spensieratezza smentivano trionfalmente le furibonde prediche dei frati che da sei mesi annunziavano dall'alto del pulpito che i francesi erano dei mostri, costretti, pena la morte, a dar fuoco a ogni cosa ed a tagliare a tutti la testa. Ogni reggimento non marciava a questo scopo con la ghigliottina in testa?

Per le campagne si vedeva sulla soglia dei tuguri il soldato francese occupato a ninnare il bambino della padrona di casa, e non passava quasi sera che qualche tamburino non improvvisasse sul violino un ballo. Essendo le contraddanze troppo dotte e troppo complicate, perché i soldati – che del resto le conoscevano poco – potessero insegnarle alle donne del paese, erano queste che insegnavano ai giovinotti francesi la *monferrina*, il *galoppo* ed altri balli italiani.

Gli ufficiali erano stati alloggiati, per quanto possibile, in case di ricchi: avevano gran bisogno di rimettersi in forze. Ad esempio, ad un tenente di nome Roberto toccò il biglietto d'alloggio pel palazzo della marchesa del Dongo. Al momento di entrarvi, questo ufficiale, non di carriera, giovane assai svelto, possedeva per tutto suo bene uno scudo di sei franchi che aveva allora allora riscosso a Piacenza. Al passaggio del ponte di Lodi aveva tolto ad un bell'ufficiale austriaco, ucciso da una palla di cannone, un magnifico paio di calzoni di anchina, nuovo di trinca; e mai capo di vestiario era venuto piú a taglio. Le sue spalline d'ufficiale erano di lana e la stoffa della giacca era cucita alla fodera delle maniche perché i brandelli stessero insieme; ma c'era di peggio: le suole delle scarpe erano rimediate coi pezzi d'un cappello, preso anch'esso sul campo di battaglia, di qua del ponte di Lodi. Dette suole erano legate alle tomaie

da cordicelle ben visibili; di modo che quando il maggiordomo della casa si presentò in camera del tenente Roberto
per invitarlo a pranzo dalla signora marchesa, l'ufficiale si
sentí sprofondare in un mortale imbarazzo. L'attendente e
lui impiegarono il tempo che li separava dal fatale pranzo a
cercar di rappezzare alla meglio il vestito e a tingere di nero con inchiostro le sciagurate cordicelle delle scarpe.

Giunse alfine il momento terribile. «In vita mia non mi
sentii mai piú a disagio, – ebbe poi a dirmi il tenente Roberto. – Quelle signore s'aspettavano di dover aver paura
di me ed io tremavo piú di loro. Mi guardavo le scarpe e
non sapevo come camminare con disinvoltura. La marchesa del Dongo era allora in tutto lo splendore della sua bellezza; voi l'avete conosciuta; con quei suoi occhi cosí belli,
d'una dolcezza angelica, i capelli d'un biondo scuro che disegnavano a meraviglia l'ovale di quel viso affascinante.

Avevo in camera un'Erodiade di Leonardo che pareva il
suo ritratto.

Dio volle che io fossi talmente colpito da quella sovrumana bellezza da scordarmi di come mi presentavo. Erano
due anni che non vedevo che cose brutte e miserabili nelle
montagne del Genovesato. Osai rivolgerle qualche parola
sul mio rapimento.

Ma avevo troppo buonsenso per durarla su quel tono.
Mentre arrotondavo le mie frasi, vedevo nella sala da pranzo, tutta in marmo, dodici paggetti e dei lacchè vestiti d'a-
biti che mi parevano allora il *non plus ultra* della magnificenza. Figuratevi che quei briccioni avevano non soltanto
delle ottime scarpe ma alle scarpe delle fibbie d'argento.
Con la coda dell'occhio scorgevo tutti quegli sguardi stupiti fissi sul mio vestito e fors'anche sulle mie scarpe: ciò che
mi trafiggeva il cuore. Con una parola avrei potuto intimi-
dirli tutti; ma come metterli a posto senza correr rischio di
spaventare le dame? Dico *le dame*: perché la marchesa –
come ebbe poi cento volte a dirmi – per darsi un po' di coraggio, aveva fatto venire dal convento, dov'era allora edu-
canda, Gina del Dongo, sorella di suo marito, che doveva
poi diventare l'affascinante contessa Pietranera: nessuno
nella prosperità la vinse in gaiezza ed amabilità, come nessuno la sorpassò in coraggio e serenità nella disgrazia.

Gina, che poteva aver allora tredici anni ma che ne mostrava diciotto, vivace e franca come sapete, aveva tanta
paura di scoppiare a ridere davanti alla mia tenuta, che

non ardiva mangiare. La marchesa invece mi colmava di cortesie impacciate: vedeva bene passare nei miei occhi degli scatti d'impazienza. In una parola, io facevo una stupida figura, stavo inghiottendo il disprezzo di cui mi sentivo oggetto: cosa intollerabile, si dice, per un francese.

Finalmente m'illuminò un'ispirazione piovuta dal cielo. Mi misi a fare a quelle dame il racconto della mia miseria, dei patimenti durati due anni nelle montagne del Genovesato, dove ci tenevano a marcire dei vecchi generali imbecilli. Là, dicevo, ci davano degli *assegnati* che nel paese non avevano corso e tre once di pane al giorno.

Non erano ancora due minuti che parlavo e già la buona marchesa aveva le lacrime agli occhi e la Gina era diventata seria.

– Come, signor tenente! – si stupiva questa, – tre once di pane!

– Sí, signorina; ma in compenso si dimenticavano di distribuirlo tre volte la settimana; e, siccome i contadini presso cui s'alloggiava erano anche piú poveri di noi, si dava noi a loro un po' del nostro pane.

Levandoci da tavola, diedi il braccio alla marchesa sino alla porta della sala; poi, tornando in fretta sui miei passi, consegnai al domestico che mi aveva servito a tavola quell'unico scudo sul cui impiego avevo fatto tanti castelli in aria.

– Otto giorni dopo, – seguitava Roberto, – quando ci si persuase che i francesi non ghigliottinavano nessuno, il marchese del Dongo tornò dal suo castello di Grianta sul lago di Como, dove s'era coraggiosamente rifugiato all'avvicinarsi delle truppe, lasciando la moglie, giovane e cosí avvenente, e la sorella esposte ai pericoli della guerra. L'odio che quel marchese nutriva verso di noi era pari alla sua paura, cioè incommensurabile: era divertente vedere la sua faccia pallida e compunta quando mi rivolgeva delle cortesie. L'indomani del suo ritorno a Milano ricevetti tre aune di panno e duecento franchi sull'imposta dei sei milioni: mi rimpannucciai e divenni il cavaliere di quelle signore, perché ricominciarono i balli».

La storia del tenente Roberto fu su per giú quella di tutti i francesi; invece di farsi beffa della miseria di quei bravi soldati, i milanesi ne ebbero compassione e li presero a ben volere.

Quel periodo di inaspettato benessere e di ebbrezza non

durò che due corti anni; l'impazzimento era stato tale e cosí generale che rinuncio a darne un'idea, se non attraverso
una profonda considerazione storica; era, quello, un popolo che si annoiava da cento anni.

La sete di piacere che è nella natura dei popoli meridio-
nali aveva trionfato un tempo alla corte dei famosi duchi
di Milano, i Visconti e gli Sforza. Ma da quando, nell'anno
1624, gli spagnoli s'erano impadroniti del Milanese – e se
n'erano impadroniti da padroni taciturni, sospettosi, tronfi,
sempre in timore d'una rivolta – ogni allegria era sparita.
Le popolazioni, imitando i costumi dei governanti, pensa-
vano piuttosto a vendicarsi con una pugnalata del minimo
affronto che a godere del presente.

La pazza gioia, l'allegria, il godimento, il bando dato a
tutti i pensieri tristi od anche solo ragionevoli, arrivarono a
tal punto – nel periodo tra il 15 maggio 1796, giorno in
cui i francesi entrarono in Milano e l'aprile del 1799, quando in seguito alla battaglia di Cassano ne furono cacciati –
che fu possibile citare dei vecchi mercanti milionari, dei
vecchi usurai, dei vecchi notai che in quel periodo s'eran
scordati d'esser tetri e di ammucchiare denaro.

Qualche famiglia, al piú, si sarebbe potuta contare, appartenente all'alta nobiltà, che si era ritirata nella sua casa
di campagna, come volesse tenere il broncio al giubilo generale e all'aprirsi di tutti i cuori. È vero anche che queste
famiglie nobili e ricche nella imposizione dei contributi di
guerra erano state prese di mira in maniera offensiva.

Il marchese del Dongo, irritato dallo spettacolo di tanta
allegria, era stato uno dei primi a tornarsene nel suo magnifico castello di Grianta, oltre Como, dove le signore condussero il tenente Roberto. Quel castello situato in una posizione unica forse al mondo, su uno spiazzo a centocinquanta piedi sopra quel lago sublime del quale esso domina gran parte, era stato una fortezza. La famiglia del Dongo lo aveva fatto costruire nel Cinquecento, come testimo-
niano dappertutto marmi istoriati del suo stemma; vi si vedevano ancora dei ponti levatoi e dei profondi fossati, ora
senz'acqua; ma con quelle mura alte ottanta piedi e spesse
sei restava sempre un castello al riparo da un colpo di mano; ed era per ciò che il sospettoso marchese lo predilige-
va. Circondato da venticinque o trenta domestici, che egli
supponeva devoti, evidentemente pel fatto che non si rivol-

geva loro che per insolentirli, lassú la paura lo tormentava
meno che a Milano.

Questa paura non era del tutto gratuita: il marchese era
in assidua corrispondenza con una spia, che l'Austria teneva sulla frontiera svizzera, a tre leghe da Grianta, per far
evadere i prigionieri fatti sul campo di battaglia: attività
che dai generali francesi avrebbe potuto essere presa piuttosto sul serio.

Il marchese aveva lasciato a Milano la giovane moglie:
essa vi dirigeva l'amministrazione della famiglia, era incaricata di far fronte ai contributi imposti alla casa del Dongo:
contributi ch'essa cercava di far ridurre; ciò che la costringeva a vedere quelli dei nobili che avevano accettato uffici
pubblici e anche dei non nobili molto influenti. Ora capitò
in famiglia un grosso avvenimento. Il marchese aveva combinato il matrimonio della giovane sorella Gina con un personaggio ricchissimo e di nobilissimo casato; ma era un uomo che s'incipriava: per cui Gina lo accoglieva immancabilmente con scoppi di risa e non passò molto che commise la
pazzia di piantarlo per sposare il conte Pietranera. Costui
era, a dire il vero, un compitissimo gentiluomo, di bella
presenza, ma rovinato di famiglia e, per colmo di disgrazia,
partigiano focoso delle nuove idee. Ad accrescere la disperazione del marchese, Pietranera era sottotenente nella le-
gione italiana.

In capo a quei due anni di follia e di benessere, il Diret-
torio di Parigi, dandosi arie di sovrano ben sicuro di sé, cominciò a palesare un odio mortale per tutto quello che si
levava dalla mediocrità. I generali inetti che diede all'armata d'Italia perdettero una serie di battaglie in quelle stesse
pianure di Verona che avevano visto due anni prima i prodigi di Arcole e di Lonato. Gli austriaci s'avvicinarono a
Milano; il tenente Roberto, diventato comandante di battaglione e ferito alla battaglia di Cassano, venne ad alloggiare per l'ultima volta in casa dell'amica marchesa del Dongo. Gli addii furono tristi; Roberto partí col conte Pietranera che seguiva i francesi nella ritirata su Novi. La giovane contessa, alla quale il fratello rifiutò di pagare la legittima, seguí l'armata su una carretta.

Cominciò allora l'epoca di reazione e quel ritorno alle
vecchie idee che i milanesi chiamano *i tredici mesi*: perché
la loro buona ventura volle che questo ritorno alla stupidità non durasse appunto che tredici mesi, fino cioè alla bat-

taglia di Marengo. Tutti gli uomini vecchi, i bigotti, gli ipo-
condriaci ricomparvero alla testa degli affari pubblici e ripresero a dirigere la società: e presto quelli rimasti fedeli
alle sane dottrine poterono pubblicare nei villaggi che Napoleone era stato impiccato dai Mamalucchi in Egitto, come
ben gli stava.

Tra questi uomini ch'erano andati a far la vittima nelle
loro terre e che tornavano assetati di vendetta, si distingueva per la sua acredine il marchese del Dongo: il suo estre-
mismo lo portò come c'era da aspettarsi a capo del partito.
Questi signori, onestissima gente quando non aveva paura
ma che dalla paura tremava sempre, arrivarono a circuire il
generale austriaco; il quale, buon uomo, si lasciò persuadere che la severità era alta politica e fece arrestare centocinquanta patrioti: il fior fiore degli italiani d'allora.

Senza indugio vennero deportati alle bocche del Cattaro
e gettati in sotterranei: l'umidità e soprattutto la mancanza di pane fecero buona e pronta giustizia di tutti quei birbanti.

Il marchese del Dongo ebbe un posto importante; e, siccome a tante altre belle qualità aggiungeva un'avarizia sordida, egli si vantò in pubblico di non mandare uno scudo alla sorella, contessa Pietranera: sempre pazza d'amore, essa
non voleva abbandonare il marito e moriva di fame in
Francia con lui. La buona marchesa era disperata; infine
riuscì a sottrarre qualche piccolo diamante dallo scrigno
che il marito ritirava ogni sera per chiuderlo in un forziere
da tenersi sotto il proprio letto: la marchesa, che in dote
gli aveva portato ottocentomila franchi, per le sue spese
personali ne riceveva ottanta al mese. Durante i tredici mesi che i francesi rimasero fuori di Milano, questa donna cosí timida trovò dei pretesti per non smettere il lutto.

Confesseremo a questo punto che, sull'esempio di molti
autorevoli scrittori, abbiamo cominciato la storia del nostro eroe un anno prima della sua nascita. Questo personaggio non è altri infatti che Fabrizio Valserra, *marchesino*
del Dongo, come a Milano si dice. S'era dato appunto allora la pena di nascere, quando i francesi vennero cacciati; il
caso l'aveva fatto nascere secondo figlio di quel marchese
del Dongo sí gran signore, del quale già conoscete la grossa
faccia scialba, il sorriso ipocrita e l'avversione accanita alle
nuove idee. Tutta la fortuna della casa era intestata al
primogenito, Ascanio del Dongo, degno ritratto di suo pa-

dre. Ascanio aveva otto anni e Fabrizio due, quando improvvisamente quel generale Buonaparte che tutta la gente perbene credeva impiccato da tempo, calò dal San Bernardo. Entrò in Milano: un momento come quello non ha ancora riscontro nella storia: figuratevi un popolo intero innamorato pazzo. Pochi giorni dopo Napoleone vinceva la battaglia di Marengo. Inutile ricordare il resto. L'ebbrezza dei milanesi fu al colmo; ma questa volta vi si mescolavano idee di vendetta: a quel buon popolo avevano insegnato ad odiare. Passò poco che si videro arrivare i sopravvissuti dei deportati alle bocche del Cattaro; una festa nazionale celebrò il loro ritorno. Le loro facce pallide, i grandi occhi stupiti, le membra scheletriche facevano strano contrasto con la gioia che scoppiava d'ogni parte. Il loro arrivo fu il segnale della partenza per le famiglie piú compromesse. Il marchese del Dongo fu tra i primi a fuggire al suo castello di Grianta. I capi delle grandi famiglie erano pieni d'odio e di paura; ma le loro mogli, le loro figlie ricordavano la festa del primo soggiorno dei francesi e rimpiangevano Milano e i gai balli: balli, che subito dopo Marengo ripresero in casa Tanzi. Pochi giorni dopo la vittoria, il generale francese incaricato di mantenere il buonordine in Lombardia s'accorse che tutti i fattori dei nobili, tutte le vecchie della campagna, anziché pensare ancora alla strepitosa vittoria di Marengo che aveva cambiato i destini d'Italia e riconquistato in un giorno tredici piazzeforti, avevano la mente occupata da una profezia di san Giovita, il primo patrono di Brescia. A credere a quel sacro presagio, la fortuna avrebbe cessato di arridere a Napoleone e alla Francia giusto tredici settimane dopo Marengo. Ciò che scusa un po' il marchese del Dongo e tutti i nobili immusoniti delle campagne era che in perfetta buona fede essi credevano alla profezia. Tutta codesta gente che non aveva in vita sua letto quattro libri, faceva apertamente i preparativi per rientrare a Milano in capo alle tredici settimane; ma il tempo trascorrendo registrava per la Francia sempre nuovi successi. Di ritorno a Parigi, Napoleone con saggi decreti salvava all'interno la rivoluzione, come a Marengo l'aveva salvata contro gli stranieri. Allora i nobili lombardi, tappati nei loro castelli, trovarono che alla prima avevano male interpretato la predizione del santo patrono di Brescia: non di tredici settimane si trattava, bensí di tredici mesi. Passarono anche i tredi-

ci mesi e lo stellone della Francia pareva rifulgere ogni
giorno di piú.

Saltiamo a piè pari dieci anni di progresso e di benessere, dal 1800 al 1810. Fabrizio passò i primi al castello di
Grianta, dando e ricevendo pugni tra i paesanelli del villaggio; senza imparar nulla, neppure a leggere. Piú tardi, venne mandato al collegio dei gesuiti a Milano. Il marchese padre pretese che gli venisse insegnato il latino, non già sui
vecchi autori che trattano sempre di repubbliche, ma su un
magnifico volume adorno di oltre cento incisioni, capodopera degli artisti del XVII secolo: era la genealogia dei Valserra, marchesi del Dongo, pubblicata nel 1650 da Fabrizio del Dongo, arcivescovo di Parma. Dato che la fortuna
dei Valserra era soprattutto militare, le stampe rappresen-
tavano battaglie a tutto spiano e si vedeva sempre qualche
eroe di quel cognome in atto di assestare magistrali fendenti. Quel libro andava a genio al giovane Fabrizio. Sua madre che adorava il figliolo otteneva ogni tanto il permesso
di venire a trovarlo a Milano; ma siccome per quei viaggi
il marito non le offriva mai danaro, era la cognata, la simpatica contessa Pietranera, che gliene prestava. Dopo il ritorno dei francesi, la contessa era diventata una delle dame
piú brillanti della corte del principe Eugenio, viceré d'I-
talia.

Quando Fabrizio ebbe fatto la sua prima comunione, la
zia ottenne dal marchese, sempre esule volontario, il permesso di farlo uscire qualche volta dal collegio. Lo trovò
originale, sveglio di mente, molto serio, bel ragazzo, tale
da non stonare affatto nel salotto d'una donna alla moda:
ignorante del resto parecchio, e appena in grado di scrivere. La contessa che metteva in tutto l'entusiasmo ch'era nel
suo carattere, promise al rettore dell'istituto la sua protezione se il nipote avesse fatto progressi sbalorditivi ed ottenuto a fin d'anno molti premi. Per dargli modo di meritar-
seli, tutti i sabati sera lo mandava a prendere e spesso non
lo restituiva ai suoi insegnanti che il mercoledí o il giovedí.
I gesuiti, sebbene diletti al cuore del principe viceré, erano
dalle leggi del regno banditi; e il superiore del collegio, uomo abile, capí il partito che si poteva trarre dalle relazioni
con una donna onnipotente alla corte. Si guardò bene dal
lagnarsi delle assenze di Fabrizio che, piú ignorante che
mai, a fin d'anno riportò cinque primi premi. Cosí la brillante contessa Pietranera, accompagnata dal marito, genera-

le comandante d'una delle divisioni della guardia, e da cinque o sei dei personaggi piú in vista della corte del viceré,
venne dai gesuiti ad assistere alla distribuzione dei premi.
Il rettore s'ebbe per quel successo gli elogi dei superiori.

La contessa conduceva il nipote a tutte le feste brillanti
che contrassegnarono il troppo fugace regno dell'amabile
principe Eugenio. Di propria autorità essa lo aveva creato
ufficiale degli ussari e Fabrizio, all'età di dodici anni, indossava quell'uniforme. Un giorno la contessa, incantata dalla
sua bella presenza, chiese per lui al principe un posto di
paggio, ciò che avrebbe significato che la famiglia del Dongo si riconciliava col conquistatore. Ma il giorno dopo essa
ebbe bisogno di tutto il credito di cui godeva per ottenere
dal viceré che volesse scordarsi di quella istanza, alla quale
nulla mancava salvo il consenso del padre del futuro paggio: consenso che era stato rifiutato con una scenata. Conseguenza di questa follia che fece fremere l'immusonito
marchese, fu che questi trovò un pretesto per richiamare a
Grianta il giovane Fabrizio. La contessa aveva pel fratello
il massimo disprezzo, lo considerava uno stupido tetro capace di malvagità ove ne avesse il destro. Ma voleva un
matto bene a Fabrizio e, dopo dieci anni di silenzio, scrisse
al marchese per richiedere il nipote; la sua lettera restò senza risposta.

Al suo ritorno in quell'imponente palazzo, costruito dai
piú bellicosi dei suoi antenati, Fabrizio altro non sapeva
che fare gli esercizi militari e montare a cavallo. Spesso il
conte Pietranera, invaghito di quel ragazzo quanto sua moglie, lo faceva salire a cavallo e lo menava con sé alla rivista.

Arrivando al castello di Grianta, con gli occhi ancora
rossi delle lacrime che aveva versato lasciando i bei salotti
della zia, Fabrizio non trovò che le appassionate carezze della madre e delle sorelle.

Il marchese era chiuso nel suo studio col primogenito, il
marchesino Ascanio. Vi stavano fabbricando delle lettere
cifrate che avrebbero avuto l'onore di essere spedite a
Vienna. Padre e figlio non comparivano che all'ora dei pasti. Il marchese ripeteva con ostentazione che insegnava al
suo naturale successore a tenere, in partita doppia, la conta-
bilità dei prodotti delle sue terre. In realtà il marchese era
troppo geloso della propria autorità per parlare di quegli
argomenti ad un figlio, necessario erede di tutte quelle ter-

re per diritto di maggiorasco. Gli faceva invece cifrare dispacci di quindici o venti pagine che due o tre volte la settimana faceva passare in Isvizzera, di dove venivano inoltrati a Vienna. Il marchese presumeva in quel modo di mettere i suoi legittimi sovrani al corrente dello stato interno del regno d'Italia che neppur lui conosceva; eppure le sue lettere avevano non poco successo. Ecco come. Da qualche agente fidato il marchese faceva contare sulla strada maestra il numero dei soldati di questo o quel reggimento francese o italiano mentre cambiava di guarnigione; e rendendo conto della cosa alla corte di Vienna, aveva cura di diminuire d'un buon quarto il numero dei soldati presenti. Quelle lettere, del resto ridicole, avevano il merito di smentirne altre piú veritiere e perciò piacevano. Tanto che, poco prima dell'arrivo di Fabrizio al castello, il marchese aveva ricevuto l'insegna d'un ordine famoso: era la quinta che adornava il suo vestito di ciambellano. Veramente egli aveva il segreto rimorso di non osar sfoggiare quell'abito fuori dello studio; ma mai si sarebbe permesso di dettare un dispaccio senza aver prima indossato il ricco costume ricamato, guarnito delle insegne di tutti gli ordini: che gli competevano. A fare altrimenti, gli sarebbe parso di venir meno al dovuto rispetto.

La marchesa fu colpita dall'avvenenza del figlio, ma interrogandolo rimase atterrita di trovarlo cosí ignorante. Essa aveva orrore di mentire con le persone cui era affezionata; e tra queste, aveva conservato l'abitudine di scrivere due o tre volte l'anno al generale conte di A.: attuale nome del tenente Roberto. «Se sembra poco istruito a me che non so nulla, – si diceva, – Roberto, che è cosí dotto, troverebbe la sua educazione completamente mancata; e coi tempi che corrono, senza merito non si fa carriera».

Un altro particolare la colpí quasi altrettanto: Fabrizio aveva preso sul serio tutte le cose della religione imparate dai gesuiti. Per quanto fosse lei stessa molto pia, il fanatismo del ragazzo le fece paura. «Se il marchese intuisce questa via per influenzarlo, mi aliena l'affetto di mio figlio». Pianse molto e il suo amore per Fabrizio si accrebbe.

La vita in quel castello, popolato da trenta o quaranta persone di servizio, era parecchio triste, per cui Fabrizio trascorreva le intere giornate a caccia o in barca sul lago. Presto si legò d'amicizia coi cocchieri ed i mozzi di stalla: tutti erano ardenti partigiani dei francesi e si beffavano apertamente dei camerieri bigotti, devoti al marchese e al primogenito. Principale argomento di scherno contro quei gravi personaggi era che, ad imitazione dei padroni, essi si davano la cipria.

Capitolo secondo

... Alors que le Vesper vient embrunir nos yeux,
Tout épris d'avenir, je contemple les cieux,
En qui Dieu nous escrit, par notes non obscures,
Les sorts et les destins de toutes créatures.
Car lui, du fond des cieux regardant un humain,
Parfois, mû de pitié, lui montre le chemin;
Par les astres du ciel qui sont ses caractères,
Les choses nous prédit et bonnes et contraires;
Mais les hommes, chargés de terre et de trépas,
Méprisent tel écrit, et ne le lisent pas.

RONSARD

Il marchese professava una violenta avversione per i lumi. Sono le idee, diceva, che hanno rovinato l'Italia. Non sapeva bene, è vero, come conciliare questo santo orrore dell'istruzione col desiderio di vedere il figlio Fabrizio perfezionare l'educazione cosí brillantemente iniziata dai gesuiti. Per correre meno rischio possibile, incaricò il buon abate Blanes, parroco di Grianta, di far proseguire a Fabrizio lo studio del latino. Per ciò sarebbe stato necessario che il parroco conoscesse lui questa lingua; ora, essa era l'oggetto del suo disprezzo: la sua conoscenza del latino si limitava a recitare a memoria le preghiere del messale, delle quali era tanto se sapeva spiegare alle sue pecorelle il significato approssimativo. Ciò non toglieva che quel parroco fosse molto riverito e persino temuto nel cantone: egli aveva sempre detto che non era in tredici settimane e neanche in tredici mesi che si adempirebbe la celebre profezia di san Giovita, patrono di Brescia. E quando parlava ad amici fidati, aggiungeva che quel numero tredici andava interpretato, se fosse stato lecito dir tutto, in una maniera che avrebbe stupito parecchia gente: 1813.

Il fatto è che l'abate Blanes, uomo d'un'onestà e d'una virtú *primitive*, ed in piú uomo di mente, trascorreva tutte le notti in cima al campanile: aveva un debole per l'astrologia. Dopo aver impiegato la giornata a calcolare congiunzioni e posizioni di stelle, consumava il piú della notte a scrutarle in cielo. Povero com'era, non disponeva d'altro strumento che d'un lungo canocchiale dal tubo di cartone. È facile capire il disprezzo che per lo studio delle lingue doveva nutrire un uomo che passava la vita a scoprire la data precisa della caduta degli imperi e dello scoppio delle rivoluzioni che cambiano la faccia del globo. – Che cosa vengo a sapere di piú sul conto di un cavallo, – diceva egli a Fabrizio, – quando so che in latino si chiama *equus*? – I contadini temevano l'abate Blanes come un grande mago e lui, con la paura che ispiravano le ore che passava sul campanile, impediva loro di rubare. I colleghi, parroci dei dintorni, gelosissimi della fama di cui godeva, lo detestavano; il marchese del Dongo addirittura lo disprezzava, perché per un uomo di cosí bassa levatura ragionava troppo. Fabrizio lo adorava: per fargli piacere, passava a volte serate intere a fare addizioni e moltiplicazioni interminabili. Poi saliva sul campanile: era un grande favore che l'abate non aveva mai concesso a nessuno; ma Blanes amava quel ragazzo per la sua ingenuità. – Se non diventi ipocrita, – gli diceva, – diventerai forse un uomo.

Piú volte all'anno, Fabrizio, intrepido e appassionato com'era nei suoi divertimenti, correva rischio d'annegare nel lago. Egli capeggiava tutte le grandi spedizioni dei contadinelli di Grianta e della Cadenabbia. Quei ragazzi s'erano procurati delle chiavette e, quando la notte era buia buia, cercavano con quelle d'aprire il lucchetto delle catene che attraccano le barche ad un albero o ad una grossa pietra. Bisogna sapere che sul lago di Como l'industria dei pescatori colloca delle canne da pesca fisse a gran distanza dalla sponda. Il capo della lenza è fissato ad un sughero; ed una verghetta flessibilissima di nocciolo, piantata sul sughero, reca un campanellino che tintinna quando il pesce, preso all'amo, scuote la lenza.

Il grande obbiettivo di quelle spedizioni notturne, capitanate da Fabrizio, era quello d'andare a visitare le canne da pesca prima che i pescatori avvertissero il segnale dei campanelli. Sceglievano perciò i tempi di burrasca e per le rischiose imprese si imbarcavano al mattino, un'ora prima dell'alba. Salendo nella barca credevano di avventurarsi in chi sa quali pericoli ed era lí il bello dell'impresa; per cui, sull'esempio dei padri, recitavano devotamente un'Ave Maria. Ora, spesso capitava che al momento della partenza, recitata l'Ave Maria, Fabrizio fosse colpito da un presagio. Era questo il profitto che aveva tratto dagli studi astronomici del suo amico, nelle cui predizioni non credeva. Alla sua giovanile immaginazione quel presagio annunziava con

certezza il buono o il cattivo esito dell'impresa; e, poco a
poco, la banda aveva preso talmente l'abitudine ai presagi,
che se al momento di imbarcarsi notavano un prete sulla riva o vedevano un corvo volare a sinistra, s'affrettavano a
rimettere il lucchetto alla catena della barca e ognuno andava a rificcarsi a letto. Cosí l'abate non aveva comunicato la
sua astrusa scienza a Fabrizio; ma a sua insaputa gli aveva
inculcato una confidenza illimitata nei segni premonitori
dell'avvenire.

Il marchese sentiva che un incidente che capitasse alla
sua corrispondenza cifrata l'avrebbe messo alla mercè della
sorella; per cui tutti gli anni, alla ricorrenza di Sant'Angela, onomastico della contessa Pietranera, Fabrizio otteneva
il permesso d'andare a passare otto giorni a Milano. Tutto
l'anno il ragazzo lo viveva nella aspettativa o nel rimpianto
di quegli otto giorni. In quella grande occasione, per quel
viaggio politico il marchese rimetteva al figlio quattro scudi e, secondo l'abitudine, non dava niente alla moglie che
lo accompagnava. Ma uno dei cuochi, sei paggi e un cocchiere partivano la vigilia per Como ed ogni giorno a Milano la marchesa trovava una vettura a sua disposizione e tavola imbandita per dodici.

Il genere di vita musone che conduceva il marchese del
Dongo era senza dubbio poco divertente; ma presentava
un vantaggio: arricchiva per sempre le famiglie che avevano la bontà di acconciarvisi. Il marchese che disponeva d'oltre duecentomila lire di rendita, non ne spendeva un quarto: egli campava di speranza. Dall'800 all'813, per tredici
anni, egli non cessò un momento di credere fermamente
che prima di sei mesi Napoleone sarebbe caduto. Si immagini la sua gioia quando al principio del '13 apprese il disa-
stro della Beresina! La presa di Parigi e la caduta di Napoleone poco mancò gli facessero perdere la testa; in quella
occasione egli si permise le parole piú oltraggiose verso la
moglie e la sorella. E dopo quattordici anni d'attesa ebbe
finalmente l'inesprimibile gioia di vedere le truppe austria-
che entrare in Milano. In seguito ad ordini ricevuti da
Vienna, il generale austriaco ricevette il marchese del Dongo con un riguardo che confinava con la deferenza; si affrettarono ad offrirgli uno dei primi posti nel governo: posto
ch'egli accettò come il pagamento d'un debito. Il figlio
maggiore ebbe il grado di tenente in uno dei piú bei reggimenti della monarchia; ma il secondo non volle mai accet-

tare il posto di cadetto che gli veniva offerto. Questo trionfo di cui il marchese esultava con un'insolenza rara, non durò che qualche mese e fu seguito da un rovescio di fortuna
umiliante. Il marchese non aveva mai avuto il talento degli
affari e quattordici anni passati in campagna, tra i suoi camerieri, il notaio e il medico, aggiunti al cattivo umore so-
praggiunto con la vecchiaia, avevano fatto di lui un uomo
affatto incapace. Ora non è possibile, in paese austriaco,
conservare un posto importante se non si possiede quel genere di talento che richiede l'amministrazione tarda e complicata, ma quanto mai logica, di quella vetusta monarchia.
I granchi presi dal marchese del Dongo scandalizzavano gli
impiegati e persino intralciavano il corso degli affari. I discorsi poi che teneva – ultramonarchici – irritavano le popolazioni che il regime voleva invece distrarre ed addor-
mentare. Cosicché un bel giorno egli apprese che Sua Maestà s'era graziosamente degnata d'accettare le dimissioni
ch'egli dava dall'impiego nell'amministrazione e che gli
conferiva in pari tempo il posto di *secondo granmaggior-
domo maggiore* del regno lombardo-veneto. Il marchese fu
indignato dell'atroce ingiustizia di cui era vittima; fece
pubblicare una lettera a un amico, lui che esecrava tanto la
libertà di stampa. Infine scrisse all'imperatore che i suoi
ministri non erano che dei giacobini e che lo tradivano.
Ciò fatto, se ne tornò malinconicamente al castello di
Grianta. Ebbe tuttavia una consolazione. Dopo la caduta
di Napoleone alcuni personaggi potenti a Milano fecero ammazzare per la strada il conte Prina, già ministro del re d'I-
talia e uomo di grandissimo merito. Il conte Pietranera ri-
schiò la vita per salvare quella del ministro, che fu accoppato ad ombrellate: la sua agonia durò cinque ore. Un prete,
confessore del marchese del Dongo, avrebbe potuto salvare il Prina aprendogli il cancello della chiesa di San Giovanni, davanti a cui veniva trascinato lo sventurato ministro,
che un momento fu anzi abbandonato nel rigagnolo in mezzo alla strada; ma il prete rifiutò d'aprire il cancello e al rifiuto aggiunse il dileggio; sei mesi dopo il marchese aveva la
gioia di fargli ottenere un importante avanzamento.

Egli esecrava il cognato conte Pietranera che, non avendo cinquanta luigi di rendita, osava essere contento, aveva
l'audacia di restare fedele a quanto aveva amato tutta la vita
e l'insolenza di predicare quello spirito di giustizia esteso
a tutti che il marchese chiamava un giacobinismo infame.

Ora, il conte aveva rifiutato di prendere servizio in Austria; si fece valere quel rifiuto e, qualche mese dopo la morte del Prina, gli stessi personaggi che avevano pagato gli assassini ottennero che il generale Pietranera venisse gettato in prigione. Al che la contessa sua moglie prese un passaporto e chiese dei cavalli di posta per andare a Vienna a dire la verità all'imperatore. Gli assassini del Prina s'allarmarono e uno di essi, cugino della signora Pietranera, a mezzanotte, un'ora prima della fissata partenza, venne a recarle l'ordine che metteva suo marito in libertà. L'indomani, il generale austriaco fece chiamare il conte Pietranera, lo ricevette con ogni possibile riguardo e gli assicurò che la sua pensione di collocamento a riposo non avrebbe tardato ad essere liquidata sulla base piú vantaggiosa. Il bravo generale Bubna, uomo di mente e di cuore, dava apertamente a divedere la propria confusione per l'assassinio del Prina e l'imprigionamento del conte.

Dopo questa burrasca, scongiurata dal carattere energico della contessa, i due vissero, barcamenandosi, della pensione che, grazie all'interessamento del generale Bubna, non si fece attendere.

Fortuna volle che da cinque o sei anni la contessa fosse legata di amicizia con un giovane assai ricco, amico intimo pure del conte; il quale non mancava di mettere a loro disposizione la piú bella pariglia di cavalli inglesi che esistesse allora a Milano, il suo palco alla Scala e la villa in campagna. Ma il conte con la coscienza che aveva della propria bravura, con l'animo suo generoso, facilmente montava in collera ed allora si lasciava andare a parole insolite in bocca sua. Un giorno che era a caccia in compagnia di una comitiva di giovani, uno di questi, che aveva servito sotto altre bandiere, si mise a celiare sulla bravura dei soldati della repubblica cisalpina: il conte gli lasciò andare uno schiaffo, si batterono lí per lí, e il Pietranera che, tra tutti quei giovanotti, era solo della sua condizione, fu ucciso. Si fece un gran parlare di quella specie di duello e quelli che vi avevano assistito presero il partito d'andare a viaggiare in Isvizzera.

Il ridicolo coraggio che si chiama rassegnazione, il coraggio dello stupido che si lascia impiccare senza aprir bocca, non faceva per la contessa. Furente per la morte del marito, ella avrebbe voluto che Limercati, il giovane ricco, suo intimo amico, si facesse prendere anche lui dal capriccio di viaggiare in Isvizzera e desse una carabinata o quantomeno uno schiaffo all'assassino del conte Pietranera.

Limercati dichiarò quel progetto assolutamente ridicolo e in quel momento la contessa sentí il disprezzo uccidere in lei l'amore. Raddoppiò le sue attenzioni per Limercati: voleva ridestarne la passione, poi piantarlo in asso e spingerlo alla disperazione. Per far capire ai miei connazionali un simile progetto di vendetta, dirò che a Milano, paese molto diverso dal nostro, si è ancora alla disperazione per amore. La contessa che nel suo lutto ecclissava di gran lunga tutte le rivali, usò delle civetterie coi giovinotti piú in vista ed uno di essi, il conte Nani – che fin dal principio aveva detto che ai pregi di Limercati trovava qualchecosa di troppo pesante, di troppo affettato per una donna di tanto spirito – diventò innamorato pazzo della contessa. La quale allora scrisse a Limercati:

> Volete comportarvi una volta da uomo di spirito? Fate conto che non mi abbiate mai conosciuta.
>
> Sono, con un po' di sprezzo forse, vostra umilissima serva
>
> Gina Pietranera

Alla lettura di quel biglietto, Limercati partí per uno dei suoi castelli; il suo amore si esaltò; divenne come pazzo e parlò di farsi saltare le cervella: cosa inusitata nei paesi dove si crede all'inferno. L'indomani del suo arrivo in campagna aveva scritto alla contessa per offrirle la mano e le sue duecentomila lire di rendita. Lei gli rinviò per mano dello staffiere del conte Nani la lettera non dissigillata. Cosí fu che Limercati passò tre anni nelle sue terre, tornando ogni due mesi a Milano, ma senza aver mai il coraggio di fermarvisi ed importunando tutti gli amici col racconto della sua passione per la contessa e con quello particolareggiato delle bontà ch'essa una volta aveva avuto per lui. Nei primi tempi, aggiungeva che col conte Nani essa si rovinava e che un simile legame la disonorava.

Il fatto è che la contessa non aveva alcun amore pel conte Nani; ed è quello ch'essa gli dichiarò appena fu ben certa della disperazione di Limercati. Il conte, uomo di mondo, la pregò di non divulgare la triste verità che gli confidava: – Se voi siete tanto buona, – aggiunse, – da continuare a ricevermi con tutti i riguardi esteriori che s'accordano all'amante del cuore, io troverò forse un posto confacente.

Dopo questa eroica dichiarazione la contessa non volle
piú saperne dei cavalli né del palco del conte Nani. Ma da
quindici anni era abituata alla vita piú elegante; le si presentò quindi il problema difficile o per meglio dire insolubi-
le di vivere a Milano con una pensione di millecinquecento
lire. Lasciò il palazzo, affittò due stanze ad un quinto piano,
licenziò tutto il personale e persino la cameriera, sostituita
da una povera vecchia che andava a mezzo servizio nelle case. Questo sacrifizio era in realtà meno eroico e penoso di
quel che a noi francesi può sembrare: a Milano la povertà
non è oggetto di scherno e quindi non si presenta come il
peggior dei mali e non spaventa. Dopo qualche mese di
quella dignitosa povertà, assediata dalle continue lettere
di Limercati ed anche da quelle del conte Nani che s'offriva
pure lui di sposarla, capitò che al marchese del Dongo, di
solito di una turpe avarizia, venne il timore che i suoi nemici potessero gongolare della miseria della sorella. Ah no!
Una Del Dongo ridotta a vivere con la pensione che la corte
di Vienna, della quale lui personalmente aveva tanto motivo di lagnarsi, accorda alle vedove dei suoi generali!

Le scrisse che un appartamento e un trattamento degno
di sua sorella la attendevano al castello di Grianta. La contessa, mutevole com'era, accolse con entusiasmo la prospettiva di quel nuovo genere di vita: erano vent'anni che non
abitava quel castello venerando che s'ergeva maestoso tra
vecchi castagni piantati al tempo degli Sforza. «Là – si diceva – troverò il riposo; ed alla mia età il riposo non è la
felicità? (Avendo trentun'anni si credeva giunta al momento di ritirarsi). Su quel lago incantevole dove son nata, m'a-
spetta alfine la felicità e la pace».

Non so se s'ingannasse; ma certo è che quell'anima appassionata, la quale senza pensarci un momento respingeva l'offerta di due immensi patrimoni, portò la felicità
al castello di Grianta. – Tu m'hai reso i bei giorni della
mia giovinezza, – diceva la marchesa abbracciandola; – la
vigilia del tuo arrivo, io avevo cent'anni –. La contessa cominciò coll'andare a rivedere uno ad uno, in compagnia
di Fabrizio, gli incantevoli dintorni di Grianta, tanto ma-
gnificati dai turisti: la villa Melzi sull'altra sponda del lago, di fronte al castello, al quale fa da prospettiva; sopra di
essa, il bosco degli *Sfondrata* e l'ardito promontorio che separa i due rami del lago: quello pieno di attrattive di Como da quello, austero, che si spinge verso Lecco; veduta

che eguaglia ma non vince in grandiosità e grazia il golfo di Napoli, il piú rinomato luogo del mondo. La contessa era rapita ritrovandovi i ricordi della sua prima giovinezza e paragonandoli a quel che ora provava. Il lago di Como, si diceva, non è come il lago di Ginevra circondato di grandi appezzati di terra gelosamente cintati e razionalmente coltivati: il che richiama alla mente il danaro e la speculazione. Qui da ogni parte vedo colline ineguali, coperte di ciuffi d'alberi fatti crescere dal caso e che la mano dell'uomo non ha ancora guastati e costretti a *fruttare*. In mezzo a queste colline dilettose allo sguardo che si precipitano verso il lago declinando con cosí bizzarri pendii, posso illudermi di vivere nei siti cantati dal Tasso e dall'Ariosto. Tutto qui è nobile e toccante, tutto parla d'amore; nulla mi ricorda le brutture della civiltà. I villaggi appesi a mezza costa, grandi alberi li nascondono e ne spunta la linea aggraziata dei loro bei campanili. Se qualche campicello da niente capita che interrompa ogni tanto le macchie di castagni e di ciliegi selvatici, l'occhio si rallegra di vedervi crescere piante piú felici e rigogliose che altrove. Oltre queste colline che recano in vetta romitori dove ognuno amerebbe abitare, l'occhio stupito scorge i picchi delle Alpi, sempre candidi di neve e la loro austerità gli evoca dei mali della vita quel tanto che basta per dar sapore al piacere del momento. Stimola la fantasia il rintoccare lontano della campana di qualche minuscolo villaggio sepolto nel verde; quello scampanio passando sulle acque del lago s'addolcisce, si impregna di soave malinconia e di rassegnazione e par dire all'uomo: La vita fugge; non ti mostrar dunque tanto difficile con la felicità che ti viene incontro, affrettati a goderne.

Il linguaggio di quei luoghi incantevoli, che non hanno rivali al mondo, ridiede alla contessa il suo cuore di sedici anni. Non si raccapezzava come avesse potuto passare tanti anni senza rivedere il lago. «È dunque al principio della vecchiaia, – si chiedeva, – che s'è rifugiata per me la felicità?»

Acquistò una barca che Fabrizio, la marchesa e lei abbellirono con le loro mani, perché non c'era danaro per nulla in quella cosí splendida casa. Dacché era caduto in disgrazia, il marchese del Dongo aveva infatti raddoppiato di fasto. Ad esempio, per guadagnare dieci passi di terra sul lago, presso il famoso viale di platani a fianco della Cadenabbia faceva costruire una diga preventivata ottantamila fran-

chi. A capo della diga si stava costruendo, su disegni del celebre marchese Cagnola, una cappella tutta in enormi blocchi di granito, e dentro la cappella, Marchesi, lo scultore in
voga di Milano, erigeva una tomba su cui numerosi bassorilievi avrebbero rappresentato le gloriose gesta degli antenati.

Il fratello maggiore di Fabrizio, il marchesino Ascanio,
volle prender parte alle passeggiate delle signore; ma la zia
gli spruzzava d'acqua i capelli incipriati e tutti i giorni aveva un nuovo frizzo da lanciare al suo aspetto serioso. Finalmente egli liberò del suo faccione scialbo l'allegra brigata
che in sua presenza non ardiva ridere. Non dimenticavano
ch'era la spia del marchese e che non bisognava irritare
quel severo despota, sempre furioso dal giorno delle forza-
te dimissioni. Ascanio giurò di vendicarsi di Fabrizio.

In una burrasca scoppiata mentr'erano in barca sul lago
corsero rischio di naufragare e, benché di danaro fossero a
corto, pagarono generosamente i due barcaioli perché non
fiatassero dell'incidente col marchese, già messo in malumore dal fatto che in quelle gite si tiravano dietro anche le
sue due figlie.

Una seconda volta li sorprese la tempesta: su quel bel lago scoppiano queste tempeste impreviste e violente; dalle
due opposte gole di monti si precipitano all'improvviso sul
lago raffiche di vento e ne fanno teatro della loro lotta.
Questa volta la contessa volle sbarcare tra l'infuriare dell'u-
ragano e lo scoppio dei fulmini su uno scoglio in mezzo al
lago, dove sarebbero stati, sebbene pigiati, al riparo delle
onde; essa pretendeva che, assediata d'ogni parte da maro-
si furibondi, godrebbe là uno spettacolo mai visto, Ma nel
saltare dalla barca cadde nell'acqua; ed essendosi Fabrizio
buttato dietro a lei per salvarla, ambedue furono trascinati
parecchio al largo. Non già che ci fosse gusto ad annegare:
ma almeno a quel modo la noia – e pareva un miracolo –
era bandita dal castello.

Anche per l'abate Blanes, pel suo carattere primitivo e
per la sua astrologia, un vivo interesse aveva preso la contessa. Il poco danaro rimastole dalla compra della barca lo
impiegò nell'acquisto d'un piccolo telescopio d'occasione;
e non passava quasi sera che in compagnia delle nipoti e di
Fabrizio non salisse sul terrazzo d'una delle torri gotiche
del castello. Ivi Fabrizio faceva da cicerone; e trascorrevano lassú parecchie ore allegramente, lontano dalle spie.

Tuttavia v'erano giorni che la contessa non rivolgeva a nessuno la parola; la si vedeva aggirarsi sotto gli alti castagni, immersa in tristi pensieri; essa era troppo intelligente per non sentire talora il tedio di non poter scambiare con nessuno le proprie idee. Ma l'indomani rideva come la vigilia: erano i lagni della marchesa, sua cognata, che avevano impressionato quell'anima di sua natura cosí attiva.

– Consumeremo dunque quel che ci resta di giovinezza in questo tetro castello? – esclamava la marchesa. Rimpianti che prima della venuta di Gina, essa non aveva neanche il coraggio di avere.

A questo modo passarono l'inverno dal '14 al '15. Due volte, nonostante la sua povertà, la contessa andò a passare qualche giorno a Milano; il pretesto era di non mancare ad un superbo spettacolo di danza che il Viganò dava alla Scala; il marchese non s'opponeva che sua moglie accompagnasse la cognata. S'andavano a riscuotere i trimestri della magra pensione ed era la disagiata vedova del generale cisalpino che prestava qualche zecchino alla ricchissima del Dongo. Erano scappate deliziose; si invitavano a pranzo vecchi amici e ci si consolava ridendo di tutto come ragazzi. Quella gaiezza italiana, piena di brio e d'imprevisto, faceva scordare la cupa tristezza che lo sguardo del marchese e del suo primogenito spandevano intorno a Grianta. Sebbene avesse appena sedici anni, Fabrizio in quelle occasioni faceva egregiamente la parte di capo della famiglia.

Il 7 marzo del '15, le signore, rincasate da due giorni da un incantevole viaggetto a Milano, stavano passeggiando nel bel viale dei platani, prolungato da poco sino alla riva del lago, quando apparí una barca che veniva dalla parte di Como e faceva degli strani segnali. Un agente del marchese corse sulla banchina: Napoleone era sbarcato nel golfo di Juan. L'Europa ebbe l'ingenuità di stupirsi di quell'avvenimento, che non sorprese affatto il marchese del Dongo, egli scrisse al suo sovrano una lettera in cui apriva il suo cuore; gli offriva i suoi talenti e parecchi milioni e gli ripeteva che i suoi ministri erano dei giacobini d'accordo coi mestatori di Parigi.

L'otto marzo, alle sei del mattino, il marchese insignito di tutti i suoi distintivi si faceva dettare dal primogenito la minuta d'un terzo dispaccio politico, mettendo ogni impegno a trascriverlo con la sua piú accurata calligrafia su carta recante in trasparenza l'effige del sovrano. In quel preciso momento Fabrizio si faceva annunziare in camera della contessa Pietranera.

– Parto, – le disse, – vado a raggiungere l'imperatore che è pure il nostro re: voleva tanto bene a tuo marito! Passo per la Svizzera. Stanotte a Menaggio, Vasi, il negoziante di barometri, amico mio, m'ha dato il suo passaporto; ora dammi tu qualche napoleone, perché non ne ho di miei che due; ma, se è necessario, andrò a piedi.

La contessa piangeva di sgomento e di gioia. – Gran Dio! come mai ti è venuta questa idea! – gridava stringendo tra le sue le mani di Fabrizio.

Si alzò e andò a togliere dall'armadio della biancheria, dov'era, gelosamente nascosta, una borsetta adorna di perle: di prezioso, era tutto ciò che possedeva.

– Tieni, – disse a Fabrizio; – ma, in nome di Dio, non farti ammazzare. Che resterebbe alla tua povera madre ed a me se tu ci venissi a mancare? Che a Napoleone gli vada bene, è impossibile, mio povero caro; costoro sapranno bene farlo perire. Non hai sentito, otto giorni fa a Milano, la storia di quei ventitré complotti combinati tutti a perfezione, ai quali solo per miracolo è scampato? E allora era onnipotente! Hai visto che non è la volontà di toglierlo di mezzo che manca ai nostri nemici!

Era con l'accento della piú viva commozione che la contessa parlava a Fabrizio della sorte che attendeva Napoleone. – Permettendoti d'andare a raggiungerlo, io gli sacrifico quel che ho di piú caro al mondo, – diceva.

Gli occhi di Fabrizio si bagnarono di lacrime; pianse abbracciando la contessa; ma la sua decisione non fu scossa un momento. Con trasporto egli spiegava all'amica le ragioni che lo decidevano a quella partenza: ragioni che ci prendiamo la libertà di trovare parecchio infantili.

– Ieri sera, mancavano sette minuti alle sei, e passeggiavamo, come sai, sulla riva del lago nel viale dei platani, sotto casa Sommariva, incamminati a mezzodí. Là per la prima volta notai in lontananza il battello che veniva da Como, apportatore di sí grande notizia. Osservavo il battello senza pensare all'imperatore, invidiando soltanto la sorte di chi può viaggiare, quando di colpo mi sentii invadere da una profonda commozione. Il battello ha toccato terra, l'agente ha parlato sottovoce a mio padre, che cambiò colore e ci prese da parte per annunciarci la *spaventosa notizia.* Mi voltai verso il lago unicamente per nascondere le lacrime di gioia che m'inondavano gli occhi. Ad un tratto, ad un'immensa altezza, alla mia destra vedo un'aquila, l'aquila di Napoleone; volava maestosa dirigendosi verso la Svizzera, verso Parigi! Anch'io, mi dissi subito, traverserò la Svizzera con la rapidità dell'aquila ed andrò a offrire a quel grand'uomo ben poca cosa, ma insomma tutto quello che posso offrirgli: il soccorso del mio debole braccio. Egli volle darci una patria e volle bene a mio zio. Seguivo ancora l'aquila con lo sguardo quand'ecco, cosa strana, le mie lacrime da sé si seccarono; e ciò che prova che questa idea mi è ispirata dall'alto, all'istante stesso, senza esitazione, la mia decisione fu presa e vidi il modo di metterla in atto. In un batter d'occhio tutte le tristezze che, come sai, m'avvelenano la vita, la domenica soprattutto, sparirono come soffiate via da un soffio divino. Ho visto l'augusta figura dell'Italia alzarsi dal fango in cui i tedeschi la tengono immersa [1]; stendeva le braccia martoriate e cariche ancora in parte di catene verso il suo Re e Liberatore. Ed io, mi son detto, figlio ancora sconosciuto di questa sventurata Madre, partirò, andrò a morire od a vincere al seguito di quest'Uomo segnato dal destino che volle lavarci del disprezzo che ci lanciano in faccia sin i piú schiavi e i piú vili tra gli abitanti dell'Europa.

— Sai, — aggiunse a bassa voce accostandosi alla contessa e fissando su di lei occhi che mandavano fiamme, — sai quel giovane castagno che mia madre, nell'inverno che son nato, piantò con le sue mani vicino alla grande fontana nella nostra foresta a due leghe di qui? Prima d'intraprendere alcunché, volli andarlo a trovare. La primavera non è troppo inoltrata, mi dicevo: ebbene, se il mio albero ha messo qualche foglia, sarà per me un segno. Vorrà dire che anch'io devo uscire dallo stato di torpore nel quale languisco in questo tetro e freddo castello. Non trovi che queste vecchie mura annerite, simboli adesso e un tempo strumenti di dispotismo, sono l'immagine parlante del triste inverno? Esse sono per me ciò che l'inverno è per l'albero. Ebbene, lo crederesti, Gina? ieri sera alle sette e mezzo giunsi al castagno: aveva delle foglie, delle belle foglioline già abbastanza grandi! Le baciai cercando di non sciuparle. Riverente, vangai la terra intorno all'albero diletto. Subito, in-

---

[1] È un cuore appassionato che si esprime, traducendo in prosa alcuni versi del celebre Monti [*Nota dell'Autore*].

vaso da un mai provato entusiasmo, traversai la montagna;
arrivai a Menaggio: m'occorreva un passaporto per entrare
in Isvizzera. Il tempo era volato, era già un'ora del mattino quando mi vidi davanti alla porta di Vasi. Mi immagina-
vo di dover bussare parecchio per destarlo: era già alzato,
invece, ed aveva con sé tre suoi amici. Avevo appena aperto bocca che: «Vai a raggiungere Napoleone!» esclamò e
mi è saltato al collo. Gli altri pure mi hanno abbracciato
con trasporto. «Ah, perché ho moglie!» uno d'essi rim-
piangeva.

La zia intanto s'era fatta pensierosa; stimò suo dovere
muovergli qualche obiezione. Se avesse avuto la più piccola esperienza, Fabrizio avrebbe subito veduto che la contessa era la prima a non credere alle buone ragioni che s'affrettava ad opporgli. Ma in difetto d'esperienza, egli aveva della risolutezza; quelle ragioni, non volle neanche ascoltarle.
Sicché, rassegnatasi tosto, la contessa si contentò d'ottenere che mettesse almeno la madre a parte del progetto.

– Lo dirà alle mie sorelle: sono donne e senza volerlo
mi tradiranno! – gridò Fabrizio con ingenuo piglio d'eroe.
Sorridendo tra le lacrime: – Parla dunque con più rispetto,
– disse la contessa, – del sesso che farà la tua fortuna. Agli
uomini dispiacerai sempre: hai troppo fuoco per le anime
prosaiche.

All'apprendere il pazzesco progetto del figlio la marchesa scoppiò in pianto: essa non sentiva l'eroismo e fece
quanto stava in lei per dissuaderlo. Quando si fu convinta
che nulla al mondo, salvo le catene, lo avrebbe trattenuto,
gli consegnò il poco danaro che possedeva; poi si sovvenne
d'aver otto o dieci minuscoli diamanti del valore di forse
diecimila lire, che la vigilia il marchese le aveva affidato
per farli montare a Milano. Mentre glieli cuciva nel vestito
ed egli restituiva alle poverette i loro magri napoleoni, entrarono in camera della madre le sorelle. Esse furono talmente entusiasmate dal suo progetto, l'abbracciavano con
una gioia così chiassosa ch'egli tolse in mano i diamanti
che restavano da nascondere nell'abito e volle partire su
due piedi.

– Mi tradireste senza volerlo, – disse alle sorelle. – Con
tanto danaro, è inutile che mi carichi di vestiti: se ne trovano dappertutto.

Abbracciò quelle dilette creature e partì all'istante; non
volle neanche risalire un momento nella sua stanza. Nel ti-

more d'essere inseguito da gente a cavallo, fece la strada cosí in fretta che la sera stessa entrava in Lugano. Ora, grazie
a Dio, si trovava in una città svizzera e non aveva piú da
temere d'essere fermato per una strada solitaria da gendarmi prezzolati dal padre. Da Lugano scrisse una bella lettera, che fu una debolezza da ragazzo e che serví solo a dar
consistenza alla collera del marchese.

Preso un cavallo, varcò il San Gottardo; fece il viaggio
in un lampo ed entrò in Francia per Pontarlier. L'imperatore era a Parigi. È qui che cominciarono i guai per Fabrizio;
partito nella ferma intenzione di parlare all'imperatore,
non gli era mai passato per la testa che la cosa fosse difficile. A Milano vedeva dieci volte al giorno il principe Eugenio, e gli sarebbe stato facile rivolgergli la parola. A Parigi,
tutte le mattine andava nel cortile del castello delle Tuglie-
rí ad assistere alle riviste passate da Napoleone; ma non gli
riuscí mai di avvicinare l'imperatore. Il nostro eroe credeva tutti i francesi trepidanti come lui pel pericolo che la patria correva. A tavola, in albergo, non fece mistero dei suoi
progetti e della sua devozione; trovò dei giovani simpaticis-
simi, anche piú di lui entusiasti, i quali in pochi giorni gli
soffiarono tutto il danaro che possedeva. Fortuna volle
che, per pura modestia, non avesse parlato dei diamanti
avuti dalla madre. Il mattino che, dopo un'orgia, si trovò
alla lettera svaligiato, comperò due bei cavalli, prese per
domestico un antico soldato, al servizio del sensale che glieli aveva venduti, e pieno di sprezzo pei giovani parigini bei
parlatori, partí per l'armata. Di questa sapeva solo che si
stava adunando dalle parti di Maubeuge. Era appena arrivato alla frontiera che trovò ridicolo restare in una casa a
scaldarsi davanti a un buon fuoco, mentre dei soldati bi-
vaccavano. Il domestico nel suo buon senso ebbe un bel
dirgli: egli corse a mescolarsi imprudentemente ai bivacchi
del fronte avanzato, sulla strada del Belgio. Come raggiunse il primo battaglione accampato a lato della strada, i soldati cominciarono ad adocchiare quel giovane borghese,
che non aveva nulla su di sé che ricordasse una divisa. Cadeva la notte, soffiava un vento gelato. Fabrizio s'accostò a
un fuoco di bivacco e chiese ospitalità, offrendo di pagare. Soprattutto all'offerta di pagare i soldati si guardarono
tra loro sbalorditi e per bontà gli fecero posto accanto al
fuoco; mentre il domestico gli preparava un ricovero. Ma
un'ora dopo, essendo venuto a passare nelle vicinanze del

bivacco l'aiutante del reggimento, i soldati gli andarono a riferire la comparsa di quello straniero che parlava male il francese. L'aiutante sottopose Fabrizio ad un interrogatorio e Fabrizio gli parlò con tanto calore del suo entusiasmo per l'imperatore che quello s'insospettí e lo invitò a seguirlo dal colonnello che alloggiava lí presso in una fattoria. In quella s'accostò il domestico coi due cavalli alla briglia. La vista dei cavalli parve colpire l'aiutante al punto che mutò avviso e prese ad interrogare anche il domestico. Costui indovinando a volo da vecchio soldato l'intenzione del suo interlocutore, accennò a protezione che il suo padrone aveva, aggiungendo che certo non gli vorrebbero *soffiare* quei bei cavalli. Al che, d'ordine dell'aiutante, un soldato gli metteva la mano al colletto; un altro prendeva in custodia i cavalli; quindi con aria severa il sottufficiale intimò a Fabrizio di seguirlo senza replicare.

Dopo avergli fatto fare una buona lega a piedi, nell'oscurità accresciuta dai fuochi dei bivacchi che d'ogni parte illuminavano l'orizzonte, l'aiutante consegnò Fabrizio ad un ufficiale dei gendarmi che con aria grave gli chiese le carte. Fabrizio mostrò il passaporto che lo dichiarava mercante di barometri *recante con sé la merce*.

– Che sono bestie lo sappiamo! – esclamò l'ufficiale. – Ma a questo punto!

Rivolse delle domande al nostro eroe che parlò dell'imperatore e della libertà nei termini del piú vivo entusiasmo; al che l'ufficiale di gendarmeria scoppiò a ridere come un matto.

– Perbacco! non si può dire che tu sia troppo furbo! – gridò. – È un po' grossa, via, che ci mandino degli allocchi della tua specie!

E per quanto Fabrizio si affannasse a spiegare che infatti egli non era negoziante in barometri, l'ufficiale lo mandò alla prigione di B., piccola città lí vicino, dove il nostro eroe arrivò verso le tre del mattino, furente e morto di fatica.

Fabrizio, non comprendendo un'acca in tutto ciò che gli stava succedendo, prima sbalordito, poi furibondo, passò trentatre interminabili giorni in quella lurida prigione; scriveva lettere su lettere al comandante della piazza; ed era la moglie del carceriere che s'incaricava di inoltrarle. Ma siccome l'avvenente fiamminga non aveva nessuna voglia di mandare alla fucilazione un cosí bel ragazzo che in piú pagava profumatamente, non mancava di gettare nel fuoco

tutte quelle lettere. Alla sera, molto sul tardi, aveva la bontà di venir ad ascoltare i lagni del prigioniero; avendo detto
al marito che quello sbarbatello era fornito di quattrini, il
marito le aveva dato carta bianca. Del che lei si valse e si
beccò cosí qualche napoleone d'oro; l'aiutante infatti non
gli aveva portato via che i cavalli e l'ufficiale di gendarmeria nulla gli aveva confiscato. Un pomeriggio del mese
di giugno, Fabrizio distinse lontanissimo un forte colpo di
cannone. Ci si batteva dunque, finalmente! il cuore gli bal-
zava dall'impazienza. Notò pure un grande tramestio in città: tre divisioni stavano traversando B. Quando, verso le
undici di sera la moglie del carceriere venne a consolarlo,
Fabrizio fu con lei anche piú amabile del solito; poi, prendendole le mani: – Fatemi uscire di qui, – le disse, – vi do
la mia parola d'onore che appena si finisca di battersi rien-
tro in prigione.
   – Frottole! Hai dei *quibus*? – Lui si turbò: non capiva
la parola *quibus*. Da quella esitazione, la donna dedusse
che il giovane fosse al verde ed invece di parlare di napoleoni d'oro come era prima sua intenzione, parlò di lire.
   – Senti, – gli disse, – se hai un centinaio di lire da sbor-
sare, metterò un napoleone doppio su ciascun occhio del caporale che viene fra poco a dare il cambio alla guardia della notte. Cosí non ti vedrà uscir di prigione e se il suo reggimento deve partire in giornata, accetterà.
   L'accordo fu presto concluso. La carceriera consentí persino a nascondere Fabrizio nella propria camera, di dove gli
sarebbe stato piú facile evadere il mattino dopo.
   L'indomani prima dell'alba, la donna commossa disse a
Fabrizio:
   – Caro piccolo, tu sei ancora troppo giovane per questo
brutto mestiere; dammi retta, non ricascarci!
   – Ma come! – ripeteva Fabrizio. – È forse mal fatto voler difendere la patria?
   – Basta! Non ti scordar mai che io ti ho salvata la vita;
non avevi scappatoie, finivi fucilato. Ma non fiatare con
nessuno: faresti perdere il posto a me e a mio marito. Soprattutto non ripeter mai la tua disgraziata storiella del
gentiluomo che è partito da Milano travestito da mercante
di barometri: è troppo scema. Ascoltami bene: io ti darò i
vestiti d'un ussaro morto avantieri in prigione. Apri il
becco il meno possibile, e se proprio un maresciallo d'alloggio o un ufficiale ti costringe ad aprirlo, racconta che sei

rimasto in casa d'un contadino che ti ha raccolto per pietà in un fosso della strada, che battevi i denti dalla febbre. Se la tua risposta non soddisfa, aggiungi che vai a raggiungere il tuo reggimento. Ti arresteranno forse pel tuo accento: allora di' che sei nato in Piemonte, che sei un coscritto rimasto in Francia l'anno scorso e chi piú ne ha piú ne metta.

Per la prima volta dopo trentatre giorni che s'arrovellava, Fabrizio capí la ragione di quel che gli stava capitando: l'avevan scambiato per una spia. Egli si mise allora a ragionare con la donna che quel mattino era particolarmente ben disposta verso di lui; e infine, mentre lei armata d'un ago raccorciava gli abiti dell'ussaro, raccontò per filo e per segno la sua storia alla donna sbalordita. Essa un momento vi prestò fede: il giovane aveva l'aspetto cosí ingenuo ed era cosí grazioso vestito da ussaro!

– Poiché ci tenevi tanto a batterti, – gli disse infine quasi persuasa, – dovevi allora arrivando a Parigi arruolarti in un reggimento. Pagando da bere a un maresciallo d'alloggio, la cosa era fatta!

La donna aggiunse tanti avvertimenti per l'avvenire e finalmente al primo barlume dell'alba lo mise fuori, non senza avergli prima fatto giurare un'infinità di volte che non pronunzierebbe mai il suo nome, checché gli accadesse. Quando Fabrizio fu uscito dalla piccola città – camminava allegramente con la sciabola d'ussaro sotto il braccio – un pensiero molesto lo assalí. «Eccomi, – si disse, – col vestito ed il foglio di via d'un ussaro morto in prigione, dove l'aveva condotto, pare, il furto d'una vacca e di qualche posata d'argento! Eccomi, si può dire, al posto d'un altro, senza averlo voluto né averlo in alcun modo previsto! Attento alla prigione! Il presagio è chiaro, n'avrò da assaggiare parecchia di prigione!»

Non aveva lasciato da un'ora la sua salvatrice, quando la pioggia cominciò a cadere con tale violenza, che a stento il neo-ussaro, impacciato dalle rozze scarpe non fatte per lui, poteva camminare. Incontrò un contadino montato su un cattivo cavallo e glielo comprò facendosi intendere a segni: la moglie del carceriere non gli aveva raccomandato di parlare il meno possibile, per via dell'accento?

Quel giorno l'esercito, che aveva vinto da poco la battaglia di Ligny, era in marcia su Brusselle; si era alla vigilia di Waterloo. Sul mezzodí, tra la pioggia che seguitava a cadere a dirotto, Fabrizio udí il rombo del cannone; la gioia che ne provò gli fece completamente scordare i terribili momenti di disperazione che l'ingiusta prigione gli aveva causato. Camminò sino a notte molto inoltrata e, guidato dal buonsenso che cominciava ad avere, l'alloggio questa volta se lo andò a cercare in una casa di contadini lontanissima dalla strada. Alle sue richieste, il contadino piangeva e sosteneva che gli avevano portato via tutto; Fabrizio gli diede uno scudo; allora venne fuori dell'avena.

«Non è bello il mio cavallo, – si disse Fabrizio, – ma potrebbe lo stesso far gola a qualche aiutante» ed andò a dormire nella stalla presso il cavallo. Un'ora prima di giorno era già in via ed a forza di buone maniere era riuscito a mettere il cavallo al trotto. Verso le cinque udí un cannoneggiamento: era il preludio di Waterloo.

Capitolo terzo

Fabrizio trovò poco dopo delle vivandiere e la riconoscenza grandissima che sentiva per la moglie del carceriere di B. lo spinse a rivolgere loro la parola; ad una d'esse chiese dov'era il 4° reggimento degli ussari, il suo reggimento.

– Farai bene a non aver tanta fretta, mio soldatino, – disse la cantiniera toccata dal pallore e dai begli occhi di Fabrizio. – Non hai ancora il pugno abbastanza fermo pei colpi di spada che oggi si scambieranno. Avessi un fucile, non dico; allora potresti sparare il tuo colpo al pari d'un altro.

Il consiglio spiacque a Fabrizio; ma aveva un bello spronare il cavallo: piú presto della carretta della cantiniera non poteva andare. Ogni tanto il rombo del cannone che pareva avvicinarsi impediva di udirsi; Fabrizio, infatti, era cosí fuori di sé dall'entusiasmo e dalla gioia che aveva riattaccato conversazione.

Salvo il suo vero nome e la fuga dalla prigione, finí per dir tutto a quella donna che aveva l'aria cosí buona. Essa era molto stupita e non capiva un'acca in ciò che le raccontava quel bel soldatino.

– Ho mangiato la foglia, – esclamò alla fine trionfante, – siete un giovane borghese innamorato della moglie di qualche capitano del 4° ussari. La vostra bella vi avrà regalato l'uniforme che indossate ed ora correte da lei. Come è vero Dio, non siete mai stato soldato; ma da quel bravo ragazzo che siete, visto che il vostro reggimento è al fuoco, volete esserci anche voi e non passare per un cappone.

Fabrizio le lasciò credere ogni cosa: era il solo modo che avesse di riceverne dei buoni consigli. «Io non capisco nulla nei modi di fare di questi francesi, – si diceva, – e se non c'è uno che mi guidi, tornerò a farmi gettare in prigione e mi ruberanno anche il cavallo».

– Intanto, ammetti, piccino mio, – gli disse la cantinie

ra, che gli si andava sempre piú affezionando, – ammetti
che non hai ancora vent'anni: è già molto se ne hai diciassette.

Era la pura verità e Fabrizio la confessò di buon grado.

– Per cui, non sei neppure coscritto: è solo pei begli occhi della signora che vai a farti rompere le ossa. Capperi!
non è priva di gusto, costei! Se hai ancora qualcuno di quei
giallini che ti ha dato, bisogna per prima cosa che ti compe-
ri un altro cavallo: guarda come la tua brenna rizza le orecchie quando si sente un po' piú vicino il rombo del cannone: codesto, è un cavallo da contadino che ti farà ammazzare appena sarai in linea. Quel fumo bianco che vedi laggiú
sopra quella siepe è fuoco di fucileria, piccino mio! Preparati quindi ad avere una bella tremarella, quando sentirai
le palle fischiare. Farai bene a mangiare un boccone, finché
sei in tempo!

Fabrizio seguí il consiglio e consegnando un napoleone
alla vivandiera la invitò a pagarsi.

– Strappi il cuore a vederti, – gridò la donna: – il poveri-
no non sa neppure spendere il suo danaro! Meriteresti che,
intascato il tuo napoleone, mettessi Cocotte al galoppo: al
diavolo se la tua brenna ce la farebbe a tenermi dietro!
Che faresti, allocco, se mi vedessi battermela? Impara che
quando tuona il cannone, non si fa mai vedere l'oro che si
ha in tasca. Tieni: ecco diciotto franchi e cinquanta centesi-
mi: la colazione ti costa trenta soldi. Di cavalli a momenti
ne avremo finché vorremo. Se è una bestia piccola, non dare piú di dieci franchi e in ogni caso mai piú di venti; fos-
s'anche il cavallo dei quattro figli d'Aimone.

Aveva finita la sua colazione quando la vivandiera che
continuava a predicare fu interrotta da una donna che veniva avanti attraverso i campi e che passò sulla strada.

– Ehi, tu! – gridò la donna. – Ehi, Margot! il tuo 6° cavalleggeri è sulla destra!

– Devo lasciarti allora, piccino mio, – disse la vivandiera al nostro eroe; – ma in verità tu mi fai pena: mi ti sono
già affezionata, santo Dio! Non sai niente di niente, tu; vai
a farti accoppare, come è vero Dio! Vieni con me al 6° cavalleggeri.

– Di non saper niente, son persuaso, – disse Fabrizio, –
ma voglio battermi e sono deciso ad andare laggiú verso
quel fumo bianco.

– Guarda come il tuo cavallo dimena le orecchie! Appe-

na sarà laggiú, per poca forza che gli resti, ti prenderà la
mano, si metterà al galoppo e Dio sa dove ti porterà! Vuoi
darmi retta? Quando sarai tra i fantaccini, raccatta un fucile e una giberna e fa' come vedi fare a loro, né piú né meno. Ma, Dio mio, scommetto che non sai neppure aprire
una cartuccia.

Sebbene punto al vivo, Fabrizio confessò alla nuova amica che aveva indovinato.

– Povero piccolo! si farà ammazzare alla prima: come è
vero Dio! sarà l'affare d'un minuto.

– Bisogna assolutamente che tu venga con me, – riprese
la cantiniera con tono d'autorità.

– Ma io voglio battermi!

– Ti batterai lo stesso, va là, il 6° cavalleggeri è famoso
per battersi ed oggi, da battersi, ce n'è per tutti.

– Ma quanto ci vorrà a raggiungerlo?

– Un quarto d'ora a dir tanto.

«Consigliato da questa buona donna, – pensò Fabrizio,
– la mia totale ignoranza non mi farà scambiare di nuovo
per una spia e mi potrò battere».

In quel momento il rombo del cannone s'infittí, i colpi
si susseguivano ai colpi. «È come un rosario», pensò Fabrizio.

– Si cominciano a distinguere gli spari di fucileria, – disse la vivandiera frustando il cavallino che il fuoco pareva
eccitare.

La donna voltò a destra e prese una traversa in mezzo ai
prati; c'era un piede di fango; siccome il carrettino minacciava di restarvi impigliato, Fabrizio diede una mano alla
ruota. Due volte il suo cavallo cadde; presto la strada, meno allagata, non fu piú che un sentiero in mezzo all'erba.

Fabrizio non aveva fatto cinquecento passi che la sua
brenna s'arrestò di colpo: era un cadavere messo attraverso al sentiero che faceva raccapricciare cavallo e cavaliere.

La faccia di Fabrizio, pallidissima di natura, prese un'accentuata tinta verde. Dato uno sguardo al morto, la cantiniera disse come parlando fra sé: «Non appartiene alla nostra divisione». Poi, levando gli occhi sul nostro eroe, scoppiò a ridere:

– Ah! ah! piccino mio, – gridò, – sono confetti, questi!

Fabrizio non si riaveva dall'orrore. Lo colpiva soprattutto la sporcizia dei piedi di quel cadavere ch'era già stato de-

predato delle scarpe e che non aveva piú indosso che un cattivo paio di pantaloni imbrattati di sangue.

– Accostati, – gli disse la cantiniera, – scendi da cavallo: bisogna che ti avvezzi! Toh, – gridò, – l'han preso al capo.

Una pallottola, penetrata presso il naso, era uscita dalla tempia opposta e sfigurava orribilmente il cadavere ch'era restato con un occhio aperto.

– Scendi dunque da cavallo, piccino, – disse la cantiniera, – e dàgli una stretta di mano per vedere se te la rende.

Senza esitare, sebbene fosse vicino a render l'anima dal disgusto, Fabrizio si gettò giú da cavallo e presa la mano del cadavere la scosse con energia; ma poi restò lí come annientato: non si sentiva piú la forza di rimontare a cavallo. Ciò che soprattutto gli faceva orrore era quell'occhio aperto.

«Ora la vivandiera mi prenderà per un vile», si diceva amaramente. Ma sentiva l'impossibilità di fare un movimento: sarebbe caduto. Fu un bruttissimo momento: Fabrizio fu sul punto di sentirsi affatto male. La vivandiera, avvedendosene, saltò giú dal carretto e senza dir parola gli porse un bicchiere di acquavite ch'egli trangugiò d'un fiato. Poté cosí risalire sulla brenna e seguitò la strada senza dire una parola. Con la coda dell'occhio ogni tanto la vivandiera lo osservava.

– Ti batterai domani, piccino mio, – finí con dirgli; – oggi resterai con me. Vedi bene che il mestiere del soldato devi prima impararlo.

– Niente affatto! subito, mi voglio battere, – esclamò il nostro eroe con un viso scuro che alla vivandiera parve di buon augurio. Il tuonare del cannone cresceva e sembrava appressarsi. I colpi non piú intervallati cominciavano a formare un rumore continuo di basso profondo e su questo mugghio, che ricordava il lontano fragore d'un torrente, si distinguevano nettamente le scariche della fanteria.

Ora la strada s'internava in mezzo a un boschetto. La vivandiera scorgendo tre o quattro soldati che venivano di gran corsa alla sua volta, balzò giú lesta dal veicolo e corse a rimpiattarsi a quindici o venti passi dalla strada, in una buca lasciata da un grosso albero sradicato. «Adesso, – si disse Fabrizio, – vedrò se sono un vile!» Sguainando la spada, si piantò presso il veicolo abbandonato. I soldati non badarono a lui e passarono correndo lungo il bosco, a sinistra della strada.

– Sono dei nostri, – disse tranquillamente la vivandiera tornando trafelata presso il carretto. – Se il tuo cavallo fosse capace di galoppare, ti direi: spingilo avanti sino al limite del bosco e guarda se c'è qualcuno nella pianura.

Fabrizio non se lo fece ripetere; strappò un ramo ad un pioppo e con quello sferzò il cavallo a tutta forza; il ronzino prese un momento il galoppo per ricader quindi nel suo trotterello abituale. La vivandiera aveva messo il suo cavallo al galoppo. – Fermati dunque, fermati! – gridava a Fabrizio. Tutti e due furono presto fuori del bosco. Affacciandosi alla pianura, udirono un fragore spaventoso: moschetteria e cannone tuonavano d'ogni parte; a destra, a sinistra, alle spalle. E siccome il boschetto di dove uscivano occupava un poggio piuttosto elevato ebbero lo spettacolo abbastanza netto d'uno spicchio della battaglia; ma nel prato che si stendeva al di là del bosco non c'era anima viva. A mille passi di distanza, limitava quel prato una lunga fila di salici foltissimi; al di sopra dei quali appariva un fumo bianco che ogni tanto s'alzava in vortici al cielo.

– Sapessi almeno dov'è il reggimento! – diceva turbata la cantiniera. – Non si deve traversare questo prato per diritto. A proposito, tu, se vedi un soldato nemico, attaccalo con la punta della spada, non ti gingillare a sciabolarlo.

A questo punto la cantiniera scorse i quattro soldati di cui abbiamo parlato; sbucavano dal bosco nella pianura a sinistra della strada. Uno di essi era a cavallo.

– Ecco quello che fa per te, – disse a Fabrizio. – Ehi, tu! – gridò a quello che era a cavallo, – vieni dunque qui a bere un bicchiere d'acquavite.

I soldati si avvicinarono.

– Dov'è il 6° cavalleggeri?

– Là in fondo, a cinque minuti da qui, davanti al canale che corre lungo i salici; anzi ne è rimasto ucciso or ora il colonnello Macon.

– Vuoi cinque franchi del tuo cavallo, tu?

– Cinque franchi! non è lo spirito che ti manca, mammina: un cavallo da ufficiale che non passerà un quarto d'ora ne beccherò cinque bei napoleoni.

– Dammene uno, dei tuoi napoleoni, – disse la vivandiera a Fabrizio. Poi, avvicinandosi al soldato a cavallo: – Salta giú, – gli intimò, – eccoti il tuo napoleone.

Il soldato smontò, Fabrizio saltò allegramente in sella,

mentre la vivandiera staccava il portamantelli che era sulla brenna.

– Datemi dunque una mano, voialtri! – disse ai soldati. – Cosí lasciate faticare una dama?

Ma il cavallo si sentí appena addosso quel peso che cominciò ad impennarsi, e Fabrizio, che pure cavalcare sapeva, ebbe bisogno di tutta la sua energia per tenerlo sotto.

– Buon segno! – disse la vivandiera: – il signore non è avvezzo al solletico del portamantelli.

– Un cavallo da generale! – gridava il soldato che l'aveva venduto, – un cavallo che pagarlo dieci napoleoni è pagarlo un soldo.

– Eccoti venti franchi, – gli disse Fabrizio che non stava in sé dalla gioia di sentirsi finalmente tra i ginocchi un cavallo brioso.

In quella una palla di cannone venne a colpire di sbieco un filare di salici e Fabrizio assistette al curioso spettacolo di tutti quei rametti che volavano di qua e di là come falciati di netto.

– Toh, ecco il bestione che s'avvicina! – gli disse il soldato intascando i venti franchi. Potevano essere le due.

Fabrizio era ancora sotto il fascino del curioso spettacolo, quando una brigata di generali, seguiti da una ventina di ussari, traversarono al galoppo un angolo laggiú della prateria al margine della quale egli s'era fermato: il suo cavallo nitrí, s'impennò due o tre volte di seguito, poi diede delle violente capate nella briglia che lo tratteneva. «Ebbene, sia!» si disse Fabrizio.

Lasciato a sé, il cavallo partí ventre a terra e andò a raggiungere la scorta che seguiva i generali. Fabrizio contò quattro cappelli filettati. Passò poco che, da qualche parola d'un ussaro che aveva vicino, Fabrizio capí che tra quei generali c'era il famoso maresciallo Ney. La sua gioia fu al colmo; tuttavia non riusciva a capire quale dei quattro fosse il maresciallo Ney; avrebbe dato qualunque cosa per saperlo, ma si ricordò che non doveva parlare. La scorta si fermò per passare un largo fossato colmo dalla pioggia della vigilia; fiancheggiato da grandi alberi, esso limitava a sinistra la prateria all'ingresso della quale Fabrizio aveva acquistato il cavallo. Quasi tutti gli ussari avevano messo piede a terra; la sponda del fossato era a picco e scivolosa e l'acqua si trovava a tre o quattro piedi sotto il livello della prateria. Distratto dalla gioia che provava, Fabrizio pensa-

va piú al maresciallo Ney e alla gloria che al proprio cavallo, il quale, vivace com'era, saltò nel canale: ciò che fece
schizzare l'acqua a grande altezza. Uno dei generali ne fu
investito e gridò sacramentando: – Al diavolo la f... bestia!
– Fabrizio si sentí profondamente ferito dall'ingiuria. «Posso chiederne ragione?» si domandava. Intanto, per mostrare che non era poi cosí maldestro, cercò di far risalire al cavallo la riva opposta; ma era a picco e troppo alta. Dovette
rinunciarvi; rimontò allora la corrente, con l'acqua alla testa del cavallo e trovò alla fine una specie di abbeveratoio;
attraverso quel punto di pendio dolce raggiunse facilmente
il campo dall'altra parte del canale. Della scorta fu lui il primo a varcare il fosso; e si mise a trottare fieramente lungo
la sponda, mentre in fondo al canale gli ussari si arrabatta-
vano parecchio impacciati, dato che in piú punti l'acqua
raggiungeva cinque piedi di profondità. Due o tre volte i
cavalli presi da panico si misero a nuoto, ciò che produsse
uno sguazzio spaventoso. Un maresciallo d'alloggio che aveva notato la manovra con cui quello sbarbatello dall'aspetto cosí poco militare s'era tirato d'impiccio gridò: – Risali-
te! A sinistra, c'è un abbeveratoio –. Cosí uno alla volta
passarono tutti.

Giungendo sull'altra riva, Fabrizio vi aveva trovato i generali soli; il tuonare dei cannoni cresceva; a stento egli
udí il generale, immollato da lui, gridargli all'orecchio:
– Dove hai preso quel cavallo?

Fabrizio era talmente turbato che rispose in italiano:
– L'ho comprato poco fa.

– Cosa dici? – gridò il generale.

Ma lo strepito divenne in quel momento cosí assordan-
te che Fabrizio non poté rispondere. Confesseremo che il
nostro eroe era ben poco eroe in quel momento. Tuttavia,
prima che spaventato, era urtato da quel fragore che gli
indoloriva le orecchie. La scorta prese il galoppo attraverso un grande campo di terra arata che si stendeva al di là
del canale e ch'era ricoperto di cadaveri.

– Le uniformi rosse! le uniformi rosse! – gridavano con
esultanza gli ussari di scorta. Subito Fabrizio non capí; poi
notò che quasi tutti i cadaveri erano infatti vestiti di rosso.
Un particolare gli diede un brivido d'orrore: parecchi di
quegli sventurati in divisa rossa erano ancora in vita: gridavano per essere soccorsi e nessuno si fermava. Il nostro
eroe, pieno d'umanità, faceva miracoli perché il cavallo non

calpestasse qualche caduto. La scorta si arrestò; Fabrizio, che non metteva abbastanza attenzione all'adempimento del suo dovere di soldato, distratto dalla vista d'un ferito, seguitò a galoppare.

– Vuoi dunque fermarti, coscritto! – gli gridò il maresciallo d'alloggio. Fabrizio s'avvide allora d'essersi lasciato indietro d'un tratto i generali e di trovarsi dalla parte appunto verso cui essi guardavano coi loro binoccoli. Tornato a mettersi in coda agli altri ussari rimasti addietro di qualche passo, vide il piú grosso di quei generali parlare al vicino, generale pur lui, con tono d'autorità e quasi di rimbrotto: bestemmiava. Fabrizio non poté contenere la curiosità; e nonostante il consiglio di non aprir bocca datogli dalla moglie del carceriere, mise insieme una piccola frase francese, la piú corretta che gli riuscí, per dire al vicino:

– Chi è quel generale che rimprovera il vicino?
– Diamine! è il maresciallo!
– Che maresciallo?
– Il maresciallo Ney, bestione! Ah, questa! dove hai fatto il soldato sinora?

Fabrizio, per quanto permaloso, non pensò neanche ad offendersi: perduto in un'ammirazione infantile, contemplava quel famoso principe della Moscova, il bravo dei bravi.

D'un tratto si partí al gran galoppo. Qualche istante dopo, Fabrizio vide, venti passi piú in là, un terreno arato ribollire sommosso in modo curioso. I solchi erano in fondo pieni d'acqua, e la terra inzuppata che formava la cresta delle porche volava via in neri spruzzi lanciati a grande altezza. Fabrizio notò passando il singolare fenomeno; poi ricadde a pensare alla gloria del maresciallo. Quand'ecco udí presso di sé un acuto grido: due ussari erano stramazzati colpiti da proiettili di cannone; quando si volse a guardarli, la scorta li aveva già distanziati di parecchio. Ciò che lo impressionò fu un cavallo tutto insanguinato che si dibatteva sulla terra lavorata, impigliandosi con le zampe nelle proprie viscere: faceva sforzi per alzarsi e raggiungere gli altri. Il sangue scorreva nel fango.

«Ah eccomi finalmente al fuoco! – disse. – Ho visto il fuoco! – si ripeteva con ebbrezza. – Adesso sono un vero soldato».

In quel momento la scorta filava ventre a terra e il nostro eroe finalmente capí che erano le palle di cannone che facevano schizzar via tutt'intorno la terra a quel modo. Ma aveva un bel guardare dal lato di dove venivano le palle: vedeva solo a un'enorme distanza il fumo bianco della batteria e sul muggito eguale e continuo dell'artiglieria gli pareva di udire scariche assai piú vicine: non si raccapezzava.

In quella i generali e la scorta scesero in un sentiero incassato pieno di acqua. Il maresciallo si fermò e guardò di nuovo col binoccolo. Questa volta Fabrizio poté osservarlo a suo agio: notò ch'era biondo con una gran testa rossa. «Non ci sono tipi simili da noi, – si disse. – Io, cosí pallido e con questi capelli castani, non potrò mai essere come lui», aggiunse malinconicamente. E per lui voleva dire: Non sarò mai un eroe. Guardò gli ussari: meno uno, avevano tutti mustacchi biondi. Ma se Fabrizio li guardava, anch'essi guardavan lui. Quegli sguardi lo fecero arrossire e per uscir d'imbarazzo voltò il capo verso il nemico. Erano file lunghissime d'uomini vestiti di rosso; ma, ciò che lo stupí molto, quegli uomini gli sembrarono piccolissimi. Le loro lunghe righe – reggimenti e divisioni – non gli apparivano piú alte di siepi. Una fila di cavalleggeri rossi trottava alla volta della strada incassata che maresciallo e scorta percorrevano ora a passo d'uomo, diguazzando nella mota. Il fumo impediva di distinguere alcunché dalla parte verso cui si avanzava; su quella bianca cortina si vedevano staccarsi qualche volta degli uomini al galoppo.

Tutto a un tratto, dalla parte del nemico, Fabrizio vide sopraggiungere quattro uomini di gran carriera. Siamo attaccati, si disse; poi due di quegli uomini li vide parlare al maresciallo. Uno dei generali del seguito di quest'ultimo partí al galoppo in direzione del nemico, seguito da due ussari e dagli ultimi quattro arrivati. Al di là d'un piccolo canale che tutti passarono, Fabrizio si trovò a fianco d'un maresciallo d'alloggio che aveva un aspetto bonario. «Bisogna che io parli a quello lí, – si disse, – forse cesseranno di guardarmi». Ruminò a lungo le parole da dire.

– Signore, è la prima volta che assisto ad una battaglia, – disse finalmente al maresciallo d'alloggio; – ma questa è una vera battaglia?

– Direi. Ma voi chi siete?

– Sono il fratello della moglie d'un capitano.

– E come si chiama, questo capitano?

Il nostro eroe si trovò in un tremendo impiccio: questa

domanda non l'aveva prevista. Per fortuna, ecco che il maresciallo e la scorta ripartivano al galoppo. Che cognome francese devo dire? pensava. Alfine si ricordò il nome del padrone dell'albergo dove aveva alloggiato a Parigi: spinse il cavallo presso quello del maresciallo d'alloggio e alzando quanto poté la voce gli gridò:

– Il capitano Meunier!

L'altro, comprendendo male a causa del rombo del cannone, gli rispose: – Ah, il capitano Teulier? È stato ucciso.

«Bravo! – disse Fabrizio a se stesso. – Il capitano Teulier; ora devo mostrarmi costernato».

– Oh, mio Dio! – esclamò; e prese un'espressione di circostanza.

S'era usciti dalla strada incassata ed ora si traversava un piccolo prato; s'andava come il vento, le cannonate arrivavano di nuovo; il maresciallo si diresse verso una divisione di cavalleria. La scorta restò in mezzo a cadaveri e a feriti; ma tale spettacolo non faceva già piú tanta impressione al nostro eroe; adesso aveva altro da pensare.

In quella sosta scorse un carretto di cantiniera, e l'attaccamento che nutriva per quella onorevole classe vincendo ogni altra considerazione, si slanciò al galoppo per raggiungerlo.

– Restate qui, sacr...! – gli gridò dietro il maresciallo d'alloggio.

«Qui, che cosa mi può fare?» pensò Fabrizio. E seguitò a galoppare verso la cantiniera. Nel dar di sprone nel cavallo, gli era balenata la speranza che si trattasse della sua buona cantiniera del mattino; cavalli e veicoli delle cantiniere si rassomigliavano molto; ma la proprietaria del veicolo avvistato questa volta era un'altra e il nostro eroe le trovò un aspetto tutt'altro che incoraggiante. Nel rivolgersele, sentí che diceva: – Peccato, era un cosí bell'uomo!

Un bruttissimo spettacolo attendeva infatti là Fabrizio: stavano amputando della coscia un corazziere, un bel giovanottone alto. Il soldato novellino chiuse gli occhi e mandò giú uno dopo l'altro quattro bicchieri d'acquavite.

– Ci dài dentro, mingherlino! – gridò la cantiniera.

L'acquavite gli fece balenare un'idea: bisogna che mi faccia amici i camerati. Ed alla cantiniera:

– Datemi il resto della bottiglia.

– Ma lo sai che in un giorno come oggi, – quella rispose, – questo resto di bottiglia costa dieci franchi?

Vedendolo che raggiungeva al galoppo la scorta, il maresciallo d'alloggio gli gridò: – Ah, ce ne porti un goccetto! È per ciò che disertavi? Da' qui.

La bottiglia passò di mano in mano; l'ultimo che vi bevve gridò a Fabrizio scaraventandola via: – Grazie, camerata! – Tutti gli occhi ora guardavano Fabrizio con simpatia: ciò tolse un gran peso dal cuore di Fabrizio: era, il suo, uno di quei cuori ben fatti che non possono fare a meno dell'amicizia di chi li circonda. Finalmente non era piú guardato male dai compagni, c'era un legame tra di loro! Fabrizio tirò un profondo respiro, e, rinfrancato, disse al maresciallo d'alloggio:

– E se il capitano Teulier è stato ucciso, dove potrò raggiungere mia sorella? – Si riteneva un piccolo Machiavelli, a pronunziare cosí bene Teulier in luogo di Meunier.

– Stassera lo saprete, – quello rispose.

La scorta ripartí e raggiunse dei reparti di fanteria. Fabrizio si sentiva completamente ebbro; aveva bevuto troppa acquavite, stava male in sella; a proposito si ricordò di quel che usava dire il cocchiere di sua madre: quando si è alzato il gomito, bisogna guardare tra le orecchie del cavallo e fare come fa il vicino. Il maresciallo sostò a lungo presso alcuni reparti di cavalleria ai quali ordinò una carica; ma per un'ora e piú il nostro eroe ebbe scarsa coscienza di ciò che gli succedeva intorno. Si sentiva stanchissimo, e quando il cavallo galoppava ricadeva in sella quasi fosse di piombo.

Tutto a un tratto il maresciallo d'alloggio gridò ai suoi uomini: – Non vedete dunque l'imperatore, sacr...! – Subito la scorta lanciò a squarciagola il *Viva l'Imperatore!* È facile immaginare come sbarrò gli occhi il nostro eroe; ma non gli riuscí di scorgere che dei generali che galoppavano, seguiti anch'essi da una scorta. Le lunghe criniere ondeggianti che portavano sugli elmi i dragoni del seguito gli impedirono di distinguerne le facce. Cosí, per colpa di quei maledetti bicchieri d'acquavite, non ho potuto vedere l'imperatore sul campo di battaglia! Questa riflessione finí di risvegliarlo.

Si ridiscese in una strada piena d'acqua e i cavalli vollero bere.

– È dunque l'imperatore che è passato di qui? – chiese Fabrizio al vicino.

– Eh sicuro, era quello senza fregi sull'uniforme. Come

hai potuto non vederlo? – gli rispose benevolmente il compagno.

Fabrizio si sentí prendere da una grande smania di galoppare dietro la scorta dell'imperatore e di aggregarvisi. Che
felicità sarebbe stata far davvero la guerra al seguito di
quell'eroe! Non era venuto in Francia per questo? «Posso
farlo benissimo, – si disse, – perché insomma se sono qui
l'unico motivo che ho di esserci è stato il capriccio del mio
cavallo che si è messo a galoppare dietro questi generali».

Ciò che persuase Fabrizio a restare fu il fatto che i suoi
nuovi camerati gli facevano buon viso; cominciava a credersi l'amico intimo di tutti quei soldati coi quali galoppava da qualche ora; tra sé e loro egli vedeva già stabilita la
nobile amicizia che lega gli eroi cantati dal Tasso e dall'A-
riosto. Se andava ad aggregarsi alla scorta dell'imperatore
c'era una nuova conoscenza da fare; fors'anche lo guarde-
rebbero di mal occhio, perché quelli erano dei dragoni,
mentre lui portava la divisa da ussaro come tutta la scorta
del maresciallo. Il modo col quale ora i camerati lo guardavano mise il nostro eroe al colmo della felicità; qualunque
cosa avrebbe fatto pei suoi compagni; si sentiva in cielo.
Tutto aveva preso un altro aspetto da quando si trovava
con degli amici; moriva dalla voglia di rivolger loro delle
domande. «Ma sono ancora un po' bevuto, – si disse, –
non devo scordarmi delle raccomandazioni della moglie del
carceriere».

Notò uscendo dalla strada incassata, che la scorta non
era piú col maresciallo Ney; il generale che adesso seguivano era uno alto, snello, col viso asciutto e lo sguardo terribile. Quel generale altri non era che il conte d'A., il tenente Roberto del 15 maggio 1796. Che piacere egli avrebbe
provato a vedere Fabrizio del Dongo!

Era già da un poco che Fabrizio non vedeva piú la terra
volar via in neri schizzi sotto i proiettili dell'artiglieria. Si
giunse cosí alle spalle di un reggimento di corazzieri; Fabrizio udí distintamente la mitraglia colpire le corazze e vide
parecchi cadere.

Il sole bassissimo era prossimo a tramontare, quando la
scorta, uscendo da una strada incassata, salí un piccolo pendio poco alto per inoltrarsi in un terreno arato. Fu allora
che Fabrizio avvertí vicinissimo un piccolo rumore strano;
volse il capo: quattro uomini erano stramazzati coi cavalli; anche il generale era stato buttato a terra, ma già si rial-

zava coperto di sangue. Fabrizio guardava i caduti: tre
erano ancora agitati da qualche spasimo, il quarto gridava:
– Tiratemi via di qui sotto! – Il maresciallo d'alloggio e
due o tre uomini erano scesi da cavallo in soccorso del generale che, appoggiandosi all'aiutante di campo, si provava
a qualche passo: cercava d'allontanarsi dal cavallo che si dibatteva rovesciato a terra sferrando calci furibondi.

Il maresciallo d'alloggio s'appressò a Fabrizio; che udí
dire alle sue spalle vicinissimo all'orecchio: «Non resta che
questo che sia ancora in grado di galoppare». Nel tempo
stesso si sentí afferrare per i piedi; glieli sollevarono, sostenendolo sotto le ascelle; lo calarono giú dalla groppa del cavallo e lo lasciarono scivolare a terra, dove cadde a sedere.
L'aiutante di campo prese per la briglia il cavallo di Fabrizio; il generale, aiutato dal maresciallo d'alloggio, lo infor-
cò e partí al galoppo, seguito tosto dai sei uomini che restavano.

Fabrizio si rialzò furioso e si mise a correr dietro a quelli gridando in italiano: – Ladri! ladri! – Era amena quella
corsa dietro ai ladri in mezzo a un campo di battaglia.

La scorta ed il generale conte d'A. sparirono presto dietro un filare di salici. Fabrizio, fuor di sé dalla rabbia, arrivò anche lui ad una fila di salici, sull'orlo d'un canale molto profondo che attraversò. Giunto sull'altra sponda, ricominciò a lanciar sagrati scorgendo di nuovo, ma a una grandissima distanza, il generale che spariva con la sua scorta
in mezzo agli alberi. – Ladri! ladri! – gridava: ora, in francese. Disperato, meno della perdita del cavallo che del tradimento di cui si sentiva vittima, si lasciò andare sull'orlo
del fosso, stanco e morto di fame.

Se il suo bel cavallo glielo avesse portato via il nemico,
non ci avrebbe pensato un momento; ma vedersi tradito e
derubato da quel maresciallo d'alloggio al quale voleva tanto bene e da quegli ussari ch'egli riguardava come fratelli!
di tanta infamia non poteva consolarsi e, col dorso appog-
giato ad un salcio, si mise a piangere a calde lacrime. Cadevano uno a uno tutti i suoi bei sogni d'amicizia cavallere-
sca e sublime della quale aveva visto animati gli eroi della
Gerusalemme liberata. Affrontare la morte era niente, circondato d'anime eroiche ed amanti, di nobili amici che vi
stringono la mano nel momento che spirate! ma come conservare il proprio entusiasmo, quando si è attorniati da vili
bricconi?

Fabrizio esagerava, come ogni uomo in preda all'indignazione. Da un quarto d'ora si stava cosí compiangendo,
quando notò che i colpi di cannone cominciavano ad arrivare anche al filare d'alberi alla cui ombra s'abbandonava ai
suoi tristi pensieri. S'alzò e cercò d'orientarsi. Guardava
quei prati fiancheggiati da un largo canale ed il filare di fol-
ti salci: credette di raccapezzarsi. Quando, ad un quarto di
lega davanti a sé, scorse un reparto di fanteria che varcava
il fossato e s'inoltrava nei prati. «Mi stavo addormentan-
do, – si disse; – qui si tratta di non lasciarsi prendere prigioniero». E si mise a camminare del suo passo piú lesto.
Avanzando, si sentí rassicurare; riconobbe l'uniforme: i
reggimenti dai quali temeva di vedersi tagliare la strada
erano francesi. Piegò a destra per raggiungerli.

Al dolore morale d'esser stato cosí indegnamente tradito e derubato se ne aggiungeva ora un altro che di minuto
in minuto si faceva maggiormente sentire: moriva di fame.
Fu quindi con immensa gioia che dopo aver camminato o
piuttosto corso per una diecina di minuti, vide che il reparto di fanteria, che andava anch'esso di buon passo, si fermava come per prendere posizione. Pochi momenti dopo, si
trovava in mezzo ai primi soldati.

– Camerati, potreste vendermi un pezzo di pane?

– Toh, quest'altro che ci prende per panettieri!

La dura risposta e lo sghignazzamento generale che suscitò accasciarono Fabrizio. La guerra non era dunque piú
quel nobile e concorde slancio di anime amanti della gloria
ch'egli s'era figurato leggendo i proclami di Napoleone! Sedette o meglio si lasciò cadere sull'erba; si sbiancò in viso.
Il soldato che gli aveva parlato e che s'era fermato a dieci
passi per ripulire col fazzoletto la batteria del fucile, s'accostò e gli gettò un pezzo di pane; poi vedendo che non lo
raccoglieva gliene mise un boccone sotto i denti. Fabrizio
aprí gli occhi e masticò quel pane senza aver la forza di parlare. Quando infine cercò con gli occhi il soldato per com-
pensarlo, si vide solo; i piú vicini dei soldati erano già lontani un centinaio di passi e marciavano. Si alzò macchinal-
mente e li seguí.

Entrò in un bosco; stava per cadere dalla fatica e cercava già con l'occhio un posto dove buttarsi a giacere; quando... quale non fu la sua gioia riconoscendo prima il cavallo, poi il carretto e finalmente la cantiniera del mattino! Es-

sa gli corse incontro e rimase spaventata a vedergli quella faccia.

— Un passo ancora, piccino mio, — gli disse. — Sei dunque ferito?... E il tuo bel cavallo? — Cosí parlando lo conduceva alla carretta, dove lo fece salire, sostenendolo per le ascelle. Appena sul veicolo, stanco morto dalla fatica, Fabrizio si addormentò profondamente.

Capitolo quarto

Non lo svegliarono né i colpi di fucile sparati vicinissimo né il trotto del cavallo che la cantiniera frustava a tutta
forza. Il reggimento, attaccato all'improvviso da nugoli di
cavalleria prussiana, dopo aver creduto tutto il giorno nella vittoria, batteva in ritirata o per meglio dire scappava in
direzione della Francia.

Il colonnello, bel giovane agghindato che aveva preso il
posto di Macon, venne finito a sciabolate; il comandante di
battaglione che gli subentrò, vecchio canuto, fece far alt al
reggimento. – Al tempo della repubblica, per filar via si
aspettava d'esservi costretti dal nemico! – gridò intramez-
zando la sfuriata di sagrati. – Difendete ogni pollice di terreno e fatevi ammazzare! Adesso è il suolo della patria che
questi Prussiani vogliono invadere!

Il carretto si fermò. Fabrizio si svegliò di colpo. Il sole
era tramontato da un bel po' e il nostro eroe fu sbalordito
di vedere ch'era già quasi notte. I soldati correvano di qua
e di là in una confusione che lo stupí grandemente; notò in
loro un'aria abbattuta.

– Che c'è dunque ? – chiese alla cantiniera.

– Una cosa da niente. C'è che siamo spacciati, piccino
mio; c'è che la cavalleria dei prussiani ci accoppa a sciabolate, nient'altro che questo c'è. Quel bestione di generale
l'ha scambiata alla prima per la nostra. Andiamo, presto,
aiutami a riparare la tirella di Cocotte che s'è strappata.

A dieci passi partirono delle fucilate. Il nostro eroe, fresco e disposto, si disse: «In realtà durante tutto il giorno
non mi sono battuto; non ho fatto altro che scortare un generale». – Devo battermi, – dichiarò alla cantiniera.

– Non dubitare, ti batterai e piú che tu non voglia! Siamo spacciati.

– Aubry, ragazzo mio, – gridò poi ad un caporale che

passava, – dà un'occhiata di tanto in tanto che ne è del mio carrettino.

– Andate a battervi? – chiese Fabrizio ad Aubry.

– No! vado a mettermi gli scarpini per andare al ballo!

– Vengo con voi.

– Ti raccomando il piccolo ussaro! – gridò la cantiniera. – È un ragazzo pieno di fegato.

Il caporale Aubry seguitava la sua strada senza aprir bocca. Otto o dieci soldati lo raggiunsero correndo: egli li condusse dietro una grossa quercia circondata da una macchia di rovi. Là, sempre senza parlare, li appostò al margine del bosco su una riga lunghissima; a dieci passi almeno l'un dall'altro.

– Attenzione, voialtri! – ed era la prima volta che parlava; – non mi andate a sparare prima di ricevere l'ordine: tenete a mente che vi restano tre cartucce.

«Ma che succede dunque?» si chiedeva Fabrizio. Quando si trovò solo col caporale, gli disse: – Sono senza fucile.

– Silenzio, innanzi tutto! Va' da quella parte; fa cinquanta passi dentro il bosco, troverai qualche povero soldato del reggimento, sciabolato; gli prenderai la giberna e il fucile. Ma bada di non spogliarmi qualche ferito! Prendi fucile e giberna d'uno che sia morto; dico: morto; e spicciati se non vuoi toccare qualche fucilata dei nostri.

Fabrizio partí di corsa e fu presto di ritorno con fucile e giberna.

– Carica lo schioppo e mettiti là dietro quell'albero; ma soprattutto non tirare prima che io te ne dia l'ordine. Dio Santo! – si interruppe, – neanche caricar l'arma, sa! – Ed aiutandolo a caricarla proseguí: – Se ti vedi venire addosso un nemico al galoppo con la sciabola sguainata, mettiti a girare intorno all'albero e non lasciar partire il colpo che quando è a tiro, a tre passi: bisogna che la tua baionetta gli tocchi quasi il vestito. Butta via dunque codesto sciabolone! Vuoi che ti faccia cadere, sacradio! Che soldati ci dànno oggigiorno! – e cosí dicendo scaraventò la spada lontano con rabbia.

– Asciuga la pietra del fucile col fazzoletto: ma hai tirato mai un colpo di fucile?

– Sono cacciatore.

– Iddio sia lodato! – ed emise un sospirone. – Soprattutto non tirare prima ch'io te l'ordini –. E se ne andò.

Fabrizio era fuori di sé dalla gioia. «Sto finalmente per

battermi davvero, – si diceva, – per accoppare un nemico! Stamane, ci tiravano coi cannoni e io non facevo altro che espormi ad essere ucciso: mestiere da minchione».

Guardava d'ogni parte smanioso. In capo a un momento, sentí partire vicinissimo sette od otto fucilate; ma non ricevendo l'ordine di tirare, restò cheto dietro l'albero. Era già quasi notte; gli pareva d'essere all'*espera*, alla caccia dell'orso nelle montagne della Tramezzina, sopra Grianta. Gli venne un'idea da cacciatore; tolse dalla giberna una cartuccia e ne liberò la pallottola. «Se lo vedo, bisogna che non lo manchi!» e fece scorrere la nuova pallottola nella canna del fucile. Partirono due colpi giusto presso l'albero; nel tempo stesso, ecco un cavaliere in divisa azzurra passargli davanti al galoppo, diretto dalla sua destra verso sinistra. «Non è ancora a tre passi, – si disse, – ma alla distanza che è sono sicuro del mio colpo». Seguí col fucile puntato il cavaliere e finalmente premette il grilletto: cavallo e cavaliere stramazzarono. Gli pareva d'essere a caccia: esultante corse sulla preda abbattuta. E già toccava l'uomo che gli pareva morente, quando due cavalieri prussiani gli capitarono fulminei addosso con le spade sguainate. Lui, allora, via come il vento verso il bosco, gettando il fucile per correr meglio. Aveva ormai gli inseguitori a tre passi quando raggiunse un folto di piccole querce grosse come il braccio e diritte, piantate da poco, che orlavano il bosco. Questa barriera arrestò un istante i cavalieri; ma finirono col passare e si rimisero all'inseguimento attraverso una radura. Daccapo stavano per raggiungerlo, quando egli si ficcò in una macchia di sette od otto grossi alberi; appena in tempo per non aver la faccia abbruciata dalla vampa di cinque o sei fucilate sparategli davanti. Abbassò il capo; alzandolo, si trovò in faccia al caporale:

– L'hai ucciso il tuo?

– Sí, ma ho perduto il fucile.

– Non sono i fucili che mancano. Sei un f... tipo; nonostante la tua aria di babbeo, ti sei guadagnata la giornata, mentre questi qui han mancato i due che t'inseguivano e che avevano cosí bene a tiro; io, non li avevo visti. Adesso si tratta di svignarsela al piú presto; il reggimento non dev'essere piú che a un ottavo di lega e c'è un po' di prato da attraversare dove potremmo essere accerchiati.

Camminava lesto, cosí dicendo, in testa ai dieci uomini. Duecento passi oltre, sboccando nel piccolo prato che ave-

va detto, incontrarono un generale ferito portato da un domestico e dall'aiutante di campo. Con voce spenta il ferito
si rivolse al caporale:

– Datemi quattro uomini; devo essere portato all'ambu-
lanza: ho la gamba fracassata.

– Va' a farti f... tu e tutti i generali come te! – fu la
risposta del caporale. – Oggi tutti voialtri avete tradito
l'imperatore.

– Come, come? – disse il generale infuriato; – misco-no-
scete i miei ordini? Lo sapete che sono il generale conte B.
che comanda la vostra divisione? – Non la finiva di ammuc-
chiar frasi, mentre l'aiutante si gettava sui soldati. Ma il caporale gli lasciò andare una baionettata nel braccio; quindi
filò coi suoi uomini accelerando il passo. «Possano esser tutti come te, – seguitava a imprecare sagrando il caporale, –
possano esser tutti come te con le braccia e le gambe fracas-
sate! Razza di fanfaroni! tutti venduti ai Borboni per tradire l'imperatore!»

Col cuore stretto, Fabrizio ascoltava la spaventosa accusa.

Verso le dieci di sera, il drappello raggiunse il reggimento all'entrata di un grosso villaggio dalle vie strettissime.
Fabrizio notò che il caporale evitava di rivolgersi agli ufficiali.

– Impossibile andare avanti! – gridò. Tutte le strade erano ingombre di fanteria, cavalleria, e soprattutto di cassoni
d'artiglieria e di carrettoni. Il caporale s'affacciò allo sboc-
co di ben tre di quelle strade: ogni volta, fatti venti passi,
bisognava fermarsi. Non incontravano che gente stizzita
che bestemmiava.

– Ancora un traditore che comanda! – esclamò il caporale: – se al nemico viene in mente d'aggirare il villaggio, siamo tutti accalappiati come cani. Seguitemi, voialtri.

Col caporale non restavan piú, notò Fabrizio, che sei soldati. Per un portone aperto entrarono in una vasta corte ru-
stica; passarono di lí in una scuderia e per la porticina in
un giardino. Un momento si smarrirono, errando qua e là.
Ma finalmente, scavalcata una siepe, si trovarono in un vasto campo di saggina. In meno di mezz'ora, orientandosi sul
vocio e sul confuso strepito che ne veniva, raggiunsero di
là del villaggio la strada maestra. I fossati erano pieni di fucili abbandonati; Fabrizio se ne scelse uno. Ma anche questa via per quanto larga era talmente ingombra di fuggia-

schi e di carrette, che in mezz'ora a stento erano avanzati
di cinquecento passi. La strada, dicevano, conduceva a
Charleroi. Scoccarono le undici al campanile del villaggio.

– Mettiamoci di nuovo attraverso i campi, – disse il caporale. Non erano piú che in cinque: tre soldati, il caporale
e Fabrizio. Quando si fu ad un quarto di lega dalla maestra: – Io non ne posso piú, – fece uno dei soldati. E un altro: – Nemmeno io.

– Bella novità! Tutti, non ne possiamo piú, – li rimbec-
cò il caporale: – ma obbeditemi e ve ne troverete contenti.

Adocchiati in una grande distesa di grano cinque o sei alberi che crescevano lungo un fossato: – Laggiú! – ordinò
ai suoi uomini; e quando vi furono: – Sdraiatevi qui e soprattutto non vi fate sentire. Ma, prima di addormentarvi,
chi ha del pane?

– Io, – disse uno.

Il caporale con tono deciso: – Da' qui!

Spartí il pane in cinque pezzi e tenne per sé il piú piccolo. E mangiando:

– Un quarto d'ora prima dell'alba, ci capiterà sopra la cavalleria nemica. Si tratta di non lasciarsi fare a fette. Uno
solo è perso, con la cavalleria addosso; cinque possono cavarsela: restate accanto a me, non sparate che quando sono
bene a tiro e vi prometto che domani sera saremo a Charleroi.

Un'ora avanti il giorno li destò e li fece rifornire di mu-
nizioni. Lo strepito sulla via maestra ch'era durato tutta la
notte, simile al lontano strepito di un torrente, non cessava.

– Scappano come pecore, – notò Fabrizio ingenua-
mente.

– A cuccia, tu, coscritto! – s'adirò il caporale; e i tre
soldati che con Fabrizio costituivano tutto il suo esercito,
guardarono Fabrizio risentiti, quasi avesse bestemmiato:
aveva insultato la nazione!

«Esagerano! – pensò il nostro eroe. – È una cosa che ho
già notato alla corte del vicerè. I francesi non fuggono;
mai piú! Con essi non è permesso dire quello che è, quando li offende nella vanità. Ma quanto ai loro occhiacci, me
ne infischio e bisogna che glielo faccia capire».

Seguitavano a camminare a cinquecento passi da quel
torrente di fuggiaschi che si pigiava sulla via maestra. Per-
corsa cosí una lega, attraversarono una strada che andava a

congiungersi con la via maestra e sulla quale stava sdraiato un gran numero di soldati. Fabrizio comprò da essi per 40 franchi un cavallo abbastanza buono e, tra le tante spade buttate qua e là, si scelse con cura una grande spada diritta. «Poiché dicono che bisogna colpir di punta, – pensò, – questa vien bene». Cosí equipaggiato, mise il cavallo al galoppo e raggiunse presto il caporale che aveva tirato diritto. Assestatosi in arcioni, strinse nella sinistra il fodero della spada e ripeté con intenzione:

– Codesta gente che se la dà a gambe sulla strada maestra ha tutta l'aria d'un branco di pecore... camminano come pecore spaurite.

Ma questa volta Fabrizio aveva un bel calcare sulla parola *pecore*, i suoi compagni non si ricordavano già piú d'essersela un'ora prima presa per quella parola. E qui si rivela uno dei contrasti tra il carattere italiano e quello francese; in questo caso il francese ha certo un temperamento piú felice; egli sorvola sui casi della vita e non serba rancore.

La sua prodezza, invece – non lo nasconderemo – lasciò Fabrizio molto soddisfatto di sé.

Procedevano scambiandosi qualche parola. Percorse cosí due leghe, il caporale, che non cessava di stupirsi di non vedere arrivare la cavalleria nemica, disse a Fabrizio:

– La nostra cavalleria sei tu. Va' di galoppo a quella fattoria là, su quel poggetto; chiedi al contadino se ci vuol *vendere* tanto da far colazione: spiegagli che non siamo che cinque. Se esita, dagli cinque franchi d'anticipo del tuo; ma non dubitare: fatta colazione, i cinque franchi ce li faremo restituire.

Fabrizio guardò il caporale, lo vide imperturbabilmente serio, con in volto tanta coscienza della propria superiorità morale che obbedí. Tutto andò come il comandante in capo aveva previsto; soltanto, Fabrizio insistette perché al contadino non venissero dopo estorti i cinque franchi.

– È danaro mio, – disse ai compagni; – io non pago per voi, pago l'avena che ho dato al mio cavallo.

Ma pronunciava cosí male il francese, che nelle sue parole i compagni credettero di scorgere un tono di superiorità; ne furono vivamente urtati e da allora s'andò maturando fra essi un duello che scoppiò alla fine della giornata. Trovavano il camerata molto diverso da loro ed era questo che li urtava; Fabrizio, viceversa, cominciava a sentire per essi una grande amicizia.

Camminavano in silenzio da due ore, quando il caporale, con l'occhio alla strada maestra, gridò in un trasporto di
gioia: – Ecco là il reggimento! – Raggiunsero di corsa la
strada; ma ahimè, intorno all'aquila non c'erano neanche
duecento uomini! L'occhio di Fabrizio scorse subito la vivandiera: era a piedi, aveva gli occhi rossi e ogni tanto
piangeva. Del carretto e di Cocotte neppure l'ombra.

– Eccoci depredati, saccheggiati, perduti! – gridò la vivandiera, in risposta allo sguardo del nostro eroe. Questi
senza dir nulla smontò, prese il cavallo per la briglia e disse alla donna: – Salite –. Quella non se lo fece dir due volte. – Accorciami le staffe.

Una volta che si fu assestata in sella, si mise a raccontare a Fabrizio tutti i guai della notte. Dopo un interminabile racconto ascoltato con avidità dal nostro eroe, il quale a
ver dire non ci capiva granché ma aveva per la vivandiera
un grande attaccamento, la donna soggiunse:

– E dire che sono stati dei francesi a saccheggiarmi, pic-
chiarmi, rovinarmi.

– Come? Non sono stati i nemici? – L'aria ingenua con
cui Fabrizio lo disse rendeva incantevole il suo bel viso serio e pallido.

– Sei stupido forte, mio povero piccolo! – disse la vivandiera sorridendo tra le lacrime; – ma sei anche ben caro!

– E cosí com'è, aveste visto come ha saputo buttar giú il
suo prussiano, – disse il caporale Aubry che nel pigia pigia
generale era venuto a trovarsi dall'altra parte del cavallo
montato dalla cantiniera. – Ma è fiero... – proseguí il caporale.

Fabrizio ebbe un gesto.

– E come ti chiami? – seguitò Aubry. – Perché insomma, se ci sarà da redigere un rapporto, intendo fare il tuo
nome.

– Mi chiamo Vasi, – rispose Fabrizio, con una curiosa
espressione; – cioè Boulot, – si corresse prontamente.

Boulot era il cognome iscritto sul foglio di via consegna-
togli dalla moglie del carceriere; due giorni prima, quel foglio, egli l'aveva studiato attentamente, strada facendo,
perché cominciava un po' a riflettere e non era piú cosí stupito di tutto quel che vedeva. Oltre il foglio di via dell'ussaro Boulot, conservava gelosamente il passaporto italiano,
grazie al quale poteva pretendere al nobile nome di Vasi,
mercante in barometri. Quando il caporale gli aveva rinfac-

ciata la sua fierezza, egli era stato lí lí per rispondere: «Fiero io! io Fabrizio Valserra, marchesino del Dongo, che m'adatto a portare il nome d'un Vasi, negoziante di barometri!»

Mentre rifletteva tra sé e si esortava: «Bisogna che mi ricordi che mi chiamo Boulot oppure attento alla prigione che il destino mi minaccia!», il caporale e la cantiniera s'erano scambiati qualche apprezzamento sul suo conto.

– Non m'accusate d'essere curiosa, – gli disse la cantiniera smettendo di dargli del tu; – è pel vostro bene che vi faccio delle domande. Suvvia, chi siete, propriamente?

Fabrizio non rispose subito; rifletteva che non avrebbe potuto trovar mai amici piú devoti di questi ai quali chieder consiglio; e di consiglio aveva urgente bisogno. «Stiamo per entrare in una piazzaforte, il governatore vorrà sapere chi sono, e se per poco lascio capire dalle mie parole che non conosco nessuno a quel 4° reggimento ussari di cui porto la divisa, finisco in gattabuia».

Da buon suddito dell'Austria, Fabrizio non ignorava l'importanza che un passaporto ha. I membri della sua famiglia, sebbene nobili e devoti, sebbene appartenenti al partito vittorioso, erano stati molestati infinite volte a cagione del passaporto; per cui non si sentí per nulla offeso dalla domanda che la cantiniera gli rivolgeva. Ma siccome prima di rispondere egli cercava le parole francesi che rendessero meglio il suo pensiero, la cantiniera, punta da viva curiosità, soggiunse, per spingerlo a parlare: – Il caporale Aubry ed io vi daremo dei buoni consigli per la condotta da tenere.

– Non ne dubito, – rispose Fabrizio. – Ebbene: io mi chiamo Vasi e sono di Genova. Mia sorella, famosa per la sua bellezza, ha sposato un capitano. Siccome ho solo diciassette anni, lei mi faceva venire presso di sé per farmi vedere la Francia e perché m'istruissi un po'; non trovandola a Parigi, saputo ch'era al seguito di questa armata, son venuto qui, l'ho cercata per mare e per terra senza riuscire a trovarla. I soldati, insospettiti dal mio accento, m'han fatto arrestare. Allora avevo del danaro, ne diedi al gendarme, che mi consegnò un foglio di via e una divisa dicendomi: «Fila e giurami di non pronunziare mai il mio nome».

– Come si chiamava? – chiese la cantiniera.

– Ho dato la mia parola di non dirlo, – disse Fabrizio.

– Fa bene, a non dirlo, – approvò il caporale; – il gendarme è un furfante, ma il camerata non deve farne il nome. E come si chiama, codesto capitano, marito di vostra sorella? Se sappiamo il suo nome possiamo farne ricerca.

– Teulier, capitano al 4° ussari.

– Cosí, – disse il caporale giocando di astuzia, – dal vostro accento straniero i soldati v'han preso per una spia?

– Ecco, è proprio questa l'infame parola! – gridò Fabrizio con gli occhi lampeggianti. – Io che amo tanto l'imperatore e i francesi. È questo insulto che mi brucia di piú.

– Non vi han fatto insulto di sorta, ecco dove vi ingannate. L'errore dei soldati era ben naturale, – disse severamente il caporale Aubry. Allora con molta pedanteria gli spiegò che nell'esercito occorre appartenere ad un corpo e portare una divisa, in mancanza di che è molto facile essere scambiati per spie.

– Il nemico ce ne regala tante! tutti possono essere dei traditori in questa guerra!

S'aprirono gli occhi a Fabrizio; comprese per la prima volta ch'era dalla parte del torto in tutto quello che da due mesi gli succedeva.

– Ma bisogna che il piccino ci racconti tutto, – insistette la cantiniera, la cui curiosità s'accendeva sempre piú.

Fabrizio la contentò. Quando ebbe finito:

– In realtà, – concluse la cantiniera rivolgendosi gravemente al caporale, – questo ragazzo non è affatto militare. Ora che siamo battuti e traditi, diventerà una ben brutta guerra, questa. Perché mai egli dovrebbe farsi rompere le ossa *gratis pro Deo*?

– E considerato poi, – disse il caporale, – che non sa neanche caricare il fucile, né in dodici tempi né a volontà! Sono io che gli ho messo nel fucile la pallottola che ha buttato giú il prussiano.

– Non basta! fa vedere a tutti il danaro che ha in tasca, – rincarò l'altra. – Lo deruberanno anche dell'ultimo soldo appena non sarà piú con noi.

E il caporale: – Il primo sottufficiale di cavalleria che incontra lo piglia con sé d'autorità per farsi pagare il cicchetto; e magari lo arruolano pel nemico, circondati come siamo da traditori. Il primo venuto gli ordina di seguirlo e lui lo segue. Farebbe meglio a ingaggiarsi nel nostro reggimento.

– Ah no, scusate, caporale! – saltò su Fabrizio. – Andare a cavallo è piú comodo. E d'altra parte io non so caricare un fucile, mentre avete visto che a cavallo ci so stare.

Fabrizio fu assai fiero del suo discorsetto. Risparmiamo al lettore la lunga discussione che seguí tra il caporale e la cantiniera, concernente l'avvenire del nostro eroe; durante la quale Fabrizio notò che discutendo si rifacevano tre o quattro volte a raccontare da capo tutti i particolari della sua storia: il sospetto dei soldati, il gendarme che gli aveva venduto l'uniforme e il foglio di via, di come la vigilia s'era trovato a scortare un generale, l'imperatore visto passare al galoppo, il cavallo *fregato* e cosí via.

La cantiniera soprattutto, nella sua curiosità di donna, ricadeva sempre lí; sul modo in cui gli avevano portato via il cavallo, il bel cavallo che lei gli aveva fatto comperare:

— Ti sei sentito prendere per i piedi, ti han delicatamente fatto passare di sopra la coda del cavallo e t'han messo a sedere a terra!

«Perché ripetere tante volte, – si diceva Fabrizio, – cose che tutti e tre risappiamo?» Ignorava ancora che a questo modo in Francia la gente del popolo va alla ricerca delle idee.

— Quanto danaro hai? – ad un tratto gli chiese. Fabrizio non esitò un momento a rispondere; era sicuro del disinteresse di quella donna; disinteresse che è il lato bello del francese.

— Mi resteranno in tutto trenta napoleoni d'oro ed otto, dieci scudi da cinque franchi.

— Oh, allora, puoi andare dove vuoi! – gridò la donna; – tirati fuori da questa armata in rotta; buttati da parte, prendi la prima strada un po' sgombra che trovi alla tua dritta, metti al galoppo il cavallo, allontanandoti piú che puoi dall'armata. Alla prima occasione acquista degli abiti da cristiano. Una volta che sei a otto o dieci leghe di qui e che soldati non ne vedi piú, prendi la posta e vatti a riposare otto giorni e a mangiare delle buone bistecche in qualche bella città. Non dir mai a nessuno che sei stato sotto le armi: i gendarmi ti metterebbero dentro come disertore; e sebbene tu sia tanto caro, piccolo mio, non sei ancora abbastanza furbo per rispondere a dei gendarmi. Appena ti sia vestito in borghese, straccia in mille pezzi il foglio di via e riprendi il tuo vero nome: di' che sei Vasi. E – volgendosi al caporale – di dove gli converrà dire che viene?

– Da Cambrai sulla Schelda: è una graziosa cittadina, intendi? e c'è una cattedrale e Fénelon.

– Giusto, – disse la cantiniera. – E non ti scappi mai detto che sei stato in guerra, non fiatare di B. né del gendarme che ti ha venduto il foglio di via. Quando vorrai rientrare a Parigi, va' prima a Versaglia e passa di là la barriera di Parigi, a piedi, come se te la passeggiassi. Cuciti i napoleoni nei calzoni; e soprattutto quando hai da pagare, tira fuori solo il danaro che occorre, niente di più. La mia paura è che ti menino pel naso, che ti derubino di tutto quello che hai. E che faresti una volta all'asciutto, tu che non sai darti d'attorno?

Non la smise qui la buona donna; il caporale appoggiava i suoi avvertimenti con cenni del capo, senza riuscire a collocare una parola. Quando, che è che non è, improvvisamente la folla che copriva la strada accelerò dapprima il passo; poi, in men che non si dica, saltò il fossato che la costeggiava a sinistra e si mise a fuggire a gambe levate.

– I cosacchi! i cosacchi! – s'udiva da ogni parte.

– Riprenditi il cavallo! – gridò la cantiniera.

– Dio me ne guardi! – disse Fabrizio. – Galoppate! mettetevi in salvo! ve lo do il cavallo. Volete di che comprarvi un mezzo di trasporto? Facciamo a metà di quel che ho.

– Riprenditi il cavallo, ti dico! – badava a ripetere adirata la cantiniera; e si agitava per smontare. Fabrizio tirò fuori la spada: – Tenetevi! – le gridò e diede due o tre piattonate al cavallo che prese il galoppo dietro i fuggiaschi.

Il nostro eroe diede un'occhiata alla strada maestra; pur ora tre o quattromila esseri vi si pigiavano, come villici dietro una processione. Dopo la parola *cosacchi*, non v'era più anima viva; fuggendo avevano abbandonato chepí, fucili, sciabole, ogni cosa.

Fabrizio, stupito, salí su un campo elevato sulla strada da venti a trenta piedi; esaminò da cima a fondo strada e pianura: di cosacchi neppure l'ombra. «Curiosa gente, questi francesi! – si disse. – Ora, visto che devo andare a destra, tanto vale che mi metta subito in cammino: potrebbero avere una ragione di correre che io ignoro». Raccattò un fucile, s'assicurò che fosse carico, smosse la polvere dell'esca, nettò la pietra focaia, si scelse una giberna ben fornita e una volta ancora si guardò tutto intorno: era assolutamente solo in mezzo a quella pianura or ora formicolante

di gente. Laggiú in fondo in fondo i fuggiaschi, sempre di
corsa, cominciavano a sparire dietro gli alberi.

«È ben strano!» si disse. E, ricordandosi la manovra eseguita la vigilia dal caporale, s'andò a sedere in mezzo a un
campo di grano. Non si allontanava perché desiderava rivedere i suoi buoni amici, la cantiniera e il caporale Aubry.

Nascosto nel grano, volle verificare quel che gli restava
ancora di danaro: non eran piú che diciotto napoleoni, in
luogo di trenta come credeva; ma gli restavano dei piccoli
diamanti che aveva cucito nella fodera delle scarpe, quel
mattino nella camera della moglie del carceriere. Nascose
come meglio poté i napoleoni che gli rimanevano e intanto
rifletteva come gli altri avessero potuto prendere il volo.
«Sarà un brutto segno per l'avvenire?» si chiedeva. Ma ciò
che lo crucciava di piú era di non aver rivolto al caporale
Aubry la domanda: «Ho assistito davvero a una battaglia?» Gli pareva di sí e, se ne fosse stato certo, gli sarebbe sembrato di toccare il cielo col dito.

«Però, – ragionava, – vi ho assistito portando il nome
d'un prigioniero, avendo in tasca il foglio di via d'un prigioniero e, peggio ancora, il suo abito indosso! Ecco un
brutto preludio pel mio avvenire: che ne avrebbe detto l'a-
bate Blanes? E quell'infelice Boulot morto in prigione!
Tutto ciò è di sinistro augurio: è destino ch'io finisca in prigione».

Fabrizio avrebbe dato non so che per sapere se l'ussaro
Boulot era realmente colpevole; raccogliendo i suoi ricordi, gli pareva che la moglie del carceriere di B. gli avesse
detto che era stato messo dentro, non solo per le posate
d'argento, ma anche per aver rubato la vacca a un contadino ed aver percosso il proprietario a sangue: Fabrizio non
dubitava quindi che andrebbe un giorno in prigione per una
colpa che avrebbe qualche rapporto con quella di Boulot. Il
suo pensiero correva all'abate Blanes: che cosa non avrebbe dato per poterlo consultare! Poi si ricordò di non aver
piú scritto alla zia da quando aveva lasciato Parigi. «Povera Gina!» si disse; ed aveva le lacrime agli occhi quando improvvisamente vicinissimo sentí un piccolo rumore. Era un
soldato che lasciava mangiare il grano a tre cavalli – a vederli, morti di fame – ai quali aveva tolto la briglia. Li teneva per la cavezza. Fabrizio scattò su come una pernice: il
soldato si prese paura. Il nostro eroe lo notò e cedette al-
l'estro di fare un momento la parte di ussaro.

– Uno di codesti cavalli è mio, sacr...! – esclamò, – ma voglio darti cinque lire perché ti sei presa la pena di portarmelo qui.

– Ti beffi di me? – fece l'altro.

Fabrizio lo prese di mira col fucile a sei passi di distanza: – Molla il cavallo o ti sparo!

Il soldato, che aveva l'arma a tracolla, diede un colpo di spalla per riprenderla.

– Se fai il piú piccolo movimento sei morto! – gridò Fabrizio movendogli contro.

– Ebbene, dammi le cinque lire e prenditi uno dei cavalli, – disse il soldato turbato, dopo aver lanciato un'occhiata di rammarico alla strada deserta.

Fabrizio, tenendo con la sinistra il fucile spianato, gli buttò con l'altra tre monete da cinque franchi.

– Smonta o sei morto... Imbriglia il nero e allontanati con gli altri due... Se ti muovi ti stendo!

A malincuore il soldato obbedí. Fabrizio s'accostò al cavallo e passò la briglia al braccio sinistro, senza perdere d'occhio il soldato che prendendo tempo s'allontanava; vistolo a una cinquantina di passi, balzò lesto in arcioni. C'era appena e col piede cercava ancora la staffa di destra, quando sentí fischiare vicinissimo una pallottola: era il soldato che tirava. In un impeto di collera, Fabrizio si mise a galoppare su di lui; quello prese la corsa per saltar quindi su uno dei cavalli e spingerlo al galoppo. «Bene, – si disse Fabrizio, – ormai è fuori di tiro».

Il cavallo era magnifico ma pareva mezzo morto di fame. Fabrizio tornò sulla via maestra, sempre deserta; l'attraversò e mise il cavallo al trotto per raggiungere un piccolo avvallamento a sinistra: sperava di trovarvi la cantiniera; ma giunto in cima alla breve salita scorse solo laggiú a piú d'una lega di distanza qualche soldato isolato. «È scritto che non debba rivederti piú, brava e buona donna!» si disse con un sospiro. Allora s'avviò verso una casa colonica che si vedeva in lontananza a destra della strada. Senza smontare, pagando in anticipo, fece dare dell'avena al disgraziato cavallo che dalla fame mordeva la mangiatoia. Un'ora dopo procedeva al trotto sulla strada maestra, sempre nella vaga speranza di ritrovare la cantiniera od almeno il caporale Aubry. Senza mai fermarsi e guardandosi tutto attorno, pervenne ad un corso d'acqua paludoso scavalcato da uno stretto ponte di legno. C'era, prima d'arrivare

al ponte, sulla destra, una casa isolata che recava l'insegna
Al Cavallo bianco. «Cenerò qui», pensò. All'ingresso del
ponte si teneva un ufficiale di cavalleria col braccio al collo;
era a cavallo ed aveva in volto una espressione di grande
tristezza; a dieci passi da lui, tre soldati di cavalleria a piedi
caricavano la pipa.

«Ecco, – pensò, – della gente che mi ha l'aria di volermi
comperare il cavallo per meno ancora di quanto l'ho pagato».

L'ufficiale ferito e i tre a piedi lo guardavano venire e
sembrava l'attendessero. «Sarebbe meglio che lasciassi da
parte il ponte e proseguissi a destra lungo la riva del fiume: non mi metterei in impicci; sarebbe il consiglio che mi
darebbe la cantiniera. Sí, ma scappando cosí, domani n'a-
vrei rossore. D'altronde il mio cavallo ha buona gamba,
mentre quello dell'ufficiale con ogni probabilità è stanco;
se mostra l'intenzione di togliermi il cavallo, lo metterò al
galoppo». In queste riflessioni, frenava e metteva il cavallo a piccolo passo.

– Avanti dunque, ussaro! – gli gridò l'ufficiale con piglio d'autorità.

Fabrizio, fatto qualche altro passo, si fermò.

– Avete mica intenzione di portarmi via il cavallo? –
chiese.

– Neanche per sogno. Vieni avanti.

Fabrizio osservò l'ufficiale: aveva dei mustacchi bianchi
e l'apparenza piú onesta del mondo; il fazzoletto che gli
reggeva il braccio sinistro era tutto insanguinato e insangui-
nata era pure la fascia che gli avvolgeva la mano destra.
«Sono quelli a piedi che salteranno alla briglia del mio cavallo», si disse Fabrizio; ma guardandoli da vicino vide
che anch'essi erano feriti.

– In nome dell'onore, – gli disse l'ufficiale che aveva
spalline da colonnello, – resta qui di sentinella e di' a tutti
i dragoni, alpini ed ussari che vedrai che il colonnello Le Baron è lí in quella locanda e che ordino loro di venire a rag-
giungermi.

Il vecchio colonnello appariva accasciatissimo; dalla prima parola aveva conquistato il nostro eroe, che assennata-
mente gli rispose:

– Sono troppo giovane, signore, perché mi si dia ascol-
to. Occorrerebbe un ordine scritto di suo pugno.

– Ha ragione, – disse il colonnello, guardandolo bene. – Scrivi l'ordine, La Rose, tu che disponi della destra.

In silenzio, La Rose cavò di tasca un taccuino in pergamena, scrisse qualche riga e strappato il foglietto lo consegnò a Fabrizio; il colonnello ripeté a questi l'ordine, aggiungendo che dopo due ore di guardia avrebbe ricevuto il cambio, come giusto, da uno dei tre soldati feriti. Dopodiché entrò con loro nella locanda. Fabrizio li guardava andar via immobile in capo al ponte: si sentiva colpito dal dolore cupo e taciturno di quei quattro.

Poi spiegò il foglio e lesse l'ordine ch'era cosí concepito.

Il colonnello Le Baron, del 6° dragoni, comandante la seconda brigata della prima divisione di cavalleria del 14° corpo, ordina a tutti: cavalieri, dragoni, cacciatori ed ussari di non varcare il ponte ma di raggiungerlo qui presso, alla locanda del *Cavallo bianco*, dov'è il suo quartiere generale.

Dal quartiere generale, presso il ponte della *Santa*, il 19 giugno 1815.

D'ordine del colonnello Le Baron, ferito al braccio destro, il maresciallo d'alloggio

La Rose

Non era mezz'ora che Fabrizio montava di sentinella, quando vide venire verso il ponte sei cacciatori a cavallo e tre a piedi. Comunica loro l'ordine del colonnello. «Torniamo», dicono quattro dei cacciatori a cavallo e di gran trotto passano il ponte. Fabrizio allora si rivolge agli altri due. Durante la discussione animata che segue, passano il ponte i tre a piedi. Restano due cacciatori a cavallo; uno dei quali finisce per chiedere di rivedere l'ordine e lo trattiene dicendo:

– Vado a portarlo ai miei compagni, che non mancheranno di ritornare; aspettali –. E parte al galoppo, seguito dall'altro. Tutto questo, in men che non si dice.

Fabrizio, furibondo, diede la voce ed uno dei soldati feriti che aveva i galloni di maresciallo d'alloggio s'affacciò ad una finestra del Cavallo bianco. Scese in strada e avvicinandosi gridò a Fabrizio:

– Sciabola alla mano, perdinci. Sei di sentinella!

Fabrizio obbedí, poi disse: – M'han portato via l'ordine.

– Sono irritati per la faccenda d'ieri, – disse quello cupamente. – Eccoti una delle mie pistole; se qualcuno cerca di nuovo di forzare la consegna, spara in aria: verrò io o il colonnello in persona.

Fabrizio aveva visto molto bene che, quando aveva detto che gli avevano portato via l'ordine, il maresciallo d'alloggio aveva avuto un movimento di sorpresa; capí ch'era un insulto personale che gli avevano fatto e si promise di non lasciarsi piú giocare. Ed aveva ripreso fieramente il suo posto di sentinella, armato della pistola d'arcione del maresciallo, quando vide venire alla sua volta sette ussari a cavallo. Postato in modo da sbarrare il passaggio, comunica l'ordine del colonnello, quelli ne paiono molto contrariati: il piú ardito cerca di aprirsi il passo. Fabrizio, mettendo in pratica il saggio consiglio della sua amica vivandiera, che il mattino della vigilia gli aveva detto che bisognava colpir di punta, abbassa la punta dello sciabolone diritto e fa l'atto di colpire il prepotente.

– Ah, vuole ucciderci, il coscritto! – gridano gli ussari; – come se ieri non ci avessero già macellato abbastanza! – Sguainano tutti la spada e si precipitano su Fabrizio; egli si vede spacciato; ma pensa alla sorpresa letta sul viso del maresciallo e non vuole meritarsi una seconda volta il suo disprezzo. Indietreggiando sul ponte, cerca di menar colpi di punta. Ma nel maneggiare lo sciabolone diritto della cavalleria pesante troppo greve per lui, ha un'aria cosí buffa, che gli ussari s'avvedono presto con chi han da fare; cercano quindi, non di ferirlo, ma di tagliargli indosso il vestito. Fabrizio riceve cosí tre o quattro piccoli colpi al braccio. Lui invece, fedele all'avvertimento della cantiniera, lancia coraggiosamente di punta colpi su colpi. Per sventura, uno ferí un ussaro alla mano; furioso di toccarle da un soldato come quello, il ferito risponde anche lui con un colpo di punta: un colpo a fondo che raggiunge Fabrizio in cima alla coscia. Favorí il colpo il fatto che il cavallo del nostro eroe, anziché fuggire la baruffa, pareva prenderci gusto e gettarsi sugli assalitori. Questi, vedendo la sentinella perder sangue, temono di aver portato il gioco troppo avanti, e spingendo da parte Fabrizio, partono al galoppo. Appena ne ha la possibilità, Fabrizio spara un colpo di pistola in aria per avvertire il colonnello.

Venivano intanto verso il ponte altri quattro ussari a cavallo e due a piedi, dello stesso reggimento dei precedenti; e n'erano ancora a cento passi quando la pistolettata partí. Cercano di rendersi conto di ciò che succede al ponte e immaginando che Fabrizio avesse tirato sui loro compagni, i quattro a cavallo si precipitano su di lui al galoppo, la spada alzata: una vera carica. Il colonnello Le Baron, avvertito dal colpo di pistola, esce dall'albergo e giunge di corsa al ponte nel momento che galoppando vi arrivano gli ussari ai quali intima di fermarsi.

– Non ci sono piú colonnelli qui! – grida uno di essi e sprona il cavallo. Il colonnello esasperato interrompe il rabbuffo che sta loro impartendo e con la destra ferita afferra la briglia a sinistra del cavallo.

– Ferma! pessimo soldato, – grida all'ussaro; – ti conosco, sei della compagnia del capitano Henriet.

– Ebbene, mi dia l'ordine il capitano! L'hanno accoppato ieri, il capitano Henriet, – aggiunse ghignando, – e va' a farti f...!

Cosí dicendo, vuole aprirsi il passo e dà una spinta al vecchio colonnello che cade a sedere sul tavolato del ponte. Fabrizio ch'era due passi piú in là sul ponte ma voltato dalla parte dell'albergo, sprona e mentre il petto del cavallo dell'assalitore butta per terra il colonnello che non molla la briglia, Fabrizio, acceso di sdegno, vibra a fondo un colpo di punta all'ussaro. Per fortuna, il cavallo dell'ussaro, sentendosi tirato in basso dalla briglia che impugna il colonnello, fa un movimento di fianco, dimodoché la lunga lama dello sciabolone di Fabrizio scivola sul panciotto dell'ussaro e gli passa tutta intera sotto gli occhi. Furioso, l'ussaro si volta e mena a tutto braccio un colpo, che taglia la manica di Fabrizio e penetra profondamente nel braccio. Fabrizio cade.

Uno degli ussari a piedi, vedendo per terra i due difensori del ponte, coglie il momento, salta sul cavallo di Fabrizio e vuole impadronirsene lanciandolo al galoppo sul ponte.

Il maresciallo d'alloggio, accorrendo dall'albergo, aveva visto cadere il colonnello e lo credeva ferito gravemente. Egli si slancia dietro al cavallo di Fabrizio e immerge la punta della spada nelle reni al ladro, che cade. Gli ussari non vedendo piú sul ponte che il maresciallo d'alloggio a piedi, passano al galoppo e se la filano in un baleno, mentre quello ch'era a piedi se la dà a gambe per la campagna.

Il maresciallo d'alloggio s'accostò ai feriti. Fabrizio s'era già rialzato: non soffriva granché, ma perdeva copioso sangue. Il colonnello ci mise di piú a rialzarsi: era storditissimo dalla caduta, ma non aveva ricevuto alcuna ferita.

— Non soffro, — disse, -- che della vecchia ferita alla mano.

L'ussaro ferito dal maresciallo agonizzava. — Il diavolo se lo porti! — gridò il colonnello. E al maresciallo e agli altri due suoi soldati che accorrevano: — Pensate piuttosto a questo giovanotto che io ho esposto male a proposito. Resterò io stesso al ponte per cercare di fermare questi pazzi furiosi. Conducete il giovane all'albergo e bendategli il braccio: prendete una delle mie camicie.

Capitolo quinto

Tutto questo non era durato un minuto. Le ferite di Fabrizio erano còsa da niente; gli fasciarono il braccio con bende ricavate da una camicia del colonnello. Volevano prepararli un letto al primo piano dell'albergo: – Ma mentre io sarò qui coccolato, – disse Fabrizio al maresciallo d'alloggio, – nella scuderia il mio cavallo s'annoierà da solo e se ne andrà con un altro padrone!

– Mica male per un coscritto! – disse il maresciallo d'alloggio. Per cui coricarono Fabrizio su della paglia fresca, nella stessa mangiatoia cui era legato il suo cavallo. Poi, per cavarlo dalla prostrazione in cui si trovava, il maresciallo d'alloggio gli portò una ciotola di vin caldo e gli tenne un po' di conversazione. Qualche parola d'elogio lasciata cadere nella conversazione mise il nostro eroe al settimo cielo.

Fabrizio non si destò che l'indomani all'alba, tra un nitrire ed uno strepito pauroso di cavalli, nella scuderia che s'andava riempiendo di fumo. Subito Fabrizio non sapeva neanche dove si trovasse e non capiva nulla in quel diavolio, finché il fumo che lo soffocava gli diede l'idea che la casa bruciasse; in un batter d'occhio fu fuori della scuderia e a cavallo. Alzò il capo: il fumo usciva con impeto dalle due finestre sopra la scuderia; ed il tetto spariva sotto vortici di fumo nero. Dei fuggiaschi – un centinaio – giunti nella notte, gridavano e bestemmiavano. I cinque o sei che Fabrizio avvicinò gli sembrarono completamente ubriachi. Uno d'essi voleva fermarlo e gridava: – Ohè, dove porti il mio cavallo?

Quando fu ad un quarto di lega, Fabrizio volse il capo; nessuno lo seguiva, la casa era in fiamme. La vista del ponte gli ricordò la ferita e si sentí il braccio bendato tutto incalorito. «E del vecchio colonnello che ne sarà stato? Ha dato una delle sue camicie per fasciarmi il braccio». Il no-

stro eroe era quel mattino del piú bel sangue freddo del
mondo; il copioso sangue perduto l'aveva liberato dal ro-
manzesco ch'era nel suo carattere. «A diritta! – si disse, –
e filiamo». Tranquillamente prese a seguire il corso del fiume che, oltrepassato il ponte, gli scorreva alla destra. Si ricordava i consigli della vivandiera. «Che amica! – si diceva, – che carattere aperto!»

Dopo un'ora di cammino avvertí una grande debolezza.
«Oh, questa! sta' a vedere che svengo! se svengo, mi ru-
bano il cavallo e fors'anche il vestito e col vestito tutto
l'avere».

Non si sentiva piú la forza di guidare e gli era necessario
tutto l'impegno per mantenersi in equilibrio quando un
contadino, che stava vangando un campo al lato della strada, notò il suo pallore e venne a offrirgli un bicchier di bir-
ra e del pane:

– A vedervi cosí pallido, ho pensato che foste uno dei feriti della grande battaglia.

Mai soccorso venne piú a proposito. Mentre masticava il
tozzo di pan nero s'accorse che gli occhi gli dolevano quando guardava davanti a sé. Rimessosi un poco, ringraziò e
chiese dove si trovava. Il contadino gli disse che a tre quarti di lega piú in là c'era il borgo di Zonders, dove avrebbe
trovato ogni cura. Fabrizio vi giunse sapendo appena quel
che si faceva e non avendo altra preoccupazione che quella
di non cadere di sella. Visto un portone aperto, v'entrò:
era la Locanda della Striglia. Accorse subito la padrona, una
buona donna enorme: e chiamò con voce alterata. Soprag-
giunte due giovinette aiutarono Fabrizio a metter piede a
terra; dove subito egli perdette i sensi. Venne chiamato un
chirurgo che gli fece un salasso. Quel giorno ed i seguenti,
Fabrizio ebbe appena coscienza di quel che gli facevano;
dormiva quasi di continuo.

La ferita di punta alla coscia minacciava di suppurare.
Quando era in sé, l'infermo raccomandava che si prendessero cura del suo cavallo e ripeteva spesso che avrebbe com-
pensato bene: il che offendeva la padrona dell'albergo, tutta cuore, e le sue figlie. Riceveva da quindici giorni le piú
amorose cure e cominciava ad uscire da quel torpore, quando una sera notò sul viso delle sue ospiti una grande preoccupazione. Poco dopo entrava nella stanza un ufficiale tede-
sco: la conversazione tra l'ufficiale e le donne avveniva in
una lingua sconosciuta; era chiaro che parlavano di lui.

Finse di dormire. Quando giudicò che quello se ne fosse andato chiamò le sue ospiti.

– Codesto ufficiale è forse venuto per scrivermi su una lista e farmi prigioniero? – L'ostessa assentí con le lacrime agli occhi.

– Ebbene, nel mio *dolman* c'è del danaro, – esclamò lui sollevandosi sul letto; – comperatemi degli abiti borghesi e stanotte parto sul mio cavallo. Già una volta mi avete salvato la vita, raccogliendomi mentre stavo per cader morto sulla via; salvatemi ancora una volta dandomi modo di raggiungere mia madre.

A questa, le figlie dell'ostessa ruppero in pianto; tremavano per Fabrizio; e, siccome capivano a stento il francese, s'appressarono al suo letto per fargli delle domande. Discussero quindi in fiammingo con la madre; ma ogni momento occhi inteneriti si volgevano verso il nostro eroe: egli credette di capire che la sua fuga poteva comprometterle gravemente, ma che volevano egualmente correre il rischio. Egli le ringraziò con effusione, a mani giunte. Un ebreo del paese forní un abito completo; ma quando lo portò verso le dieci di sera, le fanciulle s'avvidero, paragonandolo col *dolman*, che era necessario accorciarlo di parecchio. Si misero tosto all'opera: non essendoci un minuto da perdere. Fabrizio indicò dov'erano nascosti nell'uniforme i pochi napoleoni e pregò le sue ospiti di cucirli nell'abito. Lo stesso fece per le scarpe da ussaro; i piccoli diamanti che uscirono dai tagli in esse praticati gli vennero ricuciti nella fodera delle nuove scarpe ch'erano state recate in una col vestito.

Per un curioso effetto della perdita di sangue e della debolezza conseguitane, Fabrizio aveva quasi interamente scordato il suo poco francese; per cui si rivolgeva in italiano alle ospiti, le quali a lor volta parlavano un dialetto fiammingo, di modo che era quasi unicamente a segni che si capivano. Alla vista dei diamanti, l'entusiasmo per lui delle giovanette – lontanissime d'altronde da essere interessate – non ebbe piú limiti: lo credettero un principe travestito. Anikin, che era la minore e la piú ingenua, lí per lí lo abbracciò. Da parte sua egli le trovava incantevoli; e verso mezzanotte, com'ebbe bevuto il po' di vino che il chirurgo gli aveva accordato in vista del viaggio che stava per intraprendere, Fabrizio era quasi tentato di non partire. «Dove potrei trovarmi meglio di qui?» diceva. Tuttavia, verso le due del mattino, si vestí. Senonché al momento di uscir di camera l'ostessa venne a dirgli che il suo cavallo se l'era portato via l'ufficiale, venuto qualche ora prima a perquisire la casa.

– Ah, canaglia, – gridava sagrando Fabrizio, – a un ferito!

Non era ancora abbastanza filosofo, il nostro giovane italiano, per ricordarsi a quale prezzo aveva lui stesso acquistato quel cavallo.

Ma un altro cavallo era già stato noleggiato; nel dirglielo, Anikin aggiunse piangendo che non avrebbe voluto vederlo partire. Gli addii furono commoventi. Due giovanotti, parenti dell'ostessa, portarono Fabrizio sulla sella; durante la strada lo sostenevano a cavallo, mentre un terzo che precedeva la piccola banda di qualche centinaio di passi s'assicurava che non battesse le strade qualche pattuglia. Dopo due ore di cammino si fermarono da una cugina dell'ostessa della Striglia. Per quanto Fabrizio li pregasse, i giovani che l'accompagnavano non vollero saperne di lasciarlo, col pretesto che nessuno conosceva come loro i passaggi nei boschi.

– Ma domani mattina, quando si saprà della mia fuga e che nel paese non vi vedranno, la vostra assenza vi comprometterà, – aveva bel dire Fabrizio.

Si misero in viaggio. Per fortuna, quando il giorno spuntò, una spessa nebbia copriva la pianura. Verso le otto, giunsero in vicinanza d'una piccola città. Uno dei giovani andò avanti per vedere se fossero stati requisiti i cavalli della posta. Ma il maestro di posta aveva avuto il tempo di farli sparire e di sostituirli nella scuderia con infami ronzini. S'andò dunque a cercare i due cavalli nelle paludi dove li avevano nascosti e tre ore dopo Fabrizio poté salire su un calessino male in sesto ma tirato da due buoni cavalli di posta. S'era un po' rimesso in forze. Commoventissimo fu il momento della separazione da quei bravi giovani; sotto nessun pretesto – e non è a dire se Fabrizio seppe escogitarne di gentili – essi vollero accettar danaro.

– Nella vostra condizione, signore, voi ne avete piú bisogno di noi, – rispondevano ad ogni sua insistenza. Alla fine partirono, latori di lettere nelle quali Fabrizio – che il muoversi e il viaggio avevano un po' rimesso – aveva cercato d'esprimere alle sue ospiti i sentimenti che per esse nutriva. Quelle missive le aveva scritte con le lacrime agli occhi

e si può esser certi che c'era dell'amore nella lettera destinata alla piccola Anikin.

Il resto del viaggio non fu contrassegnato da alcun avvenimento degno di nota. All'arrivo ad Amiens gli dava parecchia molestia la ferita alla coscia; il chirurgo non s'era
curato di incidere la piaga e nonostante le cavate di sangue
s'era formato un ascesso. Durante i quindici giorni che Fabrizio passò nell'albergo di Amiens – albergo tenuto da
una famiglia complimentosa ma avida – gli alleati invadeva-
no la Francia e Fabrizio diventava, si può dire, un altro uomo, tanto lo maturarono le profonde considerazioni che ebbe a fare su ciò che gli era capitato. Ragazzo era rimasto
solo in questo, nel chiedersi ancora se ciò cui aveva assistito era una battaglia e se quella battaglia era Waterloo. Per
la prima volta in vita sua trovò piacere a leggere; sperava
sempre di trovare nei giornali o nelle descrizioni della battaglia qualche cosa che gli permettesse di riconoscere i luoghi percorsi al seguito del maresciallo Ney e poi dell'altro
generale. Durante il suo soggiorno ad Amiens non passò
quasi giorno che non scrivesse alle sue buone amiche della
Striglia. Una volta guarito, venne a Parigi; all'albergo dove aveva alloggiato la volta precedente lo attendeva una
quantità di lettere giacenti della madre e della zia, e tutte
lo supplicavano di tornare al più presto. L'ultima della contessa Pietranera era concepita in un modo sibillino che gli
diede molto a pensare e lo trasse dalle sue fantasticherie
amorose. Egli era fabbricato in modo che una parola bastava per fargli prevedere i peggiori guai; guai che poi la
fantasia gli rappresentava coi più orrendi particolari.

Guardati bene da firmare le lettere che scrivi per darci
notizie, – gli diceva la contessa. – Tornando qui non venir
subito sul lago di Como; fermati prima a Lugano, in territorio svizzero.

Ivi avrebbe dovuto assumere il nome di Cavi; all'albergo principale troverebbe il cameriere della contessa e rice-
verebbe istruzioni. La lettera finiva con queste parole:

Nascondi quanto puoi la pazzia che hai commesso e soprattutto non conservare su di te alcuno scritto o stampato;
in Isvizzera ti troverai circondato di amici di Santa Marghe-
rita [1]. Se avrò il danaro necessario, manderò qualcuno a Gi-

[1] È il nome, a Milano, della via in cui è la sede della polizia e le prigioni; nome che il Pellico ha reso europeo [*Nota dell'Autore*].

nevra all'albergo delle Bilance e avrai da lui dei particolari
che mi è impossibile scriverti e dei quali pure è necessario
tu sia al corrente prima di arrivare qui. Ma, per amor di Dio,
non restare un giorno di piú a Parigi; vi saresti riconosciuto
dalle nostre spie.

La fantasia di Fabrizio lo portò ad immaginare le cose
piú strane: cercar d'indovinare che cosa mai potesse avergli da dire di straordinario la zia, divenne il suo unico svago. Due volte, nel traversare la Francia venne fermato, ma
seppe cavarsi d'impaccio; queste noie le dovette al passaporto italiano ed alla qualifica iscrittavi di negoziante di
barometri, che s'accordava cosí poco con la sua età e col
braccio al collo.

Finalmente a Ginevra trovò l'inviato della contessa che
gli raccontò che lui, Fabrizio, era stato denunciato alla polizia di Milano come partito con l'incarico di recare a Napoleone le offerte di una vasta cospirazione organizzata nel
già regno d'Italia. Se tale non fosse stato lo scopo del viaggio, diceva la denunzia, perché avrebbe assunto un nome
falso? Sua madre cercava di provare la verità e la verità era:

1) che non era mai uscito dalla Svizzera;

2) che aveva lasciato il castello all'improvviso in seguito ad un alterco col fratello maggiore.

A questo racconto Fabrizio si sentí riempire d'orgoglio.
Sarei dunque stato qualche cosa come un ambasciatore a
Napoleone! avrei avuto l'onore di parlare a quel grand'uomo! Magari fosse! Si ricordò che il suo settimo avo, il nipote di quello che era giunto a Milano al seguito dello Sforza,
aveva avuto l'onore d'essere decapitato dai nemici del duca, che l'avevano sorpreso mentre passava in Isvizzera, latore di proposte ai prodi cantoni e per reclutarvi soldati.
Con gli occhi dell'anima rivedeva la stampa che riprodu-
ceva quel fatto, conservata nella genealogia di famiglia. Fabrizio, interrogandolo, trovò il cameriere sdegnato per un particolare che finí per scappargli di bocca, nonostante l'ordine preciso, tante volte ripetuto dalla contessa, di tacerlo a
Fabrizio. Il particolare era che a denunciarlo alla polizia di
Milano era stato Ascanio. Questo particolare che valeva
meglio tacere provocò nel nostro eroe pocomeno che un accesso di pazzia. Da Ginevra per andare in Italia si passa da
Losanna. Sebbene per Losanna due ore dopo ci fosse la dili-

genza, egli volle partire a piedi immediatamente e sobbar-
carsi cosí dieci o dodici leghe di strada. E prima di uscire
da Ginevra, in uno dei tetri caffè del paese attaccò lite con
un giovane che lo guardava, egli sosteneva, in modo strano. Era vero: il pratico e flemmatico ginevrino preoccupato unicamente del danaro, lo aveva creduto pazzo; Fabrizio infatti, entrando, aveva gettato intorno occhiate furibonde, poi s'era rovesciato sui pantaloni il caffè che gli veniva servito. In quel battibecco, il primo gesto di Fabrizio
fu un gesto che sarebbe stato naturale solo nel Cinquecento: invece di parlar di duello, cavò il pugnale e si slanciò
sull'altro. In quel momento di passione, Fabrizio dimenticava tutto quello che aveva imparato sulle regole dell'onore e tornava all'istinto o, per meglio dire, ai ricordi dell'infanzia.

L'uomo di fiducia che trovò a Lugano esacerbò la piaga
dandogli nuovi particolari. Amato com'era a Grianta Fabrizio, nessuno avrebbe pronunciato il suo nome e, se suo fratello non si fosse portato in quell'amabile modo, tutti
avrebbero finto di crederlo a Milano e la sua assenza non
avrebbe mai attirato l'attenzione della polizia.

– Indubbiamente i doganieri hanno i suoi connotati, –
disse l'inviato, – e se si va per la strada maestra, alla frontiera del regno lombardo-veneto lei sarà fermato.

I due conoscevano – e Fabrizio non meno – i piú piccoli
sentieri della montagna che separa Lugano dal lago di Como; si travestirono da cacciatori, vale a dire da contrabbandieri, e siccome erano in tre e le loro facce non dicevano
niente di buono, i doganieri che incontrarono si affrettavano a salutarli. Fabrizio fece in maniera di non arrivare al castello che verso la mezzanotte; a quell'ora suo padre e tutti
i camerieri che conservavano l'abitudine di incipriarsi erano a letto da parecchio. Non gli fu difficile calarsi in fondo
al fossato e di lí per la finestretta d'una cantina entrare nel
castello. Ivi lo attendevano la madre e la zia e accorsero
presto anche le sorelle. Le espansioni d'affetto e le lagrime
durarono a lungo; si cominciava appena a parlar seriamente quando i primi barlumi dell'alba vennero ad avvertire
quelle creature che si reputavano infelici che il tempo volava.

– Spero che tuo fratello non abbia avuto sentore del tuo
arrivo, – gli disse la zia; – dopo la sua prodezza quasi non
gli avevo piú rivolto parola; di che il suo amor proprio

mi taceva l'onore di mostrarsi parecchio risentito. Stasera a cena mi sono degnata di indirizzargli la parola: dovevo ben trovare un pretesto per dissimulare la pazza gioia che lo avrebbe insospettito. Quando l'ho visto tutto fiero di quella che lui credeva una riconciliazione, ho profittato della sua gioia per farlo bere piú del solito e certo non avrà quindi piú pensato a mettersi in agguato per continuare il suo mestiere di spia.

– Bisogna nasconderlo da te il nostro caro ussarino, – disse la marchesa; – non può partir subito; in questo momento non siamo abbastanza padrone di noi e si tratta di scegliere il miglior modo per farla in naso alla polizia di Milano.

Cosí fecero; ma il marchese e suo figlio maggiore notarono l'indomani che la marchesa era sempre in camera della cognata. Non ci indugeremo a descrivere i trasporti di tenerezza e di gioia che anche quel giorno tennero in orgasmo quelle felici creature. Il cuore degli italiani, assai piú del nostro, è tormentato dai sospetti e dalle pazze idee che suggerisce loro l'ardente immaginativa, ma in compenso le sue gioie sono piú intense e durature delle nostre. Quel giorno la contessa e la marchesa avevano addirittura perduto la testa; Fabrizio fu costretto a rifar da capo tutti i suoi racconti; finalmente decisero d'andare a nascondere la gioia comune a Milano, tanto apparí difficile sfuggire piú a lungo al fiuto poliziesco del marchese e di Ascanio.

Presero per andare a Como la barca solita, di proprietà del castello: fare diversamente sarebbe stato dar la sveglia ai sospetti. Ma giungendo nel porto di Como la marchesa si ricordò d'aver scordato a Grianta certe carte di somma importanza e s'affrettò a rispedirvi i barcaioli; dimodoché essi non ebbero modo di vedere come quelle due signore impiegavano a Como il loro tempo.

Noleggiarono la prima vettura che trovarono a stazionare in attesa di clienti all'ombra della grande torre medievale che sorge sopra la porta di Milano. Partirono immediatamente, prima cioè che il cocchiere avesse tempo di parlare con chicchessia. Ad un quarto di lega dalla città incontrarono come per caso un giovane cacciatore di loro conoscenza che ebbe cortesia d'offrirsi loro per cavaliere, dato ch'eran due dame sole, sino alle porte di Milano: era del resto la direzione verso cui egli si recava a caccia. Tutto procedeva a meraviglia e quelle dame tenevano col giovane la piú allegra conversazione, quando alla svolta che fa la strada per girare l'incantevole collina e il bosco di San Giovanni, tre gendarmi travestiti saltarono alla testa dei cavalli.

– Ah, mio marito ci ha traditi! – sussurrò la marchesa e svenne. Un maresciallo di alloggio ch'era rimasto un po' addietro s'appressò, un po' incerto sulle gambe, alla vettura e disse con una voce che sentiva d'osteria: – Sono spiacente dell'incarico che devo compiere; io l'arresto, generale Fabio Conti.

Fabrizio credette che il maresciallo d'alloggio lo chiamasse generale per far dello spirito di cattiva lega e si disse: me la pagherai. Guardava i gendarmi in borghese e spiava il momento buono per saltare a terra e svignarsela pei campi.

La contessa sorrise per far, credo, buon viso a cattivo gioco; quindi, rivolta al maresciallo: – Ma, caro maresciallo, è questo ragazzo di sedici anni che lei mi prende pel generale Conti?

L'altro: – Non è lei la figlia del generale?

– Ecco allora mio padre! – esclamò la contessa indicando Fabrizio. I gendarmi scoppiarono in una grande risata.

– Meno chiacchiere, – riprese il maresciallo punto da tutta quella ilarità, – fuori i passaporti!

Intervenne il cocchiere che con un tono pacato di filosofo spiegò: – Queste signore non portano mai con sé il passaporto per andare a Milano; vengono dal castello di Grianta. Questa qui è la signora contessa Pietranera, quella, la signora marchesa del Dongo.

Il maresciallo d'alloggio, sconcertato, andò a parlamentare coi suoi uomini, che tenevano pel morso i cavalli. Parlottavano insieme già da cinque minuti quando la contessa li pregò che lasciassero procedere di qualche passo la carrozza per metterla all'ombra: sebbene non fossero che le undici faceva un caldo soffocante. Fabrizio che spiava d'ogni parte cercando il modo di mettersi in scampo, vide in quella sbucare da un sentiero attraverso i campi e arrivare sulla strada una giovinetta di quattordici o quindici anni, tutta impolverata, che piangeva sommessamente premendosi il fazzoletto sugli occhi. Avanzava a piedi tra due gendarmi in uniforme, e a tre passi dietro a lei, pure tra due gendarmi, camminava un alto uomo asciutto che affettava una grande dignità: pareva un prefetto che seguisse una processione.

– Dove li avete dunque scovati? – disse il maresciallo che ora non si raccapezzava piú affatto.

– Se la svignavano pei campi senz'ombra di passaporto.

Il maresciallo sembrò perdere del tutto la tramontana: aveva davanti cinque prigionieri mentre non gliene occorrevano che due. S'allontanò di qualche passo, non lasciando che un uomo a trattenere i cavalli e uno a far guardia al prigioniero che si dava arie di maestà offesa.

– Resta qui, – sussurrò a Fabrizio la contessa, ch'era saltata a terra, – finisce tutto in una bolla di sapone.

S'udí un gendarme esclamare: – Che importa! se non hanno passaporto abbiamo diritto d'arrestarli.

Il maresciallo aveva l'aria di non essere altrettanto persuaso; il nome della contessa Pietranera gli dava da pensare; aveva conosciuto il generale, e ne ignorava la morte. «È uomo da vendicarsi, se gli arresto la moglie senza ragione», si diceva.

Mentre quelli cosí si consultavano e il consulto minacciava di protrarsi, la contessa aveva attaccato conversazione con la giovinetta, in piedi nella polvere accanto alla carrozza: era colpita dalla sua avvenenza. – Le farà male il sole, madamigella. Questo bravo soldato, – aggiunse rivolgendosi al gendarme che teneva i cavalli, – senza dubbio vorrà permettervi di salire in carrozza –. Fabrizio che contava i passi intorno alla vettura, s'avvicinò allora per aiutare la giovinetta a salire. Questa già poneva il piede sul predellino, sostenuta pel braccio da Fabrizio, quando l'imponente uomo che stava a sei passi dietro la vettura, gridò facendo la voce grossa per riuscir solenne:

– Resta sulla strada, non salire su una vettura che non ti appartiene.

Fabrizio non aveva udito quest'ordine; la fanciulla volle ridiscendere e siccome Fabrizio continuava a sorreggerla, gli cadde nelle braccia. Egli sorrise, mentre lei si faceva di porpora; quando lei si fu sciolta dalle sue braccia restarono un momento a guardarsi.

«Che graziosa compagna di prigione sarebbe, – si disse Fabrizio, – quanto pensiero sotto quella fronte! lei sí che saprebbe amare».

Il maresciallo d'alloggio s'avvicinò; con piglio d'autorità:

– Quale di queste signore si chiama Clelia Conti?

– Io, – disse la giovinetta.

– Ed io, – gridò l'uomo d'età, – sono il generale Fabio Conti, ciambellano di S. A. S. monsignor principe di Parma e trovo quanto mai sconveniente che un uomo della mia qualità sia trattato come un ladro.

– Avant'ieri, imbarcandovi nel porto di Como, non ha lei mandato a spasso l'ispettore di polizia che le chiedeva il passaporto? Ebbene, oggi è l'ispettore che impedisce a lei d'andare a spasso.

– Io m'allontanavo già con la barca, avevo fretta, il tempo minacciava burrasca; un uomo che non era in divisa mi ha gridato dalla banchina di rientrare in porto, io gli ho gettato il mio nome e ho continuato il viaggio.

– E stamattina è fuggito da Como.

– Un pari mio non prende il passaporto per andare da Milano a vedere il lago. Stamattina a Como m'han detto che verrei arrestato alla porta; sono uscito a piedi con mia figlia; speravo di trovare sulla strada qualche vettura che mi portasse a Milano, dove certo la mia prima visita sarà per recare le mie lagnanze al generale comandante della provincia.

Il maresciallo d'alloggio parve sollevato d'un gran peso.

– Ebbene, generale, ella è in arresto e verrà con me a Milano. E lei, – rivolgendosi a Fabrizio, – chi è?

– È mio figlio, – rispose la contessa: – Ascanio, figlio del generale di divisione Pietranera.

– Senza passaporto, signora contessa? – disse il maresciallo molto raddolcito.

– Alla sua età non ne ha passaporti: non viaggia mai solo; è sempre con me.

Durante questo scambio di parole, il generale Conti protestava con crescente veemenza, dall'alto della sua dignità offesa, contro i gendarmi.

– Meno storie, – uno d'essi gli disse, – lei è arrestato: basta!

– Si dichiari anche troppo fortunato, – rincalzò il maresciallo, – che noi le consentiamo di noleggiare un cavallo da qualche contadino; altrimenti nonostante la polvere, il caldo e il grado di ciambellano di Parma dovrebbe camminare a piedi di buona gamba tra i nostri cavalli.

Il generale si mise a tirar giú moccoli.

– Vuoi smetterla? Piantala una buona volta! – sbottò allora il gendarme. – Dov'è la tua divisa di generale? il primo venuto non può forse spacciarsi per tale?

Queste parole spinsero al parossismo la collera del generale.

Intanto, nella carrozza le cose si mettevano meglio. La contessa disponeva dei gendarmi come fossero suoi servi: uno, con uno scudo, l'aveva spedito in cerca di vino e soprattutto d'acqua fresca, a una cascina che si scorgeva a duecento passi. Intanto aveva tenuto buono Fabrizio che voleva ad ogni costo mettersi al sicuro nel bosco sulla collina: – Ho due buone pistole, – egli le andava dicendo. Infine dal generale irritato ottenne che lasciasse salire la figlia nella vettura. Al che il generale, che amava parlare di sé e della sua famiglia, informò quelle signore che la figliola non aveva che dodici anni, essendo nata il 27 ottobre del 1803: ma che tutti le davano quattordici o quindici anni, tanto si mostrava savia.

Uomo assolutamente qualunque, dicevano intanto gli occhi della contessa alla marchesa.

Grazie alla contessa, tutto s'accomodò dopo un'ora di colloquio. Un gendarme che per caso aveva qualche cosa da sbrigare nel vicino villaggio affittò il cavallo al generale, a ciò persuaso da una mancia offertagli dalla contessa. Il maresciallo partí solo col generale; gli altri gendarmi restarono sotto un albero a far buona compagnia a quattro bottiglioni, a quattro piccole damigiane addirittura, che il gendarme spedito alla cascina aveva recato con l'aiuto di un contadino.

Clelia Conti ebbe dal degno ciambellano il permesso di accettare un posto nella vettura di quelle signore per tornare a Milano e nessuno pensò piú ad arrestare il figlio del prode generale conte Pietranera. Scambiate le cortesie del caso e smaltiti gli indispensabili commenti sul piccolo incidente, Clelia notò il tono entusiastico col quale una cosí bella dama qual era la contessa si rivolgeva a Fabrizio: era chiaro che non era sua madre. L'attenzione della giovinetta fu soprattutto attirata da frequenti coperte allusioni a qualche cosa d'eroico, d'ardito, di quanto mai rischioso, che il giovane pareva avesse fatto da poco, ma di che precisamente si trattasse, nonostante tutta la sua perspicacia, la giovinetta non riuscí a indovinare. Con ammirazione essa osservava il giovane eroe che aveva ancora negli occhi tutto l'ardore dell'atto eroico compiuto, mentre lui era visibilmente messo a disagio dalla singolare bellezza di quella dodicenne ed arrossiva alle occhiate che lei gli dava.

Si era a una lega da Milano, quando Fabrizio col pretesto d'andare a trovare uno zio prese congedo dalle signore.

– Se mi cavo d'impiccio, – disse egli, nel salutarla, a Clelia, – verrò a vedere i bei quadri che avete a Parma. Sarà
lei allora cosí buona da ricordarsi questo nome: Fabrizio
del Dongo?

– Bravo! – disse la contessa, – ecco come sai serbare l'incognito! Madamigella, lei abbia invece la bontà di ricordarsi che questo cattivo soggetto è mio figlio e si chiama non
già del Dongo, ma Pietranera.

La sera, molto tardi, Fabrizio entrò a Milano per la porta Renza che mette capo ad un passeggio alla moda. L'invio dei due domestici in Isvizzera aveva dato fondo alle ma-
gre economie della marchesa e di sua cognata; per fortuna
a Fabrizio restava ancora qualche napoleone ed uno dei diamanti, che decisero di vendere.

Le signore avevano conoscenze ed erano benvolute in
tutta la città; i personaggi piú influenti del partito devoto
all'Austria andarono a parlare a favore di Fabrizio al capo
della polizia, barone Binder. Essi gli manifestarono il loro
stupore che la polizia potesse dar peso alla scappata d'un
ragazzo di sedici anni che per un battibecco avuto col fratello maggiore diserta la casa paterna.

– Il mio mestiere è di prendere tutto sul serio, – rispondeva con dolcezza il barone Binder, uomo saggio e malinconico. Egli stava allora organizzando la famosa polizia di Milano ed aveva preso impegno che non si sarebbe ripetuta
una rivoluzione come quella del 1746, che aveva cacciato
gli austriaci da Genova. Questa polizia di Milano, che doveva diventar poi celebre per i casi del Pellico e di Andryane,
non si può dire che fosse propriamente crudele: essa appli-
cava con discernimento sebbene senza tentennamenti delle
leggi severe. Incutendo terrore l'imperatore Francesco II
voleva si tenesse a freno l'immaginazione cosí ardita degli
italiani.

– Ditemi, portandomi delle prove, – ripeteva il barone
Binder ai protettori di Fabrizio, – ciò che il marchesino del
Dongo ha fatto giorno per giorno dal momento della sua
partenza da Grianta, l'otto marzo, sino al suo arrivo, ieri
sera, in questa città, dove si nasconde in una camera del-
l'appartamento di sua madre; ed io sono pronto a trattarlo
come il piú simpatico sbarazzino di questa città. Se voi non
potete fornirmi l'indicazione di dove è stato durante tutto

il tempo della sua assenza, non è forse in tal caso mio dovere farlo arrestare, per alti che siano i suoi natali e per grande che sia il rispetto che porto agli amici della sua famiglia? Non ho forse il preciso dovere di trattenerlo in prigione fintantoché egli non m'abbia fornito la prova che non
s'è fatto ambasciatore a Napoleone di qualche malcontento
come anche in Lombardia ne possono esistere tra i sudditi
di Sua Maestà Imperiale e Reale? Notate inoltre che se il
giovane del Dongo riesce a giustificarsi su questo punto,
egli non resta meno colpevole d'essere passato all'estero
senza regolare passaporto; non solo, ma assumendo un falso
nome e facendo scientemente uso d'un passaporto rilasciato ad un semplice operaio, vale a dire persona di classe tanto inferiore a quella cui egli in realtà appartiene.

Questa dichiarazione, dura ma ragionevole, veniva accompagnata da tutti i segni di deferenza e di rispetto che il
capo della polizia doveva all'alta posizione della marchesa
del Dongo ed a quella di quanti venuti a perorare per lei.

La marchesa cadde nella disperazione allorché apprese
la risposta del barone Binder.

– Fabrizio verrà arrestato! – esclamava piangendo; – e
una volta in prigione, Dio sa quando ne uscirà! Suo padre
lo rinnegherà!

La contessa e la cognata si consigliarono con due o tre
amici intimi, ma, per quanto essi dicessero, la marchesa volle assolutamente far partire il figlio sin dalla notte seguente.

– Ma vedi bene, – le diceva la contessa, – che il barone è
a conoscenza che tuo figlio è qui: non è dunque un uomo
cattivo.

– No, ma vuol riuscir grato al suo imperatore.

– Ma, se credesse utile al suo avanzamento gettarlo in
prigione, tuo figlio ci sarebbe già. Farlo scappare è dimo-
strargli una diffidenza ingiuriosa.

– Ma dirci che sa dov'è è dirci: «Fatelo partire!» No,
non sarà un vivere il mio finché non potrò dire: tra un
quarto d'ora mio figlio può trovarsi tra quattro mura! Qualunque possa essere l'ambizione del barone Binder, egli ritiene utile alla sua posizione in questo paese il far mostra
di riguardi per un uomo del rango di mio marito; e di questo vedo una prova nella singolare franchezza con la quale
confessa di sapere dove prendere mio figlio. E, quel che è
piú, il barone ha la compiacenza di precisare i due reati di

cui Fabrizio è accusato, in seguito alla denuncia del suo indegno fratello; spiega che quei due reati portano con sé la prigione: non è come dirci che se preferiamo l'esilio, sta a noi scegliere?

– Se tu scegli l'esilio, – continuava a ripetere la contessa, – non lo rivedremo piú in vita nostra.

Fabrizio che assisteva alla discussione – e con lui uno dei vecchi amici della marchesa, adesso consigliere nel tribunale costituito dall'Austria – era decisamente d'avviso di darsi alla campagna; e, infatti, la sera stessa uscí dal palazzo, nascosto nella vettura che conduceva alla Scala sua madre e sua zia. Attese che il cocchiere, di cui si diffidava, andasse come al solito ad attendere all'osteria lasciando il lacchè, persona sicura, a guardia dei cavalli, e travestito da contadino sgattaiolò fuori dalla vettura ed uscí dalla città. L'indomani mattina fu altrettanto fortunato nel passare la frontiera e qualche ora dopo si trovava in una terra che sua madre aveva in Piemonte, presso Novara; a Romagnano appunto, dove fu ucciso Baiardo.

È facile immaginare con quanta attenzione le due donne, dal loro palco alla Scala, assistettero allo spettacolo. Vi si erano recate unicamente per poter consultare alcuni loro amici appartenenti al partito liberale e la cui venuta al palazzo del Dongo avrebbe potuto dar nell'occhio alla polizia. In quel palco fu deciso di tentare ancora un passo presso il barone Binder. Non c'era neanche da pensare ad un tentativo di corrompere quel magistrato, la cui probità era al di sopra d'ogni sospetto; le due donne d'altronde erano poverissime: ciò che restava della somma ricavata dalla vendita del diamante avevano forzato Fabrizio a portarlo con sé. Era tuttavia molto importante conoscere l'ultima parola del barone. Gli amici della contessa le ricordarono allora un certo canonico Borda, giovane simpaticissimo, che una volta aveva cercato di farle la corte e in un modo assai screanzato; e che non potendo riuscire, aveva denunciato l'amicizia di lei per Limercati al generale Pietranera, cosa per cui era stato cacciato come un villano. Orbene, adesso questo canonico faceva tutte le sere la partita a tarocchi con la baronessa Binder ed era naturalmente amico intimo del marito. La contessa si decise al penosissimo passo d'andare a trovare quel canonico e l'indomani mattina di buon'ora, prima che potesse essere uscito di casa, si fece annunziare.

Quando l'unico domestico del canonico ebbe pronunciato il nome della contessa Pietranera, quell'uomo restò senza voce dall'emozione; non si curò neanche di riparare al
disordine della sommaria veste da camera che indossava.

– Fa' entrare, e vattene, – disse con un fil di voce. La
contessa entrò: Borda le si buttò ai piedi.

– È in questa posizione che questo sciagurato pazzo deve ricevere i suoi ordini, – diss'egli alla contessa, che quel
mattino nella trascuratezza del suo mezzo travestimento
era irresistibile. Il profondo dolore per l'esilio di Fabrizio,
lo sforzo che su di sé faceva per mostrarsi in casa d'un uomo che s'era portato a quel modo verso di lei, tutto conferiva a dare al suo sguardo un incredibile splendore.

– È in questa posizione che voglio ricevere i suoi ordini,
perché evidentemente ella ha qualche servigio da chiedermi, altrimenti non avrebbe certo onorato della sua presenza la misera casa d'uno sciagurato pazzo, il quale un giorno, perduta ogni speranza di piacerle, in un impeto d'amorosa gelosia si è condotto verso di lei come un vile.

Queste parole erano sincere e tanto piú belle in quanto
attualmente il canonico era potentissimo; la contessa ne fu
toccata fino alle lacrime; all'umiliazione ed al timore che
la ghiacciavano entrando, subentrava ora la commozione, la
pietà ed un barlume di speranza.

Infelice un attimo prima, si sentiva adesso quasi felice.

– Baciami la mano, – disse al canonico offrendogliela, –
ed alzati. (In Italia darsi del tu non è solo degli amanti, ma
è anche segno d'una buona e franca amicizia). Vengo a chiederti grazia per mio nipote Fabrizio. Ecco la pura e intera
verità quale va detta ad un vecchio amico. A sedici anni e
mezzo Fabrizio ha commesso un'insigne pazzia. Eravamo a
Grianta sul lago di Como. Una sera alle sette un battello
porta da Como la notizia dello sbarco dell'imperatore a golfo Juan. Il mattino dopo Fabrizio parte per la Francia, dopo essersi fatto dare il passaporto da un popolano suo amico mercante di barometri, di nome Vasi. Siccome l'aria di
mercante di barometri non ce l'ha proprio, non ha fatto
dieci leghe che l'arrestano: i suoi entusiasmi e il suo cattivo francese avevano insospettito. Dopo un po' riesce a
scappare ed a raggiungere Ginevra; gli abbiamo mandato
uno incontro a Lugano.

– Cioè a Ginevra, – rettificò il canonico sorridendo.

La contessa finí il suo racconto.

– Io farò per lei quanto è umanamente possibile, – disse il canonico con calore; – mi metto interamente ai suoi ordini. Commetterò anche delle imprudenze se occorre, – aggiunse. – Dica: che devo fare appena questa povera saletta sarà privata della celeste apparizione che costituisce il piú grande avvenimento della mia vita?

– Bisogna che vada dal barone Binder e gli dica che lei è affezionato a Fabrizio dalla nascita; che l'ha visto nascere quando frequentava casa nostra e che infine, in nome dell'amicizia, lo supplica di mettere in moto tutte le sue spie per verificare se, prima della sua partenza per la Svizzera, Fabrizio ha avuto un qualunque abboccamento coi liberali ch'egli sorveglia. Per poco che il suo servizio di spionaggio sia all'altezza del compito, il barone si persuaderà che qui si tratta davvero e soltanto d'una scappata di gioventú. Lei sa che nel mio bell'appartamento di palazzo Dugnani io avevo le stampe delle vittorie di Napoleone. È sulle leggende di quelle incisioni che mio nipote ha imparato a leggere. Egli aveva cinque anni quando mio marito gli descriveva quelle battaglie, gli mettevamo in capo l'elmo di lui e il bambino si trascinava dietro il suo sciabolone. Orbene: un bel giorno egli viene a sapere che l'idolo di mio marito, che l'imperatore è tornato in Francia; non ci riesce, ma storditamente parte per raggiungerlo. Si tratta ora di sapere dal barone con che pena intende punire quel momento di follia.

– Scordavo una cosa, – si ravvisò a questo punto il canonico, – ora ella vedrà che non sono del tutto immeritevole del perdono che mi accorda. Ecco qui, – disse rovistando sul tavolo in un mucchio di carte, – ecco qui la denunzia di quell'infame collotorto; vede? firmata Ascanio Valserra del Dongo, che ha combinata tutta questa faccenda. L'ho presa ieri sera negli uffici della polizia e sono venuto alla Scala, nella speranza di incontrare qualcheduno che frequenta il suo palco, e comunicargliela per suo mezzo. Copia di questo documento è stata inoltrata a Vienna da parecchio. Ecco qui il nemico che dobbiamo combattere.

Il canonico lesse con la contessa la denuncia e restarono d'accordo che in giornata gliene avrebbe fatto tener copia attraverso persona di fiducia. Fu con la gioia in cuore che la contessa rientrò al palazzo del Dongo.

– È impossibile essere piú galantuomo di questo birbaccione d'un tempo, – disse alla marchesa. – Stasera alla Sca-

la, quando l'orologio del teatro segnerà le dieci e tre quarti, congederemo tutti i nostri amici, spegneremo le candele, chiuderemo l'uscio, e alle undici il canonico in persona
verrà a comunicarci ciò che egli può fare. Ci è sembrato
questo il modo meno compromettente per lui.

Il canonico era uomo di molto spirito: si guardò bene
dal mancare all'appuntamento, e vi si mostrò d'una grandissima bontà e d'una completa franchezza, come capita di
rado e quasi unicamente nei paesi in cui la vanità non la
vince su tutti gli altri sentimenti. Aver denunciato la contessa al marito era uno dei piú grossi rimorsi della sua vita
ed egli ora trovava un modo per far tacere quel rimorso.

Il mattino, quando la contessa se n'era andata: «Eccola
ora che fa l'amore col nipote», s'era detto con amarezza:
della vecchia passione per lei egli non era ancora guarito.
«Altera com'è, essere venuta da me...! Alla morte di quel
povero Pietranera, respinse con orrore le mie profferte di
servigi, per quanto compitissime e presentate col maggior
tatto dal suo antico amante il colonnello Scotti. La bella
Pietranera vivere con 1500 franchi!» e il canonico andava
su e giú concitato per la stanza. «Poi confinarsi in quel castello di Grianta con quell'abominevole scocciatore che è il
marchese del Dongo...! Tutto adesso si spiega! Il giovane
Fabrizio è un bel ragazzo, non c'è che dire: alto, ben fatto,
con quell'espressione sempre ridente: e, ciò che vale di
piú, con quello sguardo dolce e voluttuoso... Un personaggio del Correggio!» aggiungeva con amarezza. «La differenza d'età: non è affatto troppa: Fabrizio è nato dopo l'entrata dei francesi, verso il '99, mi pare: la contessa può avere
oggi ventisette o ventotto anni e non potrebbe essere piú
bella, piú adorabile. Qui dove le bellezze non difettano, lei
le batte tutte; batte la Marini, la Gherardi, la Ruga, l'Are-
si, la Pietragrua, tutte! Vivevano felici, nascosti su quel
bel lago di Como quando lui ha voluto raggiungere Napoleone. Ci sono ancora dei cuori generosi in Italia per quanto
facciano! Cara patria mia! No, – seguitava infiammato di
gelosia, – non si potrebbe spiegare altrimenti che lei si sia
rassegnata a vegetare in campagna, col disgusto di vedere
tutti i giorni, a tutti i pasti, quell'insopportabile mutria del
marchese del Dongo e quell'altra trista faccia scialba del
marchesino, Ascanio, che sarà peggio di suo padre!... Ebbene, io farò lealmente quello che potrò per lei. Almeno avrò

il piacere di non vederla più soltanto attraverso l'occhialino!»

Nel palco, il canonico Borda spiegò chiaramente alle signore come stavano le cose. In fondo Binder era disposto verso Fabrizio come meglio non si poteva. Egli era ben lieto che il giovane se la fosse svignata prima che giungessero ordini da Vienna; il barone infatti non aveva potere di decidere alcunché: in questo, come in tutti gli altri affari, aspettava ordini. Egli spediva a Vienna ogni giorno la copia esatta delle informazioni che riceveva, dopo di che non gli restava che attendere.

Ora, – Borda disse, – bisognava che Fabrizio nel suo esilio a Romagnano:

1) non mancasse d'andare a messa tutti i giorni; prendesse per confessore un uomo di giudizio, devoto alla causa della monarchia e non gli confessasse, al tribunale della penitenza, che sentimenti assolutamente irreprensibili;

2) non frequentasse nessuno che passasse per avere delle idee, e all'occasione parlasse della ribellione con orrore e come di cosa non lecita in nessun caso;

3) non si facesse vedere al caffè né a leggere mai altro giornale che non fosse la gazzetta ufficiale di Torino o di Milano; in generale mostrasse avversione per la lettura e non leggesse mai libri stampati dopo il 1720, eccezion fatta tutto al più per i romanzi di Walter Scott;

4) infine e soprattutto, – aggiunse il canonico con una punta di malizia, – facesse apertamente la corte a qualche bella donna del paese, della nobiltà, beninteso: dimostrerebbe così di non avere il carattere tetro e scontento d'un cospiratore in erba.

Prima d'andare a letto la contessa e la marchesa scrissero a Fabrizio due interminabili lettere in cui gli spiegavano con toccante premurosità tutti i consigli dati da Borda.

Fabrizio non aveva alcuna voglia di cospirare: egli amava Napoleone e, nella sua qualità di nobile, si credeva nato per essere più felice d'un altro e trovava i borghesi ridicoli. Mai aveva aperto un libro dal tempo del collegio, ed anche in collegio non aveva letto che libri castrati dai gesuiti.

Si stabilì un po' fuori di Romagnano, in un magnifico palazzo, capolavoro del celebre architetto Sammicheli; ma era disabitato da trent'anni per cui pioveva in tutte le stanze e non c'era una finestra che chiudesse. Fabrizio fece suoi i cavalli dell'amministratore, e li montava senza discrezione da mattina a sera; non parlava punto, e rifletteva. Il consiglio di prendersi un'amante in una famiglia *ultra* gli andò particolarmente a sangue e lo seguí alla lettera. Per confessore si scelse un giovane prete intrigante che aspirava a diventar vescovo (simile in questo al confessore dello Spielberg [1]); ma faceva tre leghe a piedi e si circondava d'un mistero che credeva impenetrabile per leggere il «Constitutionnel», che trovava sublime: «È bello come Alfieri, come Dante!» leggendolo usciva spesso ad esclamare. Il giovane aveva questo di comune con la gioventú francese: si preoccupava molto piú del suo cavallo e del suo giornale che dell'amica benpensante. Ma in quell'anima ingenua e costante non c'era ancora posto per *l'imitazione degli altri*, e fra la gente del grosso borgo di Romagnano non si fece amici; la sua semplicità passava per alterigia: non si sapeva che pensare del suo carattere. «È un cadetto malcontento di non esser primogenito», di lui ebbe a dire il curato.

---

[1] Si vedano le curiose memorie di Andryane, divertenti come un romanzo e destinate a restare come gli annali di Tacito.

Capitolo sesto

Confesseremo sinceramente che la gelosia del canonico Borda non era priva di qualche fondamento: al ritorno di Fabrizio dalla Francia, era stato per la contessa come rivedere un avvenente straniero che avesse conosciuto molto in passato. Se le avesse parlato d'amore lo avrebbe amato: non aveva già per lui e per la sua condotta un'ammirazione appassionata e per cosí dire senza limiti? Ma Fabrizio la abbracciava con tale effusione d'innocente riconoscenza e di amicizia che si sarebbe fatta orrore se avesse cercato qualche altro sentimento in quell'affetto quasi filiale. «Siamo giusti, – si diceva, – un amico che m'abbia conosciuta sei anni fa alla corte del principe Eugenio può ancora trovarmi bella e magari giovane; ma per lui io sono una donna rispettabile... e, se devo dir tutto senza riguardi pel mio amor proprio, una donna anziana». (La contessa s'illudeva, ma la sua illusione era proprio l'opposto di quella che sulla propria età si fanno il piú delle donne). All'età di Fabrizio, d'altronde, si esagerano un po' nella donna i guasti del tempo; mentre un uomo piú avanti nella vita...

La contessa, che s'aggirava pel salotto, si fermò davanti a uno specchio, poi sorrise. Gli è che da qualche mese al suo cuore aveva messo seriamente l'assedio un singolare personaggio. Poco dopo la partenza di Fabrizio per la Francia la contessa che, senza volerselo confessare, cominciava a pensare parecchio a lui, era caduta in una profonda malinconia. Non trovava piacere in nessuna delle cose che faceva, tutte le sue occupazioni le parevano, per cosí dire, insipide. Non andava persino fantasticando che Napoleone, per ingraziarsi le popolazioni italiane, potrebbe prendersi Fabrizio per aiutante di campo? «Allora è perduto per me, – esclamava piangendo, – non lo rivedrò piú. Mi scriverà; ma che sarò io per lui fra dieci anni?»

Fu in queste disposizioni di spirito che fece un viaggio a Milano; là sperava di trovare notizie piú dirette di Napoleone e, chi sa, di rimbalzo notizie di Fabrizio. Non se lo confessava ancora ma la verità era che, attiva di natura, cominciava a sentirsi stanca della vita monotona che menava in campagna. «Non è vivere, questa vita, – si diceva, – è impedirsi di morire». Vedere tutti i santi giorni quelle teste incipriate, il fratello, il nipote Ascanio e la loro servitú. Anche le passeggiate sul lago che diverrebbero senza Fabrizio? L'unico conforto lo attingeva nell'amicizia che la legava alla marchesa. Ma da qualche tempo anche in questa amicizia con la madre di Fabrizio, ch'era piú di lei in là negli anni e che disperava ormai della vita, cominciava a trovare meno gioia.

Tale era il singolare stato d'animo in cui Gina si trovava; partito Fabrizio, poco sperava dall'avvenire; il suo cuore aveva bisogno di consolazione e di novità. Giunta a Milano, s'appassionò per l'opera in voga che davano alla Scala; per lunghe ore andava a chiudersi tutta sola nel palco del suo vecchio amico il generale Scotti. Gli uomini che cercava d'avvicinare per avere notizie di Napoleone e dell'esercito le sembravano volgari, senza interesse. Rincasando, improvvisava sul pianoforte sino alle tre del mattino. Ora capitò che una sera, nel palco d'un'amica dove veniva a cercar notizie della Francia, le fu presentato il conte Mosca, ministro di Parma; uomo simpatico, che parlò di Napoleone e della Francia in modo da dare al suo cuore nuovi motivi di timore o di speranza. Tornò in quel palco l'indomani: vi incontrò di nuovo il conte e durante tutto lo spettacolo provò piacere a intrattenersi con lui. Era la prima serata animata che trascorreva dalla partenza di Fabrizio. Quell'uomo che la interessava cosí, il conte Mosca della Rovere Sorezana, era allora ministro della guerra, della polizia e delle finanze di quel famoso principe di Parma, Ernesto IV, cosí noto per la sua severità, dai liberali di Milano battezzata crudeltà. Mosca poteva avere allora quaranta o quarantacinque anni; il suo aspetto semplice e gaio disponeva in suo favore; non si dava alcuna importanza. Di lineamenti marcati, avrebbe potuto ancora piacer molto, non fosse stata la cipria che, quale pegno dei suoi retti sentimenti politici, la bizzarria del principe lo costringeva a mettersi sui capelli. In Italia, dove non si ha paura d'urtare la vanità, si arriva prestissimo al tono della confidenza; ma in compen-

so, è vero, si rompe per sempre con la persona che ci ha ferito.

Cosicché: – Perché mai, conte, lei usa la cipria? – osò
chiedergli la signora Pietranera la terza volta che lo vide.
– La cipria! un uomo come lei, simpatico, ancora giovane
e che ha fatto la guerra con noi in Ispagna!

– Gli è che, in quella campagna io non ho rubato niente
e vivere bisogna pure. Ero innamorato della gloria; una parola lusinghiera del generale francese Gouvion-Saint-Cyr
che ci comandava, per me allora era tutto. Alla caduta di
Napoleone, mentre mi mangiavo il mio al suo servizio, mio
padre, che nella sua fervida fantasia mi vedeva già generale, faceva costruire per me un palazzo a Parma. Nel 1813
mi sono trovato ad avere per tutta risorsa una pensione e
un grande palazzo da finire.

– Una pensione! Tremilacinquecento franchi come mio
marito!

– Chiedo scusa: il conte Pietranera era generale di divisione. La mia pensione, di povero comandante di squadro-
ne, non ha mai superato gli ottocento franchi, e ancora non
mi è stata pagata che da quando sono ministro delle
finanze.

Presente era solo la proprietaria del palco, donna d'idee
largamente liberali; per cui la conversazione seguitò con la
stessa franchezza. Interrogato, lui parlò della sua vita a
Parma.

– In Ispagna, col generale Saint-Cyr, affrontavo le fucilate per meritarmi la croce e col tempo un po' di gloria; adesso mi vesto come un personaggio di commedia per mandare avanti con decoro una casa e toccare qualche migliaio di
lire. Una volta impegnato in questa specie di partita a scac-
chi, urtato dell'insolenza dei miei superiori, volli occupare
uno dei primi posti: ci sono riuscito. Ma le mie giornate
piú felici restano sempre quelle che di tanto in tanto vengo
a trascorrere a Milano; qui batte ancora, almeno mi pare, il
cuore della vostra armata d'Italia.

La spregiudicata franchezza con cui parlava quel ministro d'un principe tanto temuto punse la curiosità della
contessa; sotto l'etichetta che egli portava, lei s'era aspettato di trovare un pedante pieno di sé e scopriva invece un
uomo che arrossiva dell'importanza del suo posto. Mosca
le aveva promesso di farle pervenire tutte le notizie della
Francia che avrebbe potuto raccogliere; era una grande in-

discretezza chiedere quelle notizie, a Milano, nel mese che precedette Waterloo; era in ballo in quel momento l'esistenza stessa dell'Italia; tutti avevano la febbre, a Milano: febbre di speranza o di timore. In mezzo a quel turbamento generale, la contessa volle attingere informazioni sull'uomo che parlava con tanta leggerezza d'un posto cosí invidiato e che costituiva l'unica sua risorsa.

Venne cosí a sapere delle cose curiose ed interessanti nella loro bizzarria. «Il conte Mosca della Rovere Sorezana, – le dissero, – sta per diventare primo ministro e palese favorito di Ranuccio - Ernesto IV, sovrano assoluto di Parma e, per di piú, uno dei principi piú ricchi d'Europa. Il conte sarebbe già pervenuto a questo altissimo posto se avesse voluto assumere un maggior sussiego nel suo contegno; si dice che a questo proposito il principe gli fa spesso delle rimostranze.

Che importano le mie maniere a Vostra Altezza, – egli non si perita di rispondergli, – se le servo?

La fortuna di questo favorito, – aggiungevano, – non è esente da spine. Si tratta di piacere ad un sovrano che è senza dubbio un uomo intelligente e di buonsenso ma che da quando è diventato re assoluto, pare aver perduto la testa e mostra per esempio dei sospetti degni d'una femminuccia. Ernesto IV non è bravo che alla guerra. Sui campi di battaglia lo si è visto venti volte guidare all'attacco una colonna d'assalto da prode generale. Ma dacché è tornato nei suoi Stati, dopo cioè la morte del padre Ernesto III, ad esercitarvi un potere per sua disgrazia senza limiti, ha preso a declamare come un pazzo contro i liberali e la libertà. Presto si è messo in testa d'essere odiato; infine, in un momento di cattivo umore, ha fatto impiccare due liberali, che non avevano probabilmente gravi colpe da scontare, consigliato in questo da un miserabile di nome Rassi, sorta di ministro della giustizia. Da allora la vita del principe ha subito un mutamento; lo tormentano i sospetti piú bizzarri. Non ha ancora cinquant'anni ma la paura l'ha buttato talmente giú che, quando parla dei giacobini e dei progetti ch'egli attribuisce al comitato direttivo di Parigi, a guardarlo pare un vecchio di ottant'anni: ricade allora nelle paure chimeriche della prima infanzia. Il suo favorito Rassi, fiscale generale (o gran giudice), trae tutta la sua influenza dalla paura che ha il suo padrone; e quando gli pare che il suo credito sia in pericolo, s'affretta a scoprire qualche nuova cospirazione piú nera ancora e inventata di sana pianta. Trenta imprudenti si riuniscono insieme per leggere un numero del "Constitutionnel"? Rassi li dichiara cospiratori e li fa rinchiudere in quella famosa cittadella di Parma che forma il terrore di tutta la Lombardia. Siccome è molto alta, alta si dice centottanta piedi, su quell'immensa pianura si scorge da lontanissimo; e il modo come la prigione è fatta e le cose orribili che su di essa si raccontano, le fan dominare con la paura tutta la piana che s'estende da Milano a Bologna».

«Lo credereste? – diceva alla contessa un altro viaggiatore, – alla notte, al terzo piano del suo palazzo, custodito da ottanta sentinelle che ogni quarto d'ora si chiamano e si rispondono, Ernesto IV nella sua camera trema. Con tutte le porte sbarrate da dieci catenacci e le stanze attigue al pian di sopra e al pian di sotto zeppe di soldati, egli ha paura dei giacobini. Basta scricchioli una tavola dell'assito, perché egli balzi sulle sue pistole persuaso che sotto il letto c'è nascosto un liberale. Tutti i campanelli del castello si mettono subito in moto e un aiutante di campo va a svegliare il conte Mosca. Giunto al castello, questi si guarda bene dal mettere in dubbio il complotto; al contrario. Solo col principe ed armato sino ai denti visita tutti gli angoli della casa, guarda sotto i letti; compie insomma una quantità di gesti ridicoli, degni al piú d'una vecchierella. Tutte quelle precauzioni sarebbero parse ben umilianti allo stesso principe al fortunato tempo che faceva la guerra, quando, se uccideva, era a fucilate. Siccome è un uomo intelligentissimo, si vergogna di tutte quelle precauzioni; ne avverte bene il grottesco anche nel momento che vi si lascia andare; e la causa dell'immenso credito di cui gode il conte Mosca sta nel fatto ch'egli mette tutta la sua abilità a far sí che il principe non abbia mai ad arrossire in sua presenza. È lui, Mosca, che nella sua qualità di ministro della polizia, insiste per guardare sotto i mobili, e – si vuole a Parma – sin nelle custodie dei contrabbassi. Il principe vi si oppone e beffa il ministro pel suo zelo che vuol mostrare di trovare eccessivo. – Questa è come una scommessa, – gli risponde il conte Mosca: – se lasciassimo uccidere Vostra Altezza pensi sotto che ridicolo ci seppellirebbero i giacobini coi loro sonetti satirici. Non è solo la sua vita, è il nostro onore che difendiamo –. Ma dalla farsa pare che il principe si lasci ingannare solo a metà, perché se qualcuno in città s'azzarda a dire che al palazzo han passato la notte in bianco, il gran fiscale Rassi spedisce l'imprudente in cittadella. E una volta che è là dentro, *all'aria buona* come a Parma si dice, non occorre meno d'un miracolo perché ci si ricordi del prigioniero. È pel fatto che è stato militare e che in Ispagna s'è salvato tante volte da imboscate impugnando la pistola che il principe preferisce il conte Mosca a Rassi, uomo strisciante e tanto meno risoluto.

Quanto agli infelici prigionieri della cittadella, son tenuti nell'isolamento piú rigoroso e su di essi se ne raccontano d'ogni colore. I liberali pretendono – e sarebbe una pensata di Rassi – che i carcerieri e i confessori hanno l'ordine di dir loro che ogni mese all'incirca uno d'essi è condotto a morte. Quel giorno essi ricevono il permesso di salire sulla spianata dell'immensa torre e vedono di lassú, da centottanta piedi d'altezza, un corteo con una spia che fa la parte del povero diavolo che va alla morte».

Questi racconti e tanti altri dello stesso genere e di non minore autenticità interessavano vivamente la signora Pietranera; l'indomani essa chiedeva maggiori dettagli al conte e non gli risparmiava punzecchiature. Lo trovava divertente e gli provava che in fondo, senza saperlo, egli era un mostro.

Un giorno rientrando all'albergo il conte si disse: «Questa contessa Pietranera non è soltanto una donna affascinante; ma quando passo la serata nel suo palco, riesco a dimenticare certe cose di Parma che a ricordarle mi trafiggono il cuore».

Quel ministro, nonostante la sua aria leggera e i suoi modi brillanti, non aveva un temperamento *alla francese*; i crucci non li sapeva *scordare*. Quando c'era una spina nel suo letto, doveva smussarla a forza di pungervi contro le membra palpitanti. Mi scuso di questa frase che traduco alla lettera dall'italiano.

L'indomani di quella scoperta, il conte trovò che, nonostante gli affari che aveva da sbrigare a Milano, la giornata non finiva mai; non riusciva a restar fermo un momento e se n'ebbero ad accorgere i cavalli della sua carrozza.

Verso le sei, montò in sella per recarsi al Corso; aveva qualche speranza d'incontrarvi la Pietranera; non vedendola, si ricordò che alle otto s'apriva la Scala; vi si affacciò ma non c'erano nell'immensa sala dieci persone. Provò un certo rossore di trovarsi lí. «Possibile, – si disse, – che a quarantacinque anni suonati io faccia delle pazzie delle quali arrossirebbe un sottotenente? Per fortuna nessuno sospetta che cosa m'ha condotto qui».

Scappò via e cercò di ammazzare il tempo passeggiando per le strade pittoresche, che corrono intorno al teatro della Scala, ingombre di caffè a quell'ora rigurgitanti; davanti ad ogni caffè, folle di curiosi prendono il gelato seduti in mezzo alla via e fan la critica a chi passa. Il conte era un passante che dava nell'occhio: cosí ebbe il piacere di vedersi riconosciuto e avvicinato. Tre o quattro importuni, di quelli coi quali non è possibile tagliar corto, colsero l'occasione per conversare con un ministro cosí potente. Due di essi gli consegnarono delle petizioni; il terzo s'accontentò di rivolgergli dei consigli interminabili sulla condotta politica che gli conveniva tenere.

«Non si dorme, – egli si disse, – quando si ha tanto spirito; non si passeggia quando si è cosí potenti». Rientrò nel teatro e decise di prendere un palco in terza fila; di là avrebbe potuto dominare senza essere notato il palco di seconda dove sperava di veder apparire la contessa. Le due lunghe ore che aveva da attendere non parvero troppe all'innamorato; sicuro di non essere visto, s'abbandonava tutto con voluttà alla sua follia. «Esser vecchi, – si diceva, – non è prima di tutto non esser piú capaci di queste deliziose bambinerie?»

Finalmente la contessa fece la sua comparsa. Armato d'occhialino, egli la esaminava con emozione: «Giovane, brillante, leggera, come un uccello, – s'andava dicendo, – non ha venticinque anni. La bellezza è la minore delle sue attrattive: in quale altra trovare un'anima sempre sincera come in lei, una natura che non fa mai niente *con prudenza*, che s'abbandona tutta intera all'impressione del momento, che altro non chiede che d'essere attratta da qualche cosa di nuovo? Capisco le pazzie del conte Nani».

Cosí il conte si dava da sé delle ottime ragioni per perdere la testa e per pensar piú solo a conquistare la felicità che aveva sotto gli occhi. Ragioni altrettanto buone non ne trovava invece quando passava a considerare la propria età e le preoccupazioni a volte incresciose parecchio che gli riempivano l'esistenza. «Oggi un uomo capace cui la paura ottenebra la mente mi permette di condurre una gran vita e mi provvede di molto danaro perché io sia ministro; ma che domani egli mi licenzi, ed eccomi vecchio e povero, che è come dire l'uomo piú disprezzato del mondo; il bel partito da offrire alla contessa!»

Questi pensieri erano troppo neri, tornò quindi con gli
occhi alla Pietranera; non si saziava di guardarla; e per raccogliersi meglio nel pensiero di lei non scese nel suo palco.

«Non s'è preso Nani, mi voglion dire, che per far dispetto a quell'imbecille di Limercati che non aveva voluto saperne di dare un colpo di spada o di farne dare uno di pugnale all'assassino di suo marito! Venti volte io mi batterei
per lei».

Ogni po' guardava l'orologio del teatro dove cifre luminose spiccando sul fondo nero avvertono ogni cinque minuti gli spettatori se è giunta l'ora in cui possono recarsi nel
palco amico. Il conte si diceva: «Conoscendola da cosí poco non potrei passare che una mezz'ora al massimo nel suo
palco; a restarci di piú mi farei notare e grazie alla mia età
e peggio ancora a questi maledetti capelli incipriati, ci farei
davvero una bella figura!» Ma a un tratto venne un pensiero a deciderlo: «Se s'alza per andare a fare una visita, son
bell'e ripagato dell'avarizia con cui mi misuro questo piacere». Ma nell'alzarsi per andare, di colpo non ne sentí quasi
piú il desiderio. «Ah! questa sí che è bella, – esclamò ridendo di se stesso e fermandosi sulla scala, – la mia è vera e
propria timidezza: è da venticinque anni che una cosa simile non mi succede!»

Per entrare nel palco dovette quasi fare uno sforzo su se
stesso; e profittando da uomo di spirito dello stato d'animo attraverso il quale passava, non cercò affatto di mostrarsi disinvolto o di fare dello spirito raccontando qualche amena storiella; ebbe il coraggio della sua timidezza e
la sua abilità la mise piuttosto a lasciar trasparire il proprio
turbamento senza cadere nel ridicolo. «Se lei la piglia male, – si diceva, – mi perdo per sempre ai suoi occhi. E c'è di
che: diamine! timido, con della cipria sui capelli che senza
la cipria sarebbero grigi! Ma che lei m'intimidisca è un fatto; per cui la mia timidezza non può essere ridicola a meno
che la esageri o me ne pavoneggi».

La contessa s'era cosí spesso annoiata al castello di Grianta davanti alle figure incipriate del fratello, del nipote e di
qualche tedioso benpensante dei dintorni, che non fece alcuna attenzione all'acconciatura del suo nuovo adoratore.
Trattenuta con la presenza di spirito la risatina che l'ingresso del conte poteva provocare, essa non badò piú alle noti-

zie di Francia che Mosca arrivando nel palco aveva sempre
da darle in segreto: notizie che senza dubbio egli inventa-
va. Anzi, commentandole insieme, lei notò quella sera che
il conte aveva dei begli occhi e che lo sguardo che le rivolgeva esprimeva qualcosa di piú che della simpatia.

– Suppongo, – gli disse, – che a Parma, fra i vostri schiavi, non avrete questo sguardo; sciuperebbe ogni cosa e darebbe loro qualche speranza di non essere impiccati.

Quella totale mancanza di posa parve singolare alla contessa in un uomo che passava pel primo diplomatico in Italia; gli trovò persino della grazia. Infine, siccome lo conosceva bel parlatore e pieno di fuoco, non le dispiacque ch'e-
gli giudicasse conveniente prendere per una sera tanto e
senza farlo pesare la parte di chi ascolta.

Fu pel conte un buon passo in avanti, per quanto rischioso, nella conquista della contessa; fortunatamente per lui,
che a Parma non aveva da fare con belle crudeli, era da pochi giorni soltanto che la contessa era scesa da Grianta: il
suo spirito era ancora addormentato dall'uggia della vita
campestre. S'era quindi quasi scordata l'arguzia; e tutte le
cose che fan parte d'un modo di vivere elegante e leggero
avevano ripreso ai suoi occhi una tinta di novità che le rendeva sacre; non era perciò disposta a burlarsi di nulla, neppure d'un innamorato di quarantacinque anni e timido per
giunta. Otto giorni dopo quel contegno del conte avrebbe
potuto ricevere tutt'altra accoglienza.

C'è l'uso alla Scala che le visite nei palchi non durino
piú d'una ventina di minuti; ora, il conte passò tutta la sera in quello della Pietranera. «È una donna, – si disse, –
che mi fa rifare tutte le pazzie della giovinezza». Ma avvertiva bene il rischio che correva. «La mia qualità di pascià
onnipotente a quaranta leghe da qui, servirà a farmi perdonare tutte queste sciocchezze? m'annoio tanto a Parma!»
Tuttavia di quarto d'ora in quarto d'ora si prometteva di
congedarsi.

– Devo confessare, signora, – disse ridendo, – che a Parma muoio di tedio, e mi dev'esser permesso d'ubriacarmi
di felicità quando la incontro sulla mia strada. Cosí, senza
conseguenza e per una sera, mi permetta di rappresentare
vicino a lei la parte d'innamorato. Ahimè! fra pochi giorni
sarò ben lontano da questo palco che mi fa scordare tutti i
crucci e persino, voi direte, tutte le convenienze.

Otto giorni dopo questa visita di scandalosa durata nel

palco della Scala e in seguito a parecchi piccoli incidenti
che annoierebbe forse il raccontare, il conte Mosca era innamorato cotto e la contessa cominciava già a pensare che
l'età non è un ostacolo quando si trova l'uomo simpatico.
Si era a questo punto, quando Mosca con un corriere fu richiamato a Parma: il principe, si sarebbe detto, aveva paura a star solo. La contessa ritornò a Grianta; il sito, adesso
che la sua fantasia non lo abbelliva piú, le sembrò deserto.
«Che io mi sia affezionata a quest'uomo?» si chiese. Mosca
le scrisse e non ebbe bisogno di inventare dicendo che la
mancanza di lei gli aveva inaridito il cervello. Le sue lettere erano divertenti; e – originalità che non fu presa in ma-
la parte – per evitare i commenti del marchese del Dongo
che non aveva nessun piacere di pagare i porti delle lettere,
il conte spediva dei corrieri che impostavano le sue a Como, a Lecco, a Varese o in qualche altra civettuola cittadina dei dintorni. Questo aveva lo scopo di ottenere che il
corriere gli riportasse le risposte e riuscí nel suo intento.

Presto i giorni in cui arrivava il corriere divennero un
avvenimento per la contessa; i corrieri erano latori di fiori,
di frutta, di regalucci senza pretesa, ma che la divertivano,
e con lei la cognata. Il ricordo del conte s'accompagnava al-
l'idea del suo grande potere; la contessa era diventata curiosa di tutto ciò che di lui si diceva; e notò che persino i
liberali rendevano omaggio alle sue doti d'ingegno.

La fonte principale della cattiva riputazione pel conte
era ch'egli passava pel capo del partito *ultra* alla corte di
Parma e che il partito liberale aveva alla sua testa un'intrigante capace di tutto ed anche di spuntarla, l'immensamente ricca marchesa Raversi. Il principe metteva ogni sua cura nel non scoraggiare quello dei due partiti che non era al
potere, sapendo bene che il padrone sarebbe rimasto sempre lui, anche con un ministero preso nel salotto della Raversi. Mille dettagli di quegli intrighi arrivavano a Grianta;
la lontananza di Mosca, che tutti dipingevano come un ministro di grandissimo talento ed un grand'uomo d'azione,
permetteva di non pensar piú ai suoi capelli incipriati, simbolo di tutto ciò che è lento e triste; diventava, questo, un
dettaglio senza importanza, uno degli obblighi imposti da
una corte dov'egli rappresentava d'altronde una parte cosí
brillante. Una corte è una cosa ridicola, diceva la contessa
alla marchesa, ma divertente: un giuoco interessante ma
del quale bisogna accettare le regole. A chi è venuto mai in

mente di protestare contro il ridicolo delle regole del *pic-chetto*? Eppure, una volta che ci si è abituati alle sue regole, ci si diverte a dar *ripicco* e *cappotto* all'avversario.

La contessa pensava spesso all'autore di tutte quelle lettere gentili; il giorno che le riceveva era un bel giorno per lei; prendeva la barca ed andava a leggersele nei piú bei punti del lago, alla *Pliniana*, a *Belan*, nel bosco degli *Sfondrata*. Quelle lettere la consolavano un po' dell'assenza di Fabrizio. Essa non poteva almeno disconoscere che il conte era innamorato davvero; quanto a sé, non era trascorso un mese che pensava a lui con calda amicizia. Da parte sua il conte Mosca era quasi in buona fede quando le offriva di dare le sue dimissioni, di lasciare il ministero e di venire a passare la vita con lei a Milano o dove che sia. «Posseggo 400 000 franchi, – egli aggiungeva, – ciò che ci darà sempre 15 000 lire di rendita». «Io avrei di nuovo un palco, dei cavalli! e cosí via», si diceva la contessa; era una prospettiva seducente. Riprendevano il loro fascino le sublimi bellezze del lago di Como. Sulle sue rive andava sognando quel ritorno alla vita brillante che, mentre meno se l'aspettava, le si offriva di nuovo. Si vedeva sul Corso a Milano, felice e gaia come al tempo del viceré. «La giovinezza, – si diceva, – o almeno una vita movimentata ricomincerebbe per me».

Qualche volta la sua ardente immaginazione non le lasciava vedere la realtà, ma mai c'era in lei quella volontà di illudersi, che dà la mancanza di coraggio. Era soprattutto una donna sincera con se stessa. «Se sono un po' troppo avanti negli anni per fare delle pazzie, – si diceva, – l'invidia, che si fa anch'essa delle illusioni al pari dell'amore, può avvelenarmi il soggiorno a Milano. Dopo la morte di mio marito, la mia povertà dignitosa suscitò ammirazione, come l'aver rifiutato due grandi patrimoni. Il mio povero contino Mosca non possiede la ventesima parte della ricchezza che mettevano ai miei piedi quei due sciocchi di Limercati e di Nani. La magra pensione di vedova, ottenuta con tanta difficoltà, il licenziamento della servitú, che fece tanto scalpore, la cameretta al quinto piano che faceva stazionare venti carrozze alla porta, tutto questo costituí al suo tempo un raro spettacolo. Ma dovrei affrontare dei momenti penosi, per abilità che ci metta, se non possedendo mai altro di mio che la pensione di vedova, torno a vivere a Milano nel piccolo agio borghese che possono procurare

le 15 000 lire che resteranno a Mosca dopo le sue dimissioni. Un grosso ostacolo, che in mano dell'invidia diverrà
un'arma terribile, è poi che il conte, per quanto diviso da
tanto tempo, è ammogliato. A Parma, che si è separato lo
si sa; ma a Milano sarà una novità e ne attribuiranno la colpa a me. Per cui, mio bel teatro della Scala, mio divino lago di Como... vi saluto!»

Malgrado tutte queste nere previsioni, se la contessa
avesse avuto anche pochissimo di suo, avrebbe accettato
l'offerta che Mosca le faceva di dare le dimissioni. Si credeva una donna anziana e la vita a corte le faceva paura; ma
ciò che farà inarcare le ciglia per la sua inverosimiglianza ai
miei lettori francesi, è che il conte avrebbe dato le dimissioni con gioia. Di questo almeno riuscí a persuadere l'amica.
In ogni sua lettera egli sollecitava, con un crescendo di passione, un secondo abboccamento a Milano; che infine gli fu
accordato.

– Giurarvi che sono innamorata pazza di voi, – gli diceva un giorno a Milano la contessa, – sarebbe dirvi bugia:
troppo grande felicità sarebbe poter amare oggi, a trent'anni suonati, come ho amato a venti! Ma ho visto tramontare
tante cose che credevo eterne! Per voi ho la piú tenera amicizia, una fiducia illimitata e siete voi di tutti gli uomini
quello che preferisco.

Cosí dicendo, la contessa si riteneva assolutamente sincera; pure l'ultima affermazione conteneva un po' di menzogna. Forse, se Fabrizio l'avesse voluto, l'avrebbe avuta vinta su tutti in quel cuore. Ma Fabrizio non era che un ragazzo agli occhi del conte Mosca; il quale, arrivato a Milano
tre giorni dopo la partenza di quello sventato per Novara,
s'affrettò ad andare a parlare in suo favore al barone Binder. Il suo avviso, di ritorno da quel colloquio, fu che dal-
l'esilio il giovane non sarebbe tornato.

Mosca non era venuto solo a Milano: aveva in carrozza
con sé il duca Sanseverina-Taxis, bel vecchietto di sessantott'anni, grigio qua e là di capelli, compitissimo, lindo, ricco sfondato, ma di bassa nobiltà. Non era che il nonno che
s'era arricchito ammassando milioni come appaltatore generale delle entrate dello Stato di Parma. Il padre s'era poi
fatto nominare ambasciatore del principe di Parma alla corte di ***, tenendogli il seguente discorsetto: «Vostra Altezza passa 30 000 lire all'uomo che La rappresenta alla
corte di ***, il quale fa a quella corte una ben meschina

figura. S'Ella si degna dare a me questo posto, io mi conten-
terò d'uno stipendio di 6000. Le mie spese di rappresentan-
za alla corte di *** non saranno mai inferiori a 100 000
lire annue e il mio amministratore ne verserà annualmente
20 000 alla cassa del ministero degli esteri a Parma. Con
detta somma si potrà mettermi accanto come segretario
d'ambasciata la persona che si vorrà ed io non mi mostrerò
per nulla geloso dei segreti diplomatici, se segreti ve ne saranno. Mio scopo è di dare splendore al mio casato, ancora
oscuro, e di illustrarlo con una delle grandi cariche del
paese».

L'attuale duca, figlio di questo ambasciatore, aveva commesso la goffaggine di mostrarsi filoliberale e da due anni
n'era pentitissimo. Al tempo di Napoleone ci aveva rimesso due o tre milioni con l'ostinarsi a restare all'estero; eppure, una volta ristabilito l'ordine in Europa, non gli era
riuscito di ottenere non so quale gran cordone che adornava il ritratto di suo padre: la mancanza di quel cordone gli
accorciava la vita.

I due amanti erano giunti al punto d'intimità, cui in Italia porta l'amore, nel quale scompare fra i due qualunque
vanità. Fu quindi con la maggiore semplicità che Mosca disse alla donna che adorava:

– Ho due o tre piani di condotta da offrirvi, tutti combinati assai bene; non penso ad altro da tre mesi.

Primo: do le mie dimissioni e viviamo da buoni borghesi a Milano, a Firenze, a Napoli, dove vorrete voi; dispo-
nendo di 15 000 lire di rendita, indipendentemente dalle
generosità del principe che possono durare piú o meno. Secondo: vi degnate di venire nel paese dove io posso qualche cosa, comperate una terra, Sacca ad esempio; villa incantevole in mezzo a una foresta, dominante il corso del
Po; della quale entro otto giorni potete avere il contratto
di vendita firmato. Il principe vi accoglie alla corte. Ma qui
si presenta un grosso ostacolo. Alla corte sarete ben accolta, nessuno oserà farvi il muso davanti a me; di piú la principessa si crede infelice e, pensando a voi, le ho reso recentemente qualche servigio. Ma devo farvi presente un ostacolo capitale: il principe è devotissimo e, come sapete, destino vuole ch'io sia ammogliato. Di qui un'infinità di piccole contrarietà. Voi siete vedova; è una bella qualità che
bisognerebbe tuttavia cambiare con un'altra e questo è l'oggetto della mia terza proposta. Ecco qui: si potrebbe trova-

re un marito che non fosse d'alcun impiccio. Ma occorrerebbe prima di tutto che fosse molto avanti negli anni; perché infatti mi neghereste la speranza di sostituirlo un giorno? Ebbene, io ho concluso questo delicato affare col duca
Sanseverina-Taxis, che ignora, beninteso, il nome della
eventuale futura duchessa. Egli sa soltanto che lo farà ambasciatore e gli darà un gran cordone che suo padre aveva e
la cui mancanza lo rende il piú infelice dei mortali. A parte
ciò, questo duca non è affatto imbecille; si fa venire gli abiti e le parrucche da Parigi. Neanche è un uomo premeditata-
mente cattivo; crede sul serio che l'onore consiste nell'avere un cordone e ha onta della sua ricchezza. Un anno fa è
venuto a propormi di fondare un ospedale per guadagnarsi
questo cordone; io lo prendevo in giro, ma lui non m'ha
preso in giro quando gli ho proposto un matrimonio; la
mia prima condizione è stata naturalmente ch'egli non ri-
metterebbe piede a Parma.

   — Ma vi rendete conto che è quanto mai immorale ciò
che mi proponete?

   — Non piú immorale di quel che si è fatto e si fa nella
nostra e in tante altre corti. Il potere assoluto ha questo di
buono, che santifica tutto agli occhi del popolo: ora dov'è
lo scandalo quando nessuno lo vede? Per altri vent'anni la
nostra politica consisterà nell'aver paura dei giacobini, e
che razza di paura! Ogni anno ci crediamo alla vigilia del
'93. A questo proposito avrete anzi occasione di sentire,
spero, le frasi che io so snocciolare nei miei ricevimenti: ne
val la pena! Tutto ciò che potrà diminuire un po' questa
paura sarà *sovranamente morale* agli occhi dei nobili e dei
bigotti. Ora a Parma, tutti quelli che non sono nobili o bigotti, si trovano in prigione o vi stanno per entrare; persua-
detevi dunque che questo matrimonio non sembrerà piccante da noi che dal giorno in cui io sarò caduto in disgrazia. Questa soluzione non è una cattiva azione verso nessuno, e questo è l'essenziale, mi pare. Il principe, del cui favore viviamo e traffichiamo, ha messo una condizione sola
al suo consenso: la condizione che la futura duchessa sia
nobile di nascita. Lo scorso anno il mio posto m'ha reso,
tutto compreso, 107 000 lire; le mie entrate complessivamente devono esser state di 122 000; 20 000 delle quali le
ho depositate a Lione. Orbene, scegliete: o una gran vita
sulla base di 122 000 lire da spendere, che a Parma equival-
gono a 400 000 almeno a Milano; ma con questo matrimo-

nio che vi dà il nome d'un uomo possibile e che vedrete solo all'altare; oppure la piccola vita borghese con 15 000 franchi a Firenze od a Napoli, perché a Milano, io sono del vostro avviso, siete stata troppo ammirata; a Milano sentiremmo il morso dell'invidia e forse l'invidia arriverebbe a guastarci l'umore. La gran vita a Parma avrà, spero, qualche colore di novità anche ai vostri occhi che pure han visto la corte del principe Eugenio; varrebbe la pena di conoscerla prima di rinunziare ad entrarvi. Non crediate che io cerchi con questo di influenzare la vostra decisione. Quanto a me, la mia scelta è fatta: preferisco vivere ad un quarto piano con voi che continuare questa gran vita da solo.

L'eventualità di questo strano matrimonio fu oggetto di quotidiane discussioni tra i due amanti. La contessa vide al ballo della Scala il duca Sanseverina-Taxis e le parve presentabilissimo. In una delle loro ultime conversazioni, Mosca riassumeva cosí la sua proposta: «Dobbiamo deciderci se vogliamo passare lietamente quel che ci resta da vivere e non diventar vecchi innanzi tempo. Il principe ha dato la sua approvazione; Sanseverina non è un uomo da buttar via: possiede il piú bel palazzo di Parma e un patrimonio incalcolabile; ha sessantott'anni e una passione folle pel gran cordone; ma una grande macchia gli rovina l'esistenza: in passato ha comperato per diecimila franchi un busto di Napoleone del Canova. Altro suo errore, che lo condurrà alla morte se voi non gli venite in soccorso, fu quello d'aver prestato 25 napoleoni d'oro a Ferrante Palla, un tipo balzano di là, non sprovvisto di genialità, che condannammo a morte; per fortuna, in contumacia. Questo Ferrante ha fatto ducento versi in vita sua, che di cosí belli ce n'è pochi; ve li dirò; gareggiano con quelli di Dante. Il principe spedisce Sanseverina alla corte di ***; il giorno che deve partire, il duca vi sposa; e due anni dopo la sua partenza, partenza cui lui darà il nome di ambasciata, riceve quel cordone, senza il quale non può vivere. Voi avrete in lui un fratello che non vi sarà antipatico per niente; egli firma in anticipo tutte le carte che io voglio; e d'altronde voi lo vedrete poco o nulla affatto, come piú vi piacerà. Egli non chiede di meglio che scomparire da Parma, dove si trova tra i piedi l'accusa che gli fanno di liberalismo e il ricordo del nonno appaltatore.

Rassi, il nostro boia, pretende che in segreto il duca era abbonato al "Constitutionnel", attraverso Ferrante Pal-

la il poeta, e questa calunnia ha per molto tempo ostacolato seriamente il consenso del principe».

Perché lo storico che riferisce fedelmente nei minimi
particolari il racconto che gli fu fatto, sarebbe degno di biasimo? È colpa sua se i personaggi della sua storia, sedotti
da passioni ch'egli non condivide affatto – disgraziatamente per lui! – si lasciano andare ad azioni profondamente im-
morali? Sebbene poi sia vero che cose di questo genere
non si fan piú in un paese dove l'unica passione che soprav-
viva a tutte le altre, è il danaro, strumento di vanità.

Tre mesi dopo gli avvenimenti sin qui riferiti, la duchessa Sanseverina-Taxis riempiva di ammirazione la corte di
Parma per la sua naturale grazia e per la nobile serenità del
suo spirito; il suo salotto divenne senza confronto il piú
piaccvolc della città. Era quello che il conte Mosca aveva
promesso al suo signore. Il principe regnante Ranuccio -
Ernesto IV e la principessa sua moglie, ai quali la nuova duchessa venne presentata da due delle piú distinte dame del
paese, le fecero un'ottima accoglienza. La Sanseverina era
curiosa di vedere quel principe, che teneva in mano il destino dell'uomo ch'essa amava; voleva piacergli e vi riuscí sin
troppo. Trovò un uomo alto di statura ma un po' atticcia-
to; con capelli, mustacchi e grandi fedine d'un bel biondo,
al dire dei cortigiani, ma cosí sbiadito che altrove sarebbe
stato designato coll'ignobile nome di biondo-stoppa. Nel
suo faccione sporgeva appena un piccolissimo naso quasi
femmineo. La duchessa notò tuttavia che per scorgere tutte quelle mende bisognava andarle a cercare. Nell'insieme
egli aveva l'aria d'un uomo intelligente, di carattere risoluto. Il suo modo di tenersi non era privo di maestà, ma spesso egli mirava a far colpo sul suo interlocutore: impacciato
lui stesso, allora cadeva a dondolarsi continuamente da
una gamba all'altra. A parte questo, Ernesto IV aveva lo
sguardo penetrante e imperioso, una certa nobiltà nel ge-
stir delle braccia e le sue parole erano ad un tempo misura-
te e concise.

Mosca aveva prevenuto la duchessa che, nel vasto gabinetto dove dava udienza, il principe teneva un ritratto in
piedi di Luigi XIV e una bellissima tavola di scagliola di
Firenze. Lei trovò che nel principe l'imitazione di quel ritratto saltava agli occhi; evidentemente il sovrano cercava
di riprodurre lo sguardo ed il porgere di Luigi XIV e, nel-

l'appoggiarsi alla tavola di scagliola, l'atteggiamento di Giuseppe II.

Subito dopo le prime parole rivolte alla duchessa il principe sedette per dar modo a lei di far uso del seggio che competeva al suo grado. A quella corte solo le duchesse, le principesse e le mogli dei grandi di Spagna seggono senza attendere l'invito a farlo; le altre attendono d'esserne pregate dal principe o dalla principessa; e per far spiccare la diversità di grado, gli augusti personaggi han sempre cura di lasciar trascorrere un po' di tempo prima di invitare le dame, che non sono duchesse, a sedersi. La duchessa notò che in certi momenti l'imitazione che il principe faceva di Luigi XIV era un po' troppo accentuata: ad esempio, nel modo di sorridere con bontà arrovesciando la testa.

Ernesto IV portava un frac alla moda, arrivato da Parigi; tutti i mesi da quella città ch'egli aborriva gli veniva spedito un frac, una redengotta ed un cappello. Ma, mescolando bizzarramente due diversi costumi, quel giorno indossava col frac pantaloni rossi attillati, chiusi al ginocchio, calze di seta e scarpini brillantissimi, come ne calza nei ritratti Giuseppe II.

Ricevette la Sanseverina con grande garbo, le rivolse parole piene di spirito e di finezza; ma lei sentí benissimo che volutamente il principe non eccedeva in cortesia. – Sapete perché? – le disse al ritorno il conte Mosca: – perché Milano è una città piú grande e piú bella di Parma. Accogliendovi com'io m'aspettavo e com'egli m'aveva lasciato sperare, temeva di far la figura d'un provinciale in estasi davanti alle grazie d'una bella signora venuta dalla capitale. Senza dubbio egli è anche contrariato da un fatto che non oso dirvi: non vede alla sua corte alcuna donna che per bellezza possa gareggiare con voi. Questo è quanto ha detto ieri sera, andando a letto, a Pernice, suo primo cameriere, che mi fa delle confidenze. Sicché prevedo una piccola rivoluzione nell'etichetta. Il mio maggior nemico alla corte è uno sciocco che si chiama il generale Fabio Conti. Figuratevi un originale che in vita sua è stato forse un giorno alla guerra e che si crede perciò in dovere d'atteggiarsi a Federico il Grande. Ma ci tiene anche ad affettare la nobile affabilità del generale Lafayette e questo perché è qui il capo del partito liberale. Di che liberali si tratti, lo sa Dio!

– Lo conosco, Fabio Conti, – disse la duchessa: – ho avuto l'occasione di vederlo presso Como mentre stava liti-

gando con la gendarmeria –. E raccontò il piccolo incidente di cui forse il lettore ha ricordo.

– Saprete un giorno, signora, se riuscirete mai ad appro-
fondire i misteri della nostra etichetta, che le signorine
non fanno la loro entrata alla corte che dopo aver trovato
marito. Ebbene, il principe ci tiene tanto che Parma batta
tutte le altre città, che io scommetterei che troverà modo
di farsi presentare la piccola Clelia Conti, figlia del nostro
Lafayette. È una figliola incantevole in verità; e ancora otto giorni fa passava per la piú bella creatura degli Stati del
principe.

– Ignoro, – proseguí il conte, – se gli orrori che i nemici
del sovrano hanno pubblicato sul suo conto sono arrivati
anche al castello di Grianta; si fa di lui un mostro, un or-
co. In realtà Ernesto IV era pieno di piccole virtú e si può
aggiungere che, se non avesse avuto anche lui il suo tallone
d'Achille, avrebbe seguitato ad essere il modello dei principi. Ma in un momento di tedio e di collera – ed un po' anche per imitare Luigi XIV che ha fatto tagliare la testa a
non so quale eroe della Fronda, scoperto che viveva tranquillamente e sfacciatamente in una tenuta presso Versaglia, cinquant'anni dopo che di Fronda non si parlava piú –
Ernesto IV un giorno ha fatto impiccare due liberali. Pare
che questi imprudenti si riunissero a data fissa per dir male
del principe e per innalzare voti al cielo perché a Parma venisse la peste a liberarli del tiranno. Che lo chiamassero *tiranno* venne assodato. Rassi chiamò questo cospirare; li fece condannare a morte ed uno dei due, il conte L., perdette
la vita in modo atroce. Questo succedeva prima che ci fossi
io. Da quel fatale momento, – aggiunse il conte abbassando la voce, – il principe è soggetto ad accessi di paura *inde-
gni d'un uomo*, ma che sono la sola causa del favore ch'io
godo. Se non fosse questa paura di cui il sovrano è in balia,
il genere di meriti che io posso avere urterebbe questa corte dove gli imbecilli pullulano. Stenterete a crederlo: ma
prima di coricarsi il principe guarda sotto i letti del suo appartamento e spende un milione, che è come dire quattro a
Milano, per avere un buon servizio di polizia e di questa
terribile polizia voi avete davanti a voi, signora duchessa,
il capo. Grazie alla polizia, vale a dire grazie alla paura, io
sono diventato ministro della guerra e delle finanze; e siccome nominalmente il ministro degli interni è mio capo, in
quanto tra le sue attribuzioni c'è il servizio di polizia, io ho

fatto dare questo portafoglio al conte Zurla-Contarini, un imbecille sgobbone, che si diverte a scrivere ottanta lettere al giorno. Ancora stamane ho ricevuto una sua lettera sulla quale il conte Zurla-Contarini ha avuto la soddisfazione di scrivere di suo pugno il numero 20 715.

La Sanseverina fu quindi presentata alla malinconica principessa di Parma, Clara-Paolina, la quale, pel fatto che suo marito aveva un'amante – una donna assai piacente, la marchesa Balbi – si considerava la piú sventurata donna del mondo: cosa che, del mondo, l'aveva fatta diventare forse la piú noiosa. La duchessa trovò una signora molto alta e molto magra, che non aveva trentasei anni e ne mostrava almeno cinquanta. Un viso come il suo, di lineamenti nobili e regolari, avrebbe potuto passare per bello, sebbene gli nuocessero un po' dei grossi tondi occhi miopi, se la principessa non si fosse lei stessa lasciata andare. Accolse la duchessa con una timidezza cosí visibile che alcuni cortigiani nemici del conte Mosca osarono poi dire che la principessa aveva l'aria della donna che viene presentata, mentre la duchessa quella della sovrana.

Sorpresa e quasi sconcertata, la duchessa non sapeva dove trovare parole che la collocassero in posizione piú umile di quella che la principessa s'era da sé scelta. Per mettere un po' a suo agio quella povera principessa, la quale non è neanche a dire che mancasse di spirito, non trovò quindi di meglio che intavolare e non smetter piú una lunga dissertazione sulla botanica. Argomento sul quale la principessa era realmente versata; aveva anzi delle bellissime serre e un grande numero di piante tropicali. Cosí la duchessa che non aspirava ad altro che a cavarsi d'impiccio, fece per sempre la conquista di Clara-Paolina, che, da timida e interdetta ch'era al principio dell'udienza, finí con trovarsi talmente a suo agio che, contro tutte le regole dell'etichetta, quella prima udienza non si protrasse per meno d'un'ora e un quarto. L'indomani la duchessa fece acquistare delle piante esotiche e cominciò a darsi anche lei arie di appassionata per la botanica.

La principessa passava la vita nella compagnia del venerabile padre Landriani, arcivescovo di Parma, uomo di scienza, uomo pure di mente e perfetto galantuomo; ma ben curioso a vedersi quando sedeva nel suo seggio di velluto cremisi (cosí la sua posizione voleva) in faccia alla poltrona della principessa, circondata dalle sue dame d'onore

e dalle due *di compagnia*. Il vecchio prelato, dai lunghi capelli bianchi, era ancor piú timido, se è possibile, della
principessa: si vedevano tutti i giorni, e tutte le udienze cominciavano con un silenzio che durava un buon quarto d'o-
ra. Tanto che la contessa Alvizi, una delle due dame di
compagnia, era divenuta una specie di favorita della principessa, perché aveva l'arte di incoraggiarli a rompere il silenzio e d'avviare la conversazione.

Infine la duchessa venne presentata a S. A. S. il principe
ereditario, sedicenne piú alto di statura di suo padre e piú
timido ancora di sua madre. Il suo forte era la mineralogia.
Vedendo entrare la duchessa, arrossí fuori modo e fu talmente disorientato che non riuscí a trovare una sola parola
da dire a quella bella signora. Molto bello anche lui, la sua
vita la passava nei boschi con un martello in mano. Già la
duchessa si alzava per metter termine a quell'udienza silen-
ziosa, quando: – Mio Dio! come è bella, signora! – il principe ereditario uscí ad esclamare: osservazione che la presentata non trovò d'altronde di troppo cattivo gusto.

La marchesa Balbi, che aveva venticinque anni, poteva
passare ancora pel piú perfetto modello della *grazia italiana* due o tre anni prima della venuta a Parma della contessa Sanseverina. Ora, le restavano i piú begli occhi del mondo e le piú graziose smorfiette; ma vista da vicino le segnava la pelle un numero infinito di minutissime rughe, alle quali doveva un aspetto di giovane vecchia. Vista a una
certa distanza, nel suo palco a teatro per esempio, era ancora una bellezza e gli spettatori di platea trovavano che il
principe aveva molto buon gusto. Questi passava tutte le
sere in casa della marchesa Balbi, ma spesso senza aprir
bocca, e il cruccio di vedere il principe annoiarsi tanto al
suo fianco aveva ridotta la poveretta d'un'impressionante
magrezza. Essa si credeva squisitamente fine e sorrideva
sempre con malizia (aveva i piú bei denti del mondo); e,
sciocchina com'era, voleva con quel malizioso sorriso a proposito ed a sproposito lasciar capire altro di quello che le
sue parole dicevano. Il conte Mosca insinuava che fosse
quel continuo sorriso, fatto per dissimulare gli interni sba-
digli, a darle tante rughe. La Balbi era a parte di tutti gli
affari; e lo Stato non introitava mille lire senza che per la
marchesa ci fosse un *ricordo* (era questa a Parma la parola
pulita). La voce pubblica pretendeva ch'essa avesse in Inghilterra un deposito di sei milioni, mentre in realtà la sua

fortuna, di recente data, non ammontava ad un milione e mezzo. Era stato per mettersi al riparo dalle sue astuzie e per averla a discrezione che il conte Mosca s'era fatto ministro delle finanze. La sola passione della marchesa era una sordida avarizia, avarizia che nascondeva la sua paura: – *Morirò sulla paglia,* – diceva qualche volta al principe che a quella frase usciva dai gangheri.

La duchessa notò che l'anticamera, splendente di dorature, del palazzo Balbi, era rischiarata da una sola candela che sgocciolava su una tavola di pregevole marmo e che le porte del salotto serbavano i segni delle dita dei lacchè. – Mi ha ricevuto, – disse la duchessa all'amico, – che pareva si aspettasse da me una gratificazione di cinquanta lire.

La duchessa non riscosse lo stesso successo quando venne ricevuta dalla celebre marchesa Raversi, la donna piú scaltra della corte, consumata intrigante che si trovava a capo del partito d'opposizione al conte Mosca. Essa voleva farlo cadere dalla carica e tanto piú da qualche mese perché, nipote del duca Sanseverina, dalle grazie della nuova duchessa temeva di veder intaccata l'eredità.

– La Raversi non è affatto una nemica da disprezzare, – diceva il conte, – io la credo capace di tutto al punto che mi sono separato da mia moglie unicamente perché s'ostinava a prendere per amante il cavalier Bentivoglio, uno degli amici della Raversi.

Questa donna, un'alta virago dai capelli nerissimi, che si faceva notare pei diamanti che portava anche di mattino e per il rosso che si dava alle guance, s'era dichiarata sin da principio nemica della duchessa; e ricevendola in casa sua si sentí in dovere di iniziare le ostilità. Il duca Sanseverina, nelle lettere che scriveva da ***, si mostrava cosí contento della sua carica di ambasciatore soprattutto per la speranza d'ottenere il gran cordone, che la famiglia temeva che finisse con lasciare una parte della sua fortuna alla moglie che andava intanto colmando di piccoli regali. La Raversi, per quanto brutta come da una intrigante c'era da aspettarsi, aveva per amante il conte Balbi, l'uomo piú bello della corte: dal che si vede che generalmente essa riusciva in tutto ciò che intraprendeva.

La duchessa menava il piú lussuoso treno di casa. Il palazzo Sanseverina era sempre stato uno dei piú belli di Parma e il duca, ora ch'era ambasciatore ed avrebbe presto avuto il gran cordone, profondeva forti somme per abbellirlo dell'altro; abbellimenti che la contessa dirigeva.

Il conte era stato buon indovino: pochi giorni dopo la presentazione della duchessa, la giovane Clelia Conti fu ricevuta a corte: l'avevan fatta per ciò canonichessa. Per parare il colpo che questo segno di sovrano favore poteva parere portasse alla posizione del conte, la duchessa col pretesto di inaugurare il giardino del palazzo diede una festa e col suo bel garbo senza parere fece di Clelia, ch'essa chiamava *la mia giovane amica del lago di Como*, la regina della serata. Come per caso sui trasparenti piú in vista della luminaria spiccavano le iniziali della fanciulla. Sebbene un po' assorta, Clelia mise infinita grazia nel narrare la piccola avventura occorsale presso il lago e nell'esprimere la sua viva gratitudine. La dicevano molto devota e grande amica della solitudine. – Scommetterei, – diceva il conte, – che ha già abbastanza criterio per arrossire di suo padre –. La duchessa si fece della fanciulla un'amica; provava per lei una viva simpatia e non voleva d'altronde parerne gelosa, per cui la invitava a tutte le sue feste. Mirava insomma a smussare in tutti i modi gli odî di cui il conte era oggetto.

Tutto sorrideva alla duchessa; la vita di corte, sempre minacciata da qualche tempesta, la divertiva; le pareva di ricominciare l'esistenza. Sentiva pel conte un vivo attaccamento e lui era alla lettera pazzo di felicità: stato d'animo che gli dava un mirabile sangue freddo in tutto ciò che concerneva la sua ambizione. Cosí, due mesi appena dopo l'arrivo della duchessa, egli ottenne la patente e gli onori di primo ministro, onori che s'avvicinano molto a quelli resi allo stesso sovrano. Ormai il conte tutto poteva sull'animo del suo signore e se n'ebbe una prova che a Parma fece colpo.

A dieci minuti a sud-est della città sorge la cittadella cosí famosa in Italia, la cui torre, alta ottanta piedi, è visibile a grande distanza. Questa torre costruita al principio del Cinquecento dai Farnesi, nipoti di Paolo III, sul modello del mausoleo di Adriano, è cosí massiccia che sulla spianata che la termina fu possibile innalzare una palazzina pel governatore della cittadella ed un'altra prigione chiamata la torre Farnese. Questa prigione, costruita in onore del primogenito di Ranuccio - Ernesto II (che doveva poi diventare l'amante contraccambiato della propria matrigna), passa nel paese per bella ed unica nel suo genere. La duchessa

ebbe la curiosità di visitarla; quel giorno faceva a Parma
un caldo soffocante, e là in cima, cosí in alto, la duchessa
trovò un po' di ventilazione; ne fu cosí piacevolmente sorpresa che vi trascorse parecchie ore. Premurosamente le fu
aperta la torre Farnese e sulla spianata di questa grossa torre la duchessa incontrò un povero detenuto, un liberale,
che v'era salito a godervi la mezz'ora di passeggiata conces-
sagli ogni tre giorni.

Tornata a Parma, la duchessa non seppe tacere di quel-
l'uomo che le aveva raccontato tutta la sua storia: le mancava ancora il riserbo indispensabile alla corte d'un principe
assoluto. Il partito che faceva capo alla marchesa Raversi
s'impadroní dei commenti fatti dalla duchessa e li divulgò
quanto poté, sperando che avrebbero irritato il principe. E
di sperarlo avevano ben ragione: Ernesto IV non amava ripetere che ciò che nelle condanne piú importava, era di colpire l'immaginazione? – A vita è una tremenda parola, –
egli diceva, – che incute piú spavento in Italia che altrove –.
Per questo egli non aveva mai accordato grazie. Ora, otto
giorni dopo la visita alla fortezza, la duchessa riceveva una
lettera di commutazione di pena, firmata dal principe e dal
ministro, col nome del beneficiario in bianco: il detenuto
di cui ella avrebbe scritto il nome avrebbe ottenuto la resti-
tuzione dei propri beni ed il permesso d'andare a passare
in America il resto dei suoi giorni. La duchessa scrisse il nome dell'uomo che le aveva parlato. Disgraziatamente caso
volle che quell'uomo fosse un poco di buono, un animo debole: sulle sue ammissioni era stato condannato a morte il
famoso Ferrante Palla.

La concessione di questa grazia singolare fece sentire alla Sanseverina come non mai il piacere della posizione che
occupava. Il conte era pazzo di gioia; fu questo uno dei piú
bei periodi della sua vita ed ebbe un'influenza decisiva sul
destino di Fabrizio. Questi era sempre a Romagnano, presso Novara; là, seguendo le prescrizioni ricevute, si confessava, andava a caccia, fuggiva le letture e faceva la corte ad
una signora della nobiltà. Da quest'ultima necessità la duchessa continuava ad essere un po' urtata. Un altro indizio
di cui il conte non s'accorgeva era che, mentre la duchessa
era con lui in tutto d'una grandissima franchezza e davanti
a lui pensava per cosí dire ad alta voce, di Fabrizio invece
non gli parlava mai senza aver prima preparato mentalmente la frase da dire.

– Se volete, – le diceva un giorno il conte, – io sono disposto a scrivere a quel bel tomo di fratello che avete sul
lago di Como; e saprò costringere codesto marchese del
Dongo a chiedere la grazia pel vostro caro Fabrizio. Se è vero, come mi guardo bene da dubitare, che Fabrizio vale
qualche cosa di piú dei giovinotti che portano a spasso i loro cavalli inglesi per le strade di Milano, che vita dev'essere la sua! Non far niente a diciotto anni, ed avere la prospettiva di non far niente mai! Avesse vera passione per
qualche cosa, foss'anche per la pesca alla canna! Ma che farà a Milano, ottenuta la grazia? Si farà venire dall'Inghilterra un cavallo e a una cert'ora lo monterà; a un'altra, la
noia lo farà andare dall'amica, che egli amerà meno del suo
cavallo. Ma se me l'ordinate cercherò di procurare a vostro
nipote questo genere di vita.

– Amerei vederlo ufficiale, – fece la duchessa.

– Ufficiale! Consigliereste voi ad un sovrano di affidare
un posto che da un giorno all'altro può diventare un posto
importante ad un giovane facile all'entusiasmo; non solo,
ma che ha già dimostrato dell'entusiasmo per Napoleone al
punto d'andarlo a raggiungere a Waterloo? Considerate
che cosa sarebbe di tutti noi se a Waterloo Napoleone avesse vinto! Non avremmo dei liberali da temere, è vero; ma i
sovrani delle antiche famiglie non potrebbero regnare che
sposando le figlie dei suoi marescialli. In queste condizioni
la carriera militare per Fabrizio diventa la vita dello scoiat-
tolo nella gabbia che gira: tanto agitarsi per non fare un
passo avanti. Dovrebbe rassegnarsi a vedersi passare avanti tutti i plebei ligi al regime. Il primo requisito d'un giovane oggi – e vale a dire per forse altri cinquant'anni, finché
cioè avremo paura e non sarà ristabilito il rispetto della religione – è quello di non essere suscettibile d'entusiasmo
e d'essere un mediocre –. Io ho pensato una cosa che solleverà intanto le vostre proteste e a me darà poi chi sa quanto da fare e per chi sa quanto tempo: ma è una pazzia che
voglio fare per amor vostro. Che pazzia non farei, me lo sapete dire, per ottenere un vostro sorriso?

– Ebbene?

– Ebbene: noi abbiamo avuto a Parma tre arcivescovi
della vostra famiglia: Ascanio del Dongo, che ha anche lasciato degli scritti, nel 16...; Fabrizio nel 1699; ed un secondo Ascanio nel 1740. Se Fabrizio vuol entrare nella pre-
latura e farsi notare per virtú di prim'ordine, lo faccio fare

vescovo non importa dove, poi arcivescovo qui, purché beninteso la mia influenza duri. L'obiezione capitale che si
può fare è questa: resterò ministro cosí a lungo da poter rea-
lizzare questo bel progetto che richiede parecchi anni? Il
principe può morire; può avere il cattivo gusto di licenziar-
mi. Ma insomma è questo il solo mezzo che ho di fare per
Fabrizio qualche cosa che sia degno di voi.

La discussione si protrasse a lungo: quell'idea ripugna-
va parecchio alla duchessa.

– Dimostratemi di nuovo, – disse al conte, – che qualunque altra carriera è impossibile per Fabrizio –. Il conte da
capo glielo dimostrò. – Lo so quello che voi rimpiangete, –
disse poi, – la brillante divisa; ma a questo non ci posso
far niente.

Trascorso il mese chiesto per pensarci su, la duchessa
s'arrese sospirando alle sagge vedute del ministro. – Cavalcare impettito un cavallo inglese per le vie di qualche grande città, – ripeteva il conte, – oppure abbracciare uno stato
che non contrasta affatto con la sua nascita: non vedo via
di mezzo. Disgraziatamente un gentiluomo non può umiliarsi a fare né il medico né l'avvocato e questo è il secolo
degli avvocati.

– Non scordate per questo, signora, – ribadiva il conte,
– che la sorte che fareste a Milano a vostro nipote è sempre
quella dei giovani della sua età che passano per i piú fortu-
nati. Graziato che sia, gli assegnate quindici, venti, trentamila lire: non è questo che importa; né io né voi pretendia-
mo di fare delle economie.

La duchessa era sensibile alla gloria: non voleva che Fabrizio restasse un semplice mangiadanaro; per cui tornò al
progetto dell'amante.

– Notate, – soggiungeva il conte, – che io non ho la pretesa di fare di Fabrizio un prete esemplare come ne vedete tanti. No: è anzitutto un gran signore che voglio farne;
egli potrà restare ignorante quanto vuole se ciò gli fa piacere: questo non gli impedirà di diventare egualmente vescovo ed arcivescovo, purché il principe, beninteso, continui a
credere che io gli sono utile. Se i vostri ordini si degnano
di cambiare la mia proposta in decreto immutabile, – concluse, – bisogna che Parma non veda il vostro protetto da
semplice prete. A Parma egli non deve farsi vedere che con
le calze violette ed equipaggiato decorosamente. Solo cosí
tutti lo vedranno già vescovo e nessuno si scandolezzerà.

Se dunque mi date retta, mandate Fabrizio a fare a Napoli
i suoi tre anni di teologia. Durante le vacanze, andrà se
vuole a veder Parigi e Londra, ma che non si faccia mai vedere a Parma.

A quest'ultime parole la duchessa sentí come un brivido.

Spiccò un corriere al nipote e gli diede appuntamento a
Piacenza. Inutile dire che il messo era latore del danaro e
dei passaporti necessari.

Arrivato per primo a Piacenza, Fabrizio corse incontro
alla duchessa e l'abbracciò con tali manifestazioni di gioia
che la fecero scoppiare in lacrime. Essa si rallegrò che il
conte non fosse presente; dacché lo amava era la prima volta che provava questa sensazione.

Fabrizio fu profondamente sorpreso, poi addolorato dei
progetti che la zia aveva fatto per lui; egli non aveva cessato di sperare che, una volta aggiustata la faccenda di Waterloo, finirebbe per entrare nella carriera militare. Una cosa colpí la duchessa e confermò l'opinione romantica che
s'era fatta del nipote: egli rifiutò nettamente la proposta di
menar vita di caffè in una grande città d'Italia.

— Ma ti vedi al Corso a Firenze od a Napoli montato su
un purosangue inglese? — lei lo tentava. — Una vettura la
sera, un grazioso appartamento ecc.

Aveva un bell'insistere con compiacimento nella descrizione di quella felicità volgare; Fabrizio la respingeva con
sdegno. «È un eroe», tra sé diceva la zia.

— E in capo a dieci anni di bella vita, che potrò dire di
aver fatto? — replicava Fabrizio; — che sarò diventato? Un
giovanotto maturo che deve cedere il campo al primo bel
ragazzo che fa la sua entrata nel mondo, anche lui su un purosangue inglese.

Anche il progetto di fare l'uomo di chiesa Fabrizio
dapprima lo respinse energicamente: parlava d'andare a
Nuova York, di farsi cittadino e soldato repubblicano in
America.

— Come t'illudi in ciò! Non farai lo stesso la guerra e ri-
cadrai nella vita di caffè, soltanto senza eleganza, senza musica, senza amori. Credimi, per te come per me sarebbe
una triste vita la vita in America —. Gli spiegò il culto che là
si tributa al dio dollaro, il rispetto che là non si può a meno di avere per la folla operaia che col suo voto vi decide

di tutto. Tornarono quindi a considerare la carriera ecclesiastica.

– Prima d'inalberarti senza ragione, vedi di capire ciò
che il conte chiede da te: non si tratta affatto di diventare
un pretucolo piú o meno esemplare e virtuoso, del genere
dell'abate Blanes. Ricordati quello che furono i tuoi zii, gli
arcivescovi di Parma; rileggi le notizie sulla loro vita che
sono nell'appendice al nostro albero genealogico. Un uomo
che porta un nome dev'essere anzitutto un gran signore,
nobile, generoso, protettore della giustizia, in anticipo destinato a diventar capo del suo ordine... ed in tutta la sua
vita non commettere che una bricconata, una sola, ma quella davvero vantaggiosa.

– Cosí vanno a mare tutte le mie illusioni, – diceva Fabrizio sospirando profondamente; – è grosso il sacrificio
che mi chiedi! Confesso che non avevo pensato a questa avversione, che ormai regnerebbe tra i sovrani assoluti, per
l'entusiasmo e l'intelligenza anche se posta al loro servizio.

– Devi renderti conto che basta un proclama, basta un
capriccio del cuore e l'entusiasta si butta nel partito contrario a quello che fin allora ha servito!

– Entusiasta, io? strana accusa! Se non riesco neppure
ad innamorarmi!

– Come? – esclamò la duchessa.

– Quando faccio la corte ad una donna, ha un bell'essere
graziosa, nobile e devota, non mi riesce di pensare a lei che
quando la vedo.

Questa confessione fece una strana impressione sulla duchessa.

– Ebbene, – si rassegnò Fabrizio, – concedimi un mese
per prendere congedo dalla signora C. di Novara, e ciò che
mi è anche piú difficile, da quello che in tutta la vita ho va-
gheggiato per me. Scriverò a mia madre, che sarà cosí buona da venirmi a vedere a Belgirate, ed entro trentun giorni
da oggi sarò in incognito a Parma.

– Guardatene bene! – gridò la duchessa. Voleva evitare
che il conte Mosca la vedesse parlare con Fabrizio.

Zia e nipote si rividero un'altra volta a Piacenza. Questa
volta la duchessa era molto turbata: una burrasca era scoppiata a corte; il partito della marchesa Raversi stava per
trionfare e da un momento all'altro il conte Mosca poteva
essere sostituito dal generale Fabio Conti, capo di quello
che a Parma si chiamava il partito liberale. Salvo il nome

del rivale che andava guadagnando ogni giorno piú il favore del principe, la duchessa non tacque nulla a Fabrizio. Furono rimesse in discussione le probabilità d'avvenire che il
giovane aveva, considerando anche il caso che venisse a
mancargli l'onnipotente protezione del conte.

– Passerò allora tre anni all'accademia ecclesiastica di
Napoli; dato che debbo essere prima di tutto un giovane
gentiluomo e tu non mi chiedi di condurre la vita austera
d'un virtuoso seminarista, questo soggiorno a Napoli non
mi spaventa piú che tanto; la vita là varrà bene la vita che
faccio a Romagnano, dove i timorati cominciavano già a
trovarmi giacobino. Nel mio esilio poi ho scoperto che non
so nulla, neanche il latino, neanche l'ortografia. Progettavo
di rifare la mia educazione a Novara; studierò quindi volentieri teologia a Napoli: è una scienza mica facile!

La duchessa fu felicissima di questa sua decisione. – Se
dobbiamo andar via da Parma, – gli disse, – ti verremo a
trovare a Napoli. Ma, poiché accetti la carriera delle calze
violette, il conte che conosce bene l'Italia d'oggi, m'ha incaricato di farti una raccomandazione. Questa: che tu creda
o che tu non creda ciò che ti verrà insegnato, non fare mai
obiezioni di sorta. Figurati che quello che t'insegnano siano le regole del gioco dell'*whist*: alle regole del gioco del-
l'*whist* ti verrebbe in mente di fare delle obiezioni? Ho
detto al conte che tu credi e se n'è rallegrato; è una cosa
che serve in questo mondo e in quell'altro. Ma perché credi, non cadere nella volgarità di parlar con orrore di Voltaire, Diderot, Raynal e di tutte quelle teste matte di francesi, precursori delle Due Camere. Fa' di rado i loro nomi;
ma insomma quando non ne puoi a meno, parla di essi con
calma ironia; è gente da un pezzo confutata ed i loro attacchi non mettono piú paura. Credi ciecamente tutto ciò che
all'accademia ti diranno. Pensa che vi sarà chi terrà fedele
nota d'ogni tua minima obiezione; si passerà sopra ad un
piccolo intrigo galante, se saprai fare; ma non ti verrà per-
donato un dubbio; e si capisce: l'amoretto passa con l'età,
il dubbio con l'età si radica. Comportati in conseguenza al
tribunale della penitenza. Ti daremo una lettera di raccomandazione per un vescovo che è il *factotum* del cardinale
arcivescovo di Napoli; solo a lui tu devi confessare la tua
scappata in Francia e la circostanza che il 18 giugno ti tro-
vavi nei dintorni di Waterloo. Del resto, sfronda molto, togli importanza a questa avventura, confessala solo perché

non ti si possa poi rinfacciare d'averla dissimulata. Eri cosí giovane, allora! Un'altra cosa che il conte mi prega di dirti è questa: se ti viene in mente una ragione brillante, una replica che tronchi con la tua vittoria la discussione, sappi tacere: chi è intelligente ti leggerà l'intelligenza negli occhi. Avrai tempo ad avere dello spirito, quando sarai vescovo.

Fabrizio esordí a Napoli con una vettura modesta e quattro domestici, quattro buoni milanesi, che la zia gli aveva inviato. Dopo un anno di studio, nessuno diceva ch'era un uomo intelligente; lo consideravano un gran signore studioso, generosissimo, ma un po' libertino.

Quell'anno, abbastanza divertente per Fabrizio, fu invece per la contessa un anno tremendo. Due o tre volte il conte fu sul punto d'essere licenziato; il principe, la cui paura cresceva, perché alla paura s'era aggiunta quell'anno una malattia, credeva, congedandolo, di sbarazzarsi dell'odiosità che s'era attirato con le esecuzioni capitali che pure erano avvenute prima che il conte diventasse ministro. Il Rassi era il favorito che si voleva conservare ad ogni costo. I pericoli che il conte correva fecero sí che la duchessa s'attaccò appassionatamente all'amico; a Fabrizio non pensava piú.

Per mascherare la vera ragione del loro possibile ritiro da Parma dissero che l'aria di Parma, un po' umida in realtà come lo è in tutta la Lombardia, non s'addiceva alla salute della duchessa. Finalmente, dopo periodi di disgrazia nei quali avvenne che il primo ministro restò sino venti giorni di fila senza vedere il principe in privato, Mosca vinse la partita; fece nominare il generale Fabio Conti, il preteso liberale, governatore della cittadella dove finivano i liberali condannati da Rassi. – Se Conti usa dell'indulgenza verso i detenuti, – diceva Mosca all'amica, – perde il favore del principe come giacobino che per le sue idee politiche trascura i suoi doveri di generale; se si mostra severo e inaccessibile alla pietà (e sarà da questo lato, io credo, che pencolerà) cessa d'esser capo del proprio partito e s'inimica tutte le famiglie che hanno un congiunto detenuto nella cittadella. Questo pover'uomo sa sí prendere un'aria di rispetto quanto mai compunta quando avvicina il principe, sa all'occorrenza cambiare quattro volte d'abito in un giorno, è in grado di discutere una quistione d'etichetta, ma gli manca la capacità di seguire la difficile strada per la quale soltanto si può salvare; e comunque son qui io.

L'indomani della nomina del generale Conti, nomina
che chiudeva la crisi ministeriale, corse voce a Parma che
stava per uscire un giornale ultra monarchico.

– Che vespaio questo giornale farà nascere! – chiosava
la notizia la duchessa.

– Di questo giornale ho avuto io l'idea e questa trovata
è forse il mio capolavoro, – rispondeva il conte ridendo; –
poco a poco me ne lascerò, apparentemente contro tutti i
miei sforzi, portar via la direzione dai monarchici ultra accesi. Ho ottenuto che i posti di redattore siano generosamente retribuiti. Li solleciteranno da ogni parte, passeran-
no cosí due o tre mesi, abbastanza perché siano dimenticati
i pericoli che ho corso. Fra i candidati vi sono già dei personaggi importanti: P. e D., ad esempio.

– Ma verrà fuori un giornale d'una assurdità rivoltante!

– È proprio su questo che conto, – ribatteva il conte. –
Il principe non mancherà un mattino di leggerlo ed avrà
modo di apprezzare la dottrina politica del suo fondatore.
Quanto ai dettagli approverà o s'urterà; comunque, delle
ore che dedica al governo eccone già due occupate altrimenti. Il giornale solleverà certo un putiferio; ma quando co-
minceranno ad arrivare le lagnanze serie, non prima cioè di
sei o dieci mesi, la direzione del foglio sarà interamente nelle mani degli ultra accesi. Toccherà a questo partito, che
mi procura tante noie, rispondere; io protesterò contro il
giornale; in fondo preferisco che si scrivano cento atroci assurdità a che uno solo sia impiccato. Due anni dopo che è
uscita chi si ricorda d'un'assurdità comparsa sul foglio ufficiale? mentre durerebbe quanto me, e m'accorcerebbe forse la vita, l'odio che mi giurerebbe il figlio o la famiglia del-
l'impiccato.

La duchessa che metteva sempre della passione in tutto
ciò che faceva, che si dava sempre da fare, non istava mai
con le mani in mano, era la donna piú capace di tutta la corte di Parma; ma per spuntarla negli intrighi le mancavano
la pazienza e la freddezza necessarie. Tuttavia era arrivata
a seguire gli interessi delle diverse camarille e cominciava a
godere la stima del principe. Clara-Paolina, la principessa
regnante, circondata d'onori ma imprigionata nelle pastoie
dell'etichetta piú stantia, si riteneva la piú infelice delle
donne. La duchessa Sanseverina le fece la corte e s'assunse
di provarle che non era affatto infelice quanto credeva. Bisogna sapere che il principe non vedeva la moglie altro che

a pranzo: un pranzo che durava mezz'ora; fuori di lí passava settimane intere senza rivolgerle parola. La Sanseverina
cercò di cambiare questo stato di cose; essa interessava il
principe e tanto meglio lo interessava in quanto nei suoi riguardi aveva saputo conservare la propria indipendenza.
Quand'anche vi si fosse messa d'impegno le sarebbe stato
impossibile non ferir mai uno o l'altro degli sciocchi che a
quella corte pullulavano: incapacità che la faceva esecrare
dai volgari cortigiani, ch'eran poi tutti conti o marchesi,
con una rendita che non superava per lo piú le 5000 lire.
Sin dai primi giorni essa si rese conto di questa disdetta
inerente al suo carattere, e si dedicò allora esclusivamente a
piacere al sovrano e alla consorte, la quale a sua volta dominava interamente il principe ereditario. La duchessa sapeva dunque interessare il sovrano, e dell'attenzione grandissima che questi accordava alle sue minime parole approfit-
tava per rendere ridicoli ai suoi occhi i cortigiani che la
odiavano. Dopo le sciocchezze che Rassi gli aveva fatto fare
– ed erano sciocchezze sanguinarie, di quelle cioè che non
si rimediano – il principe, se provava spesso la paura, piú
sovente ancora s'annoiava, ciò che aveva fatto nascere in
lui una triste invidia; sentiva di divertirsi ben poco e s'offu-
scava a veder altri divertirsi: lo spettacolo dell'altrui felicità lo mandava in bestia. – Dobbiamo dissimulare il bene
che ci vogliamo, – disse all'amico la duchessa; ed al principe lasciò intravvedere di non essere granché piú innamorata del conte, uomo d'altronde cosí meritevole di stima.
Questa scoperta aveva fatto passare a Sua Altezza un giorno felice.

Allo stesso modo ogni tanto essa lasciava cadere nella
conversazione qualche accenno ad un progetto che diceva
di avere, di concedersi ogni anno qualche mese di congedo
e d'impiegarlo a visitare l'Italia che conosceva cosí poco:
andrebbe a visitare Napoli, Firenze, Roma. Ora, non c'era
nulla che potesse indisporre il principe piú di questa velleità di diserzione: era questa una delle sue debolezze piú ac-
centuate; tutto ciò che poteva far credere si tenesse in poco conto la sua capitale era per lui un colpo al cuore. Sentiva d'altronde di non avere modo di trattenere la Sanseverina, che della corte era pure di gran lunga la donna piú brillante. Cosa mai vista ed in contrasto con la proverbiale in-
dolenza degli italiani, per assistere ai suoi lunedí si veniva
dalla campagna circostante: quei lunedí erano vere feste e

perché riuscissero la duchessa sapeva sempre ogni volta trovare qualche cosa di nuovo e di piccante. Il principe moriva
dalla voglia di assistere a qualcuno di quei lunedí; ma come fare? Andare lui da un semplice privato! era una cosa
che né lui né suo padre avevano mai fatto!

Era un lunedí che pioveva, freddo: la sera, ogni momento giungeva al principe un fragore di ruote che scuoteva il
lastricato giú nella piazza: erano le vetture che portavano
gli invitati al trattenimento della Sanseverina. Egli ebbe
un moto d'impazienza: altri si divertiva e lui, principe sovrano, padrone assoluto, che piú di tutti avrebbe avuto diritto di divertirsi, languiva nella noia! Fece venire l'aiutante di campo e dovette dare il tempo perché una dozzina di
agenti venissero postati lungo il percorso. Finalmente, dopo un'ora che al principe parve un secolo e durante la quale mille volte fu tentato di sfidare i pugnali e d'uscire senza
alcuna precauzione, egli faceva il suo ingresso nel primo salotto della Sanseverina. In quel salotto fosse caduta la fol-
gore, la sorpresa non sarebbe stata maggiore. In un batter
d'occhio e via via che il principe s'inoltrava, si diffondeva
per le sale, or ora cosí gaie e rumorose, uno stupefatto silenzio; tutti gli occhi, fissi sul principe, si spalancavano. I
cortigiani avevan l'aria sconcertata: soltanto la duchessa
non diede a divedere alcuna meraviglia. Quando i presenti
trovarono il coraggio di rimettersi a discorrere, il problema che li preoccupò fu di sapere se la duchessa era stata
avvertita dell'augusta visita o s'anche per lei era stata una
sorpresa.

Il principe si divertí un mondo; e qui il lettore potrà
rendersi conto del carattere tutto di primo impulso della
duchessa e del grandissimo ascendente che coi suoi vaghi
progetti di partenza lasciati abilmente intravvedere s'era
conquistata sul sovrano.

Riconducendo il principe che le rivolgeva le piú lusin-
ghiere parole, le venne un'idea che osò esprimergli con la
massima semplicità e come la cosa piú ordinaria:

– Se Vostra Altezza Serenissima volesse rivolgere alla
principessa tre o quattro delle frasi gentili che mi prodiga,
mi farebbe piú felice assai che dicendomi che son bella. Gli
è ch'io non vorrei per tutto al mondo che la principessa potesse vedere di cattivo occhio il grandissimo segno di favore di cui or ora Vostra Altezza m'ha onorato.

Il principe la guardò fisso e rispose seccamente:

– Voglio credere di essere padrone di andare dove mi pare.

La duchessa arrossí. Ma riprese subito:

– Volevo solo non esporre Sua Altezza a venire inutilmente, perché questo lunedí sarà l'ultimo: vado a passare qualche giorno a Bologna od a Firenze.

Mentre rientrava nei suoi salotti, tutti credevano che il favore del principe le fosse ormai assicurato; invece, proprio in quell'istante essa aveva osato – e lo sapeva – ciò che nessuno a Parma aveva osato ancora. Fece un cenno al conte, che lasciò il tavolo del *whist* e la seguí in un salottino illuminato ma appartato.

– Avete avuto una bella audacia, – egli le disse; – io non ve l'avrei consigliata; ma nei cuori innamorati, – aggiunse ridendo, – la felicità alimenta l'amore e, se voi partite domattina, domani sera vi raggiungo. Ciò che mi farà ritardare è solo l'ingrato compito, che ho fatto la sciocchezza di assumermi, del ministero delle finanze: ma in quattro ore bene impiegate si può far la consegna di molte casse. Rientriamo, mia cara, e mostriamoci leggeri e disinvolti senza ritegni; è forse l'ultima rappresentazione che diamo in questa città. Se nelle vostre parole egli ha visto una sfida, l'uomo è capace di tutto; ciò che farà, lo chiamerà *dare un esempio*. Quando tutti se ne saranno andati, cercheremo il modo di mettervi al sicuro per stanotte; il meglio sarebbe forse che partiste senza indugio per la vostra villa di Sacca, sul Po, che presenta il vantaggio di non essere che a mezz'ora di distanza dagli Stati austriaci.

Fu un momento delizioso per l'amore e l'amor proprio della duchessa; guardò il conte e guardandolo le si inumidirono gli occhi. Il suo amante, un ministro cosí potente, l'uomo che una folla di cortigiani colmava d'omaggi quali si rendevano solo al principe, era pronto per lei a lasciar tutto e senza il menomo rimpianto!

Rientrando nelle sale, Gina era folle d'esultanza. Tutti s'inchinavano al suo passaggio.

– Come la felicità trasfigura la duchessa! – si sussurrava intorno; – si stenta a riconoscerla! Finalmente quest'anima altera, al di sopra di tutto, si degna anch'essa d'apprezzare il favore straordinario di cui il sovrano l'ha fatta segno!

Verso la fine della serata, il conte le si appressò: – Ho delle notizie da darvi –. Quelli ch'erano intorno alla duchessa s'allontanarono.

– Il principe, di ritorno al palazzo, s'è fatto annunciare a sua moglie. Immaginate la sorpresa della poveretta! «Vengo a rendervi conto, – le ha detto, – d'una serata veramente deliziosa che ho trascorso in casa della Sanseverina. È stata lei a pregarmi di descrivervi come ha trasformato quel vecchio palazzo affumicato». E cosí il principe si è seduto e si è messo a fare la descrizione di ciascuno dei vostri salotti. Ha passato piú di venticinque minuti in camera di sua moglie che dalla gioia piangeva, e che malgrado il suo spirito non ha potuto trovare una parola per tenere la conversazione sul tono leggero che Sua Altezza avrebbe voluto darle.

Checché potessero dire di lui i liberali d'Italia, quel principe non era affatto un cattivo uomo. Aveva sí fatto gettare in prigione un gran numero di loro, ma era stato per paura; e ripeteva talvolta come per attenuare il rimorso di certi ricordi: il diavolo è meglio ammazzarlo che lasciarsi ammazzare da lui.

L'indomani della serata che abbiamo descritta, egli era tutto contento; aveva fatto due belle cose: era andato al lunedí ed aveva tenuto compagnia a sua moglie. Anche a pranzo le rivolse la parola. Insomma, quel lunedí della duchessa portò con sé una rivoluzione nei rapporti fra i due augusti coniugi della quale si sparse l'eco per tutta Parma; la Raversi ne fu costernata e la gioia della duchessa fu doppia: era stata utile al suo amante e l'aveva trovato piú innamorato che mai.

– Tutto questo per un'idea ben imprudente che m'è venuta! – diceva al conte. – A Roma e a Napoli sarei senza dubbio piú libera; ma dove troverei altrove un gioco cosí allettante? In nessun luogo, davvero, mio caro conte: voi fate la mia felicità.

Capitolo settimo

È di piccoli dettagli di corte, insignificanti come quelli che abbiamo raccontato, che dovremmo riempire la storia dei quattro anni che seguirono. Ogni primavera, la marchesa veniva con le figlie a passare due o tre mesi al Palazzo Sanseverina o nella tenuta di Sacca, in riva al Po; eran, quelle, giornate felici che trascorrevano insieme a parlar di Fabrizio; ma a Fabrizio il conte non volle permettere neanche una volta di venire a Parma. La duchessa e il ministro ebbero, sí, a rimediare a qualche sua scappata, ma in genere Fabrizio seguiva saviamente la linea di condotta prescrittagli: quella d'un gran signore che studia teologia e che per la carriera non è unicamente sulla propria virtú che fa assegnamento. A Napoli s'era preso di viva passione per lo studio dell'archeologia e faceva degli scavi: questa passione aveva quasi soppiantato quella dei cavalli. I cavalli anzi li aveva venduti per fare degli scavi a Miseno, dove aveva avuto la fortuna di trarre alla luce un busto di Tiberio giovane: busto che si era classificato fra i piú bei resti dell'antichità. La scoperta di questo busto fu si può dire il piacere piú vivo del suo soggiorno a Napoli. Egli era di animo troppo al di sopra del comune per cadere nell'imitazione degli altri giovani: per applicarsi, ad esempio, con una certa serietà alla parte di innamorato. Certo non gli mancavano amiche, ma avevano per lui scarsa importanza; nonostante l'età, si poteva ancora dire che egli non conosceva l'amore: ma per questo appunto piú accese erano le passioni che suscitava. Nulla infatti gli impediva di portarsi con le donne con la maggiore freddezza; per lui una donna bella e giovane valeva sempre un'altra donna bella e giovane; solo che l'ultima conosciuta gli sembrava la piú piccante. Durante l'ultimo anno del suo soggiorno, per lui aveva commesso delle pazzie la contessa d'A., una delle signore

piú ammirate di Napoli; la cosa sulle prime lo aveva divertito, ma aveva finito poi per tediarlo al punto che una delle
gioie della partenza fu di liberarsi delle premure dell'affascinante contessa. Fu nel 1821 che, superati passabilmente
gli esami, mentre il suo direttore di studi o rettore riceveva una croce ed un donativo, egli partiva per venir finalmente a vedere quella Parma alla quale sovente pensava.
Era adesso Monsignore ed aveva alla sua vettura un tiro di
quattro cavalli; alla posta, prima di Parma, fece attaccare
due cavalli soli ed in città fermò davanti alla chiesa di San
Giovanni. Era la chiesa in cui s'ammirava la sontuosa tomba dell'arcivescovo Ascanio del Dongo suo prozio, autore
della *Genealogia* in latino. Fabrizio pregò presso la tomba,
quindi fece a piedi la strada sino al palazzo della duchessa,
la quale non lo attendeva che qualche giorno dopo. Il salotto era pieno di gente che al suo comparire s'affrettò a congedarsi.

– Ebbene, sei contenta di me? – le disse Fabrizio gettandolesi nelle braccia; – in grazia tua ho passato a Napoli
quattro begli anni, invece di annoiarmi a Novara con un'a-
mante autorizzata dalla polizia.

La duchessa non si riaveva dallo stupore; non l'avrebbe
riconosciuto se l'avesse incontrato per istrada; lo trovava –
ed era davvero – uno dei piú bei giovani d'Italia; l'espressione soprattutto incantava. Partendo per Napoli aveva l'a-
spetto baldanzoso d'uno scavezzacollo e il frustino dal quale allora non si separava mai pareva facesse parte integran-
te di lui: adesso davanti agli estranei aveva l'aria piú nobile e posata, mentre in privato mostrava di non aver nulla
perduto del fuoco della prima giovinezza. Era un diamante
che non aveva perso niente ad essere lavorato.

Non era arrivato da un'ora che capitò il conte Mosca:
un po' troppo presto, capitò. Il giovane lo ringraziò con
tanto garbo della croce di Parma concessa al suo rettore e
con tanta misura espresse la sua viva gratitudine per altri beneficî dei quali non osava parlare altrettanto apertamente, che dalla prima occhiata il ministro si fece di lui
una buona opinione. – Questo vostro nipote, – disse sottovoce alla duchessa, – saprà figurare in qualunque posto vo-
gliate in seguito innalzarlo –. Tutto procedeva a meraviglia; ma quando il ministro, soddisfatto di Fabrizio e attento unicamente sin allora alle sue parole ed ai suoi gesti, portò gli occhi sulla duchessa, notò nello sguardo di lei una lu-

ce singolare. «Questo giovane, – si disse, – fa qui una troppa impressione». La riflessione fu amara; il conte aveva raggiunto la cinquantina: crudele parola, della quale forse solo un uomo perdutamente innamorato può sentire tutto il peso. Egli era molto buono, meritevolissimo d'esser amato, a parte i suoi atti di severità come ministro. Ma ai suoi occhi la crudele parola *cinquantina* bastava a gettar un'ombra su tutta la sua vita; avrebbe avuto il potere, quella parola, di renderlo crudele in proprio. Nei cinque anni dacché aveva deciso la duchessa a venire a Parma, lei piú d'una volta aveva eccitato la sua gelosia, nei primi tempi soprattutto; ma essa non gli aveva dato mai vero motivo di lagnarsi. Egli anzi credeva, ed era nel vero, che fosse stato allo scopo di assicurarsi meglio il suo amore che la duchessa avesse simulato d'avere delle attenzioni per qualche bel giovane della corte.

Era sicuro, per esempio, che Gina aveva respinto gli omaggi del principe, il quale anzi in quell'occasione s'era lasciato scappare una frase buona a sapersi.

– Ma se io accettassi gli omaggi di Vostra Altezza, – diceva al principe ridendo la duchessa, – con che faccia oserei ripresentarmi a mio marito?

– Sarei anch'io imbarazzato quasi quanto voi. Che caro conte! che amico per me! Ma è un impedimento facile a togliere e ci ho pensato: il conte lo rinchiuderemmo nella cittadella pel resto dei suoi giorni.

All'arrivo di Fabrizio la duchessa fu invasa da una tale felicità che non pensò affatto alle idee che i suoi occhi potevano suggerire al conte. L'impressione che il conte ne ebbe fu profonda ed i sospetti che concepí senza rimedio.

Due ore dopo il suo arrivo, Fabrizio fu ricevuto dal principe; la duchessa, in previsione dell'effetto prodotto nel pubblico dalla prontezza con cui Fabrizio avrebbe ottenuto quell'udienza, la sollecitava da due mesi: questo favore sin dal primo momento avrebbe messo Fabrizio in una situazione quanto mai privilegiata ed era stato conseguito col pretesto che il giovane a Parma era di passaggio, essendo diretto in Piemonte a rivedere la madre. Il grazioso bigliettino col quale la duchessa informava il principe che Fabrizio attendeva i suoi ordini arrivò che Sua Altezza s'annoiava. «Vedrò, – egli si disse, – un santarellino scioccherello, un viso piatto o sornione». Già sapeva dal comandante della piazza della visita fatta per prima cosa alla tom-

ba dello zio arcivescovo. Invece il principe vide entrare un
giovane alto che avrebbe preso per un ufficialetto, non fossero state le calze viola a disingannarlo.

La piccola sorpresa scacciò la noia: «Ecco un ragazzone,
– pensò, – per il quale mi chiederanno Dio sa quali favori!
piú di quelli che posso fare. È appena arrivato, dev'essere
ancora tutto turbato; voglio fare un po' di politica giacobina: vedremo un poco come se la caverà».

Rivoltagli qualche parola di cortesia:

– Ebbene, monsignore, – diss'egli a Fabrizio, – a Napoli
la gente è felice? È amato il re?

– Altezza Serenissima, – Fabrizio fu pronto a rispondere, – ho avuto modo di ammirare passando per strada l'eccellente contegno dei soldati dei diversi reggimenti di S.
M. il re; la gente per bene è rispettosa verso i suoi governanti come deve esserlo; ma non sarei in grado di dire di
piú; in vita mia, confesso, non ho mai tollerato che la gente del basso ceto mi parlasse d'altro che del lavoro per cui
la pago.

«Capperi! – pensò il principe, – che accidente! ecco un
uccello bene imbeccato! in questa risposta ci sento lo zam-
pino della zia». Messo di punto il principe impiegò tutta la
sua abilità per far parlare Fabrizio sullo scabroso argomento. Il giovane eccitato dal pericolo ebbe la fortuna di trovare ben azzeccate risposte: – È quasi mancare di rispetto, –
egli diceva, – ostentare dell'amore pel proprio re; è l'obbedienza cieca che gli si deve.

Davanti a tanta prudenza, il principe provò quasi stizza:
eccolo l'uomo di spirito che ci arriva qui da Napoli; non
mi vanno questi tipi; un uomo di spirito ha un bel camminare sulla via dei retti principî; s'anche lo fa in buona fede, sempre per qualche lato è cugino germano di Voltaire e
di Rousseau.

Il principe vedeva quasi una provocazione nei modi
quanto mai riguardosi e nelle risposte cosí irreprensibili
del giovane, uscito pur mo' di collegio; quel che aveva previsto non succedeva: mutato di colpo registro prese un tono bonario, e risalendo in poche parole ai grandi principî
che reggono il governo e la società, snocciolò, adattandola
alla circostanza, qualche frase di Fénelon che gli avevano
fatto imparare a memoria dall'infanzia perché se ne ser-
visse nelle pubbliche udienze.

– Vi stupiscono questi principî, giovanotto, – diss'egli a

Fabrizio (l'aveva chiamato *monsignore* al principio dell'u-
dienza e contava di ridargli quel titolo congedandolo; ma
nel corso della conversazione trovava piú abile, piú adatto
ad un'intonazione patetica, rivolgerglisi con un piccolo nome amichevole); – vi stupiscono questi principî, giovanotto; certo, somiglian poco a quelle *pillole d'assolutismo* (fu
l'espressione di cui si serví) che si posson leggere ogni giorno sulla mia gazzetta ufficiale. Ma, gran Dio, quali autori vi
vengo adesso a citare? gli scrittori del mio giornale vi sono
completamente sconosciuti.

   – Chiedo scusa a Vostra Altezza Serenissima; non solo
leggo il giornale di Parma, che mi sembra assai ben redatto, ma sono anch'io persuaso con gli scrittori del giornale
che tutto ciò che è stato fatto dopo il 1715, dalla morte di
Luigi XIV in poi, è al tempo stesso un delitto e una stupidità. L'interesse piú grande che l'uomo ha è la salvezza del-
l'anima che sola gli assicura una felicità eterna: è questo un
punto sul quale non può esservi discussione. Le parole *libertà, giustizia, benessere della massa*, sono infami e delit-
tuose: esse dànno alle menti l'abitudine della discussione e
della diffidenza. Una camera dei deputati *diffida* di ciò che
quelli chiamano *ministero*. Una volta contratta questa fatale abitudine della *diffidenza* l'uomo nella sua debolezza comincia ad applicarla a tutto, arriva a diffidare della Bibbia,
degli ordini della Chiesa, della tradizione e cosí via; da
quel momento è perduto. Quand'anche questa diffidenza
verso l'autorità dei principî *stabiliti da Dio* desse all'uomo
la felicità durante i venti o trenta anni di vita cui ciascuno
di noi può pretendere – e il dire ciò, come è falsissimo, altrettanto è criminale – che cosa rappresenta un mezzo secolo ed anche un intero secolo paragonato ad un'eternità di
supplizi? – E seguitò su quel tono.

   Dal modo in cui Fabrizio parlava si vedeva che cercava
di presentare le sue idee cosí da renderle il piú possibile
accettabili dal suo ascoltatore: era chiaro che non recitava
un imparaticcio. Presto il principe rinunciò a discutere col
giovane, imbarazzato com'era dai suoi modi semplici a un
tempo e gravi.

   – Addio, monsignore, – lo congedò bruscamente, – vedo che nell'accademia ecclesiastica di Napoli s'impartisce
un'eccellente educazione ed è ben naturale che quando questi buoni principî cadono in un animo elevato qual è il vostro, diano brillanti risultati. Addio –. E gli voltò le spalle.

«Non gli sono piaciuto, a questo animale», Fabrizio
pensò.

«Ora resta a vedere, – si disse il principe dacché fu solo,
– se questo giovanotto è suscettibile di appassionarsi per
qualche cosa; nel qual caso sarebbe completo. È possibile
ripetere con piú spirito di quello che ha fatto le lezioni della zia? Mi sembra di sentirla! Se nel mio stato scoppiasse
una rivoluzione, sarebbe lei che dirigerebbe il "Monitore",
come a Napoli la San Felice! Ma la San Felice, nonostante
i suoi venticinque anni e la sua bellezza, è finita sulla forca! Avviso alle donne di troppo spirito».

Ritenendo Fabrizio imbeccato dalla zia, il principe s'ingannava: le persone intelligenti, che nascono su un trono o
vicino ad un trono, perdono presto ogni finezza di giudizio; proscrivono intorno a sé la libertà di parola che scam-
biano per grossolanità; non voglion vedere intorno a sé
che delle maschere e pretendono di giudicare dalla bellezza
del colore di quelle maschere; il buffo è poi che si credono
forniti di grande fiuto. In questo caso, ad esempio, Fabrizio credeva pressappoco tutto quello che gli abbiamo sentito dire; per quanto, è vero, a tutti quei sublimi principî
non gli capitasse di pensare neanche due volte al mese. Di
mente sveglia e facile all'entusiasmo, aveva però anche la
fede.

L'amore per la libertà, la moda ed il culto della *felicità
dei piú*, di cui il diciannovesimo secolo s'è incapricciato,
non erano ai suoi occhi che un'*eresia* che sarebbe passata
come le altre, ma dopo aver perduto molte anime, alla stessa guisa che un'epidemia fa strage di corpi. E nonostante
tutto ciò Fabrizio leggeva con compiacimento i giornali
francesi e commetteva persino delle imprudenze per procu-
rarsene.

Quando Fabrizio tornò tutto sconcertato dalla udienza e
raccontò alla zia gli attacchi mossigli dal principe:

– Adesso bisogna, – lei gli disse, – che tu vada subito subito dal padre Landriani, il nostro eccellente arcivescovo;
vacci a piedi, sali pianino le scale, fa' poco rumore per le
anticamere; se ti si fa attendere, meglio, sarà tutto di guadagnato! insomma, mostrati *evangelico*!

– Capisco, – disse Fabrizio, – quell'uomo è un Tartufo.

– Niente affatto, è la virtú personificata.

– Anche dopo quello che ha fatto, – si stupí Fabrizio, –
quando fu mandato a morte il conte Palanza?

– Sí, mio caro, anche dopo quello che ha fatto: il padre del nostro arcivescovo era un impiegato al ministero delle finanze, un piccolo borghese: è questo che spiega tutto. Monsignor Landriani è uomo d'un'intelligenza sveglia, larga, profonda; è sincero, ama la virtú; io sono convinta che se rivivesse un imperatore Decio, egli subirebbe il martirio come il Poliuto dell'opera che è stata data la scorsa settimana. Questo è il lato bello della medaglia; il rovescio è questo: gli basta essere alla presenza del sovrano od anche solo del primo ministro per sentirsi abbagliato da tanta grandezza: allora arrossisce, si turba e gli diventa materialmente impossibile dir di no. Da ciò deriva quello che ha fatto e che in paese gli ha valso la reputazione di crudele; ma ciò che si ignora è che, quando l'opinione pubblica gli aprí gli occhi sul processo del conte Palanza, egli si impose per penitenza di restare a pane ed acqua per la durata di tredici settimane, tante quante lettere vi sono nel nome Davide Palanza. Noi abbiamo a corte un furfante infinitamente abile, di nome Rassi, gran giudice o fiscale generale, che al tempo della morte del conte Palanza seppe stregare il padre Landriani. Durante la penitenza delle tredici settimane, il conte Mosca, per compassione ed un po' per malizia, lo invitava a pranzo una e sin due volte la settimana: il buon arcivescovo per compiacenza pranzava come gli altri; gli sarebbe parso un atto di ribellione, un atto giacobino fare pubblicamente penitenza per un fatto approvato dal sovrano. Ma si sapeva che per ogni pasto in cui s'era obbligato, per dovere di fedele suddito, a mangiare come gli altri, s'imponeva una penitenza di due giorni a pane ed acqua. Monsignor Landriani, mente superiore, dotto di prim'ordine, non ha che una debolezza: *vuol essere amato*; per cui testimoniagli affetto con lo sguardo e, alla terza visita che gli farai, vogligli senz'altro bene. Questo, unito alla tua nascita, ti farà subito adorare. Non dar segno di sorpresa se ti riaccompagna sulle scale, abbi l'aria di essere avvezzo ai suoi modi; è un uomo che è nato in ginocchio davanti alla nobiltà. Nel resto, sii semplice, evangelico, non far mostra di spirito, non fare il brillante, non aver la risposta pronta; se tu non lo intimidisci, prenderà piacere a sostare in tua compagnia; pensa che è lui, di *motu proprio*, che deve farti suo vicario. Il conte ed io ci mostreremo sorpresi e persino spiaciuti di quel troppo rapido avanzamento; questo è indispensabile di fronte al sovrano.

Fabrizio corse all'arcivescovato; per felice combinazione, il cameriere, un po' duro d'orecchio, non capí il nome *del Dongo* ed annunziò solo un giovane prete di nome Fabrizio; l'arcivescovo era occupato in quel momento con un parroco di costumi poco esemplari che aveva fatto venire *ad audiendum verbum.* Stava facendogli una lavata di capo, cosa che gli riusciva sempre penosa; e voleva togliersi al piú presto quel cruccio. Capitò quindi che fece attendere tre quarti d'ora il pronipote del grande arcivescovo Ascanio del Dongo.

Immaginarsi le scuse in cui si profuse e il suo disappunto quando, riaccompagnato il parroco sino all'ultima anticamera, chiese ripassando al giovane in attesa *in che poteva servirlo* e s'accorse allora delle calze violette e sentí che si chiamava Fabrizio del Dongo. La cosa parve cosí comica al nostro eroe che sin da quella prima visita in un impeto di tenerezza osò baciar la mano del santo prelato. Bisognava udirlo l'arcivescovo ripetere desolato: «Far fare anticamera a un del Dongo!» Per scusarsene, si credette in obbligo di raccontargli tutta la faccenda riguardante il parroco, i suoi torti, le difese di lui, ogni cosa.

«È mai possibile, – si diceva Fabrizio di ritorno al palazzo Sanseverina, – che sia un uomo cosí ad aver affrettato il supplizio di quel povero Palanza?»

– Che ne pensa dell'arcivescovo Vostra Eccellenza? – gli chiese ridendo il conte Mosca vedendolo entrare dalla duchessa. (Il conte non voleva da Fabrizio essere chiamato Eccellenza).

– Casco dalle nuvole! M'avvedo che non capisco nulla nel carattere della gente! Se non avessi saputo il suo nome avrei scommesso che un uomo simile non può veder tirar il collo a una gallina.

– Ed avreste guadagnato la scommessa! – rispose il conte. – Senonché quando il poveretto si trova al cospetto del principe o soltanto in mia presenza, non può dire di no. Veramente, io, per produrre in lui questo effetto, devo avere al collo il gran cordone giallo; quando sono in *frac* trova il fiato per contraddirmi; per cui mi metto sempre in uniforme per riceverlo. Non sta a noi, del resto, distruggere il prestigio del potere; s'incaricano già di farlo, abbastanza alla svelta, i giornali francesi: è tanto se la *mania del rispetto* durerà quanto noi: voi, nipote, le sopravvivrete. Voi, voi sarete un uomo!

Fabrizio trovava molto piacere nella compagnia del conte; era il primo uomo superiore che si degnasse di parlargli
senza falsità; e poi avevano una passione in comune, quella
dell'archeologia e degli scavi. Il conte dal canto suo era lusingato dall'attenzione grandissima con cui il giovane lo
ascoltava: ma c'era qualche cosa che guastava tutto, una
cosa di capitale importanza: Fabrizio occupava un appartamento nel palazzo Sanseverina, passava tutto il tempo con
la duchessa, nella sua ingenuità lasciava vedere in tutta innocenza che quell'intimità lo faceva felice: e Fabrizio aveva degli occhi belli e una carnagione d'una freschezza esa-
sperante.

Da molto tempo Ranuccio - Ernesto IV, poco avvezzo a
incontrare della resistenza nelle donne che gli piacevano,
era piccato del fatto che la virtú della duchessa, ben nota alla corte, non avesse fatto un'eccezione a suo favore. In piú,
come s'è visto, l'intelligenza e la presenza di spirito di Fabrizio lo avevano urtato dal primo giorno. Diede la peggiore interpretazione all'intimità che zia e nipote non si cura-
vano di dissimulare; prestò attentissimo orecchio agli infiniti commenti che i cortigiani facevano sul fatto. L'arrivo
di quel giovane e l'udienza che inverosimilmente presto
aveva ottenuta dal sovrano avevano formato per un mese
l'argomento e lo stupore della corte: allora al principe venne un'idea.

Nella sua guardia c'era un soldato che reggeva in modo
incredibile il vino; passava la vita all'osteria e dello stato
d'animo dei soldati rendeva conto direttamente al sovrano.
Carlone mancava d'istruzione, senza di che da tempo sarebbe stato promosso di grado. Ora, il suo compito era di farsi
trovare nel palazzo tutti i giorni, allo scoccare del mezzodí
al grande orologio. Il principe andò lui stesso, un po' prima di mezzogiorno, a disporre in un certo modo la persia-
na d'un mezzanino attiguo al suo spogliatoio. Nel mezzanino tornò che da poco era suonato mezzogiorno e vi trovò il
soldato; trasse di tasca un foglio di carta e il necessario per
scrivere e dettò a Carlone questo biglietto:

«Vostra Eccellenza ha molta capacità, senza dubbio, ed
è grazie alla sua grande sagacia che vediamo questo Stato
cosí bene governato. Ma un successo come il vostro non va
mai scompagnato da qualche invidia ed io temo assai, caro
conte, che si rida un po' alle vostre spalle se la vostra sagacia non indovina che un certo bel giovane ha la fortuna d'i-

spirare, senza volerlo forse, un amore dei piú singolari.
Questo fortunato mortale non ha, si dice, che ventitre anni
e il brutto è, caro conte, che voi ed io abbiamo molto piú
del doppio della sua età. Alla sera, ad una certa distanza, il
conte fa ancora la sua figura; è vivace, uomo di spirito, simpatico al possibile; ma al mattino, nell'intimità, bisogna riconoscerlo, il nuovo venuto presenta forse piú attrattive.
Ora, noialtre donne, di questa freschezza della gioventú
facciamo gran caso, soprattutto quando abbiamo varcata la
trentina. Ebbene: non si parla già di trattenere questo simpatico adolescente alla nostra corte, dandogli un buon posto? E chi è la persona che ne parla piú spesso a Vostra
Eccellenza? »
    Il principe prese la lettera e diede due scudi al soldato.
    – Questo in piú della tua paga, – gli disse con aria tetra;
– silenzio assoluto con tutti o il sotterraneo piú umido nella cittadella.
    Il principe aveva nel suo studio tutta una collezione di
buste da lettera con sopra l'indirizzo della maggior parte
delle persone di corte, scritto di pugno di quello stesso soldato che passava per analfabeta e non scriveva mai neanche i suoi rapporti di servizio: il principe scelse la busta
che faceva al caso suo.
    Qualche ora piú tardi, il conte Mosca riceveva una lette-
ra per posta. Il principe aveva calcolato l'ora in cui la lettera sarebbe arrivata; e quando il fattorino, che aveva visto
entrare con un biglietto in mano, uscí dal palazzo del ministero, Mosca venne chiamato da Sua Altezza. Mai il favorito era parso in preda a una tristezza piú nera; per goderne
a suo agio, il principe vedendolo gli gridò: – Ho bisogno di
distrarmi chiacchierando di quel che capita con l'amico e
non di lavorare col ministro. Stasera ho una tremenda emicrania e come non bastasse mi vengono le idee piú nere.
    Occorre dire di che umore era il primo ministro, conte
Mosca della Rovere, quando finalmente poté lasciare il suo
augusto signore? Ranuccio - Ernesto IV non aveva bisogno
di maestri nell'arte di mettere un cuore alla tortura e non
esagererei facendo qui il paragone della tigre che si diverte
a giocare con la preda.
    Il conte si fece ricondurre a casa al galoppo; gridò pas-
sando che non si lasciasse salire anima viva, fece dire all'*u-
ditore* di servizio che lo lasciava libero (sapere uno a portata di voce gli era intollerabile) e corse a chiudersi nella pi-

nacoteca. Là finalmente poté dar libero sfogo alla sua collera e passò la sera al buio a passeggiare su e giú come un
forsennato. Cercava d'imporre silenzio al cuore, per con-
centrare tutta la sua attenzione nella scelta del partito da
prendere. Sprofondato in un'angoscia che avrebbe mosso a
compassione il suo piú feroce nemico, si diceva: «L'uomo
che detesto abita in casa della duchessa, passa con lei tutto
il suo tempo. Devo tentare di far parlare una delle sue donne? Niente di piú pericoloso: lei è cosí buona con esse! le
paga bene, ne è adorata! (E chi, gran Dio, non l'adora?) Ecco il punto, – riprendeva con rabbia: – devo lasciar scorgere la gelosia che mi divora o non parlarne? Se sto zitto,
non penseranno a nascondersi da me. Conosco Gina, è una
donna di primo impulso, quello che farà fra un momento,
neppur lei lo prevede; quando si vuol tracciare prima una
linea di condotta, s'impappina; al momento d'agire le viene sempre una nuova idea e le va dietro senza pensare ad
altro, come fosse ciò che vi è di meglio al mondo ed è quella idea che guasta tutto. Se non lascio trasparire quel che
soffro, non han ragione di nascondersi e io vedo tutto quello che succede.

Sí, ma se invece parlo, creo circostanze nuove, li faccio
riflettere; prevengo cose che potrebbero succedere. Forse
lei allora lo allontana (il conte trasse a questo pensiero un
respiro); in tal caso ho quasi partita vinta; quand'anche le
restasse lí per lí un po' di malumore, saprò richiamarla alla
ragione... e di quel malumore, che cosa di piú naturale?
Son quindici anni che gli vuol bene come a un figlio. È qui
tutta la mia speranza: che gli voglia bene *come a un figlio*.
Ma è da quando è scappato per andare a Waterloo che ha
cessato di vederlo ed è un altro uomo, per lei specialmente,
quello che è tornato da Napoli. *Un altro uomo!* – si ripeté
con rabbia – ed un uomo affascinante: con quell'aria ingenua e tenera, soprattutto, con quell'occhio sorridente che
promette tanta felicità! sono occhi che lei non è certo abituata a vedere alla nostra corte. Qui essa non vede che
sguardi tetri o sardonici. Io stesso, assillato dal da fare,
che regno solo con l'ascendente che esercito su un uomo
che ci terrebbe a rendermi ridicolo, che sguardo devo spesso avere! Ah, per quanto ci stia attento, è certo soprattutto il mio sguardo che denunzia la mia età! La mia gaiezza
non è sempre qualche cosa che somiglia a dell'ironia? Dirò
di piú, devo essere sincero: la mia gaiezza non lascia senti-

re il potere assoluto... e la malvagità? Non dico forse a me
stesso qualche volta, specialmente quando mi fanno arrab-
biare: Io posso quel che voglio? V'aggiungo anche una
sciocchezza: devo essere piú felice d'un altro, possedendo
quel che gli altri non hanno: il potere d'un sovrano nella
maggior parte delle cose... Ebbene, siamo giusti! l'abitudine a questo pensiero deve guastarmi il sorriso, darmi un'a-
ria d'egoismo, un'aria soddisfatta. Invece il suo sorriso co-
m'è seducente! riflette la felicità facile della prima gioventú e la fa nascere negli altri».

Per disgrazia, quella sera era anche caldo: un'aria soffocante che annunciava la burrasca; un di quei tempi insomma che in quei climi spingono alle risoluzioni estreme. Come riferire tutti i ragionamenti, tutti i diversi modi di prospettarsi quello che gli capitava, i quali lungo tre mortali
ore misero alla tortura quell'uomo appassionato? Prevalse
finalmente il partito della prudenza, e fu unicamente in seguito a questa considerazione: «Probabilmente io sono pazzo; credo di ragionare e non ragiono, mi rivolto solamente
in cerca d'una posizione meno dolorosa mentre passo vicino senza vederla a qualche ragione decisiva. Poiché sono accecato dall'eccesso del dolore, seguiamo la regola, approvata da tutti i saggi, che si chiama *prudenza*. Senza dire che
una volta che mi sia lasciato scappare di bocca la fatale parola *gelosia*, la mia linea di condotta resta tracciata per sempre. Mentre se oggi so tacere, posso parlar domani; e ri-
mango padrone di condurmi come credo».

Se quella crisi fosse durata, era cosí acuta che il conte sarebbe diventato pazzo. Ci fu un momento di tregua: la sua
attenzione s'era fermata sulla lettera anonima. Da che parte poteva venire? Cercò dei nomi di possibili mittenti; per
ognuno valutò il pro e il contro e questo un poco lo distrasse. Alla fine si sovvenne d'un lampo di malizia che, verso
la fine dell'udienza, era passato nell'occhio del sovrano,
quando aveva detto: «Sí, caro amico, confessiamolo: i pia-
ceri e le cure dell'ambizione coronati dal miglior successo,
anche quelli del potere assoluto, sono nulla a petto dell'intima felicità che dà l'amore e la devozione. Prima che principe, io sono uomo; e quando ho la fortuna di amare, è al-
l'uomo, non al principe, che la mia amante si rivolge».

Il conte associò mentalmente quel momento di gioia maligna del principe con la frase della lettera: *È grazie alla vostra profonda sagacia che vediamo cosí ben governato que-*

sto Stato. «Questa frase è del principe! – esclamò, – in un cortigiano, sarebbe d'un'imprudenza gratuita: la lettera viene da Sua Altezza».

Risolto il problema, la piccola gioia cagionata dal piacere d'avere indovinato fu presto cancellata dal crudele riaffacciarsi dell'immagine di Fabrizio, in tutta la sua prestanza ed il suo fascino. Fu come un peso enorme che ricadesse sul cuore dello sventurato. «Che importa di chi sia la lettera anonima! sia di questo o di quello, – esclamò rabbiosamente, – cessa forse d'esser vero il fatto che denunzia?» E come per trovare una scusante alla pazzia della quale si sentiva in preda: «Questo capriccio, – si disse, – può cambiare la mia vita. Alla prima occasione, se il suo amore per Fabrizio è in quel che intendo, parte con lui per Belgirate, per la Svizzera, per un qualche angolo del mondo. È ricca; ma s'anche dovesse vivere con pochi luigi l'anno che le fa? Non mi confessava, non sono otto giorni, che il suo palazzo, messo su con tanto lusso, cosí bello, l'annoia? È tanto giovane, ha bisogno di novità. E questa nuova felicità con che naturalezza le si presenta! Vi si lascerà andare con trasporto prima d'aver pensato al pericolo, prima d'aver pensato al male che mi fa. Eppure, che significa per me questo!» e il conte ruppe in pianto.

S'era giurato di non andare dalla duchessa quella sera, ma non ce la fece: mai i suoi occhi avevano avuto tanta sete di vederla. Verso mezzanotte si presentò in casa di lei: la trovò sola col nipote; dalle dieci aveva congedato tutti e fatto chiudere la porta.

Alla vista della tenera intimità che regnava tra quei due esseri e dell'ingenua gioia della duchessa, il conte sentí all'improvviso il pericolo che correva: tra i quadri della galleria, nel suo lungo ruminare, questa difficoltà non gli era apparsa: come dissimulare la gelosia? Non sapendo a che pretesto ricorrere per spiegare la propria tetraggine, inventò che quella sera aveva trovato il principe ostile a suo riguardo, che aveva ribattuto tutto ciò ch'egli diceva ecc. Ebbe il dolore di vedere che la duchessa gli prestava appena orecchio e non dava alcun peso a circostanze che ancora due giorni prima avrebbe discusso con lui all'infinito. Il conte guardò Fabrizio: mai quel bel viso lombardo gli era apparso cosí semplice e nobile. Notò che faceva piú attenzione lui della duchessa ai crucci che confidava.

«Davvero, – si disse, – questo volto unisce a un'espres-

sione di estrema bontà quella d'una gioia ingenua e tenera
che lo rende irresistibile. Pare dica: di serio a questo mondo non c'è che l'amore e la felicità che esso dà. Eppure
quando nella conversazione entra in gioco l'intelligenza, il
suo sguardo si desta e vi sorprende: si resta confusi. Tutto
è semplice ai suoi occhi, perché tutto è visto dall'alto.
Gran Dio! come combattere un tale rivale? E d'altronde
che sarebbe per me la vita senza l'amore di Gina? Con che
rapimento essa ascolta le uscite incantevoli che ha quest'a-
nima cosí giovane e che a una donna deve sembrare unica
al mondo!»

Un'idea atroce assalí il conte, come un crampo: Glielo
uccido sotto gli occhi e poi mi ammazzo?

Fece un giro per la stanza, reggendosi a fatica sulle gambe; ma la mano stringeva convulsa il pugnale. Dei due nessuno gli badava. Disse che andava a dare un ordine al suo
lacchè; non lo udirono nemmeno: la duchessa ora rideva in-
tenerita a una parola di Fabrizio. Il conte s'avvicinò a una
lampada nel primo salotto e guardò se la punta del pugnale
era bene affilata. Devo usare qualche riguardo, essere compito verso questo giovane, ghignava ritornando presso i
due. Si sentiva diventar pazzo; a un certo momento gli sembrò persino che chinandosi essi si baciassero, lí in sua presenza. «È impossibile, sotto i miei occhi! – si disse, – comincio a perdere la testa. Devo impormi calma; se glielo
tratto con rudezza, la duchessa è capace per semplice puntiglio di seguirlo a Belgirate; e là o durante il viaggio, il caso
può farle sfuggire una parola che precisi ciò che sentono
un per l'altro e in un attimo l'irreparabile si compie. Soli
insieme quella parola diventerà decisiva; e d'altra parte
che sarà di me una volta che lei non ci sia piú? e se pure
riesco a sormontare le difficoltà che mi farà il principe e
porto questa mia faccia vizza e crucciosa a Belgirate, che
parte sarà la mia tra questi due, pazzi di felicità? Ed anche
qui, che altro sono che il terzo incomodo? Quale dolore
per un uomo intelligente sentir di fare questa parte vergo-
gnosa e non aver la forza di alzarsi e d'andarsene!»

Il conte stava per trascendere od almeno per tradire dalla faccia il suo dolore. Nel girare pel salotto venne a trovarsi davanti all'uscio: – Addio, voialtri! – gridò allora col tono piú naturale che poté e prese la fuga. «Evitiamo la tragedia», si disse.

L'indomani di quell'orribile serata, dopo una notte pas-

sata tra le smanie della piú fiera gelosia o ad enumerarsi i
vantaggi che su lui aveva Fabrizio, al conte venne l'idea di
far venire un suo giovane cameriere; questo giovane faceva
la corte ad una ragazza di nome Cecchina, la cameriera pre-
ferita della duchessa. Fortunatamente era un giovane di
condotta regolatissima, persino avaro, che desiderava un
posto di portiere a Parma, in un ufficio pubblico. Il conte
gli ordinò di far venire subito la ragazza; e un'ora dopo entrava all'improvviso nella stanza dove Cecchina e il fidanzato lo attendevano. Li spaventò tutti e due col danaro che
mise loro in mano; poi a Cecchina che tremava, fissandola
negli occhi, a bruciapelo:

– La duchessa fa all'amore con monsignore?

– No, – fece la ragazza, risoluta, dopo un attimo di silenzio, – no, *non ancora*, ma lui le bacia spesso le mani; ridendo è vero, ma con trasporto.

La testimonianza non appagò il conte se non dopo che li
ebbe tempestati ambedue di cento altre domande; quei poveracci ebbero cosí a guadagnarsi il danaro ricevuto; ma il
conte finí per credere a ciò che gli dicevano e si sentí meno
infelice.

– Se di questo colloquio arriva alla duchessa il menomo
sentore, – disse a Cecchina, – il vostro fidanzato lo chiudo
per vent'anni nella fortezza e lo rivedrete coi capelli
bianchi.

Seguirono giorni che Fabrizio parve avesse a sua volta
perduta tutta la gaiezza.

– T'assicuro, – diceva alla duchessa, – che il conte ha
per me dell'antipatia.

– Tanto peggio per Sua Eccellenza, – rispondeva lei con
una specie di dispetto.

Non era però quella pretesa antipatia che aveva tolto a
Fabrizio il buonumore. «La situazione in cui senza volerlo
mi trovo, – si diceva, – non può durare. Io sono sicurissi-
mo che non sarà mai lei a parlare, avrebbe orrore d'una parola troppo chiara, come d'un incesto. Ma se una sera, dopo un giorno di imprudenza e di pazzie, le capita di far l'e-
same di coscienza, se crede che io possa aver indovinato la
passione di cui pare si stia accendendo per me, che parte mi
resta a fare con lei? non altro che il casto Giuseppe (frase
italiana che allude alla parte ridicola che Giuseppe l'ebreo
fece con la moglie dell'eunuco Putifarre). Farle capire,
confidarle coraggiosamente che io non sono capace d'inna-

morarmi sul serio? Non riuscirei a dirglielo in modo che la mia confessione non somigliasse come due gocce d'acqua ad una impertinenza. Non mi resta che un'uscita: fingere d'aver lasciato a Napoli una grande passione e tornar là per ventiquattr'ore: sarebbe una cosa saggia, ma ne val la pena? Se no, un amoretto trivialuccio avviato a Parma, cosa che la potrebbe urtare. Ma tutto è preferibile a far la parte intollerabile dell'uomo che non vuol capire. Quest'ultimo partito potrebbe, è vero, compromettere il mio avvenire; bisognerebbe a forza di prudenza e assicurandomi il segreto, diminuire il rischio».

Il doloroso in tutti questi pensieri era che realmente Fabrizio amava la duchessa di gran lunga piú di qualsiasi altro essere al mondo. «Bisogna che io sia ben inetto, – si diceva con stizza, – per temer tanto di non essere capace di persuadere di quello che è la pura verità».

Mancandogli la capacità di tirarsi fuori da quella situazione, divenne triste e preoccupato. «Che sarebbe di me, mio Dio, se mi guastassi con la sola creatura al mondo per la quale io senta un attaccamento appassionato?» D'altra parte, Fabrizio non sapeva risolversi a guastare con una parola imprudente una felicità cosí grande. La sua situazione era piena di attrattive. L'intimità d'una donna cosí simpatica e graziosa era tanto dolce! Dal punto di vista pratico poi, alla protezione di lei egli doveva una posizione invidiabile in una corte, i cui grandi intrighi, grazie alla zia che glieli spiegava, lo divertivano come uno spettacolo. «Ma da un momento all'altro posso essere risvegliato da un colpo di fulmine! – si diceva. – Queste serate cosí gaie, cosí tenere, che passo quasi solo con una donna cosí piacente, se fan nascere tra noi qualche cosa di meglio, lei crederà di trovare in me un amante; mi chiederà degli slanci di passione, della follia; ed io continuerò a non poterle offrir altro che il piú vivo affetto, ma non l'amore; la natura mi ha negato questa specie di pazzia sublime. Quante volte questo difetto mi è stato rinfacciato! Mi pare d'udire ancora la duchessa d'A., e di lei mi burlavo! Gina crederà che sia per lei che non provo amore, mentre è l'amore in sé che non provo. Non vorrà mai credermelo. Spesso, quando m'ha raccontato, con quel brio che lei sola possiede, qualche episodio della corte, io le bacio le mani e qualche volta la guancia. Che avverrà se quella mano preme la mia in un certo modo?»

Fabrizio andava ogni giorno in visita nelle case piú in vista e meno allegre di Parma. Guidato dagli abili consigli della zia, faceva una corte sapiente ai due principi, padre e figlio, alla principessa Clara-Paolina e a monsignor l'arcivescovo. Aveva dei successi, ma quei successi non lo consolavano affatto dell'atroce paura che aveva di guastarsi con la duchessa.

Capitolo ottavo

Cosí non era un mese ch'era giunto alla corte e già Fabrizio aveva tutte le noie d'un cortigiano, e l'intima amicizia che formava la gioia della sua vita era avvelenata. Una sera, che queste idee lo tormentavano, venne via dal salotto della duchessa, dove sentiva d'aver troppo l'aria dell'amante del cuore; e girando a caso per la città, si trovò a passare davanti al teatro: lo vide illuminato e vi entrò. In un uomo del suo abito era una imprudenza gratuita ch'egli s'era tanto promesso di evitare a Parma; in una cittadina dopo tutto di quarantamila anime. È vero che sin dai primi giorni s'era liberato del vestito di monsignore; la sera, quando non andava in società, era semplicemente vestito di nero come un uomo in lutto.

Prese un palco di terz'ordine per non essere visto; si dava *La locandiera* di Goldoni. Distratto dall'architettura della sala, al palcoscenico dava appena qualche occhiata. Ma l'ilarità che ogni momento scoppiava nel folto pubblico richiamò i suoi occhi sulla giovane attrice che faceva la parte di locandiera e la trovò divertente. La osservò meglio e gli parve molto graziosa e piena soprattutto di naturalezza: era una fanciulla ingenua che rideva per la prima delle spiritose battute che Goldoni le metteva in bocca, e di pronunciarle pareva tutta stupita. Fabrizio s'informò del suo nome; si chiamava Marietta Valserra.

«Strano, – pensò: – mi ha preso il nome». Sebbene entrando avesse progettato altrimenti, non lasciò il teatro che alla fine dello spettacolo. Il giorno dopo vi tornò; di lí a tre giorni conosceva l'indirizzo dell'attrice.

Il giorno stesso che con tanta difficoltà s'era procurato quell'indirizzo, notò che il conte gli testimoniava viva simpatia. Il povero amante geloso, che ce la faceva appena a tenersi nei limiti della prudenza, aveva messo delle spie alle calcagna del giovane e si può immaginare che piacere gli facevano quelle scappate. Ma come descrivere la sua gioia allorché, all'indomani del giorno in cui era riuscito a mostrarsi cortese con Fabrizio, venne a sapere che questi, mezzo travestito in una lunga redengotta turchina, era salito al miserabile appartamento che la Marietta occupava al quarto piano d'una vecchia casa dietro il teatro? Gioia che s'accrebbe quando seppe che Fabrizio s'era presentato sotto un falso nome ed aveva avuto l'onore di eccitare la gelosia d'un poco di buono a nome Giletti, il quale in teatro faceva le terze parti e nei villaggi ballava sulla corda. Questo nobile amante di Marietta s'andava sfogando in ingiurie contro Fabrizio e diceva di volergli far la pelle.

Le compagnie d'opera sono messe su da un *impresario* che arruola qua e là gli elementi che può pagare o che trova disoccupati e la compagnia raccozzata cosí resta insieme una o al piú due stagioni. Non lo stesso avviene per le compagnie comiche: e sebbene costrette a correre di città in città e a non restare in ciascuna piú di due o tre mesi, ognuna d'esse costituisce per cosí dire una famiglia con tutti i suoi odî ed amori. In queste compagnie vi sono coppie che i bellimbusti delle città a volte difficilmente riescono a disunire. Era appunto quello che succedeva al nostro eroe: la piccola Marietta lo amava molto, ma aveva una tremenda paura del Giletti che pretendeva di disporne lui solo e la sorvegliava da presso. Egli andava blaterando dappertutto che avrebbe tolto di mezzo *monsignore*; lo aveva infatti pedinato ed era riuscito a scoprire il suo vero nome.

Sarebbe stato difficile trovare un uomo piú brutto e men fatto per l'amore di questo Giletti; lungo come una pertica, era magro come uno scheletro, butterato dal vaiolo e un tantino guercio. Pieno del resto delle doti del suo mestiere, faceva di solito il suo ingresso tra i camerati dietro le quinte roteando sui piedi e sulle mani o in qualche altro buffo modo. Il suo forte erano le parti in cui l'attore si presenta con la faccia infarinata ed ha il compito di ricevere o di dare un sacco di legnate. Questo degno rivale di Fabrizio godeva d'una paga mensile di trentadue franchi e si reputava ricco sfondato.

Al conte Mosca parve di rivivere quando gli vennero riferiti tutti questi particolari. Riprese il suo buonumore; si mostrò piú gaio e affabile che mai nel salotto della duchessa; ma, non che parlarle della piccola avventura che gli restituiva la vita, prese anzi delle precauzioni perché la notizia le giungesse all'orecchio il piú tardi possibile. Infine ebbe il coraggio d'ascoltare il suggerimento che da un mese gli dava invano la ragione: che tutte le volte che agli occhi dell'amata il merito d'un amante impallidisce, questo amante deve viaggiare. Un affare importante lo chiamò a Bologna e due volte al giorno i corrieri di gabinetto, piú che carte d'ufficio, gli recavano notizie degli amori della piccola Marietta, dell'ira del terribile Giletti e delle prodezze di Fabrizio. Uno degli uomini al servizio del conte chiese ripetutamente che la compagnia desse *Il pasticcio con Arlecchino scheletro*, uno dei cavalli di battaglia di Giletti (nel momento che il suo rivale Brighella incigna il pasticcio, egli ne scappa fuori e lo bastona). Non era che un pretesto per far dare cento lire al Giletti. Giletti, carico di debiti com'era, si guardò bene di parlare di quella bazza, ma divenne d'una superbia mai vista.

Il capriccio di Fabrizio si mutò in ripicco d'amor proprio (alla sua età, i dispiaceri l'avevano già ridotto ad avere dei *capricci*!) La vanità lo induceva ad andare allo spettacolo; la ragazza recitava con molto brio e lo divertiva; all'uscita dal teatro egli si credeva innamorato per la durata d'un'ora.

Alla notizia che Fabrizio correva realmente pericolo (il Giletti – ch'era stato dragone nel bel reggimento intitolato all'Imperatore – parlava sul serio di accopparlo e prendeva delle misure per scampare in Romagna) il conte tornò a Parma.

Il lettore troppo giovane si scandalizzerà che noi lo ammiriamo per questo gesto. Eppure tornare a Parma non fu piccolo eroismo, pel conte; perché insomma al mattino egli aveva spesso l'aria stanca, mentre Fabrizio... Se se ne fosse rimasto a Bologna, chi avrebbe pensato a rinfacciargli quella morte, avvenuta nella sua assenza e per un motivo cosí futile? Ma egli era uno di quegli animi rari che si fanno un eterno rimorso di non aver compiuto un atto generoso che era in poter loro di fare; e poi non resse all'idea di vedere la duchessa costernata e per sua colpa.

La trovò all'arrivo buia e taciturna. Ecco cos'era accaduto: Cecchina, torturata dal rimorso, e giudicando dal danaro ricevuto la gravità del proprio fallo, s'era ammalata. Una sera la duchessa, che le era affezionata, salí alla sua stanza. A questo segno di bontà della ragazza non resse, scoppiò in lacrime, volle consegnare alla signora quel che le restava del danaro ricevuto e infine ebbe il coraggio di riferirle le domande che il conte le aveva rivolto e quel che lei aveva risposto. La duchessa corse alla lampada, la spense, disse a Cecchina che la perdonava, purché essa non fiatasse con chicchessia della cosa. – Il povero conte, – aggiunse col tono di non dare importanza, – teme il ridicolo; tutti gli uomini sono fatti cosí.

Ma appena scesa, si chiuse in camera e ruppe in pianto; l'idea di poter far l'amore col nipote che aveva visto nascere, la riempiva d'orrore; eppure che significava la propria condotta verso Fabrizio?

Era questa la prima causa della nera malinconia in cui il conte la trovò immersa; rivedendolo, ella ebbe degli scatti di cattivo umore contro lui e per poco contro Fabrizio; non avrebbe piú voluto rivederli né l'uno né l'altro; quanto al nipote, era indispettita della figura, ai suoi occhi ridicola, che faceva con la piccola Marietta (il conte le aveva detto ogni cosa, incapace come tutti gli innamorati di tenere un segreto). Che il suo idolo avesse un difetto, era una scoperta cui la duchessa non poteva avvezzarsi. Infine, in un momento d'abbandono, chiese al conte consiglio; fu per questi un momento delizioso che lo ricompensò dell'impulso generoso che l'aveva fatto tornare a Parma.

– Che c'è di piú semplice! – diss'egli ridendo. – I giovanotti vorrebbero avere tutte le donne, e l'indomani non ci pensan piú. Non doveva andare a Belgirate, a veder sua madre? Ebbene, che parta. Durante la sua assenza inviterò la compagnia a portar altrove le sue tende; pagherò io le spese di viaggio. Ma non passerà molto che lo vedremo innamorato d'un'altra, della prima bella donna che gli capiterà tra i piedi; è nell'ordine, questo, e non amerei vedergli far diversamente... Se lo credete necessario, fateglii scrivere dalla madre.

Questo suggerimento, lasciato cadere con l'aria della piú completa indifferenza, fu per la duchessa come un'ispirazione del cielo; essa temeva per la vita di Fabrizio. Alla sera, come per caso, il conte annunziò che un corriere per Vienna passava da Milano e tre giorni dopo Fabrizio riceveva una lettera della madre. Partí molto seccato di non aver ancora potuto, in grazie della gelosia di Giletti, profittare delle eccellenti intenzioni di cui la piccola Marietta si diceva

verso di lui animata per bocca d'una *mammaccia,* una vecchia che le serviva da madre.

Fabrizio trovò a Belgirate la madre ed una delle sorelle.
Belgirate è un grosso villaggio piemontese, sulla riva destra del lago Maggiore (la riva sinistra apparteneva al Milanese e quindi all'Austria). Questo lago, parallelo al lago di
Como, e che si spinge anch'esso da settentrione a mezzodí,
è situato una diecina di leghe piú a ponente. L'aria delle
montagne, l'aspetto calmo e maestoso di quest'incantevole
lago che gli ricordava quello sul quale aveva passato l'infanzia, tutto contribuí a mutare in dolce malinconia il dolore,
che rasentava la collera, di Fabrizio. Adesso il ricordo della
zia gli dava un infinito struggimento; ora che n'era lontano
gli pareva di provare per lei quell'amore che non aveva
mai provato per alcuna donna; e niente gli sarebbe parso
piú penoso che esserne separato per sempre. Si trovava
dunque in una disposizione d'animo che, se la duchessa
avesse usato verso di lui la piú piccola civetteria, gli avesse
dato ad esempio un rivale, avrebbe conquistato il suo cuore. Ma, lontanissima da ciò, la duchessa si faceva continuamente aspri rimproveri sorprendendosi a pensar sempre a
lui. Si rinfacciava come un fallo quello che chiamava ancora un capriccio; raddoppiò le sue attenzioni e le sue premure pel conte che, sedotto da tutti quei segni d'amore, faceva il sordo alla ragione che gli consigliava un secondo viaggio a Bologna.

La marchesa del Dongo, in faccende per le imminenti
nozze della figlia maggiore che andava sposa a un duca milanese, non poté concedere che tre giorni al suo figliolo prediletto; mai aveva trovato in lui un affetto cosí toccante.

Nella malinconia che ogni giorno piú s'impadroniva del-
l'animo di Fabrizio, una bizzarra anzi ridicola idea s'era fatta strada, alla quale doveva finire per cedere. Esitiamo quasi a dire che l'idea era di consultare l'abate Blanes. Quel-
l'ottimo vecchio non era assolutamente in grado di capire i
crucci d'un cuore disputato con quasi eguale violenza da
passioni puerili; d'altronde sarebbero occorsi otto giorni
per fargli soltanto intravvedere tutti gli interessi che Fabrizio aveva da curare a Parma; ma al pensiero di consultarlo,
Fabrizio ritrovava la freschezza delle sue sensazioni di sedicenne. Riuscirà incredibile, ma non era semplicemente come a un uomo d'esperienza, come ad amico devoto che Fabrizio voleva parlargli; lo scopo di quel viaggio ed i senti-

menti che durante le cinquanta ore che in esso impiegò agi-
tarono il nostro eroe sono talmente assurdi che certo, nel-
l'interesse del racconto, sarebbe meglio saltarli a piè pari.
Temo che la credulità di Fabrizio lo priverà della simpatia
del lettore; ma insomma egli era cosí; perché adular lui piú
di un altro? Io non ho adulato affatto il conte Mosca né il
principe.

Fabrizio dunque (visto che non devo tacer nulla), Fabrizio riaccompagnò la madre sino al porto di Laveno, sulla riva sinistra – riva austriaca – del Lago Maggiore; dov'essa
sbarcò verso le otto di sera. (Il lago è considerato come
non appartenente a nessuno, e non vien chiesto passaporto
che a chi scende a terra). Ma appena venuta la notte si fece
sbarcare anche lui su quella stessa riva austriaca, in mezzo
a un bosco che si protende nel lago.

Aveva noleggiato una *sediola*, specie di veloce calesse ru-
stico, col quale poté seguire a conveniente distanza la vettura della madre; era travestito da domestico della casa del
Dongo e a nessuno dei frequenti agenti di polizia o di dogana venne in mente di chiedergli il passaporto. Ad un quarto di lega da Como, dove la marchesa e sua figlia dovevano
fermarsi per passarvi la notte, prese un sentiero a sinistra
che, aggirato il borgo di Vico, va a finire su una stradetta
aperta da poco sull'orlo del lago. Era mezzanotte e Fabrizio poteva sperare di non incontrare alcun gendarme. Le
macchie d'alberi che la stradetta attraversava disegnavano
il nero profilo del fogliame su un cielo stellato, ma velato
d'una lieve nebbia. In cielo e sull'acque regnava una calma
profonda. Il giovane fu sensibile alla bellezza di quello
spettacolo; si fermò e sedette su uno scoglio che si proten-
deva nel lago, formandovi come un minuscolo promontorio. Il vasto silenzio non era scandito a tratti che dalla piccola onda del lago che veniva a morir sulla ghiaia. Fabrizio
aveva un cuore italiano; ne chiedo venia per lui ai miei connazionali; questo difetto, che lo renderà loro meno simpatico, consisteva soprattutto in questo: la vanità in lui non faceva capolino che a tratti e la semplice vista d'una bellezza
sublime lo portava a commuoversi e toglieva ai suoi crucci
ogni punta. Seduto su quello scoglio solitario, senza piú dover stare in guardia dalla polizia, protetto dalla notte e dal
vasto silenzio, dolci lacrime gli bagnarono gli occhi e assa-
porò qui, a buon mercato, i momenti piú felici che avesse
da tanto tempo goduto.

Decise in quel momento di non mentir mai con la duchessa, e proprio perché ora sentiva d'amarla sino all'idola-
tria si giurò di non dirle mai che l'amava; mai avrebbe pronunciato con lei la parola «amore» perché la passione che
va sotto questo nome era estranea al suo cuore. Nell'impeto di generosità e di virtú che faceva in quel momento la
sua felicità, si propose di aprirsi con lei alla prima occasione, di confidarle cioè che il suo cuore non aveva mai provato l'amore. Presa questa coraggiosa risoluzione, si sentí come liberato da un enorme peso. Lei forse farà qualche allusione a Marietta: ebbene, si diceva allegramente, io non la
rivedrò mai piú la piccola Marietta!

La brezza del mattino cominciava a mitigare il caldo soffocante che restava del giorno. Già alla tenue luce dell'alba
si disegnavano i picchi delle Alpi che s'elevano a mezzanotte ed a levante del lago di Como. I loro massicci, bianchi di
neve, anche in giugno, si stagliano sul limpido azzurro,
sempre terso a quella immensa altitudine. Un contrafforte
spingendosi a mezzodí verso la felice Italia separa i versan-
ti del lago di Como da quelli del lago di Garda. Fabrizio
seguiva con l'occhio tutte le diramazioni di quelle montagne sublimi; col crescere dell'alba, apparivano le vallate
che le separano, schiarendosi la lieve nebbia che s'alzava
dal fondo delle gole.

Fabrizio s'era rimesso in cammino; passò la collina che
forma la penisoletta di Durini e finalmente apparve ai suoi
occhi il campanile di Grianta: dalla vetta di quel campanile egli aveva osservato le stelle in compagnia dell'abate Blanes. Com'era ignorante in quel tempo! «Era tanto se riusci-
vo a decifrare il latinetto dei trattati d'astronomia che il
mio maestro sfogliava e il mio rispetto per essi nasceva piú
che altro dal fatto che, comprendendo solo qualche parola
qua e là, a quei libri la mia fantasia dava un significato suo,
il piú romantico possibile».

Poco a poco i suoi pensieri presero un'altra piega; si
chiese se in quella scienza c'era qualche cosa di serio. «Perché dovrebb'essere una scienza diversa dalle altre? Degli
imbecilli e qualche furbo si mettono fra loro d'accordo di
conoscere, poniamo, il *messicano*; in questa loro qualità
s'impongono alla società che li rispetta ed ai governi che li
stipendiano. Vengono colmati di favori appunto perché la
loro intelligenza non fa paura e perché il potere non ha da
temere che sollevino i popoli e scatenino violente passioni

facendo leva su sentimenti generosi. Cosí il padre Bari: Ernesto IV non gli ha recentemente accordato una pensione
di 4000 franchi e la croce del suo ordine perché ha riportato in luce diciannove versi d'un ditirambo greco?

Ma, mio Dio! ho io il diritto di trovare queste cose ridicole? Sta a me lagnarmi che sia cosí? – si chiese a un tratto
fermandosi. – Quella croce non l'han pure data al mio rettore di Napoli?» Fabrizio provò un senso di profondo disagio; il suo nobile slancio per la virtú che or ora gli aveva
fatto battere il cuore cambiava ora nel vile compiacimento
di avere una buona parte in un furto. «Ebbene, – si disse
infine con gli occhi tristi piú d'un uomo malcontento di sé,
– posto che la mia nascita mi dà il diritto di profittare di
questo abuso sarei un bello sciocco se non prendessi la mia
parte». Ragionamenti non del tutto sbagliati; ma facendo-
seli, Fabrizio si sentiva precipitato dall'alto dell'ebbrezza
sublime che ancora un momento prima lo esaltava. L'idea
del privilegio aveva disseccato il fiore cosí fragile che si
chiama felicità.

Riprese, cercando di stordirsi: «Se non si deve credere
all'astrologia, se codesta scienza, come la maggior parte delle scienze non matematiche, è fatta da gonzi entusiasti che
si mettono insieme con degli ipocriti furbi, pagati da quelli
ch'essi servono, da che dipende che io spesso pensi con
emozione a questa fatale circostanza? al fatto che un giorno
sono uscito dalla prigione di B. coll'uniforme e col foglio
di via d'un soldato gettato in carcere per giusti motivi?»

Il ragionamento di Fabrizio non poté mai andar oltre
questa domanda; in cento modi girava intorno alla difficoltà senza riuscir mai a sormontarla. Era troppo giovane ancora; i momenti che aveva per sé li consumava ad assapora-
re con trasporto le circostanze romanzesche che la fantasia
era sempre pronta a fornirgli. Egli era ben lontano dall'osservare pazientemente la realtà nei suoi dettagli per poi risalire alle cause. La realtà gli sembrava ancora piatta e fan-
gosa; capisco che non si provi piacere a guardarla, ma in
tal caso bisogna pure astenersi dal ragionarne. Soprattutto
non è lecito fare delle obiezioni basandosi sui dati della
propria ignoranza.

Cosí, pur non mancando di penetrazione, Fabrizio non
arrivò a capire che la sua mezza fede nei presagi era per lui
una religione, un'impressione profonda ricevuta al suo en-
trar nella vita: calarsi in quella fede era una gioia. E s'osti-

nava a cercare in che modo l'astrologia potesse essere una
scienza *provata*, reale, come lo è ad esempio la geometria.
Rintracciava appassionatamente nella memoria tutte le circostanze in cui i presagi osservati non eran stati seguiti dal-
l'evento lieto o triste che parevano annunciare. Credeva in
questo modo di andar dietro ad un ragionamento, di camminare verso la verità; mentre era sui casi in cui i presagi
s'erano avverati che la sua attenzione si fermava con gioia
ed erano quei casi che lo impressionavano e gli incutevano
rispetto; e non avrebbe sopportato che altri li negasse e,
meno che mai, vi facesse sopra dell'ironia.

In questi pensieri Fabrizio non s'accorgeva del cammino
ed era giunto a questo punto dei suoi ragionamenti senza
uscita, quando alzando il capo si vide davanti il muro del
giardino paterno. Questo muro che sosteneva una bella terrazza s'elevava di oltre quaranta piedi a destra della strada.
La cordonata in pietra da taglio che correva lassú lungo la
balaustra gli dava un aspetto monumentale. «Fa un bell'effetto, – si disse senza entusiasmo, – è d'una buona architettura, di gusto quasi romano». Erano le sue recenti cognizio-
ni d'archeologia che venivano a galla. Poi stornò il capo
con avversione: gli tornava in mente la severità del padre e
specialmente la denuncia del fratello Ascanio.

«Quella infame delazione è stata l'origine della mia nuova vita; posso odiarla, sentir per essa quanto disprezzo voglio, ma insomma è quella denuncia che ha mutato il mio
destino. Che sarei diventato a Novara, relegato là e appena
tollerato, posso dire, in casa dell'amministratore di mio padre, se mia zia non avesse fatto l'amore con un ministro potente? Se questa zia avesse avuto un'anima arida e qualunque, invece dell'anima sensibile e appassionata che ha e
per la quale mi ama con una specie d'entusiasmo che mi
stupisce? Che sarebbe oggi di me se la duchessa somigliasse a suo fratello, al marchese del Dongo?»

Accasciato da questi dolorosi ricordi, Fabrizio procedeva ora d'un passo meno risoluto; giunse cosí sull'orlo del
fossato di fronte alla magnifica facciata del castello. Pel
grande edifizio annerito dal tempo, ebbe appena un'occhiata. Quella nobile architettura lo lasciò insensibile; il ricordo del fratello e del padre chiudeva il suo cuore ad ogni
emozione di bellezza, badava solo a stare all'erta, in vicinanza di nemici cosí ipocriti e pericolosi. Con avversione anche maggiore andò un attimo con l'occhio alla finestretta

della camera che aveva abitato al terzo piano. Il carattere
del padre aveva spogliato d'ogni fascino ai suoi occhi il ricordo della prima infanzia. «Non ci ho rimesso piede, –
pensò, – dal '15, il 7 marzo. Sono uscito di là quella sera
alle otto, per andare a prendere il passaporto di Vasi, e l'indomani ho precipitato la partenza per paura di spie. Quando ripassai di qui che tornavo dalla Francia, grazie alla denunzia di Ascanio, non ho avuto neanche il tempo di salir-
vi non foss'altro per rivedere le mie stampe».

E volse altrove il capo con avversione.

«L'abate Blanes ha piú di ottantatre anni ormai, – si disse con tristezza; – non viene quasi piú al castello, da quel
che m'ha detto mia sorella: acciacchi della vecchiaia. L'età
ha tolto ogni ardore a quel cuore cosí nobile e coraggioso.
Chi sa da quanto tempo non sale piú sul campanile! Sino
all'ora che si leva, mi nasconderò nella canova, sotto il tino
o dietro il torchio; non voglio disturbare il sonno di quel
caro vecchio. Probabilmente non mi riconoscerà: alla mia
età, sei anni ne fan fare del cambiamento! Dell'amico non
troverò piú che la spoglia! È stata una vera ragazzata venir
qui ad affrontare la ripugnanza che mi dà il castello di mio
padre!»

Sboccava cosí pensando nella piazzetta della chiesa. Immaginarsi con che stupore, con che delirio di gioia scorse al
secondo piano del vecchio campanile la lunga finestra stretta rischiarata dalla piccola lanterna dell'abate. Lí, l'abate
era solito deporla, nel salire alla stanzetta fatta di tavole
che gli serviva d'osservatorio, affinché la luce non gli impe-
disse di leggere sul planisfero. Questa carta del cielo era tesa su un grande vaso di terracotta preso dal castello e che un
tempo aveva contenuto una pianta d'arancio. Un lumicino
ardeva in fondo al vaso e il fumo ne sortiva per un piccolo
tubo di latta. L'ombra del tubo indicava sulla carta il nord.
Il ricordo di tutti questi piccoli particolari rimescolò Fabrizio e lo riempí di felicità.

Istintivamente fece nel cavo delle mani un piccolo fi-
schio, sommesso e breve; cosí un tempo chiedeva d'essere
ammesso nell'osservatorio. Subito sentí tirare a piú riprese
la corda che dall'alto dell'osservatorio apriva il nottolino
della porta. Fece i gradini quattro a quattro, col cuore grosso da non dire; e trovò l'abate seduto al suo solito posto
sulla seggiola di legno, l'occhio al cannocchiale. Blanes gli
fece cenno di non interromperlo; appuntò un momento do-

po una cifra su una carta da gioco; poi, girandosi sulla seggiola, aprí le braccia al nostro eroe che vi si precipitò scoppiando in lacrime. Il suo vero padre era quello lí.

– Ti aspettavo, – disse l'abate, dopo le prime espansioni
d'affetto. Non voleva come dotto mostrarsi sorpreso dal-
l'avvenimento, siccome pensava spesso a Fabrizio. Qualche
astro gli aveva per caso annunziato il suo arrivo?

– Ecco allora che s'appressa il giorno della mia morte, –
disse l'abate.

– Come! – si spaventò Fabrizio.

– Sí, – seguitò serio ma non triste il vecchio: – cinque
mesi e mezzo o sei e mezzo dopo che t'avrei rivisto, è scritto che, giunta al colmo della felicità, la mia vita si spenga
come face al mancar dell'alimento. Prima del momento su-
premo, due o tre mesi li passerò probabilmente senza piú
parlare, quindi sarò ricevuto nel seno del Padre Nostro; dato s'intende ch'Egli trovi che ho fatto il mio dovere al posto dove mi aveva collocato di sentinella. Ma tu sei sfinito
di stanchezza, l'emozione ti concilierà il sonno. Dal giorno
che ti aspetto, ho nascosto per te nel cassone dei miei strumenti un pane e una bottiglia d'acquavite. Ristorati e cerca
di rimetterti in forza abbastanza per potermi ascoltare qualche istante ancora. Sono in grado di dirti parecchie cose prima che la notte subentri del tutto al giorno; adesso le vedo
piú chiaramente che non le vedrò forse domani. Giacché,
figlio mio, noi uomini siamo deboli di natura e con questa
debolezza dobbiamo sempre fare i conti. Domani forse il
vecchio uomo, l'uomo terreno, sarà occupato in me dai preparativi della morte e d'altronde domani sera alle nove è
necessario che tu mi lasci.

E quando, obbedendogli in silenzio come era sua abitudine, il giovane si fu rifocillato:

– Dunque è vero, – riprese il vecchio, – che quando hai
cercato di vedere Waterloo non hai trovato per prima cosa
che una prigione?

– Sí, padre, – fece Fabrizio stupito.

– Ebbene, fu una rara fortuna, perché cosí ora, avvertito da me, puoi prepararti ad un'altra prigione ben altrimenti dura, ben piú terribile! Probabilmente solo un delitto te
ne farà uscire: ma grazie al cielo non sarai stato tu a com-
metterlo: non cader mai nel delitto, per quanto violenta
possa essere la tentazione. Credo di vedere che si tratterà
di uccidere un innocente che usurpa senza saperlo i tuoi di-

ritti. Se tu resisti alla violenta tentazione che sembrerà giustificata dalle leggi dell'onore, la tua vita sarà felicissima
agli occhi degli uomini... e felice abbastanza agli occhi del
saggio, – aggiunse dopo un attimo di riflessione. – Morirai
come me, figlio mio, seduto su una seggiola di legno, lontano da ogni lusso e di esso disincantato; e, al pari di me, senza averti a fare nessun grave rimprovero.

– Ora abbiamo finito per ciò che riguarda l'avvenire;
nulla di molto importante potrei aggiungere. Inutilmente
ho cercato di vedere quanto la prigione durerà: si tratta di
sei mesi, d'un anno, di dieci anni? Non ho potuto scoprirlo; evidentemente ho commesso qualche colpa e il cielo ha
voluto punirmene col dolore di questa incertezza. Ho visto
soltanto che dopo la prigione (ma non so se al momento
stesso che ne uscirai) avverrà ciò che chiamo un delitto;
ma per fortuna credo d'esser sicuro che non ne sarai tu l'autore. Se tu hai la debolezza di cadere in questo delitto, tutto il resto dei miei calcoli non è che un lungo errore. In
questo caso tu non morirai con la pace nell'anima, su una
seggiola di legno e vestito di bianco.

Cosí dicendo, l'abate Blanes volle alzarsi; fu allora che
Fabrizio s'accorse di come l'età l'aveva ridotto: impiegò
quasi un minuto ad alzarsi ed a volgersi verso Fabrizio che,
fermo e zitto, lo lasciava fare. Quando fu in piedi, piú volte si gettò nelle sue braccia, se lo strinse al cuore con immensa tenerezza. Dopo di che riprese il piglio allegro d'una
volta:

– Cerca di sistemarti meglio che puoi tra i miei strumenti, in modo da dormire un po' comodo; prendi le mie
pellicce; ne troverai piú d'una di gran valore che la duchessa Sanseverina mi mandò quattr'anni or sono. Essa allora
mi chiedeva una predizione su di te; predizione che mi son
guardato bene dal mandarle, pur tenendomi le pellicce e la
sua bella lunetta. Ogni pronostico è un'infrazione alla regola ed ha questo rischio: di poter cambiare il corso dei fatti,
nel qual caso tutta la scienza crolla come un castelletto di
carte. E poi c'eran delle cose dure a dire a questa duchessa
sempre cosí graziosa.

– A proposito, non ti lasciar spaventare nel sonno dalle
campane che ti faranno un fracasso spaventoso sulla testa,
quando suoneranno la messa delle sette; piú tardi mette-
ranno in moto il campanone al pian di sotto che mi scrol-
la tutti gli strumenti. Oggi è san Giovita, soldato e marti-

re. Sai che il piccolo villaggio di Grianta ha lo stesso patrono che la grande città di Brescia: cosa che, tra parentesi,
fece cadere in un buffo equivoco il mio illustre maestro
Giacomo Marini di Ravenna. Piú volte infatti egli m'annunciò che avrei fatto una splendida carriera ecclesiastica;
credeva che sarei stato parroco della magnifica chiesa di
san Giovita a Brescia; invece sono rimasto parroco d'un
piccolo villaggio di settecentocinquanta anime! Ma tutto è
stato per il meglio. Ho visto, non sono dieci anni fa, che diventando parroco a Brescia, il mio destino sarebbe stato di
finire in prigione su una collina della Moravia, allo Spielberg. Domani ti porterò ogni sorta di manicaretti che sot-
trarrò per te al pranzo – un pranzo coi fiocchi – che do a
tutti i parroci dei dintorni che vengono a cantar messa
grande. Li porterò giú; ma non cercare di vedermi, non
scendere per prenderli che quando m'avrai sentito risorti-
re. Bisogna che tu non mi riveda di giorno; e siccome il sole va sotto, domani, alle sette e ventisette minuti, io non
verrò ad abbracciarti che verso le otto e bisogna che tu parta prima che al campanile siano scoccate le dieci. Sta' attento di non farti vedere a sporgerti dal campanile: i gendarmi hanno i tuoi connotati e sono, si può dire, agli ordini di
quel famoso tiranno che è tuo fratello. Il marchese del
Dongo va declinando, – aggiunse l'abate Blanes con aria triste, – e se ti rivedesse, forse a quattr'occhi ti darebbe qualche cosa sotto mano. Ma puzzerebbe di frode; sono guadagni che non s'addicono a un uomo come te; la tua forza
sarà un giorno la tua coscienza. Il marchese detesta suo
figlio Ascanio ed è a lui che andranno i cinque o sei milioni
che possiede. È nell'ordine delle cose. Tu, alla sua morte,
avrai una pensione di 4000 franchi e cinquanta braccia di
panno nero pel lutto della servitú.

Capitolo nono

Per l'eccessiva stanchezza e per l'esaltazione che i discorsi del vecchio gli avevano messo addosso, Fabrizio stentò molto ad addormentarsi ed anche il suo sonno fu agitato da sogni, presagi forse dell'avvenire. Al mattino, alle dieci, lo svegliò il vibrare del campanile, scosso da cima a fondo, ed un grande strepito che veniva dal di fuori. S'alzò sbalordito, credette fosse la fine del mondo; poi pensò di trovarsi in prigione. Gli occorse del tempo per riconoscere il suono del campanone che quaranta braccia, dove ne sarebbero bastate dieci, mettevano in moto in onore di san Giovita.

Fabrizio cercò un punto di dove vedere senza esser visto; da quell'altezza lo sguardo dominava i giardini ed anche il cortile interno del castello di suo padre. Se l'era scordato, suo padre; sapere che era giunto alla fine della vita mutava ora tutti i suoi sentimenti verso di lui. Il giovane distingueva sino i passeri che saltellavano in cerca di briciole sull'ampio balcone della sala da pranzo. «Sono i pronipoti, – si disse, – di quelli che avevo addomesticato. Quel balcone, come tutti gli altri del palazzo, era pieno di piante d'arancio in vasi di terra d'ogni misura». Questa vista lo commosse; l'aspetto di quel cortile interno cosí adorno, sul quale il sole sfolgorante disegnava con tanta nettezza le ombre, era davvero imponente.

Il declinare del padre gli toccava il cuore. «È strano, – si diceva, – mio padre non ha che trentacinque anni piú di me; trentacinque e ventitre fanno appena cinquantotto». E i suoi occhi, fissi sulle finestre della stanza di quell'uomo severo che egli non aveva mai amato, si riempirono di lacrime. Ebbe un sobbalzo e un brivido lo percorse quando in un uomo che passava tra le piante d'arancio della terrazza ch'era a livello della stanza di lui, credette di riconoscerlo; ma non era che un cameriere. Proprio sotto il campanile,

brigatelle di fanciulle bianco vestite erano occupate a disporre a disegno, sul percorso della processione, fiori rossi,
gialli, turchini. Ma c'era uno spettacolo che commoveva
Fabrizio anche di piú; di lassú lo sguardo gli andava ai due
rami del lago, parecchie leghe lontani: vista grandiosa che,
suscitando in lui piú elevate emozioni, gli fece scordare le
altre. Tutti i ricordi dell'infanzia gli si affollarono alla mente; e quel giorno che trascorse rinchiuso in un campanile
contò fra i piú belli forse della sua vita.

Nella felicità che provava arrivò a guardare il mondo da
un punto di vista piú alto che non gli fosse abituale; a considerare gli avvenimenti della vita, lui cosí giovane, come della vita fosse già giunto alla fine. «Devo riconoscere
che dal mio arrivo a Parma, – fu portato a dirsi, dopo ore
di deliziose fantasticherie, – devo riconoscere che da quel
giorno non ho piú provato una gioia cosí completa e serena
come quella che provavo a Napoli, galoppando sulle strade
del Vomero e scorrazzando le rive di Miseno. Gli intrighi e
le meschinità di quella piccola corte maligna m'han reso
cattivo... Io non trovo nessun piacere ad odiare; credo anzi
che sarebbe per me una ben triste gioia quella d'umiliare i
miei nemici, se ne avessi; ma non ne ho. Piano! – si disse a
un tratto, – un nemico l'ho: Giletti. E guarda stranezza: il
piacere che proverei a vedere quel brutto ceffo andare a tutti i diavoli ecco che sopravvive al leggero capriccio che avevo per Marietta!... Marietta vale ben meno della duchessa
d'A. che ero obbligato ad amare dal momento che le avevo
detto che ne ero innamorato. Quante volte, mio Dio, mi sono annoiato ai lunghi convegni della bella duchessa; niente
di simile invece ho mai provato nella misera stanzuccia che
serviva anche da cucina dove la piccola Marietta m'ha ricevuto due volte, due minuti per volta. Di che si cibavano
mai quelle poverette! Facevano pena! Avrei fatto bene a
passar loro, a lei e alla sua cosiddetta madre, di che pagarsi
qualche bistecca... La piccola Marietta mi distraeva dai cat-
tivi pensieri che la corte mi dava. Chi sa se non avrei fatto
meglio a scegliere la vita di caffè, come dice la duchessa;
era questa vita che lei pareva preferire ch'io scegliessi e lei
ne sa tanto piú di me. Grazie a mia zia od anche contentan-
domi dell'assegno di 4000 lire piú le 40 000 depositate a
Lione che mia madre mi destina, non mi mancherebbe mai
un cavallo e qualche scudo per fare degli scavi e metter su
un piccolo museo. Siccome non pare che conoscerò mai l'a-

more, per me resteranno sempre queste le grandi sorgenti
di felicità. Vorrei, prima di morire, andare a rivedere il teatro della battaglia di Waterloo; cercherei di rintracciare la
prateria dove m'han tolto su pari pari da cavallo e m'han
messo a sedere per terra. Compiuto quel pellegrinaggio,
tornerei di spesso su questo magnifico lago; pel mio cuore
almeno, non c'è niente di piú bello al mondo.

Perché andare a cercar lontano la felicità quando l'ho
sotto gli occhi? È vero! – si disse Fabrizio a mo' d'obiezione, – c'è la polizia che mi caccia dal lago di Como; ma io
sono piú giovane di chi la dirige, la polizia! Qui, – soggiunse ridendo, – non troverei certo una duchessa d'A. ma una
di quelle bambine lí sotto che dispongono i fiori sul lastrico la troverei e non l'amerei certo meno. Anche in amore
l'ipocrisia mi paralizza e le nostre grandi dame mirano a effetti troppo sublimi. Grazie a Napoleone, si piccano d'onestà e vogliono l'amore eterno.

Diavolo! – si disse a un tratto ritirando il capo, quasi
temesse d'essere riconosciuto sebbene fosse nell'ombra
proiettata dal grande sporto di legno che riparava le campane dalla pioggia, – ecco una sfilata di gendarmi in alta
tenuta».

Infatti, sei gendarmi, comandati da ben quattro sottuf-
ficiali, spuntavano laggiú in fondo alla strada principale. Il
maresciallo li scaglionava a cento passi di distanza un dal-
l'altro lungo il percorso della processione. «Tutti qui mi co-
noscono; se mi vedono, faccio un salto solo dalle rive del
lago di Como allo Spielberg, dove mi attaccheranno una catena di centodieci libbre per gamba; che dolore sarebbe
per la duchessa!»

Gli occorse qualche minuto per rendersi conto che, prima di tutto, egli si trovava a piú di ottanta piedi d'altezza,
che il luogo era relativamente buio, che chi alzasse il capo
avrebbe avuto negli occhi il barbaglio del sole e che infine
tutta quella gente non badava che ad andare su e giú con
occhi sgranati tra le case imbiancate di fresco per l'occasione. Nonostante tutte queste considerazioni, Fabrizio da
buon italiano non sarebbe stato piú in grado di gustare alcun piacere, se non avesse appeso tra sé e i gendarmi uno
straccio di tela, che inchiodò alla finestra e nel quale praticò
due buchi per gli occhi.

Da dieci minuti le campane facevano tremare l'aria quando la processione uscí di chiesa e scoppiarono i mortaretti.

Fabrizio volse il capo al fragore e riconobbe il piazzaletto
alto sul lago, dove tante volte in gioventú s'era esposto a
vedersi scoppiare i mortaretti tra i piedi: prodezza per la
quale il mattino dei giorni di festa sua madre voleva veder-
selo sempre vicino. I mortaretti non son altro che canne di
fucile tagliate in segmenti di quattro pollici al piú; è per fare mortaretti che in campagna raccolgono avidamente le
canne di fucile di cui dal '96 la politica d'Europa ha seminato a iosa le pianure della Lombardia. Si caricano questi
tubi di quanto esplosivo contengono, si collocano in terra
verticali in un punto non lontano dal percorso della processione, disponendoli in numero di due o trecento su tre file
come un battaglione, collegati fra loro da una striscia di
polvere da sparo. All'appressarsi del Santissimo, vi si dà
fuoco e comincia allora a sgranarsi un rosario di colpi sec-
chi, il piú stonato e buffo che si possa immaginare. Le donne ne vanno matte e nulla è allegro quanto lo strepito dei
mortaretti quando s'ode a distanza sul lago, addolcito dal
mormorio dell'acqua.

Il curioso fracasso, che aveva fatto tante volte la gioia
della sua infanzia, mise in fuga le idee un po' troppo serie
che assediavano il nostro eroe; il quale andò a prendere il
cannocchiale dell'abate e poté cosí riconoscere la maggior
parte delle donne e degli uomini che seguivano la processione. Molte vezzose bambine che aveva lasciato in età di undici o dodici anni le rivedeva ora donne superbe in tutto lo
sboccio della loro gagliarda gioventú. Quella vista ridiede
coraggio al nostro eroe: per parlar a quelle donne, Fabrizio
avrebbe benissimo sfidato i gendarmi.

Sfilata ed entrata in chiesa la processione per una porta
laterale che Fabrizio non poteva vedere, il caldo divenne
presto soffocante anche in cima al campanile; quelli del paese rientrarono nelle case ed un grande silenzio si fece sul
villaggio. Numerose barche s'affollarono di gente che tornava a Bellagio, a Menaggio e ad altri paesi sul lago; di esse
giungeva distinto a Fabrizio ogni colpo di remo e questo
particolare cosí semplice lo mandava in estasi mentre gli
acuiva la gioia presente il confrontarla con la vita di corte,
complicata e piena di seccature e d'impacci. Come sarebbe
stato felice adesso di poter fare una barcheggiata su quel
bel lago calmo che rispecchiava cosí bene la profondità del
cielo!

In quella udí aprire la porta a piè del campanile: era la

vecchia perpetua dell'abate Blanes carica d'un grosso cava-
gno. Gli costò impedirsi di chiamarla. «Mi vuol bene quasi
quanto il suo padrone, – si diceva, – e io stasera alle nove
parto: non serberebbe per qualche ora almeno il segreto
che le farei giurare? Ma spiacerei al mio amico! potrei com-
prometterlo agli occhi dei gendarmi!» E lasciò partire la
Ghita senza chiamarla. Fatto onore all'ottimo pranzo, si
sdraiò alla meglio con l'intenzione di fare un pisolino: invece si risvegliò ch'eran le otto e mezzo di sera: l'abate lo sco-
teva pel braccio ed era ormai notte.

Blanes, stanco com'era, a paragone della vigilia pareva
invecchiato di cinquant'anni. Non fece piú discorsi seri; seduto nella seggiola di legno: – Abbracciami, – disse a Fabrizio. Piú volte si strinse il giovane al petto. – La morte,
– disse poi, – che metterà fine a questa mia cosí lunga vita,
non avrà nulla che sia penoso per me quanto questo distacco. In deposito alla Ghita lascerò una borsa di danaro con
l'ordine di attingervi pei suoi bisogni ma di rimetterti ciò
che resterà se mai tu venissi a cercarlo. Ma io la conosco;
dopo questa raccomandazione, se tu non le dài ordini precisi, essa è capace, per economizzare per te, di non toccar
cibo quattro volte l'anno. Anche a te può capitare d'essere ridotto in miseria: in tal caso l'obolo del tuo vecchio
amico ti verrà bene. Da tuo fratello non ti attendere nulla
se non delle male azioni; cerca di bastare a te con un lavoro che ti renda utile al prossimo. Io prevedo dei rivolgi-
menti che oggi paiono impossibili; forse fra cinquant'anni
chi non fa nulla non sarà piú tollerato. La madre e la zia ti
possono morire e le tue sorelle dovranno far la volontà dei
mariti...

– Va' via! va' via! scappa! – gridò improvvisamente Blanes, affannato: aveva avvertito uno scricchiolio nell'orologio che annunziava imminente lo scoccare delle dieci; non
volle neanche che Fabrizio lo abbracciasse un'ultima volta.
– Spicciati, spicciati! ti ci vorrà un minuto almeno a discendere la scala: bada di non cadere: sarebbe un brutto segno.

Fabrizio si precipitò giú per le scale e giunto sulla piazza
si mise a correre. Era appena giunto davanti al castello di
suo padre, che la campana suonò le dieci; ogni rintocco
gli si ripercoteva in petto, dandogli uno strano turbamento. Sostò per riflettere o piuttosto per abbandonarsi all'onda dei sentimenti che la vista di quell'edifizio maestoso,
giudicato con tanto distacco la vigilia, ora gli suscitava.

Dei passi lo trassero da quei pensieri; si guardò intorno e si vide in mezzo a quattro gendarmi. Aveva con sé due ottime pistole alle quali pranzando aveva rinnovato l'esca; il rumore che fece armandole attirò l'attenzione d'uno dei gendarmi: poco mancò lo facesse arrestare. Accortosi del pericolo che correva, Fabrizio pensò di far fuoco pel primo: era in suo diritto; era il solo modo che avesse di resistere a quattro uomini ben armati. Per fortuna, i gendarmi ch'erano in giro per far chiudere, invitati nelle osterie a bere, avevano ceduto parecchie volte alle cortesi insistenze per cui non furono abbastanza lesti a compiere il dover loro. Fabrizio prese la fuga correndo a gambe levate. Anche i gendarmi fecero qualche passo di corsa intimandogli: – Ferma! ferma! – Tutto quindi rientrò nel silenzio. Quando si credette abbastanza lontano, Fabrizio si fermò per riprender fiato. «C'è mancato poco che lo scatto delle pistole mi facesse acchiappare; questa volta avrà ragione la zia di dirmi che io mi diverto ad almanaccare ciò che accadrà fra dieci anni e dimentico intanto di guardare ciò che succede a due passi da me; non li rivedrò piú i suoi begli occhi?»

Ebbe un brivido pensando al rischio corso; allungò il passo e presto si mise addirittura di corsa: imprudenza che lo fece notare da alcuni contadini che rincasavano. Non riuscí a fermarsi che quando fu sulla montagna, a oltre una lega da Grianta; ed anche allora si sentí bagnare di sudor freddo al pensiero dello Spielberg.

«Che paura ho avuto», si disse. La parola lo fece quasi arrossire. «Ma mia zia non mi dice che di niente ho bisogno come di imparare a perdonarmi? Io mi paragono sempre a un modello perfetto che non può esistere. Ebbene; mi perdono la mia paura perché nello stesso tempo che l'avevo ero ben deciso a difendere la mia libertà e quei quattro non sarebbero certo rimasti in piedi tutti per condurmi in prigione! Quello che sto facendo adesso, – aggiunse poi, – non è da soldati; invece di battere rapidamente in ritirata, una volta raggiunto l'obbiettivo ed aver probabilmente messo il nemico all'erta, mi diverto a soddisfare un capriccio piú ridicolo forse di tutte le predizioni dell'abate».

Infatti, invece di percorrere la strada piú breve e di raggiungere le rive del Lago Maggiore, dove lo attendeva la barca, Fabrizio stava ora facendo un immenso giro per andare a vedere il *suo albero*. Il lettore si ricorderà forse dell'amore che Fabrizio portava ad un castagno che sua madre aveva piantato ventitre anni prima. «Non ci sarebbe da aspettarsi di meno da mio fratello, – si disse, – se l'avesse fatto tagliare; ma degli esseri come lui non capiscono la gentilezza di certi sentimenti; non ci avrà quindi pensato. E poi, se fosse, non sarebbe neanche di cattivo augurio», aggiunse con convinzione.

In capo a due ore di cammino aveva il dolore di constatare che dei malvagi – o forse una tempesta? – avevano spezzato al giovane albero uno dei rami maestri, che penzolava secco. Lo recise delicatamente col pugnale, d'un taglio netto perché l'acqua non potesse penetrare nel tronco. Poi, sebbene il suo tempo fosse prezioso, passò un'ora buona a vangare intorno la terra.

Fatte tutte queste pazzie, riprese di buon passo la via del Lago Maggiore. In complesso non era affatto triste; l'albero era venuto su bene, vigoroso; e in cinque anni era cresciuto quasi del doppio. La rottura del ramo era un incidente senza importanza; una volta reciso, non nuocerebbe piú; anzi l'albero prenderebbe un aspetto piú slanciato, buttando i rami piú in alto.

Fabrizio non aveva percorso una lega quando in una striscia d'un bianco abbagliante si profilarono ad oriente le cime del *Resegone di Lecco*, montagna celebre in tutto il paese. La strada che percorreva s'animava di contadini; ma, invece di prendere delle precauzioni strategiche, Fabrizio s'abbandonava alla commozione che suscitavano in lui gli aspetti imponenti o toccanti delle foreste che s'estendono intorno al lago. «Son forse queste le piú belle foreste del mondo; non intendo foreste quelle che fruttano piú *scudi nuovi*, come si direbbe in Isvizzera, ma di quelle che parlano meglio all'anima». Per Fabrizio, esposto alle attenzioni dei signori gendarmi lombardo-veneti, era una imprudenza bell'e buona, ascoltare quel linguaggio. «Finalmente, – si disse, – ormai sono quasi alla frontiera; incontrerò dei doganieri e dei gendarmi che fanno la ronda del mattino; questo vestito di buona stoffa li metterà in sospetto e mi chiederanno il passaporto; ora questo passaporto reca in tutte lettere il nome d'uno che dovrebbe essere in prigione: eccomi allora nella sgradevole necessità di commettere un assassinio. Se come di solito i gendarmi vanno a coppia, per far fuoco io non posso stare tranquillamente ad aspettare che uno dei due mi prenda pel colletto; per poco che cadendo

egli mi trattenga, posso già considerarmi allo Spielberg».
Ripugnandogli specialmente la prospettiva d'esser costretto a far fuoco per primo, magari, chi sa, su un antico soldato di suo zio, corse a nascondersi nella cavità d'un enorme
tronco di castagno e lí stava rinnovando l'esca delle pistole
quando udí qualcuno venire attraverso il bosco cantando;
cantava con assai grazia un'aria del Mercadante, allora in
voga in Lombardia.

«Ecco una cosa di buon augurio», si disse Fabrizio.
Quell'aria che egli ascoltava con religione fece sbollire il
po' di collera che gli cominciava a intorbidire i pensieri.
Perlustrò con gli occhi la strada: nessuno. «Il cantore sbu-
cherà da qualche traversa», si disse. Nel dirlo, vide un cameriere assai ben messo all'inglese, che veniva avanti al
passo su un mediocre cavallo e ne teneva invece per la cavezza uno di razza, magnifico, al quale si poteva solo rimproverare un'eccessiva magrezza.

«Ah, se io ragionassi come Mosca, – si disse Fabrizio, –
quando mi ripete che i rischi che un uomo affronta sono
sempre la misura dei diritti che esso ha sul vicino, con una
pistolettata romperei la testa a questo cameriere e una volta in sella al cavallo magro mi befferei di tutti i gendarmi
del mondo. Poi, appena di ritorno a Parma, manderei del
danaro a lui se non è morto o alla sua vedova... ma non posso nemmeno pensarci, a una cosa simile!»

Capitolo decimo

Mentre sta cosí facendosi la morale, Fabrizio è d'un salto sulla strada: è la strada maestra che dalla Lombardia mena in Isvizzera, correndo in quel punto quattro o cinque piedi piú bassa della foresta. «Se il mio uomo si prende paura, – pensa Fabrizio, – si mette al galoppo ed io resto qui a far la figura d'un allocco». Non lo separavano piú che dieci passi dal cameriere; a questi il canto s'era mozzato in gola; aveva la paura negli occhi e stava forse per voltare i cavalli. Senza avere ancora presa una decisione, d'un balzo Fabrizio afferrò la briglia del cavallo magro.

– Amico, – disse, – io non sono un ladro dei soliti, tant'è vero che comincio con darti venti lire; ma sono costretto a prenderti un momento il cavallo. Se non me la svigno piú che presto mi accoppano. Ho alle calcagna i quattro fratelli Riva, i famosi cacciatori, li conosci di certo. Mi han sorpreso in camera della sorella; son saltato giú dalla finestra ed eccomi qui. Stanno scorrazzando la foresta armati, coi cani. M'ero nascosto dentro quel grosso castagno, perché ho visto uno di loro attraversare la strada; i cani faran presto a scovarmi. Metto il tuo cavallo al galoppo e mi fermo ad una lega al di là di Como; vado a Milano a buttarmi ai piedi del vicerè. Lascerò il cavallo alla posta con due napoleoni per te, se acconsenti; e se fai la piú piccola resistenza, vedi queste pistole, ti ammazzo. Se, una volta partito, mi metti i gendarmi alle calcagna, mio cugino, il prode conte Alari, scudiero dell'imperatore, s'incaricherà lui di farti rompere le ossa.

Il discorsetto Fabrizio lo snocciolava calmo calmo, inventando via via che parlava.

– Del resto, – aggiunse ridendo, – voglio dirti anche il mio nome: io sono il marchesino Ascanio del Dongo, il mio castello è a poco di qui, a Grianta, Sacr..., – ed alzò la voce, – molla dunque il cavallo!

Sbalordito, il cameriere non fiatava. Fabrizio passò la pistola nella sinistra, afferrò la briglia che l'altro lasciò, saltò
in sella e via di gran carriera. A trecento passi si ricordò
che non aveva dato i venti franchi promessi; fermò; in tutta la strada non c'era altri che il cameriere che lo seguiva al
galoppo; col fazzoletto gli fece segno d'accostarsi e quando
lo vide a cinquanta passi gettò sulla strada un pugno di monete e ripartí. Da lontano lo vide raccattarle. «Ecco un uomo di buonsenso, non c'è che dire, – pensò Fabrizio ridendo, – non una parola inutile».

Filò rapidamente verso mezzogiorno; sostò in una casa
fuori mano, e qualche ora dopo si rimetteva in cammino.
Alle due del mattino era sulla riva del Lago Maggiore; presto avvistò la sua barca che bordeggiava e che ad un segnale accostò. Non vedendo nei dintorno alcuno cui consegnare il cavallo, lasciò l'animale in libertà; tre ore dopo entrava in Belgirate. Ormai in paese amico, si prese un po' di
riposo; era allegrissimo, tutto gli era andato a meraviglia.
Ma di che cos'era fatta precisamente la sua gioia? Di questo: che il suo albero era venuto su ch'era una meraviglia e
che lui si sentiva come rinnovellato dalla commozione profonda provata fra le braccia dell'abate. «Crederà davvero,
l'abate, tutte le predizioni che mi ha fatto – si chiedeva –,
oppure siccome mio fratello m'ha fatto la reputazione d'un
giacobino, d'un uomo senza fede e senza legge, ha voluto
solo impegnarmi a non cedere alla tentazione di rompere la
testa a qualche animale, a qualcuno, chi sa, che m'avrà gio-
cato un cattivo tiro?»

L'indomani Fabrizio era a Parma e divertiva un mondo
la duchessa e il conte riferendo loro minutamente come era
sua abitudine tutta la storia del suo viaggio.

All'arrivo, aveva trovato il portiere e tutta la servitú del
palazzo Sanseverina nel lutto piú stretto. – Chi è morto? –
chiese alla duchessa.

– È morto a Baden quel brav'uomo di mio marito. Mi lascia questo palazzo, com'era nei patti; ma, in segno d'amicizia, v'aggiunge un lascito di trecentomila franchi che mi
procura molti grattacapi; rinunciarci a pro di sua nipote la
marchesa Raversi, che tutti i giorni mi fa delle azioni da
forca, non voglio. Tu che sei mezzo artista, bisognerà che
mi trovi qualche buon scultore; cosí farò fare al duca una
tomba che costi quella somma.

Il conte raccontava qualcuna delle prodezze della Raversi. – È stato inutile che cercassi di ammansirla facendole del bene, – disse la duchessa. – I nipoti poi del duca non dico: li ho fatti far tutti colonnelli o generali. In ricompensa non passa mese che non mi scrivano qualche abominevole lettera anonima. Siccome non mi sento di leggerle, ho dovuto prendere un segretario per questo.

– E fossero solo le lettere! – rincalzò il conte, – hanno messo su addirittura una fabbrica di infami denunzie. Avrei potuto chi sa quante volte tradurre davanti ai tribunali tutta la combriccola e Vostra Eccellenza (a Fabrizio) può immaginarsi se i miei giudici li avrebbero condannati.

– Ebbene, ecco quello che mi sciupa tutto il resto, – uscí a dire Fabrizio dando prova d'una ingenuità ben spassosa a una corte; – preferirei vederli condannare da magistrati che giudicassero con coscienza.

– Benissimo! Solo avrete la compiacenza, voi che viaggiate per istruirvi, di fornirmi l'indirizzo dei magistrati che dite; mi farò premura di scriver loro prima di mettermi a letto.

– Se fossi io ministro, questa mancanza di giudici coscienziosi ferirebbe il mio amor proprio.

– Ma mi pare, – replicò il conte, – che Vostra Eccellenza, che ama tanto i francesi, e che anzi un tempo ha portato loro l'aiuto del suo braccio invitto, dimentichi in questo momento una delle loro grandi massime: «Meglio uccidere il diavolo che esserne uccisi». Vorrei vedervi a governare questi esaltati, che si leggono tutto il giorno la storia della Rivoluzione francese, vorrei vedervi a governarli con dei giudici che mandassero assolti quelli che io mando sotto processo. Arriverebbero a non condannare neppur piú i birbanti piú palesemente rei e si crederebbero con ciò tanti Bruti. Ma voglio farvi una domanda: con un'anima cosí delicata, non provate qualche rimorso pel bel cavallo, un po' magro, che avete abbandonato sulle rive del Lago Maggiore?

– Io conto, – ribatté Fabrizio con la piú grande serietà, – di far rimettere al proprietario del cavallo la somma che occorrerà per indennizzarlo delle spese di pubblicità e simili, grazie alle quali a quest'ora ne sarà rientrato in possesso. Non tralascerò di leggere la gazzetta di Milano e finirò bene con trovarvi l'annunzio della perdita del cavallo; i connotati dell'animale li conosco a menadito.

– È davvero un *primitivo*, – disse il conte alla duchessa.
E rivolgendosi di nuovo al giovane, proseguí ridendo: – E
che ne sarebbe stato di Vostra Eccellenza se mentre galoppava come il vento su quel cavallo in imprestito, il cavallo
avesse fatto un ruzzolone? Sareste ora allo Spielberg, mio
caro nipotino, e tutta la mia influenza riuscirebbe a stento
a far diminuire d'una trentina di libbre il peso della catena
che vi trovereste legata a ciascun piede. In quella villeggia-
tura avreste passato una dozzina d'anni; nel frattempo le
vostre gambe si sarebbero gonfiate, incancrenite; ve le sareste allora fatte amputare a regola d'arte...

– Deh, per carità, piantatela lí con questo brutto romanzo! – esclamò la duchessa con le lacrime agli occhi. – È tornato!...

– Ed io ne esulto piú di voi, potete credermelo, – rispose serissimo il ministro; – ma, insomma, perché questo ra-
gazzaccio senza cuore non ha chiesto a me un passaporto
sotto un nome possibile, volendo passare in Lombardia?
Cosí, appena avessi saputo del suo arresto, sarei partito
per Milano e gli amici che ho là sarebbero stati disposti a
chiudere gli occhi ed a far finta di credere che i lor gendarmi avessero arrestato un suddito del principe di Parma. Il
racconto della vostra gita è carino, divertente, lo ammetto
di buon grado, – riprese il ministro in tono meno tetro; –
specialmente il particolare della vostra apparizione, sbucan-
do dal bosco, sulla via maestra, lo gusto un mondo; ma, tra
noi, visto che quel domestico aveva nelle sue mani la vostra vita, avevate il diritto di togliergli la sua. Noi faremo
fare a Vostra Eccellenza una carriera brillante, tale almeno è l'ordine che mi dà qui la signora, ed ai suoi comandi
non credo che neppure i miei piú grandi nemici potrebbero
accusarmi di aver mai disobbedito. Ora, che dolore mortale sarebbe stato per lei e per me se in questa specie di gita
al campanile natio dalla quale ci siete tornato su quel cavallo magro, il cavallo si fosse rotto una gamba! Sarebbe stato
allora quasi meglio che nello scivolone quel cavallo vi avesse rotto il collo.

– Come siete tragico stasera, amico mio, – disse la duchessa sconvolta.

– È che di avvenimenti tragici siamo circondati, – replicò il conte, commosso anche lui. – Qui non siamo in Francia, dove tutto finisce in canti o con un arresto di un anno
o due: per cui il mio reale torto è di parlarvi di tutte que-

ste cose celiando. Orbene, sentiamo un po', adesso, nipotino mio: supponiamo che io trovi modo di farvi creare vescovo; perché francamente non posso farvi cominciare la carriera come arcivescovo di Parma, come vorrebbe, ed ha ragioni da vendere, qui la signora duchessa. Ebbene: in codesto vescovado, in cui sarete privato dei nostri buoni consigli, mi dite quale sarebbe la vostra politica?

– Quella d'uccidere il diavolo piuttosto che lasciarmi uccidere da lui; come dicono benissimo i miei amici francesi, – rispose Fabrizio con gli occhi che gli brillavano; – quella di conservare con tutti i mezzi possibili, compresovi il colpo di pistola, la posizione che vi dovrò. Ho letto nella genealogia della nostra famiglia la storia di quel nostro antenato che edificò il castello di Grianta. Verso la fine della sua vita il duca di Milano, il suo buon amico Galeazzo, lo manda a ispezionare una fortezza sul nostro lago; si temeva una nuova irruzione da parte degli svizzeri. E congedandolo gli dice: «Sarà bene per ogni caso che io scriva una parola di cortesia al comandante». La scrive e gli consegna una lettera di due righe; ma subito gliela riprende col pretesto di sigillarla. «Sarà piú educato chiuderla», aggiunge. Vespasiano del Dongo parte; ma sul lago, da quell'uomo colto che era, si sovviene d'un vecchio aneddoto greco. Apre la lettera del suo buon signore e vi legge l'ordine al comandante della fortezza di metterlo a morte appena arrivato. Lo Sforza, troppo assorto nella commedia che stava giocando col mio avo, aveva lasciato tra l'ultima riga del biglietto e la firma uno spazio in bianco; in quello spazio, Vespasiano del Dongo scrive l'ordine di riconoscerlo quale governatore generale di tutte le fortezze sul lago ed elimina le due righe del principe. Arrivato nel forte e riconosciuto per governatore, getta il comandante in un pozzo, dichiara guerra agli Sforza ed in capo a qualche anno cede la fortezza in cambio delle immense terre che han fatto la fortuna di tutti i rami della nostra famiglia e che un giorno frutteranno a me 4000 lire di rendita.

– Voi parlate come un accademico, – esclamò il conte ridendo; – è un bel colpo di testa, non c'è che dire, che ci avete raccontato; ma l'occasione di fare un tiro cosí geniale può presentarsi sí e no una volta ogni dieci anni. Per contro, un mezzo stupido, ma che sia attento, che sia sempre prudente, soventissimo si toglie il gusto di farla agli uomini d'immaginativa. È grazie ad una follia che gli fece fare l'immaginazione, che Napoleone, invece di cercar scampo in America, s'è arreso al prudente John Bull. John Bull ha riso di cuore della lettera in cui l'imperatore cita Temistocle. I vili Sancio Pancia alla lunga avran sempre partita vinta sui sublimi Don Chisciotte. Se consentirete a non far nulla di straordinario, sono certo che sarete un vescovo, se non molto rispettabile, molto rispettato certo. Comunque il mio appunto non cessa d'esser giusto: Vostra Eccellenza si è condotta con leggerezza nella faccenda del cavallo; ha rasentato da vicino la prigione a vita.

Questa parola fece trasalire Fabrizio; ne restò cosí colpito che rimase a lungo come assorto. «Sarebbe stata mica questa, – si chiedeva, – la prigione dalla quale sono minacciato? questo, il delitto che non dovevo commettere?» Le predizioni dell'abate, delle quali come profezie soleva burlarsi, prendevano ora ai suoi occhi l'importanza di veri presagi.

– Ebbene? che hai? – disse sorpresa la duchessa; – sono le parole del conte che ti hanno immerso in neri pensieri?

– Mi sento illuminato da una nuova verità, che accolgo invece di ribellarmici. È vero, ho rasentato la prigione a vita. Ma quel domestico era cosí bellino nel suo abito inglese! Sarebbe stato un vero peccato ammazzarlo!

Il ministro restò incantato dell'espressione di gravità che cosí dicendo il giovane aveva preso.

– È senz'altro un ragazzo di prim'ordine! – disse alla duchessa. Poi a lui: – Devo parteciparvi, amico mio, che voi avete fatto una conquista e forse la piú preziosa.

«Ah! – pensò Fabrizio, – ecco che mi prende in giro per Marietta». S'ingannava perché il conte seguitò:

– La vostra semplicità evangelica ha conquistato il cuore del nostro venerato arcivescovo. Uno di questi giorni faremo di voi un gran vicario; ed il piú divertente in questo scherzo è che i tre grandi vicari attuali, persone di polso, uomini attivi, due dei quali, penso, erano grandi vicari prima che voi veniste al mondo, scriveranno una bella lettera all'arcivescovo per chiedere che vi si dia il primo posto tra loro. Essi allegano a motivo dell'onore che vi fanno anzitutto le vostre virtú e poi il fatto che siete pronipote del celebre arcivescovo Ascanio del Dongo. Appena informato del gran conto che si faceva delle vostre virtú, ho nominato su due piedi capitano il nipote del piú anziano dei vicari generali; non era che tenente e tenente dal tempo dell'asse-

dio di Tarragona; quindi promosso a quel grado ancora dal
maresciallo Suchet!

– Va' subito, senza neanche cambiarti, come sei, a fare
una visita d'affetto al tuo arcivescovo! – esclamò la duchessa. – Comunicagli il matrimonio di tua sorella; quando ap-
prenderà che diventa duchessa, ti troverà anche piú aposto-
lico. Beninteso, acqua in bocca su quanto ti ha confidato il
conte; tu non sai nulla della prossima nomina!

Fabrizio corse all'arcivescovato; si portò con semplicità
e modestia, contegno che gli era anche troppo facile assumere, quanto gli costava fatica darsi quello di gran signore.
Attento in apparenza ai racconti un po' prolissi di monsignor Landriani, si diceva: «Davvero avrei dovuto tirare
una pistolettata al domestico che teneva per la cavezza il cavallo magro?» La ragione gli rispondeva di sí, ma il cuore
si ritraeva inorridito alla visione del bel giovane che cade
insanguinato e sfigurato da cavallo.

«La prigione dove sarei andato a finire se il cavallo avesse fatto un ruzzolone sarebbe stata la prigione che tanti
presagi m'annunciano?»

Era questo il punto che gli dava molto da pensare; per
cui l'arcivescovo uscí dal colloquio edificato per l'attenzione che il giovane aveva prestato alle sue parole.

Capitolo undicesimo

All'uscire dall'arcivescovato, Fabrizio corse alla casa di Marietta. N'era ancora lontano che udí il vocione di Giletti; Giletti aveva fatto venire del vino e se la spassava con gli amici, il suggeritore e l'addetto ai lumi. Cosicché al suo segnale rispose solo la *mammaccia*:

– Ci sono state delle novità da quando non ti si vede; due o tre dei nostri attori sono stati accusati d'aver festeggiato con un'orgia l'onomastico di Napoleone e la nostra disgraziata compagnia – ora la chiamano giacobina – ha ricevuto l'ordine di lasciare gli Stati di Parma; e dunque: viva Napoleone! Ma il ministro, si dice, ha gettato dell'acqua sul fuoco. Quel che vi è di certo è che Giletti è in moneta; come, non so, ma gli ho visto una manciata di scudi. Marietta dal nostro direttore ha ricevuto cinque scudi per le spese di viaggio sino a Mantova ed a Venezia, e io, uno. Lei è sempre cotta di te, ma ha paura di Giletti. Non sai che tre giorni fa, all'ultima rappresentazione, Giletti voleva ad ogni costo accopparla? Le ha appioppato due ceffoni con l'eco e, quel che è peggio, le ha rovinato lo scialle celeste. Se tu volessi regalargliene un altro, faresti una bella cosa: diremmo d'averlo vinto a una lotteria. Domani il capo tamburino dei carabinieri dà un saggio di scherma; trovi l'ora affissa su tutte le cantonate. Tu fatti vedere: se è andato ad assistervi e c'è da sperare che resti fuor di casa un po' a lungo, io sarò alla finestra e ti farò segno di salire. Cerca di portarci qualche cosa di carino: la Marietta è pazza di te.

Scendendo la scaletta a chiocciola di quella infame stamberga, Fabrizio si sentiva pieno di rimorsi. «Sono sempre lo stesso, – si diceva; – tutti i bei proponimenti che ho fatto in riva al lago, in quel momento in cui vedevo la vita cosí dall'alto, sono volati via. Ero, si vede, in uno stato di grazia; quello che vedevo non era che sogno ed ecco che si dilegua davanti alla dura realtà. Sarebbe questo il momento di mettere in atto quanto m'ero proposto», si diceva piú tardi varcando la soglia del palazzo Sanseverina. Ma cercò inutilmente in se stesso il coraggio di parlare con l'eroica schiettezza che la notte che aveva trascorso in riva al lago gli era parsa tanto facile. «A parlare, offenderò la persona che m'è piú cara al mondo; avrò l'aria d'un cattivo commediante; solo nei momenti di esaltazione valgo davvero qualche cosa».

Com'ebbe riferito alla zia la visita fatta al vescovato:

– Il conte è molto buono con me, – le disse, – ed io tanto piú apprezzo il modo col quale mi tratta in quanto ho l'impressione di non essergli mica eccessivamente simpatico; per cui sento il dovere di contraccambiarlo in qualche modo. Ora, egli ha a Sanguigna i suoi scavi che lo appassionano sempre molto, almeno a giudicare dal suo viaggio d'avantieri: per passare due ore là non ha fatto dodici leghe al galoppo? Egli teme che se viene alla luce qualche frammento di statua nei fondamenti del tempio antico che ha scoperto, glielo rubino. Voglio proporgli d'andare io a passare un giorno e mezzo a Sanguigna. Domani, verso le cinque, devo rivedere l'arcivescovo; potrei partire in serata e profittare del fresco della notte per far la strada.

Lí per lí la duchessa non rispose. Poi, con grande tenerezza gli disse:

– Si direbbe che tu cerchi dei pretesti per allontanarti da me. Sei tornato appena ora da Belgirate e già trovi un nuovo pretesto per partire.

«Ecco una buona occasione per parlare, – pensò Fabrizio. – Ma sul lago non dovevo avere tutta la mia testa; non mi sono accorto, in quel mio slancio di sincerità, che le parole gentili che mi proponevo di rivolgerle si risolvono in una impertinenza. Si tratterebbe di dire: "Io ho per te l'amicizia piú devota, eccetera eccetera; ma di amare non son capace". Ma codesto non è lo stesso che dirle: "Vedo che sei innamorata di me, ma guarda che io non ti posso contraccambiare?" Se davvero mi ama, il fatto che io l'abbia indovinato l'indispettirà, mentre sarà rivoltata della mia impudenza se non ha per me che amicizia. Sia l'una che l'altra sono offese che una donna non perdona».

Nel fare queste riflessioni, Fabrizio senza accorgersene andava su è giú pel salotto, serio e grave, come un uomo minacciato da una sciagura. La duchessa lo seguiva con

uno sguardo pieno d'ammirazione; quello, non era piú il ragazzo che aveva visto nascere, non era piú il nipote sempre
pronto ai suoi ordini; era un uomo dal quale sarebbe stato
delizioso farsi amare. S'alzò dall'ottomana e gettandosi con
impeto nelle sue braccia:

– Allora, dimmi, vuoi fuggirmi?

– No, – rispose lui con l'espressione d'un imperatore romano, – ma non vorrei commettere pazzie.

La frase si prestava a piú interpretazioni; Fabrizio non
si sentí il coraggio d'andar oltre e di correre il rischio di ferire quell'adorabile donna. Egli era troppo giovane, troppo
facile a commuoversi.

Non trovava modo d'esprimere con garbo ciò che voleva
dire. In uno slancio istintivo, a dispetto di tutti i ragionamenti, strinse tra le braccia quella donna affascinante e la
coprí di baci. In quella s'udí la carrozza del conte rotolare
nella corte e un momento dopo Mosca entrava nel salotto;
era tutto eccitato.

– Ispirate delle passioni ben strane! – disse a Fabrizio,
che a quelle parole restò quasi interdetto.

– L'arcivescovo aveva stasera l'udienza che Sua Altezza
Serenissima gli accorda i giovedí. Or ora il principe ha finito di raccontarmi che l'arcivescovo con un'aria tutta confusa ha esordito con un discorso imparato a memoria e molto
dotto, nel quale da principio il principe non capiva nulla;
per finir poi con dichiarare ch'era di grande importanza
per la chiesa di Parma che monsignor Fabrizio del Dongo
venisse nominato suo primo vicario generale ed in seguito,
appena cioè abbia compiuto ventiquattr'anni, suo coadiutore *destinato a succedergli*. – Frase, confesso, che mi ha spaventato; è un precipitare le cose e m'aspettavo dal principe uno scatto. Invece mi ha guardato ridendo e m'ha detto in francese: «Ecco uno dei suoi tiri, signore!» – «Posso giurar davanti a Dio e davanti a Vostra Altezza», ho
protestato con tutta l'unzione possibile, «che ignoravo in
pieno l'aggiunta *destinato a succedergli*». Allora gli ho detto quello che è vero, quello che ripetevamo qui ancora
qualche ora fa ed ho aggiunto che mi sarei ritenuto colmato dei favori di Sua Altezza se si degnava di accordarmi un piccolo vescovato, per cominciare. Il principe deve
avermi creduto, perché ha giudicato opportuno mostrarsi
gentile; con la piú grande semplicità m'ha detto: «Questo
è un affare d'ufficio tra me e l'arcivescovo, lei non c'entra;

il buon uomo mi rivolge una specie di rapporto lunghetto e piuttosto noioso, dopo il quale avanza una proposta ufficiale; io gli ho risposto un po' seccamente che il suo protetto era ben giovane e soprattutto da troppo poco tempo alla corte; che accontentandolo avrei quasi l'aria di pagare una tratta emessa su di me dall'imperatore, col dare la prospettiva d'una cosí alta carica al figlio d'uno dei grandi ufficiali del suo regno lombardo-veneto. L'arcivescovo ha protestato che non c'era stata alcuna pressione di questo genere. Detta a me, era questa una grossa sciocchezza; mi ha stupito in un uomo cosí accorto; ma quando mi rivolge la parola il poveretto è sempre disorientato e stasera era piú confuso che mai, ciò che m'ha fatto capire che quanto chiedeva gli stava immensamente a cuore. Gli ho risposto che sapevo meglio di lui che nessuna pressione dall'alto c'era stata a favore di del Dongo; che tutti a corte riconoscevano a questo della capacità, né dei suoi costumi si parlava troppo male, ma ch'io lo temevo giovane facile all'*entusiasmo* e che m'ero promesso di non elevare mai a posti d'importanza gli esaltati di quella specie, coi quali un principe non è mai sicuro di niente. Allora», proseguí Sua Altezza, «ho dovuto sorbirmi una tirata non meno lunga della prima: l'arcivescovo mi faceva l'elogio dell'entusiasmo nel ministero della Chiesa. "Malaccorto!" pensavo, "sei fuori strada; comprometti la nomina che t'era già quasi accordata". Avrebbe dovuto tagliar corto e ringraziarmi con effusione. Ma che! seguitava la sua omelia con ridicola intrepidezza. Io cercavo una risposta che non suonasse troppo sfavorevole al piccolo del Dongo; l'ho trovata e abbastanza felice, come lei può vedere: "Monsignore", gli ho detto, "Pio VII fu un grande papa e un grande santo: di tutti i sovrani lui solo ardí dir di no al tiranno che vedeva l'Europa ai suoi piedi; ebbene, l'esser facile all'entusiasmo ha portato anche lui, quand'era arcivescovo di Imola, a scrivere la famosa pastorale *del cittadino cardinale Chiaramonti* a favore della repubblica cisalpina". Il mio povero arcivescovo è rimasto interdetto e, per mettere la sua confusione al colmo, gli ho detto con la massima serietà: "Addio, monsignore; prendo ventiquattr'ore per riflettere sulla sua proposta". Benché congedato, il pover'uomo ha balbettato qualche supplica pochissimo opportuna e infelice nell'espressione. Ora, conte Mosca della Rovere, io la incarico di dire alla duchessa che non voglio ritardare neppure di ventiquattr'o-

re una cosa che può farle piacere; segga lí e scriva all'arcivescovo il biglietto di consenso che chiude tutta questa faccenda». Ho scritto il biglietto, Sua Altezza l'ha firmato, e
m'ha detto: «Lo porti subito alla duchessa». Eccolo, signora; è il biglietto che m'ha fornito il pretesto per avere stasera il piacere di vedervi.

Leggendolo la duchessa era raggiante. Durante il lungo
racconto del conte, Fabrizio aveva avuto il tempo di rimettersi; non mostrò stupore di quello che accadeva, accolse la
cosa da vero gran signore che non ha mai dubitato d'aver
naturalmente diritto a quegli avanzamenti straordinari, a
quei colpi di fortuna che farebbero perdere la testa ad un
borghese; parlò di gratitudine, ma senza scomporsi e finí
con dire al conte:

— Un cortigiano che sa il fatto suo deve secondare la passione dominante del suo signore; ieri lei manifestava il timore che i suoi operai di Sanguigna trafugassero i fram-
menti di statue antiche che potrebbero scoprire; io sono appassionato di scavi; se me lo consente, andrò sul posto. Domani sera, fatta la mia doverosa visita di ringraziamento al
palazzo ed all'arcivescovato, partirò per Sanguigna.

— Ma avete un'idea voi, — chiese al conte la duchessa, —
da che venga questa improvvisa passione dell'arcivescovo
per Fabrizio?

— Non ho bisogno d'indovinarlo: il gran vicario, del quale ho fatto capitano il fratello, mi confidava ieri: Il padre
Landriani parte da questo principio indiscutibile, che il ti-
tolare è superiore al coadiutore, quindi non sta in sé dalla
gioia di aver ai suoi ordini un del Dongo, e d'obbligarselo.
Tutto ciò che mette in evidenza l'alta nascita di Fabrizio ac-
cresce la gioia del suo cuore; avere un tal uomo per aiutante di campo! In secondo luogo, monsignor Fabrizio gli è
riuscito simpatico, perché davanti a lui l'arcivescovo non si
sente timido; infine egli nutre da dieci anni un'avversione
fondata per il vescovo di Piacenza, il quale non fa misteri
della sua pretesa a succedergli sul seggio di Parma e che,
aggiungete, è figlio d'un mugnaio. È in questo intento che
il vescovo di Piacenza si è cosí strettamente legato con la
marchesa Raversi; alleanza che fa tremare l'arcivescovo minacciando la realizzazione del suo sogno: quello d'avere un
del Dongo nel suo stato maggiore e potergli dettare ordini.

Due giorni dopo, di buon'ora, Fabrizio si trovava a dirigere i lavori di scavo di Sanguigna, di fronte a Colorno (la

Versaglia dei principi di Parma). Gli scavi venivano praticati nella pianura in vicinanza della strada maestra che da
Parma conduce al ponte di Casalmaggiore, prima città appartenente all'Austria. Gli operai mandavano avanti, te-
nendola piú stretta possibile, una lunga trincea profonda
otto piedi; scavo che aveva per scopo la ricerca dei resti
d'un altro tempio che, secondo la tradizione locale, esisteva ancora nel Medioevo presso la strada romana.

Nonostante gli ordini del principe, non erano pochi i
contadini che vedevano di malocchio quei lavori che venivano ad attraversare i loro poderi. Per quanto loro si dicesse, essi si ostinavano a credere che si fosse alla ricerca
d'un tesoro; ora, la presenza di Fabrizio serviva soprattutto a prevenire eventuali disordini. Il giovane nonché annoiarsi, seguiva gli scavi con passione. Ogni tanto veniva
alla luce qualche medaglia ed egli vigilava perché gli operai
non avessero il tempo di accordarsi per farla sparire.

La giornata era bella; potevano essere le sei. Fabrizio s'e-
ra procurato un vecchio fucile a una canna, col quale tirava
a qualche allodola; una, colpita, andò a finire sulla strada
maestra. Nell'andare a raccattarla, il giovane scorse in lontananza una vettura proveniente da Parma e diretta alla
frontiera. Stava ricaricando il fucile, quando nella sganghe-
rata vettura che s'avvicinava al piccolo trotto riconobbe
Marietta; Marietta seduta tra quello spilungone di Giletti
e la vecchia che faceva passare per madre.

Giletti si figurò che Fabrizio si fosse appostato a quel
modo in mezzo alla strada, con quel fucile in mano, per insultarlo e magari, chi sa, per soffiargli la donna. Senza pensarci due volte saltò giú dalla vettura; impugnava un pisto-
lone rugginoso e brandiva nella destra la spada, ancora dentro al fodero, di cui si serviva le volte che sulla scena rappresentava la parte di marchese.

– Ah, brigante! – gridò, – ci ho gusto a trovarti qui a pochi passi dalla frontiera! Ora ti concio io per le feste. Qui
non ti proteggono piú le calze violette!

Senza occuparsi granché delle minacce del geloso, Fabrizio faceva dei segni alla piccola Marietta, quando improvvisamente si vide a un palmo dal petto la canna della pistola arrugginita; servendosi del fucile come d'un bastone,
fece appena in tempo a sviare il colpo, che andò cosí a
vuoto.

– Ferma dunque, perdio! – intimò Giletti al vetturino e,

dicendo, fu lesto ad acciuffare per la cima il fucile dell'avversario ed a stornarlo da sé; ora ciascuno tirava a sé l'arma con tutta la forza. Giletti, tanto piú vigoroso, sostituendo via via una mano all'altra, progrediva verso la batteria e stava per impadronirsi del fucile, quando Fabrizio, per impedirgli di farne uso, fece partire l'unico colpo, non senza prima tuttavia essersi assicurato che la canna sopravanzasse di qualche pollice la spalla di Giletti; il quale ebbe l'orecchio rintronato dalla detonazione che lo intontí, ma per poco.

– Ah, tu volevi farmi saltare le cervella, canaglia! t'aggiusto io! – e gettato il fodero della spada s'avventò fulmineo su Fabrizio.

Disarmato com'era, Fabrizio si vide perduto. Corse verso la vettura, che s'era fermata a poca distanza dietro Giletti; le passò a sinistra e, afferratosi alla molla per vincere lo slancio, fece in un *fiat* tutto il giro del veicolo venendo cosí a ripassare davanti allo sportello di destra, che era aperto. Giletti invece, lanciato sulle lunghe gambe, non avendo pensato ad attaccarsi alla molla della vettura, seguitava per parecchi passi nella direzione presa, prima di riuscire a fermarsi. Intanto nel passare presso lo sportello aperto, Fabrizio aveva udito Marietta sussurrargli:

– Sta' in gamba che ti accoppa! Tieni! – ed un coltellaccio da caccia era caduto a terra. Fabrizio si chinò per raccattarlo, ma nell'atto lo raggiunse alla spalla un fendente menato da Giletti. Rialzandosi, Fabrizio si vide a un passo dall'avversario che gli assestò in faccia un tremendo colpo col pomo della spada; un colpo cosí forte che lo stordí. In quel momento il giovane se la vide brutta. Fortunatamente per lui, erano troppo vicini perché Giletti potesse adoperare l'arma di punta. Riavutosi, Fabrizio prese la fuga; e correndo liberò dal fodero il coltello da caccia; voltatosi quindi di colpo affrontò l'inseguitore, ormai a tre passi. A fermarsi, l'altro non fece a tempo; poté solo sviare un po' con la spada il coltellaccio, ma ricevette lo stesso in piena guancia sinistra un colpo di punta. Ma, nel vibrarlo, il giovane si sentiva trapassare la coscia dal coltello che Giletti aveva avuto il tempo di aprire. D'un balzo Fabrizio si scansò a destra; fece fronte ed i due avversari si trovarono finalmente a giusta distanza. Giletti bestemmiava come un turco: – Ti sgozzo, furfante d'un prete! – strillava, – ti sgozzo! – Fabrizio trafelato non poteva parlare: il colpo d'elsa al viso gli doleva maledettamente e perdeva copioso sangue dal naso. Parò parecchi colpi col coltello da caccia e parecchi ne vibrò, ma piuttosto a casaccio. Gli pareva confusamente di dare un saggio di scherma in pubblico: infatti gli operai degli scavi, venticinque o trenta, formavano cerchio intorno ai contendenti, sebbene ad assai rispettosa distanza, dato il duello movimentato.

Adesso il combattimento pareva trascinarsi, i colpi non si susseguivano piú con la rapidità di prima, quando Fabrizio pensò: «Al dolore che sento alla faccia, bisogna che mi abbia sfigurato». Inferocito a questa idea, si avventò d'un balzo sull'avversario col coltello da caccia puntato. La punta penetrò a destra nel petto di Giletti e fuoruscí a sinistra verso la spalla, mentre la spada dell'altro attraversava in alto, quant'era lunga, il braccio di Fabrizio, ma scivolando sotto la pelle non vi produceva che una ferita da nulla. Giletti era stramazzato; Fabrizio gli si avvicinò tenendo d'occhio la mano che impugnava il coltello, quando la mano da sé si aprí e lasciò cadere l'arma.

«Il furfante è morto», si disse Fabrizio. Lo guardò in viso: dalla bocca sgorgava il sangue a fiotti. Fabrizio corse alla vettura.

– Hai uno specchio? – Marietta lo guardava pallidissima e non rispondeva. Placidamente la vecchia rovistò in una sacca da lavoro verde e porse a Fabrizio pel manico uno specchio grande come una mano. Mirandovisi, Fabrizio si tastava il viso: «Gli occhi sono salvi, – si diceva, – è già molto». Si guardò i denti: nessuno rotto.

– Come mai allora soffro cosí? – si chiedeva sottovoce.

– Gli è che la guancia in alto è stata pesticciata tra l'elsa e l'osso, – spiegò la vecchia. – Ha la guancia livida e enfiata che fa paura. Vi metta subito delle sanguisughe e non sarà nulla.

– Ah! delle sanguisughe! e subito! – rise Fabrizio. Quello scoppio d'ilarità gli rese il suo sangue freddo. Gli operai circondavano il caduto e lo guardavano senza osare toccarlo.

– Soccorretelo dunque! – gridò loro. – Liberatelo dal vestito! – Ma s'interruppe: alzando gli occhi, a un tiro di schioppo sulla strada maestra aveva scorto cinque o sei uomini che d'un passo cadenzato venivano a quella volta. «Gendarmi! – pensò, – e siccome c'è un morto m'arresteranno: sto per fare in Parma un ingresso solenne! Che bazza pei cortigiani amici della Raversi, che detestano mia zia!»

Veloce come il lampo getta agli operai sbalorditi tutto il danaro che ha in tasca e si slancia verso la vettura, gridando:

– Impedite che i gendarmi m'inseguano, non ve ne avrete a pentire. Dite loro che sono innocente, che quell'uomo m'ha aggredito e che voleva farmi la pelle. E tu (al vetturino) metti le tue bestie al galoppo; se passi il Po prima che quelli là mi raggiungano, avrai quattro napoleoni d'oro.

– Accettato! – disse il vetturino; – ma non abbia paura; sono a piedi e basta il trotto dei miei cavallini per distanziarli d'un bel tratto –. Disse e mise le bestie al galoppo.

Non piacque al nostro eroe quella parola *paura*: e fu perché realmente paura l'aveva avuta, dopo il colpo d'elsa ricevuto in faccia; e che paura!

– Può capitare che incontriamo gente a cavallo, – disse il prudente vetturino, cui stavano a cuore i quattro napoleoni; – allora quelli lí potrebbero gridare che ci arrestino –. Era dire: Ricaricate le armi.

– Che bravo sei stato, il mio abatino! – gridava Marietta abbracciandolo. La vecchia si sporgeva a guardare dallo sportello; dopo un po' rientrò il capo.

– Nessuno la insegue, signore, – disse placida a Fabrizio, – e sulla strada davanti a noi non c'è anima viva. Sa come sono pignoli i poliziotti austriaci: se la vedono arrivare cosí al galoppo alla diga del Po, l'arresteranno, stia pur certo.

Fabrizio guardò per lo sportello: – Al trotto! – ordinò al vetturino. E alla vecchia: – Che passaporto avete?

– Tre ne abbiamo, non uno; e ciascuno c'è costato ben quattro lire: non è un'iniquità smungere cosí dei poveri artisti che sono in giro tutto l'anno? Ecco qui il passaporto di Giletti, artista drammatico. Giletti sarà lei; ed ecco i nostri due passaporti, quello di Mariettina e il mio. Ma Giletti aveva con sé tutto il nostro danaro; che sarà adesso di noi?

– Quanto aveva? – chiese Fabrizio.

– Quaranta bei scudoni da cinque lire.

– Vuol dire sei soldi e qualche spicciolo, – corresse Marietta ridendo; – non voglio che si inganni il mio abatino.

– Ma non è piú che naturale, signore, – seguitò senza batter ciglio la vecchia, – che io cerchi di tirarvi giú trentaquattro scuderelli? Che sono per voi trenta scudi, mentre noi abbiamo perduto il nostro protettore? Chi s'incaricherà adesso di alloggiarci, di tirare sul prezzo coi vetturini, e di mettere paura a tutti? Giletti non era un Adone, ma faceva tanto comodo; e se questa piccina non era una sciocca e non s'innamorava cotta di lei solo a vederla, Giletti non si sarebbe accorto di nulla e lei ci avrebbe dato fior di scudi. Siamo tanto poveri!

Fabrizio si lasciò commuovere; cavò la borsa e diede alla vecchia qualche napoleone. – Non me ne restano piú che quindici, eccoli qui, per cui d'ora in poi è inutile che cerchiate di tirarmene giú degli altri.

La Marietta gli saltò al collo, mentre la vecchia gli baciava le mani.

La vettura continuava a procedere al piccolo trotto. Quando apparirono laggiú le barriere gialle striate di nero che annunciavano gli Stati austriaci, la vecchia disse a Fabrizio:

– Sarebbe meglio che lei entrasse a piedi col passaporto di Giletti in tasca; noi ci fermeremo un momento col pretesto di ripulirci un po'. E poi ci sarà la dogana per la visita ai nostri bagagli. Lei, se mi dà retta, traversi Casalmaggiore coll'aria d'uno che va a zonzo; entri anzi al caffè e beva un bicchierino; una volta uscito dal villaggio, fili di buon passo. In terra austriaca la polizia sta maledettamente all'erta; sarà presto a conoscenza che è stato ucciso un uomo; lei viaggia col passaporto d'un altro; basta di meno per buscarsi due anni di gattabuia. Uscendo di città, prenda a destra e raggiunto il Po, noleggi una barca e vada a rifugiarsi a Ravenna o a Ferrara; piú presto uscirà dagli Stati dell'Austria, meglio sarà. Con due luigi non le sarà difficile acquistare da qualche doganiere un altro passaporto; quello che ha le riuscirebbe fatale; non si scordi che ha sulla coscienza un omicidio.

Avvicinandosi a piedi al ponte di barche di Casalmaggiore, Fabrizio si rileggeva attentamente il passaporto di Giletti. Il nostro eroe aveva una grande paura, riudiva come fosse ora tutto ciò che il conte Mosca gli aveva detto del pericolo che correva rimettendo piede negli Stati dell'Austria; e adesso si vedeva a duecento passi dal fatale ponte che gli avrebbe dato accesso in quel paese; nel paese che ai suoi occhi aveva lo Spielberg per capitale. Ma come fare altrimenti? Il ducato di Modena, che confina a mezzodí con lo stato

di Parma, in forza d'un patto preciso, restituiva a questo i
fuggitivi; l'altra frontiera, quella che si stende nelle montagne dalla parte del Genovesato, era troppo lontana; assai
prima che potesse raggiungere quelle montagne, sarebbe arrivata a Parma la notizia di ciò che gli era accaduto; non restavano quindi che gli Stati austriaci alla sinistra del Po.
Prima che avessero il tempo di scrivere per incaricare l'autorità austriaca d'arrestarlo, sarebbe passato forse un giorno
e mezzo o due. Fatti tutti i suoi calcoli, Fabrizio incenerí col
sigaro il proprio passaporto; era sempre meglio per lui, in
paese austriaco, essere un vagabondo che non Fabrizio del
Dongo e c'era la possibilità che lo frugassero. A parte la ripugnanza ben comprensibile che provava a proteggere la
propria vita col passaporto d'uno al quale l'aveva tolta,
quel documento presentava delle difficoltà materiali per essere riconosciuto valido: la statura di Fabrizio raggiungeva
a dir tanto cinque piedi e cinque pollici, e non i cinque piedi e dieci pollici iscritti sul passaporto; inoltre egli non
aveva compiuti ancora ventiquattr'anni e ne mostrava di
meno, mentre Giletti ne aveva trentanove. Confesseremo
che il nostro eroe andò su e giú una buona mezz'ora su un
contrargine del Po ch'era vicino al ponte di barche, prima
di risolversi a scendervi. «Che consiglio darei ad un altro
che si trovasse al mio posto?» si domandò infine. «Evidentemente, di passare; è pericoloso rimanere negli Stati di
Parma, a un omicida, anche che abbia ucciso per legittima
difesa; un gendarme può essere messo alle calcagna». Fabrizio passò in rivista le sue tasche, lacerò tutte le carte, e
non conservò altro che il fazzoletto e l'astuccio dei sigari;
ci teneva ad abbreviare il piú possibile la visita che stava
per subire. Gli venne in mente un'obiezione terribile che
potevano fargli ed alla quale non trovava che cattive risposte: egli doveva dire di chiamarsi Giletti, mentre tutta la
sua biancheria recava le iniziali F. D. Come si vede Fabrizio era uno di quegli infelici che sono vittime della loro immaginazione: cosa che succede spesso in Italia alle persone
d'ingegno. Un soldato francese, altrettanto od anche meno
coraggioso, si sarebbe presentato per passare senza pensarci su e chiudendo gli occhi su tutte le difficoltà che potevano presentarsi; ma nel farlo avrebbe conservata tutta la
sua calma, mentre Fabrizio era tutt'altro che padrone dei
suoi nervi, quando in capo al ponte un ometto vestito di

grigio gli disse: – Favorisca pel passaporto all'ufficio di polizia.

L'ufficio in cui il giovane entrò, aveva le pareti sudice; cappelli non meno sudici e pipe pendevano a chiodi qua e là. Il grande tavolo d'abete dietro il quale si trinceravano gli impiegati, era tutto macchie d'inchiostro e di vino; macchie d'ogni colore costellavano i due o tre registri rilegati in pelle verde e il taglio era annerito dalle ditate. Su una pila d'altri registri eran disposte tre magnifiche corone d'alloro, servite due giorni prima per non so quale festa dell'imperatore. Fabrizio fu colpito da tutti quei particolari, che gli strinsero il cuore; scontava cosí la magnificenza e il lusso profuso dell'appartamento lasciato al palazzo Sanseverina. Gli toccava entrare in quello sporco ufficio e presentarvisi come inferiore e subirvi un interrogatorio.

L'impiegato che tese al passaporto la mano giallognola era piccolo, nero e portava alla cravatta una spilla d'ottone.

«È uno che digerisce male», diagnosticò Fabrizio. Il personaggio parve trasecolare alla lettura del passaporto, lettura che durò cinque minuti d'orologio.

– Le è successa qualche disgrazia, – disse poi e gli guardava la guancia.

– Il vetturino ci ha rovesciato dalla diga del Po –. Seguí un silenzio, durante il quale l'impiegato lanciava sul viaggiatore delle occhiate che non dicevano niente di buono.

«Ci sono, – si disse Fabrizio, – ora mi dice che è spiacente di dover darmi una brutta notizia e che sono in arresto». Ogni sorta di pazze idee gli s'affollavano nel capo: la logica non era in quel momento il suo forte. Cosí, per esempio, pensò di darsela a gambe per la porta dell'ufficio rimasta aperta. Mi libero dei vestiti, mi butto in Po e certo riuscirò ad attraversarlo a nuoto: sempre meglio che finire allo Spielberg. Siccome, mentre calcolava le probabilità di successo che aveva, l'altro lo guardava fisso, ambedue le fisionomie presentavano un notevole interesse. La vicinanza del pericolo dà del genio a chi non perde la testa e lo mette per cosí dire al disopra di se stesso; mentre a chi ha una calda fantasia ispira progetti romanzeschi, arditi senza dubbio, ma non meno assurdi.

Era da vedere l'aria indignata del nostro eroe sotto lo sguardo scrutatore di quel commesso di polizia, adorno di gioielli d'ottone. «Se lo uccidessi, – pensava Fabrizio, – sarei condannato per assassinio a vent'anni di galera o a morte, ciò che è ancora preferibile a vent'anni di Spielberg con una catena di centoventi libbre per gamba ed otto once di pane al giorno». Cosí ragionando, Fabrizio dimenticava che, avendo bruciato il proprio passaporto, nulla poteva indicare all'impiegato ch'egli fosse il ribelle Fabrizio del Dongo.

Il nostro eroe, come si vede, era piuttosto spaventato; ma lo sarebbe stato assai di piú se avesse conosciuto i pensieri che mettevano l'impiegato in imbarazzo. Questi era amico di Giletti; giudicate la sua sorpresa quando vide il passaporto dell'amico nelle mani d'un altro. Il suo primo impulso fu di arrestare quest'altro; poi pensò che Giletti poteva benissimo aver venduto il passaporto a quel bel giovanotto il quale evidentemente ne aveva commessa una grossa in quel di Parma. «Se lo arresto, – si disse, – Giletti sarà compromesso; si scoprirà subito che ha venduto il passaporto. D'altra parte, che diranno i miei capi se viene fuori che io, amico di Giletti, ho messo il visto al suo passaporto in possesso d'un altro?»

Sbadigliando, l'impiegato si alzò e disse a Fabrizio: – Attenda, signore! – e aggiunse per forza d'abitudine: – Si verifica una difficoltà –. Fabrizio tra sé: «È la mia fuga che si verifica!»

Infatti l'impiegato abbandonando l'ufficio aveva lasciato la porta aperta, e il passaporto era rimasto sul tavolo. «Che mi arrestino, è indubbio, – pensò Fabrizio; – mi riprendo il passaporto e come niente fosse ripasso il ponte; se il gendarme mi ferma dirò che ho dimenticato di far vistare il passaporto nell'ultimo villaggio degli Stati di Parma». E già aveva in mano il passaporto, quando, con suo immenso stupore, udí l'impiegato dai gioielli d'ottone che diceva:

– Parola d'onore, non ne posso piú; scoppio dal caldo; vado al caffè a berne una tazzina. Finita la pipata, passa in ufficio un momento, c'è un passaporto da metterci il visto.

E Fabrizio che già sortiva a passi felpati si trovò faccia a faccia con un bel giovane che canterellava: – Vistiamo dunque questo passaporto, tracciamoci sopra il nostro bel ghirigoro.

– Dove vuol andare il signore?

– A Mantova, Venezia e Ferrara.

– E Ferrara sia, – fece fischiettando l'impiegato. Scelse un timbro, impresse sul documento il visto in inchiostro azzurro, nello spazio in bianco scrisse: «Mantova, Venezia e Ferrara», quindi disegnò in aria qualche svolazzo con la penna, firmò, intinse daccapo per tracciare intorno alla firma il ghirigoro che eseguí con lentezza, mettendoci un impegno straordinario. Fabrizio seguiva tutti i movimenti della penna. Compiaciuto, l'impiegato contemplò l'opera sua, completò lo svolazzo di qualche puntino ornamentale; infine porse a Fabrizio il passaporto dicendogli con aria fatua: – Buon viaggio, signore.

Fabrizio s'allontanava con un passo di cui cercava invano di dissimulare la premura quando si sentí toccare al braccio; istintivamente portò la mano al pugnale e se non si fosse visto in mezzo alle case si sarebbe forse lasciato andare ad un gesto insensato. Chi l'aveva fermato, vedendogli un'aria spaventata, disse a mo' di scusa: – Ma tre volte ho chiamato il signore, senza ottener risposta; il signore ha qualche cosa da dichiarare alla dogana?

– Non ho su di me che il fazzoletto; vado qui vicino a caccia da un parente.

Se l'altro gliene avesse chiesto il nome, il nostro eroe si sarebbe trovato in un bell'imbarazzo. Tra il caldo che faceva e tutte quelle emozioni era inzuppato come fosse caduto nel Po. «Il coraggio non mi manca se ho da fare coi commedianti, ma gli impiegati che han dei gioielli di ottone mi mettono fuori di me. È un'idea: ne farò un sonetto burlesco per la duchessa».

Appena entrato in Casalmaggiore, Fabrizio prese a destra per una straducola che scendeva verso il Po. «Ho un gran bisogno, – si disse, – dei conforti di Bacco e di Cerere». Ed entrò in una bottega fuori della quale pendeva da un bastone un cencio grigio, sul quale era scritto «Trattoria». Un lenzuolo in cattivo stato appeso a due asticelle di legno scendeva sin quasi a terra, riparando alla meglio l'ingresso dal sole. Nella trattoria una donna belloccia, vestita molto succintamente, lo accolse coi segni della maggiore deferenza. Molto lusingato Fabrizio s'affrettò a dire che moriva di fame. Mentre la donna allestiva la colazione, entrò un uomo sulla trentina; che si lasciò andare su una panca senza salutare, come fosse uno di casa. Quand'ecco il nuovo venuto si alzò e rivolto a Fabrizio: – Eccellenza, la riverisco! – Invece d'allarmarsi, Fabrizio, di buon umore, ridendo:

– E dove diavolo m'hai conosciuto?

– Come! Vostra Eccellenza non riconosce Ludovico, il cocchiere della signora duchessa Sanseverina? Quello, non

si ricorda? che a Sacca, la casa di campagna dove s'andava
tutti gli anni, immancabilmente si prendeva le febbri? Ho
finito con chiedere alla signora la pensione e mi sono ritirato. Sono ricco, ora: invece dei dodici scudi l'anno ai quali
al massimo avevo diritto, la signora m'ha detto che, perché
potessi dedicarmi a mio agio alla poesia, io scrivo dei sonetti *in lingua volgare*, me ne accordava ottanta, e il signor
conte ha aggiunto che se mi trovassi mai in bisogno non
avevo che da rivolgermi a lui. Vostra Eccellenza si ricorda
quella volta che s'è recata alla Certosa di Velleia per passarvi da buon cristiano il suo periodo di ritiro? Ebbene, quella volta, durante un cambio di cavallo, ho avuto io l'onore
di guidare!

Allora Fabrizio lo osservò meglio e gli parve di riconoscerlo. Quello era stato uno dei cocchieri piú azzimati di casa Sanseverina: ora che, a sentirlo, era ricco, non aveva indosso che una camiciaccia stracciata e delle brache di tela,
nere un tempo, che gli giungevano appena ai ginocchi; com-
pletavano l'abbigliamento un paio di ciabatte ed un cappel-
laccio. In piú, non doveva farsi la barba da almeno quindici giorni. Mangiando la frittata che gli era stata servita, Fabrizio chiacchierò con lui da pari a pari; Ludovico, capí, doveva essere l'amante dell'ostessa. Quando di mangiare si
fu spicciato, gli disse sottovoce: — Avrei una cosa da dirti.

— Vostra Eccellenza può parlare liberamente, Teodolinda è un tesoro di donna, — disse Ludovico guardando tene-
ramente l'ostessa.

— Ebbene, amici miei, — riprese Fabrizio senza esitazione, — mi trovo in un guaio ed ho bisogno del vostro aiuto.
Ma non c'è niente di politico in questa faccenda; ho semplicemente ucciso un uomo che voleva farmi la pelle perché
parlavo alla sua amante.

— Oh povero giovane! — s'impietosí l'ostessa.

— Vostra Eccellenza conti su di me! — esclamò il cocchiere con lo sguardo acceso dalla piú viva devozione: — dove
vuol andare Vostra Eccellenza?

— A Ferrara. Ho un passaporto, ma preferirei non aver
da fare coi gendarmi, che possono essere a conoscenza del
fatto.

— Quando l'ha spacciato quell'altro?

— Stamattina alle sei.

— Vostra Eccellenza non avrà mica del sangue sui vestiti? — s'inquietò l'ostessa.

– È quello che pensavo anch'io, – riprese il cocchiere; – senza contare che lei ha indosso un abito di stoffa troppo fine; non se ne vedono guari di compagni da queste parti, e questo potrebbe dare nell'occhio. Vado a comperarle qualche cosa di piú adatto dall'ebreo. Vostra Eccellenza è suppergiú della mia corporatura, solo piú snello.

– Fa' il piacere, non mi chiamare Eccellenza, può attirare l'attenzione.

– Sí, Eccellenza! – e il cocchiere uscí dall'osteria.

– Qui, qui! ebbene? e il danaro? – gridò Fabrizio.

– Il danaro! Che discorso! – disse l'ostessa. – I sessantasette scudi che Ludovico ha, li consideri suoi. Anch'io, – aggiunse abbassando la voce, – ne ho una quarantina che le offro di buon grado. Non s'han mai danari in tasca che bastino, quando ci si trova in codesti impicci.

Pel caldo, entrando nella trattoria, Fabrizio s'era tolto l'abito.

– Le vedo indosso un panciotto che potrebbe darci dei grattacapi se entra qualcuno; codesta bella stoffa inglese darebbe nell'occhio –. E glielo fece mutare con uno del marito, di tela nera. Intanto da un uscio interno entrava in bottega un giovanotto alto, vestito con una certa eleganza.

– Mio marito, – presentò l'ostessa. E a quello: – Pierantonio, questo signore è un amico di Ludovico; gli è capitato un incidente stamattina di là dal fiume. Desidera mettersi al sicuro a Ferrara.

– Altroché! Lasci fare a noi, – disse il marito cortesissimo; – abbiamo per questo la barca di Carlo Giuseppe.

Altra debolezza del nostro eroe – e non la nasconderemo piú di quello che abbiamo nascosto la sua paura nell'ufficio di polizia –: egli aveva le lacrime agli occhi. Trovare tanta devozione in quella povera gente – una devozione che gli ricordava la zia – lo commoveva profondamente: avrebbe voluto far la loro fortuna. Ludovico rientrò con un involto.

– Ciao, tu! – lo salutò il marito in tono amichevole.

– C'è ben altro! – disse allarmato Ludovico, – si comincia a parlare di lei. L'han visto schivar la strada principale quasi che volesse nascondersi ed han notato che nell'imboccare il nostro vicolo ha avuto un attimo di esitazione.

– Salga su in camera presto, – lo incitò il marito.

Era una stanza grandissima, molto bella; alle finestre,

della tela grigia sostituiva i vetri; conteneva quattro ampi letti.

– Presto, presto! – Ludovico lo esortò. – C'è un imbecille di gendarme, arrivato qui da poco, che faceva il cascamorto con l'ostessa; mica di cattivo gusto, l'animale; io l'ho avvertito che quando è di servizio sulla strada gli potrebbe capitare di far l'incontro con qualche pallottola. Ora, se quel cane sente parlare di Vostra Eccellenza, vorrà farci un brutto tiro; verrà qui ad arrestarla per infamare la trattoria della Teodolinda.

E vedendogli la camicia imbrattata di sangue e delle fasciature fatte alla meglio: – Ah! quel porco si è difeso, allora! Ecco di che far arrestare Vostra Eccellenza non una ma cento volte. Camicia, non ne ho comprato, ma...

Come fosse in casa sua, aprí l'armadio e porse a Fabrizio una camicia di Pierantonio. In men che si dica il giovane si trovò vestito da ricco campagnolo. Ludovico staccò dal muro una rete, mise gli abiti di Fabrizio nella cesta dei pesci e, seguito dal giovane, scese di corsa ed uscí in strada da una porta posteriore.

– Teodolinda, – lanciò passando presso la bottega, – metti via quello che ha lasciato su; noi andiamo ad aspettare nei salici; e tu, Pierantonio, mandaci presto una barca: non si lesina sul prezzo.

Guidato da Ludovico, Fabrizio attraversò canali e canali. Sui piú larghi facevano da ponte lunghe tavole flessibili; una volta passati, Ludovico le ritirava. Lo stesso fece, varcato che ebbero l'ultimo canale.

– Adesso si rifiata, – disse; – quel cane di gendarme, per raggiungere Vostra Eccellenza, adesso avrebbe da percorrere piú di due leghe. Ha il viso pallido: ma non ho scordato la fiaschetta d'acquavite.

– È quello che mi ci vuole; la ferita alla coscia comincia a farsi sentire; senza dire la paura che ho avuto nell'ufficio di polizia.

– Mi figuro; con una camicia zuppa di sangue a quel modo, non capisco come Vostra Eccellenza abbia osato metterci piede. Quanto alle ferite, io me ne intendo. Ora le cerco un posto fresco dove possa dormire un'oretta; la barca verrà a cercarci qui, se una barca si trova; altrimenti, quando lei si sarà riposato un po' faremo altre due leghe, sino ad un mulino dove so di trovarne una.

Poi, con un'infinità di esitazioni: – Non tocca a me dare

dei suggerimenti a Vostra Eccellenza, Vostra Eccellenza sa
meglio di me ciò che deve fare: ma la signora, quando ap-
prenderà la cosa, si darà alla disperazione. Le diranno che
lei è mortalmente ferito, magari che ha ammazzato quell'altro a tradimento. La marchesa Raversi poi sarà a nozze:
chi sa quante maldicenze farà correre che addoloreranno la
signora. Voglio dire: Vostra Eccellenza non potrebbe scrivere?
– Ma come farle giungere la lettera?
– Per questo ci sono i garzoni del mulino dove andiamo.
Del loro lavoro guadagnano dodici soldi al giorno. In un
giorno e mezzo vanno a Parma. Calcoliamo quattro lire pel
viaggio, due pel logorio delle scarpe. Ebbene: se la corsa
venisse fatta per un pover'uomo come me, sarebbero sei lire; siccome è fatta per un signore, dodici lire andrà be-
none.

Quando furono arrivati dove Fabrizio doveva riposarsi
– un bosco di salici e d'ontani denso e ombroso – Ludovico si spinse avanti per oltre un'ora di strada in cerca di carta e inchiostro. «Mio Dio, come si sta bene qui! – si diceva
Fabrizio rimasto solo. – Carriera, ti saluto! non diventerò
mai arcivescovo».

Ludovico al ritorno lo trovò che dormiva sodo e si guardò dal destarlo. La barca non arrivò che sul tramonto. Appena Ludovico l'avvistò in lontananza, svegliò Fabrizio,
che scrisse due lettere.

– Vostra Eccellenza sa meglio di me che deve fare, – disse impacciato Ludovico, – e a metterci becco ho paura di
dispiacerle, checché dica.

– Mi fai torto a prendere tutte queste precauzioni, – lo
incoraggiò Fabrizio; – qualunque cosa tu possa dire, non
cesserai mai d'essere ai miei occhi il fedele servitore di mia
zia ed uno che ha fatto quanto piú non si poteva per tirar-
mi da un brutto passo.

Ma ce ne volle ancora per decidere Ludovico a parlare;
e quando finalmente si decise, fu per esordire con un discorsetto che durò cinque minuti buoni. Fabrizio si spazien-
tiva, ma poi si disse: «Chi ha la colpa di questa timidezza?
la nostra prosopopea. Quest'uomo ha avuto modo di con-
statarla molto bene dall'alto del suo sedile di cocchiere».

Finalmente, spinto dall'affetto che sentiva pel padronci-
no, Ludovico si azzardò a parlar chiaro.

– Voglio dire: che cosa non darebbe la marchesa Raver-

si, al latore che lei spedisce a Parma, per entrare in possesso di queste due lettere! Sono scritte di suo pugno e fanno prova contro di lei. Vostra Eccellenza mi prenderà per
un ficcanaso e un indiscreto; poi anche forse avrà rossore
di mettere sotto gli occhi della signora i miei sgorbi da cocchiere; ma insomma è perché temo per Vostra Eccellenza che apro la bocca, a rischio di passare per un impertinente. Vostra Eccellenza non potrebbe dettare a me queste
due lettere? Allora, compromesso sarei io, e ben poco; potrò sempre dire all'occorrenza che Vostra Eccellenza mi è
apparso in mezzo a un campo col foglio in una mano e nel-
l'altra una pistola, ordinandomi di scrivere.

– Qua la mano, mio caro Ludovico, – esclamò Fabrizio.
– Anzi per mostrarti che per un amico come te non ho segreti, copia tu queste due lettere come stanno.

Ludovico capí tutto il valore di quella prova di fiducia e
ne restò quanto mai commosso; ma copiate due o tre righe, vedendo la barca ormai vicina:

– Faremo prima, – disse a Fabrizio, – se Vostra Eccellenza vuol darsi la pena di dettarmele.

Finito che ebbero, Fabrizio scrisse un A ed un B all'ultima riga e su d'un ritaglio di carta, che poi appallottolò, in
francese: «Credere ad A e B». Il latore doveva nascondere
nei vestiti il bigliettino spiegazzato.

La barca era ormai a portata di voce: Ludovico chiamò i
barcaioli con altri nomi dai veri; senza rispondere essi ap-
prodarono a cinquecento tese di là, guardandosi tutt'intorno se mai qualche doganiere li spiasse.

– Io sono ai suoi ordini, – disse Ludovico a Fabrizio: –
desidera che porti io stesso le lettere a Parma? che la ac-
compagni a Ferrara?

– D'accompagnarmi a Ferrara io non osavo quasi chie-
dertelo. Bisognerà sbarcare e cercar d'entrare in città senza
dover far vedere il passaporto. Ti dirò che ho la piú grande
ripugnanza a viaggiare sotto il nome di Giletti e che non
vedo altri che te il quale possa procacciarmi un passaporto.

– Perché non me ne ha parlato a Casalmaggiore? Là conoscevo una spia che mi avrebbe procurato un ottimo passaporto e a buon mercato: quaranta o cinquanta lire.

Uno dei due barcaioli ch'era nato sulla riva destra del
Po, e non aveva quindi bisogno di passaporto per andare a
Parma, si incaricò di recapitare lui le lettere; mentre Ludo-

vico che sapeva vogare, prese su di sé di guidare con l'altro la barca.

– Sul basso Po, – disse, – incontreremo parecchie barche armate della polizia; troverò modo di evitarle.

Parecchie volte furono costretti a nascondersi fra isolotti a fior d'acqua, coperti di salici. Tre volte dovettero scendere a terra all'approssimarsi di battelli della polizia perché vedessero la barca vuota. Di queste soste Ludovico approfittò per recitare a Fabrizio alcuni dei suoi sonetti. Erano pieni di sentimento, ma l'espressione li sciupava un po', tanto che non valeva la pena d'averli scritti. Il curioso era che l'autore aveva del cuore ed un modo di vedere vivace e pittoresco, ma appena si metteva a scrivere diventava freddo e comune. «Il contrario di ciò che oggi succede, – pensò Fabrizio; – tutto oggi si sa esprimere con garbo, ma il cuore non ha nulla da dire». Capí che il piú grosso piacere che potesse fare a quel fedele servitore, sarebbe di correggergli nei sonetti gli errori di ortografia.

– Si burlano di me quando do da leggere il mio quaderno, – diceva Ludovico, – ma se Vostra Eccellenza si degnasse di dettarmi l'ortografia delle parole lettera per lettera, tapperei la bocca agli invidiosi. Non è l'ortografia che fa il genio.

Solo due giorni dopo, di notte, Fabrizio poté sbarcare senza correre rischio in un bosco d'ontani, ad una lega da Pontelagoscuro. Tutto il giorno restò celato in una canapaia. Ludovico lo precedette a Ferrara, vi affittò un appartamentino in casa d'un ebreo povero, che fiutò che c'era da guadagnar danaro sapendo tacere. La sera, al cadere del giorno, Fabrizio fece il suo ingresso in Ferrara su un cavallino; a piedi non ce l'avrebbe fatta, il caldo che aveva preso sul fiume l'aveva spossato; inoltre la ferita di coltello alla coscia e quella di spada ricevuta alla spalla al principio del duello, si erano infiammate e gli davano la febbre.

Capitolo dodicesimo

L'ebreo, padrone dell'alloggio, aveva trovato un chirurgo da fidarsene, il quale, subodorando lui pure che da quel cliente c'era da cavar danaro, dichiarò a Ludovico che la coscienza lo obbligava a far rapporto alla polizia sulle ferite del giovane, che Ludovico diceva suo fratello.

– La legge parla chiaro, – aggiunse. – Salta agli occhi che vostro fratello non si è affatto ferito da sé, come vorrebbe far credere, cadendo da una scala con un coltello aperto in mano.

Allo scrupoloso chirurgo Ludovico rispose calmo che, se gli veniva in mente di cedere alla voce della coscienza, egli avrebbe l'onore, prima di lasciare Ferrara, di cadergli addosso per l'appunto con un coltello aperto in mano.

Quando Ludovico gli riferí questo scambio di vedute, Fabrizio lo biasimò vivamente, ma ormai non c'era piú un momento da perdere per squagliarsela. Col pretesto di far prendere una boccata d'aria all'infermo, Ludovico andò in cerca d'una vettura e in tal modo i nostri amici uscirono dalla casa per non mettervi piú piede.

Il lettore si stupirà che la mancanza d'un passaporto possa dare tante noie; è un fatto che in Francia questo genere di preoccupazioni non esiste piú; ma in Italia, e specialmente nelle vicinanze del Po, non si sente parlare che di passaporti.

Una volta uscito senza ostacolo da Ferrara, come per fare una piccola passeggiata, Ludovico licenziò la vettura; rientrò in città per un'altra porta e tornò a prendere Fabrizio con una *sediola* che aveva noleggiato per un tragitto di dodici leghe. Giunti in prossimità di Bologna, i nostri amici si fecero condurre attraverso i campi sulla strada che da Firenze conduce a Bologna; pernottarono nell'albergo piú miserabile che poterono adocchiare e l'indomani, Fabrizio sentendosi la forza di camminare un po', entrarono in Bologna dandosi l'aria di gente che va a spasso. Avevano distrutto il passaporto di Giletti: certo la notizia della morte dell'attore era conosciuta e si rischiava meno ad essere arrestati per mancanza di passaporto che se trovati in possesso del passaporto d'un uomo ucciso.

Ludovico conosceva a Bologna due o tre domestici di grandi famiglie; fu deciso che si sarebbe abboccato con essi. A quelli disse che, venendo da Firenze in compagnia del fratello, questi, attardatosi a letto, l'aveva lasciato partire solo, un'ora prima dell'alba, nell'intesa che l'avrebbe raggiunto nel villaggio dove Ludovico si fermerebbe a passare le ore di maggior caldo. Ma che, non avendolo visto arrivare, egli s'era deciso a tornare sui propri passi; e l'aveva trovato ferito da una sassata e da parecchie coltellate e per di più derubato da alcuni tizi che avevano attaccato lite con lui. Ludovico aggiunse che quel suo fratello era giovane di bella presenza, sapeva governare e guidare cavalli, leggere e scrivere ed era desideroso di impiegarsi in qualche buona casa. Si riservò di aggiungere – se diventasse necessario – che, visto Fabrizio a terra, i ladri s'eran dati alla fuga, portandosi via il piccolo sacco che conteneva biancheria e passaporti.

Arrivando a Bologna, Fabrizio non osando nonostante la spossatezza presentarsi senza passaporto in un albergo, era entrato nell'immensa chiesa di San Petronio. Vi trovò un fresco delizioso, che in poco lo rianimò. «Ingrato che non son altro! – si disse come ravvivandosi, – entro in una chiesa per sedermici come farei in un caffè!» Si buttò in ginocchio e ringraziò con effusione Dio di non aver cessato palesemente di proteggerlo da quando aveva avuto la disgrazia d'uccidere Giletti ed in particolar modo nell'ufficio di polizia di Casalmaggiore dove il pericolo che aveva corso gli metteva ancora i brividi addosso. «Se Dio non m'aiutava, – si diceva, – come avrebbe potuto quel commesso di polizia, che aveva dato a divedere tanti sospetti e che ben tre volte ha riletto il mio passaporto, come avrebbe potuto non accorgersi della differenza di statura e di età e che io non sono butterato dal vaiolo? Quanto vi debbo, mio Dio! Ed ho potuto aspettare sinora per umiliare il mio nulla ai vostri santi piedi! Nel mio orgoglio ho voluto attribuire a umana prudenza la fortuna d'essere scampato allo Spielberg che già s'apriva per inghiottirmi».

Fabrizio passò piú d'un'ora in questa esaltazione di gratitudine davanti all'immensa bontà del Creatore; tanto che
non sentí avvicinarglisi Ludovico, il quale gli si sedette di
contro e quando Fabrizio, prostrato col viso tra le mani,
rialzò il capo, gli vide le guance rigate di pianto.

– Torna fra un'ora, – disse duramente Fabrizio al fedele
servitore.

Il fervore religioso che vedeva impresso sul viso del giovane impedí a Ludovico di rilevare quel tono.

Fabrizio recitò parecchie volte i sette salmi penitenziali
che sapeva a memoria; indugiandosi soprattutto sui verset-
ti che avevano rapporto con la sua situazione presente.

Di tante cose in quell'occasione Fabrizio chiese perdono
a Dio; ma, fatto strano, non gli passò neppure per la mente di mettere tra i propri peccati il progetto di diventare arcivescovo, di diventarlo unicamente in grazia del fatto che
il conte era primo ministro e trovava la dignità d'arcivescovo e la gran vita ch'essa comporta convenienti pel nipote
della duchessa. Era stato senza passione, è vero, ch'egli aveva desiderato quel posto, ma insomma lo aveva vagheggia-
to, esattamente come un posto di ministro o il grado di generale. Non gli era affatto venuto in mente che in quel progetto della duchessa poteva essere interessata la sua coscienza. Era questa una conseguenza dell'insegnamento religioso che gli avevano impartito a Milano i gesuiti. Una religione cosí intesa toglie il coraggio di pensare a ciò che non
rientra nell'abitudine e vieta soprattutto l'esame di coscienza individuale come il piú grave dei peccati: come un passo
verso l'eresia protestante. Per sapere di che cosa si è rei,
occorre interrogare il proprio parroco o leggere la lista dei
peccati quale si trova bell'e stampata nei libri intitolati:
Apparecchio al sacramento della Penitenza.

Fabrizio sapeva a memoria la lista in latino dei peccati,
come l'aveva imparata all'accademia ecclesiastica di Napoli. Per cui, recitandosi quella lista, giunto all'omicidio, s'e-
ra sí accusato altamente davanti a Dio d'aver ucciso un uomo, sebbene per legittima difesa; mentre era sorvolato senza porvi la minima attenzione, sui vari articoli riguardanti
il peccato di *simonia*, il peccato cioè che si commette a procurarsi per danaro cariche ecclesiastiche. Senza dubbio se
si fosse sentito proporre di versare cento luigi per diventare primo gran vicario dell'arcivescovo di Parma, egli avrebbe con orrore respinto tale proposta; ma, per quanto non

difettasse d'intelligenza né di logica, non gli si affacciò una sola volta il pensiero che l'influenza del conte Mosca impiegata a quello scopo in suo favore costituisse simonia. Qui appare la forza dell'educazione gesuitica: avvezzare a non fare attenzione a cose che sono piú chiare del giorno. Un francese, allevato in mezzo alla lotta dei tornaconti personali e allo scetticismo parigino, avrebbe potuto in buonafede accusare Fabrizio d'ipocrisia proprio nel momento che il nostro eroe apriva la sua anima a Dio con la piú grande sincerità e la piú profonda compunzione.

Fabrizio uscí dalla chiesa solo quando si fu apparecchiato alla confessione: confessione che si proponeva di fare subito l'indomani. Trovò Ludovico seduto sui gradini del vasto peristilio che sorge sulla piazza di contro alla facciata di San Petronio. Come dopo un acquazzone l'aria è piú pura, cosí l'anima di Fabrizio era come rinfrescata: tranquilla, felice.

– Sto benissimo, non sento quasi piú le ferite, – disse a Ludovico accostandolo; – ma prima di tutto devo chiederti scusa; ti ho risposto malamente quando sei venuto a parlarmi in chiesa; stavo facendo il mio esame di coscienza. Ebbene, come andiamo?

– Come meglio non si potrebbe: ho fissato un alloggio, ben poco degno a dire il vero di Vostra Eccellenza, in casa della moglie d'uno dei miei amici: una donna molto piacente che se la fa con uno dei capoccia della polizia. Domani andrò a denunciare il furto dei nostri passaporti; questa dichiarazione verrà bene accolta; non mi resterà che pagare il porto della lettera che la polizia scriverà a Casalmaggiore per sapere se in quel comune esiste un Ludovico Sammicheli, che ha un fratello di nome Fabrizio al servizio della signora duchessa Sanseverina a Parma. È fatta, siamo a cavallo.

Fabrizio, ascoltandolo, aveva preso a un tratto un'aria grave; pregò Ludovico di attenderlo un momento, rientrò quasi di corsa nella chiesa ed appena vi fu si gettò di nuovo ginocchioni a baciare umilmente le lastre di pietra. «È un miracolo, Signore! – esclamò con le lacrime agli occhi, – quando m'avete visto disposto a rientrare nel retto cammino, voi m'avete salvato! Gran Dio! se mai un giorno venissi ucciso in qualche incidente, deh possiate ricordarvi allora della disposizione in cui si trova adesso l'anima mia!» Con lo slancio della piú viva gioia recitò da capo i sette sal-

mi penitenziali. Nell'avviarsi all'uscita s'avvicinò ad una
vecchia, che stava seduta davanti ad una grande immagine
della Madonna ed aveva al fianco un triangolo di ferro collocato verticalmente su un piede dello stesso metallo. I
bracci del triangolo erano muniti fittamente di punte destinate a piantarvi i moccoletti che la pietà dei fedeli accende
davanti alla celebre Madonna: la Madonna di Cimabue.
In quel momento sette ceri soltanto erano accesi; Fabrizio
pose mente a questo particolare ripromettendosi di riflet-
terci poi su a proprio agio.

— Quanto costano i ceri?
— Due baiocchi l'uno.

Non erano infatti piú grossi d'un'asticciola di penna e
non eran lunghi un piede.

— Quanti ceri ci sono ancora da accendere?
— Sette sono accesi: ne restano sessantatre.

«Sessantatre e sette fa settanta: anche questo numero è
da notare», si disse il giovane. Pagò i moccoletti, li mise
lui a posto ed accese i primi sette; quindi s'inginocchiò per
farne l'offerta; ed alzandosi disse alla vecchia: — È per grazia ricevuta.

— Io muoio di fame, — disse a Ludovico raggiungendolo.
— Non entriamo in un'osteria, andiamo a casa; la padrona le acquisterà il necessario; ci ruberà cosí una ventina di
soldi e sarà tanto piú devota al nuovo inquilino.

— Sarebbe il vero modo di farmi patire la fame un'altra
ora buona, — rise Fabrizio con la spensieratezza d'un ragazzo; ed entrò in un'osteria vicino a San Petronio. Con sua
grande sorpresa, ad un tavolo prossimo al suo scorse Pepè,
il primo cameriere di sua zia, lo stesso che gli era venuto
incontro a Ginevra. Fabrizio gli accennò di far finta di niente; e, cenato in un momento, s'alzò con un sorriso di gioia
sulle labbra; Pepè lo seguí e per la terza volta il nostro
eroe entrò in San Petronio. Per discrezione, Ludovico restò
a passeggiare sulla piazza.

— Mio Dio, monsignore! come vanno le ferite? La signora duchessa è in un'inquietudine mortale: un giorno intero
l'ha creduto morto, abbandonato in qualche isola del Po;
vado immediatamente a spedirle un corriere. È da sei giorni che sono alla ricerca di Vostra Eccellenza: tre li ho passati a cercarla per gli alberghi di Ferrara.

— Avete un passaporto per me?
— Ne ho ben tre differenti: uno coi nomi e titoli di Vo-

stra Eccellenza; il secondo col solo nome e il terzo intestato a un nome falso: Giuseppe Bossi; ogni passaporto è in
due copie, cosicché Vostra Eccellenza potrà partire per Parma tanto da Firenze che da Modena, come crederà. Basterà
per questo che faccia una passeggiata fuori città. Il signor
conte vedrebbe di buon occhio che Vostra Eccellenza allog-
giasse all'albergo del Pellegrino, dove c'è il padrone che è
amico suo.

Con l'aria di camminare a caso, Fabrizio s'inoltrò nella
navata destra della chiesa sin dov'era il triangolo coi ceri
accesi; i suoi occhi si fissarono sulla Madonna di Cimabue:
inginocchiandosi disse a Pepè: – Devo render grazie un momento –. Pepè lo imitò. All'uscire dalla chiesa, il servitore
vide Fabrizio dare una moneta di venti franchi al primo povero che gli chiedeva l'elemosina; le proteste di riconoscenza del mendicante attirarono sui passi del caritatevole signore i nugoli di poveri d'ogni genere che rendono pittore-
sca di solito la piazza di San Petronio. Tutti si disputavano
per avere una parte del napoleone. Le donne, disperando
di potersi aprire il passo sino al fortunato mendicante, tanta era la gente che lo attorniava, si precipitarono su Fabrizio, gridandogli se non era forse vero che il napoleone a
quello lo aveva dato perché lo dividesse fra tutti i poveri
del buon Dio. Pepè dovette brandire il bastone, il suo bastone dal pomo d'oro, per intimare alle mendicanti di lasciare in pace Sua Eccellenza.

– Eccellenza, Eccellenza, – presero a strillare come aqui-
le tutte quelle donne, – dia un napoleone anche alle povere
donne!

Fabrizio accelerò il passo, quelle gli tennero dietro vo-
ciando e siccome ad esse s'aggiunsero, accorrendo da tutte
le strade, anche dei mendicanti, ci fu come una piccola sommossa. Tutta quella folla d'una sudiceria ripugnante gridava risoluta: – Eccellenza! – Fabrizio ebbe gran pena a liberarsi dal pigia pigia: lo spettacolo lo richiamò in terra alla
realtà. «Ben mi sta, – si disse, – mi sono strofinato alla canaglia».

Due donne lo seguirono sino alla porta di Saragozza; lí
Pepè le arrestò minacciandole seriamente col bastone e gettando loro qualche moneta. Fabrizio salí l'incantevole collina di San Michele in Bosco, fece il giro fuori delle mura
d'una parte della città, prese per un sentiero che dopo cinquecento passi lo portò sulla strada di Firenze; quindi rien-

trò in Bologna presentando all'impiegato di polizia un passaporto che recava esattamente i suoi connotati, intestato ad un Giuseppe Bossi, studente in teologia. Nel ritirarlo, Fabrizio vi notò una macchiolina d'inchiostro rosso in calce a destra, che vi pareva caduta per caso.

Non eran passate due ore che aveva una spia alle calcagna, spiccatagli dietro a causa del titolo di *Eccellenza* che il suo compagno gli aveva dato in presenza dei poveri di San Petronio: titolo cui non gli davano diritto le qualifiche segnate sul passaporto. Fabrizio notò la spia e ne rise; non pensava piú né a passaporti né a polizia e si divertiva come un ragazzo. Pepè, che aveva l'ordine di restargli vicino, vedendolo cosí affiatato con Ludovico, preferí portar lui le buone notizie alla duchessa. Fabrizio scrisse due interminabili lettere alle persone che aveva piú care; poi ebbe l'idea di scriverne una terza al venerando arcivescovo Landriani.

Quest'ultima lettera che conteneva un resoconto preciso del duello con Giletti, produsse un grandissimo effetto. Il buon arcivescovo, nella sua commozione non mancò d'andare a leggere quella lettera al principe, il quale si degnò d'ascoltarla curiosissimo di vedere come il giovane monsignore se la cavasse per giustificare un assassinio come quello. Grazie a numerosi amici della marchesa Raversi, il principe, come tutta Parma, credeva che Fabrizio si fosse fatto dar man forte da venti o trenta per ammazzare un attorucolo che aveva la sfacciataggine di disputargli la piccola Marietta. Nelle corti dispotiche il primo intrigante abile dispone della *verità* come il vento che tira ne dispone a Parigi.

– Ma che diavolo! – diceva il principe all'arcivescovo; – cose di questo genere si fan fare da un altro! Farle da sé, non usa; e poi un istrione come Giletti non lo si uccide: lo si compra.

Fabrizio non sospettava neanche quel che stava succedendo a Parma. In realtà, la cosa era giunta al punto che c'era da aspettarsi che la morte di quell'attore, che da vivo guadagnava trentadue franchi il mese, portasse con sé la caduta del ministero ultra e del suo capo, il conte Mosca.

Apprendendo la morte di Giletti, il principe, piccato dalle arie d'indipendenza che affettava la duchessa, aveva ordinato al fiscale generale, Rassi, di istruire quel processo come se si fosse trattato del processo a un liberale. Fabrizio dal canto suo credeva che un uomo della sua qualità fosse al disopra delle leggi; non si rendeva conto che nei paesi dove i personaggi in vista non vengono mai puniti, l'intrigo può tutto anche contro di essi. Egli parlava spesso a Ludovico della sua completa innocenza, innocenza che sarebbe stata ben presto proclamata; la grande ragione che portava era ch'egli non era colpevole. A che Ludovico un giorno gli disse: – Non capisco come Vostra Eccellenza con l'ingegno e l'istruzione chè ha si prenda la pena di dire queste cose a me che sono il suo servo devoto; Vostra Eccellenza prende troppe precauzioni; codeste son cose buone da dire in pubblico o davanti a un tribunale.

«Quest'uomo mi crede un assassino e non mi vuol meno bene per questo», pensò Fabrizio trasecolando.

Tre giorni dopo la partenza di Pepè, ebbe la sorpresa di ricevere una voluminosissima lettera, chiusa con una treccia di seta come usava al tempo di Luigi XIV, indirizzata *a Sua Eccellenza reverendissima monsignor Fabrizio del Dongo, primo gran vicario della diocesi di Parma, canonico, ecc.*

«Ma che mi competono ancora tutti questi titoli?» si chiese ridendo. L'epistola veniva dall'arcivescovo ed era un capodopera di logica e di chiarezza; non constava di meno di diciannove grandi pagine e dava una minuta idea di tutto ciò che era avvenuto a Parma per la morte di Giletti.

Un'armata francese comandata dal maresciallo Ney in marcia sulla città non avrebbe prodotto maggior scompiglio, – scriveva il buon arcivescovo, – se si eccettua la duchessa ed io, dilettissimo figlio, non c'è chi a Parma non creda che voi abbiate voluto di proposito togliere di mezzo l'istrione Giletti. S'anche questo per disgrazia fosse, son cose che si mettono a tacere con dugento luigi e tenendo il protagonista sei mesi lontano dalla città. Invece la Raversi si è messa in mente di servirsi di questo incidente per rovesciare il conte Mosca. Non è punto il peccato di omicidio – peccato gravissimo – che la gente vi rimprovera, sí unicamente la *malaccortezza*, o meglio l'impudenza di aver disdegnato di ricorrere ad un *bulo*. Vi riporto qui sotto chiaramente i discorsi che sento fare intorno a me, dato che dopo questa non mai abbastanza deplorata sciagura non lascio passar giorno senza recarmi nelle tre famiglie piú ragguardevoli della città per avere l'occasione di giustificarvi, e della poca eloquenza che il cielo s'è degnato accordarmi, mai ho creduto di poter far uso piú santo.

I veli caddero dagli occhi di Fabrizio; di tutto codesto le numerose lettere della duchessa, traboccanti d'affetto, non si degnavano far parola. In esse la zia gli giurava di abbandonar Parma per sempre, s'egli non vi rientrava ben presto in trionfo.

Il conte farà per te, – gli scriveva ancora nella lettera che accompagnava quella dell'arcivescovo, – tutto quello che è umanamente possibile. Quanto a me, con codesta bella scappata m'hai cambiato il carattere: sono diventata avara quanto il banchiere Tombone; ho licenziato tutti gli operai; non basta: ho dettato al conte l'inventario della mia fortuna, la quale è risultata ben meno cospicua di quanto pensavo. Dopo la morte dell'ottimo conte Pietranera – morte che, tra parentesi, avresti dovuto vendicare piuttosto che esporti contro un tipo della specie di Giletti – io restai con milleduecento lire di rendita e cinquemila di debiti; mi ricordo, tra l'altro, che avevo due dozzine e mezzo di scarpette di raso bianco venute da Parigi ed un solo paio di scarpe da passeggio. Sono quasi decisa di servirmi dei trecentomila franchi lasciatimi dal duca, che volevo impiegare interamente per erigergli la tomba che sai. Del resto, è la marchesa Raversi la tua principale nemica: la tua, cioè la mia. Se ti annoi a Bologna non hai che da dire una parola ed io ti raggiungo. Eccoti quattro altre lettere di cambio, ecc. ecc.

Non una parola di ciò che a Parma si pensava dell'incidente occorsogli; la zia voleva soprattutto fargli cuore e, comunque, la morte d'un tipo ridicolo qual era il Giletti non le pareva cosa che potesse costituire un serio capo di accusa contro un del Dongo. – Quanti Giletti i nostri antenati hanno spedito all'altro mondo, – diceva al conte, – senza che per questo venisse in mente ad alcuno di rinfacciarlo loro!

Fabrizio, stupitissimo, solo ora cominciava a intravedere come stavano le cose e tornava a leggere attentamente la lettera dell'arcivescovo. Disgraziatamente anche l'arcivescovo lo credeva più al corrente ch'egli in realtà non fosse. Fabrizio capí che, se la marchesa Raversi trionfava, ciò era dovuto principalmente al fatto che si era nell'impossibilità di trovare testimoni che avessero assistito coi loro occhi a quel malaugurato duello. Nel momento che s'era svolto, il domestico che ne aveva portato per primo la notizia a Parma, si trovava a Sanguigna ma in albergo; la piccola Marietta e la vecchia, sua sedicente madre, erano sparite e la marchesa aveva comperato il vetturino che s'era indotto a fare una deposizione sfavorevolissima a Fabrizio.

Abbenché la procedura si circondi del piú fitto mistero, – scriveva l'arcivescovo nel suo stile ciceroniano, – e la diriga il fiscale generale Rassi, del quale solo la carità cristiana può impedirmi di dire male, ma che ha fatto la sua fortuna accanendosi contro i poveri accusati come il cane dietro la lepre; abbenché il Rassi, dico, la cui turpitudine e venalità con tutta la vostra fantasia non arrivereste ad esagerare, sia stato incaricato della direzione del processo da un principe non in possesso certo di tutta la necessaria calma, io ho avuto modo di prendere visione delle tre deposizioni del vetturino. Per buona sorte, questo sciagurato si contraddice. Ed aggiungerò – dato che parlo al mio vicario generale, a colui cioè che dopo di me dovrà prendere nelle sue mani la direzione di questa diocesi – aggiungerò che io ho fatto venire da me il parroco della parrocchia cui appartiene quella pecorella smarrita. Vi posso pertanto dire, dilettissimo figlio, ma sotto il segreto della confessione, che quel parroco conosce già, per averlo appreso dalla moglie del vetturino, il numero di scudi che questi ha ricevuto dalla marchesa Raversi; io non ardirò dire che la marchesa gli abbia imposto di mentire, ma la cosa non è del tutto improbabile.

Gli scudi in parola sono stati rimessi al vetturino pel tramite d'un disgraziato prete che adempie presso quella marchesa umili funzioni ed al quale per la seconda volta mi son visto obbligato a togliere la messa. Non vi annoierò col racconto di molti altri passi che era giusto vi attendeste da me e che rientrano d'altronde nel mio dovere. Un canonico, vostro collega alla cattedrale – e che del resto si ricorda qualche volta un poco troppo dell'influenza che gli conferiscono i beni di famiglia, dei quali Dio gli ha concesso d'essere unico erede – essendosi permesso di dire in casa del signor conte Zurla, ministro degli interni, che riteneva questa *bagatella* (intendeva indicare con questo termine l'uccisione del povero Giletti) come provata contro di voi, io l'ho fatto chiamare al mio cospetto e qui in presenza degli altri tre miei vicari generali, del mio cappellano e di due parroci che si trovavano in anticamera, l'ho pregato di far conoscere a noi, suoi confratelli, gli elementi sui quali basava la piena convinzione, che diceva di aver raggiunto, sulla reità d'uno dei suoi colleghi alla cattedrale; l'infelice non ha potuto che balbettare delle ragioni inconcludenti; si è visto allora tutti noi contro, e, per quanto al biasimo unanime io non abbia creduto di dover aggiungere che poche parole, egli è scoppiato in lacrime ed abbiamo assistito cosí alla sua piena confessione d'essersi interamente sbagliato; al che io gli ho promesso il segreto in nome mio ed in nome di tutti quelli che avevano presenziato al colloquio, a patto tuttavia che egli impiegasse tutto il suo zelo a correggere le false impressioni che i discorsi che andava da quindici giorni facendo avevano potuto produrre.

Non vi ripeterò, diletto figlio, quello che dovete da tempo sapere, vale a dire che dei trentaquattro operai addetti agli scavi intrapresi dal conte Mosca – operai che la Raversi pretende abbiate assoldato perché vi prestassero man forte in un delitto – trentadue si trovavano in fondo al fosso, occupati nel loro lavoro, quando voi impugnaste il coltello da caccia per difendere la vostra vita contro l'uomo che vi aggrediva cosí all'impensata. Due di essi, che erano fuori del fosso, gridarono agli altri: – Ammazzano monsignore! – Basta questo grido a far rifulgere di luce meridiana la vostra innocenza. Ebbene, il fiscale generale Rassi pretende che questi due uomini sono spariti; ma c'è di peggio: vennero rintracciati otto degli uomini che stavano in fondo al fosso; nel loro primo interrogatorio, sei han dichiarato di aver udito il grido: – Ammazzano monsignore! – Ora invece io so per via indiretta, che nel quinto interrogatorio, subito ier sera, cinque di essi hanno dichiarato che non ricordavano bene se quel grido l'avevano udito con le loro orecchie o s'era stato riferito da qualche compagno. Ordini sono stati impartiti acciocché mi si faccia conoscere dove abitano codesti sterratori: i rispettivi parroci faran loro capire che si dannano se, per guadagnare qualche scudo, si lasciano indurre ad alterare la verità.

L'arcivescovo entrava in infiniti altri dettagli, del genere di quelli riportati. Quindi, valendosi del latino, aggiungeva:

Tutta questa faccenda altro non è che un tentativo di rovesciare il ministero. Se sarete condannato, la condanna non potrà essere altro che quella alla galera o la condanna a morte; nel qual caso io interverrò, dichiarando dall'alto del mio seggio episcopale che io so che voi siete innocente, che avete soltanto difeso la vita contro un brigante e che infine, d'ordine mio, non tornerete a Parma finché vi trionferanno i vostri nemici. Mi propongo eziandio di stigmatizzare come merita il fiscale generale: l'odio contro codesto uomo è tanto diffuso quanto rara è la stima pel suo carattere. Ma intanto, la vigilia del giorno che il fiscale pronuncerà una sí iniqua sentenza, la duchessa Sanseverina abbandonerà la città e fors'anche gli Stati di Parma; nel qual caso è fuori dubbio che il conte darà le sue dimissioni. Allora, con tutta probabilità, sale al ministero il generale Fabio Conti, e la marchesa Raversi trionfa. Il gran guaio per voi è che, in questa faccenda, non ci sia un uomo, in grado di farlo, il quale diriga le operazioni necessarie per far rifulgere la vostra innocenza e smascherare i tentativi che si fanno per subornare dei testimoni. Questa parte crede bensí di farla il conte; ma egli è troppo gran signore per scendere a certi dettagli; di piú, nella sua qualità di ministro della giustizia, egli sin dal principio ha dovuto impartire contro di voi gli ordini piú severi. Infine, oserò dirlo? il sovrano vi crede colpevole o perlomeno finge di crederlo e mette in questa faccenda una certa acredine.

(Le parole *il sovrano* e *finge di crederlo* erano scritte in greco; Fabrizio si sentí infinitamente grato all'arcivescovo d'aver avuto il coraggio di scriverle. Con un temperino eliminò dalla lettera questa riga e la distrusse subito).

Venti volte Fabrizio s'interruppe nella lettura; si sentiva trasportare dalla piú viva riconoscenza: rispose su due piedi con lettera di otto pagine. Spesso fu costretto a distogliere il capo perché le lacrime non cadessero sulla pagina. Il giorno dopo, al momento di sigillare la lettera, ne trovò il tono troppo mondano. «La scriverò in latino, – si disse, – farà piú bella figura agli occhi del degno arcivescovo». Ma mentre cercava di mettere insieme dei bei periodoni ciceroniani, gli sovvenne che un giorno l'arcivescovo, parlandogli di Napoleone, affettava di chiamarlo Bonaparte: bastò perché cadesse tutta la commozione che la vigilia lo inteneriva sino alle lacrime. «O Re d'Italia! – esclamò, – la fedeltà che tanti altri ti han giurato da vivo, io te la serberò anche dopo la tua morte! L'arcivescovo senza dubbio mi vuol bene, ma soltanto perché io sono un del Dongo e lui il figlio d'un borghese». Per utilizzare la sua bella lettera in italiano, vi apportò le necessarie modifiche e la indirizzò al conte Mosca.

In quello stesso giorno doveva incontrare per strada la piccola Marietta. La ragazza diventò rossa dalla gioia e gli fece segno di seguirla senza fermarla. Raggiunse a passo lesto un portico deserto; là si tirò ancora sulla faccia, per non essere riconosciuta, la veletta nera che secondo l'uso del paese le copriva il capo; quindi, volgendosi con vivacità:

– Come va, – disse a Fabrizio, – che vi fate vedere cosí apertamente per la strada?

Fabrizio la mise al corrente.

– Mio Dio! a Ferrara, siete stato! Io che vi ci ho cercato tanto! Dovete sapere che ho bisticciato con la vecchia perché voleva condurmi a Venezia dove sapevo bene che, essendo il vostro nome sulla lista nera dell'Austria, voi non sareste mai andato. Per venire a Bologna ho venduto la collana d'oro; il cuore mi diceva che qui avrei avuto la fortuna di incontrarvi. La vecchia due giorni dopo mi ha raggiunto. Per cui non vi dico di venire da noi; lei ricomincerebbe con le richieste di danaro che mi fanno tanta vergogna. Abbiamo vissuto assai bene dal malaugurato giorno che sapete; e di quello che le avete dato non abbiamo speso la quarta parte. Per vedervi preferirei non venire all'albergo del Pellegrino, sarebbe una *pubblicità*. Cercate di affittare una stanzetta in una strada poco frequentata: io all'Avemmaria sarò qui, sotto questo stesso portico.

Ciò detto, scappò via.

Capitolo tredicesimo

L'inaspettata comparsa di quella cara figliola bandí tutti i pensieri seri dal capo di Fabrizio. A Bologna, dove si sentiva sicuro, cominciò pel giovane una vita di pace e di gioia. Questa ingenua disposizione a trovare in ciò che gli riempiva la vita la felicità traspariva dalle lettere che indirizzava alla duchessa, al punto ch'essa quasi se ne risentí; lui se ne accorse appena; soltanto, sulla mostra dell'oriolo si appuntò a modo di promemoria: «Quando scrivo alla D. non dir mai, se non voglio indisporla, *quando ero prelato, quando ero uomo di Chiesa*». Aveva acquistato due cavallini dei quali era molto contento: li attaccava ad un calesse preso a nolo ogni volta che l'amica manifestava il desiderio d'andare in qualcuno degli incantevoli dintorni di Bologna e quasi ogni sera la conduceva alla cascata del Reno. Al ritorno si fermavano dal simpatico Crescentini, il quale si credeva un poco il padre di Marietta.

«In verità, se la vita che mi pareva tanto ridicola per un uomo di qualche merito è questa, ho avuto torto a non volerne sapere», si diceva Fabrizio. Non considerava, cosí ragionando, che al caffè andava soltanto per leggere il «Constitutionnel» e che, sconosciuto affatto a Bologna, le soddisfazioni della vanità non entravano per nulla nella sua presente felicità. Quando non era con la piccola Marietta, lo si vedeva all'Osservatorio, dove frequentava un corso d'astronomia; il professore l'aveva preso grandemente a benvolere e Fabrizio alla domenica gli prestava i cavalli perché potesse pavoneggiarsi con la moglie al corso della Montagnola.

Al suo cuore era intollerabile fare l'infelicità di chicchessia, per poco stimabile la persona fosse. La Marietta s'opponeva recisamente a che egli vedesse la vecchia; ma un giorno che la ragazza era in chiesa, egli salí in casa della *mammaccia*, che vedendolo entrare divenne rossa dalla collera. «È il momento per me di fare il del Dongo», pensò Fabrizio.

— Quanto guadagna al mese la Marietta quando recita?
— disse entrando col piglio col quale un giovane che si rispetta entra nel palco dei Buffi.

— Cinquanta scudi.

— Mentite come sempre. Dite la verità o, perdio, non avrete un centesimo!

— Ebbene, nella nostra compagnia a Parma, quando non c'era ancora capitata la disgrazia di conoscervi, guadagnava ventidue scudi; io ne guadagnavo dodici e al nostro protettore, a Giletti, davamo ciascuna il terzo. Su quel terzo, non passava quasi mese che Giletti non facesse un regalo a Marietta; un regalo che non valeva certo meno di due scudi.

— Ancora menzogne! Voi non ricevevate che quattro scudi. Ma se siete buona con Marietta, io vi stipendio tutt'e due come fossi un impresario; ogni mese riceverete dodici scudi per voi e ventidue per lei. Ma se le vedo gli occhi rossi, chiudo cassa.

— Fate il fiero, vedo! Ebbene, sappiate che la vostra bella generosità ci rovina, — ribatté la vecchia furiosa; — noi perdiamo l'avviamento. Quando avremo la disgrazia di perdere la protezione di Vostra Eccellenza, nessuna compagnia ci conoscerà piú, tutte saranno al completo, non troveremo scritture e grazie a voi creperemo di fame.

— Va' al diavolo! — e Fabrizio le voltò le spalle.

— Non ci vado al diavolo, insolente screanzato! all'ufficio di polizia, vado, che da me verrà a sapere che siete un monsignore che ha gettato la tonaca alle ortiche e che non vi chiamate Giuseppe Bossi piú di quello che me lo chiamo io.

Fabrizio che aveva già disceso qualche gradino, lo rifece di corsa.

— Intanto, la polizia sa meglio di te quale può essere il mio vero nome; ma, a parte questo, se tu osi denunciarmi, se commetti questa infamia, — le disse a denti stretti, — Ludovico avrà una parolina da dirti: non sei coltellate, ma due dozzine ne riceverà la tua vecchia carcassa; ce ne avrai per sei mesi di ospedale e senza tabacco.

La vecchia impallidí e si precipitò sulla mano di Fabrizio, per baciarla.

— Accetto con riconoscenza quello che volete fare per

Marietta e per me. Avete un'aria cosí buona che vi si prende per uno sciocco; piú furbi di me vi cadrebbero. Dovreste sempre stare sulle vostre –. Ed aggiunse con impudenza: – Vi ho dato un buon consiglio; rifletteteci. E siccome s'avvicina l'inverno farete bene a regalare a Marietta ed a me due buoni abiti di quella bella stoffa inglese che è in vendita nel grande negozio di piazza San Petronio.

Nell'amore della graziosa Marietta, Fabrizio trovava tutte le attrattive dell'amicizia piú dolce; e questo gli faceva pensare alla felicità dello stesso genere che avrebbe potuto trovare accanto alla duchessa.

«Ma non è strano, – si diceva a volte, – che io sia incapace di quell'attaccamento esclusivo e appassionato che chiamano *amore*? Fra le relazioni che il caso m'ha fatto stringere a Novara o a Napoli, ho mai incontrato una donna la cui presenza, nei primi giorni almeno, la preferissi ad una passeggiata su un bel cavallo da inforcare per la prima volta? Ciò che chiamano amore sarebbe allora anch'esso una menzogna? Io amo certo, ma allo stesso modo che alle sei ho appetito. Sarebbe di questo bisogno piuttosto volgare che quei mentitori di uomini avrebbero fatto l'amore di Otello, quello di Tancredi? Oppure sarei io fatto diversamente dagli altri? In tal caso mi mancherebbe una passione. Perché mai? Un curioso destino avrei!»

A Napoli, specialmente negli ultimi tempi, Fabrizio aveva incontrato delle donne che orgogliose della loro posizione, della loro bellezza e del posto che gli adoratori che gli avevano sacrificato occupavano nel mondo, avevano preteso di disporre di lui a loro capriccio. Ogni volta, appena s'era accorto di ciò, egli aveva troncato nel modo piú brusco e piú scandaloso. «Se ora, – si diceva, – cedo al piacere, parecchio tentatore, di essere felice con la bella duchessa Sanseverina, vengo a trovarmi nella precisa condizione di quello sventato di francese che tirò il collo alla gallina che gli faceva le uova d'oro. Alla duchessa sono debitore della sola felicità che m'abbia mai dato un sentimento di tenerezza: nell'affetto che provo per lei sta la mia stessa vita; e d'altra parte, senza di lei, che sono io? un povero esiliato ridotto a vivacchiare stentatamente in un castello in rovina in quel di Novara. Mi ricordo che, durante le grandi piogge d'autunno, ero costretto alla sera, per precauzione, ad aprire un ombrello sul baldacchino. Montavo i cavalli dell'amministratore, il quale lo tollerava per la soggezione che aveva pel mio sangue blu ma già trovava che il mio soggiorno si prolungava un po' troppo. Mio padre m'aveva assegnato milleduecento lire ed a mantenere cosí un giacobino credeva già di compromettere la salute eterna. La povera mamma mia e le mie sorelle lesinavano sui loro vestiti per darmi modo di fare alle mie amiche qualche regaluccio: genere di generosità che mi strappava il cuore. E con tutto questo cominciavano intorno a sospettarmi povero: presto la gioventú nobile dei dintorni avrebbe sentito per me della compassione. Prima o poi, qualche bellimbusto avrebbe lasciato trasparire il suo disprezzo per un giacobino povero e fallito quale agli occhi di quella gente dovevo apparire. Avrei finito con dare o ricevere qualche colpo di spada che mi avrebbe condotto alla fortezza di Fenestrelle; oppure sarei scappato di nuovo a rifugiarmi in Isvizzera, sempre con quell'assegno di milleduecento lire. Se nulla di simile m'è capitato, lo devo alla duchessa e con questo è lei che sente per me la viva amicizia che dovrei sentir io per lei.

In cambio della vita ridicola e meschina che m'aspettava e che avrebbe fatto di me un triste personaggio, uno stupido, me la vivo da quattro anni in una grande città con una magnifica carrozza a mia disposizione: ciò che mi ha preservato da conoscere l'invidia e tutti i bassi sentimenti della provincia. È tanto buona questa zia che non fa altro che sgridarmi perché ritiro troppo poco danaro dal banchiere. Voglio guastarmi per sempre una posizione cosí? Voglio perdere l'unica amica che ho al mondo? Non ho altro da fare che dire a quella donna affascinante, unica forse al mondo e che mi vuole un bene cosí appassionato: *Ti amo*; io che ignoro che cosa significa amare d'amore. Lei allora passerebbe la giornata a rinfacciarmi come un delitto la mancanza in me d'espansioni che mi sono sconosciute. La Marietta invece, che non mi legge nel cuore, e scambia una carezza per uno slancio d'amore, mi crede pazzo per lei e si considera la piú felice delle donne. Se devo dire la verità, codesto tenero accoramento che credo si chiami amore io l'ho provato un po' soltanto per la piccola Aniken dell'albergo Zonders, laggiú alla frontiera belga».

A malincuore riferiremo qui una delle peggiori azioni di Fabrizio: menava quella vita tranquilla quando un miserabile ripicco di vanità s'impadroní di quel cuore refrattario all'amore e gliene fece commettere una grossa. Si trovava allora a Bologna la celebre Fausta B., incontestabilmente una delle prime cantanti del nostro tempo e forse la piú capricciosa donna che sia mai stata. Su di lei il noto veneziano Buratti aveva composto un famoso sonetto satirico che correva allora sulla bocca dei principi come su quella dell'ultimo dei monelli; il sonetto all'ingrosso diceva:

«Volere e disvolere, adorare e detestare nello stesso giorno, solo dell'infedeltà esser contenta, disprezzar quello che il mondo adora, mentre il mondo la adora; la Fausta ha questi difetti e parecchi altri ancora. Cerca dunque di non veder mai questa vipera. Se, imprudente, la vedi, ti scordi dei suoi capricci. Se poi hai il piacere di udirla, scordi te stesso, e l'amore fa di te in un momento quel che Circe fece un tempo dei compagni d'Ulisse».

Pel momento, quel portento di bellezza era sotto il fascino delle enormi fedine e dell'insolente alterigia del giovane conte M. al punto che ne sopportava la feroce gelosia. Fabrizio vide il conte per le vie di Bologna e lo urtò l'aria di superiorità con la quale occupava la strada e pareva far grazia al prossimo della sua vista. Il giovinotto, ricco sfondato qual era, si credeva tutto lecito e siccome le sue prepotenze gli attiravano frequenti minacce, non compariva quasi mai in pubblico se non circondato da otto o dieci *bravacci* in livrea, fatti venire da una sua tenuta nel Bresciano. Due o tre volte gli sguardi di Fabrizio s'erano incrociati con quelli del terribile conte, quando il giovane udí per caso la Fausta cantare. Egli fu colpito dall'angelica dolcezza di quella voce; non s'aspettava niente di simile; provò attimi d'indicibile felicità, ch'erano in vivo contrasto col tran tran della vita che menava. «Sarebbe quello finalmente l'amore?» si chiese. Smanioso di provare alfine questo sentimento e divertito d'altra parte al pensiero di provocare quel conte M. che aveva una grinta da degradare qualunque capotamburo, il nostro eroe si lasciò andare alla fanciullaggine di passare fin troppo spesso sotto il palazzo Tanari, affittato dal conte per la bella. Una sera all'imbrunire, mentre cercava di farsi notare dalla donna, fu salutato da sgangherati scoppi di risa lanciati dai buli, che si trovavano sulla porta del palazzo Tanari. Tornò a casa ed armatosi ripassò davanti al palazzo. La Fausta, che spiava dietro le persiane e s'attendeva questo ritorno, gliene fu riconoscente. Il conte, che vedeva dappertutto rivali, divenne particolarmente geloso di quel signor Giuseppe Bossi e nel suo furore trascese in ridicole minacce; bastò perché d'allora tutte le mattine il nostro eroe gli facesse recapitare una lettera che diceva semplicemente:

Giuseppe Bossi distrugge gli insetti fastidiosi. Alloggia al *Pellegrino*, via Larga, n. 79.

Il conte, avvezzo ai riguardi che gli assicurava dovunque l'enorme fortuna, il sangue blu e la bravura dei trenta domestici, fece finta di non capire il significato del bigliettino.

Altri Fabrizio ne scriveva alla Fausta. M. mise delle spie alle costole di quel rivale che probabilmente non era del tutto indifferente alla donna; venne cosí a conoscenza del suo vero nome ed anche del particolare che non poteva pel momento farsi vedere a Parma. Pochi giorni dopo il conte M., i suoi buli, i magnifici cavalli e la Fausta partivano per Parma.

Fabrizio, messo di punto, li seguí l'indomani. Inutilmente il buon Ludovico s'oppose con tutto il calore del suo attaccamento a quel viaggio; Fabrizio non tenne alcun conto delle sue rimostranze, sicché a Ludovico, tutt'altro che vile anche lui, non restò che ammirarlo; d'altra parte quel viaggio lo avvicinava alla bella che aveva a Casalmaggiore. Scovati da Ludovico, otto o dieci veterani napoleonici entrarono sotto il nome di domestici al servizio di Giuseppe Bossi. «Se facendo la follia di seguire la Fausta non avvicino né il ministro né la duchessa, – ragionava Fabrizio, – non espongo che me stesso. Dirò piú tardi alla zia che andavo in cerca dell'amore, della bella cosa che non ho mai incontrato. Intanto posso già dire che alla Fausta penso anche quando non la vedo. Ma sarà lei che amo o il ricordo della sua voce?»

Bandita ogni idea di carriera ecclesiastica, Fabrizio aveva messo su dei mustacchi e delle fedine quasi altrettanto imponenti di quelli del conte M.: cosa che lo rendeva un po' meno riconoscibile. Si stabilí non già a Parma, il che sarebbe stato troppo imprudente, ma in un villaggio dei dintorni, in mezzo a boschi, sulla via di Sacca, dov'era il castello della zia. In quel villaggio, seguendo i consigli di Ludovico, si fece passare pel domestico d'un signorone inglese parecchio eccentrico, che nel piacere della caccia profondeva centomila lire l'anno e che, trattenuto pel momento dalla pesca alle trote sul lago di Como, sarebbe giunto entro qualche giorno. Fortuna voleva che il villino affittato per la bella dal conte M. si trovasse all'estremità meridionale della città, sulla via appunto di Sacca e che le finestre della Fausta guardassero sui bei viali alberati che corrono sotto l'alta torre della cittadella.

In quel quartiere deserto Fabrizio non era conosciuto. Egli faceva pedinare il rivale e, una volta che lo seppe uscito dalla casa dell'amante, ebbe l'audacia di mostrarsi in istrada di pieno giorno; montato per vero su un ottimo cavallo e ben armato. Di quei musicanti che corrono le strade d'Italia e che sono qualche volta eccellenti nel loro mestiere, andarono a mettersi coi loro contrabbassi sotto le finestre della Fausta; e dopo un preludio, fecero una cantata in suo onore. La donna si affacciò alla finestra e le fu facile notare un compitissimo giovane che, fermatosi sul cavallo in mezzo alla strada, le rivolgeva il saluto per saettarla poi di occhiate sul cui significato era impossibile sbagliarsi. Il giovane vestiva all'inglese con un po' di ostentazione; sotto quell'abito, lei fece presto a riconoscere l'autore delle appassionate missive che avevano provocato la sua partenza da Bologna. «Ecco un tipo fuori del solito, – pensò; – prevedo che me ne innamorerò. Mi restano cento luigi; potrei benissimo piantare il terribile conte M. Senza fargli torto, egli manca di spirito e d'imprevisto: spassosa è solo la grinta dei suoi scherani».

L'indomani, Fabrizio, saputo che ogni giorno la Fausta andava a sentir messa nel centro di Parma, in quella stessa chiesa di San Giovanni dov'era la tomba del grande suo zio, l'arcivescovo Ascanio del Dongo, non esitò a recarvisi anche lui. Vero è che Ludovico gli aveva procurato una bella parrucca inglese del rosso più acceso... Sul colore di quei capelli, simbolo della fiamma che gli ardeva in cuore, il giovane compose anzi un sonetto che la Fausta trovò delizioso: una mano sconosciuta s'era presa cura di farglielo trovare sul pianoforte. Questa schermaglia durò otto giorni buoni; ma Fabrizio trovava che, per quanto s'adoperasse, veri progressi nel cuore della bella non ne faceva, in quanto la Fausta rifiutava di riceverlo. Egli esagerava in eccentricità; per cui, come la cantante ebbe poi a dire, lei ne era intimidita. Fabrizio avrebbe smesso se non lo avesse trattenuto un resto di speranza di provare quel che chiamano l'amore; ma spesso s'annoiava.

– Andiamocene, – continuava a ripetere Ludovico, – Vostra Eccellenza non è innamorato per niente; la vedo d'una

calma e d'un buonsenso esasperanti. D'altronde, non fa
un passo avanti; per puro amor proprio, smettiamo l'assedio –. E Fabrizio al primo scatto d'impazienza sarebbe partito, quando venne a sapere che la Fausta avrebbe cantato
in casa della Sanseverina. «Chi sa che la sua voce divina non
finisca per infiammarmi il cuore», pensò. Ed ebbe l'audacia
d'introdursi travestito nel palazzo dove non c'era chi non
lo conoscesse. Giudicate quel che provò la duchessa quando, proprio alla fine del concerto, notò un tizio vestito da
cacciatore che si teneva in piedi sull'ingresso del salotto,
ed il cui aspetto le ricordava qualcuno. Cercò del conte
Mosca e solo allora apprese da lui l'insigne e davvero incredibile follia di Fabrizio. Mosca pigliava la cosa allegramente; gli piaceva un mondo in Fabrizio quell'amore per un'altra che non fosse la duchessa; da amante perfetto, fuori della politica, egli ispirava ogni suo atto alla convinzione che
non c'era per lui felicità se non nella felicità della duchessa.
– Lo salverò dai suoi stessi colpi di testa, – diss'egli all'a-
mica; – pensate come i nostri nemici esulterebbero se venisse arrestato in questo palazzo! Piú di cento uomini fidati sono qui per questo e per questo vi ho chiesto le chiavi
del serbatoio d'acqua. Vostro nipote si fa passare per innamorato pazzo della Fausta, ma sinora non ha potuto toglierla al conte che procura a quella matta un'esistenza da
regina.
   Il viso della duchessa tradí il piú vivo disappunto: Fabrizio non era dunque che un libertino, affatto incapace di un
sentimento d'amore serio. «E far anche finta di non vederci!»
   – Ecco una cosa che non gli potrò mai perdonare! – riuscí finalmente a dire. – Ed io che tutti i giorni gli scrivo a
Bologna!
   – Io, per me, trovo che si comporta benissimo, – rispose
il conte, – non vuol comprometterci con la sua mattana. Sarà divertente sentirgliela raccontare.
   La Fausta era troppo leggera per tenere per sé una cosa
che la lusingava come quella; l'indomani del concerto –
cantando i suoi occhi avevano dedicato ogni pezzo al giovane snello vestito da cacciatore – essa parlò al conte M. d'u-
no sconosciuto che le aveva sempre gli occhi addosso.
   – Dov'è che lo vedete? – chiese il conte prendendo
fiamma.
   – Ma... per strada, in chiesa, – rispose lei, presa alla

sprovvista. E volendo rimediare all'imprudenza od almeno allontanare da Fabrizio ogni sospetto, si lanciò in una interminabile descrizione d'un giovane alto, di capelli rossi, d'occhi celesti: certo qualche inglese ricco quanto impacciato o qualche principe. A questa parola, il conte M. che non era molto fine nelle sue deduzioni, immaginò una cosa che solleticava la sua vanità: che il rivale in questione fosse addirittura il principe ereditario. Quel povero giovane malinconico, guardato a vista da cinque o sei aî, vice-aî, precettori ecc., e che non lasciavano uscire che dopo aver tenuto consiglio, gettava strane occhiate a tutte le donne che niente gli fosse permesso di avvicinare. Al concerto, seduto, data la sua qualità, davanti a tutti, su un seggio isolato a tre passi dalla bella Fausta, aveva con l'insistenza dei suoi sguardi urtato quanto mai il conte M. Dare all'amante un principe per rivale solleticava la vanità e divertiva molto la Fausta, che prese piacere a confermare il sospetto con cento particolari lasciati cadere con l'aria piú ingenua.

– La vostra nobiltà, – chiese essa al conte, – è altrettanto antica di quella dei Farnesi? È un Farnese, questo giovane!

– Che intendete dire: *altrettanto antica*!? La mia non deriva da un bastardo![1].

Ora, caso volle che mai il conte M. potesse vedere a suo agio il preteso rivale: fatto che lo confermò nell'idea lusinghiera d'aver per rivale un principe. Infatti, salvo le rare volte che lo chiamavano a Parma le necessità dell'intrapreso assedio, il vero rivale non si muoveva dai boschi di Sacca e dalle rive del Po. Il conte M. era sí piú fiero, ma anche assai piú prudente ora che credeva di dover disputare ad un principe il cuore della cantante; e con la massima gravità la pregò di non scostarsi in tutto ciò che faceva dal massimo riserbo. Dopo essersi gettato ai suoi piedi come un amante appassionato in preda alla gelosia, le dichiarò chiaro e tondo che il suo onore non ammetteva ch'essa potesse diventar zimbello del giovane principe.

– Scusate, non sarei zimbello del principe se lo amassi. Devo dire che di principi ai miei piedi non ne ho ancora visti.

---

[1] Pier Luigi, capostipite dei Farnese, sovrano celebrato per le sue virtú, era, come ognun sa, figlio naturale del santo papa Paolo III [*Nota dell'Autore*].

– Se cedete, – ribatté lui altezzoso, – del principe non mi potrò forse vendicare, ma certo mi vendicherò –. Ed uscí sbattendo gli usci dietro di sé.

Se Fabrizio si fosse presentato in quel momento avrebbe avuto partita vinta.

– Se tenete alla vita, – tornò a dirle la sera, congedandosi dopo lo spettacolo, – fate ch'io non sappia mai che il principe ha messo piede in casa vostra. Contro di lui non posso nulla, purtroppo! ma non fatemi ricordare che su voi posso tutto!

«Ah, mio piccolo Fabrizio, – pensò con slancio la Fausta, – se sapessi dove prenderti!» La vanità messa di punto può condur lontano un giovane ricco, attorniato di adulatori dalla nascita. La vera passione che il conte M. aveva nutrito per la Fausta si ridestò ora impetuosa; non lo trattenne la considerazione del rischio che c'era a lottare col figlio unico del sovrano presso cui si trovava; ma non ebbe neanche l'ardire di cercar di vedere il principe od almeno di farlo pedinare. Non potendo attaccarlo altrimenti, osò pensare di metterlo in ridicolo. «Verrò bandito per sempre dagli Stati di Parma, – si disse; – eh! che mi fa?» Avesse invece cercato di conoscer meglio il nemico col quale aveva a fare, sarebbe venuto a sapere che il povero principino non usciva mai senza essere accompagnato da tre o quattro vecchioni, noiosi guardiani dell'etichetta, e che la mineralogia era il solo divertimento di sua scelta che gli venisse consentito. Di giorno come di notte il villino della Fausta, al quale affluiva tutta la buona società di Parma, era circondato di spie; cosicché M. sapeva ora per ora ciò che la donna faceva e soprattutto ciò che si faceva intorno a lei. Precauzioni d'un geloso al quale tuttavia va data questa lode: la capricciosa donna non ebbe sulle prime alcun sospetto che la sorveglianza intorno a lei si fosse a quel punto accresciuta. I rapporti di tutte le spie che il geloso pagava concordavano nel dirgli che un uomo molto giovane, che portava una parrucca rossa, compariva spessissimo sotto le finestre della Fausta, travestito ogni volta in nuovo modo. «Non c'è dubbio: è il principino, – pensò M. – Se no, perché travestirsi? E, perbacco, un uomo pari mio non è fatto per cedergli. Senza le usurpazioni della repubblica di Venezia sarei anch'io principe sovrano!»

Il giorno di Santo Stefano i rapporti delle spie si precisarono piú minacciosi; a crederci, si sarebbe detto che la Fausta cominciava a corrispondere alle premure dello sconosciuto.

«Posso partire all'istante con lei! – si disse M. – Ma che! a Bologna sono fuggito davanti a del Dongo; qui fuggirei davanti al principe! Che direbbe questo ragazzo? Potrebbe pensare d'esser riuscito a mettermi paura! Ed io non sono, perbacco, di men buona famiglia di lui!» M. vedeva rosso, ma anche, per colmo di disgrazia, ci teneva prima di tutto a non fare agli occhi canzonatori della Fausta la ridicola figura del geloso.

Il giorno dunque di Santo Stefano, dopo aver passato un'ora con lei, fatto segno a premure che gli eran parse d'una palese falsità, la lasciò verso le undici, che si stava vestendo per recarsi a messa nella chiesa di San Giovanni. Il conte M. passò da casa, vi indossò l'abito nero sgualcito d'un giovane studente di teologia e corse a San Giovanni; prese posto dietro una delle tombe che adornano la terza cappella a destra; di dove vedeva tutto quello che succedeva in chiesa attraverso lo spiraglio che lasciava il braccio d'un cardinale scolpito in ginocchio sulla tomba; questa statua, mentre lo riparava dalla luce laggiú della cappella, lo nascondeva abbastanza. Passò poco che vide arrivare la Fausta piú affascinante che mai; aveva indosso il vestito che piú le donava e la seguivano uno sciame di adoratori appartenenti alla piú alta società. Negli occhi e sulle labbra le brillava un sorriso di gioia. «È chiaro, – si disse l'infelice geloso, – ch'essa sa d'incontrar qui l'uomo che ama e che, grazie a me, non vede da un po'».

Ed ecco di colpo accentuarsi quella luce negli occhi della Fausta: «È qui, – si disse, – il mio rivale», e la sua vanità offesa non ci vide piú. «Che figura è qui la mia, a far da terzo incomodo davanti a un principe che si traveste?» Ma per quanto i suoi occhi cercassero intorno avidamente il rivale, non gli riuscí di scoprirlo.

Dopo aver mandato in giro gli occhi per tutta la chiesa, la Fausta li fermava ogni po' pieni d'amore, di felicità e d'esultanza, sull'angolo oscuro dove M. si teneva celato. Un cuore in preda alla passione è portato ad esagerare i menomi indizi ed a trarne le piú comiche conclusioni: ora, il poveretto non venne a persuadersi che la Fausta l'aveva scorto e che, nonostante gli sforzi ch'egli faceva su se stesso per dissimularla, s'era accorta della gelosia che lo torturava

e voleva con quei teneri sguardi rimproverargliela ed in pari tempo consolarlo?

La tomba del cardinale, dietro la quale M. s'era messo
in agguato, si elevava sul pavimento di marmo di quattro o
cinque piedi. Finita la messa – era la messa del tocco, la
messa di moda – la chiesa si sfollò quasi tutta e la Fausta
congedò i suoi adoratori, col pretesto di intrattenersi ancora un poco in preghiera. Rimase cosí inginocchiata sulla sedia ed ecco i suoi occhi, fissi su M., diventare piú teneri e
brillanti; con la chiesa ormai quasi vuota, la donna non si
curava piú di guardarsi intorno prima di affissarsi raggiante sulla statua del cardinale. «Che creatura piena di tatto!», si diceva il conte credendosi guardato. Finché la Fausta si alzò ed uscí bruscamente, dopo aver fatto con la mano un cenno curioso.

M., ebbro d'amore e poco meno che guarito della pazza
gelosia, già lasciava il suo posto per volare a casa dell'amante e ringraziarla le mille e mille volte, quando nel passare
davanti alla tomba del cardinale, scorse un giovane tutto
vestito di nero; quel maledetto s'era tenuto sino allora ingi-
nocchiato contro l'epitaffio della tomba in modo che lo
sguardo del geloso, passandogli sopra il capo, non poteva
scorgerlo.

Quel giovane si alzò, si avviò in fretta all'uscita, mentre
sette od otto strani e goffi tipi, apparentemente ai suoi ordini, lo attorniavano. M. gli si lanciò dietro, ma senza che la
cosa sembrasse fatta apposta si trovò fermato da quelli alla
bussola dell'uscita. Cosicché giunse in strada appena in
tempo per vedere chiudersi lo sportello d'una vettura, tirata da una magnifica pariglia in contrasto con l'apparenza
miserabile del veicolo e che sparí in un momento.

Rincasò schiumante di rabbia; le spie giunte poco dopo
tranquillamente lo informarono che stavolta l'amante mi-
sterioso, travestito da prete, era rimasto devotamente ingi-
nocchiato a ridosso d'una tomba, sull'entrata d'una cappella che restava in ombra. La Fausta era rimasta finché la
chiesa s'era quasi vuotata ed allora aveva fatto dei segni
frettolosi allo sconosciuto: delle croci, pareva, con le mani.

M. volò dall'infedele; per la prima volta lei non poté dissimulare un certo turbamento; con la facilità a mentire delle donne appassionate, affermò che era andata come al solito a San Giovanni, che l'uomo che la perseguitava non l'a-
veva visto. A sentir questa, M. fuori di sé la trattò come

l'ultima delle femmine, le rinfacciò ciò che aveva visto coi suoi occhi; e, siccome piú violente erano le accuse che le moveva, piú lei era audace nelle menzogne, cavò il pugnale e si gettò su di lei. Facendo mostra d'un grande sangue freddo, la Fausta allora gli disse:

— Ebbene, ciò di cui vi lagnate è la pura verità. Se ho cercato di nascondervela, è per non spingervi a progetti di vendetta insensati e che possono perderci tutti e due; perché, sappiatelo una buona volta, se non mi sbaglio, l'uomo che mi perseguita con le sue premure è tale da non trovar ostacoli a ciò che vuole, per lo meno in questo paese.

Dopo avergli abilmente ricordato che dopo tutto M. non aveva diritti di sorta su di lei, la Fausta finí col lasciargli sperare che forse non sarebbe andata piú alla chiesa di San Giovanni. Perdutamente innamorato com'era, M. pensò che la prudenza accoppiata ad un po' di civetteria, ben naturale in una giovane donna, poteva averla indotta a condursi in quel modo e si sentí disarmato. Ebbe l'idea di lasciar Parma: il principino per potente che fosse non avrebbe potuto seguirlo; e se l'avesse seguito, sarebbe diventato suo eguale. Ma di nuovo l'orgoglio gli fece presente che quella partenza avrebbe pur sempre l'aria d'una fuga ed il conte si proibí di pensarci mai piú.

«Egli non ha il menomo sospetto che il mio piccolo Fabrizio sia a due passi di qui, — si disse la Fausta esultante; — ora potremo beffarci di lui che sarà un piacere!»

Fabrizio non indovinò d'essere cosí vicino alla felicità; vedendo il giorno dopo le finestre di lei ermeticamente chiuse e non scorgendola in nessun luogo, egli cominciò anzi a giudicare il gioco troppo lungo; non solo, ma a provare dei rimorsi. «In che impiccio metto mai quel povero conte Mosca, nella sua qualità di ministro della giustizia! Lo crederanno mio complice, per cui io sarò venuto qui per rovinargli la posizione! D'altronde, se dopo averci perso tanto tempo abbandono l'impresa, che dirà la duchessa quando le riferirò le mie prodezze amorose?»

Una sera che, già quasi deliberato ad abbandonare la partita, sermoneggiava cosí, vagando sotto i grandi alberi tra il villino di Fausta e la cittadella, notò che un individuo di piccola statura lo pedinava. Inutilmente cambiò parecchie volte di strada, quello non gli si toglieva dalle calcagna. Spazientito, s'inoltrò di corsa per una via solitaria dov'erano appostati i suoi. Ad un cenno, essi si precipitarono sulla

povera spia che cadde ai loro ginocchi: non era che la Bettina, una cameriera della Fausta. Dopo due giorni di noia e
di reclusione travestitasi da uomo per sfuggire al pugnale
del conte M. che teneva lei e la sua padrona in un continuo
terrore, la ragazza veniva con l'incarico di dire a Fabrizio
che la cantante l'amava alla follia e moriva dal desiderio di
vederlo, ma non le era piú possibile recarsi alla chiesa di
San Giovanni. «Era tempo, – si disse Fabrizio. – Evviva la
cocciutaggine! »

La camerierina era parecchio graziosa; la sua vista tolse
Fabrizio alle sue riflessioni morali. Venne a sapere da lei
che la *passeggiata* come tutte le strade per cui quella sera
era passato erano vigilate, senza che si vedesse, da spie di
M.; le quali appostate in camere a pianterreno o ai primi
piani e nascoste dietro le persiane osservavano, senza far
sospettare la loro presenza, tutto ciò che succedeva nella
via ed udivano tutto ciò che vi si diceva.

– Se queste spie m'avessero riconosciuta alla voce ero
spacciata appena rientravo e con me forse anche la mia padrona.

La paura che mostrava la rendeva deliziosa agli occhi di
Fabrizio.

– Il conte, – seguitò, – è furente e la signora sa che è capace di tutto... Essa mi ha incaricata di dirle che vorrebbe
essere con lei a cento leghe di qui!

Narrò la scenata del giorno di Santo Stefano e il furore
di M. cui non era sfuggito un solo degli sguardi e dei segni
d'amore che quel giorno la Fausta, pazza di Fabrizio, gli
aveva rivolto. Il conte aveva cavato il pugnale, afferrato la
donna per i capelli e senza la sua presenza di spirito la Fausta sarebbe stata perduta.

Fabrizio fece salire la graziosa Bettina in un appartamentino che aveva lí presso. Le raccontò che lui era di Torino,
figlio d'un grande personaggio che si trovava pel momento
a Parma, cosa che lo costringeva a prendere tutte quelle
precauzioni. Ridendo, la Bettina gli rispose ch'egli era un
personaggio ben piú altolocato di quanto volesse mostrare.
Il nostro eroe ebbe bisogno di un po' di tempo per capire
che l'incantevole figliola lo credeva nientemeno che il principe ereditario. Infatti la Fausta cominciava ad aver paura
e ad amare Fabrizio; per cui s'era proibita di svelarne il nome alla cameriera e con lei affettava invece di parlare del
principe. Capito il gioco, Fabrizio finí per confessare alla

bella figliola che aveva indovinato: – Ma se viene fuori il mio nome, – aggiunse, – nonostante la grande passione della quale ho dato alla tua padrona tante prove, dovrò cessare di vederla ed i ministri di mio padre, quei birbanti che un giorno destituirò, le intimeranno di andar via dal paese ch'essa ha abbellito finora con la sua presenza.

Verso il mattino Fabrizio combinò con la Bettina parecchi piani per potersi abboccare con la Fausta; fece quindi chiamare Ludovico ed un altro molto in gamba dei suoi, perché prendessero con la ragazza gli ultimi accordi, mentre lui scriveva alla Fausta la piú stravagante delle lettere: la situazione ammetteva tutte le esagerazioni della tragedia e Fabrizio le sfruttò tutte. Fu solo allo spuntar del giorno ch'egli si separò dalla piccina, molto soddisfatta di come il principino s'era condotto con lei.

Cento volte s'erano ripetuti che, ormai che la Fausta era d'intesa col suo amante, questi non sarebbe ripassato sotto le finestre del villino che quando vi potesse essere ricevuto, nel qual caso vi sarebbe stato un segnale. Ma Fabrizio, caldo della Bettina e credendo la Fausta vicina a cadergli nelle braccia, non resistette: l'indomani, verso la mezzanotte, venne a cavallo e con buona scorta a cantare sotto le finestre della Fausta un'aria in voga, nella quale adattava via via le parole alla circostanza. «Non è cosí appunto che fanno gli innamorati?» si diceva.

Ormai che la Fausta aveva manifestato il desiderio di trovarsi con lui, Fabrizio non si sentiva di prolungare d'un minuto quell'assedio che gli pareva già troppo lungo. «No, io non sono innamorato, – si rammaricava, cantando piuttosto maluccio sotto le finestre del villino; – la Bettina mi sembra cento volte piú desiderabile della Fausta e vorrei fosse lei a ricevermi in questo momento».

Annoiato, se ne tornava, quando a cento passi dal villino di Fausta una ventina d'uomini si gettarono su di lui; quattro di essi afferrarono la briglia del cavallo, due altri si impadronirono delle sue braccia. Ludovico ed i bravi di Fabrizio vennero assaliti, ma riuscirono a fuggire tirando qualche pistolettata. Tutto questo non durò che un momento; mentre in un batter d'occhio, come per incanto, cinquanta torce accese comparivano sulla strada. Eran tutti uomini armati sino ai denti. Fabrizio era saltato giú da cavallo, svincolandosi da chi lo tratteneva; cercò di aprirsi un varco, anzi nel tentativo ferí uno che gli stringeva il braccio come in una morsa e dal quale con suo grande stupore si sentí dire:

– Vostra Altezza mi assegnerà per questa ferita una buona pensione; sarà sempre meglio per me che macchiarmi di delitto di lesa maestà adoperando la spada contro il mio principe!

«Ho quello che la mia stupidità si merita, – pensò Fabrizio; – almeno mi fossi perduto per un motivo che ai miei occhi ne valesse la pena!»

Aveva appena smesso di far resistenza, che dei lacchè in alta uniforme si avanzavano recando una portantina dorata, a bizzarri fregi: una di quelle portantine grottesche di cui si servono le maschere in carnovale. Sei uomini col pugnale sguainato pregarono Sua Altezza di prendervi posto, allegando che il fresco della notte poteva nuocergli all'ugola; affettavano i maggiori riguardi e ripetevano ogni momento, quasi gridavano: «*principe! principe!*» Il corteo cominciò a sfilare. Fabrizio poté contare piú di cinquanta portatori di torce. «M'aspettavo delle pugnalate, – pensò; – ecco invece che il conte si contenta di farsi beffe di me; tanto buon gusto in lui non lo sospettavo. Ma che proprio creda di aver da fare col principe? se viene a sapere che non sono che Fabrizio, attento ai colpi di daga!»

Quei cinquanta uomini recanti torce ed i venti armati, dopo una lunga sosta sotto le finestre della Fausta, andarono a sfilare in pompa magna davanti ai piú bei palazzi della città. Dei maggiordomi che procedevano ai due lati della portantina s'informavano ogni tanto premurosamente se Sua Altezza aveva ordini. Fabrizio non si smarrí; la luce delle torce gli lasciava vedere che Ludovico seguiva coi suoi il corteo piú da presso che poteva. «Ma non dispone che di otto o dieci uomini, – si diceva Fabrizio, – non osa attaccare». Il giovane infatti, mentre coi maggiordomi ostentava di prendere la cosa in ridere, vedeva benissimo di dov'era che gli esecutori del cattivo scherzo erano tutti armati sino ai denti. La marcia trionfale si prolungava da oltre due ore, quando il giovane notò che si stava per passare in vicinanza del palazzo Sanseverina. Aspetta d'essere alla cantonata, apre di colpo la porticina davanti, scavalca una delle stanghe, butta a terra con una pugnalata uno staffiere che gli avanzava la torcia al viso; riceve alla spalla un colpo di daga, dalla torcia d'un altro staffiere ha la barba abbruciacchiata; raggiunge finalmente Ludovico e gli grida:

– Dàgli, dàgli a tutti i portatori di torcia! – Ludovico distribuendo fendenti, lo libera di due che si slanciavano all'inseguimento. Il giovane arriva correndo alla porta del palazzo Sanseverina; vi trova il portiere che attirato dallo spettacolo aveva aperto la porticina praticata nel portone e che guardava sbalordito quella sfilata di torce. Il giovane salta dentro, si chiude la porticina alle spalle; corre al giardino, e se la svigna per una porta che dà su una strada deserta. Un'ora dopo era fuori della città; al far del giorno varcava la frontiera degli Stati di Modena e rifiatava, ormai al sicuro. La sera rientrava a Bologna.

«È stata, non c'è che dire, una gloriosa spedizione, – si disse; – non ho potuto neanche parlare alla mia bella». S'affrettò a scrivere delle lettere di scusa al conte ed alla duchessa, lettere prudenti che, mentre dipingevano al vivo ciò che aveva in cuore, non davano alcun indizio al nemico. «Io ero innamorato dell'amore, – diceva alla duchessa; – ho fatto il possibile per arrivare a conoscerlo; ma pare proprio che natura m'abbia negato la capacità di amare e di accorarmi d'amore; piú in su del volgare piacere non so andare» e cosí via.

Non è a credere l'eco che questa avventura ebbe a Parma. Il mistero che la circondava stuzzicava la curiosità: le torce e la portantina l'avevano viste in troppi. Chi poteva mai essere il personaggio verso il quale s'ostentavano tanti riguardi? Non si notò il giorno dopo che mancasse in città alcuna persona in vista.

Il popolino che abitava la via per la quale il prigioniero se l'era svignata affermava sí d'aver visto un cadavere; ma a giorno fatto – ché solo allora osarono uscire per le strade – non trovarono altra traccia di lotta che qualche chiazza di sangue sul lastrico. Durante tutto il giorno fu un accorrere là di curiosi. Le città d'Italia sono avvezze a strani spettacoli, ma si conosce sempre il come ed il perché dell'accaduto. Ciò che in questa circostanza indispose i parmensi si fu che un mese dopo, quando la passeggiata delle fiaccole aveva ormai cessato di essere l'unico argomento di conversazione, nessuno, grazie alle precauzioni prese dal conte Mosca, aveva ancora potuto indovinare il nome del rivale che aveva voluto portar via la Fausta al conte M. Questi aveva preso il largo sin dall'inizio della passeggiata delle torce. Per ordine del conte la Fausta fu chiusa nella cittadella. La duchessa ebbe poi a ridere parecchio d'una picco-

la ingiustizia che il conte dovette permettersi per metter
fine alla curiosità del principe, il quale altrimenti avrebbe
potuto arrivare a scoprire sotto tutta quella faccenda il nome di Fabrizio.

Circolava per Parma un dotto calato dal Nord con l'intento di scrivere una storia del Medioevo; egli cercava dei
manoscritti nelle biblioteche e per questo il conte gli aveva
fatto avere tutte le possibili autorizzazioni. Ma questo dotto, ancorché giovanissimo, era d'un temperamento facile a
farsi saltar la mosca al naso; ad esempio, credeva che tutti
a Parma cercassero di beffarsi di lui. È vero che i monelli
qualche volta gli facevano codazzo per le vie a motivo d'u-
na grande zazzera della quale si pavoneggiava.

A sentirlo, all'albergo gli chiedevano di tutto prezzi esa-
gerati; per cui non pagava una stringa se non dopo aver
consultato il *Vademecum* di viaggio d'una certa signora
Starke: libro arrivato alla ventesima ristampa grazie al fatto che indicava al cauto inglese il prezzo d'un tacchino, d'u-
na mela, d'un bicchiere di latte e via dicendo. La sera stessa della passeggiata forzata di Fabrizio, caso volle che all'albergo il dotto rossocapelluto desse in escandescenze e mi-
nacciasse con una corta pistola il cameriere reo di avergli
chiesto due soldi di una mediocre pesca. Venne arrestato,
perché portare delle pistole in tasca è un grave delitto!

Questo erudito era alto e magro; di qui venne al conte
l'idea di farlo passare il mattino dopo agli occhi del principe
pel temerario beffato per aver preteso di soffiare la Fausta
al conte M. Sebbene la pena non venisse mai applicata, la
legge a Parma comminava tre anni di galera a chi portasse
su di sé pistole corte. Dopo quindici giorni di prigione, durante i quali l'erudito non aveva visto che un avvocato che
gli aveva inculcato una salutare paura per le tremende leggi con le quali la pusillanimità dei governanti si difendeva
contro chi portasse armi clandestine, un altro avvocato venne a visitare la prigione e gli raccontò la beffa inflitta dal
conte M. ad un rivale rimasto sconosciuto. – La polizia, –
gli disse, – non vuole confessare al principe il proprio scacco. Confessate voi che volevate piacere alla Fausta; che cinquanta briganti vi han rapito mentre le facevate una serenata e v'han portato in giro in portantina per un'ora, senza re-
carvi il minimo screzio. Questa deposizione non ha nulla
d'umiliante; non vi si chiede che una parola. Detta questa
parola, con la quale tirate d'impiccio la polizia, questa im-

mediatamente vi imbarca su una diligenza e vi scorta alla
frontiera dove v'augurerà la buona sera.

Il dotto resistette tutto un mese durante il quale due o
tre volte il principe fu sul punto di farlo condurre al ministero dell'interno e di assistere all'interrogatorio. Non ci
pensava già piú quando quello, vinto dalla noia, si decise a
confessare ogni cosa e venne scortato alla frontiera. È cosí
che il principe restò convinto che il rivale del conte M. aveva una foresta di capelli rossi.

Tre giorni dopo l'umiliazione inflittagli, Fabrizio, mentre nascosto a Bologna cercava col fedele Ludovico il modo
di rintracciare l'autore della beffa, venne a sapere che anche costui si nascondeva in un villaggio della montagna sulla via di Firenze. Il conte non aveva con sé che tre dei suoi
buli; l'indomani, mentre rincasava da una passeggiata, si vide rapire da otto uomini mascherati che si qualificarono
per sbirri di Parma. Venne condotto con gli occhi bendati
in un albergo a due leghe dentro le montagne, nel quale fu
trattato con ogni riguardo e dove gli fu servita un'abbon-
dantissima cena, allietata dai migliori vini italiani e spagnoli.

– Sono dunque prigioniero di Stato?

– Neanche per sogno, – gentilmente gli rispose Ludovico mascherato. – Avete offeso un semplice privato col farlo
portare in giro in una portantina; domani egli si batterà in
duello con voi. Se lo ucciderete, vi verran dati dei buoni cavalli, danaro e bestie di ricambio che v'aspettano sulla via
di Genova.

– Come si chiama questo rodomonte? – chiese il conte
alzando la voce.

– Bombaccio, si chiama. Avrete la scelta delle armi, dei
testimoni leali; ma l'uno o l'altro deve restar sul terreno.

– È un assassinio, allora! – disse il conte M. allarmato.

– Dio ne scampi! è soltanto un duello a morte col giovane che avete fatto portare a spasso a mezzanotte per le vie
di Parma e che si riterrebbe disonorato se voi sopravvive-
ste. Uno di voi due è di troppo sulla terra, per cui cercate
di spacciarlo; avrete a disposizione spade, pistole, sciabole,
tutte le armi insomma che è stato possibile procurarsi in
queste poche ore, perché s'è dovuto far presto: la polizia
di Bologna non ischerza, come sapete, e bisogna ch'essa non
impedisca un duello indispensabile all'onore del giovane di
cui vi siete preso beffa.

– Ma se questo giovane è un principe...

– È un semplice privato al pari di voi; anzi assai meno ricco di voi; ma egli è deciso a battersi all'ultimo sangue ed a costringervi a fare altrettanto; siete avvertito!

– Io non ho paura di nessuno! – saltò su il conte.

– È ciò che il vostro avversario s'augura di piú, – ribatté Ludovico. – Domani all'alba preparatevi a difendere la vostra vita; chi cercherà di togliervela è uno che ha motivo d'essere con voi in collera e che non farà complimenti. Avete la scelta delle armi, vi ripeto. E fate testamento.

L'indomani mattina, verso le sei, al conte venne servita colazione; quindi, venne aperta una porta della stanza in cui era custodito, e lo invitarono a passare nel cortile dell'albergo. Questo cortile era circondato di siepi e di muri altissimi e tutte le uscite eran chiuse.

Invitato ad avvicinarsi ad una tavola ch'era in un angolo, il conte vi trovò bottiglie di vino e d'acquavite, due pistole, due spade, due sciabole, carta e calamaio. Siccome alle finestre dell'albergo che davano sulla corte si pigiavano una ventina di contadini, il conte impetrò la loro pietà:

– Vogliono assassinarmi, – urlava, – salvatemi!

– Vi ingannate oppure cercate d'ingannare, – gli gridò Fabrizio, che era all'altro canto della corte, vicino ad una tavola carica d'armi. Era in maniche di camicia e gli nascondeva il viso una maschera in fil di ferro da sala di scherma.

– Vi invito, – aggiunse Fabrizio, a mettervi la maschera di fil di ferro che è sul tavolo ed a farvi quindi avanti con una spada o le pistole; come v'è stato detto iersera, avete la scelta delle armi.

Il conte sollevava innumerevoli difficoltà: di battersi mostrava scarsissima voglia; Fabrizio dal canto suo temeva l'arrivo della polizia, per quanto si fosse nella montagna a cinque buone leghe da Bologna. Finí cosí con lanciare in faccia all'avversario le ingiurie piú sanguinose, finché riuscí a farlo montare in collera; il conte, afferrata una spada, gli mosse finalmente incontro. L'inizio del duello fu assai fiacco e dopo qualche minuto lo interruppe l'avvicinarsi d'un grande vocio.

Bisogna sapere che Fabrizio s'era reso ben conto che l'avventura in cui si buttava avrebbe potuto essergli rinfacciata tutta la vita o per lo meno dar motivo ad accuse calunniose. Aveva perciò spedito per la campagna, in cerca di gente che presenziasse al duello, Ludovico, il quale assoldò i primi che trovò a lavorare in un bosco vicino. Costoro credendo di dover ammazzare qualche nemico dell'uomo che li aveva assoldati, accorrevano ora gettando quelle grida. Giunti nella corte dell'albergo, Ludovico li pregò di seguire attentamente il duello per vedere se uno dei due avversari menasse colpi a tradimento o prendesse sull'altro un illecito sopravvento.

Il duello interrotto un momento dalle grida di morte dei contadini tardava a riaccendersi. Fabrizio ricominciò a rinfacciare al conte la poca serietà e ad insolentirlo: – Signor conte, – gli gridava, – quando si è arroganti bisogna saper anche essere coraggiosi. Questo vi piace poco, lo vedo: preferite pagare chi sia coraggioso per voi.

Di nuovo risentitosi, il conte si diede a schiamazzare che lui a Napoli aveva lungamente frequentato la palestra del famoso Battistini, per cui l'imprudente avrebbe pagata cara la sua insolenza; e, ripreso dalla collera, si batté assai bene; ma questo non impedí a Fabrizio di vibrargli al petto un solenne colpo di spada che costò all'avversario parecchi giorni di letto.

Fabrizio riparò a Firenze; e, siccome a Bologna s'era tenuto nascosto, solo a Firenze ricevette le lettere della duchessa: erano tutte di rimprovero, la zia non gli perdonava d'essere stato al concerto in casa sua senza aver neanche tentato di parlarle. Gran piacere gli fecero le lettere del conte Mosca, traboccanti di franca amicizia e di nobili sentimenti. Da esse intuí che il conte aveva scritto a Bologna in modo da far cadere i sospetti che eventualmente pesassero su di lui riguardo al duello. Infatti la polizia fu quanto mai equanime: si limitò a constatare che due stranieri, dei quali solo di quello rimasto ferito si conosceva il nome (il conte M.), s'erano battuti alla spada, alla presenza di oltre trenta contadini, tra i quali verso la fine del duello era comparso anche il parroco che inutilmente aveva cercato di separare i contendenti. Il nome di Giuseppe Bossi non era stato fatto; cosí non eran trascorsi due mesi che Fabrizio ardiva far ritorno a Bologna; e vi tornava piú persuaso che mai d'essere destinato a non conoscere mai il lato nobile e spirituale dell'amore. Cruccio che trovò un lungo sfogo in una lettera che indirizzò alla duchessa; in essa egli si diceva stanchissimo di condurre quella vita da solo e che sentiva un'acuta nostalgia delle incantevoli serate trascorse col

conte e la zia; presso i quali aveva provato una gioia mai
piú in seguito gustata.

«Mi sono tanto annoiato con l'amore che mi fingevo di
avere per la Fausta che, se pure la sapessi ancora ben disposta verso di me, non farei venti leghe per andarle a ricordare la sua promessa. Per cui non c'è pericolo, come mi dici
di temere, ch'io mi spinga sino a Parigi dove leggo che ha
esordito con grandissimo successo. Mentre farei non venti
ma mille leghe e piú ancora per passare una sola serata con
te e col conte, che si è mostrato un cosí buon amico per
me».

Capitolo quattordicesimo

Mentre Fabrizio era alla ricerca dell'Amore in quel villaggio presso Parma, il fiscale generale Rassi, che non lo sospettava cosí vicino, mandava avanti il processo che lo riguardava, con l'accanimento con cui avrebbe imbastito quello d'un liberale. Di testimoni favorevoli all'imputato finse di non trovarne o piuttosto li mise a tacere con minacce; e finalmente, dopo un'istruttoria durata quasi un anno, nella quale aveva messo ogni suo impegno, due mesi dopo l'ultima apparizione di Fabrizio a Bologna, un certo venerdí, la marchesa Raversi, non stando in sé dal giubilo, poté annunciare pubblicamente nel suo salotto che la sentenza pronunciata un'ora prima contro il piccolo del Dongo sarebbe stata presentata per la firma al principe e che dal principe sarebbe stata approvata. Bastò qualche minuto perché la duchessa venisse a conoscenza della cosa.

«Bisogna che il conte sia servito ben male dai suoi agenti! – essa pensò; – stamane egli credeva che ci vorrebbero ancora otto giorni almeno, per la sentenza. Gli è che, chi sa, forse non gli dispiacerebbe d'allontanare da Parma il mio giovane gran vicario! Ma, – aggiunse canterellando, – tornar lo vedremo e nostro arcivescovo un giorno sarà».

Suonò ed al cameriere comparso: – Riunisci in anticamera tutta la servitú, quelli di cucina compresi; va' a prendere dal comandante della piazza il permesso per avere quattro cavalli di posta e che prima di mezz'ora questi cavalli siano attaccati al mio landò.

Occupò tutte le donne della casa a far valige, e infilò in fretta un abito da viaggio. Tutto alla chetichella, senza avvertire il conte di nulla: l'idea di beffarsi un po' di lui la riempiva di gioia.

– Amici miei, – concionò la servitú adunata, – vengo a sapere che il mio povero nipote sarà condannato in contumacia per aver avuto l'ardire di difendere la propria vita contro un pazzo furioso: contro Giletti che voleva fargli la pelle. Ognuno di voi ha avuto modo di conoscere la mitezza d'animo di mio nipote; sa che è un ragazzo che non farebbe male a una mosca. Giustamente indignata dell'atroce ingiustizia che gli fanno, io parto per Firenze. Lascio a ciascuno di voi dieci anni di mensile; se vi trovate in istrettezze non avete che a scrivermi: finché possederò uno zecchino, per voi ci sarà qualche cosa.

Quello che la duchessa diceva lo pensava e alle sue ultime parole i domestici scoppiarono in pianto; anche lei aveva gli occhi umidi; aggiunse con voce commossa: – Pregate Dio per me e per monsignor Fabrizio del Dongo, primo gran vicario di questa diocesi, che verrà domani condannato alla galera, o ciò che sarebbe già meno stupido, alla pena di morte.

La commozione della servitú si manifestò senza piú ritegno e cominciavano già ad udirsi grida poco meno che sediziose quando la duchessa salí in carrozza e si fece condurre a palazzo. Malgrado l'ora indebita, pregò di sollecitarle un'udienza presso il sovrano il generale Fontana, aiutante di campo di servizio; il quale non nascose il suo profondo stupore, vedendo che la duchessa non era affatto in abito di corte. Il principe invece, nonché irritarsi, di quella richiesta d'udienza non fu neppure sorpreso. Stropicciandosi le mani, si disse: «Ora vedrò dei begli occhi piangere! Viene a chieder grazia. La vedrò finalmente umiliarsi questa altezzosa bellezza! Era intollerabile con le sue arie d'indipendenza! Alla menoma cosa che la urtasse, i suoi occhi che parlano pareva mi dicessero: – Napoli o Milano sarebbero un soggiorno ben altrimenti piacevole di questa vostra cittaduzza di Parma –. È vero: io non regno su Napoli né su Milano; ma, insomma, la gran dama viene lo stesso a chiedermi qualche cosa che dipende unicamente da me e ch'essa arde dal desiderio di ottenere. Ho sempre pensato che dalla venuta di quel suo nipote qualche cosa di buono l'avrei tirato».

Sorridendo a questi pensieri e abbandonandosi alle piú rosee previsioni, il principe andava su e giú pel gabinetto, mentre il generale Fontana restava ritto impalato sulla soglia come un soldato al *presentat'arm*. Vedendo gli occhi del principe brillare, e ricordando che la duchessa era in abito da viaggio, il generale credette alla fine della monarchia. Ma il suo stupore divenne sbalordimento quando udí il principe dirgli: – Preghi la signora duchessa di attendere un breve quarto d'ora.

Il generale eseguí un mezzo giro su se stesso come un soldato alla rivista; il principe ebbe un nuovo sorriso: «Ah! – si disse, – Fontana non ha l'abitudine di veder aspettare l'altezzosa duchessa: lo stupore col quale le comunicherà *il breve quarto d'ora d'attesa* preparerà lo scoppio di lacrime straziante al quale questo gabinetto assisterà».

Quel quarto d'ora fu delizioso pel principe; misurava lo studio con passo fermo ed eguale: *regnava*. «Si tratta ora di non dir nulla che non sia a suo posto; quali che siano i miei sentimenti verso la duchessa, non devo dimenticare che è una delle piú grandi dame della mia corte. Ora, come parlava Luigi XIV alle figlie principesse, quando aveva motivo d'esserne scontento?» ed i suoi occhi andarono a posarsi sul ritratto del gran re.

Il curioso è che il principe non pensò neanche a chiedersi se avrebbe fatto grazia a Fabrizio; e, se sí, in che sarebbe consistita questa grazia. Passati venti minuti buoni, il fido Fontana si ripresentò all'uscio, ma senza dir motto. – La duchessa Sanseverina può entrare, – declamò il principe in tono teatrale. «Ora si dà inizio alle lacrime» e, come per prepararvisi, tirò fuori il fazzoletto.

Mai la duchessa era stata cosí vivace, e cosí bella: in questo momento non aveva venticinqu'anni. Vedendo di che passetto svelto e lieve sfiorava appena il tappeto, il povero aiutante di campo credette di sognare.

– Ho molte scuse da chiedere a Vostra Altezza Serenissima, – disse la duchessa con la sua voce agile e gaia; – mi son presa la libertà di presentarmi con un abito che non è precisamente quello che ci vorrebbe; ma Vostra Altezza è sempre stata tanto buona con me che oso sperare vorrà passare anche su questa mia sconvenienza.

Parlava adagio, per darsi il tempo di godere della faccia del principe: divertentissima pel profondo stupore che esprimeva in contrasto con quel che restava del piglio maestoso, ancora testimoniato dall'atteggiamento del capo e delle braccia. Il principe era rimasto come fulminato; la sua vocetta agra e impacciata s'udiva scoppiare in dei: «*Come! come!*» appena articolati. La duchessa, snocciolato il suo complimento, come per deferenza tacque lasciando all'altro tutto il tempo per rispondere; quindi, aggiunse:

– Ardisco sperare che Vostra Altezza Serenissima si degni di scusare la sconvenienza del mio abito –. Ma cosí dicendo le guizzava negli occhi un tal sarcasmo che il principe, a disagio, distolse i suoi e guardò la volta: segno in lui
del maggior imbarazzo.

– Come! come! – squittí ancora; poi, per sua fortuna
trovò una frase: – Signora duchessa, s'accomodi dunque! –
e spinse verso di lei una poltrona con sufficiente galanteria.
Toccata da quel gesto, la duchessa moderò la petulanza dello sguardo.

Un: «*Come! come!*» venne fuori per la terza volta: il
principe s'agitava nella poltrona, pareva non trovasse modo di sistemarvisi.

– Approfitto del fresco della notte per viaggiar con la posta; e siccome la mia assenza può protrarsi alquanto, non
ho voluto uscire dagli Stati di Sua Altezza Serenissima senza averla ringraziata di tutte le bontà che in questi cinque
anni s'è degnata avere per me.

A queste parole il principe finalmente capí e divenne pallido: nessuno soffriva come lui di vedersi deluso nelle proprie previsioni. Quindi assunse un'aria maestosa per niente
indegna del ritratto di Luigi XIV che gli stava davanti.

«Alla buon'ora!» pensò la duchessa.

– E qual è il motivo della sua improvvisa partenza? –
chiese il sovrano d'un tono abbastanza fermo.

– Da tanto avevo questo progetto, – rispose la duchessa,
– e mi fa affrettare la partenza il trattamento, piuttosto in-
giurioso, che si usa a monsignor del Dongo, il quale sarà
domani condannato a morte o alla galera.

– E quale città è meta del vostro viaggio?

– Napoli, penso –. Ed aggiunse alzandosi: – Altro non
mi resta che prender congedo da Vostra Altezza Serenissima e umilmente ringraziarla delle sue *passate* bontà.

A sua volta parlava con un tono cosí deciso che il principe capí che entro due secondi tutto sarebbe finito; se la duchessa arrivava a partire, egli sapeva che non vi sarebbe stato piú rimedio: non era donna, quella, da tornare sulle proprie decisioni. Le corse dietro e prendendole una mano:

– Ma lei sa, signora duchessa, che io le ho sempre voluto bene; ho sempre avuto per lei un'amicizia alla quale sarebbe dipeso unicamente da lei dare un altro nome. Ora,
un omicidio è stato commesso, è cosa che non si può nega-

re; io ho affidato l'istruttoria del processo ai miei migliori giudici...

A queste parole la duchessa si drizzò in tutta la sua alterezza; ogni apparenza di deferenza e sin di urbanità sparí da lei in un batter d'occhio; restò solo la donna oltraggiata, ed una donna oltraggiata che parla ad uno ch'essa sa in malafede. Col tono della piú viva collera ed anzi del disprezzo disse al principe, calcando ogni parola:

– È per non sentir parlare mai piú del fiscale Rassi e d'altri infami assassini che hanno condannato a morte mio nipote, come han fatto per tanti altri innocenti, che io abbandono per sempre gli Stati di Vostra Altezza Serenissima. Se Vostra Altezza non vuole che un senso di amarezza turbi gli ultimi istanti che passo presso un principe sempre cortese e intelligente quando non è ingannato, la prego umilissimamente di non ricordarmi codesti giudici infami che si vendono per mille scudi o per una croce.

Il tono e soprattutto l'accento di convinzione con cui quelle parole furono pronunziate fecero trasalire il principe; un attimo temette che un'accusa anche piú diretta venisse a mettere in gioco la sua dignità; ma tutto sommato, la sua sensazione finí per essere di piacere: ammirava la duchessa: fremente da capo a piedi, era in questo momento superba di bellezza. «Gran Dio! com'è bella! – si disse, – bisogna lasciar passare qualche cosa ad una donna quale non esiste forse un'altra in tutta Italia... Con un po' di politica potrei forse farmene un giorno l'amante; c'è una bella differenza tra lei e quella pupattola della marchesa Balbi, che, ancora, smunge ogni anno trecentomila lire almeno dai miei poveri sudditi... Però, mi sbaglio, o l'ha detto?» Di colpo si sovvenne: *condannato mio nipote e tanti altri innocenti!* Allora la collera ebbe il sopravvento e fu con la fierezza degna del sovrano che dopo una pausa disse: – E che bisognerebbe fare perché la signora non partisse?

– Qualche cosa di cui Vostra Altezza sarebbe incapace, – ribatté la duchessa col tono della piú amara ironia e del disprezzo meno dissimulato.

Il mestiere di sovrano lo aveva abituato a vincere il primo impulso; solo per questo il principe riuscí a dominarsi. «Questa donna bisogna che io l'abbia, – si disse; – lo devo a me stesso; poi la farò morire a forza di disprezzo. Ma se fa tanto di uscir di qui, non la rivedo piú».

Senonché, accecato d'odio e di collera com'era in quel

momento, dove trovare la parola conciliabile con la propria dignità, che inducesse la duchessa a non abbandonare
su due piedi la sua corte? «Impossibile, – si disse, – ripetere o volgere in ridicolo un suo gesto»; e, cosí dicendosi,
s'andò a mettere tra la duchessa e la porta del gabinetto. A
questa porta un momento dopo qualcuno timidamente
bussò.

– Chi è il bietolone, – urlò sagrando, – chi è il bietolone
che viene a mostrar qui la sua stupida faccia?

La mostrò il generale Fontana; ed era una faccia pallida
e sconvolta; con l'aria e la voce d'un agonizzante smozzicò
le parole: – Sua Eccellenza il conte Mosca sollecita l'onore
d'essere introdotto.

– S'accomodi! – gridò il principe; ed al saluto che Mosca gli rivolgeva:

– Ebbene, ecco qui la signora duchessa Sanseverina che
pretende di piantar Parma all'istante per Napoli e che per
di piú mi rivolge delle impertinenze.

– Come! – esclamò Mosca impallidendo.

– Cosicché non sapeva niente lei di questo progetto?

– Niente, ne sapevo; alle sei ho lasciato la signora allegra e contenta.

Questa parola fece sul principe una grandissima impressione. Prima guardò Mosca; il pallore che ne scoloriva sempre piú il volto lo convinse che Mosca diceva il vero, che il
ministro non era complice del colpo di testa della duchessa. «Allora, – pensò, – la perdo per sempre; addio, piacere
e vendetta! A Napoli farà degli epigrammi col nipote Fabrizio sulla grande stizza del piccolo principe di Parma». Portò gli occhi sulla duchessa: il suo viso esprimeva collera e
disprezzo; fissava in quel momento l'amico e le storceva la
bella bocca il piú amaro disdegno; tutto in lei gridava: «Vile cortigiano!»

«Allora, – pensò il principe, – perdo anche questa via
per farla tornare. Non ho piú che un minuto: se esce, per
me è perduta. Dio sa a Napoli che cosa dirà dei miei giudici. Con lo spirito e la forza di persuasione che ha, non le
sarà difficile farsi credere da tutti. Dovrò a lei la fama d'un
ridicolo tiranno che s'alza alla notte per guardare sotto il
letto».

Di nuovo, senza parere, come cercasse muovendosi per
la stanza di dominarsi, venne a mettersi davanti alla porta
del gabinetto; a tre passi, a destra, aveva il conte, pallido,

disfatto e cosí tremante che un momento dovette appoggiarsi alla spalliera della poltrona già occupata dalla duchessa e che in un moto d'ira il principe aveva respinto lontano. «Se la duchessa parte, io la seguo, – si diceva il povero innamorato; – senonché mi vorrà con lei? è questo che mi chiedo».

Alla sinistra del principe la duchessa in piedi, a braccia conserte, lo osservava con visibile impazienza; sul suo bel volto all'animazione era subentrato un pallore impressionante.

Solo il principe aveva il viso acceso e l'aria inquieta; tormentava con la sinistra la croce appesa al gran cordone e con la destra s'accarezzava il mento.

– Che fare? – chiese al conte, senza quasi volere, per l'abitudine presa di consultarlo su tutto.

– Non saprei, in verità, Altezza Serenissima, – rispose il conte col tono d'uno che spira: appena poteva spiccicare le parole. Il suono di quella voce diede al sovrano la prima consolazione che il suo orgoglio ferito avesse trovato dal principio dell'udienza e gli suggerí una frase felice pel suo amor proprio.

– Ebbene, – disse, – io sono il piú ragionevole di noi tre: voglio prescindere interamente dalla posizione che occupo. Parlerò *come un amico* –. E col miglior sorriso, un sorriso di condiscendenza tolto in prestito a Luigi XIV, precisò: – *Come un amico che parla ad amici*. Signora duchessa, che occorre fare perché ella degni scordarsi d'una decisione intempestiva?

– In verità non saprei, – sospirò la duchessa; – non saprei davvero, tanto ho Parma in orrore.

Impossibile scorgere nelle sue parole la minima ironia: la sincerità parlava per sua bocca.

Vivamente il conte si volse verso l'amica: la sua anima di cortigiano era scandolezzata; poi indirizzò al principe un'occhiata supplichevole. Con molta dignità e sangue freddo il principe lasciò passare un momento; poi rivolgendosi al conte:

– Veggo, – disse, – che la sua deliziosa amica non è piú padrona di se stessa e si comprende benissimo: essa *adora* suo nipote –. E volgendosi alla duchessa, aggiunse con lo sguardo piú galante e insieme col tono di chi cita la battuta d'una commedia: – Che occorre fare per piacere ai suoi begli occhi?

La duchessa aveva avuto tempo di riflettere; lenta e decisa come dettasse un *ultimatum*, rispose:

– Sua Altezza potrebbe scrivermi una lettera graziosa, come ne sa scrivere tanto bene; in essa mi direbbe che, non essendo convinta della colpevolezza di Fabrizio del Dongo, primo vicario dell'arcivescovo, non firmerà la sentenza che le verrà presentata e che questa iniqua procedura non avrà alcun seguito.

– Come, *iniqua*! – sbottò il principe, avvampando in viso, ripreso dall'ira.

Con fierezza romana: – Non è tutto, – seguitò la duchessa; – *da stasera*, – e guardando la pendola: – sono già le undici e un quarto; da stasera Sua Altezza Serenissima manderà a dire alla marchesa Raversi che le consiglia d'andare in campagna per riposarsi dalle fatiche che deve averle causato un certo processo del quale essa discorreva nel suo salotto in principio di serata.

Il sovrano misurava in lungo e in largo il gabinetto come un uomo che ha perduto la ragione.

– S'è mai vista una donna come questa? – gridò. – Mi manca di rispetto.

Col suo miglior garbo la duchessa rispose:

– In vita mia non m'è mai passato pel capo di venir meno al rispetto dovuto a Sua Altezza Serenissima; Sua Altezza ha avuto la bontà di dire che parlava come un amico a degli amici. Del resto, io non ho alcun desiderio di restare a Parma, – aggiunse e lanciò al conte un'occhiata carica di disprezzo. Fu questo sguardo che decise il principe, incerto sino allora, per quanto le sue parole avessero potuto sembrare impegnative (delle parole egli faceva poco conto).

Il dialogo non finí qui; ma infine il conte Mosca riceveva l'ordine di vergare il grazioso biglietto richiesto dalla duchessa. Nel redigerlo egli omise la dicitura: *questa iniqua procedura non avrà alcun seguito*. «Basta, – pensò, – che il principe s'impegni a non firmare la sentenza che gli verrà sottomessa». Leggendolo, con un'occhiata il principe lo ringraziò dell'omissione.

Fu un grosso errore che il conte fece: il principe era stanco ed avrebbe firmato anche quella frase. Egli credeva di cavarsela ancora a buon mercato, dominato com'era da un solo pensiero: «Se la duchessa parte, prima di otto giorni troverò la corte insopportabile». Corresse soltanto la data, sostituendola con quella del giorno dopo. Notandolo, il conte guardò la pendola: segnava quasi mezzanotte; per cui in quell'emendamento vide solo il desiderio pedantesco di mostrarsi esatto nelle mansioni del governo. Quanto all'esilio della marchesa Raversi il sovrano non fece la minima obiezione; egli provava un gusto particolare a mandare la gente in esilio.

– Generale Fontana! – chiamò socchiudendo l'uscio.

Il generale comparve con un viso cosí stupito e curioso che la duchessa e il conte non poterono a meno di scambiarsi un'occhiata divertita e quell'occhiata fece tra loro la pace.

– Generale Fontana, prenda la mia vettura che aspetta sotto il porticato; vada dalla marchesa Raversi, si faccia annunciare; se è già a letto, aggiunga che sono io che vi mando; e giunto in sua presenza, le dica queste precise parole, non altre: «Signora marchesa Raversi, Sua Altezza Serenissima la invita a partir domattina prima delle otto, pel suo castello di Velleia. Sua Altezza le farà conoscere quando ella potrà tornare a Parma».

Il princìpe andò con gli occhi a quelli della duchessa, che, senza ringraziarlo, com'egli s'attendeva, gli fece un rispettosissimo inchino e uscí rapidamente.

– Che donna! – disse il principe al conte Mosca.

Questi, felicissimo che fosse esiliata la Raversi, cosa che facilitava la sua mansione di ministro, parlò per piú di mezz'ora da provetto cortigiano: voleva consolare l'amor proprio del sovrano e non s'accomiatò che quando lo vide ben convinto che in tutta la storia aneddotica di Luigi XIV non c'era una pagina piú bella di quella ch'egli aveva or ora fornito ai suoi futuri biografi.

Rincasando, la duchessa si chiuse in camera sua, avvertendo che non c'era per nessuno, neppure pel conte. Voleva restar sola con se stessa e rendersi ben conto della scena avvenuta. Aveva agito d'impulso e per la propria soddisfazione momentanea; ma qualunque cosa si fosse lasciata andare a dire od a fare, l'avrebbe mantenuta; riacquistata la calma, non si sarebbe mai biasimata di quel che aveva fatto e tanto meno se ne sarebbe pentita. A sí felice carattere doveva d'essere ancora, a trentasei anni, la donna piú avvenente della corte.

Dalle nove alle undici essa aveva cosí fermamente creduto di lasciar per sempre il paese, che ora cercava quali at-

trattive potesse offrirle Parma, quasiché vi tornasse dopo
un lungo viaggio.

«Quel povero conte che faccia ha fatto quando in presenza del principe ha saputo che partivo! In realtà è un uomo
simpatico e d'un cuor raro. Avrebbe, per seguirmi, piantato i suoi ministeri. Però è vero anche che in cinque anni –
dico cinque – non ha avuto da rimproverarmi la piú piccola infedeltà. Quante donne sposate all'altare potrebbero dire al marito altrettanto? Devo riconoscere che non è per
nulla pedante, che non si dà affatto importanza; non fa mai
desiderare d'ingannarlo; davanti a me pare sempre che si
vergogni del suo potere! Com'era impacciato al cospetto
del suo signore e padrone! se fosse qui, lo abbraccerei...
Però non me la sentirei davvero di consolare un ministro
ché ha perduto il portafoglio; è una malattia questa, della
quale si guarisce solo con la morte... che fa morire. Che disgrazia per un giovane sarebbe essere ministro! Bisogna
che gli scriva: questa è una cosa che è necessario ch'egli
sappia prima di guastarsi col principe... Ma mi scordavo
della mia buona gente».

Suonò. Le donne erano ancora intente a far le valige; la
vettura era già sotto il portico e stavano caricandola mentre i domestici che non avevano da fare la attorniavano co-
sternati. Tutti questi particolari glieli diede la Cecchina, la
sola che avesse sempre libero ingresso da lei.

– Falli venir su, – disse la duchessa. E un momento dopo passò nell'anticamera.

– M'è stato promesso, – disse ai radunati, – che la sentenza contro mio nipote non verrà firmata dal sovrano; per
cui sospendo la partenza. Vedremo ora se i miei nemici
avranno il potere di far cambiare questa decisione.

E si ritirava; ma dovette riaffacciarsi come un'attrice alle grida di: «Viva la signora duchessa!» che la servitú cac-
ciava applaudendo freneticamente: in quel momento sarebbe bastata una sua parola per lanciarla all'assalto del palazzo. La duchessa la ringraziò con un inchino, quindi fece
cenno ad un postiglione, un ex contrabbandiere, suo fidatis-
simo, che la seguí.

– Vai a vestirti da contadino benestante, esci da Parma
come puoi; noleggia una sediola, e nel piú breve tempo raggiungi Bologna. In città entra a piedi per la porta di Firenze come uno che va a spasso, e consegna a Fabrizio, che è
al *Pellegrino*, un plico che ti darà Cecchina. Fabrizio vive

nascosto là sotto il nome di Giuseppe Bossi; sta' attento a non farlo scoprire senza volerlo, fa' finta di non conoscerlo: può darsi che i miei nemici ti mettano delle spie alle calcagna. Resterai là qualche ora o qualche giorno, secondo che vorrà Fabrizio. È specialmente nel ritorno che hai da stare in guardia per non tradirlo.

– Ah! quella gente della Raversi! – imprecò il postiglione. – Ci verranno a tiro, un giorno. Se la signora volesse, li leveremmo di mezzo in un amen.

– Un giorno, chi sa. Ma guardatevi, sul vostro capo, da intraprendere alcunché senza mio ordine.

Era una copia del biglietto del principe che la duchessa voleva mandare a Fabrizio; non poteva resistere al piacere di divertirlo; v'aggiunse una parola sulla scena che aveva provocato quel biglietto: parola, che diventò una lettera di dieci pagine. Richiamato il postiglione:

– Non puoi piú partire che alle quattro, al riaprirsi delle porte.

– Contavo di passare dalla grande chiavica; avrei l'acqua al mento, ma passerei...

– No, no: non voglio esporre uno dei miei piú fidi servitori a buscarsi le febbri. Conosci nessuno all'arcivescovato?

– Il secondo cocchiere è mio amico

– Eccoti una lettera per quel sant'uomo dell'arcivescovo. Introduciti alla chetichella nel palazzo e fatti condurre dal suo primo cameriere. Non vorrei che risvegliassero monsignore. Se si è già chiuso in camera, passi la notte nel palazzo e domattina alle quattro, è l'ora che si leva, ti fai annunciare da parte mia; chiedigli la sua santa benedizione, consegnagli questo plico qui e domandagli se ha lettere per Bologna.

All'arcivescovo mandava il biglietto scritto di propria mano dal principe; dato ch'esso riguardava il suo primo gran vicario, la duchessa pregava l'arcivescovo di passarlo agli archivi; i grandi vicari ed i canonici colleghi di suo nipote avrebbero certo voluto prendere conoscenza d'un documento come quello; sotto vincolo beninteso del piú stretto segreto. La familiarità con la quale la duchessa scriveva a monsignor Landriani doveva incantare quel buon borghese; il tono della lettera era affatto amichevole mentre la firma: «Angelina, Cornelia, Isotta, Valserra del Dongo, duchessa Sanseverina» occupava da sola tre righe.

«Una firma così lunga, – pensò ridendo la duchessa, – non devo piú averla fatta dal tempo del contratto di matrimonio col povero duca; eppure a questa gente solo così si fa fare quello che si vuole: sono queste ridicolaggini che li abbagliano».

E la serata non doveva finire senza che cedesse alla tentazione di scrivere una lettera canzonatoria al povero conte; in essa gli annunciava ufficialmente, *perché l'avesse a norma* (scriveva) *nei suoi rapporti con le teste coronate*, ch'essa non se la sentiva di consolare un ministro in disgrazia. «Il principe vi fa paura; quando non avrete a fare piú con lui, sarà la mia volta di farvi paura?» E mandò su due piedi a consegnare la lettera.

L'indomani mattina ch'erano appena le sette, il principe mandò a chiamare il ministro dell'interno conte Zurla. – Dia di nuovo, – gli disse, – gli ordini piú severi a tutti i podestà perché facciano arrestare il signor Fabrizio del Dongo. Ci riferiscono che probabilmente ardirà rimetter piedi nei nostri Stati. Adesso è a Bologna, dove ostenta di sfidare i nostri tribunali. Metta degli sbirri che lo conoscano personalmente; 1) in tutti i villaggi sulla via da Bologna a Parma; 2) nei dintorni del castello della duchessa Sanseverina, a Sacca, e della sua casa a Castelnovo; 3) intorno al palazzo del conte Mosca. Conto sulla sua grande accortezza perché di questi miei ordini nulla trapeli al conte Mosca. È mia volontà, lo tenga presente, che il del Dongo sia arrestato.

Il ministro era appena uscito che per una porta dissimulata entrava il fiscale generale Rassi. Avanzò piegato in due, salutando ad ogni passo. La fisionomia di quel gagliofo era da dipingere; essa rifletteva appieno l'infamia del mestiere che faceva: mentre le fulminee occhiate che gettava qua e là tradivano l'alto conto che faceva dei propri meriti, l'arroganza che gli storceva in smorfia la bocca lo mostrava agguerrito contro il disprezzo.

Poiché questo personaggio dovrà avere una grande influenza sulla sorte di Fabrizio, val la pena di spendere qualche parola sul suo conto. Alto di statura, aveva dei begli occhi intelligenti, in una faccia tutta butterata dal vaiolo; intelligente lo era, e molto, ma soprattutto era furbo; in possesso come pochi, si diceva, della scienza del giure, era però negli espedienti che specialmente brillava. In qualunque modo un processo si presentasse, egli sapeva subito trovare la strada piú legale per giungere, secondo il caso, ad un'assoluzione o a una condanna. Di cavilli di procedura era maestro.

A quest'uomo, che le grandi monarchie avrebbero invidiato al principe di Parma, non si conosceva che una passione: quella di poter conversare a tu per tu con alti personaggi e di guadagnarseli con le sue buffonate. Poco gli importava se era di lui o di quello che diceva che il potente rideva; e nemmeno s'adontava se l'interlocutore si permetteva su sua moglie scherzi indecenti; vederlo ridere e sentirsi da lui trattato con familiarità gli bastava. Accadeva che il principe non sapendo piú come umiliarlo gli desse dei calci; se dolevano, si metteva a piangere. L'istinto di buffone era in lui cosí forte che non c'era giorno che non preferisse il salotto d'un ministro che lo metteva alla berlina, al proprio, dove pure regnava da despota su tutte le toghe del paese. La posizione a parte che il Rassi s'era fatta la doveva specialmente al fatto che nessun nobile, per insolente che fosse, poteva davvero umiliarlo. Delle ingiurie che subiva da mattina a sera egli si vendicava raccontandole al principe. Al principe, s'era conquistato il privilegio di poter dire qualunque cosa; la risposta che ne riceveva era spesso, è vero, uno schiaffo bene appioppato, ma un simile trattamento non gli faceva né caldo né freddo. Nei momenti di malumore aver lí quel grande giudice era una distrazione pel sovrano, che si divertiva ad insultarlo. Dal che si vede che il Rassi poteva passare pel modello del cortigiano: senza punto d'onore e senza diritto d'offendersi.

— Segretezza, prima di tutto! — gli gridò il principe senza salutarlo e trattandolo come l'ultimo straccione, lui gentile con tutti. — Che data porta la vostra sentenza?

— Altezza Serenissima, la data d'ieri mattina.

— Quanti giudici l'han firmata?

— Tutti e cinque.

— E la pena?

— Vent'anni di fortezza, come Vostra Altezza m'aveva detto.

— Già! — disse il principe come tra sé; — la pena di morte avrebbe fatto senso. Peccato! Che effetto avrebbe prodotto su quella donna! Ma si tratta di un del Dongo: a Parma è un nome venerato, il nome di tre arcivescovi che vi si sono si può dire susseguiti. Vent'anni di fortezza, avete detto?

– Sí, Altezza Serenissima, – rispose il Rassi, sempre in piedi e piegato in due; – venti, dopo aver prima chiesto pubblicamente scusa davanti all'effigie di Sua Altezza Serenissima. Di piú, pane ed acqua tutti i venerdí e le vigilie delle feste principali, visto che l'individuo è d'un'empietà notoria. Questo per l'avvenire, per troncargli la carriera.

– Scrivete, – disse il principe: – «Sua Altezza Serenissima, essendosi degnata ascoltare benignamente le umilissime suppliche della marchesa del Dongo, madre del reo, e di sua zia, la duchessa Sanseverina, le quali han fatto presente che al tempo in cui commise il delitto il loro figlio e nipote era assai giovane e traviato inoltre da una folle passione per la moglie dello sventurato Giletti, magnanimamente ha voluto, nonostante l'orrore che le ispirava un tale omicidio, commutare la pena alla quale Fabrizio del Dongo è stato condannato in quella di dodici anni di fortezza». Datemi da firmare.

Il principe firmò e mise la data della vigilia; poi, rendendo la sentenza al Rassi, gli disse: – Subito sotto la firma, scrivete: «Essendosi di nuovo la duchessa Sanseverina buttata ai piedi di Sua Altezza, il principe ha concesso che tutti i giovedí il reo possa passeggiare un'ora sul ripiano della torre quadra volgarmente detta torre Farnese». Firmate. E soprattutto acqua in bocca, qualunque commento possiate udire in città. Al consigliere De' Capitani, che ha votato per due anni di fortezza e che un punto di vista cosí ridicolo l'ha anche sostenuto, direte che io lo invito a rileggersi le leggi ed i regolamenti. Ancora una volta: acqua in bocca. E buonasera.

Il fiscale rinculava sprofondandosi in compitissimi inchini, che già il principe guardava altrove.

Questa scena si svolgeva alle sette del mattino. Qualche ora dopo si diffondeva in città e per i caffè la notizia dell'esilio della marchesa Raversi, sollevando un coro di commenti. Questo avvenimento bandí per qualche tempo da Parma quell'implacabile nemico delle piccole città e delle piccole corti che è la noia. Il generale Fabio Conti, che già si credeva ministro, protestò un attacco di gotta e per parecchi giorni non mise piú il naso fuori della fortezza. La borghesia e quindi il popolo dedussero da quello che succedeva che evidentemente il principe aveva deciso di fare monsignor del Dongo arcivescovo di Parma. I maliziosi politicanti da caffè arrivarono ad affermare che il padre Landriani, l'attuale arcivescovo, era stato invitato a simulare una malattia ed a presentare le sue dimissioni; sapevano persino con certezza che gli verrebbe accordata una grossa pensione sull'appalto dei tabacchi. Questa voce giunse sino alle orecchie dell'arcivescovo, il quale se ne allarmò tanto che per parecchi giorni il suo zelo a favore del nostro eroe se ne risentí. Due mesi dopo, questa bella notizia si leggeva sui giornali di Parigi, con la piccola variante che era il conte Mosca, nipote della duchessa Sanseverina che stava per essere assunto al seggio arcivescovile.

Nel suo castello a Velleia la marchesa Raversi mordeva il freno; lei non era una donnicciola, di quelle che credono di vendicarsi sfogandosi in ingiurie contro i nemici. Già all'indomani, il cavaliere Riscara ed altri tre suoi amici s'erano per suo ordine presentati al principe e gli avevano chiesto il permesso di andar a trovare l'amica nell'esilio. Sua Altezza accolse quei signori con la massima cortesia ed il loro arrivo a Velleia fu per la marchesa di gran conforto. Prima che la seconda settimana di confino finisse, essa aveva cosí al castello una trentina di ospiti, tutti quelli che il partito liberale, prevalendo, si proponeva di innalzare al potere. Ogni sera la marchesa teneva regolare consiglio coi meglio informati dei suoi amici. Un giorno che la sua posta da Parma e da Bologna era stata particolarmente copiosa, si ritirò di buon'ora; la cameriera di fiducia le introdusse in camera prima l'amante del cuore, il conte Baldi, giovane bellissimo quanto insignificante; e piú tardi quello che aveva preceduto il conte nel cuore della marchesa, il cavalier Riscara: un ometto, questo, nero fuori come dentro, che, avendo cominciato come ripetitore di geometria nel collegio dei nobili di Parma, si trovava ora ad essere consigliere di Stato e cavaliere di non so quanti ordini.

– Io ho la buona abitudine, – disse ai due la marchesa, – di non distruggere mai nessuna carta e me ne trovo bene; ecco qui nove lettere scrittemi in diverse occasioni dalla Sanseverina. Partirete tutti e due per Genova; là cercherete nelle galere un ex notaro che si chiama, mi pare, Buratti, come il grande poeta di Venezia, o Durati che sia. Voi, conte Baldi, sedetevi al mio scrittoio e scrivete quanto vi detto:

M'è venuta un'idea e ti scrivo. Io me ne vado a stare un po' di tempo nella mia casetta presso Castelnovo; se vuoi venire a passare una giornata con me ne sarò felicissima; non

rischi granché, mi pare, dopo gli ultimi avvenimenti: le nuvole si diradano. Comunque, non entrare in Castelnovo che
dopo aver incontrato uno dei miei, che ti vogliono tutti un
bene matto: lo troverai sulla strada. Beninteso conserverai
per questa giterella il nome di Bossi. Mi dicono che ora hai
messo su una magnifica barba da cappuccino, a Parma non
t'hanno visto che raso, come s'addice ad un gran vicario.

– Capisci, Riscara?

– Perfettamente; ma il viaggio a Genova è superfluo; conosco uno a Parma che, a dire il vero, in galera non c'è ancora stato, ma vi ha già un piede. Egli falsificherà benissimo la scrittura della Sanseverina.

A queste parole il conte Baldi sgranò tanto d'occhi: solo
adesso capiva.

– Se lo conosci tu, questo degno personaggio che vuoi
aiutare a far carriera, è chiaro che anche lui ti conosce; o la
sua amante o il suo confessore o il suo amico possono essere venduti alla Sanseverina: preferisco differire di qualche
giorno questo scherzetto e non espormi. Partite entro due
ore come docili agnellini; a Genova non andate a trovar
nessuno e tornate al piú presto.

Il cavalier Riscara scappò via ridendo e correndo e parlando in modo burlesco nel naso come Pulcinella: – Bisogna far fagotti! – gridava. – Bisogna far fagotti! – La farsa
era intesa a lasciar solo Baldi con la sua dama.

Cinque giorni dopo, Riscara riconduceva alla marchesa
l'amico tutto dolente per le scorticature; per accorciar la
strada di sei leghe, gli avevano fatto passare una montagna
a dorso di mulo: Baldi giurava che non l'avrebbero preso
piú a fare di quei *lunghi viaggi.* Egli rimise alla marchesa
tre copie della lettera che gli aveva dettato ed altre cinque
o sei lettere, della stessa scrittura, composte da Riscara,
che avrebbero potuto in seguito venire a taglio. Una conteneva delle facezie assai felici sulle tremarelle che assaliva-
no il principe alla notte e sulla deplorevole magrezza della
sua amante la marchesa Balbi che a sedersi, si diceva, lasciava sui cuscini l'impronta d'una pinza. Si sarebbe giurato
che tutte queste lettere fossero di pugno della Sanseverina.

– Ormai non ho piú dubbi, – disse la marchesa, – che il
suo amico del cuore, il Fabrizio, è a Bologna o nei dintorni.

– Io mi sento troppo male, – l'interruppe il conte Baldi;
– chiedo per piacere d'essere dispensato d'intraprendere un

secondo viaggio, o almeno mi si conceda qualche giorno di riposo per rimettermi.

– Perorerò io la tua causa, – disse Riscara; – e s'alzò a parlar all'orecchio della marchesa.

– Ebbene, sia, acconsento, – disse lei sorridendo. Ed a Baldi, sprezzantemente: – State tranquillo, non partirete.

Questi la ringraziò dal profondo del cuore.

Infatti, Riscara s'imbarcò solo sulla diligenza. Era a Bologna da appena due giorni quando vide passare su un calesse Fabrizio e la piccola Marietta. «Diavolo! – si disse, – pare che il nostro futuro arcivescovo non s'annoi: è un particolare che bisognerà far arrivare all'orecchio della duchessa: ne sarà incantata». Non ebbe che da seguire Fabrizio per sapere dove abitava: e l'indomani il giovane riceveva da una corriere la lettera compilata a Genova; la trovò sí cortina, ma non concepí alcun sospetto. La prospettiva di rivedere la duchessa e il conte lo rendeva pazzo di gioia; e, nonostante il contrario avviso di Ludovico, prese un cavallo alla posta e partí via al galoppo. A sua insaputa era seguito a poca distanza dal cavalier Riscara, il quale, arrivando alla posta prima di Castelnovo, distante sei leghe da Parma, ebbe il piacere di scorgere sulla piazza un grande assembramento davanti alla prigione; proprio allora v'avevano fatto entrare il nostro eroe ch'era stato riconosciuto, mentre cambiava il cavallo, dagli sbirri del conte Zurla.

Gli occhi porcini del cavalier Riscara s'accesero di gioia; s'informò intorno minutamente di com'era andata e spedí un corriere alla Raversi. Girandolando poi per le vie come per ammirare la bella chiesa e quindi in cerca d'un quadro, che gli era stato segnalato, del Parmigianino, s'imbatté finalmente nel podestà, il quale si affrettò a rendere i suoi omaggi al consigliere di Stato.

Riscara mostrò di stupirsi che il podestà non avesse spedito subito alla cittadella di Parma il cospiratore che aveva avuto la fortuna di far arrestare.

– C'è da temere, – aggiunse con aria indifferente, – che i suoi numerosi amici, che avant'ieri lo cercavano per aiutarlo a passare attraverso gli Stati di Sua Altezza Serenissima, non incontrino i gendarmi: son dieci o quindici a cavallo, questi ribelli.

– *Intelligenti pauca!* – rispose il podestà con un'aria d'intesa.

Capitolo quindicesimo

Due ore dopo, il povero Fabrizio ammanettato e legato con una lunga catena alla sediola sulla quale l'avevan fatto salire, partiva per la cittadella di Parma, scortato da otto gendarmi. Costoro avevano l'ordine di prendere via via con sé i gendarmi distaccati nei villaggi che il corteo doveva attraversare; il podestà in persona seguiva il prezioso prigioniero. Verso le sette del pomeriggio, scortato ormai da trenta gendarmi cui facevano codazzo tutti i monelli di Parma, attraversò la bella *passeggiata*, passò davanti al villino dove qualche mese innanzi abitava la Fausta e arrivò davanti all'ingresso principale della cittadella proprio nel momento che il generale Fabio Conti stava per uscirne con la figlia. La vettura del governatore si arrestò prima del ponte levatoio per dare il passo alla sediola; il generale lanciò l'ordine di chiudere le porte della cittadella e si affrettò a discendere nell'ufficio d'ingresso per vedere di che si trattava. Non fu piccola la sua sorpresa quando riconobbe il prigioniero. Per essere rimasto cosí a lungo in quella posizione Fabrizio era tutto intormentito, sicché quattro gendarmi l'avevano tolto su e lo portavano di peso all'ufficio di matricola. «Ho dunque in mano, – si disse il vanitoso governatore, – quel famoso Fabrizio del Dongo del quale è un anno che l'alta società di Parma non fa che discorrere!»

Tante volte il generale l'aveva incontrato alla corte, in casa della duchessa ed altrove; ma si guardò bene da aver l'aria di conoscerlo; gli sarebbe parso di compromettersi.

– Stendete, – disse all'impiegato, – un verbale ben dettagliato sulla consegna che mi vien fatta del prigioniero dall'egregio podestà di Castelnovo.

L'impiegato, Barbone, personaggio imponente pel volume della barba e pel portamento marziale, prese un'aria impettita che l'avrebbe fatto scambiare per un carceriere tede-

sco. Nella convinzione che fosse stata la duchessa Sanseverina ad impedire che il suo superiore diventasse ministro
della guerra, fu insolente piú del suo uso verso il prigioniero e gli si rivolse dandogli del *voi*, come in Italia si fa solo
coi servitori.

– Io sono prelato della Santa Romana Chiesa, – Fabrizio gli disse seccamente, – e gran vicario di questa diocesi;
basta la mia nascita a darmi diritto a dei riguardi.

– Me lo raccontate voi! – ribatté l'impiegato con insolenza. – Provatemi quel che dite, mostrandomi i brevetti
che vi dan diritto a codesti titoli rispettabilissimi.

I brevetti Fabrizio non li aveva e non replicò. Per non
dover attestare che il prigioniero era veramente Fabrizio
del Dongo, il generale non alzò gli occhi: in piedi presso
l'impiegato, continuò a guardarlo scrivere.

Ad un tratto Clelia Conti, rimasta nella carrozza ad
aspettare, udí venire dal corpo di guardia un baccano india-
volato. Ecco che cos'era successo: Barbone, intento a regi-
strare pedantescamente e con quel piglio i connotati del
prigioniero, ad un certo punto gli aveva ordinato di aprir
le vesti per verificare il numero e l'entità delle graffiature
ricevute nella lotta con Giletti.

– Impossibile! – Fabrizio aveva detto sorridendo amaramente; – mi è impossibile obbedire. Ho le manette.

– Come! – gridò il generale come cascasse dalle nuvole,
– il prigioniero ha le manette? nell'interno della fortezza?
Questo è contro i regolamenti; ci vuole un ordine, per questo! Toglietegliele!

Fabrizio lo guardò. «Che gesuita! – si disse, – è da un'o-
ra che vede il fastidio che mi dànno e fa finta d'accorgersene ora!»

I gendarmi gli tolsero le manette; ora che sapevano ch'e-
ra nipote della duchessa Sanseverina, affettavano verso di
lui una dolciastra cortesia in contrasto con le maniere del-
l'impiegato. Questi se ne irritò ed a Fabrizio che non si
spicciava:

– Andiamo dunque! facciamo presto! fate vedere questi
graffi che vi ha fatto Giletti, quando l'avete assassinato!

Allora Fabrizio s'era gettato d'un balzo sull'impiegato,
appioppandogli un tale ceffone da mandarlo ruzzoloni tra
le gambe del generale; dopodiché si rimise tranquillo. Tuttavia i gendarmi l'afferrarono per le braccia, mentre altri
ed il generale s'affrettavano a rialzare il caduto che mostrò

un viso tutto insanguinato. Altri ancora corsero a chiudere la porta dell'ufficio, figurandosi che il prigioniero tentasse di scappare ed anche il brigadiere, pur comprendendo che un simile tentativo nell'interno della cittadella non aveva nessuna probabilità di riuscita, pure, per impedir disordini e per istinto di poliziotto, venne a collocarsi davanti alla finestra. Ora, di fronte e a due passi da quella finestra, ch'era aperta, stazionava la carrozza in cui Clelia, per non assistere alla triste scena, se ne stava rannicchiata. All'udire tutto quel baccano la fanciulla si sporse a guardare. – Che succede? – chiese al brigadiere.

– È stato il giovane Fabrizio del Dongo, signorina: ha appioppato un ceffone a quell'insolente di Barbone.

– Come! è il signor del Dongo il prigioniero?

– Lui, sicuro. È perché è di grande famiglia, questo povero giovane, che si fanno tante storie. Credevo che la signorina fosse al corrente.

Clelia non lasciò piú il finestrino; quando i gendarmi intorno al tavolo si scostavano un po', lei vedeva il prigioniero. «Chi m'avrebbe detto che dovevo rivederlo cosí, quando lo incontrai sulla via di Como? Mi offrí la mano per farmi salire nella carrozza di sua madre... Era già con la duchessa! Da allora già si amavano?»

Bisogna sapere che nel partito liberale capeggiato dalla marchesa Raversi e dal generale Conti dell'intimità tra la zia e il nipote si parlava correntemente come di cosa certa. L'odiato conte Mosca era anzi per la sua dabbenaggine oggetto continuo d'epigrammi in proposito.

«Eccolo dunque prigioniero, – pensò Clelia, – e prigioniero dei suoi nemici! perché in fondo il conte Mosca, fosse pure un santo, non può non aver piacere che il suo rivale sia dentro».

Nel corpo di guardia si scoppiò a ridere rumorosamente.

– Jacopo, – chiese la fanciulla al brigadiere con voce alterata, – che c'è che ridono?

– C'è che il generale ha chiesto burbero burbero al prigioniero perché ha schiaffeggiato Barbone; e monsignor Fabrizio ha risposto senza scomporsi: «Mi ha chiamato assassino; mi mostri i titoli e i brevetti che ve lo autorizzano».

Intanto il posto di Barbone veniva preso da un detenuto in grado di scrivere; e Clelia vide uscire Barbone: s'asciugava col fazzoletto il sangue che gli scorreva copioso sulla ghigna, bestemmiando come un turco: – Gliela farò io a questo f... di Fabrizio, – gridava, – io gliela farò la pelle; sarò io il suo boia! – e simili. E siccome, per pascersi della vista del suo nemico, cosí imprecando, veniva a mettersi tra la finestra dell'ufficio e la carrozza del generale: – Levatevi di costí! – il brigadiere gli intimò; – non si bestemmia a codesto modo davanti alla signorina!

Barbone alzò il capo per guardare nella vettura. All'incontrare quegli occhi la fanciulla non poté trattenere un grido d'orrore; non aveva mai visto su una faccia umana un'espressione simile.

«Lo ammazza di certo! – si disse, – bisogna che io avverta don Cesare». Don Cesare era suo zio, uno dei preti piú rispettabili della città, al quale il fratello, generale Conti, aveva fatto dare il posto d'economo e primo cappellano della prigione.

Il generale risalí in vettura.

– Torni a casa, – chiese alla figlia, – o vuoi aspettarmi nella corte del palazzo? T'avverto che ne avrai per un pezzo. Devo far rapporto al sovrano di tutta questa faccenda.

In quella Fabrizio usciva in mezzo a tre gendarmi dall'ufficio, avviato alla stanza destinatagli, e Clelia che si sporgeva dal finestrino se lo vide lí ad un passo. Sentendola rispondere al padre: – Vengo con te, – il giovane alzò gli occhi e i loro sguardi s'incontrarono. Ciò che di quel viso soprattutto colpí il giovane fu la pietà ch'esso esprimeva. «Come è piú bella, – pensò, – da quando l'ho veduta! ha l'anima sul viso! Non han torto di paragonarla alla duchessa; ha il viso d'un angelo!»

Barbone ch'era rimasto nei pressi della vettura non senza uno scopo, fatto cenno ai gendarmi di fermarsi, passò dall'altro lato della carrozza per arrivare allo sportello al quale era il generale e dirgli:

– Visto che il prigioniero ha commesso un atto di violenza nell'interno della cittadella, non sarebbe il caso di tenerlo tre giorni ammanettato? Cosí dispone l'articolo 157 del regolamento.

– Andate al diavolo! – s'impazientí il generale, che quell'arresto preoccupava già abbastanza. Si trattava per lui di non spingere all'esasperazione né la duchessa né il conte Mosca; d'altra parte non sapeva neanche come quest'ultimo avrebbe preso la cosa. In fondo, l'uccisione d'un Gilet-

ti era un'inezia, solo gli intrighi avevano potuto farne chi
sa che cosa.

Intanto, com'era bello Fabrizio tra i gendarmi, che
espressione fiera e nobile aveva! La finezza dei suoi lineamenti, il sorriso di sprezzo che gli errava sulle labbra, che
contrasto facevano con l'aspetto plebeo dei gendarmi che
aveva ai fianchi! E di lui tutto questo non era ancora che l'e-
sterno! Estasiato della bellezza celestiale di Clelia, come
gli brillavano gli occhi! Che dolce sorpresa egli lasciava intravvedere dai suoi occhi! Immersa in questi pensieri la fanciulla non aveva pensato a ritrarsi; col piú riguardoso dei
sorrisi, il giovane la salutò; e dopo un attimo d'esitazione:
– Se non m'inganno, signorina, già una volta ho avuto
l'onore d'incontrarla. Fu presso un lago; anche allora eravamo tra i gendarmi.

Clelia s'imporporò e restò cosí confusa che non trovò
che cosa rispondere.

La commozione, la pietà che provava, le tolsero ogni presenza di spirito; accorgendosi del proprio silenzio, arrossí
ancora di piú. Proprio allora s'apriva con fracasso di chia-
vistelli la porta della cittadella: la carrozza di Sua Eccellenza era da un po' che aspettava. La volta ne rimbombò in
modo che, se anche alle labbra della fanciulla la parola che
cercava fosse venuta, Fabrizio non avrebbe piú potuto
udirla.

Portata via dai cavalli messi al galoppo appena fuori del
ponte levatoio, Clelia si diceva: «M'avrà trovato ben gof-
fa! E sarebbe niente: m'avrà creduto codarda; avrà pensato che non rispondevo al suo saluto perché lui è un prigioniero ed io la figlia del governatore».

D'animo nobile qual era, questo pensiero la disperò.
«Ciò che rende piú vergognoso il mio contegno è che la prima volta che ci incontrammo, tra i gendarmi anche allora,
come lui ha detto, la prigioniera ero io e lui mi veniva in
aiuto, mi toglieva da un brutto impiccio... È cosí, devo riconoscerlo; mi sono condotta malissimo, sono stata con lui
non solo sgarbata ma anche ingrata. Povero ragazzo! adesso che è nei guai non vedrà intorno a sé che ingratitudine.
M'aveva detto quel giorno: "Si ricorderà del mio nome a
Parma?" Come mi disprezzerà adesso! Che ci voleva a rivolgergli una parola gentile? Devo riconoscerlo, peggio di
cosí non potevo condurmi. Se quel giorno lui non m'offriva la vettura di sua madre, avrei dovuto seguire i gendarmi

a piedi, o, peggio ancora, montare in groppa dietro a qualcuno di loro; arrestato, quella volta, era mio padre ed io mi
trovavo senza protezione. Sí, peggio di cosí non mi potevo
comportare. Come l'avrà sentito uno come lui! Che contrasto fra il suo aspetto cosí nobile e il mio comportamento!
Come è nobile, lui! come è calmo! Aveva l'aria d'un eroe
tra vili nemici. La capisco, ora, la passione della duchessa;
se in una circostanza come questa che può aver per lui delle tristissime conseguenze, questo giovane è cosí, come de-
v'essere quando è felice!»

La carrozza restò in attesa piú d'un'ora nel cortile del palazzo; eppure, quando il generale, di ritorno dall'udienza,
vi risalí, Clelia aveva l'impressione di aspettare da un momento.

– Che ha detto Sua Altezza? – chiese Clelia.

– Con la bocca ha detto: *prigione*; ma con gli occhi diceva: *morte*.

– Morte! Dio mio! – esclamò la fanciulla.

– Taci, via! – s'irritò il generale. – Lo sciocco sono io a
rispondere a una bambina.

Intanto Fabrizio saliva i gradini che conducono all'altis-
sima torre Farnese, costruita sul ripiano della cittadella,
per servire da prigione. Salendoli – ed eran trecentottanta
– non una volta pensò al profondo cambiamento avvenuto
nella sua sorte o se ci pensò fu senza accorgersene neanche.
Invece: «Che sguardo! – si diceva, – quante cose esprimeva! che pietà toccante testimoniava per me! Pareva dirmi:
"La vita è tale un tessuto di guai! Non si affligga troppo di
quel che le succede: il nostro destino in questa valle di lacrime non è d'essere infelici?" Come mi guardavano quei
begli occhi, anche quando la carrozza s'allontanava in tutto
quel fracasso!»

In tali pensieri il giovane dimenticava la sciagura capita-
tagli.

Clelia accompagnò il padre in parecchi salotti; al principio della serata nessuno ancora sapeva dell'arresto del *gran
delinquente*: nome con cui due ore dopo i cortigiani desi-
gnavano il povero giovane che piú che altro era stato imprudente.

Quella sera – e fu notato – Clelia era in viso piú animata del solito; adesso era proprio l'animazione, l'interessamento a ciò che la circondava che piú mancava a quella bella creatura. Nei confronti che si facevano tra la bellezza di

lei e quella della duchessa, era soprattutto quest'aria d'insensibilità che faceva pendere la bilancia dalla parte della rivale. In Inghilterra, in Francia, dove la vanità è regina, forse il verdetto sarebbe stato l'opposto. Clelia Conti era ancora un po' troppo esile, da paragonarla alle belle figure di Guido Reni; volendo attenersi ai canoni della bellezza greca, alla sua testa si potevano rimproverare, non lo nascondiamo, dei tratti un po' marcati; ad esempio, la carnosità delle labbra, ch'eran pure d'una grazia cosí toccante.

La singolarità di quel viso in cui si rispecchiava con ingenua grazia la piú nobile delle anime, stava in ciò, che pur essendo della piú rara e singolare bellezza, non rassomigliava affatto alle teste delle statue greche.

Al contrario, la duchessa aveva un po' troppo della bellezza *canonica*: la sua testa veramente lombarda ricordava il sorriso voluttuoso e l'appassionata malinconia delle belle Erodiadi di Leonardo. Quanto la duchessa era vivace, scoppiettante di brio e di malizia, sempre pronta ad entusiasmarsi per qualunque cosa di cui si discorresse, altrettanto Clelia appariva calma e difficile all'entusiasmo, fosse per disdegno verso ciò che la circondava, fosse per rimpianto di qualche chimera assente. Per molto tempo anzi di lei si era creduto che avrebbe finito per abbracciare la vita religiosa. A vent'anni si mostrava ancora restia a recarsi ai balli e se ci andava col padre, era soltanto per obbedienza e per assecondarne l'ambizione.

Nella sua volgarità troppo spesso il generale si diceva: «Pensare che il cielo m'ha dato per figlia la piú bella creatura che s'incontri negli Stati di Parma, la piú virtuosa! E che da una simile figlia io non potrò trarre mai alcun partito per avanzare nella carriera! Vivo troppo isolato, non ho che lei al mondo; mentre avrei assoluta necessità d'una famiglia che mi mettesse in vista nella società, di salotti dove in ogni discorso di politica venissero fatte spiccare le benemerenze e soprattutto l'attitudine che ho a diventar ministro. Ebbene, a farlo apposta, mia figlia, cosí bella, cosí saggia, cosí devota, basta che un giovane ben visto alla corte cerchi di farle gradire i suoi omaggi perché diventi scontrosa, si indisponga. Messo alla porta il pretendente, si rasserena e diventa quasi gaia, pronta a rabbuiarsi appena un altro si presenta. L'uomo piú bello della corte, il conte Baldi, si è fatto avanti e non le andava; si presentò dopo di lui l'uomo piú ricco degli Stati di Sua Altezza, il marchese Crescenzi: pretende che, se lo sposasse, sarebbe infelicissima».

«Senza dubbio, – altre volte il generale si diceva, – gli occhi di mia figlia sono piú belli di quelli della duchessa; soprattutto perché a volte, sebbene raramente, prendono un'espressione piú profonda; ma quando la prendono, chi li vede? Non c'è mai caso che questo avvenga in un salotto dove ci potrebb'essere chi la apprezza; ma a passeggio, quando è sola con me e si lascia commuovere, che so io, dalle miserie d'un sudicio villano. "Un po' dello splendore che hai negli occhi", le dico io, "serbalo pei salotti dove stasera andremo". Macché! se si degna di accompagnarmi in società, il suo viso nobile e puro è la personificazione altera e scoraggiante dell'obbedienza passiva, non fatta proprio per incoraggiare».

Il generale, come si vede, faceva del suo meglio per trovarsi un genero a modo; ma non aveva torto in ciò che diceva.

I cortigiani, che non han nulla da guardare dentro di sé perché all'interno sono vuoti, dell'esterno non si lascian sfuggire nulla: cosí avevano notato che nei giorni che Clelia era prigioniera delle sue care fantasticherie e non ce la faceva a fingere interesse per alcunché, soprattutto in tali giorni la duchessa le stava presso e cercava di farla discorrere. Clelia aveva dei capelli biondo-cenere che risaltavano delicatamente sulle guance d'un colorito fine, ma di solito un po' troppo pallido. Ad un osservatore attento sarebbe bastata quella fronte a rivelargli che quell'aria cosí nobile, quel portamento cosí signorile derivavano da un assoluto disinteresse per tutto ciò che è volgare. Distacco appunto era il suo, non già mancanza d'interesse. Dacché suo padre era governatore della cittadella, lassú dove abitava la fanciulla si sentiva felice; e, se non proprio felice, esente almeno da crucci. Il numero scoraggiante di gradini che occorreva salire per giungere all'appartamento del governatore lassú sulla spianata della grossa torre, allontanava le visite noiose; e Clelia poteva cosí godere della libertà che le avrebbe dato il convento: ché al convento, quando pensava di monacarsi, altra felicità quasi non avrebbe chiesto. La sola idea di sacrificare la sua cara solitudine e i suoi pensieri ad un uomo, che la qualità di marito avrebbe autorizzato a turbare tutta la sua vita intima, la sgomentava. Se quella solitudine non era ancora la felicità, le risparmiava per lo meno sensazioni troppo dolorose.

Il giorno in cui Fabrizio era stato chiuso in fortezza, la duchessa incontrò Clelia alla serata del ministro degli interni, conte Zurla; tutti facevano cerchio intorno alle due donne; quella sera la fanciulla vinceva l'altra in bellezza. I suoi occhi avevano un'espressione cosí strana e profonda da parere quasi indiscreti; c'era in essi pietà, ma anche sdegno e collera. La gaiezza e la brillante conversazione della duchessa facevano a Clelia una pena che a momenti rasentava lo spavento. «Come griderà e gemerà questa povera donna, – essa pensava, – quando verrà a sapere che il suo amante, quel giovane cosí nobile e magnanimo, è stato buttato in prigione! E che magari sarà condannato a morte, come mio padre m'ha detto lasciavano temere gli sguardi del sovrano! *O potere assoluto, quando cesserai di pesare sull'Italia?* Anime basse e venali! Ed io che son la figlia d'un carceriere! come tale mi son del resto comportata, non degnandomi di rispondere a Fabrizio: a lui, al quale devo riconoscenza! Di me che penserà ora, solo nella sua stanza, davanti a una lucernetta?» E messa sossopra da questo pensiero, guardava con avversione i salotti che sfolgoravano di luce.

– Mai, – si dicevano i cortigiani che intorno alle due belle cercavano ogni occasione per unirsi alla loro conversazione, – mai si son parlate cosí animatamente e con tanta intimità –. Che forse la duchessa, sempre attenta a sventare gli odî che il primo ministro suscitava, avesse combinato per Clelia un qualche grande matrimonio? Aiutavano a crederlo gli occhi della fanciulla: quando mai in quegli occhi avevano visto tanto fuoco? erano piú intensi si può dire di quelli della duchessa. Questa, dal canto suo era stupita, anzi rapita addirittura, sia detto a suo onore, dalle grazie che scopriva solo adesso in quella giovinetta cosí schiva; da un'ora se la guardava con un piacere che ben di rado aveva provato in cospetto d'una rivale. «Ma che succede? – si chiedeva, – mai è stata cosí bella, cosí cara: che il suo cuore si sia svegliato? Ma sarebbe in questo caso un amore infelice: tanta animazione non riesce a nascondere un cupo dolore. Ma neanche; perché l'amore infelice si chiude nel silenzio. Che voglia mica con un successo in società riconquistare un cuore che le sfugge?» E cercava intorno con gli occhi di chi si potesse trattare: ma non scorgeva che visi fatui piú o meno paghi di sé: non una fisionomia che lasciasse sospettare. «Il fatto ha del miracoloso, – si diceva, piccata di non capire. – Dov'è il conte Mosca, lui che penetra ogni segreto? No, non m'inganno, è me che Clelia guarda; con un'attenzione mi guarda, come se avessi risvegliato in lei un interesse tutto nuovo. O che sia suo padre, quel turpe cortigiano, che gli abbia ordinato di farmi la corte? Se mai, non la credevo, lei cosí giovane e d'animo cosí elevato, capace di fingere per interesse. Che il generale abbia qualche grosso favore da chiedere al conte?»

Fu solo verso le dieci che alla duchessa s'appressò un amico e le disse qualche cosa sottovoce; Clelia, vedendola impallidire, le prese la mano e osò stringergliela.

– Grazie; la capisco adesso... Ha del cuore, – mormorò la duchessa, facendo uno sforzo su se stessa; e non riuscí a pronunciare piú che qualche parola. Si alzò, accompagnata sino alla porta dalla padrona di casa: onore dovuto solo alle principesse di sangue e che in quel momento la duchessa sentí come un controsenso. Nel tragitto poté solo sorridere alla contessa Zurla: ma per quanti sforzi facesse non le riuscí di spiccicare una parola.

A seguirla con lo sguardo attraverso quei salotti rigurgitanti del fior fiore dell'aristocrazia, gli occhi di Clelia si gremirono di lacrime. «Che ne sarà di quella povera donna, – si disse, – una volta sola nella sua carrozza? Sarebbe un'indiscrezione offrirmi di accompagnarla, non oso... Eppure che conforto sarebbe pel poveretto che sarà lassú, in qualche stanzaccia della prigione, sapersi amato a questo punto! Che cosa atroce per lui trovarsi cosí di colpo solo! mentre noi ce ne stiamo qui in questi salotti sfolgoranti! Orrore! Non ci sarebbe modo di fargli arrivare una parola? Ma che mi viene in mente mai? sarebbe tradire mio padre! La posizione di mio padre è già cosí difficile, tra i due partiti in lotta! Che avviene di lui se si espone all'odio della duchessa che ha dalla sua il primo ministro, padrone per tre quarti del potere? Dall'altra parte c'è il principe che s'occupa personalmente di tutto ciò che succede alla fortezza ed in questo non transige; la paura lo rende crudele... Comunque, la situazione di Fabrizio è ben peggiore, – Clelia non lo chiamava piú *il signor del Dongo*; – per lui si tratta di ben altro che di perdere un posto redditizio!... E la duchessa!... Che paurosa passione dev'essere l'amore, del quale pure tutti parlano come d'una fonte di felicità! E

spingono la menzogna sino a rimpiangere le donne d'età
perché non possono piú ispirare né provare amore!... Oh
non lo scorderò mai piú, quello che ho ora visto coi miei
occhi: il cambiamento improvviso al quale ho ora assistito.
Appena il marchese N. le ha sussurrato la notizia, come sono diventati tetri, spenti gli occhi della duchessa prima cosí belli, cosí raggianti! Bisogna che Fabrizio sia ben degno
d'essere amato!»

Assorbita tutta in questi pensieri, i complimenti coi quali continuavano ad assediarla suonavano al suo orecchio
piú che mai irritanti. Per liberarsene, si rifugiò nel vano
d'una finestra aperta, dietro la tenda che la chiudeva: in
quella specie di rifugio sperava che nessuno avrebbe osato
seguirla. La finestra dava su un boschetto d'aranci piantati
in piena terra, riparato d'inverno da stuoie. La fanciulla re-
spirava con delizia il profumo di quegli alberi in fiore, si
sentiva calmare da quel profumo. «Ha un'aria ben nobile,
Fabrizio! ma ispirare una tale passione ad una dama cosí
distinta! Una donna che può vantarsi d'aver respinto gli
omaggi del principe: bastava che lo volesse, sarebbe stata
qui regina... Non m'ha detto il babbo che il principe non
avrebbe esitato, divenendo libero, a sposarla? E non dura
da ieri questo suo amore per Fabrizio! Perché sono passati
cinque anni buoni da quando li incontrammo insieme sul
lago di Como!... Cinque anni, sí, – si disse dopo un momento di riflessione. – Sin d'allora sono rimasta colpita dal bene
che si volevano e ero troppo bambina, tante cose mi passavano inosservate... Tutte e due quelle signore che ammirazione mostravano per lui!»

Vedendo che nessuno dei giovani che la perseguitavano
con la loro corte s'accostava al balcone, Clelia ne gioí in
cuore. Uno di essi, il marchese Crescenzi, aveva sí fatto
qualche passo nella sua direzione, ma poi s'era fermato ad
un tavolo al quale si giocava. «Almeno, – si diceva la fanciulla, – dalla mia finestretta, la sola in ombra, godessi la
vista di piante come queste! sarei meno triste; invece non
ho davanti agli occhi che gli enormi blocchi di pietra della
torre Farnese. Ah! e chi mi dice, – si disse trasalendo, – che
non l'abbiano chiuso proprio là! Mi tarda di poter parlare
a don Cesare! lui si mostrerà meno severo del babbo. Il
babbo non mi dirà certamente nulla, ma da don Cesare saprò tutto. Coi soldi che ho potrei acquistare qualche pianta
d'arancio; le metterei sotto la finestra dell'uccelliera: cosí

non vedrei piú quell'orribile muraglia della torre. Quel muro, ora che conosco una delle persone ch'esso priva della luce del sole, mi sarà anche piú odioso!... Sí, è proprio la terza volta che lo vedo: una volta alla corte, in occasione del ballo per il compleanno della principessa; oggi, in mezzo a tre gendarmi, con quell'orribile Barbone che voleva farlo ammanettare, piú la volta del lago di Como... Son passati cinque anni da allora. Che aria di sbarazzino aveva quel giorno! che occhiacci faceva all'indirizzo dei gendarmi e come se lo guardavano la madre e la zia! C'era un segreto, certo, quel giorno tra loro; qualche cosa, per cui ho poi pensato che avesse anche lui motivo di temere i gendarmi... – E trasalendo: – Ma com'ero ignorante! Senza dubbio già allora la duchessa sentiva qualche cosa per lui... Le signore erano evidentemente imbarazzate dalla mia presenza; ma quando ci si furono un po' avvezzate, lui come ci fece ridere! Ed io oggi non ho saputo rispondere una parola alle sue! L'ignoranza e la timidezza lasciano spesso credere a qualche cosa di assai peggio! Ed io mi trovo ad essere cosí a vent'anni suonati! Non ho torto a pensare di farmi monaca; sono adatta solo a vivere in un convento. Si vede che è la figlia d'un carceriere! si sarà detto. Mi disprezzerà e, appena potrà scrivere alla duchessa, le dirà del modo che mi sono comportata e lei mi crederà una piccola ipocrita; mentre stasera ha potuto credermi piena di simpatia per la sua disgrazia».

In quella Clelia sentí che qualcuno s'avvicinava, evidentemente con l'intenzione di appoggiarsi alla balaustrata al suo fianco; pur rimproverandosene, si sentí contrariata: non le davano soltanto amarezza i pensieri ai quali si veniva a strapparla. «Ecco un importuno che non avrà a rallegrarsi dell'accoglienza che gli farò!» pensò. E volgeva con fierezza il capo, quando scorse venire avanti timidamente l'arcivescovo. «Questo sant'uomo non sa fare, – pensò Clelia, – perché venire a disturbare una povera ragazza come me? Che non ha altro bene che lo starsene in pace?» Lo salutava rispettosamente, ma un poco sulle sue, quando il prelato le disse:

– Signorina, la conosce la brutta notizia?

Gli occhi di lei abbuiandosi avevano già risposto di sí; ma si ricordò quello che suo padre non si stancava di ripeterle e fingendo una curiosità contraddetta dallo sguardo:

– Non so nulla, monsignore!

– Il mio primo vicario, il povero Fabrizio del Dongo, colpevole quanto lo sono io della morte di quel brigante di Giletti, l'hanno preso a Bologna dove viveva sotto il nome di Giuseppe Bossi e l'han chiuso da lei nella cittadella. C'è arrivato *incatenato* al veicolo sul quale l'han tradotto qui. Una specie di secondino, che si chiama Barbone, uno che è stato graziato – aveva ucciso un suo fratello – ha cercato di usar con lui i modi piú villani; ma il mio amico non è uomo da tollerare insulti. L'ha buttato a terra, per cui l'hanno ammanettato e l'han cacciato in una segreta a venti piedi sotto terra.

– Ammanettato, no!...

– Sa qualche cosa allora, – esclamò l'arcivescovo e il suo viso s'illuminò. – Ma prima di tutto, siccome possono venire ad interromperci, vuol avere la bontà di rimettere personalmente a don Cesare l'anello pastorale che le do?

La giovinetta lo prese, ma si mostrava imbarazzata dove metterlo per non correre il rischio di smarrirlo.

– Se lo metta al pollice, – disse l'arcivescovo e gliel'infilò. – Posso contare che lo consegnerà?

– Sí, monsignore.

– Ed ora mi promette il segreto su quanto adesso le chiedo, s'anche non crede di poter esaudire la mia preghiera?

– Ma sí, monsignore! – Tremava tuttavia, vedendo l'aria grave che il vecchio aveva preso nel rivolgerle la domanda. – Il nostro venerabile arcivescovo non può darmi che degli ordini degni di lui e di me.

– Dica a don Cesare che gli raccomando il mio figlio adottivo; so che gli sbirri non gli han dato il tempo di togliere con sé il breviario. Preghi a mio nome don Cesare di dargli il suo: se domani egli viene all'arcivescovato gliene darò un altro io in sostituzione. Cosí lo preghi, sempre a mio nome, di rimettere al signor del Dongo l'anello che figura ora alla sua bella mano.

L'arcivescovo fu interrotto dal generale che veniva a riprendersi la figlia; il prelato ne profittò per una breve conversazione nella quale fu molto abile. Senza accennare affatto al nuovo prigioniero, avviò il discorso in modo da poter collocare senza parere qualche massima morale e politica; disse ad esempio:

– Ci sono nella vita di corte dei momenti di crisi che decidono l'avvenire dei personaggi piú eminenti. Potrebb'essere per questi una grandissima imprudenza cambiare in *odio personale* un disaccordo politico che sovente è la semplice conseguenza delle reciproche opposte posizioni.

E lasciandosi prendere un po' la mano dal cocente dolore che un arresto cosí inatteso gli cagionava, si spinse sino a dire che certo ognuno aveva il diritto di conservarsi il posto conquistato, ma che sarebbe stata una imprudenza gratuita attirarsi in esso odî implacabili, prestandosi a cose che il mondo non dimentica.

In carrozza con la figlia il generale sbottò a dire:

– Si possono chiamare minacce, queste! Delle minacce a un pari mio! – E per venti minuti nella carrozza piú nessuno parlò.

Accettando dall'arcivescovo l'anello pastorale, Clelia s'era ripromessa di parlare al padre, appena in vettura, del piccolo servigio che il prelato le chiedeva; ma, dopo la parola *minacce* pronunciata cosí irosamente, fu certa che il padre le avrebbe impedito di far la commissione; e coprí l'anello con la sinistra e lo strinse appassionatamente. Tuttavia, pia e timorata com'era, durante il tragitto non cessò di domandarsi se tacere non fosse una colpa e a questa idea il cuore le batteva come di rado. Ed ancora cercava come parlare a suo padre senza ottenerne un rifiuto, quando, all'appressarsi della carrozza, dallo spiazzo sopra la porta della fortezza echeggiò il *Chi vive!* della sentinella. E neanche nel salire i trecentosessanta gradini che conducevano all'abitazione del governatore la fanciulla trovò le parole che le occorrevano.

Corse a parlare della cosa allo zio, ma s'ebbe una sgridata ed il rifiuto di prestarsi ad alcunché.

Capitolo sedicesimo

— Ebbene, — esclamò il generale rivedendo don Cesare, — ecco ora la Sanseverina messa nel caso, per beffarsi di me, di buttare centomila scudi nel tentativo di farmi scappare il prigioniero!

Ma ci tocca pel momento lasciare Fabrizio nella prigione, in cima alla cittadella dove gli fan buona guardia e dove lo ritroveremo a suo tempo, forse un po' cambiato. Dobbiamo ora occuparci della corte dove vedremo decidere il suo destino, un groviglio d'intrighi e in primo luogo le passioni d'una donna sventurata. Invece, chi l'avrebbe creduto? la causa di tutto ciò, Fabrizio, che un simile momento aveva tanto paventato, nel salire sotto gli occhi del governatore i trecentonovanta gradini che lo conducevano alla prigione, poteva dirsi che non trovava il tempo di pensare alla propria disgrazia.

Rientrando dalla serata in casa del conte Zurla, la duchessa congedò d'un gesto le donne; quindi, lasciandosi cadere completamente vestita sul letto, uscí nel grido: — Fabrizio è alla mercè dei suoi nemici! e forse per causa mia me lo avveleneranno! — Parole che riassumevano tutta la situazione. Ed ora, come descrivere l'eccesso di disperazione che seguí, in una donna come quella, cosí poco logica, cosí schiava dell'impressione del momento e, sebbene non se lo confessasse, perdutamente innamorata del giovane incarcerato? Furono grida inarticolate, scatti di rabbia, convulsioni; ma non una lacrima. Aveva congedato le donne per non farsi vedere, certa che appena sola sarebbe scoppiata in singhiozzi; ed invece le lacrime, questo primo sfogo dei grandi dolori, non venivano. La collera, l'indignazione, il senso della propria impotenza davanti al principe soverchiavano in quell'animo altero lo stesso dolore.

«Che umiliazione! – ripeteva. – Mi oltraggiano; peggio

ancora, mettono a repentaglio la vita di Fabrizio; ed io non
potrò vendicarmi! Non potrò? Adagio, principe! voi mi togliete la vita, è in poter vostro farlo; ma io vi toglierò la
vostra! Ahimè, povero Fabrizio, a te che servirà? Che differenza oggi dal giorno che volevo lasciar Parma! E sí che
quel giorno mi credevo infelice! Com'ero cieca! Mi credevo infelice perché stavo per troncare per sempre una vita
amena. Ahimè! che senza saperlo ero vicina ad un avvenimento che avrebbe deciso del resto dei miei giorni! Se per
le sue turpi abitudini di supina cortigianeria, il conte non
avesse soppresso la frase *iniqua procedura* nel fatale biglietto
to che avevo strappato alla vanità del principe, eravamo salvi; sebbene io sia stata piú fortunata che abile, lo riconosco, nel mettere in gioco il suo amor proprio a proposito
della sua cara Parma. Allora minacciavo di partire, ero libera, allora... Ed ora, chi piú schiava di me? Adesso eccomi,
io, qui inchiodata in questa infame cloaca e Fabrizio incatenato nella cittadella! in quella cittadella che per tanta gente di merito è stata l'anticamera della tomba! Ed io non
posso piú tener buona quella tigre con la minaccia di abbandonare la sua tana. Egli è troppo furbo per non sentire
che io non potrò mai allontanarmi dalla maledetta torre dove è incatenato il mio cuore. Adesso la vanità ferita di quest'uomo ne inventerà d'ogni genere; piú crudeli saranno,
piú lusingheranno la sua incommensurabile vanità. Se la ri-
comincia con le sue insipide proposte galanti, se mi viene
a dire: "Gradisca gli omaggi del suo schiavo o dica addio a
Fabrizio", ebbene, rieccoci alla vecchia storia di Giuditta...
Sí, ma se per me non è che un suicidio, è però decretare la
morte di Fabrizio: quello scemo di principe reale e quel
boia di Rassi lo fanno impiccare come mio complice...»
    Gemette: l'alternativa dalla quale non vedeva modo d'u-
scire metteva il suo cuore alla tortura. Nel proprio turbamento non scorgeva altra probabilità per l'avvenire. Si dibatté sul letto come una pazza; finché all'accesso non seguí
un breve sonno di spossatezza: era sfinita. Quando da quel-
l'assopimento si destò di soprassalto si trovò seduta sul letto: stava sognando che il principe voleva decapitare Fabrizio sotto i suoi occhi. Che sguardi smarriti si gettò intorno! Quando si fu persuasa che nella stanza non c'era né
principe né Fabrizio, ricadde sul letto a giacere e fu lí lí per
svenire. Era debole al punto che non si sentiva piú la forza
di cambiare di posizione. «Dio mio! potessi morire! – pen-

sò. – Ma abbandonare in questo momento Fabrizio quale viltà sarebbe! Io vaneggio... Suvvia, guardiamo le cose come sono; esaminiamo con calma l'orrenda situazione in cui mi sono venuta a cacciare. Che pazzia non è stata la mia di venire ad abitare la corte d'un principe assoluto! d'un tiranno che conosce tutte le sue vittime! al quale ogni loro sguardo pare una sfida! Ahimè! è ciò che né io né il conte considerammo quando lasciai Milano; io non pensavo ad altro che all'attrattiva che poteva offrire una corte piacevole: speravo di trovare qui molto meno certo, ma insomma qualche cosa che mi ricordasse i bei giorni del principe Eugenio. Da lontano non ci si fa nemmeno un'idea di quello che è l'autorità d'un despota che conosce di vista tutti i suoi sudditi. Veduto dall'esterno, è un despotismo eguale a quello degli altri governi; anche qui per esempio ci sono dei giudici, ma si chiamano Rassi. Quel mostro! farebbe impiccare suo padre, senza battere ciglio, se il principe glielo ordinasse... e chiamerebbe codesto compiere il proprio dovere! Corrompere Rassi! Disgraziata che sono! che mezzi ho per farlo? Che posso offrirgli? centomila lire, mettiamo. Ma se un cofanetto con dentro diecimila zecchini d'oro glielo ha ancora mandato, dicono, il principe, quando la disdetta che perseguita questo sventurato paese l'ha fatto scampare all'ultimo attentato! E se anche non fosse, quale somma di danaro potrebbe corromperlo? Un'anima di fango come Rassi, che negli sguardi che la gente gli rivolgeva non aveva finora visto che disprezzo, qui ha adesso il piacere di vedervi della paura e persino del rispetto; e c'è magari la possibilità che diventi ministro della polizia, perché no? Allora i tre quarti degli abitanti diventeranno al suo cospetto striscianti cortigiani e tremeranno servilmente davanti a lui come lui ora davanti al principe. Poiché fuggire da questo aborrito luogo non posso, bisogna almeno che io sia utile a Fabrizio. Se ci vivo solitaria e disperata, che posso fare allora per lui? Orsú, in piedi, disgraziata donna! fa' il tuo dovere, va' in società, fingi di non pensar piú a Fabrizio... Ah! fingere di dimenticarti, caro angelo!»

A queste parole la duchessa scoppiò in lagrime; finalmente poteva piangere! Quando si fu sfogata, s'accorse con gioia che le sue idee si cominciavano a schiarire. «Possedere il tappeto magico, – pensò, – portar via Fabrizio dalla cittadella e rifugiarmi con lui in qualche felice paese, al sicuro da tutti, a Parigi, per esempio. Vivremmo là, per cominciare, colle milleduecento lire che l'amministratore di suo padre m'invia con tanta puntualità. Da quello che resta della mia fortuna potrei bene racimolare altre centomila...» E con la calda fantasia già si figurava la vita che trascorrerebbero insieme a trecento leghe da Parma, abbellendola di minuti particolari che la facevano trasalire di gioia. «Là, – si diceva, – Fabrizio sotto un falso nome potrebbe entrare nella carriera militare. Farebbe presto a farsi notare nel reggimento, sarebbe felice...»

Queste rosee prospettive la fecero ripiangere, ma erano stavolta lacrime dolcissime. Altrove, era dunque ancora possibile essere felici! Si crogiolò a lungo in quei pensieri: la poveretta aveva orrore di ritrovarsi a tu per tu con la spaventosa realtà.

Già l'alba imbiancava nel giardino la vetta degli alberi, quando si fece violenza. «Fra qualche ora, – si disse, – dovrò affrontare la situazione, dovrò agire e se m'aspetta qualche cosa che metta i miei nervi alla prova, se ad esempio il principe ha la faccia tosta di rivolgermi qualche parola a proposito di Fabrizio, come mi trovo ora, non sono sicura di poter conservare la necessaria calma. Per cui è adesso, qui, che devo prendere le mie decisioni.

Vediamo: se mi dichiarano rea di macchinazioni contro lo Stato, devo aspettarmi che Rassi faccia confiscare tutto ciò che trova qui. Grazie a Dio, come sempre, il primo del mese il conte ed io abbiamo bruciato tutte le carte che potrebbero dar buon gioco alla polizia; ed è ministro della polizia, il conte: questo è il bello! Io posseggo tre diamanti d'un certo valore; domani mando Fulgenzio, il mio barcaiolo di Grianta, a metterli al sicuro a Ginevra. Perché se Fabrizio riesce mai a scappare (gran Dio, fatemi questa grazia! – e si segnò –) il marchese del Dongo nella sua incommensurabile vigliaccheria troverà che è un crimine mantenere un uomo perseguitato da un principe legittimo: in questo caso i miei diamanti gli assicureranno almeno il pane.

Licenziare il conte, ecco un'altra cosa da fare: trovarmi a tu per tu con lui dopo quello che è successo, è superiore alle mie forze. Poveretto! non mica che sia un cattivo uomo, al contrario: è solo un debole; non ha un animo all'altezza dei nostri. Caro mio Fabrizio, potessi averti un momento qui tu con me, per consigliarci insieme!

La meticolosa prudenza del conte intralcerebbe tutti i

miei progetti e d'altronde non voglio trascinarlo nella mia rovina... Infatti, che meraviglia ci sarebbe se nella sua vanità offesa il principe mi gettasse in prigione? Mi si farebbe passare per una cospiratrice: che di piú facile a provare? In questo caso se finissi anch'io alla cittadella e corrompendo qualche secondino potessi anche per un momento parlare a Fabrizio, la morte con lui non mi farebbe piú nessuna paura! Ma queste sono fantasie. Rassi saprebbe bene consigliare al sovrano di farla finita con me avvelenandomi; perché vedermi trascinata su una carretta per le strade, ai sudditi potrebbe fare cattiva impressione... Ma via! sempre romanzi mi fabbrico! sebbene sia ben scusabile in una povera donna come me, messa dinnanzi ad una cosí atroce realtà! La verità è che il principe non mi manderà alla morte; probabilissimo invece che mi getti in prigione e mi ci lasci chi sa quanto; in qualche canto del palazzo fa nascondere delle carte sospette, come han fatto per quel povero L.; con simili prove, una dozzina di testimoni falsi, e tre giudici, anche non infami del tutto, bastano. Come cospiratrice potrò essere condannata a morte; allora il principe avrà buon gioco a far sfoggio di clemenza; in considerazione che una volta ho avuto l'onore d'essere ammessa alla sua corte, mi commuterà la pena di morte in dieci anni di fortezza. Ma io, per non smentire quel carattere violento che ha fatto le spese di tante stupide ciarle della marchesa Raversi e delle altre mie nemiche, avrò il coraggio di prendere il veleno. Sarà questo almeno ciò che il pubblico avrà la bontà di credere; ma scommetto che il Rassi mi risparmierà quell'atto di coraggio: verrà lui nella segreta a recarmi galantemente da parte del principe una dose di stricnina o l'acquetta di Perugia.

Sí, è necessario che io la rompa clamorosamente col conte; non voglio trascinarlo nella mia perdita, sarebbe una mal'azione; poveretto, mi ha amata con tanto candore! Stupida fui io a credere in un cortigiano, quale lui è irrimediabilmente, potesse restare tanta anima da farlo capace d'amore. Molto probabilmente il principe troverà qualche pretesto per cacciarmi in prigione; egli temerà che io metta su l'opinione pubblica a favore di Fabrizio. Il conte è uomo d'onore: non esiterà un momento a fare ciò che tutti questi straccioni nel loro sbalordimento chiameranno una pazzia; pianterà la corte. Io ho sfidato l'onnipotenza del principe la sera del biglietto; dal suo orgoglio ferito posso attendermi di tutto; un principe non scorda mai una figura come quella. D'altra parte il conte, una volta che io abbia rotto con lui, si trova nella migliore condizione per aiutare Fabrizio. Ma se invece, nella sua disperazione, si vendicasse? Ecco un'idea che non gli verrà mai: egli non ha l'animo basso del principe; il conte può, con lo strazio nel cuore, controfirmare un decreto infame, ma ha dell'onore. E poi, vendicarsi di che? del fatto che, dopo averlo amato cinque anni, senza mancare mai in niente verso di lui, gli dico: "Caro conte, ho avuto il bene di amarla; ora, quella fiamma si è spenta, non l'amo piú, ma conosco il suo cuore a fondo, serbo per lei una profonda stima e la considererò sempre il migliore dei miei amici". Che cosa può rispondere un gentiluomo ad una cosí franca dichiarazione?

Mi prenderò un nuovo amante, almeno cosí la gente crederà. A questo amante dirò: "In fondo, il principe non ha torto di punire la sventatezza di Fabrizio; ma il giorno del suo onomastico, il nostro sovrano è cosí magnanimo che, scommetto, lo rimetterà in libertà". A questo modo guadagno sei mesi. Il nuovo amante, che prudenza mi consiglia di prendere, sarebbe codesto giudice venduto, questo infame carnefice, codesto Rassi. Quanto ne guadagnerebbe il suo prestigio! Gli aprirei la porta del bel mondo. Scusami, caro Fabrizio! ma sarebbe al di sopra delle mie forze! Quel mostro, ancora imbrattato del sangue del conte P. e di D.! Col suo solo avvicinarsi mi farebbe svenire d'orrore; o, meglio, m'armerei d'un coltello e glielo immergerei nel cuore. Non mi domandare l'impossibile!

Sí: soprattutto scordare Fabrizio! e non ombra di risentimento verso il principe! Devo riprendere la mia solita gaiezza, che farà tanto piú impressione su queste anime di fango in quanto, in primo luogo, avrò l'aria di sottomettermi di buon grado alla volontà del loro sovrano; in secondo luogo perché, ben lontana dal prendermi beffa di essi, metterò ogni impegno a far risaltare i loro piccoli meriti; per esempio complimentando il conte Zurla pel buon gusto che mostra ad inalberare sul cappello la piuma bianca, che lo rende felice e che ha fatto venire da Lione per corriere.

Scegliermi un amante nel partito della Raversi... Se il conte se ne va, il partito della Raversi sarà quello al potere. Governatore della cittadella sarà allora un amico della Raversi, perché Fabio Conti diverrà ministro. In che modo, mi chiedo, il principe, uomo che ama la buona compagnia, uomo di spirito, con l'abitudine che ha di sbrigare piacevolmente le pratiche di Stato col conte, potrà trattar d'affari con quel bue, con quel re degli stupidi, che in tutta la sua vita non ha avuto altro problema capitale da risolvere che questo: se i soldati di Sua Altezza debbono avere sul petto sette bottoni oppure nove? Sono delle simili bestie, invidiose di me – ed ecco dove risiede il pericolo per te, caro Fabrizio! – sono di simili bestie che decideranno della mia sorte e della tua! Sicché non devo permettere che il conte vada via dal ministero! Resti, anche a costo di umiliazioni! Egli si figura che presentare le proprie dimissioni sia il maggior sacrificio che un primo ministro possa fare! e tutte le volte che lo specchio gli dice che invecchia, lui mi offre questo sacrificio. Dunque rottura completa con lui; sí, e riconciliazione solo nel caso in cui riconciliarmi sia l'unico modo di impedirgli di andarsene. Certo nel congedarlo gli farò sentire che ho per lui la massima amicizia; ma dopo il fatto che nel biglietto del principe ha omesso, per piatta piaggeria cortigianesca, la frase *iniqua procedura*, sento che per non odiarlo ho bisogno che passi qualche mese senza che lo veda. Quella fatale sera non avevo bisogno che la sua intelligenza mi venisse in soccorso; sarebbe bastato ch'egli scrivesse sotto mia dettatura; non aveva che scrivere quella frase *che io avevo ottenuto* imponendomi; il suo malvezzo di strisciante cortigiano ha rovinato tutto. Il giorno dopo mi ha spiegato che non poteva far firmare al principe una frase assurda come quella; che allora ci sarebbero volute delle *lettere di grazia*; eh, buon Dio, quando si ha che fare con gente simile, con quei mostri di vanità e di rancori che sono i *Farnesi*, si prende quel che si può».

A questa idea l'ira della duchessa si riaccese. «Il principe m'ha ingannata, – si diceva, – e come vilmente! Fosse stupido, tardo, mentecatto: avrebbe delle attenuanti; non ne ha altra che la bassezza delle sue passioni! Quante volte l'abbiamo notato col conte! non diventa volgare che quando s'immagina che si voglia offenderlo. Ebbene, il delitto di Fabrizio è estraneo alla politica, è un assassinio da nulla come in questi felici Stati ne avvengono cento all'anno; il conte m'ha giurato che, da sue indagini condotte personalmente a fondo, Fabrizio risulta innocente. Quel Giletti non era un uomo senza fegato: vedendosi a due passi dalla frontiera gli è venuto tutto a un tratto il ghiribizzo di disfarsi d'un rivale che andava a genio».

La duchessa s'indugiò a lungo ad esaminare se qualche cosa ci fosse che lasciasse credere Fabrizio colpevole; non già ch'essa considerasse una grave colpa, per un gentiluomo della condizione di suo nipote, sbarazzarsi dell'impertinenza d'un istrione; ma ora nella sua disperazione cominciava a capire che non le sarebbe stato cosí facile dimostrare l'innocenza di Fabrizio. «No, non è colpevole! – si disse infine, – ecco qua una prova decisiva: mio nipote è come mio marito, il povero Pietranera; ha sempre qualche arma in saccoccia, e quel giorno Fabrizio non aveva che un pessimo fucile ad un unico colpo, che non era neppur suo: se l'era fatto prestare da uno degli operai. Detesto il principe perché mi ha ingannata e nel modo piú vile; ha scritto il biglietto di condono e subito dopo ha fatto rapire il povero ragazzo a Bologna eccetera. Oh, ma faremo i conti!»

Verso le cinque del mattino, spossata da un cosí lungo accesso di disperato dolore, suonò. Alle sue donne sfuggí un grido quando la videro sul letto completamente vestita, bianca come le lenzuola e con gli occhi chiusi; non s'era neanche tolti i diamanti; pareva morta, composta per la veglia funebre. Se non l'avessero sentita suonare, l'avrebbero creduta per lo meno svenuta. Qualche rara lacrima le scorreva ancora sulle guance insensibili. Solo da un cenno capirono che chiedeva d'essere messa a letto.

Il conte già due volte era venuto ad annunciarsi; non ottenendo di vedere la duchessa, le aveva lasciato scritto: «Ho da chiederle un consiglio per me stesso: devo conservare il mio posto dopo l'affronto che si osa farmi? Il giovane è innocente; ma, s'anche non lo fosse, si era in diritto di arrestarlo senza prevenirmi, io, suo protettore dichiarato?» La duchessa vide la lettera solo all'indomani.

La virtú come la intendono i liberali, l'aver cioè di mira in ogni proprio atto il bene dei piú, agli occhi del conte altro non era che fumo negli occhi; tale virtú non era la sua; egli si credeva in dovere di cercare innanzi tutto il bene del conte Mosca della Rovere; tuttavia, uomo d'onore, era assolutamente sincero quando parlava di dare le proprie dimissioni. Non aveva mai detto alla duchessa una menzogna. La duchessa del resto non diede alcun peso alla lettera; la sua decisione, una decisione ben penosa, era presa: fingere di dimenticare Fabrizio; compiuto un simile sforzo, tutto le diventava indifferente.

L'indomani, sul mezzogiorno, il conte ch'era tornato die-

ci volte al palazzo Sanseverina, fu finalmente ricevuto; alla
vista della duchessa rimase spaventato. «Ha quarant'anni!
– si disse, – e ieri era cosí brillante, cosí giovane!... Tutti
m'han detto che durante la lunga conversazione che ha avuto con la Clelia Conti appariva cosí giovane, cosí seducente!»

La voce, il tono di lei, non erano meno strani dell'aspetto. Quel tono, spoglio d'ogni passione, d'ogni interesse,
d'ogni collera fece impallidire il conte; gli ricordò il totale
distacco col quale, qualche mese innanzi, preparatosi al
gran passo, un amico gli aveva parlato poco prima di spirare.

Solo dopo qualche minuto la duchessa riuscí ad aprir
bocca; lo guardava senza che i suoi occhi s'animassero; e
con un filo di voce, ma spiccando le parole e sforzandosi di
dar loro un tono gentile:

– Separiamoci, mio caro conte, – gli disse; – separiamoci, è necessario! Il cielo mi è testimonio che in questi cinque anni la mia condotta verso di voi è stata irreprensibile.
In cambio della vita di tristezza e di noia che avrei passato
a Grianta, ho trascorso, grazie a voi, in questi cinque anni
un'esistenza brillante; senza di voi, la vecchiaia sarebbe venuta per me qualche anno prima. Dal canto mio, io non ho
mai avuto di mira che la vostra felicità. È perché vi amo
che vi propongo questa separazione *à l'amiable*, come si direbbe in Francia.

Il conte non capiva, lei dovette ripetere. Allora, pallido
come un morto, il conte si gettò in ginocchio ai piedi del
letto: e gli uscirono le parole che lo stupore dapprima, la
piú atroce disperazione poi, può mettere in bocca ad un uomo intelligente che sia pazzamente innamorato. Ripeteva
l'offerta di dare le proprie dimissioni, di seguire l'amica in
qualche luogo solitario a mille miglia da Parma.

– Voi ardite parlarmi di partenza, mentre Fabrizio è
qui! – esclamò lei alla fine, rizzandosi a metà sul letto. E
vedendo l'impressione penosa che quel nome produceva aggiunse dopo una pausa, stringendo leggermente la mano
del conte: – No, mio caro amico, io non vi dirò che vi ho
amato con la passione e gli slanci che non si provano piú,
credo, passati i trent'anni; e da quell'età io sono già ben
lontana. Vi avranno detto che io amavo Fabrizio: è una voce che è corsa in questa corte *perfida*, – alla parola *perfida*,
per la prima volta le scintillarono gli occhi. – Ora io vi giu-

ro davanti a Dio e sulla vita di Fabrizio che mai tra me e
mio nipote è avvenuta cosa cui non potesse assistere una
terza persona. Neanche vi dirò che il mio amore per lui sia
quello d'una sorella; io lo amo di istinto, per cosí dire. In
lui amo il suo coraggio: un coraggio cosí semplice e compiuto ch'egli stesso, si può dire, non s'accorge d'averlo. La
mia ammirazione per lui cominciò, ricordo, quando tornò
da Waterloo. Era ancora un ragazzo, nonostante i suoi diciassette anni; il suo grande problema era di sapere se davvero aveva assistito a una battaglia e, se sí, se poteva dire
d'essersi battuto, dato che non aveva marciato all'assalto di
nessuna batteria né d'una colonna nemica. Nelle gravi discussioni che avevamo insieme su questo argomento, di capitale importanza per lui, cominciai a vedere la bell'anima che aveva: una grande anima. Quante abili menzogne
avrebbe sfoggiato al posto suo un giovane della buona società! Concludendo, io non posso essere felice se non lo è lui.
Ecco in una parola quello ch'io sento; se non è la verità, è
comunque tutto quello che della verità io vedo.

Incoraggiato da questo tono di franchezza e d'intimità,
il conte fece l'atto di baciarle la mano; lei la ritirò con vivacità.

– È passato quel tempo, – gli disse; – sono una donna di
trentasette anni, alla soglia della vecchiaia e che della vecchiaia sente già tutti gli scoraggiamenti. E chi sa ch'io non
sia già prossima alla fine. Momento terribile, dicono, e che
pure mi par di desiderare. Il sintomo piú grave della vecchiaia lo constato già in me: questa spaventosa disgrazia ha
ucciso in me il cuore, non sono piú capace di amare. In voi,
caro conte, vedo soltanto piú l'ombra d'uno che mi fu caro. Dirò di piú: è solo la riconoscenza che vi debbo che mi
dà la forza di parlarvi come vi parlo.

– Che sarà di me? – ripeteva il conte; – di me che sento
di amarvi con piú passione ancora dei primi giorni, dei giorni che vi vedevo alla Scala!

– Perdonate una confessione, caro amico, sentirmi parlar d'amore m'indispone, m'irrita, mi fa l'effetto d'una
sconvenienza. Suvvia, – disse, cercando di sorridere, ma invano, – coraggio! Siate uomo di spirito, di giudizio, di risorse, all'occorrenza. Siate con me quel che veramente siete agli occhi degli altri: il piú abile e il piú grande uomo politico comparso da secoli in Italia.

Il conte s'alzò e camminò su e giú in silenzio per qualche minuto.

– Impossibile, cara amica, – disse infine; – sono in preda alle torture della piú violenta passione e voi mi chiedete d'essere ragionevole! Non so piú che sia, la ragione!

– Non parliamo di passione, vi prego, – ribatté lei seccamente; e per la prima volta dacché discorrevano mise alla voce del calore. Pure abbattuto com'era, il conte tentò di confortarla.

Ma senza ascoltare neanche i motivi di sperare che l'altro le porgeva: – Mi ha ingannato, – lei gridò, – mi ha ingannato nel modo piú vile. – Alludeva al principe; il volto le si colorí un momento; ma anche in quell'attimo di violenta indignazione il conte notò che la poveretta non aveva la forza di alzare il braccio.

«Mio Dio, e se fosse soltanto ammalata?» pensò; ma sarebbe stato l'inizio d'una malattia seria. Allora, inquietissimo, propose di chiamare il celebre Razori, il primo medico di Parma e di tutta Italia.

– Volete allora mettere un estraneo a parte di tutta la mia disperazione? È questo il consiglio d'un amico? – ed ebbe negli occhi uno strano lampo.

«È finita, – si disse lui accasciato; – non mi ama piú! e peggio ancora non mi tiene neanche piú in conto d'un qualunque uomo d'onore».

In fretta prese a dire:

– Vi dirò che ho voluto innanzi tutto avere dei particolari sull'arresto che ci mette in tanta angoscia; e, cosa strana, non sono ancora riuscito a conoscere al riguardo nulla di positivo. Ho fatto interrogare i gendarmi della vicina stazione; essi hanno visto arrivare il prigioniero dalla strada di Castelnovo ed han ricevuto l'ordine di seguire la sediola. Ho rispedito subito Bruno, che ci è devoto come sapete e non è meno zelante; ordinandogli di risalire di stazione in stazione per informarsi dove e come Fabrizio è stato arrestato.

Al nome di Fabrizio la duchessa trasalí come ad una fitta.

– Scusate, amico mio, – disse quando poté parlare; – questi particolari m'interessano molto, ditemi tutto, spiegatemi bene le piú piccole circostanze.

Con la speranza di distrarla un poco, il conte prese per continuare un'aria disinvolta:

– Ebbene, signora: ho intenzione di mandare a Bruno un uomo di fiducia per dirgli di spingersi sino a Bologna; dev'essere là che l'han preso. Che data porta la sua ultima lettera?

– La data di martedí, oggi cinque.

– Era stata aperta alla posta?

– Era intatta. Ma devo dirvi che era su pessima carta; la soprascritta, di mano di donna, reca l'indirizzo d'una vecchia lavandaia parente della mia cameriera. La destinataria crede si tratti d'un amoretto, e la Cecchina la rimborsa solo delle spese di porto.

Il conte, che ormai era riuscito a prendere il tono dell'uomo d'affari, cercò di scoprire insieme alla duchessa in che giorno Fabrizio potesse esser stato rapito. S'accorse cosí discutendo ch'era quello il tono che avrebbe dovuto assumere sin dall'inizio: quei dettagli interessavano la sventurata donna e un po' la distraevano; cosa che avrebbe capito subito entrando, se non fosse stato innamorato. La duchessa lo congedò perché potesse senza ritardo mandare al fido Bruno i nuovi ordini. Ma intanto, essendo nel discorso sorto il problema se la sentenza fosse già stata pronunciata prima della firma del famoso biglietto, la duchessa, cogliendo la palla al balzo, gli aveva detto: – D'aver omesso nel biglietto la frase *iniqua procedura* non vi farò colpa; ha avuto in voi il sopravvento l'istinto del cortigiano; voi non ve ne accorgete, ma vi sta piú a cuore il bene del principe che quello dell'amica. Avete un bell'esservi posto ai miei ordini, caro conte, e non da oggi; ma cambiare la vostra natura non è in vostro potere; oltre le doti per essere ministro, del ministro avete anche l'istinto. L'aver soppresso quella parola *iniqua* m'ha portato a questo; ma lungi da me rinfacciarvelo; è colpa da imputare al vostro istinto, non alla vostra volontà.

E mutando tono aveva aggiunto, spiccando le parole come comandi: – Ora, ricordate che io non sono afflitta per l'imprigionamento di Fabrizio; che non ho avuto la minima velleità di allontanarmi da Parma; che sono piena di rispetto pel principe. Questo è quanto voi dovete dire; ed ecco quello che devo dire io a voi: deliberata a dirigere per l'avvenire la mia condotta da sola, intendo separarmi da voi *à l'amiable*, come una buona vecchia amica. Fate conto ch'io abbia sessant'anni: la giovane donna che in me avete conosciuto è morta; non posso piú permettermi la minima

follia, non posso piú amare. Ma sarei anche piú sventurata
di quel che sono se mi succedesse di compromettere il vostro avvenire. Può anche darsi che per ragioni mie faccia
credere d'avere un giovane amante: non vorrei vedervene
afflitto. Io vi giuro sulla felicità di Fabrizio, – e fece una
pausa dopo questa parola, – che mai ho commesso un'infedeltà verso di voi, e questo durante cinque anni. Sono lunghi cinque anni! – e cercò di sorridere, ma le labbra vi si
rifiutarono. – Ebbene, in cinque anni vi giuro che d'esservi
infedele non ho mai avuto né l'idea né la voglia. Questo vi
dovevo; ora lasciatemi.

Il conte uscí dal palazzo Sanseverina in preda alla disperazione; non poteva piú illudersi sulla fermezza di quella risoluzione e nello stesso tempo sentiva di non aver mai amata tanto quella donna. Sono questi dei particolari sui quali
devo spesso tornare, perché fuori d'Italia riescono quasi in-
credibili. Rincasando, spedí ben sette messi sulla strada di
Bologna e di Castelnovo, e li caricò di lettere. «Ma non basta ancora, – si disse lo sventurato conte: – al principe può
saltare il capriccio di andar per le spicce con quel povero ragazzo, per vendicarsi del tono che la duchessa ha preso con
lui il giorno del fatale biglietto. Sentivo bene io che lei andava oltre ogni limite lecito e fu per aggiustare le cose che
ho commesso l'inconcepibile stupidità di sopprimere la frase *iniqua procedura*, l'unica che avrebbe legato le mani al
sovrano... Legato? ma c'è mai qualche cosa cui gente come
quella si senta legata? Comunque, è stato questo senza
dubbio il piú grosso errore della mia vita; un errore che ha
messo in gioco tutto ciò che alla mia vita dava un pregio;
si tratta ora di riparare questa sventatezza a forza di darmi
d'attorno e di abilità. Che se poi, neanche sacrificando un
po' della mia dignità, riesco ad ottenere alcunché, allora
pianto quest'uomo; coi progetti di alta politica, con le idee
che accarezza di farsi re costituzionale della Lombardia, vedremo come mi sostituirà. Fabio Conti non è che un goffo
e le doti di Rassi si riducono a dare una lustra di legalità
all'impiccagione di chi è sgradito al potere».

Decisosi cosí a rinunziare al ministero se contro Fabrizio
si procedeva oltre la semplice prigionia, il conte si disse:
«Se la vanità di quest'uomo imprudentemente sfidata mi
costa la felicità, mi resterà almeno l'onore... Ma ecco: se di
conservare il portafoglio non m'importa, posso permettermi cose che stamattina ancora mi sarebbero parse impossi-

bili. Tentare per esempio quello che umanamente si può per far evadere Fabrizio... Mio Dio, – esclamò a questo punto, come si presentasse ai suoi occhi la prospettiva d'una felicità in cui non sperava piú, – la duchessa non m'ha neanche accennato a questa possibilità. Non potrebbe una volta tanto essere stata con me reticente, e non potrebbe la minacciata rottura mascherare il suo desiderio ch'io tradissi il principe? Se è cosí, tutto è salvo!»

Lo sguardo del conte brillava di nuovo di tutta la sua ironica vivacità. «Questo simpatico fiscale Rassi è pagato dal suo signore per tutte le sentenze che ci disonorano agli occhi dell'Europa; ma non è uomo da rifiutare che lo paghi io perché tradisca i segreti del suo padrone. Quell'animale ha una amante e un confessore: ma l'amante è da scartare, è troppo volgare perché io possa parlarle: l'indomani spiffererebbe quel che le ho detto a tutte le fruttivendole del vicinato». Come risuscitato da quel barlume di speranza, già il conte s'incamminava verso la cattedrale. «Che effetto fa, – constatò, – non essere piú ministro!» La cattedrale, come avviene spesso in Italia, serve di passaggio da una via ad un'altra; avvicinandosi il conte scorse uno dei grandi vicari dell'arcivescovo che traversava la navata.

– Poiché ho la fortuna d'incontrarla, – gli disse, – abbia la compiacenza di risparmiare alla mia gotta la fatica mortale di salire sino all'appartamento di monsignor l'arcivescovo. Gli dica che mi riterrei obbligatissimo se si degnasse di scendere in sacristia.

L'arcivescovo non aspettava altro, aveva mille cose concernenti Fabrizio da dire al ministro. Ma il ministro intuendo che le mille cose non erano che ciance lo interruppe:

– Che uomo è il vicario di San Paolo, Dugnani?

– Un cervello mediocre con una grande ambizione, – rispose l'arcivescovo; – pochi scrupoli; e, coi vizi che non gli mancano, la quasi indigenza.

– Capperi, monsignore! – esclamò il ministro; – Tacito ci scapita! – e cosí ridendo si congedò. Appena di ritorno al ministero mandò per l'abate Dugnani.

– Ella è il direttore di coscienza del mio eccellente amico il fiscale generale Rassi; per caso non avrebbe egli qualche cosa da dirmi?

Disse solo questo; e senz'altre cerimonie lo congedò.

Capitolo diciassettesimo

Il conte ormai si considerava fuori del ministero. «Vediamo un po', – si disse, – quanti cavalli potremo mantenere, una volta che sarò caduto in disgrazia, perché cosí diranno delle mie dimissioni». Fece il conto di ciò che possedeva: era entrato al ministero con ottantamila lire di suo e con suo grande stupore trovò che complessivamente il suo attuale patrimonio non arrivava a cinquecentomila: «ciò che fa, – si disse, – una rendita di ventimila al massimo. Devo riconoscere che sono un vero sciocco! A Parma non c'è chi non mi attribuisca una rendita di centocinquantamila; ed il principe, piú degli altri. Quando mi vedranno in angustie, diranno che so dissimular bene la mia fortuna. Perdio, – esclamò, – se resto ministro altri tre mesi, voglio vederla raddoppiata».

Gli parve una buona occasione per scrivere alla duchessa e non se la lasciò scappare; ma per farsi perdonare una lettera in un simile momento, la riempí di cifre e di calcoli. «Non disporremo, per vivere tutti e tre a Napoli, Fabrizio, voi ed io, che di ventimila lire di rendita. Potremo permetterci un cavallo da sella in due, Fabrizio ed io».

Aveva appena spedito la lettera che venne annunciato il fiscale generale Rassi; il conte lo ricevette con un'alterigia che rasentava l'impertinenza.

– Come, signore! – gli disse. – Voi fate arrestare a Bologna un cospiratore che io proteggo, volete anzi tagliargli la testa e non mi dite nulla! Conoscete almeno il nome del mio successore? È il generale Conti o voi stesso?

Il Rassi restò di sasso: egli aveva troppo poca pratica della buona società per capire se il conte parlava sul serio. Arrossí sino ai capelli, barbugliò qualche parola inintelligibile, mentre il conte lo guardava godendo del suo imbaraz-

zo. Ma di colpo si riprese ed esclamò con perfetta disinvoltura e con l'aria di Figaro colto in flagrante da Almaviva:

– Affé mia, signor conte, andrò per le spicce con Vostra
Eccellenza; che mi darà ella se rispondo a tutte le sue domande come farei col mio confessore?

– La croce di San Paolo (è l'ordine cavalleresco di Parma), oppure del danaro, se potete offrirmene il pretesto.

– Preferisco la croce: mi fa nobile.

– Come mai, caro fiscale, fate ancora qualche caso della
nostra povera nobiltà?

– Se fossi nobile di nascita, – rispose il Rassi con tutta
l'impudenza del mestiere che faceva, – i parenti di quelli
che ho fatto impiccare mi odierebbero, ma non mi disprez-
zerebbero.

– Ebbene io vi metterò al riparo del disprezzo, – disse il
conte: – voi in compenso guaritemi della mia ignoranza.
Che cosa contate di fare di Fabrizio?

– Per dire il vero, il principe è un po' imbarazzato: teme
che, sedotto dai begli occhi di Armida... Scusate questo linguaggio un po' vivace, ma sono le parole stesse del sovrano... teme che, sedotto da certi bellissimi occhi che non lasciano indifferente neanche lui, Ella lo pianti in asso, mentre non ha altri che lei per gli affari della Lombardia. Aggiungerò anzi, – ed il Rassi abbassò la voce, – che si presenta per lei una magnifica occasione, la quale val bene la croce di San Paolo ch'ella mi concede. Il principe le accorde-
rebbe, a titolo di ricompensa nazionale, una bella tenuta
del valore di seicentomila lire, distogliendola dalle sue terre; oppure una gratificazione di trecentomila scudi, purché
Ella consentisse a non impicciarsi della sorte di Fabrizio
del Dongo, o quanto meno a non parlargliene che in pubblico.

– Speravo di meglio. Non intromettermi in favore di Fabrizio significa per me rompere con la duchessa.

– Ebbene, questo è appunto ciò che il principe dice; egli
è irritatissimo, resti fra noi, contro la signora duchessa; e
teme che per rivalersi della rottura con codesta simpatica
signora, adesso ch'ella a questo modo è vedovo, non gli
chieda la mano di sua cugina, l'anziana principessa Isotta,
la quale non ha che cinquant'anni.

– Come l'ha azzeccata! – esclamò il conte. – Il nostro sovrano è l'uomo piú fine che ci sia nei suoi Stati!

Mai al conte era passata per la mente la grottesca idea di

sposare quella attempata principessa; nessun guaio maggiore sarebbe potuto capitare ad un uomo come lui che s'annoiava da non dire alle cerimonie di corte.

Prese a giocherellare con la tabacchiera ch'era sul marmo d'un tavolinetto accanto alla poltrona. In questo gesto che denotava imbarazzo il Rassi vide la possibilità d'un buon colpo a proprio vantaggio e gli brillarono gli occhi.

— In grazia, signor conte, — uscí a dire, — se Vostra Eccellenza ha intenzione di accettare o la tenuta o la somma in danaro, la prego di volersi servir di me per intermediario. M'assumerei il compito, — aggiunse abbassando la voce, — di far aumentare la gratificazione in contanti od anche di far aggiungere una molto importante foresta alla tenuta. Se Vostra Eccellenza si degnasse di usare un po' di buona maniera e di riguardo nel parlare al principe di quel moccioso che han messo dentro, forse si potrebbe erigere in ducato la terra che le offrirebbe la riconoscenza nazionale. Lo ripeto a Vostra Eccellenza: il principe, pel momento, detesta la duchessa, ma è molto imbarazzato; lo è al punto che qualche volta ho sospettato l'esistenza di qualche segreta circostanza ch'egli non osasse confessarmi. È una miniera d'oro da sfruttare che abbiamo, se io le vendo i segreti piú intimi del sovrano; cosa che non corro alcun rischio nel fare in quanto agli occhi di tutti io passo per nemico giurato di Vostra Eccellenza. Se il principe è furioso contro la duchessa, non per questo è meno convinto — e con lui siamo convinti tutti — che al mondo non c'è che lei il quale possa condurre in porto tutte le segrete mene relative al Milanese. Se Vostra Eccellenza mi permette, — seguitò il Rassi riscaldandosi, — le ripeto testualmente le parole del sovrano: «Spesso la collocazione d'una parola in un periodo è rivelatrice di qualche cosa che traducendo va perso e che meglio di me ella potrebbe scoprire».

— Tutto permetto, — disse il conte continuando con aria distratta a battere la tabacchiera sul marmo; — tutto: e saprò mostrarmi riconoscente.

— Quanto a questo, — insinuò l'altro, — mi conceda delle patenti di nobiltà trasmissibile, indipendentemente dalla croce, e sarò piú che soddisfatto. Il principe, quando gli parlo del desiderio che ho di ottenere un titolo di nobiltà, mi risponde: «Un furfante come te, nobile! ci sarebbe da chiuder bottega all'indomani: chi a Parma desidererebbe piú di diventare nobile?» Dunque, per tornare alla faccenda del Milanese, tre giorni fa il principe mi diceva: «Non c'è che quel volpone lí per dirigere le fila dei nostri intrighi; se io lo mando a spasso o se lui va dietro alla duchessa, tanto vale ch'io rinunci per sempre alla speranza di vedermi un giorno il capo liberale, adorato da tutta Italia».

A sentir questo, il conte respirò: «Fabrizio non è perduto», si disse.

Il Rassi, che per la prima volta in vita sua riusciva ad avere una conversazione confidenziale col primo ministro, era fuori di sé dalla gioia; si vedeva alla vigilia di poter lasciare quel cognome ch'era diventato nel paese sinonimo di tutto ciò che vi è di basso e di vile; il popolino non chiamava Rassi i cani arrabbiati? e dei soldati non s'erano recentemente battuti in duello perché uno aveva chiamato l'altro Rassi? Senza contare che quasi non passava settimana senza che quel disgraziato nome comparisse in qualche spietato sonetto. Il figlio, un innocente sedicenne, solo pel nome che portava, era cacciato dai caffè. Il cocente ricordo dell'odiosità che lo circondava fece a questo punto commettere al Rassi un'imprudenza: accostando la sedia alla poltrona del ministro, gli disse:

– Posseggo una tenuta che si chiama Riva. Mi piacerebbe essere barone Riva.

– Perché no?

Rassi era fuori di sé: – Ebbene, signor conte, mi permetterò ora d'essere indiscreto, d'indovinare il piú grande dei suoi desideri; è del resto una nobile ambizione; lei aspira alla mano della principessa Isotta. Una volta diventato suo parente lei ha il sovrano in pugno, non corre piú rischio di cadere in disgrazia. Ora non le nascondo che è questo matrimonio che il principe paventa di piú; ma affidando la cosa a un uomo abile e *ben pagato*, ci sarebbe da non disperare del successo.

– Io da me, mio caro barone, del successo dispererei! Beninteso, io sconfesso fin d'ora tutto ciò che potrete dire in mio nome; ma il giorno in cui una tale parentela venisse finalmente a colmare i miei voti, dandomi nello Stato una cosí alta posizione, vi offrirei io trecentomila lire del mio, oppure suggerirei al principe di concedervi quel segno di favore che preferite.

Il lettore troverà questa conversazione un po' lunga, eppure noi gliene risparmiamo piú della metà; il colloquio infatti si protrasse altre due ore. Mentre il Rassi ne usciva

272 LA CERTOSA DI PARMA

pazzo di gioia, il conte ne usciva con una grande speranza
di salvare Fabrizio e la risoluzione piú ferma che mai di
presentare le sue dimissioni. Non dubitava che l'assunzione al potere di uomini come il Rassi ed il generale Conti
avrebbe avuto per effetto di rafforzare il suo prestigio e
gioiva intravvedendo la possibilità di vendicarsi del principe. Egli può far partire la duchessa; ma, perbacco, dovrà
insieme rinunciare alla speranza di diventare re costituzionale di Lombardia (una vera chimera, questa, e grottesca:
il principe era assai intelligente, ma a forza di accarezzare
quel sogno aveva finito con credere alla sua effettuabilità).
Correndo dalla duchessa per renderle conto del colloquio avuto col fiscale, il conte non istava in sé. Ma trovò
che c'era ordine di non riceverlo; ordine che quasi il portiere non osava comunicargli e che era stata la duchessa in
persona a dargli. Allora se ne tornò tristemente al ministero; il fatto nuovo uccideva la gioia che il colloquio gli aveva dato. Senza piú cuore d'occuparsi di niente, girava accasciato da un quarto d'ora per la pinacoteca, quando ricevette un biglietto cosí concepito:

Poiché non siamo proprio piú che buoni amici, mio caro
e buon amico, è necessario che non veniate a vedermi piú di
tre volte la settimana. Tra quindici giorni ridurremo queste
visite, che mi fan sempre tanto piacere, a due al mese. Se
volete piacermi, date della pubblicità a questa specie di rottura; se poi volete compensarmi dell'amore ch'ebbi per voi,
sceglietevi una nuova amica. Quanto a me, io ho grandi progetti di vita allegra: conto d'andare molto in società e forse
troverò un uomo intelligente che sappia farmi scordare i miei
crucci. Come amico, voi avete sempre il primo posto nel mio
cuore; ma non voglio piú che si dica che i miei atti sono stati
dettati dalla vostra saggezza; voglio soprattutto che si sappia
che ho perduto ogni influenza sulle vostre decisioni. In una
parola, caro conte, credete che resterete sempre il mio amico
piú caro, ma mai altro che un amico. Non conservate alcuna
speranza ch'io torni ad essere ciò che sono stata per voi: tutto è davvero finito. Sulla mia amicizia contate per sempre.

Quest'ultimo colpo fu troppo forte pel conte; scrisse al
principe una bella lettera in cui dava le dimissioni da ogni
sua carica e la mandò alla duchessa con preghiera d'inol-
trarla. La ricevette un minuto dopo lacerata in tanti pezzi;
sul rovescio d'uno la duchessa s'era degnata di scrivere:
no, mille volte no!

Sarebbe difficile descrivere l'accasciamento in cui cadde il povero ministro. «Lei ha ragione, – s'andava ripetendo, – lo riconosco; l'aver omesso la frase *iniqua procedura* è un guaio senza rimedio; quella omissione può cagionare la perdita di Fabrizio, e questa, la mia perdita». Con la morte nel cuore il conte, che non voleva presentarsi a palazzo prima d'esservi chiamato, scrisse di proprio pugno il *motu proprio* che nominava Rassi cavaliere dell'ordine di San Paolo e gli conferiva il titolo trasmissibile di nobiltà; e vi aggiunse una relazione di mezza pagina nella quale esponeva al principe le ragioni di Stato che consigliavano quel provvedimento. Quindi provò una specie di amaro piacere a fare copia di quei documenti ed a mandarla alla duchessa.

Egli si perdeva in supposizioni; cercava d'indovinare i progetti d'avvenire della donna che amava. «Non ne sa nulla neanche lei, di quello che farà, – si diceva, – ma una cosa è certa, che quello che deciderà nulla potrà impedirle di metterlo in atto». Accresceva il suo strazio il non trovare di che biasimarla.

«L'amore che mi ha dato è stato una grazia che mi ha fatto; cessa d'amarmi per un errore che ho commesso, involontario sí, ma che può avere una spaventosa conseguenza; io non ho nessun diritto di lagnarmi».

Il mattino dopo veniva a sapere che la duchessa era ricomparsa in società: la sera della vigilia s'era mostrata in tutte le case che ricevevano. Che sarebbe stato se si fosse incontrato con lei nello stesso salotto? Come le avrebbe parlato? in che tono rivolto la parola? d'altronde, come non parlarle?

Il giorno seguente fu anche piú triste: la voce si sparse che Fabrizio sarebbe stato messo a morte e tutta la città ne fu commossa. Si aggiungeva che il principe, per riguardo alla nobiltà del condannato, s'era degnato concedere che la sua morte avvenisse per decapitazione.

«Sono io il suo boia, – pensò il conte; – ormai non posso piú pretendere di rivedere la duchessa». Eppure non poté resistere e andò tre volte da lei, a piedi, per non farsi notare. La sua disperazione era tale che trovò persino il coraggio di scriverle. Due volte aveva mandato a chiamare Rassi e il fiscale non s'era presentato. «Il furfante mi tradisce», pensò il conte.

Il giorno dopo tre importanti notizie mettevano in sub-

buglio l'aristocrazia di Parma e la stessa borghesia. La condanna a morte di Fabrizio pareva piú che mai sicura, mentre, fatto ben strano, la duchessa dalla notizia appariva assai meno accasciata di quanto ci sarebbe stato da aspettarsi. A credere almeno alle apparenze compiangeva, sí, ma
non eccessivamente, il suo giovane amante; e questo non
le impediva di mettere a profitto con arte raffinata il pallore che le aveva conferito al volto una grave indisposizione
sopravvenuta contemporaneamente alla notizia dell'arresto
del nipote: particolari l'uno e l'altro ai quali i borghesi riconoscevano l'abituale aridità di cuore delle grandi dame di
corte. Per decenza tuttavia e come in sacrificio ai mani del
giovane Fabrizio essa aveva rotto col conte Mosca. Quale
immoralità! esclamavano i giansenisti di Parma. Non solo:
già la duchessa, cosa incredibile, pareva disposta a porgere
orecchio alle paroline dei piú bei giovinotti della corte. Si
notava, tra le altre enormità, che s'era mostrata molto gaia
conversando col conte Baldi, l'amante del cuore della Raversi e che aveva molto scherzato sulle sue frequenti andate al castello di Velleia. La piccola borghesia ed il popolino
erano indignati della condanna di Fabrizio, condanna che
quella buona gente attribuiva alla gelosia del conte Mosca.
Del conte poi s'occupavano anche a corte, ma per burlarsi
di lui. La terza infatti delle grandi notizie era quella delle
dimissioni del conte; tutti deridevano quell'amante ridicolo che a cinquantasei anni d'età sacrificava una posizione
come la sua pel dolore di vedersi piantato da una donna
senza cuore, che gli preferiva da gran tempo un ragazzo. Solo l'arcivescovo ebbe il buon senso o meglio il cuore di capire che l'onore ingiungeva al conte di dimettersi da primo ministro in un paese dove si metteva a morte, senza
consultarlo, un giovane ch'egli proteggeva. La notizia di
quelle dimissioni guarí come per incanto della sua gotta il
generale Fabio Conti: lo vedremo meglio, quando verremo
a parlare del modo in cui il povero Fabrizio passava il tempo alla cittadella, nei giorni che tutta la città s'aspettava
d'ora in ora che venisse decapitato.

   Il giorno seguente tornava dalla sua missione Bruno,
l'uomo di fiducia che il conte aveva spedito a Bologna. A rivederlo, questi ebbe un momento di commozione: la sua vista gli ricordò la felice disposizione d'animo in cui egli si
trovava quando, d'accordo si può dire con la duchessa, lo
aveva spedito. A Bologna, l'agente non era riuscito a sco-

prir nulla né aveva potuto scovare Ludovico trattenuto nelle carceri di Castelnovo da quel podestà.

– Bisogna che tu torni a Bologna, – gli disse il conte; – per quanto le possa essere doloroso, la duchessa ci tiene a conoscere nei suoi particolari la disgrazia capitata a Fabrizio. Rivolgiti al brigadiere della gendarmeria che comanda la stazione di Castelnovo... Anzi, no! – s'interruppe; – parti invece subito per la Lombardia ed apri la borsa con tutti i nostri corrispondenti. Ho bisogno di ricevere da tutti loro le relazioni piú incoraggianti. Bruno intuí lo scopo della missione che gli veniva affidata e si mise a scrivere le credenziali.

Gli stava dando le ultime istruzioni, quando il conte ricevette una lettera: era d'una falsità che saltava agli occhi, eppure abilissima: si sarebbe detto un amico che scriveva ad un amico per chiedergli un piacere. La lettera era del principe: giuntigli all'orecchio certi progetti di dimissioni, il principe supplicava l'amico conte Mosca di voler conservare la sua carica: glielo chiedeva come amico e come suo signore glielo ordinava, accennando persino a pericoli che la patria correva. Aggiungeva che poiché il re di *** aveva messo a sua disposizione due gran cordoni del suo ordine, uno lo teneva per sé e mandava l'altro al suo caro conte Mosca.

– Quest'animale vuole la mia rovina! – sbottò il conte irritato davanti a Bruno stupefatto, – e crede di sedurmi con quelle stesse frasi ipocrite che tante volte abbiamo combinato insieme per prendere al vischio qualche imbecille!

Rispose alla lettera declinando l'offerta dell'onorificenza ed accennando allo stato della sua salute che gli lasciava, diceva, pochissima speranza di poter assolvere ancora a lungo al faticoso compito di ministro. Era ancora fremente quando venne annunciato il fiscale Rassi; lo investí come l'ultimo straccione:

– Ebbene? perché vi ho fatto nobile, già mi cominciate a far l'insolente? Perché non siete venuto ieri a ringraziarmi, com'era vostro stretto dovere, signor villano?

Alle ingiurie, come sappiamo, il Rassi aveva fatto il callo; su quel tono lo riceveva il principe giornalmente; ma stavolta volle essere barone di fatto e si giustificò abilmente: né era cosa difficile.

– Tutta la giornata d'ieri il principe m'ha tenuto inchiodato ad un tavolo; non c'è stato modo di uscire da palazzo un momento. Sua Altezza m'ha fatto copiare nella mia pessima scrittura di procuratore una quantità di note diplomatiche; erano talmente insignificanti e piene di ciance che ho ragione di credere che non avesse altro scopo che d'impedirmi d'uscire. Alle cinque, quando finalmente ho potuto prendere congedo, – morivo di fame – mi ha ordinato di rincasare subito e di non mettere il naso fuori per tutta la sera. Infatti ho visto gironzolare sino a mezzanotte sotto le mie finestre due sue spie personali che conosco bene. Stamattina, appena mi è stato possibile, ho fatto venire una vettura che mi ha portato alla porta del duomo. Sono sceso di vettura a tutto mio agio, poi affrettando il passo ho attraversato la chiesa ed eccomi qui. Vostra Eccellenza è in questo momento la persona cui desidero meno di spiacere.

– Ed io, signor buffone, non mi lascio infinocchiare dalle vostre storielle piú o meno bene architettate. Voi avete fatto lo gnorri evitando di rispondermi avantieri quando vi chiedevo di Fabrizio; vi ho lasciato fare per rispetto ai vostri scrupoli e giuramenti di segretezza, sebbene i giuramenti per uno come voi non siano al piú che delle scappatoie. Ma oggi voglio sapere la verità: che cosa significano queste voci, secondo le quali quel giovane verrebbe condannato a morte come assassino dell'attore Giletti?

– Nessuno meglio di me potrebbe illuminarla su ciò: le voci le ho fatte correre io, per ordine del sovrano. Anzi è probabilmente perché di questo non potessi avvertirla che ieri egli m'ha tenuto tutto il giorno prigioniero. Capiva benissimo che sarei corso da lei con la croce per pregarla di volermela appuntare alla bottoniera.

– Meno frasi! Veniamo al sodo! – s'impazientí il ministro.

– Ecco qui: non c'è dubbio che al sovrano piacerebbe assai avere in mano una sentenza di morte contro il signor del Dongo; ma in mano non ha, come Ella sa certamente, che una condanna a vent'anni di ferri, commutata da lui, l'indomani stesso della sentenza, in dodici anni di fortezza, con regime di pane ed acqua tutti i venerdí ed altre pratiche religiose.

– È appunto perché sapevo della semplice condanna alla prigione che mi hanno spaventato le voci di prossima esecuzione capitale che correvano per la città. Non ho dimenticato l'uccisione del conte Pallanza, che è stato il vostro piú abile gioco di bussolotti.

– Ed è in quell'occasione che io avrei dovuto ottenere la croce! – ribatté Rassi senza batter ciglio; – è in quel momento che lui ci teneva tanto a quella morte, che io avrei dovuto condurre a fondo il mio gioco. Fui allora un allocco: ed è forte di questa esperienza che consiglio oggi lei di non imitarmi. (L'accostamento parve del peggior gusto al suo interlocutore che dovette dominarsi per non prendere l'altro a pedate).

– Anzitutto, – riprese il Rassi con una logica da giureconsulto e l'imperturbabilità d'un uomo che nessun insulto può toccare, – anzitutto, di esecuzione capitale non è neppure il caso di parlare pel suddetto del Dongo; il principe non oserebbe, i tempi sono mutati! senza dire che io, nobile che spera grazie a lei di diventare barone, questa volta non mi ci presterei. Ora, è soltanto da me, come Vostra Eccellenza sa, che il carnefice può ricevere ordini; e un ordine di questo genere, glielo giuro, non lo darò mai contro il signor del Dongo.

– E farete bene, – disse il conte squadrandolo severamente.

– Distinguiamo, però, – riprese il Rassi con un sorriso: – io non mi occupo che delle morti ufficiali e se il signor del Dongo è d'una colica che muore, la colica non la voglia attribuire a me. Dico questo perché il principe, non so perché, è fuori dai gangheri contro la Sanseverina –. (Ancora tre giorni innanzi il Rassi avrebbe detto: la duchessa; ma, con l'intera città, egli era ora al corrente della rottura col primo ministro). Il conte fu colpito dalla soppressione del titolo in una tale bocca, si può immaginare che piacere ne ebbe, e lanciò al Rassi un'occhiata carica d'odio. «Angelo mio – disse dentro di sé – costui ringrazi il cielo che il mio amore (purtroppo) posso dimostrartelo soltanto obbedendo ai tuoi ordini».

– Vi confesserò, – disse al fiscale, – che io non mi prendo mica eccessivamente a cuore i capricci della signora duchessa; tuttavia, siccome lei m'aveva presentato questo rompicollo di Fabrizio (il quale avrebbe fatto meglio a starsene a Napoli invece di venire qui a metterci nei pasticci), cosí mi preme che non sia messo a morte mentre sono qui io; tanto che vi do la mia parola che voi sarete barone entro otto giorni da quello in cui egli uscirà di prigione.

– In tal caso io non sarò barone che tra dodici anni compiuti, signor conte; perché il principe è furibondo ed il suo

odio per la duchessa è tale che cerca persino di dissimu-
larlo.

– È troppo buona Sua Altezza! Che bisogno ha di nascondere il suo odio, dato che il suo primo ministro non
protegge piú la duchessa? Soltanto, io non voglio che si
possa accusarmi di bassezza e tanto meno di gelosia: sono
io che ho fatto venire la duchessa in questa città, e se Fabrizio muore in prigione, voi non sarete barone, ma probabilmente in compenso riceverete una buona pugnalata. Ma la-
sciamo queste inezie; l'importante è che io ho fatto il conto della mia fortuna ed ho trovato che a stento arrivo a ventimila lire di rendita; per cui ho intenzione di rivolgere
umilmente domanda al sovrano d'essere esonerato dal mio
incarico. Ho qualche motivo di credere che sarò assunto
dal re di Napoli: quella grande città mi offrirà delle distra-
zioni di cui in questo momento ho gran bisogno e che in
un buco come Parma non posso sperar di trovare. Sicché a
Parma non resterei che nel caso che voi mi otteneste la mano della principessa Isotta...

La conversazione si protrasse a lungo su questo tono.
Quando il Rassi si alzò, il conte con l'aria piú indifferente
gli disse:

– Voi sapete che s'è detto che Fabrizio mi ingannava, voglio dire che era uno degli amanti della duchessa; io non
raccolgo questa diceria e per smentirla vi incarico di far
giungere a Fabrizio questa borsa...

– Ma signor conte, – disse Rassi spaventato, dando
un'occhiata alla borsa, – contiene una somma enorme ed i
regolamenti...

– Per voi, mio caro, la somma può essere enorme, – ribatté il conte sprezzante; – un borghese come voi può credere di rovinarsi mandando ad un amico in prigione dieci
zecchini; ma io *intendo* che Fabrizio riceva questi seimila
franchi e soprattutto, beninteso, che a palazzo nulla trapeli
di questo invio.

Il Rassi spaventato voleva replicare; il conte gli chiuse
la porta in faccia: «Con gente simile, – si disse, – bisogna
essere insolenti per persuaderli del proprio potere».

S'era appena detto questo che il conte si lasciò andare
ad un atto cosí poco decoroso per quel grande ministro che
era, da farci esitare a riferirlo. Corse a prendere nello studio un ritratto in miniatura della duchessa e lo coprí di baci appassionati. «Perdonami, caro angelo, – esclamando, –

se non ho gettato dalla finestra con le mie mani questo villano che ardisce parlar di te con tono di familiarità; ma se ho tanta sopportazione è solo per obbedirti! e lui non perderà nulla ad attendere».

S'intrattenne a lungo con quel ritratto; poi, sebbene si sentisse il cuore a terra, gli venne l'idea di compiere un passo ridicolo e non lo differí d'un minuto. Si fece dare un abito carico di decorazioni e si recò a far visita alla vecchia principessa Isotta. In vita sua non era andato da lei che per gli auguri di capodanno. La trovò attorniata da cani, tutta in ghingheri e persino con dei diamanti addosso come stesse per recarsi a corte. Tanto che il conte già si scusava d'essere giunto inopportuno, dato che Sua Altezza evidentemente era in procinto d'uscire; ma si sentí rispondere dall'Altezza che una principessa di Parma doveva a se stessa di farsi sempre trovare acconciata di tutto punto. Per la prima volta dopo i guai che gli erano capitati il conte ebbe dentro un guizzo di ilarità. «Ho fatto bene a venir qui, – pensò, – e devo fin d'oggi fare la mia dichiarazione».

La principessa era stata gradevolmente sorpresa vedendo arrivar da lei un uomo cosí rinomato per le sue capacità nonché primo ministro: a siffatte visite la povera zitellona era poco abituata. Il conte iniziò abilmente il suo dire protestando l'immensa distanza che separerà sempre-mai da un semplice gentiluomo i membri d'una famiglia regnante.

– Perché bisogna appunto distinguere, – precisò la principessa. – Ad esempio la figlia del re di Francia, che è la figlia del re di Francia, pure non ha alcuna speranza di diventar mai regina; mentre le cose vanno altrimenti quando si tratta della famiglia regnante di Parma. È per questo che noialtri Farnesi abbiamo l'obbligo di conservare sempre un certo decoro esteriore. Io, che sono pure la povera principessa che vedete, non posso escludere in modo assoluto che lei sia un giorno il mio primo ministro.

A questa buffa uscita il conte si sentí di nuovo per un attimo tutto esilarato.

All'uscire dalla principessa Isotta, che ricevendo la dichiarazione d'amore del primo ministro s'era fatta di porpora, il conte incontrò uno dei corrieri di palazzo che lo cercava; il principe lo mandava a chiamare d'urgenza.

– Sono ammalato, – rispose il ministro, felice di poter fare uno sgarbo al suo signore. «Ah! mi fate perdere la pazienza, – sbottò tra sé, – e poi volete che vi serva! Ma sap-

piate, principe mio, che oggidí non basta piú aver ricevuto
dal cielo il potere: in questo secolo occorre una grande capacità ed un grande carattere per riuscire nel mestiere di tiranno».

Dopo aver rimandato il corriere di palazzo, scandolezza-
tissimo di vedere il preteso ammalato in ottima salute, il
conte si prese il gusto d'andare a trovare i due personaggi
della corte che avevano piú influenza sul generale Fabio
Conti. La cosa che piú lo spaventava, che gli dava anzi i brividi, era l'accusa che si faceva al governatore della cittadella d'essersi una volta disfatto d'un capitano, suo nemico
personale, ricorrendo all'*acquetta* di Perugia.

Il conte sapeva che da otto giorni la duchessa profondeva somme pazzesche per guadagnarsi dei complici nell'interno della cittadella; ma secondo lui c'era poca speranza
che riuscisse: l'attenzione era ancora troppo desta. Noi faremo grazia al lettore di tutti questi tentativi di corruzione: la disgraziata donna era alla disperazione ed aveva al
suo servizio agenti d'ogni specie, a lei devotissimi. Ma nelle piccole corti dispotiche c'è un solo compito che viene
eseguito alla perfezione ed è appunto la guardia ai detenuti
politici. L'oro della duchessa non sortí altro effetto che
quello di far mandar via dalla cittadella otto o dieci persone tra comandanti e subalterni.

Capitolo diciottesimo

Cosí, con tutto il loro attaccamento al prigioniero, la duchessa e il primo ministro avevano potuto far ben poco per lui. Il principe era in collera, la corte come il pubblico erano piccati contro Fabrizio e lietissimi di quello che gli capitava; scontava cosí la sfacciata fortuna che gli aveva arriso sin allora. E mentre la duchessa, nonostante il danaro profuso a piene mani, nessun reale progresso riusciva a fare nell'assedio alla cittadella, non passava giorno che la marchesa Raversi od il cavalier Riscara non mettessero in guardia il governatore contro qualche nuovo pericolo, tenendo cosí desta la sua vigilanza.

Come abbiamo detto, il giorno dell'arresto Fabrizio fu condotto dapprima al Palazzo del Governatore. È questo un piccolo grazioso edificio costruito nel secolo scorso su disegni del Vanvitelli, sul ripiano dell'immensa torre rotonda e quindi a centottanta piedi d'altezza. Dalle finestre di questa palazzina, che in cima all'enorme torre faceva l'effetto della gobba sul dorso del dromedario, Fabrizio godeva la vista della campagna e laggiú in fondo delle lontanissime Alpi; mentre abbassando lo sguardo ai piedi della cittadella poteva seguire il corso della Parma, torrentello che, volgendo a destra a quattro leghe dalla città, va a buttarsi nel Po. Oltre il corso di questo fiume, che metteva a tratti qua e là immense chiazze luminose tra il verdeggiare della campagna, il suo occhio rapito scorgeva distintamente ogni cima dell'immensa muraglia che le Alpi formano a settentrione dell'Italia. Quelle cime sempre coperte di neve anche adesso in agosto, evocano un senso di frescura in mezzo all'ardente campagna e l'occhio ne apprezza i minimi contorni sebbene piú di trenta leghe le separino dalla cittadella di Parma. Intercettava a mezzogiorno sí ampia vista la torre Farnese, dove in quel momento si stava allestendo in tutta

premura una camera pel nuovo prigioniero. Questa seconda torre, se il lettore ricorda, era stata innalzata sul terrazzo della torre principale in onore d'un principe ereditario
che, diverso in ciò dal figlio di Teseo, Ippolito, non aveva
affatto respinto le premure d'una giovane matrigna. Questa veniva uccisa quasi sul fatto, mentre il figlio del principe, imprigionato, non doveva ricuperare la libertà che diciassette anni dopo, quando cioè salí sul trono alla morte
del padre. Questa torre Farnese dove meno d'un'ora dopo
Fabrizio fu fatto salire, assai brutta internamente, s'eleva
d'altri cinquanta piedi circa sopra la torre principale ed è irta di parafulmini.

Il principe che, adirato contro l'infedele, aveva fatto costruire tale prigione visibile d'ogni parte, aveva avuto la curiosa pretesa di far credere ai suoi sudditi ch'essa esistesse
da anni: per questo le aveva imposto il nome di Torre Farnese. Sebbene da tutta Parma si scorgessero i muratori occupati a far sorgere lassú quell'edificio pentagonale, di discorrere della nuova costruzione era vietato. A prova della
sua antichità, sopra la porta venne collocato un magnifico
bassorilievo rappresentante il celebre generale Alessandro
Farnese che costringe Enrico IV ad andarsene da Parigi.
Eretta cosí in vista, la torre si compone d'un pianterreno
lungo almeno quaranta passi, largo in proporzione, e tutto
riempito di colonne assai massicce, dato che un ambiente
cosí vasto non misura in altezza piú di quindici piedi. Ivi
sta il corpo di guardia; e dal centro una scala a chiocciola
gira intorno ad una delle colonne; per questa scaletta di ferro, leggerissima, non piú larga di due piedi, che tremava
sotto i piedi dei carcerieri di scorta, Fabrizio giunse ad alcune vaste stanze, alte piú di venti piedi, che costituivano il
magnifico primo piano: stanze arredate un tempo sfarzosa-
mente pel giovane principe che vi passò i diciassette anni
che avrebbero dovuto essere i piú belli della sua vita. Ad
una estremità di questo primo piano s'apre una cappella di
straordinaria magnificenza, coi muri e la volta rivestiti interamente di marmo nero e colonne pure nere e in perfetta
armonia con l'ambiente che corrono lungo le pareti senza
toccarle. Spiccano su queste pareti numerosi teschi di marmo bianco, enormi, elegantemente scolpiti su due ossa in-
crociate. La scorta condusse Fabrizio a visitare questa cappella: «Ecco una bella invenzione dell'odio che non può uccidere! – pensò il giovane. – Che idea, farmela vedere!»

Una seconda scaletta a chiocciola che si svolge come la prima intorno ad una colonna, conduce alle camere del secondo piano – occupate un tempo dalla servitú del principe detenuto –, alte all'incirca quindici piedi; è qui che da un anno il generale Fabio Conti esercitava il suo genio. Sotto la sua direzione eran state messe per prima cosa delle solide inferriate alle finestre, sebbene esse venissero a trovarsi ad un'altezza d'oltre trenta piedi dal lastrico della torre principale. Dava accesso a tutte quelle camere, fornite di due finestre ciascuna, un corridoio buio, strettissimo, nel quale Fabrizio vide susseguirsi ben tre porte di ferro alte sino alla volta e formate d'enormi sbarre. Per sottoporgli i piani, gli spaccati e i rilievi di tutte quelle belle trovate il generale era stato ricevuto in udienza dal principe una volta la settimana per due anni di seguito. Il cospiratore detenuto in una di quelle stanze, mentre non poteva lagnarsi davanti al mondo d'essere trattato inumanamente, non avrebbe potuto tuttavia comunicare con chicchessia né fare un movimento senza essere udito. Il generale infatti aveva fatto collocare in ciascuna camera un pancone di quercia alto tre piedi (invenzione che gli aveva dato fama al ministero della polizia); sul pancone sorgeva un casotto di tavole alto dieci piedi, risonantissimo, in contatto col muro solo dal lato delle finestre; un corridoio di quattro piedi correva tutto attorno agli altri tre lati, tra il muro cioè della prigione, fatto d'enormi massi di pietra squadrata, e le pareti di tavola del casotto. Queste pareti poi, formate di quattro tavole addoppiate di noce, di quercia e d'abete, erano solidamente inchiavardate e fissate da innumerevoli chiodi.

Fu in una di quelle stanze, capolavori del generale Fabio Conti, ed in quella precisamente battezzata col bel nome di «Obbedienza passiva», che Fabrizio venne fatto entrare. Egli corse alle finestre. La vista di cui si godeva attraverso le loro inferriate era grandiosa; la chiudeva solo in un punto, verso nord-est, il tetto a loggia della palazzina a due piani del governatore. Al pianterreno erano gli uffici dello stato maggiore; al primo, svolazzava ad una finestra dentro graziose gabbie una quantità d'uccelli d'ogni specie. Questa finestra attirò gli occhi del giovane: non distava da una delle sue piú di venticinque piedi e n'era piú bassa cinque o sei; per cui egli la dominava. Mentre intorno gli si affaccendavano i carcerieri, egli si divertiva a udire gli uccelli cantare ed a vederli salutare gli ultimi raggi del sole.

Al momento del suo ingresso in prigione la luna si levava maestosa a destra del cielo, sopra la catena delle Alpi,
dalla parte di Treviso. Erano le otto e mezzo; dall'altra parte dell'orizzonte che il tramonto colorava d'un rosso aran-
cione si disegnavano netti i contorni del Monviso e degli altri picchi delle Alpi che da Nizza risalgono verso il Monce-
nisio e Torino. Il giovane non pensava minimamente alla
propria dolorosa situazione: commosso e rapito dal sublime spettacolo: «È dunque in questo posto meraviglioso, –
si diceva, – che vive Clelia Conti. Seria e pensosa com'è,
piú di chiunque essa deve gioire di questa vista. Qui è come tra le montagne solitarie a cento leghe da Parma». E
da due ore stava alla finestra ad ammirare quell'orizzonte
che gli parlava all'anima, andando sovente con lo sguardo
alla palazzina del governatore, quando gli venne fatto di
esclamare: «Ma questa è una prigione? Ed io che la temevo
tanto!» Invece di vedere ad ogni momento nuovi motivi
di irritarsi e d'addolorarsi, ecco che il nostro eroe si lasciava incantare dalle attrattive della prigione.

Bruscamente lo richiamò alla realtà uno strepito spaventoso: la specie di gabbia di legno che costituiva la sua camera era violentemente scossa e s'udivano abbai ed acuti
squittii. «Che sta succedendo? che cosí presto si presenti
l'occasione di svignarmela?» pensò. Ma un istante dopo
scoppiava a ridere come di rado accade in prigione. Per ordine del generale, alla solita vigilanza era stato aggiunto un
cane inglese ferocissimo, riservato ai detenuti piú importanti, il quale doveva passar la notte insieme ad un carceriere nel vano intorno alla prigione: di modo che al prigioniero non fosse possibile fare un passo senza essere udito.
Ora, all'arrivo di Fabrizio, un centinaio di enormi topi che
si trovavano nella stanza dell'Obbedienza passiva s'eran
dati a fuggire in ogni senso. Il cane, specie d'incrocio d'uno
spagnolo con un *fox* inglese, tutt'altro che bello, si mostrò
in quell'occasione sveltissimo. Trattenuto com'era pel collare al pavimento sotto il piancito del casotto, quando sentí
passarsi a cosí poca distanza i topi, si dibatté furiosamente
finché riuscí a sfilare la testa dal collare. Allora scoppiò la
curiosa battaglia il cui fracasso aveva tirato Fabrizio dalle
sue piacevoli fantasticherie. Siccome parecchi topi erano
sfuggiti alle zannate rifugiandosi nel casotto, il cane, salta-
ti d'un balzo i sei gradini che vi conducevano, ve li inseguí.
Figurarsi il baccano che scoppiò allora tra le pareti di legno

della prigione, scrollata dalle fondamenta. Fabrizio rideva come un pazzo ed a forza di ridere piangeva; il carceriere Grillo, ridendo non meno, aveva chiuso la porta; il cane nel suo inseguimento attraverso la stanza, totalmente sguernita di mobilio, non era impacciato che, in un canto, da una stufa di ferro. Trionfato che ebbe di tutti i suoi nemici, Fabrizio lo chiamò a sé, lo accarezzò, se lo fece amico: «Se dovesse mai vedermi scavalcare qualche muro, – pensò, – ecco uno di meno che darà il segnale!» Ma in realtà questa politica era oltre le sue intenzioni: in quel momento, piú semplicemente, egli trovava piacere a divertirsi col cane. Non se ne rendeva conto, ma stranamente gli regnava in cuore una segreta gioia.

Trafelato dalle corse fatte col cane, Fabrizio si rivolse al carceriere: – Come vi chiamate?

– Grillo, al suo servizio in tutto ciò che il regolamento consente.

– Ebbene, mio caro Grillo, dovete sapere che un certo Giletti ha cercato di assassinarmi in mezzo alla strada, io mi sono difeso e l'ho ucciso; come ho fatto, farei ancora: ecco perché son qui! Ma finché ci resto non voglio meno per questo passarmela allegramente. Prendete l'autorizzazione dai vostri capi ed andate a chiedere per me di che cambiarmi al palazzo Sanseverina; in piú comperatemi parecchie bottiglie di nebbiolo d'Asti.

Il nebbiolo è un ottimo vino spumante che si produce in Piemonte nella patria dell'Alfieri, molto pregiato soprattutto dal ceto di buongustai cui appartengono i secondini. Otto o dieci dei quali trasportavano in quel momento nella prigione di Fabrizio certi antichi mobili dorati che andavano togliendo dal primo piano; a udire che il giovane ordinava del nebbiolo drizzarono le orecchie. Nonostante la loro buona volontà, la sistemazione di Fabrizio per quella prima notte lasciò molto a desiderare: ma egli non parve contrariato se non dalla mancanza d'una bottiglia di nebbiolo.

– Ha l'aria d'un buon figliolo, – commentarono tra loro i carcerieri andandosene; – tutto sta che i nostri capi gli lascino arrivare del danaro.

Quando rimasto solo si fu un po' riposato da tutto quel tramestio: «Ma è possibile che questa sia una prigione? – Fabrizio si disse contemplando l'immenso panorama da Treviso al Monviso, la distesa delle Alpi, i picchi coperti di neve, le stelle, – e che quella che passo sia una prima notte in carcere! Non mi fa specie che Clelia Conti sia contenta di abitare qui in aria; dove si è mille miglia al di sopra delle meschinità e delle miserie della terra. Se appartengono a lei gli uccelli che sono sotto la mia finestra, la vedrò. Arrossirà scorgendomi? »

Questo importante problema finí, ma a notte molto inoltrata, per conciliargli il sonno.

L'indomani, dopo quella prima notte passata senza impazientirsi di nulla in prigione, già il giovane si vide ridotto a conversare con Fox, il cane inglese. Grillo gli mostrava sempre con gli occhi la sua simpatia, ma un nuovo ordine gli impediva di comunicare col prigioniero; e Fabrizio non vide arrivare né la biancheria né il nebbiolo.

Svegliandosi, la prima domanda ch'egli si fece fu: « Vedrò Clelia? Gli uccelli alla finestra saranno proprio i suoi? » Cominciavano appunto a cinguettare e a cantare: era l'unico suono che a quell'altezza s'udiva. Il vasto silenzio che intorno regnava fu per Fabrizio una sensazione nuova che lo riempí di piacere. Rapito, ascoltava il vivace cinguettio che s'interrompeva per poi riprendere e col quale gli unici vicini che aveva salutavano l'alba. « Se appartengono a lei, prima o poi Clelia comparirà in quella camera lí ». Per cui, senza lasciar di contemplare le immense catene delle Alpi, in faccia alle quali la cittadella pareva ergersi come un'opera avanzata, tornava ogni momento con lo sguardo alle graziose gabbie di cedro o di acagiú che, filettate d'oro, stavano in mezzo alla stanza luminosa che serviva di voliera. Solo piú tardi il giovane doveva accorgersi che quella stanza era l'unica al secondo piano che dalle undici alle quattro fosse in ombra, al riparo com'era della torre Farnese.

« Come resterò male, – pensò Fabrizio, – se invece del modesto e pensoso viso che mi aspetto e che forse scorgendomi arrossirà, vedo entrare nella stanza una qualunque donna di servizio, addetta agli uccelli! Ma se invece sarà Clelia a comparire, si degnerà essa di vedermi? Occorrerà commettere qualche indiscrezione per farmi notare; la situazione in cui mi trovo mi accorda bene qualche privilegio; del resto, siamo noi due soli qui, lontani dal mondo! Io non sono che un prigioniero, vale a dire, pel generale Conti e gli altri della sua specie quello che chiamano un *subordinato*. Ma lei ha tanta intelligenza o per meglio dire tanta anima, che persino forse, come suppone il conte, disprezza il mestiere di suo padre; chi sa anzi che la sua malinconia non venga di lí. Nobile motivo di esser triste! Ma in fin dei conti io non sono un estraneo per lei. Con che grazia piena di riserbo ieri sera mi ha salutato! Mi ricordo come fosse ora che al nostro primo incontro presso Como, le ho detto: "Un giorno verrò a vedere i bei quadri che avete a Parma; vi ricorderete allora di questo nome: Fabrizio del Dongo?" Se ne sarà scordata, bambina com'era allora?

Ma che è, – si disse a un tratto, – come succede che mi dimentico d'essere furibondo per la mia prigionia? Si darebbe mica il caso che io sia uno di quegli uomini di grande coraggio come ne ha l'antichità? un eroe senza accorgermene? Come! avevo tanta paura della prigione ed adesso che ci sono mi dimentico anche d'essere triste! È bene il caso di dire che la paura è peggiore del male. Fatto sta che devo farmi dei ragionamenti per sentirmi afflitto di trovarmi in prigione e in una prigione che, come disse Blanes, può durare dieci anni come dieci mesi! Sarà la novità di abitare in cima a questa torre che mi distrae dalla tristezza che dovrei provare? Forse questo buonumore che non dipende dalla mia volontà, irragionevole, cadrà di colpo, e di colpo piomberò nella piú nera disperazione. Comunque, è curioso che io debba, per sentirmi triste, fissare il pensiero sul fatto che mi trovo in prigione! Chi sa che la prima ipotesi sia la piú giusta e cioè che io abbia la tempra d'un eroe».

Le sue riflessioni furono interrotte dal falegname della cittadella che veniva a prendere le misure per una botola da mettere alle finestre: era la prima volta che quella prigione veniva occupata, per cui restava da completare di tale parte essenziale.

«Cosí, – pensò Fabrizio, – sarò privato di questa vista sublime». E faceva del suo meglio per rattristarsene.

– E che? – esclamò rivolto al falegname, – non dovrò piú vedere quei graziosi uccellini?

– Ah! dice gli uccellini che la signorina ama tanto! – disse benevolmente l'altro. – Eh sí: anch'essi non li vedrà piú, come tutto il resto!

Discorrere col prigioniero era vietato a lui non meno rigorosamente che ai carcerieri; ma la giovinezza di Fabrizio impietosiva l'artigiano il quale gli spiegò che le enormi botole che aveva l'incarico di costruire e che, posando per la base sul davanzale dovevano discostarsi dalla finestra via via che s'alzavano, erano destinate a non lasciare al detenuto che la vista del cielo.

– È un provvedimento morale! Si fa, – gli disse, – per accrescere nel prigioniero quella salutare malinconia che gli darà il desiderio di emendarsi. Anzi, un'altra invenzione ha fatto a questo scopo il generale: quella di fare a meno dei vetri sostituendoli con carta oliata.

A Fabrizio piacque il tono sotto sotto ironico di quel discorsetto, tono che è piuttosto raro in Italia.

– Vorrei avere un uccellino perché mi tenesse compagnia; ne vado matto, degli uccelli; comperatemene uno dalla cameriera della signorina Clelia Conti.

– Allora la conosce, la signorina, per sapere cosí bene il suo nome! – esclamò il falegname.

– Chi non ha udito parlar di lei? è cosí bella! Del resto ho avuto l'onore di incontrarla piú volte alla corte.

– La poverina s'annoia a morte quassú; passa la vita coi suoi uccelli. Stamattina ha fatto acquistare delle magnifiche piante d'arancio e le ha fatte collocare all'ingresso della torre, giusto sotto la finestra di Vostra Eccellenza; se non ci fosse il cornicione che lo impedisce, lei potrebbe vederle.

La risposta conteneva notizie preziosissime; Fabrizio trovò modo di far accettare un po' di danaro all'operaio.

– Commetto due colpe in una, – questi gli disse: – discorro con Vostra Eccellenza e ne ricevo del danaro. Posdomani, tornando per la botola, avrò in tasca un uccellino e se non siamo soli, fingerò di lasciarmelo scappare. Potendo, le porterò anche un libro di preghiere; dev'esserle penoso non poter dire l'ufficio.

«Allora, – ricapitolò Fabrizio quando fu solo, – gli uccelli appartengono a lei, ma fra due giorni non li potrò piú vedere». A quel pensiero il suo sguardo si abbuiò. Ma un'inesprimibile gioia lo attendeva: dopo aver tanto aspettato e tanto guardato in quella direzione, ecco che verso mezzodí Clelia salí a governare i suoi uccelli. Fabrizio rimase immobile, senza fiato, in piedi contro le sbarre della finestra, vicinissimo a lei. Notò che la fanciulla non alzava gli occhi; ma che i suoi movimenti erano impacciati come d'uno che si sente guardato. Anche volendolo, la povera figliola non avrebbe potuto dimenticare il fine sorriso che la vigilia aveva visto errare sulle labbra del prigioniero, condotto via dai gendarmi.

Per quanto evidentemente essa vigilasse ogni suo gesto, nell'appressarsi alla finestra diventò rossa. Il primo pensie-

ro di Fabrizio, che aderiva tutto alle sbarre, fu di lasciarsi
andare alla fanciullaggine di battere un po' con le nocche
su quelle sbarre; poi gli parve un'indiscrezione e se la proibí. «A questo modo mi meriterei che per otto giorni mandasse in sua vece la domestica a governare l'uccelliera».
Un pensiero cosí delicato non gli sarebbe venuto né a Napoli né a Novara.

Si contentò quindi di seguirla ardentemente con gli
occhi. «Certo, – si diceva, – se ne va senza degnare d'una
occhiata questa povera finestra, eppure l'ha davanti agli occhi». Ma ecco che nel tornare dal fondo della camera verso
la finestra, in un punto che Fabrizio scorgeva benissimo
perché lo dominava, ecco che Clelia avanzando non resistette alla tentazione di gettare uno sguardo all'insú: a Fabrizio bastò per sentirsi autorizzato ad un cenno di saluto.
«Qui non siamo noi due soli al mondo?» s'incoraggiò per
farlo. Al saluto, la fanciulla si arrestò e chinò gli occhi; poi
li risollevò adagio e facendo un palese sforzo su se stessa
salutò il prigioniero col cenno piú serio e *distante*; ma gli
occhi parlarono per lei: senza forse ch'ella stessa se ne ren-
desse conto, i suoi occhi espressero un attimo la piú viva
pietà. Fabrizio la vide farsi rossa al punto che d'un po' di
quel rossore si soffuse anche il sommo delle spalle, lasciato
scoperto pel caldo dallo scialletto di pizzo nero. L'istinti-
va occhiata con la quale Fabrizio rispose al saluto mise al
colmo il turbamento della fanciulla. «Come sarebbe felice
quella povera donna, – lei si diceva pensando alla duchessa, – se lo potesse vedere un momento come lo vedo io!»

Fabrizio conservava una lieve speranza di poterla salutare ancora una volta, all'uscire dall'uccelliera; ma, per evi-
tarlo, Clelia si ritirò a poco a poco, passando da gabbia a
gabbia come se per finire le restassero da governare le gabbie piú vicine all'uscita. Quando infine sparí, il giovane restò in contemplazione dell'uscio rinchiusosi dietro a lei: si
sentiva un altro.

Da quel momento non pensò piú che al modo di poter
continuare a vederla anche quando sarebbe stato messo il
malaugurato schermo alla finestra.

La sera della vigilia, prima di coricarsi, s'era sobbarcato
al noioso compito di nascondere il piú dell'oro che possedeva nei buchi lasciati dai topi nel legno della stanza. «Stasera, bisogna che io nasconda l'orologio. Con un po' di pazienza e una molla d'orologio, ho sentito dire che si può se-

gare il legno e persino il ferro. Potrò allora segare lo schermo». Sebbene durasse qualche ora, il lavoro di nascondere
l'orologio non gli sembrò lungo; intanto pensava ai diversi
modi di raggiungere il suo intento, ai lavori da falegname
che sapeva fare. «Con un po' di abilità – si diceva – potrò
tagliare un tassello quadrato nella tavola di quercia dello
schermo, nel punto in cui esso posa sul davanzale. Se ci riesco, il tassello potrò toglierlo e rimetterlo a posto a mio
piacimento. A Grillo darò tutto quello che ho perché chiu-
da un occhio». Ogni sua felicità dipendeva ormai dalla riuscita del suo progetto e ad esso solo pensava. «Se riesco solo a vederla, sono felice... Non basta: bisogna che lei pure
mi veda». Tutta la notte non ripassò in mente che espedienti da falegname e forse neanche una volta pensò alla
corte di Parma, né all'ira del principe. Dobbiamo anzi purtroppo confessare che neanche il dolore in cui doveva essere immersa la duchessa gli venne in mente. Attese con impazienza il mattino; ma il falegname non ricomparve: certo anche lui era caduto in sospetto di liberale. Ne mandarono un altro con una brutta grinta, il quale a tutte le cortesie del prigioniero non rispondeva che con un grugnito di
malaugurio. Parecchi dei tentativi che la duchessa aveva
fatto per corrispondere con Fabrizio erano stati sventati
dai numerosi agenti messi in moto dalla marchesa Raversi
la quale s'incaricava inoltre di avvertire, allarmare, pungo-
lare giornalmente nel suo amor proprio il generale Fabio
Conti. Ogni otto ore i soldati di guardia al pian di sotto ricevevano il cambio; come non bastasse, il governatore mise un carceriere di guardia a ciascuna delle tre porte che davano nel corridoio ed il povero Grillo, il solo che vedesse il
prigioniero, venne condannato a non uscire dalla torre Farnese che ogni otto giorni, cosa che lo mise parecchio di malumore. Se ne lagnò con Fabrizio che ebbe lo spirito di rispondergli solo: – Consolatene a forza di nebbiolo d'Asti,
amico mio! – e gli passò del danaro.

– Ebbene, anche questo, che ci consola di tutti i mali, –
replicò Grillo indignato ma così sottovoce che Fabrizio appena lo udì, – ci proibiscono di riceverne, e dovrei rifiutar-
lo: ma io lo prendo; però può essere danaro buttato: non
posso dirle nulla di nulla. Deve averla fatta grossa, tutta la
cittadella è sossopra per lei; le mene della signora duchessa
han già fatto licenziare tre di noi.

«La botola sarà pronta prima di mezzogiorno?» Questa

domanda che si rivolgeva fece tutta la mattinata battere il
cuore di Fabrizio. Contava i quarti d'ora che suonavano al-
l'orologio della cittadella. Mancava già un quarto a mezzogiorno e grazie a Dio la botola non era ancora arrivata. Clelia ricomparí a governare i suoi uccelli. La crudele necessità in cui si trovava rese Fabrizio audacissimo; il rischio di
non vederla piú gli parve cosí superiore ad ogni altro che
guardando la fanciulla osò fare col dito il gesto di segare la
botola; ma quel gesto che voleva farla complice d'un detenuto bastò perché la fanciulla salutasse a mezzo e sparisse.

«Evvia! – si disse stupito Fabrizio, – che possa aver
scambiato per una sciocca familiarità un gesto dettato dalla
piú imperiosa necessità? Io volevo solo pregarla di degnar-
si di alzare qualche volta gli occhi alla mia finestra, anche
quando ci sarà lo schermo; volevo solo farle capire che io
farò quanto è umanamente possibile per continuare a vederla. Ahimè! forse che domani per questo mio gesto si
asterrà dal venire?»

Non ci dormí; e il giorno dopo il presentimento si avve-
rò interamente. Alle tre Clelia non era ancora comparsa ed
ormai s'era finito di sistemare davanti alle due finestre le
botole; di quel peso, erano state sollevate dalla spianata
della torre con corde e pulegge attaccate esternamente alle
sbarre delle finestre. Clelia, nascosta dietro una gelosia,
aveva bensí seguito con angoscia tutta l'operazione, e notato sul volto di Fabrizio una preoccupazione che strappava
il cuore, ma ciononostante aveva avuto il coraggio di mantenere la promessa che si era fatta.

Clelia era una piccola reclusa del liberalismo; da bambina aveva preso sul serio tutti i discorsi liberali che si tenevano nella società frequentata da suo padre – il quale piú
che a fedi politiche pensava a farsi una posizione –; quei discorsi l'avevano portata a disprezzare, pocomeno che ad ab-
borrire il carattere pieghevole del cortigiano, e di riflesso
farle prendere in uggia il matrimonio. Da quando Fabrizio
era arrivato alla cittadella, la tormentavano i rimorsi: «Ecco, – si diceva, – che il mio indegno cuore si mette dalla parte di chi vorrebbe tradire mio padre; *Egli* ardisce farmi il
gesto di segare una porta!...» E subito, con lo strazio nel-
l'anima: «È vero, ma tutta la città dice che ne avrà piú per
poco tempo. Anche domani potrebbe essere il suo ultimo
giorno! Coi mostri che ci governano che cosa non è possibile? Che dolcezza c'è nei suoi occhi, che eroica serenità in

quegli occhi che domani potrebbero chiudersi per sempre!
Mio Dio! che ore deve passare la duchessa! Dicono che è al-
la disperazione! Io al posto suo avrei l'eroismo di Carlotta
Corday: non esiterei a pugnalare il principe».

Tutto quel terzo giorno Fabrizio fu di pessimo umore,
ma unicamente per non aver rivisto la fanciulla. «Dato che
era destino che la facessi adirare, le avessi almeno detto
che l'amavo», si diceva, perché era giunto a questa scoperta. «No, non è per eroismo che non mi addoloro della prigione, smentendo cosí la profezia dell'abate; questo onore
che mi appropriavo non mi compete. È mio malgrado che,
invece che alla prigione, penso continuamente al dolce
sguardo impietosito che Clelia ha lasciato cadere su di me
quando i gendarmi mi conducevan via dal corpo di guardia; quello sguardo ha fatto di me un altro uomo. Chi m'a-
vrebbe detto che uno sguardo cosí l'avrei trovato in un luogo come questo, mentre avevo davanti la sporca faccia di
Barbone e quella del governatore! Tra quegli esseri abbiet-
ti un lembo di cielo si è dischiuso per me in quell'istante.
Come non amarla? come non cercare di rivederla? No, non
è per grandezza d'animo che non m'accorgo quasi neanche
della prigione e di tutto quello ch'essa ha di spiacevole».

Nel passare in rivista tutto ciò che poteva capitargli,
giunse a prospettarsi la possibilità d'essere rimesso in libertà. «La cosa è possibile: la duchessa farà dei miracoli per
me. Ebbene, in tal caso non potrò ringraziarla che con la
punta delle labbra. Usciti di qui, non vi si torna, e una volta fuori di questa prigione, frequentando io e lei gente diversa, non avremo quasi mai occasione di vederci! Ora, a
voler esser sincero, ci sto forse male in prigione? Se Clelia
non fosse in collera con me, che di meglio potrei chiedere
al cielo?»

Quella stessa sera gli venne una felice ispirazione: con la
crocetta di ferro del rosario che veniva distribuito ad ogni
detenuto al suo ingresso in prigione, cominciò con successo
a segare la botola. «Probabilmente commetto un'imprudenza, – si disse prima di mettercisi. – I falegnami non han
detto davanti a me che da domani verranno i verniciatori?
e che diranno costoro vedendo la botola segata? D'altronde o commetto questa imprudenza o domani rinuncio a vederla. E posso restare per colpa mia senza vederla, ora tanto piú che mi ha lasciato ch'era in collera?»

Quell'imprudenza venne ricompensata; il giovane lavorava da quindici ore, quando scorse la fanciulla la quale, non credendosi vista, restò a lungo immobile con gli occhi sullo schermo; cosicché, per colmo di fortuna, egli ebbe tutto l'agio di leggere in quegli occhi la piú tenera pietà. Cosí a lungo anzi rimase, che evidentemente per restar lí in contemplazione Clelia si scordava persino di governare i suoi uccelli. Profondamente turbata, stava pensando alla duchessa, a quella donna per la quale aveva provato tanta compassione; ed ecco che ora s'accorgeva di cominciare invece ad odiarla. Si sentiva invadere da una grande malinconia e non comprendendone il perché s'irritava contro se stessa. Piú d'una volta Fabrizio dovette vincere la tentazione di scuotere la botola; la sua felicità non gli pareva completa se non poteva far capire alla fanciulla ch'egli era lí, che la vedeva. «Ma, – ragionava, – se lei sapesse che io la vedo a tutto mio agio, timida e riserbata com'è, senza dubbio si sottrarrebbe ai miei sguardi».

Piú felice ancora fu l'indomani (di quali inezie non è fatta in amore la felicità!): mentre la fanciulla contemplava con tristezza l'enorme botola, egli riuscí a far passare nel buco praticato un fil di ferro ed a dirle con quello: «Sono qui e la vedo».

Meno bene gli andò i giorni seguenti. Egli voleva togliere alla botola un tassello di legno grande come una mano, e rimettibile a volontà, che gli permettesse di vederla e d'essere visto e di comunicarle almeno a segni quello che aveva in cuore; ma Grillo dovette notare il cigolio della rudimentale seghetta, ricavata dalla molla dell'orologio; per cui, inquieto, veniva a passare lunghe ore nella stanza del prigioniero. In compenso al giovane parve di notare che piú crescevano le difficoltà materiali a corrispondere insieme, meno severa diveniva Clelia con lui: non affettava piú di abbassare gli occhi o di guardare gli uccelli quand'egli agitava il filo di ferro per dar segno della propria presenza ed era puntualissima nel mostrarsi nell'uccelliera quando l'orologio suonava le undici e tre quarti. Di questa puntualità il giovane gioí ed ardí persino credersene la causa. Donde traeva quella convinzione? Neppure lui avrebbe saputo dirlo; ma l'amore rileva delle sfumature ch'esso solo coglie e ne trae le piú grandi conseguenze. Ad esempio, dacché la vista del prigioniero le era tolta, la fanciulla alzava gli occhi alla finestra appena entrava nella voliera. Erano i giorni, i tetri giorni in cui tutta Parma credeva imminente la decapitazione del giovane e a non saperne nulla era lui solo; quella spaventosa prospettiva non dava pace a Clelia: in quelle condizioni come avrebbe essa potuto rimproverarsi di interessarsi troppo a Fabrizio? Il giovane stava per morire, e per la causa della libertà! Era infatti un'enormità mettere a morte un del Dongo per una sciabolata a un istrione. Ben è vero che quel caro giovane era attaccato a un'altra donna! Clelia si sentiva profondamente infelice e pur senza precisare a se stessa il genere d'interesse che portava al prigioniero: «Certo, – si diceva, – se lo mettono a morte, io mi rifugio in un convento e non mi vedranno mai piú in questa corte che mi fa orrore. Assassini che non son altro sotto la loro lustra di gente per bene!»

L'ottavo giorno, il riserbo della fanciulla fu messo a dura prova. Essa stava contemplando assorta in tristi pensieri lo schermo della finestra di lui, che ancora non aveva dato segno della propria presenza; quando ad un tratto un tassello di legno piú grande della mano venne rimosso dalla botola e comparvero nell'apertura gli occhi scintillanti di gioia del giovane che la salutava. La fanciulla, che non se l'aspettava, si confuse, e voltasi verso le gabbie cominciò ad occuparsi dei suoi uccelli; ma le mani le tremavano talmente che spandeva l'acqua invece di versarla, in uno stato di eccitazione ben visibile; finché, non reggendo, scappò via di corsa.

Per Fabrizio fu il piú bel momento della sua vita. Se in quel momento gli avessero offerto la libertà, l'avrebbe rifiutata.

Il giorno che seguí fu il piú atroce per la duchessa: tutti in città ritenevano che pel detenuto fosse finita; Clelia non se la sentí, quel giorno, di mostrare a Fabrizio una durezza che non aveva in cuore; passò un'ora e mezzo nella voliera, seguendo tutti i segnali che il giovane le fece e spesso rispondendogli se non altro con l'espressione dell'interesse piú vivo e sentito; se qualche momento lo lasciava, era per nascondergli le lagrime. Nella sua ingenua civetteria essa avvertiva l'insufficienza di quel linguaggio; se si fossero potuti parlare, per quante vie essa avrebbe cercato di rendersi conto dei sentimenti di lui per la duchessa! Ormai Clelia riusciva a stento ad illudere se stessa: verso la Sanseverina era odio che provava.

Una notte avvenne che Fabrizio pensasse un po' seriamente alla zia; con suo stupore, penò a ritrovarne il viso;

il ricordo che di lei conservava era totalmente cambiato: per lui ormai la zia aveva cinquant'anni.

«Mio Dio, – non poté a meno di rallegrarsi, – ho fatto bene a non dirle che l'amavo!» Già non riusciva piú a raccapezzarsi come avesse potuto trovarla tanto bella. Sotto questo punto di vista non era altrettanto mutata ai suoi occhi Marietta e ciò avveniva perché non s'era mai illuso che l'amore per Marietta impegnasse il suo cuore, quel cuore che invece tante volte aveva creduto appartenesse interamente alla duchessa. Marietta ed anche la duchessa d'A. le vedeva adesso come due colombelle incantevoli per la loro innocenza e docilità, mentre l'immagine celestiale di Clelia Conti gli signoreggiava l'anima sino ad incutergli terrore. Si rendeva conto che la felicità della sua vita dipendeva ormai dalla figlia del governatore; ch'essa avrebbe potuto far di lui il piú infelice degli uomini. Ed aveva una mortale paura che un capriccio senza appello della volontà di lei venisse da un giorno all'altro a troncare di colpo la singolare e deliziosa esistenza che le trascorreva vicino. Comunque, non gli aveva già colmato di felicità i due primi mesi di prigionia? Ed era proprio il tempo che due volte la settimana il generale Fabio Conti diceva al principe: «Posso dare a Vostra Altezza la mia parola d'onore che il detenuto del Dongo non parla ad anima viva e passa il tempo a dormire o nell'abbattimento della piú nera disperazione».

Adesso Clelia veniva due o tre volte al giorno, foss'anche per un istante, a vedere i suoi uccelli: se Fabrizio non l'avesse amata al punto che l'amava, sarebbe bastato questo per convincerlo d'essere contraccambiato; ma, in quelle condizioni, nutriva invece al riguardo dubbi mortali. Clelia aveva fatto recare nella voliera un pianoforte. Battendone i tasti, perché il suono dello strumento avvertisse della sua presenza e distraesse le sentinelle che passeggiavano sotto le sue finestre, essa rispondeva con gli occhi alle domande che Fabrizio le rivolgeva. Su un argomento solo non dava risposta, anzi scappava e non si lasciava talora veder piú per l'intera giornata: era quando i segni di Fabrizio indicavano sentimenti troppo chiari a comprendere; su questo punto la fanciulla si mostrava inflessibile.

Cosí, sebbene rinchiuso in cosí angusto spazio, Fabrizio viveva una vita intensa, che impiegava tutta a cercare la soluzione del capitale problema: «Mi ama?» La conclusione alla quale veniva, deducendola da mille osservazioni rifatte

ogni volta ed ogni volta rimesse in dubbio, era questa:
«Tutti i suoi gesti volontari dicono di no, ma le occhiate
che sfuggono alla tirannia della sua volontà sembrano indicare che comincia ad amarmi».

Clelia si proponeva di non tradirsi ed era per allontanare tale rischio che aveva respinto con vivacità sin eccessiva
una preghiera che piú volte Fabrizio le aveva rivolto. Sembrerebbe che la povertà degli espedienti per corrispondere
in possesso del prigioniero avrebbe dovuto ispirare un po'
piú di compassione alla fanciulla. Egli voleva comunicare
con lei mediante lettere alfabetiche che si tracciava sulla
mano con un pezzo di carbone miracolosamente scoperto
nella stufa: formando cioè la parola con le lettere scritte
successivamente. Questa trovata gli avrebbe permesso di
dire ciò che voleva con maggiore precisione. Distando la
sua finestra circa venticinque piedi da quella di Clelia, par-
larsi sulla testa delle sentinelle che passeggiavano davanti
alla palazzina del governatore sarebbe stato troppo rischioso. Fabrizio non aveva ancora raggiunto la certezza d'essere contraccambiato; con un minimo d'esperienza amorosa,
dubbi non gliene sarebbero restati, ma in amore egli era un
novellino. D'altra parte ignorava un fatto che, conosciuto,
lo avrebbe gettato nella disperazione: ormai si parlava
apertamente del matrimonio di Clelia Conti con l'uomo
piú ricco della corte, il marchese Crescenzi.

Capitolo diciannovesimo

L'ambizione del generale Fabio Conti, esaltata sino alla pazzia dagli avvenimenti che venivano a intralciare la carriera del primo ministro e facevano prevedere vicina la sua caduta, lo aveva portato a fare alla figlia delle violente scenate; ogni momento ormai egli le ripeteva furente ch'essa gli avrebbe mandato a monte la carriera se non si decideva una buona volta a scegliersi un marito: aveva vent'anni compiuti, era tempo; ormai l'isolamento crudele al quale lei lo costringeva con la sua irragionevole ostinazione doveva cessare, e avanti su questo tono.

Era stato da principio per sottrarsi a quegli accessi di cattivo umore che la ragazza aveva preso a rifugiarsi tutti i momenti che poteva nella stanza degli uccelli: non si giungeva lassú che per una scaletta di legno malagevole, che costituiva un vero e proprio ostacolo per la gotta del governatore.

Da qualche settimana la fanciulla era cosí turbata, sapeva cosí poco lei stessa quel che le conveniva desiderare che senza propriamente impegnarsi aveva quasi dato il suo consenso. In un momento d'ira il generale era giunto a minacciarla di chiuderla nel piú tetro convento di Parma e di lasciarla là a istupidire sino a che non si degnasse di fare la sua scelta.

— Sai bene che la nostra famiglia, per quanto antica, non mette insieme seimila lire di rendita, mentre il patrimonio del marchese Crescenzi arriva a piú di mille scudi l'anno. Non c'è alla corte chi non gli riconosca il carattere piú mite; mai ha dato ad alcuno motivo di lagnarsi; è un uomo bellissimo, giovane, nelle grazie del principe ed io ti dico che bisogna essere matta da legare per respingere i suoi omaggi. Fosse la prima volta che rifiuti un partito, potrei sopportarlo; ma sono già cinque o sei i partiti che rifiuti, da

quella stupidella che sei, e partiti tutti di prim'ordine. Che
sarà di te, ti prego, quando io sia messo in pensione? Come gongolerebbero i miei nemici a vedermi ridotto ad abitare qualche secondo piano, io che piú volte sono stato lí lí
per diventare ministro! Ah no, perbacco! da troppo tempo
per essere troppo buono faccio la parte d'uno scemo. Hai
qualche obiezione che stia in piedi da farmi contro il marchese Crescenzi, che ha la bontà d'essere innamorato di te,
che è disposto a sposarti senza un soldo, non solo, ma a as-
segnarti in contraddote trentamila lire di rendita, con le
quali almeno io potrò prendere un alloggio conveniente?
Suvvia, sentiamo le ragioni che hai da dire o, perbacco, lo
sposi entro due mesi!

Di tutto il discorso una sola parola aveva colpito Clelia:
la minaccia d'essere messa in convento ed allontanata quindi dalla cittadella, proprio nel momento che la vita di Fabrizio pareva appesa a un filo (non passava infatti mese che
la voce della sua imminente esecuzione non corresse di nuovo alla corte ed in città). Per quanti ragionamenti si facesse, la fanciulla non se la sentí di correre il rischio d'essere
separata da Fabrizio nel momento che piú tremava per la
sua esistenza. Era questo ai suoi occhi il peggior guaio che
le potesse capitare e dei guai ad ogni modo quello im-
mediato.

Non mica neanche che, restando vicina a Fabrizio, il suo
cuore vedesse davanti a sé una prospettiva di felicità; lo
credeva amato dalla duchessa ed una mortale gelosia la torturava. Continuamente la fanciulla pensava alla superiorità
che su lei aveva quella donna cosí ammirata da tutti. Il riserbo che lei s'imponeva in faccia a Fabrizio, il linguaggio
a segni al quale lo costringeva per la paura di tradirsi, tutto sembrava congiurare per chiuderle la via di arrivare a conoscere quali fossero i rapporti di lui con la duchessa. Cosí
ogni giorno essa sentiva piú crudelmente la disgrazia d'avere una rivale nel cuore di Fabrizio ed ogni giorno meno osava esporsi al pericolo di dargli occasione di svelarle l'intera
verità. Eppure che gioia sarebbe stata ricevere la confessione dei suoi veri sentimenti, quale felicità poter dissipare
gli atroci sospetti che le avvelenavano la vita!

Fabrizio in amore doveva essere volubile: a Napoli, aveva la fama di mutare spesso di amante. Malgrado il riserbo
che la sua condizione di signorina le imponeva, Clelia, da
quando era canonichessa ed andava a corte, senza mai chie-

dere ma ascoltando attentamente, aveva appreso quel che si diceva sul conto dei suoi successivi pretendenti: ebbene, Fabrizio era tra essi il piú leggero in amore! Adesso si trovava in prigione e vi si annoiava; che meraviglia che facesse la corte all'unica donna che gli era dato di vedere? anzi che cosa di piú *ordinario*? Ed era ciò che desolava Clelia.

Quand'anche da una confessione completa la fanciulla avesse appreso che Fabrizio non amava piú la duchessa, che fiducia poteva avere nelle sue parole? Pur credendo alla sua sincerità, come credere alla durata di quei sentimenti? E infine, per colmo di disgrazia, Fabrizio non era già molto avanti nella carriera ecclesiastica? Non era già alla vigilia di legarsi con voti indissolubili? Non lo attendevano in quella carriera le piú grandi soddisfazioni? «Se mi restasse un barlume di buonsenso, – si diceva l'infelice Clelia, – non dovrei prendere la fuga? non dovrei supplicare mio padre di chiudermi nel piú lontano convento? Viceversa, disgraziata che non son altro, è proprio la paura d'essere allontanata dalla cittadella e chiusa in un convento che detta passo per passo la mia condotta. È questa paura che mi forza a fingere, che m'obbliga alla turpe e disonorante menzogna di far le viste di accettare le attenzioni del marchese Crescenzi!»

Il carattere di Clelia era quello d'una fanciulla profondamente giudiziosa. In tutta la sua vita essa non aveva avuto a rimproverarsi un passo sconsiderato ed ora la sua condotta era la meno giudiziosa possibile. Di lí i crucci che la tormentavano, tanto piú crudeli in quanto non si faceva illusioni. Si attaccava ad un uomo perdutamente amato dalla donna piú bella della corte, da una donna che in tante cose le era superiore! E s'anche Fabrizio fosse stato libero, restava sempre ch'era un uomo incapace di vero attaccamento, mentre lei, lo sentiva bene, non avrebbe amato che una volta nella vita.

Era quindi col cuore straziato dai peggiori rimorsi che ogni giorno Clelia saliva all'uccelliera: attiratavi suo malgrado, lassú l'inquietudine che la prendeva era un'altra, meno crudele; i rimorsi per qualche istante le davano tregua; spiava col cuore in gola il momento che lo sportellino nella botola si sarebbe aperto e il giovane vi sarebbe comparso; il che nemmeno sempre accadeva: spesso lo impediva la presenza, nella prigione, di Grillo.

Una sera verso le undici Fabrizio udí dei rumori insoliti

nella cittadella. Di notte, stendendosi sul davanzale e sporgendo la testa dallo sportello, egli riusciva a distinguere, se abbastanza forti, i rumori che provenissero dalla scala detta *dei trecento gradini*; questa scala, partendo dalla prima corte interna della torre principale, menava al terrazzo su cui sorgevano la palazzina del governatore e la torre Farnese. A metà – e cioè all'altezza di centottanta gradini – la scala dominava, attraversandola da mezzodí a mezzanotte, una vasta corte; in quel punto era un ponticello di ferro strettissimo, tanto stretto da costringere l'uomo che v'era di sentinella (e che riceveva il cambio ogni sei ore) ad alzarsi ed a mettersi di fianco, sporgendo il meno possibile, se qualcuno veniva a passare; detto ponticello – chiamato *il ponte dello schiavo*, perché una volta uno schiavo dalmata era riuscito ad evadere, precipitando la sentinella nella sottostante corte – costituiva l'unica via di accesso sia alla torre Farnese che alla palazzina del governatore.

Bastava un paio di giri a una serratura, della quale il governatore aveva sempre la chiave con sé, per far precipitare il ponte in fondo alla sottoposta corte da un'altezza di oltre cento piedi. Essendo quella l'unica scala esistente nella cittadella e tutte le corde dei pozzi venendo a mezzanotte ritirate e chiuse in uno stanzino in cui non s'entrava che dalla stanza del governatore, bastava che il governatore prendesse quella semplice precauzione, desse cioè quei due giri perché nessuno piú potesse raggiungerlo in casa sua ed egualmente inaccessibile fosse a chiunque la torre Farnese. Fabrizio s'era reso conto della cosa il giorno ch'era entrato nella cittadella; e del resto Grillo, che come tutti i carcerieri aveva il debole di vantare la propria prigione, gliela aveva piú volte spiegata: per cui le speranze di scappare erano ridotte al minimo. Tuttavia il giovane si ripeteva una massima dell'abate Blanes: «L'amante pensa piú spesso a raggiungere l'amante che il marito a custodire la moglie; il prigioniero pensa piú spesso a scappare che il carceriere a chiudere la porta; quindi, per ostacoli che incontrino, l'amante ed il prigioniero devono spuntarla».

Quella notte, dunque, Fabrizio sentiva distintamente giungere da quel ponte gran tramestio di passi. «Vengono a rapire qualcuno oppure, chi sa, a condur me al patibolo; ma può sempre nascere del disordine, bisogna profittarne». Cosí dicendosi, s'era armato di quel che aveva, già ritirava del danaro dai buchi in cui l'aveva nascosto, quando

ad un tratto s'arrestò: «Buffo animale l'uomo! – esclamò
tra sé. – Che penserebbe uno a vedermi fare questi preparativi? Che voglio scappare: e non è vero affatto! Mettiamo
che domani fossi a Parma; ebbene, che farei? non è forse
vero che farei di tutto per tornare qui, vicino a Clelia?
Piuttosto se c'è del subbuglio profittiamone per introdur-
mi nella palazzina del governatore; chi sa che non riesca a
parlare a Clelia, che profittando dello scompiglio non osi
magari baciarle la mano. È vero che il generale, diffidente e
vanitoso com'è, si circonda la casa di cinque sentinelle; ce
n'è una all'ingresso ed altre quattro ai quattro angoli della
casa; ma per fortuna stanotte c'è fuori un buio da tagliare
col coltello».

A passi da lupo Fabrizio andò a verificare che facevano
Grillo e il cane: il carceriere dormiva come un ghiro nella
sua pelle di bue sospesa ad amaca, coperto da una rete ra-
da; Fox aprí gli occhi, si tirò su e venne verso il giovane
per lambirgli le mani.

Rassicurato, Fabrizio rientrò senza far rumore nel casotto. Il rumore in basso cresceva talmente che Grillo
avrebbe potuto svegliarsi. Il giovane armato, all'erta, si
credeva già prossimo a chi sa quale avventura, quando ad
un tratto sentí levarsi il piú bel concerto: era una serenata in onore del generale o, piú probabile, di sua figlia.
L'ilarità lo soffocò: «Ed io che già mi vedevo a menar colpi
di daga! Come se una serenata non fosse infinitamente piú
facile a supporsi che il rapimento d'un prigioniero, pel quale ci vorrebbero un'ottantina di persone, o una rivolta!»
La musica parve deliziosa a Fabrizio che s'annoiava da tante settimane; lo fece piangere di dolcezza; rapito dalla musica, rivolgeva alla bella Clelia i discorsi piú irresistibili.

Ma l'indomani la trovò cosí scura in viso, cosí pallida,
con degli sguardi cosí irritati che non ebbe il coraggio di
chiederle della serenata; temette di mostrarsi indelicato.

D'essere triste, la fanciulla aveva di che: la serenata era
stata data in suo onore dal marchese Crescenzi; una manife-
stazione pubblica a quel modo era come l'annunzio ufficiale del matrimonio. Sino alla vigilia lei aveva fatto resistenza, ma alla minaccia d'essere senz'altro spedita in convento
aveva ceduto.

«Ahimè! non lo vedrò piú, – s'era detta tra le lacrime.
Inutilmente la ragione aveva aggiunto: – Almeno non vedrò piú questo essere che comunque vada farebbe la mia in-

felicità, non vedrò piú questo amante della duchessa, l'uomo leggero che a Napoli, è risaputo, ha avuto dieci amanti e tutte le ha tradite; non vedrò piú questo ambizioso il quale, se la scampa, prenderà gli ordini! Sarebbe una colpa imperdonabile se una volta fuori di questa cittadella gli rivolgessi ancora lo sguardo; la sua abituale incostanza mi libererà dalla tentazione di farlo. Che cosa sono io infatti per lui? un pretesto per passare meno noiosamente qualche ora fintanto che è in prigione!»

Ma mentre lo caricava di queste oltraggiose accuse, le tornò il ricordo del sorriso col quale all'uscita dall'ufficio d'immatricolazione Fabrizio guardava i gendarmi che lo circondavano. Gli occhi della fanciulla s'inondarono di lacrime: «Caro amico, che cosa non farei per te! Sarai la mia rovina, lo so, tale è il mio destino; questa odiosa serenata non è già la mia rovina? ma domani a mezzogiorno rivedrò i tuoi occhi!»

E doveva essere proprio il giorno seguente a quello che Clelia s'era cosí sacrificata per lui, pel giovane che amava tanto; il giorno dopo che, pur scorgendo tutti i suoi difetti, gli aveva sacrificato la vita, doveva essere proprio quel giorno che lui rimaneva gelato dalla freddezza di lei. Se anche con l'imperfetto linguaggio dei segni il giovane avesse fatto alla fanciulla una pur minima violenza, probabilmente lei non avrebbe potuto trattenere le lacrime e Fabrizio avrebbe alfine ottenuto la confessione dei sentimenti ch'essa nutriva per lui; ma egli mancava di audacia, troppo lo irretiva la paura di offendere Clelia cui sarebbe stato tanto facile infliggergli una punizione superiore alle sue forze. Vogliamo dire che Fabrizio non aveva alcuna esperienza di come può portarsi una donna che ama, non avendo mai conosciuto sin allora il vero amore. Gli occorsero otto giorni per ritrovarsi con Clelia in quei termini di buona amicizia in cui erano prima della notte della serenata. La povera ragazza, per la paura che aveva di tradirsi, s'armava di severità e Fabrizio la sentiva ogni giorno piú lontana.

Da circa tre mesi Fabrizio si trovava cosí segregato dal mondo senza sentirsi per questo infelice, quando un giorno ebbe a provare un momento di vera angoscia: era già l'ora tanto attesa e Grillo non accennava a liberarlo della sua presenza, né lui sapeva in che modo allontanarlo. Era infatti già suonata la mezza, quando finalmente poté precipitarsi ad aprire gli spiragli – adesso eran due – praticati nella botola.

Clelia era alla finestra dell'uccelliera, gli occhi alzati alla finestra di lui; il suo viso esprimeva la piú atroce disperazione. Appena lo scorse gli indicò a segni che tutto era perduto; corse al pianoforte e fingendo di cantare un recitativo dell'opera in voga, in frasi rotte dall'orgasmo e dal timore d'essere udita dalle sentinelle, gli disse:

– Sia ringraziato Iddio che siete vivo ancora! Barbone, l'insolente che puniste quel giorno, era sparito, non si mostrava piú nella cittadella. Vi è ricomparso avantieri sera e da ieri io ho motivo di credere ch'egli cerchi di avvelenarvi. Gironzola nella cucina dove vengono preparati i vostri cibi. Non so nulla di certo ma la mia donna crede che ci vada a quello scopo. Io morivo d'inquietudine non vedendovi piú, vi ritenevo morto. Sino a nuovo avviso astenetevi da ogni cibo; io farò il possibile per farvi giungere un po' di cioccolato. In ogni caso, stasera alle nove, se avete un filo o potete ricavare una fettuccia dalla biancheria, fatela pendere dalla finestra sulle piante d'arancio; io vi attaccherò una corda; con quella vi farò avere pane e cioccolato.

Fabrizio aveva gelosamente conservato il pezzetto di carbone; profittando dell'eccitazione di cui vedeva in preda la fanciulla, s'affrettò a scrivere sulla mano lettera dopo lettera:

«Io vi amo e non tengo alla vita che in quanto posso vedervi. Mandatemi soprattutto una matita e della carta».

Come Fabrizio aveva sperato, il terrore che la sconvolgeva impedí alla fanciulla di troncare la conversazione dopo l'ardita frase: «io vi amo»; si limitò a mostrarsene irritata. Maliziosamente egli aggiunse: «Il vento mi ha lasciato capir male gli avvertimenti intercalati al canto; in piú il suono del pianoforte copre le parole. Di che veleno parlate?»

A questa, si ridipinse sul volto della fanciulla la paura di prima; in fretta tracciò in inchiostro grandi lettere sulle pagine, che via via staccava, d'un libro; figurarsi la gioia del giovane a veder cosí iniziarsi finalmente fra loro il genere di corrispondenza che da tre mesi invano cercava di farle adottare. Insistette nel piccolo inganno, fingendo ogni momento di non aver nonostante afferrata questa o quella parola.

Alla fine essa lasciò la voliera per correre dal padre; temeva piú di tutto ch'egli venisse a cercarla lí; sospettoso com'era, al generale avrebbe dato nell'occhio l'eccessiva vicinanza che c'era tra la finestra della uccelliera e la botola del prigioniero. Anzi qualche minuto prima, quando il non veder Fabrizio apparire la metteva in un'angoscia mortale, la fanciulla s'era detta che a quella distanza un foglietto avvolto intorno ad un sassolino e abilmente lanciato, avrebbe avuto la probabilità d'infilare l'alto della botola e di cadere nella prigione; se il caso volesse che Fabrizio vi si trovasse solo, ecco un modo di corrispondere sicuro.

Il nostro eroe s'affrettò a ricavare dalla biancheria un sottile nastro di stoffa; e la sera, passate di poco le nove, avvertí distintamente dei colpetti battuti sotto la finestra contro le casse delle piante d'arancio; calò la fettuccia che gli riportava una lunga cordicella mediante la quale ritirò prima una provvista di cioccolato, poscia, con sua grande gioia, un rotolo di carta ed una matita. Calò la corda una terza volta ma inutilmente; certo le sentinelle s'erano avvicinate alle piante d'arancio. Ma egli non istava in sé dalla gioia. S'affrettò a scrivere una interminabile lettera alla fanciulla e appena l'ebbe terminata, la calò giú. Passarono piú di tre ore, senza che avvenisse nulla, nelle quali piú volte il giovane tirò su la corda per mutare qualche frase nella lettera. «Se non la ritira stasera che è tutta sottosopra per la paura del veleno, – si disse, – domattina probabilmente si rifiuterà di riceverla».

Era andata, che Clelia non aveva potuto esimersi da accompagnare il padre in città; il giovane lo capí udendo a mezzanotte e mezzo una vettura rientrare e riconoscendola dal passo dei cavalli per quella del generale. Ma quale non fu la sua esultanza allorché, pochi minuti dopo aver udito giú in basso il *presentat'arm* delle sentinelle al passaggio del governatore, sentí agitarsi la corda che egli non aveva cessato di tener calata! Dovevano attaccarci, a giudicare, un discreto peso; due piccole scosse alla corda furono il segnale che ritirasse. Il peso penò un po' a oltrepassare la sporgenza del cornicione: era una fiasca d'acqua avviluppata in uno scialle. Con che frenesia il poveretto, che da mesi viveva nella piú completa solitudine, si buttò a coprir di baci quello scialle! Ma la sua gioia divenne addirittura indescrivibile quando – avvenimento da tanto sperato invano – scorse, spillato allo scialle, un foglietto. Esso diceva:

Non bevete che quest'acqua e vivete di cioccolato; domani farò il mio possibile per farvi tenere del pane, che contrassegnerò d'ogni parte con piccole crocette in inchiostro. Potete immaginarvi con che cuore ve lo dico, ma è necessario lo sappiate: devono aver dato a Barbone l'incarico di avvelenarvi. Quanto a ciò che mi scrivete nella lettera a matita, come non sentite che è cosa che io non posso ascoltare? Io stessa non vi scriverei se non ne andasse di mezzo la vostra vita. Ho visto poco fa la duchessa, essa sta bene al pari del conte, ma è molto dimagrita. Su quell'argomento non mi scrivete piú, se non volete che mi adiri.

L'ultima frase, non scrivere che quello, aveva messo a prova la virtú di Clelia. Tutti andavano dicendo, alla corte, che la Sanseverina prendeva molto interesse al bel conte Baldi, e di certo v'era che il Baldi aveva rotto nel modo piú scandaloso con la marchesa che da sei anni gli aveva fatto come da madre e lo aveva messo in vista in società.

La fanciulla aveva dovuto rifare il biglietto, perché nel primo scritto in fretta qualche allusione trapelava sui nuovi amori che la malignità pubblica attribuiva alla duchessa.

«Che bassezza la mia! – s'era detta Clelia, – sparlare a Fabrizio della donna ch'egli ama!»

L'indomani a scuro, Grillo entrava nella stanza di Fabrizio, e depositatovi un pesante pacco se ne andava senza dir parola. Il pacco conteneva una pagnotta segnata d'ogni lato di crocette a penna; l'innamorato le coprí di baci. Col pane in rotolo fasciato e rifasciato c'erano seimila zecchini d'oro ed un breviario nuovo; sul margine del breviario, d'una scrittura che cominciava a conoscere, il giovane lesse: «Il veleno! Diffidare dell'acqua, del vino, di tutto; vivere di cioccolato, il pranzo darlo senza assaggiarne al cane; non lasciar trapelare alcuna diffidenza; il nemico cercherebbe un'altra via. Prudenza, in nome di Dio! la massima prudenza!»

Fabrizio s'affrettò a far sparire quella cara scrittura che poteva compromettere Clelia; staccate parecchie pagine del breviario ne fece parecchi alfabeti, mettendo ogni impegno a tracciarne le lettere con polvere di carbone diluita nel vino. Gli alfabeti erano bell'e pronti e mancava poco a mezzogiorno quando Clelia apparve alla finestra dell'uccelliera, tenendosi a due passi dal davanzale. «Il difficile ora, – Fabrizio si disse, – è d'indurla a lasciarmene servire». Per fortuna la fanciulla aveva un mondo di cose da dirgli; che si cercava di avvelenare Fabrizio era certo perché un cane della servitú era morto per aver mangiato un piatto destinato al detenuto. Per cui, nonché opporsi a che lui usasse dei suoi, anche lei aveva preparato un alfabeto bellissimo, scritto in inchiostro. Impacciata sulle prime, la conversazione con gli alfabeti si protrasse parecchio, per tutto il tempo cioè che Clelia poté restare all'uccelliera. Le due o tre volte che il giovane arrischiò frasi che la fanciulla non gli consentiva, invece di rispondergli essa lo piantava un momento per accudire agli uccelli.

Fabrizio ottenne che la sera, insieme all'acqua, la fanciulla mandasse anche a lui un alfabeto fatto a penna, assai piú visibile del suo. Non mancò di scriverle una lunghissima lettera, che fu bene accolta, perché stavolta il giovane aveva avuto cura di evitare frasi tenere che potessero offenderla.

Infatti l'indomani non s'ebbe rimproveri e Clelia poteva comunicargli che il rischio d'avvelenamento era scemato; Barbone era stato aggredito e lasciato mezzo morto da giovani che corteggiavano le ragazze della cucina: per cui probabilmente in cucina non si sarebbe piú fatto vedere. Gli confidò pure che per lui aveva osato sottrarre al padre del contravveleno; glielo mandava, ma badasse soprattutto a respingere immediatamente qualunque cibo che avesse un sapore insolito. Per quanto Clelia avesse assediato di domande don Cesare non era riuscita a scoprire di dove venissero i seimila zecchini; comunque anche quell'invio era un buon segno: se ne poteva dedurre che intorno al prigioniero il rigore diminuiva.

Ad ogni modo la faccenda del veleno aveva fatto fare al giovane insperati progressi; pur non avendo ottenuto dalla fanciulla la minima parola che si potesse interpretare come una confessione d'amore, aveva pur sempre la fortuna di vivere con lei in dolce intimità. Tutte le mattine e spesso la sera avveniva fra loro una lunga conversazione con gli alfabeti; ogni sera alle nove Clelia acconsentiva a ritirare una sua lunga lettera e qualche volta brevemente vi rispondeva; gli mandava il giornale e qualche libro; infine, Grillo era stato ammansito al punto da portare al detenuto il pane e il vino, che gli rimetteva giornalmente la cameriera di Clelia. Da queste infrazioni al regolamento il carceriere aveva dedotto che il governatore non era per nulla d'accordo con chi aveva incaricato Barbone di avvelenare Monsignore; e di questo si rallegravano tanto lui che i suoi colleghi per il concetto che del detenuto s'erano fatti; concetto riassunto in questa frase che correva fra loro: «Basta guardare in faccia monsignor del Dongo perché egli metta la mano alla scarsella».

Fabrizio aveva preso in prigione un colorito smorto; l'assoluta mancanza di esercizio nuoceva alla sua salute; ma a parte ciò, egli non era mai stato felice come adesso. La conversazione con Clelia avveniva su un tono d'intimità sempre, e talora su un tono gaio; per la fanciulla quei momenti erano i soli in cui si sentisse priva di rimorsi, liberata dalle funeste previsioni che il resto della giornata la assediavano. Un giorno lei ebbe l'imprudenza di dirgli:

– Ammiro la vostra delicatezza; sono la figlia del governatore e non mi fate mai parola del vostro desiderio di ricuperare la libertà.

Fabrizio colse la palla al balzo: – Non è delicatezza; è ch'io mi guardo bene da avere un desiderio cosí assurdo. Tornato a Parma, come potrei rivedervi? Ed ormai la vita mi sarebbe insopportabile se non potessi dividere con voi ogni mio pensiero... Dico male: ogni mio pensiero, no, perché voi me lo impedite; ma insomma, per crudele che siate, vivere senza vedervi ogni giorno sarebbe per me ben altro supplizio che la prigione; non sono stato mai felice come qui!... Non è una cosa buffa che dovessi aspettare d'entrare in prigione per sentirmi felice?

– C'è parecchio da dire su tutto questo, – rispose Clelia diventando di colpo seria, da mettere quasi in apprensione.

Spaventatissimo infatti Fabrizio esclamò:

– Come? potrebbe capitarmi di perdere il posticino per quanto piccolo che mi son guadagnato nel vostro cuore, l'unico bene che ho in questo mondo?

– Potrebbe sí! Io ho motivo di credere che verso di me siate pochissimo gentiluomo, sebbene agli occhi del mondo passiate per esserlo tanto; ma è un discorso che oggi non voglio fare.

Lo strano preambolo rese quel giorno il resto della conversazione quanto mai impacciato e piú d'una volta mise ad ambedue le lagrime negli occhi.

Il fiscale generale Rassi aspirava sempre a mutar nome; stanco di quello che s'era fatto, voleva diventare il barone Riva. Il conte Mosca dal canto suo metteva ogni sua abilità nel rinfocolare nel giudice venduto la passione della baronia, come nel principe l'insensata speranza di farsi re costituzionale della Lombardia. Altri mezzi non aveva potuto trovare per ritardare la morte di Fabrizio.

Il principe andava intanto ripetendo al Rassi: – L'unico modo che abbiamo d'aver ragione di questa donna altezzosa è quello di tenerla quindici giorni nella disperazione e di dargliene altri quindici di speranza; i cavalli piú focosi si domano con queste alternative, se si ha della costanza. Applicate la cura senza pietà.

Infatti, ogni quindici giorni una nuova voce si diffondeva per Parma che dava per imminente l'esecuzione di Fabrizio e che gettava la sventurata duchessa in un pozzo di disperazione. Fedele alla propria decisione di non trascinare il conte nella sua rovina, essa non lo vedeva che due volte al mese, ma della crudeltà verso quel pover'uomo era punita dai periodi di tetra disperazione che doveva affrontare da sola. Invano il conte Mosca, sormontando l'atroce gelosia che gli davano le assiduità presso la Sanseverina di quel bell'uomo ch'era il conte Baldi, le scriveva, quando non poteva vederla, per metterla al corrente di ciò che veniva a sapere dallo zelo del futuro barone Riva; per reggere allo strazio delle dicerie che continuamente correvano sul conto del nipote, la duchessa avrebbe avuto bisogno d'aver sempre al fianco un uomo di mente e di cuore qual era Mosca; la vacuità di Baldi lasciandola ai suoi pensieri, non alleviava in nulla il suo strazio, mentre impediva al conte di metter lei a parte delle ragioni che aveva di sperare.

A forza d'ingegnosi pretesti Mosca era riuscito ad ottenere dal principe il consenso che l'archivio di tutti i complicatissimi intrighi mediante i quali Ranuccio - Ernesto IV nutriva la pazzesca speranza di diventare re costituzionale, venisse deposto in un castello di amici, nei dintorni di Saronno, proprio cioè nel centro della Lombardia.

Molti di quei compromettenti documenti erano di pugno del principe o da lui firmati e nel caso che la vita di Fabrizio fosse seriamente in pericolo, il conte si proponeva di minacciare il principe di consegnare qualcuna di quelle carte ad una grande potenza che con una parola avrebbe potuto annientarlo.

Del futuro barone Riva il conte Mosca si credeva sicuro; la sua paura era che si ricorresse al veleno; il tentativo di Barbone l'aveva allarmato al punto da fargli fare un passo apparentemente insensato. Un mattino era andato alla porta della cittadella ed aveva fatto chiamare il generale Fabio

Conti che gli discese incontro sul bastione sopra l'ingresso; ivi, passeggiando amichevolmente con lui, dopo un abile preambolo agrodolce non esitò a dirgli:

– Se Fabrizio muore di morte sospetta, da qualcuno quella morte verrà attribuita a me; farò la figura d'un geloso: ridicola figura che non sono disposto a fare. Per cui, le sia ben chiaro: se egli muore di malattia, non incarico un altro, la ammazzo io; può farci conto.

Il generale fece all'intimata una risposta coi fiocchi, nella quale parlò del suo coraggio ma non scordò piú lo sguardo col quale l'altro aveva pronunciato quelle parole.

Pochi giorni dopo – e come se di ciò avesse preso impegno col conte – il fiscale si permetteva per amore della baronia un'imprudenza che da lui non ci si sarebbe aspettata: mandò al generale Conti copia ufficiale della sentenza che condannava Fabrizio a dodici anni di cittadella. Era cosa che, secondo la legge, avrebbe dovuto fare dall'indomani dell'arresto di Fabrizio; l'inaudito, in un paese dove tutto si combinava prima dietro le quinte come Parma, era che la giustizia si permettesse l'inoltro di quella copia senza espresso ordine del sovrano. Una volta infatti uscita dalla cancelleria quella copia ufficiale della sentenza, che speranza c'era piú di riprecipitare ogni quindici giorni nella disperazione la duchessa, unico modo, per servirsi dell'espressione del principe, di piegarne la superbia? La vigilia di quella comunicazione il generale era venuto pure a sapere di Barbone lasciato mezzo morto per terra mentre rientrava sul tardi alla cittadella; ne dedusse che in alto loco non s'aveva piú intenzione di disfarsi di Fabrizio; e prudentemente – cosa che salvò Rassi dalle conseguenze immediate della sua follia – alla prima udienza non fiatò al principe della copia di sentenza trasmessagli. Fortunatamente per la tranquillità della duchessa, il conte aveva scoperto che il malaccorto tentativo d'avvelenamento fatto da Barbone non era stato che una velleità di vendetta personale; di lí la lezione che all'impiegato aveva fatto somministrare.

Fabrizio ebbe una piacevole sorpresa; compivano centotrentacinque giorni dacché viveva nella stretta gabbia della prigione quando un giovedí si vide venire a prendere dal cappellano per una passeggiata sulla spianata della torre; ma vi passeggiava da appena dieci minuti quando, non piú avvezzo all'aria aperta, il giovane si sentí male. Dell'incidente don Cesare si valse come pretesto per accordargli mezz'ora di passeggiata al giorno. E fu questo un errore; in tal modo Fabrizio ricuperò in poco tempo tutte le sue forze, delle quali doveva presto abusare.

Intanto le serenate a Clelia si susseguivano; il governatore *pignolo* le tollerava solo in quanto impegnavano sempre piú la figlia, della quale temeva il caratterino; vagamente il padre si rendeva conto che tra lei e il marchese Crescenzi non c'era ombra di affiatamento e quindi paventava sempre qualche colpo di testa della figlia. Se Clelia si rifugiava in convento, per lui era finita. Non fosse stato questo calcolo, il generale non avrebbe tollerato tutta quella musica: arrivava nelle piú profonde segrete all'orecchio dei piú neri liberali e poteva, non si sa mai, contenere dei segnali. Anche sulla persona dei musicanti nutriva sospetti; per cui, appena finita la serenata, essi venivano chiusi a chiave a pianterreno della palazzina del governatore – sede di giorno degli uffizi – e soltanto a giorno fatto venivano rimessi in libertà. Il governatore in persona li attendeva sul ponte *dello schiavo* e li faceva frugare sotto i suoi occhi e non li lasciava partire se non dopo aver ripetuto loro una infinità di volte che avrebbe fatto impiccare su due piedi chi ardisse incaricarsi della minima commissione per i prigionieri. E si sapeva che, nella sua paura di dispiacere, era uomo da mantenere la parola; sicché il Crescenzi era costretto a compensare tre volte tanto i musicanti, poco divertiti dalla prospettiva di passare una notte in prigione.

Tutto ciò che la duchessa poté – ed a gran stento – ottenere dalla pusillanimità d'uno di quegli uomini fu che accettasse di introdurre nella cittadella una lettera che poi avrebbe consegnato invece al governatore. La lettera era indirizzata a Fabrizio e deplorava la fatalità per cui nei cinque mesi dacché il giovane era in prigione i suoi amici non avevano potuto avviare con lui la minima corrispondenza.

Entrando nella cittadella il musicante si buttò ai piedi del generale e gli confessò che un prete sconosciuto aveva talmente insistito per dargli una lettera indirizzata al signor del Dongo che lui non aveva osato rifiutare; ma che fedele al suo dovere ecco che s'affrettava a rimetterla in mano a Sua Eccellenza.

L'Eccellenza fu assai lusingata: conoscendo il potere della duchessa aveva una paura matta di essere messo in mezzo. Nella sua gioia egli portò la lettera al principe, che restò soddisfattissimo:

– Ah dunque, il mio pugno di ferro mi ha finalmente
vendicato! Questa donna altezzosa soffre da cinque mesi!
Ma non basta: uno di questi giorni faremo rizzare una forca e la sua pazza fantasia la persuaderà che è destinata al
piccolo del Dongo.

Capitolo ventesimo

Una notte verso l'una, Fabrizio, steso sul davanzale, col capo passato nell'apertura della botola, stava contemplando le stelle e l'immenso orizzonte che si scopre dall'alto della torre Farnese, allorché i suoi occhi errando per la campagna dalla parte del basso Po e di Ferrara, notarono per caso un lumicino piccolissimo ma vivido che pareva brillare in cima ad una torre. «È un lume che dal piano non si deve scorgere, – si disse; – lo impedisce la mole della torre: sarà un segnale per qualche punto lontano». Notò quindi che la luce spariva e riappariva come ammiccasse. «È qualche ragazza che s'intrattiene coll'amante che abita nel paese vicino». Contò nove apparizioni successive. «Questo è un I, pensò; – I è la nona lettera dell'alfabeto». Dopo una pausa, il lume brillò altre quattordici volte di fila: «Questo, è un N». Altra pausa; quindi il lume brillò una sola volta: «È un A: ina».

Figurarsi lo stupore e la gioia che lo invasero quando vide che le apparizioni seguenti del lume, separate da pausa, formavano la frase: «Ina pensa a te».

Certo: Gina pensa a te.

Immediatamente mise all'apertura la lampada e con lo stesso sistema rispose: «Fabrizio ti ama».

La corrispondenza durò sino a giorno. Apprese cosí che erano quattro mesi che ogni notte quelle segnalazioni venivano fatte ed era questa la centosettantatreesima notte ch'egli passava in prigione. Siccome tutti potevano vedere e capire i segni, stabilirono subito delle abbreviazioni: tre luci di fila indicherebbero la duchessa; quattro, il principe; due, il conte Mosca; due di fila, seguite da due spaziate, *evasione*. Perché poi occhi indiscreti non potessero capire quel che si dicevano, ciò che con l'alfabeto comune diventava troppo facile, decisero di adottare per l'avvenire l'alfabeto detto *della monaca*, che assegna ad ogni lettera un numero convenzionale: A, ad esempio, vi porta il numero 10; B, il numero 3; vale a dire, che tre apparizioni successive della luce significano B; dieci, A; e cosí via. Un momento d'oscurità separa le parole una dall'altra. Presero appuntamento per l'indomani ad un'ora dopo mezzanotte e l'indomani la duchessa venne lei alla torre che distava un quarto di lega dalla città. Alla povera donna si riempirono gli occhi di lacrime quando vide i segnali fatti da Fabrizio, da quel Fabrizio che tante volte aveva creduto morto. E fu lei a dirgli a segni: «*Io ti voglio bene, fa animo, sta in gamba, abbi buona speranza. Allenati, avrai bisogno di tutta la forza delle tue braccia*».

«Non l'ho piú visto, – si diceva la duchessa, – da quel concerto della Fausta, quando apparí sulla porta del mio salotto, vestito da cacciatore. Chi m'avesse detto allora la sorte che ci attendeva!»

Da altri gli fece dire che prestissimo sarebbe stato liberato *grazie alla clemenza del principe*; tornò quindi lei a rivolgergli parole d'affetto e non riusciva piú a strapparsi di là; ci vollero le rimostranze di Ludovico – che pei servigi resi al nipote era diventato il suo uomo di fiducia – per indurla, che già albeggiava, a troncare dei segnali che potevano attirare l'attenzione di qualche malintenzionato. L'annuncio piú volte ripetuto che verrebbe prestissimo liberato gettò Fabrizio in una profonda tristezza. Notando quella tristezza, Clelia l'indomani commise l'imprudenza di chiedergliene la causa.

– Sto per dare un grosso dispiacere alla duchessa.

– E che cosa può mai chiedervi la duchessa che voi le neghiate?

– Vuole ch'io esca di qui, ed è una cosa cui non consentirò mai.

A Clelia mancò la voce per rispondere: lo guardò e scoppiò in pianto. Se lui le fosse stato in quel momento vicino ed avesse potuto parlarle, le avrebbe forse strappato la confessione dei sentimenti che nutriva per lui e dissipata l'incertezza che gli dava ore di nero scoraggiamento; ormai egli sentiva che senza l'amore di Clelia la sua vita non sarebbe stata che amarezza ed intollerabile noia. Gli pareva che di vivere non metteva piú conto se era solo per le gioie che tali gli erano sembrate prima di conoscere l'amore; e sebbene il suicidio non fosse ancora di moda in Italia, proprio

ad esso aveva pensato come ad uno scampo se il destino lo
separava dalla fanciulla.

L'indomani ricevette da lei una lunghissima lettera:

Bisogna, amico mio, che sappiate la verità; spessissimo,
dacché siete qui, si è creduto che fosse giunto il vostro ultimo giorno. In realtà voi non siete stato condannato che a dodici anni di fortezza; ma purtroppo è impossibile dubitare
che c'è gente potentissima che vi odia e che vuole la vostra
perdita. Quante volte non ho tremato credendovi vicino a
perire di veleno! È dunque necessario che non trascuriate alcun mezzo possibile per uscire di qui. Vedete che per voi vengo meno ai piú sacrosanti dei miei doveri; giudicate dell'imminenza del pericolo che vi minaccia da quello che mi azzar-
do a dirvi e che sta cosí male in bocca mia.

Se è assolutamente necessario, se altra via di salvezza
non c'è, scappate. Ogni istante che passate qui dentro mette
a rischio la vostra vita. Considerate che c'è alla corte un partito che pur di riuscire nel suo intento non arretrerà davanti
al delitto. Finora tutti i suoi piani sono stati sventati dall'a-
bilità del conte Mosca. Ma ora si è trovato un modo sicuro
per esiliare il conte da Parma: e cioè la disperazione della duchessa; e per gettare vostra zia nella disperazione non hanno
in mano un mezzo infallibile, quello di mettere a morte suo
nipote? Capirete ora la situazione in cui vi trovate. Voi dite
che avete per me dell'amicizia, ma considerate anzitutto gli
ostacoli che ci sono – insormontabili – perché questa amicizia prenda fra noi una forma durevole. Meglio pensare che la
provvidenza ha voluto farci incontrare, farci tendere la mano
in uno sciagurato periodo della nostra giovinezza; ch'essa
m'ha messo in questa prigione per addolcire le vostre pene,
ma soltanto per questo. Io non potrei liberarmi da un eterno rimorso se delle illusioni, inconsistenti e che resteranno
sempre tali, v'inducessero a non afferrare tutte le occasioni
che vi si presentano per sottrarvi ad un rischio cosí spaventoso. Io ho perduto la pace dell'anima per l'imprudenza che
ho commesso col darvi qualche segno d'amicizia e d'affetto.
Se i nostri giochetti da ragazzi, la nostra corrispondenza a
segni creano in voi illusioni cosí poco fondate e tali che possono riuscirvi fatali, inutilmente io cercherò di giustificarmi
ai miei occhi col ricordo del tentativo compiuto da Barbone.
Nell'intento di salvarvi da un pericolo momentaneo vi avrei
spinto io stessa in un rischio di gran lunga piú spaventoso e
piú certo. Le mie imprudenze diventano imperdonabili se
fan nascere in voi dei sentimenti che vi portano a non seguire i consigli della duchessa. Vedete che cosa mi obbligate a
ripetervi: salvatevi, sono io che ve lo ordino.

La lettera si protraeva per pagine; certi passi, come la frase: *sono io che ve lo ordino*, diedero momenti di speranza deliziosi all'amore di Fabrizio. Ora gli pareva che molta tenerezza trasparisse sotto le espressioni volutamente prudenti; ora invece non vedeva nella lettera che pura amicizia o magari soltanto simpatia umana, e scontava allora la sua completa ignoranza di amorose schermaglie.

A parte questo, per quanto Clelia nella lettera gli dicesse, il giovane non mutò un momento di parere; supposto che tutti i rischi che lei gli dipingeva fossero reali, era forse troppo caro pagare con qualche rischio la gioia di vederla tutti i giorni? Che esistenza trascinerebbe quando fosse di nuovo rifugiato a Bologna od a Firenze? Perché se scappava dalla cittadella, non c'era neppur da sperare che lo lasciassero vivere a Parma. E quand'anche il principe mutasse d'idea e lo mettesse in libertà (cosa improbabile, visto che un partito potente aveva in lui il mezzo infallibile per rovesciare il conte Mosca), che vita sarebbe la sua a Parma, separato da Clelia dall'ostilità dei due partiti? Il caso li farebbe, sí, due o tre volte al mese, incontrare in qualche salotto; ma anche allora che conversazione potrebbe avere con lei? Come ritrovare quella cara intimità che faceva adesso la gioia di buona parte del giorno? Che sarebbero le frasi scambiate in un salotto in confronto della corrispondenza con gli alfabeti? «E quando pure dovessi correre qualche rischio per non perdere queste gioie e questa che è l'unica probabilità di essere felice che ho, che male ci sarebbe? Non sarebbe anzi un'altra fortuna per me poter in questo modo darle una prova per quanto meschina del mio amore?»

Nella lettera Fabrizio non vide quindi che l'occasione per chiederle di poterle parlare: poterle parlare era l'unico e costante oggetto dei suoi desideri. Questo bene non l'aveva avuto che una volta e per un attimo solo, al momento d'entrare in prigione: e quanti giorni eran passati da allora!

Il modo d'abboccarsi con Clelia si presentava facile: tutti i giovedí quel buon uomo di don Cesare accordava a Fabrizio mezz'ora di passeggiata sulla terrazza della torre; questa passeggiata avveniva di giorno, mentre le altre volte della settimana avveniva al cader della notte; la concessione infatti avrebbe potuto dar nell'occhio e compromettere il governatore. Per salire sulla terrazza non c'era altra

scala che quella che conduceva al campaniletto della cappella (lugubremente rivestita, se il lettore ricorda, di marmo
nero e bianco). Grillo menava il detenuto alla cappella e
gli apriva la scaletta del campanile; veramente il suo dovere sarebbe stato d'accompagnarlo; ma cominciando le serate a farsi fresche, il carceriere lo lasciava andar su da solo,
chiudeva a chiave la porticina e tornava nella sua stanza a
scaldarsi. Orbene: non poteva una sera Clelia farsi trovare
nella cappella, accompagnata dalla cameriera?

Tutta la lettera che Fabrizio scrisse in risposta mirava
ad ottenere quell'appuntamento. In essa le confidava inoltre con tutta sincerità e come si fosse trattato d'altri, i motivi che lo persuadevano a non lasciare la cittadella:

> Io m'esporrei ogni giorno non ad una ma a mille morti
> per la felicità di parlarvi: gli alfabeti ci servono ormai cosí
> bene! E voi volete che io faccia un passo per allontanarmi da
> voi, ch'io commetta la sciocchezza d'esiliarmi a Parma o a
> Bologna o magari a Firenze! Sappiate che quello che mi chie-
> dete è superiore alle mie forze; inutilmente vi darei la mia
> parola, perché non potrei mantenerla.

L'effetto che la lettera sortí fu che per cinque giorni la
fanciulla non si fece piú vedere all'uccelliera; non saliva
che quando sapeva Fabrizio nell'impossibilità d'affacciarsi
alla botola. Nella sua disperazione il giovane concluse che
s'anche certi sguardi di lei potevano far credere diversamente, mai egli aveva ispirato alla fanciulla altro sentimento che quello d'una semplice amicizia. «Se cosí è, – si diceva, – vivere che mi importa? Il principe può benissimo farmi morire, gliene sarò anzi grato: una ragione di piú per
non lasciare la fortezza». Ed alla notte faceva uno sforzo
su se stesso per continuare a rispondere ai segnali luminosi. Tanto che la duchessa lo credette del tutto impazzito il
mattino che Ludovico tra le risposte ottenute le fece leggere l'incredibile frase: *Non voglio scappare; voglio morire
qui!*

Se quei cinque giorni furono crudeli per Fabrizio, non lo
furono meno per Clelia: per la quale lo furono anzi di piú.
Un'idea era venuta a straziarle il cuore: il mio dovere è di
rifugiarmi lontano di qui in un convento; quando Fabrizio
saprà che non sono piú nella cittadella, e glielo farò dire da
Grillo e da tutti i carcerieri, allora si deciderà a evadere.
Ma andare in convento equivaleva a rinunciare per sem-

pre a vedere Fabrizio: e come rinunciare a vederlo proprio
adesso che lui le dava una prova cosí evidente di non nu-
trir piú per la duchessa i sentimenti che avevano potuto le-
garlo a quella donna? Quale piú toccante prova d'amore il
giovane avrebbe potuto darle? Mal ridotto in salute com'e-
ra dopo sette mesi di prigionia, rifiutare di riacquistare la
libertà! Un farfallino, quale le chiacchiere della corte le
avevano dipinto Fabrizio, avrebbe sacrificato non una ma
venti amanti per uscire un giorno prima dalla cittadella; e
che non avrebbe poi fatto per sfuggire ad una prigione dove ogni giorno rischiasse di perir di veleno?

In questa occasione, bisogna dire, Clelia mancò di coraggio; commise il grosso sbaglio di non seguire la sua prima
ispirazione: rifugiarsi in un convento sarebbe stato al tempo stesso un modo naturalissimo per rompere col marchese
Crescenzi. Una volta commesso questo errore, che speranza le restava di poter resistere a quel giovane cosí simpatico e spontaneo, cosí innamorato, che esponeva la vita a rischi tremendi pel semplice piacere di scorgerla a distanza
da una finestra? In capo a quei cinque giorni d'atroci lotte
interne, in cui sentí del disprezzo per se stessa, Clelia si risolse a rispondere alla lettera che sollecitava l'appuntamento. Rifiutò, è vero, ed in termini assai duri; ma da quel momento perdette anche ogni pace; ogni momento la fantasia
le rappresentava Fabrizio vittima del veleno; ogni momento saliva all'uccelliera: non poteva stare senza assicurarsi
coi suoi occhi che Fabrizio era vivo.

«Se si trova ancora qui, – si rinfacciava, – esposto agli
orrori che la Raversi ed i suoi tramano contro di lui nell'intento di cacciar via il conte Mosca, è unicamente perché io
ho avuto la viltà di non scappare in un convento! Che pretesto avrebbe di restar qui, una volta che fosse certo che io
me ne fossi allontanata per sempre?»

Timida e al tempo stesso altera com'era, s'indusse a correre il rischio di vedersi rispondere da Grillo con un rifiuto; peggio ancora, s'espose a tutti i commenti che quell'uomo si sarebbe certo permesso sulla sua strana condotta.
Spinse la sua umiliazione sino a farlo chiamare ed a dirgli,
con una voce tremante che tradiva il suo segreto, che entro
pochi giorni Fabrizio sarebbe stato rimesso in libertà grazie alla Sanseverina che non risparmiava nessun passo a
quello scopo; che perciò si rendeva sovente necessario conoscere da un momento all'altro la risposta del detenuto a

proposte che gli venivano fatte; per cui lei lo supplicava di permettere a Fabrizio di praticare un'apertura nello schermo della finestra: in quel modo a segni lei potrebbe comunicargli le notizie che piú volte nel giorno riceveva dalla Sanseverina.

Grillo sorrise e la assicurò di tutto il suo rispetto e della sua obbedienza. Era chiaro che il carceriere era al corrente di tutto quello che da parecchi mesi succedeva; per cui la fanciulla gli fu grata che non aggiungesse parola.

Uscito appena Grillo, Clelia fece il segnale convenuto quando doveva parlare a Fabrizio d'urgenza e gli confessò tutto quello che aveva fatto.

«Voi volete morire di veleno, – aggiunse; – io spero d'avere il coraggio di lasciare uno di questi giorni mio padre e di rifugiarmi in qualche lontano convento. Questo lo dovrò a voi; spero almeno allora che non v'opporrete piú alle proposte di evasione che vi potranno essere fatte. Finché restate qui, io passo dei momenti atroci in cui perdo la testa; in vita mia non ho mai contribuito al male di nessuno e adesso mi par d'essere io la colpevole se morite. Una simile idea mi metterebbe alla disperazione se si trattasse d'uno che neanche conoscessi; figuratevi che cosa provo quando penso che un amico il quale, sí, mi dà gravi motivi di lagnarmi con la sua mancanza di criterio, ma che insomma vedo tutti i giorni da tanto tempo, può trovarsi in quello stesso istante tra le angosce della morte. A volte sento il bisogno di sapere dalla vostra bocca che siete vivo.

È per sottrarmi a questa spaventosa angoscia che ora mi sono abbassata sino a chiedere una grazia ad un subalterno che poteva negarmela e che non è ancora detto che non mi tradisca. Del resto, chi sa se non sarei felice ch'egli mi denunciasse a mio padre: cosí almeno partirei all'istante pel convento, e non sarei piú l'involontaria complice delle vostre insensatezze che mi fanno tanto male. Ma credetemi, questo stato di cose non può durare, occorre che voi obbediate agli ordini della duchessa. Siete contento adesso, amico senza cuore? sono io che vi incito a tradire mio padre. Intanto chiamate Grillo e fategli un regalo».

Fabrizio era talmente innamorato, la piú semplice espressione di volontà da parte di Clelia lo metteva in tale orgasmo, che neanche da quelle parole attinse la certezza d'essere contraccambiato. Chiamò Grillo, lo ricompensò generosamente d'aver chiuso sin allora un occhio e quanto all'avveniré gli promise uno zecchino per ogni giorno in cui gli lasciasse comunicare attraverso lo sportellino. Grillo non s'aspettava davvero tanto.

– Le parlerò col cuore in mano, monsignore; perché rassegnarsi a mangiare tutti i giorni il pasto freddo? C'è una maniera semplicissima di scansare il veleno. Invece d'un cane solo, ne terrò parecchi: lei farà assaggiare ai cani tutti i piatti che intende mangiare; quanto al vino, le darò del mio; non berrà che di quello che ho già bevuto io. Ma le raccomando il piú stretto segreto: un carceriere può veder tutto ma non deve saper nulla. Se Vostra Eccellenza vuole rovinarmi per sempre, basta si lasci scappare una parola anche con la signorina Clelia: le donne sono sempre donne; se domani si guasta con lei, posdomani, per vendicarsi, spiffera tutto al padre, al quale non par vero di poter far impiccare un carceriere. Dopo Barbone, è forse l'essere piú malvagio di tutta la cittadella, e sta qui per lei il maggior pericolo; i veleni li sa maneggiare, vada là, e non mi perdonerebbe la trovata di tenere tre o quattro cani.

Ci fu una nuova serenata. Ora Grillo rispondeva a tutte le domande di Fabrizio. Egli s'era ripromesso, è vero, d'essere prudente e di non tradire la figlia del governatore che, lui pensava, pur essendo sul punto di sposare il marchese Crescenzi non disdegnava tuttavia di far l'amore, per quanto possono permetterlo le mura d'una prigione, col simpatico monsignor del Dongo. Ma stavolta rispondendo alle domande che il prigioniero gli faceva sulla serenata, commise la sventatezza di aggiungere: «Si dice che il marchese Crescenzi la sposerà presto». Figurarsi l'effetto sul giovane di queste parole. La notte che seguí, ai segnali luminosi non rispose che per annunciare di non sentirsi bene. L'indomani mattina quando Clelia verso le dieci comparve nell'uccelliera, Fabrizio le chiese, con un tono complimentoso nuovo tra loro, perché non gli aveva semplicemente detto che amava il marchese Crescenzi ed era in procinto di sposarlo.

– Non l'ho detto perché non c'è parola di vero, – rispose Clelia impazientita. Ciò che aggiunse fu però meno esplicito; Fabrizio glielo fece osservare e dell'occasione approfittò per chiederle di nuovo di poterle parlare a quattr'occhi. Clelia, vedendo messa in dubbio la sua sincerità, accordò quasi subito il colloquio, pur facendo notare che si sarebbe in tal modo disonorata per sempre agli occhi di Grillo. A notte fatta si fece trovare con la cameriera nella cappella, presso la lampada che vi ardeva al centro in permanenza; la cameriera e Grillo si ritirarono di qualche passo. La fanciulla che tremava da capo a piedi s'era preparata un bel discorsetto nell'intento di non confessare il suo amore; ma la passione ha una logica che sconvolge ogni piano; tanto le preme conoscere il vero che la fa andare diritta allo scopo e le toglie persino il timore d'offendere. Subito Fabrizio restò abbagliato dalla bellezza di Clelia, lui che da otto mesi non vedeva da vicino che facce di carcerieri; ma al nome del marchese Crescenzi l'ira lo riprese, accresciuta dalla prudenza con cui si sentiva rispondere dalla fanciulla. Anche Clelia s'accorgeva di dar esca in quel modo ai sospetti, in luogo di dissiparli e fu questa sensazione insopportabile per la fanciulla che la fece prorompere a dire con le lagrime agli occhi:

– Ebbene, sentite: ma sarete poi contento di avermi fatto passar sopra a tutto ciò che devo a me stessa? Sino al 3 agosto dell'anno scorso io non avevo provato che repulsione per gli uomini che avevano cercato di piacermi. Nutrivo un disprezzo senza fine e probabilmente esagerato pel carattere dei cortigiani; tutta la gente felice a corte mi dispiaceva. Molto diverso da tutti trovai invece un prigioniero che, quel 3 agosto, fu condotto in questa cittadella. Anzi al suo riguardo (e da principio non me ne resi neppure conto) provai tutti i tormenti della gelosia. Le attrattive d'una donna affascinante, che conoscevo bene, mi trafiggevano il cuore come pugnalate, perché credevo (e non sono ancora sicura che non sia) che quel prigioniero la amasse. Presto le persecuzioni del marchese Crescenzi, che aveva chiesto la mia mano, si fecero piú insistenti; egli è ricchissimo e noi non possediamo quasi nulla. Con ogni energia io le respingevo, quando davanti alla mia ostinazione mio padre parlò di mettermi in convento. Quella minaccia mi perdette: capii che se lasciavo la cittadella, non avrei piú potuto vegliare sulla vita del prigioniero la cui sorte mi stava a cuore. A forza di precauzioni (fu questa la mia grande abilità) ero riuscita a far sí ch'egli non avesse alcun sospetto che la sua vita era minacciata. M'ero ripromessa di non tradir mai né mio padre né il mio segreto; ma avvenne che la donna che protegge quel prigioniero (una donna d'una intelligenza superiore, d'un'attività stupefacente e d'una volontà che nulla piega) gli offrí, a quel che suppongo, un modo di evadere; egli rifiutò di valersene, e volle persuadermi che se si rifiutava di lasciare la cittadella era per non allontanarsi da me. Allora io commisi un grave errore: lottai cinque giorni dentro di me, mentre avrei dovuto ritirarmi all'istante in un convento, ciò che m'avrebbe offerto un modo semplicissimo di rompere col marchese Crescenzi. Non mi sentii il coraggio di abbandonare la fortezza ed ora sono perduta! Mi sono attaccata ad un uomo volubile; so come egli si è condotto a Napoli: che motivo avrei di credere che avesse cambiato carattere? Segregato in una prigione, privato d'ogni distrazione, egli ha fatto la corte all'unica donna che gli era possibile vedere; per la sua noia è stato un passatempo. Siccome non arrivava a parlarle che con difficoltà, ai suoi occhi quel passatempo ha preso il colore d'una passione. Con la fama di coraggio di cui gode nel mondo, quel prigioniero crede di dimostrare che il suo amore è qualche cosa di piú d'un semplice capriccio coll'esporsi a gravissimi rischi pur di continuare a vedere la persona che crede di amare. Ma una volta che sia tornato in una grande città, che di nuovo lo attornino le seduzioni ch'essa offre, di nuovo sarà quello che è stato sempre, un uomo di mondo dedito alle dissipazioni ed alla galanteria; e quella che è stata un momento la sua povera compagna di prigione finirà i suoi giorni in un convento, scordata da lui e col mortale rimorso di avergli confessato il suo segreto.

Questo discorso che abbiamo riferito per sommi capi e che doveva segnare una data cosí importante nella vita di Fabrizio, fu, com'è facile pensare, interrotto una quantità di volte dalle calorose proteste del giovane. Era perdutamente innamorato e convinto di non aver mai amato prima d'aver visto Clelia: sentiva che il destino della sua vita era ormai di non vivere che per lei.

Il lettore immagina da sé le belle cose che stava dicendo, quando la cameriera venne ad avvertire la padroncina ch'erano le undici e mezzo, e che tutti i momenti erano buoni perché il generale rincasasse; a malincuore dovettero separarsi. Le ultime parole della fanciulla furono:

– Potrebb'essere l'ultima volta che vi vedo. Ho quindi il dovere di dirvi che c'è, sí, un modo, e ben crudele, col quale potreste dimostrarmi di non essere incostante; ma è quello che farebbe fin troppo evidentemente il gioco della cricca Raversi.

Cosí dicendo la fanciulla si strappò da lui, soffocata dai singhiozzi e morendo dalla vergogna di non poterli nascon-

dere alla sua donna e soprattutto al carceriere. Abboccarsi
non avrebbe potuto piú che quando il generale facesse sapere in tempo alla figlia che avrebbe passato la sera in società; e siccome da quando Fabrizio era entrato in prigione, per sfuggire le domande dei cortigiani sul detenuto, il
governatore trovava prudente pretestare quasi quotidiana-
mente un attacco di gotta, le sue andate in città, determinate da esigenze di accortezza politica, non venivano spesso
decise che al momento di salire in carrozza.

Dalla sera di quell'abboccamento la vita di Fabrizio non
fu piú che una frenesia di gioia. Grandi ostacoli, è vero,
s'opponevano ancora alla sua felicità; ma insomma, ormai
egli aveva la gioia suprema e quasi insperata d'essere amato da quella creatura celestiale che occupava tutti i suoi
pensieri.

Tre giorni dopo, i segnali notturni erano appena finiti
(era appena mezzanotte), quando Fabrizio che si ritirava
dalla finestra poco mancò venisse colpito al capo da una
grossa palla di piombo che, imboccata la botola, forò la
carta che sostituiva i vetri e venne a finire nella stanza.

La pallottola non era per fortuna pesante come si sarebbe giudicato dal suo volume. Apertala, Fabrizio vi trovò
dentro una lettera della duchessa. Attraverso l'arcivescovo, ch'essa con grande arte sapeva tenersi buono, aveva
guadagnato alla sua causa un soldato di guarnigione nella
cittadella. Questi, abile nel tirar la fionda, la faceva alle
sentinelle; a meno che non fosse con esse d'intesa.

> È necessario che tu ti salvi calandoti giú con delle corde;
> è un consiglio che mi fa rabbrividire a dartelo e che a darti
> ho esitato due mesi; ma l'orizzonte s'offusca ogni giorno piú
> e possiamo attenderci il peggio. Subito che ricevi, comuni-
> cacelo con la lampada; il pericolo che corriamo è grosso: se-
> gnala P, B e G coll'alfabeto della monaca: cioè 4, 12 e 2;
> non respirerò finché non avrò visto questo segnale. Io sono
> sulla torre; ti verrà risposto con N ed O, 7 e 5. Ricevuta que-
> sta risposta, non fare altri segnali e occupati unicamente di
> leggere e capir bene la lettera.

Fatti i segnali ordinati e ricevuta la risposta, il giovane,
s'applicò alla lettura della lettera.

> Ci si può aspettare il peggio: è quanto m'hanno dichiara-
> to i tre uomini dei quali mi fido di piú, dopo che ho fatto
> loro giurare sul Vangelo di dirmi la verità, per crudele che

fosse. Il primo di questi uomini è quello che ha minacciato il medico che voleva denunciarti a Ferrara di piantargli una coltellata nella pancia; il secondo è quello che quando sei tornato da Belgirate t'ha detto che saresti stato piú prudente se avessi spacciato con una pistolettata il servo che passava cantando nel bosco e teneva per la cavezza un bel cavallo un po' magro; il terzo non lo conosci: è un grassatore di strada maestra, mio amico, uomo spiccio se altro mai, e che non ha meno coraggio di te; è la ragione per la quale soprattutto gli ho chiesto di dirmi che cosa dovevi fare. Tutti e tre, senza sapere l'uno dell'altro, m'han detto che è meglio esporsi a fiaccarsi il collo che passare altri undici anni e quattro mesi nella continua paura d'un probabile avvelenamento.

È indispensabile che per tutto un mese tu ti alleni nella tua stanza a salire e scendere per una corda a nodi. Quindi, in una festa in cui la guarnigione abbia ricevuto una distribuzione straordinaria di vino, tenterai la grande impresa. Avrai a tua disposizione tre corde, intrecciate di seta e di canapa, non piú spesse di una penna di cigno: la prima di ottanta piedi per discendere i trentacinque piedi che vi sono dalla tua finestra alle piante d'arancio; la seconda di trecento piedi (e qui è il difficile a cagione del peso) per discendere i centottanta piedi che misura il muro della torre principale; una terza di trenta piedi che ti servirà a calarti giú dal bastione. Io passo la vita a studiare il muraglione ad oriente, vale a dire dalla parte di Ferrara: lí il terremoto aveva prodotto una spaccatura che è stata rimediata costruendovi un contrafforte che forma *piano inclinato*. Il mio grassatore di strada maestra m'assicura che se la sentirebbe di calarsi da questa parte senza troppa difficoltà, con appena qualche scorticatura, lasciandosi scivolare sul piano inclinato costituito da questo contrafforte. Il tratto verticale in tutto non è che di ventotto piedi; questa parte è la meno sorvegliata.

Peraltro, tutto sommato, il mio grassatore, che tre volte è evaso di prigione e che ti piacerebbe se tu lo conoscessi, sebbene egli non possa soffrire la gente della tua casta, il mio brigante, dico, agile e lesto come te, dice che preferirebbe calarsi dal lato di ponente, giusto in faccia al villino che Vossignoria conosce bene perché v'abitava una volta la Fausta. Lo deciderebbe per questo il fatto che la muraglia, benché abbia pochissima inclinazione è quasi interamente coperta di cespugli; ci sono spunzoni di legno, grossi come il mignolo, che se possono scorticare chi non fa attenzione, servono invece ottimamente d'appiglio per tenersi. Ancora stamane io guardavo con un buon cannocchiale questo lato di ponente; il posto da scegliere si trova esattamente sotto una pietra nuova con la quale è stato riparato il parapetto due o tre anni or sono. Esattamente sotto tale pietra troverai dapprima venti piedi di muro scoperto; dovrai scendere adagissimo (tu senti come mi batte il cuore a darti queste istruzioni che mi fanno raccapricciare; ma tant'è: il coraggio sta nel saper scegliere, per quanto brutto sia ancora, il minor male); oltrepassato lo spazio scoperto, troverai per un tratto di ottanta o novanta piedi, grossissimi cespugli (vi si vedono volare degli uccelli); quindi un tratto di trenta piedi senz'altro che ciuffi d'erba, di rosalelia e di vetriola. Infine, verso terra, altri cespugli per una ventina di piedi e infine venticinque o trenta piedi di muro rintonacato da poco.

Ciò che mi deciderebbe per questo lato è il fatto che giusto in corrispondenza della pietra nuova che t'ho detto c'è una capanna di legno che un soldato s'è fabbricata nel suo giardino (una baracchetta che il capitano del genio addetto alla fortezza vuol far demolire); alta diciassette piedi, ha il tetto di paglia, che tocca il muraglione della cittadella. È il tetto che mi tenta; dovessi cadere, ammortirebbe il colpo. Una volta lí sei nella cinta dei bastioni, quasi incustodita; se fossi fermato lí basterà che ti difenda qualche minuto a pistolettate: ci sarà il tuo amico di Ferrara ed un altro uomo di fegato (quello che io chiamo il grassatore di strada maestra) forniti di scale, i quali non esiteranno a scalare il bastione che è basso ed a volare in tuo aiuto. Il bastione non è alto che ventitre piedi ed ha una grande scarpata. Io sarò lí ai piedi del muro con buona scorta di armati.

Spero di poterti far pervenire altre cinque o sei lettere nella stessa maniera di questa; vi troverai spiegato con altre parole quello che ti dico qui; affinché restiamo bene d'accordo. Quello *della pistolettata al servo*, che dopo tutto è il migliore degli uomini e si strugge di rimorso, è d'opinione che te la caverai con un braccio rotto: pensa con che cuore te lo dico. Ma il grassatore di strada maestra, che di queste faccende se ne intende di piú, pensa che se ti calerai piano piano e soprattutto senza orgasmo, la libertà non ti costerà che qualche scorticatura. La difficoltà piú grossa è procurarti delle corde: non penso ad altro da quindici giorni e la spunterò.

Non rispondo nulla alla tua frase: «Non voglio scappare!» È la sola stupidaggine che tu abbia mai detto. L'uomo della pistolettata al servo, quando gliela ho riferita, ha diagnosticato che la noia deve averti dato di volta al cervello. Non ti nasconderò che abbiamo motivo di temere imminente il pericolo: il che affretterà il giorno della tua fuga. Per annunciarti questo pericolo, la lampada dirà piú volte di seguito: *Ha preso fuoco il castello!*

Al che tu risponderai: «*Sono bruciati i miei libri?*»

La lettera scritta in caratteri microscopici su carta finissima conteneva ancora cinque o sei pagine di particolari.

«Bellissimo e ben trovato, – pensò Fabrizio, – devo una riconoscenza eterna al conte e alla duchessa; ma, credano pure che ho avuto paura, io non scapperò. Si scappa forse da un luogo dove si è felici quanto piú non si può, e questo per esiliarsi in un altro triste da morire, dove manca tutto, persino l'aria da respirare? Che farei a Firenze in capo a un mese? Io so bene: mi travestirei per venire a gironzolare intorno a questa fortezza, nella speranza di accattare uno sguardo!»

L'indomani era alla finestra e contemplava il magnifico paesaggio – erano circa le undici ed aspettava il felice istante in cui sarebbe comparsa Clelia – quando Grillo gli fece paura, entrandogli trafelato in camera:

– Presto, presto! monsignore, a letto e si finga ammalato; ci sono tre giudici che salgono. La interrogheranno; rifletta prima di parlare; cercheranno d'imbrogliarla.

Diceva e chiudeva l'apertura della botola e spingeva Fabrizio sul letto e gli gettava addosso due, tre mantelli.

– Accusi dei grandi dolori e parli poco; soprattutto li faccia ripetere le domande, per aver modo di pensarci su.

I tre entrarono. «Che giudici d'Egitto! – si disse Fabrizio vedendo quelle ignobili facce, – tre scappati alla galera, piuttosto!» In lunghe toghe nere, salutarono gravemente, e senza parlare, presero le tre sedie disponibili.

– Signor Fabrizio del Dongo, – disse il piú anziano, – siamo incaricati presso di lei di una dolorosa missione. Dobbiamo annunciarle il decesso di Sua Eccellenza il signor marchese del Dongo, suo padre, secondo gran maggiordomo maggiore del regno Lombardo-Veneto, cavalier di gran croce degli ordini di... – E la filza non durò poco.

Fabrizio ruppe in lacrime; il giudice seguitò:

– La signora marchesa del Dongo, sua madre, le fa parte della luttuosa notizia in una lettera; ma siccome oltre la notizia la lettera contiene delle osservazioni fuori luogo, con ordinanza in data d'ieri la corte di giustizia è venuta nella deliberazione che detta lettera le venga comunicata solo in estratto; ed è di questo estratto che il cancelliere Bona le dà ora lettura.

Finita la quale, il giudice si fece presso a Fabrizio e gli indicò sull'originale della lettera i passi di cui era stata letta copia. Nella lettera materna Fabrizio colse qua e là con l'occhio le parole *arresto iniquo, punizione sproporzionata per un delitto che non è tale* e capí il motivo di quella visi-

ta. Ma nel disprezzo che nutriva per magistrati come quelli, privi di onore, si limitò a dire:
– Io sono ammalato, signori, non mi reggo dalla debolezza. Mi scuseranno se non posso alzarmi.

Usciti i tre, Fabrizio seguitò parecchio a piangere; poi si
disse: «Sono mica un ipocrita? Mi pareva di non volergli
alcun bene».

Tanto quel giorno che i seguenti Clelia non dissimulò
una grande tristezza; piú volte lo chiamò, ma ebbe appena
l'animo di rivolgergli qualche parola. Erano passati quattro giorni dal primo abboccamento, quando il mattino del
quinto gli disse che alla sera si sarebbe trovata nella cappella.

– Posso dirvi solo poche parole, – gli annunciò entrando. Tremava in modo da dovere appoggiarsi alla cameriera. Quando poté allontanare la donna, aggiunse con una voce che si udiva appena: – Dovete darmi la vostra parola
d'onore di obbedire alla duchessa, di tentare di fuggire il
giorno che lei vi dirà, nel modo che vi dirà; altrimenti domattina io mi rifugio in un convento e vi giuro che non vi
rivolgerò mai piú parola in vita mia.

Fabrizio restò di sasso.

– Promettete, – ripeté Clelia con le lacrime agli occhi e
quasi fuori di sé, – oppure questa è l'ultima volta che ci
parliamo. Mi fate passare una vita d'inferno: siete qui per
cagion mia ed ogni giorno può essere l'ultimo della vostra
vita.

Fu costretta, cosí dicendo, ad appoggiarsi alla poltrona
ch'era al centro della cappella, destinata una volta all'augusto prigioniero; la fanciulla era lí lí per sentirsi male.

Accasciato, Fabrizio articolò: – Che devo promettere?

– Lo sapete.

– Giuro allora di condannarmi sapendolo benissimo alla
vita piú sciagurata, a vivere lontano da tutto ciò che amo
al mondo.

– Fate delle promesse precise.

– Giuro d'obbedire alla duchessa e di prendere la fuga il
giorno che lei vorrà e nel modo che vorrà. E che sarà di me
una volta lontano da voi?

– Giurate di scappare, qualunque cosa possa accadere.

– Come? siete decisa a sposare il marchese appena io
non ci sia piú?

– O Dio! che stima avete di me? Ma giurate o non avrò piú un momento di pace.

– Ebbene: giuro di scappare di qui, il giorno che la signora Sanseverina l'ordinerà e qualunque cosa nel frattempo possa avvenire.

La fanciulla aveva ottenuto ciò che voleva, ma era cosí sfinita che poté appena ringraziare; aggiunse solo, prima di ritirarsi:

– Avevo preparato tutto per partire domattina, se vi ostinavate a restare. Questa sarebbe stata l'ultima volta che vi avrei visto, ne avevo fatto voto alla Madonna.

L'indomani quando riapparve alla finestra dell'uccelliera, Clelia era cosí pallida che il giovane n'ebbe un colpo al cuore.

– Ieri, – gli disse, – appena ce l'ho fatta ad uscire di camera, sono andata a vedere quel muro, sotto la pietra nuova. Non facciamoci illusioni, caro amico; la nostra amicizia è colpevole: per cui mi pare certo che ci succederà disgrazia. Sarete scoperto e perduto per sempre, se non andrà anche peggio. Comunque, bisogna ascoltare i suggerimenti dell'umano intelletto che ci ordina di non lasciar nulla d'intentato. Per calarvi dalla torre principale v'abbisogna una corda solida di piú di duecento piedi. Per quanto io mi sia data d'attorno da quando sono al corrente del progetto della duchessa, le corde che sono riuscita a procurarmi non misurano unite insieme che una cinquantina di piedi. D'ordine del governatore sono state distrutte tutte le corde che esistevano nella fortezza; e quelle dei pozzi vengono ritirate tutte le sere e sono d'altronde cosí deboli che spesso si spezzano tirando su il secchio. Ma, pregate Dio che me ne perdoni, io sto per tradire mio padre e, figlia snaturata, lavoro per dargli un dolore mortale. Pregate per me e se vi salvate la vita, fate voto di consacrarne ogni ora alla Sua gloria.

– Ecco l'idea che m'è venuta: tra otto giorni uscirò dalla cittadella per assistere alle nozze d'una sorella del marchese Crescenzi. Dovrei rientrare la sera, ma cercherò di rientrare il piú tardi possibile e forse Barbone non oserà esaminarmi tanto pel sottile. A quelle nozze, con le altre dame di corte, ci sarà certo la signora Sanseverina. In nome di Dio, fate in maniera che una di quelle dame mi passi un pacco di corde, che non siano troppo grosse, arrotolate in modo da tener poco volume. Dovessi espormi a mille mor-

ti, troverò il modo, per rischioso che sia, di introdurre il
pacco nella cittadella, contro, ahimè, ogni mio dovere. Se
mio padre avesse ad accorgersene, non vi vedrei mai piú;
ma qualunque sia la sorte che m'attende, sarò felice come
potrebbe esserlo una vostra sorella se sarò riuscita ad aiu-
tarvi a scappare.

La sera stessa Fabrizio avvertí col solito mezzo la duchessa dell'occasione che si presentava; ma supplicandola
di non fiatarne neppure al conte: raccomandazione che alla
zia parve strana. «È matto, – essa pensò; – la prigione me
l'ha cambiato, prende tutto al tragico».

Ma ecco che l'indomani una nuova palla di piombo annunciava al prigioniero il rischio imminente: era la vita né
piú né meno che veniva cosí a salvargli la persona che s'offriva di fargli arrivare le corde. Accompagnava l'aerea missiva un disegno esatto del muro di ponente pel quale avrebbe dovuto calarsi dall'alto della torre principale nello spazio compreso tra i bastioni; una volta lí, il resto dell'impresa sarebbe stato facilissimo, dato che i bastioni non misura-
vano, come s'è detto, che ventitre piedi. Sul rovescio dello
schizzo un'anima generosa aveva vergato in una scrittura
minuta un magnifico sonetto, nel quale si esortava il giovane a evadere, a non lasciarsi abbrutire l'anima e deperire
fisicamente dagli undici anni di prigionia che gli restavano
a scontare.

E qui è necessario interrompere il racconto della temera-
ria impresa per riferire un particolare che spiega in parte il
coraggio mostrato dalla duchessa nel consigliare al nipote
una fuga cosí irta di rischi.

Come tutti i partiti che non sono al potere, quello della
marchesa Raversi non era granché unito. Il cavalier Riscara detestava il fiscale Rassi ch'egli incolpava d'avergli fatto
perdere un processo importante, nel quale a dire il vero
il Riscara era dalla parte del torto. Ora fu dal Riscara, che il
principe ricevette una lettera anonima la quale lo avvertiva
come una copia della sentenza di Fabrizio fosse stata indirizzata ufficialmente al governatore della cittadella. Di questo passo sbagliato, la marchesa che capeggiava il partito
da pari sua, fu, quando lo seppe, grandemente contrariata
e ne avvertí immediatamente il fiscale generale, amico suo;
la marchesa trovava quanto mai naturale che il Rassi volesse tirare qualche profitto dal conte Mosca, finché questi restava ministro. Rassi si presentò a palazzo, con la piú gran-

de faccia tosta, convinto che il suo conto sarebbe stato saldato con qualche pedata: il principe non poteva fare a meno di lui: i due soli azzeccagarbugli che sapessero altrettanto bene il fatto loro e potessero sostituirlo, il Rassi li aveva fatti esiliare come liberali.

Il principe fuori della grazia di Dio gli venne incontro minaccioso caricandolo di improperi.

– Evvia! è stata la distrazione d'un impiegato, – oppose Rassi calmissimo; – quella comunicazione del resto è prescritta dalla legge e avrebbe dovuto essere fatta già all'indomani dell'entrata del sor del Dongo nella cittadella. L'impiegato nel suo zelo ha creduto ad una dimenticanza e m'avrà sottoposto la lettera d'invio alla firma come una carta qualsiasi.

– E tu pretendi di darmi a bere delle menzogne cosí male imbastite? – urlò il principe furente; – di' piuttosto che ti sei venduto a quel furfante di Mosca; non per nulla t'ha dato la croce. Ma questa volta, perbacco, non te la cavi con quattro calci; ti farò mettere sotto processo, ti destituirò clamorosamente.

– Io la sfido a farmi mettere sotto processo, – rispose Rassi senza scomporsi: sapeva che il mostrarsi sicuro del fatto suo era il miglior modo per calmare il principe; – la legge è dalla mia parte e lei non ha un secondo Rassi per eluderla. Lei non mi destituirà: lei ha bisogno di sfogare, sí, l'istinto sanguinario, ma anche di non perdere la stima degli italiani che hanno la testa sul collo. Per la sua ambizione questa stima è la *sine qua non*. Insomma, al primo eccesso di severità al quale non potrà fare a meno di cedere purché risponda a un'esigenza della sua natura, mi manderà a chiamare e come al solito io fabbricherò una sentenza ineccepibile alla quale dei giudici, d'altronde onestissimi ma un po' timidi, s'acconceranno e che salverà capra e cavoli. Vada a cercarlo nei suoi Stati un altro che faccia al caso suo come me!

Disse e se la svignò: lo raggiunsero, con un colpo di regolo ben assestato, cinque o sei pedate ed il conto fu bell'e saldato.

Uscito da palazzo, fece le valige per la sua tenuta di Riva; finché la collera del principe bolliva, c'era da temere che piovesse da qualche parte un colpo di pugnale; ma, sbollita quella, non restava che aspettare il corriere che prima di quindici giorni immancabilmente l'avrebbe richiama-

to alla capitale. Il tempo che il Rassi trascorse in campagna
lo impiegò ad organizzare un mezzo di corrispondenza sicuro col conte Mosca; egli moriva dalla voglia di essere fatto
barone: quel titolo dal principe non l'avrebbe ottenuto
mai: il principe faceva gran caso della nobiltà, mentre il
conte pregiava solo la nobiltà che, come la sua della quale
era fierissimo, risalisse a prima del '400.

Il fiscale non s'era ingannato nelle sue previsioni: si trovava nella sua tenuta da appena otto giorni quando un amico del principe, il quale naturalmente passava di là per caso, gli consigliò di tornare a Parma senza indugio. Il principe lo ricevette ridendo; poi, presa un'aria grave, gli fece
giurare sul Vangelo che la confidenza che stava per fargli
l'avrebbe tenuta rigorosamente per sé. Con non minore gravità il Rassi giurò: ed il principe, con l'odio negli occhi,
sbottò a gridare che, fintantoché Fabrizio del Dongo fosse
in vita, lui a Parma non si sarebbe sentito padrone.

— Io non posso, — aggiunse, — né cacciare la duchessa né
tollerare la sua presenza qui: nei suoi occhi c'è una sfida
che mi avvelena l'esistenza.

Il Rassi lasciò che il principe vuotasse il sacco degli sfo-
ghi; poi, simulando il piú grande imbarazzo:

— Vostra Altezza sarà obbedita senza dubbio, ma la cosa
si presenta parecchio difficile: non esiste il menomo appiglio per condannare a morte un del Dongo pel fatto che ha
ucciso un uomo come Giletti; c'è già voluta una bella abilità a trovar pretesto in quella uccisione per una condanna a
dodici anni di fortezza! Non solo: io sospetto che la duchessa abbia rintracciato tre dei contadini che lavoravano negli
scavi alla Sanguigna, e che si trovavano fuori del fosso nel
momento che quel brigante di Giletti aggredí il del Dongo.

— E dove son questi testimoni? — s'inquietò il principe.

— Nascosti in Piemonte, suppongo. Per averli in mano
occorrerebbe inventare un complotto contro la vita di Vostra Altezza.

— Non è cosa da andarci alla leggera, — disse il principe;
— parlarne, è già farci pensare, a un complotto.

— Eppure, — disse il Rassi con aria di finto tonto, — non
ho altro di legale da proporre...

— Resta il veleno...

— Ma chi s'incarica di propinarlo? Mica quell'imbecille
di Conti?

— Non sarebbe la prima volta, per quel che si dice...

– Bisognerebbe per questo dargli un movente, – riprese Rassi; – e d'altra parte quando mandò all'altro mondo il capitano, non aveva ancora trent'anni, era innamorato e assai meno pusillanime d'oggi. Certo, tutto deve cedere davanti alla ragione di Stato; ma cosí su due piedi e senza aver avuto tempo di pensarci su, io non vedo altro individuo adatto per eseguire gli ordini di Vostra Altezza che un certo Barbone, scrivano alla prigione: uno appunto che il sor del Dongo buttò a terra con un ceffone il giorno che entrò alla cittadella.

Allo spiraglio aperto da quel nome il principe si calmò ed avviò una conversazione che minacciava di protrarsi chi sa quanto; la concluse alfine accordando al fiscale un mese di tempo in luogo dei due che chiedeva. L'indomani il Rassi riceveva in segreto una gratificazione di mille zecchini. Questa gratificazione lo tenne in pensiero tre giorni; al quarto, tornò al ragionamento che gli sembrava inattaccabile: «Soltanto dal conte Mosca posso attendermi la baronia, in quanto questo titolo che m'ha promesso non ha ai suoi occhi alcun valore; non solo: avvertendo il conte di quello che succede, probabilmente mi risparmio un delitto che mi è stato già pagato o quasi in anticipo; infine, vendico le prime umiliazioni che il "cavalier Rassi", abbia subite». La notte seguente spifferò al conte Mosca tutto il colloquio avuto col sovrano.

Il conte faceva in segreto la corte alla duchessa; è ben vero che continuava a non presentarsi in casa di lei che una o due volte al mese, ma pressoché tutte le settimane ed ogni volta che lui riusciva a far nascere un'occasione di parlarle di Fabrizio, la duchessa, accompagnata dalla fida Cecchina, veniva a sera inoltrata a passare qualche minuto nel suo giardino. Anzi in quel sotterfugio essa ingannava anche il cocchiere che la credeva in visita in una casa attigua al giardino.

Figurarsi quindi la premura con cui, ricevuta una tale confidenza dal fiscale, il conte fece alla duchessa il segnale convenuto. Sebbene fosse mezzanotte, la duchessa mandò la Cecchina a pregarlo di passare da lei. Questa apparenza d'intimità diede al conte l'emozione d'un innamorato; ciò non toglie che arrivato da lei esitasse a dirle tutto: temeva di vederla impazzire dal dolore. Dopo averla preparata con mezze parole alla spaventosa notizia, si risolse a dirle ogni cosa: nasconderle qualche cosa che lei lo pregava di dirgli

era al di sopra delle sue forze. La duchessa non scoppiò in
singhiozzi né in lamenti: nove mesi di quella tortura avevano maturato quell'anima impulsiva, l'avevano agguerrita
contro il dolore. L'indomani sera essa andò a fare a Fabrizio il segnale dell'estremo pericolo: «Ha preso fuoco il castello» ed ebbe la risposta: «Sono bruciati i miei libri?»

La notte stessa poté fargli arrivare una lettera col mezzo
della palla di piombo. Otto giorni dopo si celebrava il matrimonio della sorella del marchese Crescenzi e la duchessa
vi commetteva una marchiana imprudenza che riferiremo a
suo luogo.

Prima che cominciasse per lei questo triste periodo della sua vita, un anno circa prima, la duchessa aveva fatto uno strano incontro: un giorno che *aveva la luna,* come dicono a Parma, s'era recata all'improvviso sul far della sera alla sua tenuta di Sacca, situata oltre Colorno sulla collina che domina il Po. Quella tenuta si divertiva ad abbellirla; innamorata della vasta foresta che circonda la collina e si spinge sino al castello, vi stava facendo aprire dei sentieri che portassero ai punti piú pittoreschi.

– Una volta o l'altra, bella duchessa, – le aveva detto il principe, – lei si farà rapire dai briganti; non può restare deserta una foresta dove si sa che lei va a spasso –. E guardava il conte di cui voleva stuzzicare la gelosia.

– Non ho nessuna paura, Altezza Serenissima, – rispose la duchessa con l'aria piú candida, – quando passeggio nei miei boschi; mi rassicura un pensiero: chi potrebbe voler male a me che non ho fatto male a nessuno?

Si trovò poi che a rispondere a quel modo aveva avuto dell'ardire; la sua frase faceva il paio con le ingiurie di cui quegli insolenti di liberali bersagliavano il sovrano.

Ora, quella sera, le parole del principe ebbero a tornarle a mente, nel notare che un uomo assai malvestito la seguiva da lontano attraverso il bosco. Ad una svolta si trovò lo sconosciuto cosí vicino che ebbe paura e istintivamente gettò la voce al guardacaccia che aveva lasciato a lavorare nell'aiuola sotto il castello. Lo sconosciuto ebbe però il tempo di avvicinarsele prima dell'altro e di buttarlesi ai piedi. In pessimo arnese, era però un bellissimo uomo; i suoi abiti cadevano in brandelli, ma gli ardeva negli occhi il fuoco d'un'anima appassionata.

– Sono condannato a morte, sono il medico Ferrante Palla; muoio di fame e con me i miei cinque bambini.

La sua magrezza era atroce; ma aveva degli occhi cosí belli, e quegli occhi brillavano di cosí tenera esaltazione che la duchessa scartò subito il pensiero che potesse trattarsi d'un malfattore. «Ecco gli occhi che Palagi avrebbe dovuto dare al San Giovanni nel deserto che è in Duomo!» pensò: pensiero suggerito appunto dall'incredibile macilenza dell'uomo. Gli diede tre zecchini, i tre che trovò nella borsa, scusandosi di dargli cosí poco: aveva pagato allora allora un conto al giardiniere. Ferrante la ringraziò con effusione. – Ahimè! – egli sospirò, – una volta abitavo anch'io le città e godevo della vista delle donne eleganti; dal giorno che per aver adempiuto i miei doveri di cittadino mi son fatto condannare a morte, vivo nei boschi. Se la seguivo non era né per chiedere l'elemosina né per derubarla, ma come un selvaggio affascinato da un'angelica bellezza. È tanto tempo che non vedo un paio di belle mani bianche come queste sue!

– Alzatevi dunque, – disse la duchessa, vedendo che restava in ginocchio.

– Mi lasci restare cosí, – disse Ferrante; – questa posizione mi fa sentire che non sto rubando e questo pensiero mi mette l'anima in pace; perché io rubo, lo saprà, rubo per campare, visto che m'impediscono di esercitare la mia professione. Ma grazie al cielo in questo momento non sono altro che un povero mortale in adorazione davanti ad una bellezza sovrumana.

La duchessa capí ch'era un po' pazzerello, ma non ebbe paura: gli leggeva negli occhi un animo buono e ardente; e del resto aveva sempre avuto simpatia per le fisionomie che uscivano dall'ordinario.

– Sono medico, le ho detto. A Parma facevo la corte alla moglie del farmacista Sarasine, il marito ci ha sorpresi ed ha cacciato via lei coi tre bambini che non a torto supponeva miei. Altri due ne ebbi in seguito. Madre e figli vivono nel bosco, a una lega di qui, nella piú nera miseria, dentro una specie di capanna che ho fabbricato con le mie mani. Perché io devo guardarmi dai gendarmi e d'altronde la povera donna non intende separarsi da me. Sono stato condannato a morte, e c'era di che: complottavo. Detesto il re, che è un tiranno. Se non sono scappato è per mancanza di mezzi. Ma ho dei guai ben peggiori di questi e mille volte avrei dovuto ammazzarmi: non amo piú la disgraziata donna che m'ha dato cinque figli e che si è rovinata per me. Ne amo un'altra. Ma se mi ammazzassi, madre e figli morirebbero alla lettera di fame.

C'era nella voce l'accento della verità.

Commossa, la duchessa chiese: – Ma come vivete?

– La madre fila; la figlia maggiore fa la guardia alle pecore in una masseria: i padroni sono dei liberali e la mantengono; io derubo i passanti sulla strada tra Genova e Piacenza.

– E come fate a mettere d'accordo i vostri principî liberali col rubare?

– Ecco: tengo nota della gente che derubo; se sarò mai in grado di farlo, li rimborserò. Calcolo che un tribuno del popolo, come sarei io, compie un lavoro che, dato il rischio che corre, vale bene un cento lire al mese. Nel rubare mi regolo in conseguenza: mi farei scrupolo di prendere un soldo di piú di milledugento lire all'anno. No, sbaglio: qualche cosa di piú prendo, ma per pagare le spese di stampa dei miei libri.

– Quali libri?

– *La... avrà mai una Camera e un bilancio?*

– Come! – stupí la duchessa, – lei è il famoso Ferrante Palla, uno dei maggiori poeti del nostro tempo?

– Famoso, può darsi; disgraziatissimo, sicuro.

– E un uomo del suo talento, signore, è costretto a rubare per vivere!

– È forse per ciò che ho qualche talento. Sino ad oggi tutti i nostri scrittori che si sono fatti una fama era gente pagata dal governo o da quella confessione religiosa che volevano scalzare. Io, anzitutto, espongo la mia vita; poi, si figura, signora, i pensieri che mi passano per la mente quando vado a rubare? Sono nel vero? mi chiedo: il posto di tribuno rende veramente dei servigi che valgano cento lire al mese? Posseggo due camicie, il vestito che lei mi vede indosso, qualche arma da pochi soldi e sono sicuro di finire appeso ad una corda: oso credermi a questo modo disinteressato. Potrei chiamarmi felice se non fosse questo amore pel quale non provo piú che amarezza al fianco della madre dei miei figli. La povertà mi pesa perché è antiestetica: mi piacciono i bei vestiti, le mani bianche...

E gliele guardava con una fame che una certa apprensione la riprese.

– Addio, signore, – si congedava; – posso fare qualche cosa per lei a Parma?

– Rifletta qualche volta a questo: il suo compito è di svegliare gli animi dal loro torpore, d'impedire che s'addor-
mentino in quel falso benessere unicamente materiale che
procacciano le monarchie. Questo servigio ch'egli rende ai
suoi concittadini, vale o non vale cento lire al mese?

Quindi, con tono appassionato aggiunse: – La mia disgrazia è di amare e sono quasi due anni che non penso che
a lei; ma sinora l'avevo vista senza farle paura.

Non aveva finito che già spariva di corsa con una velocità che strabiliò la duchessa e insieme la rassicurò: «I
gendarmi avrebbero da fare per acchiapparlo. Certo, è
matto».

– È matto sicuro, – le confermò la servitù; – è una vecchia storia per noi che il poveretto è innamorato di lei;
quando lei è qui, lo si vede aggirarsi sulle alture nel bosco;
e appena lei parte, viene a sedersi nei posti dove l'ha vista
sedere; raccatta gelosamente i fiori che possono esserle caduti di mano e li conserva a lungo infilati in quel suo cap-
pellaccio.

– E di tutte queste pazzie voialtri non mi avete mai fatto parola? – esclamò la duchessa in tono di mezzo rimprovero.

– Si temeva che la signora le riferisse al ministro Mosca.
Il povero Ferrante è cosí un buon diavolo! Non ha mai fatto del male ad anima viva: l'hanno condannato a morte perché al pari di noi vuol bene a Napoleone.

La duchessa non fiatò al ministro di questo incontro; e
siccome in quattro anni era la prima cosa che gli taceva,
piú volte conversando con lui si trovò a dover interrompere una frase a metà. Tornando a Sacca portò con sé del danaro per darglielo, ma Ferrante non si fece vedere. Vi tornò di nuovo quindici giorni dopo: Ferrante, che da un po'
la seguiva a salti pel bosco a cento passi di distanza, ecco
che come la prima volta le fu sopra con la rapidità d'uno
sparviero e come la prima volta le si buttò ai ginocchi.

– Quindici giorni fa dov'eravate, che non vi ho visto?

– Nella montagna, oltre Novi: c'erano in strada dei mu-
lattieri di ritorno da Milano dove avevano venduto una
partita d'olio.

– Accettate questa borsa.

Ferrante l'aprí, vi prese uno zecchino, lo baciò, se lo mise in seno, e restituí la borsa.

– Fate di queste cerimonie e rubate!

– Appunto. Il mio principio è che non devo possedere mai piú di cento lire; in questo momento, la madre dei miei bambini ne ha ottanta, io ne ho venticinque: uno zecchino è dunque tutto quello che mi manca. Se prendessi di piú e m'impiccassero adesso, avrei dei rimorsi. Lo zecchino l'ho preso perché mi viene da lei: da lei che io amo.

Disse «amo» con un tono cosí dimesso che la duchessa pensò: «Ama davvero».

Oggi aveva un'aria stravolta; disse che a Parma c'era gente che gli doveva seicento lire; se li avesse avuti, quei soldi, avrebbe rabberciato la baracca: dagli spifferi i suoi poveri bambini si pigliavano dei malanni.

– Ve li posso anticipare io, – s'impietosí la duchessa.

– Se accettassi, io, uomo pubblico, i miei avversari potrebbero calunniarmi, dire che mi vendo.

Commossa, la duchessa gli offrí un nascondiglio a Parma ad un patto: che giurasse di sospendere il suo apostolato in città e soprattutto non mandasse a compimento le condanne a morte che, come diceva, aveva *in petto*.

– E se per questa imprudenza mi faccio impiccare, – disse Ferrante gravemente, – a tutti quei furfanti che fanno tanto male al popolo la vita s'allunga di anni ed anni; e di chi la colpa? Che mi dirà mio padre ricevendomi in cielo?

Ma la duchessa seppe con tanto garbo parlargli dei suoi bambini e delle malattie che con l'umidità rischierebbero di buscarsi, che Ferrante finí per accettare.

Nell'unica mezza giornata che era rimasto a Parma, dopo la celebrazione del matrimonio, il duca Sanseverina aveva mostrato alla duchessa un curioso nascondiglio, esistente nell'angolo meridionale del palazzo. Il muro di facciata, che data dal Medioevo, ha lí otto piedi di spessore: in esso è stato scavato un nascondiglio di venti piedi d'altezza per due appena di larghezza. Immediatamente attiguo ha il famoso serbatoio d'acqua, citato in tutti i libri di viaggi, opera ammirabile del XII secolo, costruito al tempo che assediava la città l'imperatore Sigismondo; serbatoio che venne in seguito compreso nella cinta del palazzo Sanseverina.

Al nascondiglio si accede rimovendo un enorme blocco di pietra che gira su un asse di ferro quasi centrale. La duchessa sentí tanta pietà per la sorte dei bambini di quel matto che s'ostinava a rifiutare qualunque dono di valore, che permise a Ferrante di servirsi per lungo tempo di quel nascondiglio.

Un mese dopo lo rivide ancora nel bosco di Sacca: era un po' piú calmo, tanto che le recitò un suo sonetto, che alla duchessa sembrò non da meno e magari superiore a quanto di bello in poesia si era fatto da due secoli in Italia. Fu cosí che il poeta ottenne di vederla parecchie volte: ma in quegli abboccamenti il suo amore si esaltò, divenne importuno e la duchessa s'avvide che seguiva le leggi di tutti gli amori ai quali si lascia intravvedere un barlume di speranza. Rimandò allora Ferrante nei suoi boschi, ingiungendogli di non rivolgerle piú la parola, ed egli obbedí all'istante docilissimamente. Le cose erano a questo punto quando Fabrizio fu arrestato. Tre giorni dopo quell'arresto, al cader della notte, alla porta del palazzo Sanseverina si presentava un cappuccino che affermava d'avere un segreto importante da comunicare alla padrona di casa. Nello stato di depressione in cui si trovava, la duchessa lo ricevette: era Ferrante.

– Sta per succedere qui una nuova iniquità della quale il tribuno del popolo deve essere al corrente, – le disse quell'innamorato pazzo. – D'altra parte, agendo come semplice privato, io non posso offrire alla signora duchessa Sanseverina che la mia vita: sono venuto a metterla nelle sue mani.

Tanta e sí sincera devozione da parte d'un grassatore di strada e di un pazzo commosse profondamente la duchessa. Pianse e s'intrattenne a lungo con lui. «Ecco uno che mi capisce», pensava.

L'indomani, all'*Ave Maria*, Ferrante si ripresentava in livrea questa volta, travestito da domestico:

– Non sono partito da Parma; mi è giunta all'orecchio una voce cosí spaventosa che la mia bocca non la ripeterà: ma eccomi qui. Ci pensi, signora, prima di rifiutare! Colui che vede ai suoi piedi non è un fantoccio di corte, ma un uomo! – E dicendo restava in ginocchio per dare alle sue parole il maggior peso. Aggiunse: – Ieri andandomene mi son detto: ha pianto in mia presenza; pure in minima parte ho dunque alleviato il suo dolore.

– Ma pensate ai pericoli che qui in città vi circondano, sarete arrestato!

– Il tribuno dirà: «Signora, la vita che conta quando parla il dovere?» L'infelice poi, che arso dalla passione si duole di non sentir piú neanche amore per la virtú, aggiunge: «Signora duchessa, un giovane coraggioso come Fabrizio sta forse per morire; non respinga un altro uomo coraggioso che le si offre! Ecco un corpo di ferro ed un'anima che altro al mondo non teme che di poter dispiacerle».

– Se mi parlate ancora dei vostri sentimenti, vi chiudo la mia porta per sempre!

Ebbe sí, quella sera, l'idea d'annunziare a Ferrante la decisione in cui era venuta di assegnare un piccolo vitalizio ai suoi bambini; ma si trattenne dal dirglielo nel timore che, cosí rassicurato, corresse ad uccidersi.

Era appena uscito che funesti presentimenti la invasero: «Anch'io posso morire, e piacesse a Dio che fosse, e che fosse al piú presto! se trovassi un uomo degno di questo nome al quale raccomandare il mio povero Fabrizio!»

Un uomo c'era: prese un foglio di carta e, servendosi dei pochi termini notarili che conosceva, stese una dichiarazione di aver ricevuto dal signor Ferrante Palla la somma di lire venticinquemila all'espressa condizione di pagare annualmente alla signora Sarasine ed ai suoi cinque figli un vitalizio di millecinquecento lire. Alla dichiarazione fece seguire queste righe: «Io sottoscritta lego inoltre una rendita vitalizia di trecento lire a testa ai suoi cinque figli, alla condizione che Ferrante Palla presti la sua opera di medico a mio nipote Fabrizio del Dongo e sia per lui un fratello: cosa di cui caldamente lo prego». Firmò, antidatò d'un anno e chiuse in un cassetto il documento.

Due giorni dopo, Ferrante si ripresentava. Era il momento che la città era sossopra per la voce dell'imminente esecuzione di Fabrizio. La gente si chiedeva se sarebbe avvenuta nella cittadella o sulla passeggiata; e molti si spinsero quella sera sino alla porta della cittadella per cercar di vedere se si rizzava il patibolo. Questo spettacolo aveva sconvolto Ferrante. Egli trovò la duchessa che piangeva dirottamente e non riusciva ad articolar parola. Lo salutò con la mano e gli indicò una sedia. Travestito questa volta da cappuccino, Ferrante era imponente; invece di sedersi si mise in ginocchio e sottovoce pregò Dio divotamente. In un momento che la duchessa gli parve piú calma, senza muoversi da come stava, interruppe la preghiera per dire: – Di nuovo egli offre la sua vita.

– Pensate a quello che dite, – s'impazientí la duchessa ed ebbe negli occhi il lampo che annuncia che la collera sta per prendere il sopravvento sul dolore.

– Egli offre la vita per impedire che Fabrizio perisca oppure per vendicarlo.

– C'è un caso in cui potrei accettare il sacrificio della vostra vita, – lei disse e, dicendo, lo guardava fisso, severa.
Un lampo di gioia passò nello sguardo del cappuccino; scattò in piedi e levò le braccia al cielo in ringraziamento. La
duchessa andò a togliere la dichiarazione dallo stipo di noce in cui l'aveva riposta e gliela porse. Le lagrime ed i singhiozzi impedivano a Ferrante di arrivare in fondo alla lettura. Cadde in ginocchio.

– Ridatemela, – disse la duchessa; e la arse sulla fiamma
d'una candela. – Potete essere preso e rimetterci la testa:
bisogna che non venga fuori il mio nome.

– La mia gioia è di morire facendo tutto il male che posso al tiranno; una gioia anche piú grande è di morire per
lei. Con ciò, la prego di non parlar piú di quel danaro: sarebbe un dubitar di me, un'ingiuria.

– Se voi siete compromesso, posso esserlo anch'io e con
me Fabrizio: è per questo, non già perché dubiti del vostro
coraggio, che esigo che l'uomo che mi fa questo male sia avvelenato e non ucciso. Per lo stesso motivo di capitale importanza per me, vi ordino di fare tutto quello che è possibile per salvarvi.

– Eseguirò il suo ordine fedelmente, puntualmente ed
usando la massima prudenza. Mi pare di capire che vendi-
cando lei vendicherò me stesso. Ma s'anche cosí non fosse,
obbedirei lo stesso fedelmente, puntualmente e usando la
massima prudenza. Potrò non riuscire, ma avrò fatto per
riuscire tutto quello che stava in me.

– Si tratta di avvelenare l'assassino di Fabrizio.

– Avevo indovinato: da ventisette mesi, da quando tra-
scino questa abbominevole vita di vagabondo, tante volte
ho pensato a compiere questo atto per conto mio.

– Se vengo scoperta e condannata come complice, – proseguí fieramente la Sanseverina, – non voglio si possa incol-
parmi di avervi sedotto. Per cui vi ordino di non cercare
piú di vedermi prima che siamo vendicati e di non farlo
morire che quando io ve lo dica. In questo momento, per
esempio, la sua morte anziché utile mi sarebbe funesta.
Probabilmente non dovrà morire che fra qualche mese, ma
morirà. Esigo che muoia di veleno; piuttosto che saperlo
morto di arma da fuoco, preferisco che viva. Infine, per
mie ragioni che non voglio dirvi, ho bisogno che vi sal-
viate.

Questo tono d'autorità che la duchessa prendeva con

lui, piaceva un mondo a Ferrante; gli occhi gli scintillavano di gioia. A dispetto dell'eccessiva magrezza, si vedeva che in gioventú era stato molto bello e tale egli si credeva ancora. «Vaneggio, – pensò, – oppure la duchessa il giorno che io le abbia dato questa prova di devozione vuol far di me il piú felice degli uomini? In fondo, perché no? Non valgo forse quel fantoccio del conte Mosca che, al momento buono, non ha saputo far nulla per lei, neanche far eva· dere Fabrizio? »

– Potrei volere la sua morte domani, – seguitava la duchessa, sempre con lo stesso tono d'autorità. – Orbene: ricordate quel grande serbatoio d'acqua all'angolo del palazzo, attiguo al vostro nascondiglio d'una volta? C'è un modo ch'io so di scaricarlo, rovesciando tutta l'acqua per le vie. Sarà questo il segnale per voi di agire. Siate a Parma o nei boschi, vedrete o verrete a sapere che il serbatoio di palazzo Sanseverina s'è rotto. Sarà il momento d'agire senza indugio; ma col veleno ed esponendovi il meno possibile. Che nessuno mai venga a sapere che io ho messo il dito in questa faccenda.

– Non occorre che mi dica altro, – e Ferrante stentava a contenere il suo entusiasmo, – ho già scelto dentro di me i mezzi di cui mi varrò. La vita di quell'uomo non mi è mai stata di peso come ora che so che, fin tanto ch'egli viva, non la rivedrò. Attenderò dunque il segnale del serbatoio.

Prese bruscamente congedo e s'avviò. La duchessa lo seguiva con gli occhi. Era appena uscito dalla stanza, che lo richiamò:

– Ferrante! – gridò: – uomo impareggiabile!

Egli rientrò come impaziente d'essere trattenuto. Che aspetto imponente aveva in quel momento!

– Ed i vostri bambini?

– Staranno meglio di me, se lei vorrà fare qualche cosa per loro...

– Prendete, – e la duchessa gli porgeva uno scrignetto in legno d'ulivo: – sono tutti i diamanti che mi restano, cinquantamila lire di gioie.

– Ah, questo mi umilia, signora!... – disse Ferrante ritraendosi e cambiando faccia.

– Io non vi rivedrò piú prima d'allora: intendo che lo prendiate.

Il piglio imperioso col quale lo disse persuase Ferrante ad obbedire: mise in tasca lo scrignetto e uscí.

Aveva appena chiuso la porta dietro a sé che la duchessa daccapo lo richiamava; egli rientrò con l'aria di chiedere che si volesse ancora da lui. La duchessa era in piedi in mezzo al salotto; gli si buttò nelle braccia. Fu un attimo: Ferrante non connetteva piú dalla felicità; fu lei a sciogliersi dai suoi abbracci e ad indicargli con gli occhi la porta.

«È il primo che mi ha compreso, – si disse; – cosí si sarebbe comportato Fabrizio se avesse potuto capirmi!»

Era una donna che non defletteva mai dalla linea di condotta che s'era scelta e che non rimetteva mai in discussione una decisione presa. E citava in proposito una frase del primo marito, il generale Pietranera: «Non mancherei gravemente di rispetto a me stesso, se credessi di veder piú giusto oggi di quando ho preso questa risoluzione?»

Da quel momento rispuntò nel carattere della duchessa una specie di allegria: prima di prendere la fatale decisione, qualunque nuovo pensiero le venisse, qualunque nuova via vedesse, durava in lei il senso della propria inferiorità di fronte al principe, della propria debolezza e facilità a lasciarsi ingannare; perché essa sentiva che il principe l'aveva vilmente ingannata e che il conte per abitudine cortigianesca, pure senza volerlo, l'aveva assecondato. Ora che aveva deciso di vendicarsi, si sentí daccapo piena di forza, ogni suo pensiero si colorò daccapo di gioia: della gioia immorale che si trova in Italia a vendicarsi e che nasce, propendo a credere, dalla forza d'immaginazione di quel popolo; non già che gli altri popoli perdonino nel senso stretto della parola; ma dimenticano.

La duchessa non rivide Palla che quando la prigionia di Fabrizio stava per aver fine. Dell'evasione, come il lettore avrà indovinato, era stato lui a suggerire l'idea. C'era nei boschi, a due leghe da Sacca, una torre medioevale mezzo rovinata, alta piú di cento piedi. Prima di riparlare della cosa, Ferrante aveva pregato la duchessa di mandare Ludovico ed altri di cui si fidasse a portare delle scale presso quella torre. In presenza della Sanseverina era salito per mezzo delle scale sulla torre e ne era disceso coll'aiuto di una semplice corda a nodi; dopo aver fatto tre volte la prova, aveva spiegato il suo piano. Otto giorni dopo Ludovico ripeté per suo conto l'esperimento; dopodiché la duchessa s'era decisa a comunicare a Fabrizio il progetto.

I giorni che precedettero il tentativo nel quale in piú modi il prigioniero poteva trovare la morte, la duchessa li visse in una grande apprensione; non trovava pace che nella compagnia di Ferrante; il coraggio di quell'uomo galvanizzava il suo; ma, come si capisce, essa doveva nascondere al conte quella stravagante relazione: non già che temesse delle rimostranze, ma il conte non avrebbe mancato di fare delle obiezioni, accrescendo cosí le sue inquietudini. Come! prendere per intimo consigliere un pazzo riconosciuto come tale e condannato a morte! e che in seguito (aggiungeva dentro di sé la duchessa) chi sa che poteva mai combinare!

Ferrante si trovava nel salotto della duchessa nel momento in cui il conte venne a riferirle la conversazione passata tra il principe e Rassi; cosicché, una volta uscito Mosca, lei ebbe un bel da fare per impedire al pazzo di correre senz'altro a mantenere la sua promessa.

– Non sarò mai persuaso quanto lo sono adesso, – gridava, – della legittimità del mio atto!

– Ma nello scoppio d'ira che seguirà inevitabilmente, Fabrizio verrà messo a morte!

– Ebbene, gli si risparmierebbe cosí il rischio di calarsi giú; non che sia impossibile, è anzi facile, ma a quel ragazzo manca l'esperienza.

Arrivò il giorno delle nozze della sorella del marchese Crescenzi e alla cerimonia di quelle nozze la duchessa s'incontrò con Clelia e poté parlarle senza destare sospetti. Le consegnò lei stessa il pacco nel giardino dove le signore erano scese a prendere una boccata d'aria. Le corde fatte fare appositamente di canapa e di seta intrecciate, erano fornite di nodi, sottili e flessibilissime; Ludovico s'era assicurato della loro solidità: in tutta la lunghezza sopportavano senza spezzarsi un peso di otto quintali. Clelia prese queste corde che erano state compresse in modo da formare dei pacchetti della forma d'un volume in-quarto; e promise alla Sanseverina di fare quanto era umanamente possibile perché giungessero a destino.

– È la sua naturale timidezza che mi tiene un po' in pensiero; – e correggendo col tono l'indiscrezione della domanda: – E poi che interesse può lei portare ad uno che non conosce?

– Il signor del Dongo è infelice: mi basta questo per prometterle che lo salverò.

`Ma la duchessa aveva scarsa fiducia nella presenza di spirito di quella ventenne, per cui aveva preso delle altre pre-

cauzioni, delle quali si guardò bene di parlarle. Come c'era
da aspettarsi, il governatore assisteva alla festa. Ora la duchessa si disse che, se gli faceva propinare un potente narcotico, i presenti lí per lí avrebbero creduto ad un attacco
di apoplessia; allora, anziché in vettura, non sarebbe stato
difficile far prevalere l'idea di riportarlo alla cittadella in
lettiga: bastava far trovare come per caso una lettiga in casa; in casa, sempre per caso, si sarebbero trovati pure dei
volonterosi – uomini in gamba, dei quali il vestito da operai avrebbe giustificato la presenza alla festa –; essi nello
scompiglio che sarebbe nato si sarebbero offerti in parecchi
(data l'altezza cui abita il generale) per trasportare l'ammalato. Cosí avvenne: i volonterosi, guidati da Ludovico, portavano abilmente nascoste sotto gli abiti un gran numero
di corde. Si vede da questo che alla duchessa il pensiero di
quella fuga aveva sconvolto la testa: diremo a sua scusa
che quell'orgasmo durava da troppo tempo.

Comunque, per eccesso di precauzioni poco mancò, come vedremo, che mandasse tutto a monte. Tutto andò a
meraviglia, soltanto la dose di narcotico fu troppo forte:
ma anche questo serví forse perché i medici pure credesse-
ro all'attacco di apoplessia.

Fortunatamente, Clelia, nella sua disperazione, non ebbe il minimo sospetto di quello ch'era successo. Lo scompiglio al momento in cui la lettiga entrò nella cittadella fu tale che Ludovico ed i suoi passarono senza obiezione: solo
pro forma essi furono frugati al ponte dello Schiavo. Trasportato il generale nel suo letto, vennero condotti in di-
spensa; ma una volta che si furono rifocillati venne loro
fatto sapere che il regolamento voleva che pel resto della
notte (mancava ormai poco tempo all'alba) restassero chiusi a chiave a pianterreno: a giorno il luogotenente del governatore sarebbe venuto a metterli in libertà.

Intanto però erano riusciti a passare a Ludovico le corde; senonché Ludovico non riusciva ad ottenere da Clelia
un attimo d'udienza. Finalmente, profittando del momento
che la fanciulla attraversava un salotto a pianterreno, le fece vedere che deponeva lí in un angolo oscuro dei rotoli di
corde. La stranezza della cosa colpí Clelia: atroci sospetti
la assalirono.

– Chi siete voi?

E alla risposta ambigua di lui: – Dovrei farvi arrestare:
voi e i vostri avete avvelenato mio padre. Suvvia, dite subi-

to con che cosa, perché gli possano dare il contravveleno.
Subito: altrimenti né voi né loro uscirete mai piú di qui!

– Signorina, non si allarmi, – rispose Ludovico, cercando coi migliori modi di calmarla; – non si tratta affatto di
veleno; si è commessa l'imprudenza di dare al generale una
dose di laudano: nel bicchiere ne sarà andato qualche goc-
cia di troppo; ma creda che, grazie al cielo, il generale non
corre alcun pericolo: non c'è altro che da curarlo per inge-
stione d'una dose di laudano troppo forte. Non pensi per
carità, le ripeto, a veleno, come quello di cui s'è servito
Barbone quando ha cercato di spacciare monsignor Fabrizio. Non le venga in mente che si sia voluto vendicare Fabrizio del pericolo che quella volta ha corso; lo giuro, signorina, la boccetta affidata a quel domestico malaccorto
non conteneva altro che laudano. Ciò non toglie, beninteso, che interrogato, negherei ogni cosa. D'altra parte se lei
fiata con chicchessia di laudano e di veleno, foss'anche a
don Cesare, badi che uccide Fabrizio con le sue mani. Diventa per sempre impossibile, allora, qualunque progetto
di fuga; e lei sa meglio di me che non è con del laudano
che si vuole avvelenare monsignore; sa pure che c'è chi esige che Fabrizio sia spacciato dentro un mese: e di questo
mese è già passata una settimana. Se lei mi fa arrestare od
anche dice una sola parola a don Cesare o a chiunque altro,
ci vuole ben altro che un mese perché possiamo ritentare;
è per questo che le dico che ucciderebbe Fabrizio con le
sue mani.

La calma con cui Ludovico le parlava s'imponeva suo
malgrado alla fanciulla. «Eccomi qui dunque a discorrere
come niente fosse, – si diceva, – con l'avvelenatore di mio
padre! e con che bei modi me lo viene a dire! Ed è l'amore
che mi ha condotta a questo!»

Straziata dai rimorsi, aveva appena la forza di parlare:

– Vi chiuderò qui a chiave e corro intanto a dire al medico che si tratta di laudano. Ma lui mi chiederà come l'ho
saputo: che rispondergli, mio Dio! Poi tornerò qui a libe-
rarvi –. Lo chiuse a chiave e s'avviava, ma tornò di corsa
indietro a domandargli attraverso la porta: – Ma monsignore sapeva qualche cosa del laudano?

– Mai piú signorina, non avrebbe consentito mai. E poi,
a che dirglielo? dobbiamo essere prudentissimi. Si tratta di
salvare la vita a monsignore, se no ce lo accoppano: mancano solo tre settimane. Chi ha dato l'ordine è solito a ve-

dersi obbedire; e chi l'ha ricevuto, per dirle tutto, è, pare, il terribile Rassi.

Atterrita, Clelia corse via; sapeva di poter far conto sulla dirittura di don Cesare e, con qualche cautela, ardí dirgli che al generale era stato fatto ingerire del laudano, non altro. Don Cesare, senza dir motto, corse dal medico.

Clelia tornò tosto dal prigioniero, per tirar da lui sulla faccenda maggiori particolari. Ma non lo trovò piú: se l'era svignata abbandonando su un tavolo una borsa piena di zecchini ed una scatola con dentro dei veleni. La vista dei veleni la fece raccapricciare. «Chi mi dice, – pensò, – che a mio padre abbian dato solo del laudano? La duchessa non potrebbe essersi vendicata del tentativo di Barbone? Mio Dio! eccomi in relazione con gli avvelenatori di mio padre! e me li lascio scappare! Chi sa se messo alle strette questo qui non avrebbe confessato che il veleno è stato un altro!»

Cadde in ginocchio scoppiando in pianto a pregare con fervore la Madonna.

Intanto il medico della cittadella, assai stupito di quello che don Cesare gli riferiva, somministrò all'infermo i rimedi del caso ed i sintomi piú preoccupanti sparirono. Albeggiava quando il generale riprese conoscenza. Il primo segno di questo miglioramento fu che si diede a caricare d'ingiurie il colonnello comandante in seconda perché s'era preso nel frattempo la libertà di impartire qualche ordine di nessuna importanza. Altro buon segno fu che andò su tutte le furie con la ragazza di cucina, rea d'essersi lasciata sfuggire, nel recargli un brodo, la parola *apoplessia*.

– Ho forse l'età, – urlava, – ho forse l'età di essere apoplettico? Soltanto della gente che m'odia a morte può divertirsi a diffondere di queste voci! Mi han forse levato sangue, per spargere una calunnia simile?

Fabrizio, tutto occupato nei preparativi della fuga, non si raccapezzava che significasse l'insolito tramestio che da un poco gli giungeva. Prima gli passò per la mente che la sua sentenza fosse stata convertita in condanna a morte e che si venisse per eseguirla. Poi vedendo che nessuno si presentava, pensò che Clelia fosse stata tradita, sorpresa con le corde mentre entrava nella fortezza; e che tutto fosse andato a monte.

L'indomani all'alba si vide entrare in camera uno sconosciuto che, senza aprir bocca, pose in terra un canestro di frutta; sotto la frutta era nascosta questa lettera:

Straziata dai rimorsi per quello che è stato fatto non, grazie a Dio, col mio consenso, ma in conseguenza d'un'idea che fui io ad avere, ho fatto voto alla Santissima Vergine che se, per sua divina intercessione, mio padre si salva, mai io mi opporrò ai suoi ordini: sposerò il marchese appena egli me lo imponga e non vi vedrò mai piú. Tuttavia, mi credo ormai in dovere di condurre a termine quello che è stato comincia-to. Domenica prossima, finita la messa alla quale ho chiesto che vi accompagnino (non scordate di mettervi in pace con Dio, nel rischioso tentativo potreste trovar la morte); al tornar dalla messa, dunque, fate in modo di rientrare il piú tardi possibile nella vostra stanza: vi troverete il necessario. Se nel tentativo aveste a perire, quali rimorsi mi attendono! quale strazio sarà il mio! Potrete voi accusarmi d'aver contribuito alla vostra morte? Sappiate che la duchessa in persona mi ha piú volte ripetuto che il partito della Raversi sta per prevalere; che si mira a spingere il sovrano ad un atto di crudeltà che lo stacchi per sempre dal conte Mosca. Sciogliendosi in lacrime, mi ha giurato che non resta quindi che questa via d'uscita. Io non posso piú guardarvi, ne ho fatto il voto; ma se domenica sera mi vedrete tutta vestita di nero alla solita finestra vorrà dire che per la notte tutto sarà pronto, per quanto mi sarà stato possibile. Dopo le undici, forse a mezzanotte od all'una, una piccola lampada apparirà alla mia finestra: sarà il momento di agire; raccomandatevi al vostro santo protettore, indossate in fretta l'abito da prete e coraggio!

Addio, Fabrizio, mentre voi correte il tremendo rischio, io pregherò per voi, piangendo, non ho bisogno di dirvelo, le mie lacrime piú amare. Se va male io non vi sopravviverò (che vi sto dicendo, Dio mio!) Ma se riuscite, non vi vedrò piú! Domenica dopo messa troverete nella prigione il danaro, i veleni, le corde che vi manda la donna terribile che appassionatamente vi ama e che ben tre volte mi ha ripetuto che bisognava prendere questa decisione. Doi vi salvi e la santa Vergine!

Fabio Conti era un carceriere sempre inquieto, sempre in pena, che anche dormendo sognava fughe di prigionieri. Non c'era nella cittadella chi non lo detestasse; ma tanto può sull'uomo la sventura che tutti i prigionieri, persino quelli incatenati in segrete, dove non potevano stare né in piedi né seduti, anch'essi ebbero l'idea di far cantare a loro spese un *Te Deum* quando seppero fuori di pericolo il loro carnefice. Non solo: piú d'uno di questi infelici fece persino dei sonetti in suo onore. Chi osa biasimarli possa aver a passare un anno in una segreta come la loro, con otto once di pane al giorno e digiunando il venerdí!

Clelia, che abbandonava la stanza del padre solo per correre a pregare nella cappella, fece sapere che d'ordine del governatore le feste di giubilo per la sua scampata morte non avrebbero luogo che la domenica. Il mattino di quella domenica Fabrizio assistette alla messa ed al *Te Deum*. Alla sera vi fu uno spettacolo di fuochi d'artifizio e (a pianterreno) venne distribuita ai soldati una quantità di vino quadrupla di quella consentita. Col vino, era stata mandata, non si sapeva da chi, piú d'una botticella d'acquavite, che i soldati vuotarono allegramente. Nella generosità dell'ebbrezza essi non vollero che i loro compagni di sentinella intorno al palazzo restassero a becco asciutto: via via che arrivavano alle loro garitte, un servitore fidato dava loro del vino e quelli che montarono di guardia a mezzanotte e in seguito ricevettero persino un bicchiere d'acquavite; l'ignoto che la mesceva loro, come risultò poi al processo, una volta mesciuto, dimenticava immancabilmente la bottiglia presso la garitta.

La baldoria durò piú a lungo che Clelia non pensasse; e solo verso l'una Fabrizio, che da oltre otto giorni aveva segate due sbarre dell'altra finestra – quella che non rispondeva sulla uccelliera –, cominciò a smontarne la botola; lavorava sul capo, si può dire, delle sentinelle le quali pure non s'accorsero di niente. Nella lunghissima corda con cui doveva scendere i terribili centottanta piedi il giovane aveva fatto degli altri nodi. Se la mise a tracolla: ma i nodi impedivano alla corda di far massa, di aderire al corpo, per cui quel volume enorme lo impacciava parecchio. «Ecco un imbarazzo serio», pensò.

Adattatasi addosso alla bell'e meglio questa corda, tolse in mano l'altra con cui doveva scalare i trenta piedi dalla finestra alla prima terrazza. Per non calarsi proprio sulle teste delle sentinelle che, per quanto ubriache, non avrebbero potuto non accorgersi, passò, come s'è detto, dall'altra finestra: quella che dava sul tetto dello stanzone dov'era il corpo di guardia. Questo stanzone non veniva occupato da un secolo; ma quella sera a farlo apposta ospitava un duecento soldati: cosí aveva ordinato per una bizzarria d'ammalato il generale nella matta paura che aveva d'essere assassinato nel suo letto; ed era stato anzi questo il primo ordine che aveva impartito appena era tornato in sé. Si immagini l'effetto che produsse su Clelia l'imprevisto provvedimento; la pia figliola aveva fin troppo chiara coscienza del tradimento che compiva verso il padre, verso un padre che, nell'interesse del prigioniero ch'essa amava, per poco non era stato avvelenato. Nell'arrivo alla cittadella di quei duecento uomini essa ravvisò la volontà della Provvidenza che voleva impedirle d'adoperarsi piú oltre per rendere a Fabrizio la libertà.

Ma ormai tutti a Parma davano per sicura l'imminente morte del detenuto. Se n'era parlato ancora alla festa di nozze della Giulia Crescenzi. S'era detto che visto che, per una cosa da nulla come un disgraziato colpo di spada ad un istrione, un giovane della nascita di Fabrizio non veniva messo in libertà dopo nove mesi di prigione, bisognava che nella faccenda ci fosse qualche cosa di politico. Inutile allora occuparsi ulteriormente di lui; se il sovrano non giudicava conveniente farlo morire sulla pubblica piazza, ciò significava che sarebbe presto morto di malattia. Anzi un fabbro ferraio venuto alla palazzina del governatore, davanti a Clelia aveva parlato di Fabrizio come d'un prigioniero spacciato da un pezzo e la cui morte si taceva solo per motivi politici.

Fu questa parola che decise la fanciulla a mantenere, nonostante i suoi rimorsi, l'impegno preso.

Capitolo ventiduesimo

Nella giornata Fabrizio ebbe a fare delle riflessioni sul tentativo che stava per compiere: riflessioni per nulla incoraggianti; ma via via che udiva scoccare le ore che lo avvicinavano al gran momento, gli tornava l'allegria e la decisione. La duchessa gli aveva scritto che l'aria aperta lo avrebbe stordito e che appena fuori della prigione c'era da aspettarsi che sarebbe stato impacciato a camminare; in tal caso, piuttosto che esporsi a precipitare da un'altezza di centottanta piedi, era preferibile si lasciasse riacchiappare. «Se mi succede, – si diceva Fabrizio, – mi coricherò contro il parapetto, dormirò lí un'ora, poi ritenterò. Poiché l'ho giurato a Clelia, preferisco cader giú da un bastione per alto che sia, anziché restar qui eternamente a riflettere sul gusto che ha il pane prima di mangiarlo. Quali orribili sofferenze deve durare chi muore avvelenato! E Fabio Conti non è uomo da usare delicatezze: ricorrerà certo all'arsenico col quale sbarazza dai topi la cittadella».

Verso la mezzanotte uno di quei nebbioni spessi e bianchi, di cui il Po avvolge non di rado le sue sponde, si stese dapprima sulla città, raggiunse quindi la spianata ed i bastioni in mezzo ai quali sorge la torre principale della cittadella. Fabrizio credette di vedere che dal parapetto della terrazza non si scorgevano piú le piccole acacie che circondano i giardini piantati dai soldati al piede del muro. «Proprio quello che ci vuole!» egli pensò.

Mezzanotte e mezzo era suonata da poco, quando la piccola lampada di segnale comparve alla finestra dell'uccelliera. Trovò il giovane pronto. Fattosi il segno della croce, Fabrizio attaccò al letto per un capo la corda che aveva in mano e senza incontrare ostacolo, raggiunse il tetto del posto di guardia. Disgraziatamente i soldati di rinforzo che v'erano accantonati non dormivano ancora; per quanto il giovane si movesse sugli embrici con ogni cautela, li udí che dicevano: – Ci dev'essere il diavolo sul tetto; gli starebbe bene una fucilata –. Altri davan loro sulla voce perché quello era bestemmiare. I piú giudiziosi facevano osservare che dare l'allarme con un colpo di fucile senza ammazzare nessuno li farebbe mettere tutti in prigione. La bella discussione aveva per effetto di spingere Fabrizio ad affrettarsi ed a far quindi piú rumore: col risultato che quando appeso alla corda vi passò davanti, le finestre del posto di guardia erano irte di baionette: fortuna che grazie alla sporgenza del tetto egli ne distava un buon tratto. Ci fu chi poi disse che Fabrizio, matto come sempre, cercasse appunto di fare in quella congiuntura la parte del diavolo e per renderla piú convincente buttasse ai soldati una manciata di zecchini. Non so quanto la cosa sia verosimile: certo è che di zecchini aveva seminato l'impiantito della prigione e che ne seminò pure la terrazza raggiungendo il parapetto: cosí chi si fosse messo in mente d'inseguirlo avrebbe trovato per terra di che distrarsi.

Messi i piedi sulla terrazza, e circondato ormai di sentinelle che ogni quarto d'ora al grido: «All'erta!» rispondevano: «Qui tutto bene!», il fuggitivo si diresse verso il parapetto di ponente in cerca della pietra sostituita di recente.

Ciò che ha aria di favola e potrebbe far dubitare dell'impresa se del suo buon esito tutta una città non fosse stata testimone, è che neppure le sentinelle scaglionate lungo il parapetto abbiano scorto Fabrizio; attenua tuttavia l'inverosimiglianza della cosa il fatto che il nebbione continuava a salire, ed in quel momento anzi, al dire di Fabrizio, era arrivato a metà della torre Farnese. Ma non era punto fitto ed il nostro eroe distingueva benissimo le sentinelle, né tutte erano addormentate perché qualcuna passeggiava. Sempre a sua confessione, Fabrizio ebbe l'audacia, spinto, diceva, da un impulso che certo veniva dal cielo, di andarsi a collocare tra due di loro a poca distanza una dall'altra. Lí svolse con tutta calma la corda che aveva a tracolla; e siccome essa ben due volte si aggrovigliò, per sbrogliarla gli occorse del tempo. Sentiva intanto d'ogni parte i soldati parlottare; ma era ben deliberato a non far complimenti col primo che gli si accostasse. – Ero tranquillo come ora, – aggiungeva riferendo la cosa, – mi pareva di compiere un rito.

La corda, svolta infine interamente, la attaccò ad un canaletto di scolo per le acque, e salito sul parapetto pregò
Dio con fervore; poi, come un eroe del tempo della cavalleria, rivolse un pensiero a Clelia. «Come sono mutato, – si
disse, – da quel Fabrizio frivolo e libertino che ero nove
mesi fa quando entrai qui dentro!» Finalmente prese a
scendere dalla paurosa altezza.

– Non pensavo che a quello che facevo, – ebbe poi a dire, – ed era come lo facessi di pieno giorno, in presenza di
amici per scommessa –. Ma verso la metà del tragitto, sentí
ad un tratto le braccia mancargli; dovette anzi, un attimo,
abbandonare la corda; certo la riafferrò subito: forse da
precipitare l'avevano trattenuto i cespugli sui quali ora strisciava scorticandosi. Ogni tanto lo sorprendeva una fitta
atroce tra le spalle, che quasi gli toglieva il respiro. Una
grande molestia gli dava l'oscillare della corda che lo mandava a sbattere ogni momento nei cespugli. Disturbati nel
sonno se ne levavano uccellacci che lo sfioravano o gli si
buttavano addosso spiccando il volo. Le prime volte si credette raggiunto da soldati che lo inseguissero profittando
della corda e già s'apprestava a difendersi. Finalmente pervenne ai piedi della torre, senz'altro danno che le mani insanguinate. Com'ebbe poi a raccontare, di grande aiuto gli
era stata, dalla metà della torre in poi, la scarpata: nella discesa essa lo aveva sostenuto ed i ciuffi di vegetazione che
crescevano nelle sue fessure l'avevano aiutato a tenersi.
Giunto in fondo – ormai si trovava nei giardinetti piantati
intorno alla torre dei soldati – cadde su un'acacia, che vista
dall'alto, aveva giudicato alta quattro o cinque piedi, mentre in realtà superava i quindici. Nel lasciarsi cadere da essa, si slogò quasi il braccio sinistro; un ubriaco che dormiva là sotto lo prese per un ladro. Si mise a correre verso il
bastione; ma si sentiva le gambe come di cencio, era esausto. Malgrado il rischio, si lasciò andare a sedere e bevve
quel che gli restava di acquavite. Per qualche minuto si assopí; al destarsi, si vide intorno degli alberi e non poteva
raccapezzarsi come nella sua camera vi fossero degli alberi.
La tremenda realtà gli si riaffacciò in un lampo; subito camminò verso il bastione, salí la grande scala che vi menava
in cima. La sentinella russava nella garitta. Inciampò in un
cannone che giaceva sull'erba; vi attaccò la terza corda: era
piú corta del necessario, per cui cadde in un fosso melmoso
in cui c'era un piede d'acqua. Si rialzava e cercava di racca

pezzarsi quando si sentí afferrare da due uomini; la paura non durò che un attimo: – Ah! monsignore! monsignore! – si sentí sussurrare all'orecchio. Confusamente capí ch'erano uomini mandati dalla duchessa: e svenne. Solo piú tardi s'accorse d'essere portato a braccia da uomini che procedevano in silenzio di buon passo. Questi a un tratto s'arrestarono: ciò che a Fabrizio troncò il fiato: ma non aveva la forza di parlare né di aprire gli occhi. Quand'ecco riconobbe il profumo dei vestiti della duchessa. Quel profumo lo rianimò: aprí gli occhi: riuscí a dire: – Ah! cara amica! – e daccapo svenne.

Il fido Bruno con una squadra di poliziotti devoti al conte si trovava a duecento passi, pronto ad accorrere; e il conte in persona si teneva nascosto in una casetta vicinissimo a dove la duchessa attendeva. Egli non avrebbe esitato, se fosse stato necessario, a far uso della spada e con lui alcuni amici suoi, ufficiali a mezza paga: egli si credeva in dovere di salvare la vita, che riteneva quanto mai in pericolo, di Fabrizio, il quale avrebbe avuto la grazia firmata dal principe se lui, Mosca, non avesse commesso la corbelleria di voler risparmiare al sovrano una sciocchezza scritta.

Era da mezzanotte che la duchessa, attorniata da uomini armati sino ai denti, vagava nell'alto silenzio davanti ai bastioni della cittadella. Convinta che avrebbe dovuto disputare con le armi Fabrizio ai suoi inseguitori, non riusciva a star ferma. Non c'era precauzione, comprese le piú imprudenti, cui non avesse pensato nella sua ardente fantasia. Pare che piú d'ottanta agenti fossero di fazione quella notte, pronti a battersi per lei. Per fortuna li dirigevano Ferrante e Ludovico ed il ministro della polizia era con loro. Comunque, come il conte ebbe a notare, nessuno di quegli assoldati la tradí e lui come ministro poté ignorare interamente l'avvenuto.

Rivedendo il nipote, la duchessa perdette completamente la testa; come impazzita se lo stringeva fra le braccia e quando si vide sporca di sangue lo credette gravemente ferito e già si dava alla disperazione. Con l'aiuto di uno dei suoi, era dietro a svestirlo per medicare le supposte ferite, quando Ludovico, che per fortuna era presente, la fece salire d'autorità insieme a Fabrizio in una carrozzella (n'era stata nascosta piú d'una in un giardino presso la porta della città) che partí di gran carriera per andare a passare il Po presso Sacca. Ferrante, che aveva dovuto promettere

sul suo capo d'impedire un eventuale inseguimento, veniva
dietro con venti uomini ben armati. Il conte, rimasto solo
e a piedi, non s'allontanò dai dintorni della cittadella che
due ore dopo, quando ebbe constatato che nulla succedeva. Ebbro di gioia egli si diceva: «Eccomi reo d'alto tradimento».

Un'altra felice pensata di Ludovico fu quella di far salire su una delle carrozzelle un giovane medico addetto alla
casa della duchessa, il quale per la corporatura poteva benissimo esser scambiato per Fabrizio.

– Prenda di corsa, – gli raccomandò, – la strada di Bologna, come fuggisse: faccia del suo meglio perché l'arrestino; s'impaperi nelle risposte e finisca con confessare d'essere Fabrizio del Dongo. Si tratta soprattutto di guadagnar
tempo. Metta tutta la sua abilità nel mostrarsi impacciato:
rischierà al piú un mese di prigione. È un servizio che la
duchessa saprà ricompensare.

Al che l'altro: – Non è a danaro che si pensa quando si
ha la fortuna di servire la duchessa!

Qualche ora dopo fu infatti arrestato e la notizia doveva
procurare al generale Fabio Conti ed a Rassi (il quale vedeva la sua baronia sfumare) una gioia alla quale sarebbe stato divertente poter assistere.

L'evasione non fu scoperta alla cittadella che verso le sei
del mattino, e trascorsero altre quattro ore prima che si
avesse il coraggio di informarne il sovrano. La duchessa era
stata cosí ben servita dalla sua gente che alle quattro già
traghettava il Po: eppure piú volte aveva fatto fermare la
carrozza per strada scambiando il profondo sonno, nel quale Fabrizio era immerso, per uno svenimento mortale. Di
là del fiume l'attendevano cavalli di ricambio; percorsero
altre due leghe al galoppo, dopodiché dovettero fermarsi
un'ora per la verifica dei passaporti. Di passaporti per sé e
per Fabrizio la duchessa ne aveva una piccola collezione;
ma evidentemente quel giorno era come impazzita: non le
venne in mente di dare dieci napoleoni d'oro all'impiegato
della polizia austriaca? e di prendergli la mano, scoppiando in pianto? Messo cosí in sospetto, l'impiegato rivolse indietro le carte per esaminarle meglio.

Presero la posta; senonché la duchessa continuava a pro-
fondere danari in misura cosí esagerata, da far nascere dappertutto sospetti, in un paese specialmente come quello dove è già sospetta la condizione di straniero. Fu ancora Lu-

dovico che la salvò da peggio: confidando che la povera signora era fuori di sé dal dolore per la malattia del contino
Mosca, figlio del primo ministro di Parma, che conduceva
con sé per consultare i medici di Pavia.

Erano a dieci leghe dal Po quando il prigioniero si risvegliò completamente: aveva una spalla lussata e parecchie
escoriazioni. La duchessa dominava ancora cosí scarsamente
il suo giubilo che dai suoi modi il padrone della locanda
d'un villaggio dove si fermarono a desinare credette di
aver a fare con una principessa di sangue reale e stava per
farle rendere gli onori del caso, se Ludovico non gli avesse
detto che la principessa lo avrebbe fatto sicuramente cacciare in prigione se si permetteva di far suonare le campane.

Finalmente, verso le sei di sera si giunse in territorio piemontese. Solo qui Fabrizio si poteva finalmente dire al sicuro; lo condussero in un piccolo villaggio che scelsero lontano dalla strada maestra; lo medicarono delle scorticature e
lo lasciarono riposare dell'altro.

Fu in questo villaggio che la duchessa cedette ad un impulso non solo moralmente riprovevolissimo, ma tale che
doveva turbare la pace di tutto il resto della sua vita. Alcune settimane prima dell'evasione, un giorno che tutta Parma era andata a curiosare alla porta della cittadella per cercar di vedere il patibolo che si diceva rizzassero nel cortile,
quel giorno la duchessa aveva svelato a Ludovico, diventato il suo braccio destro, il segreto pel quale una delle pie-
tre che costituivano il fondo del famoso serbatoio poteva
essere fatta uscire dal telaietto di ferro in cui era incastra-
ta. Ora, mentre Fabrizio dormiva, essa fece chiamare Ludovico. Egli alla prima la credé veramente impazzita, cosí
strano era il fuoco delle occhiate che gli lanciava:

– Voi vi aspettate certo che io vi compensi con qualche
migliaio di lire: ebbene, no: vi conosco, siete un poeta, e
ve le mangereste in un momento. Vi regalo invece la piccola tenuta della Ricciarda, ad una lega da Casalmaggiore.

Esultante, Ludovico le si gettò ai piedi, protestando con
l'accento della piú grande sincerità che se aveva contribuito a salvare Fabrizio non era affatto in vista d'un guadagno, ma perché gli aveva messo affetto dal giorno che, come terzo cocchiere di casa, aveva avuto l'onore di condurlo
in carrozza. E, fatto questo sfogo, il brav'uomo già per discrezione si congedava; ma la duchessa con gli occhi scintillanti gli ordinò di restare. E prese ad andare su e giú guar-

dandolo ogni tanto con un'espressione cosí singolare che Ludovico non si raccapezzava dove volesse andare a parare. Finché, protraendosi quella bizzarra scena, egli si credette in dovere di dire:

– La signora m'ha fatto un regalo cosí esagerato, talmente superiore a quello che un pover'uomo come me potesse attendersi e soprattutto cosí sproporzionato ai modesti servigi che ho avuto l'onore di renderle, che la mia coscienza non mi consente di accettarlo. In luogo della tenuta della Ricciarda, la prego pertanto di volermi accordare una pensione di quattrocento lire.

– Quante volte in vita vostra, – ribatté lei allora con un'alterezza quasi minacciosa, – quante volte avete sentito dire che, detta una cosa, io me la sia rimangiata?

Mosse qualche altro passo per la stanza, poi fermandosi di botto:

– Sapete perché Fabrizio si è salvata la vita? Per caso e perché ha saputo piacere a quella ragazzina. Se non fosse stato simpatico, sarebbe morto. Me lo potete negare? – e gli venne addosso con occhi cosí lampeggianti d'ira minacciosa, che Ludovico indietreggiò: «Ci siamo! – dicendosi. – È matta?»: idea che gli fece concepire i piú legittimi dubbi sulla sua proprietà della Ricciarda.

– Ebbene! – e qui la duchessa prese il tono piú gaio e amabile, tanto che pareva di botto un'altra; – intendo che i miei buoni villici di Sacca abbiano una giornata di pazza gioia, da ricordarsene finché campano. Vi mando a Sacca: avete qualche obiezione da fare? pensate di correre qualche rischio?

– Non direi, signora: nessuno degli abitanti di Sacca si lascerà mai scappare che io ero con monsignore. E poi, ardisco dirlo, io brucio dalla voglia di vedere la mia terra di Ricciarda: mi pare un sogno d'esserne io il proprietario!

– Alla buon'ora! mi piace che tu non mi nasconda la tua contentezza. Il fattore mi deve, mi pare, tre o quattro anni di fitto; metà glieli condono, il resto è tuo: ma ad un patto: tu vai a Sacca, dici che posdomani è uno dei miei onomastici, ed il giorno dopo il tuo arrivo fai illuminare il castello con uno sfarzo mai visto. Non lesinare sulla spesa e non risparmiar fatica perché la luminaria riesca la piú splendida possibile. Pensa che si tratta della piú grande gioia della mia vita. È tanto che preparo questa illuminazione, è da tre mesi che accumulo nelle cantine del castello quanto occorre per farla; il giardiniere ha avuto in consegna di che allestire il piú grandioso spettacolo di fuochi d'artificio; gli dirai di farlo sulla terrazza che guarda il Po. Nelle cantine ci sono ottantanove botti di vino; diventino nel parco ottantanove fontane. Se l'indomani c'è ancora in cantina una sola bottiglia piena, dirò che non vuoi bene a Fabrizio. Quando le fontane di vino, la illuminazione ed i fuochi d'artifizio non han piú bisogno della tua presenza, tu te la svignerai prudentemente perché è possibile, ed io fervidamente spero, che a Parma tanto scialo farà l'effetto d'una grossa insolenza.

– Non è *possibile*: è sicuro: come è sicuro che il fiscale Rassi che ha firmato la condanna di monsignore, schiatterà di rabbia. Anzi, – aggiunse esitante, – se la signora volesse farmi un piacere ben piú grosso che quello di darmi la metà dei fitti arretrati della Ricciarda, mi permetterebbe di fare a quel Rassi uno scherzetto...

– Bravo, per l'intenzione! – applaudí la duchessa. – Ma ti proibisco assolutamente di torcere foss'anche un capello a Rassi: accarezzo il progetto di farlo un giorno o l'altro impiccare su una piazza. Invece, tu cerca di non farti beccare a Sacca: la gioia della festa è sciupata se ti dovessi perdere.

– Perder me! Quando avrò detto che è una festa in onor suo, la polizia mandasse trenta gendarmi per disturbarla, sia certa che prima che giungano alla croce rossa in mezzo al villaggio, non ne resta in sella uno. Vanno per le spicce, quei di Sacca: tutti contrabbandieri consumati e che la adorano.

La duchessa non aveva finito: con la piú bella disinvoltura seguitò:

– Infine, visto che inondo di vino i miei amici di Sacca, bisogna che inondi d'acqua i miei nemici di Parma; per cui la sera stessa dell'illuminazione, fai là una capatina col mio migliore cavallo e metti in libertà il serbatoio.

– Ah, questa sí che è un'idea! – uscí a gridare ridendo Ludovico, – è giusto: vino alla brava gente di Sacca, acqua ai cittadini di Parma: se la facevano cosí sicura, i manigoldi, che monsignore avrebbe fatto la fine del povero L.!

A Ludovico non pareva vero; tornato serio, riscoppiava a ridere: – Vino alla brava gente di Sacca! acqua ai cittadini di Parma! – ripeteva nelle pause; e la duchessa lo guardava compiaciuta che il suo progetto gli andasse tanto a sangue. – La signora sa meglio di me che vent'anni fa, la volta che per un'imprudenza il serbatoio si vuotò, per le strade di Parma ci fu, in piú d'una, un piede d'acqua!

– Sí, acqua ai parmigiani. Se avessero fatto la festa a Fabrizio, avrebbero pigiato la passeggiata davanti alla cittadella... Il *gran delinquente*, lo chiamavano! Ma soprattutto, falla bene, che nessuno sappia che sei stato tu a farla né che io l'ho ordinata. Fabrizio ed anche il conte devono ignorare questo matto scherzo. Ma mi scordavo dei poveri di Sacca... Va' a scrivere una lettera (io la firmo) all'amministratore; scrivi che per la festa della mia Santa protettrice distribuisco cento zecchini ai poveri di Sacca e aggiungi l'ordine d'ubbidirti in tutto e per tutto quanto all'illuminazione, ai fuochi d'artificio e al vino. Non una bottiglia piena deve restare in cantina.

– Su un punto solo l'amministratore non saprà come obbedirle: sono cinque anni che lei viene a Sacca; ci saranno ancora dieci poveri?

– E acqua alla gente di Parma! – la duchessa canterellò. Poi: – E ora dimmi come intendi eseguire lo scherzetto.

– Il mio piano è bell'e fatto; verso le nove parto da Sacca, alle dieci e mezzo lascio il cavallo alla locanda delle Tre ganasce sulla strada di Casalmaggiore e del mio podere di Ricciarda; alle undici sono nel palazzo; un quarto d'ora sarà piú che sufficiente perché i parmigiani abbian acqua da bere – e piú di quanta non ne occorra, – alla salute del *grande delinquente*. Altri dieci minuti e sono sulla strada di Bologna; faccio passando un grande inchino alla cittadella ormai disonorata dal coraggio di Fabrizio e dal genio della mia signora; e per un sentiero di campagna che conosco faccio la mia entrata alla Ricciarda.

Parlava, ma levando gli occhi sulla duchessa la vide fissare la nuda parete con un tale sguardo che spaventato tornò a dirsi: «Certo è matta! Addio, Ricciarda!» La duchessa sorprese quello sguardo e capí a volo ciò che gli passava pel capo:

– Ah i poeti, Ludovico! Non vi basta la parola: andate a prendermi un foglio di carta: vi faremo una donazione in tutta regola.

L'ordine Ludovico non se lo fece ripetere; e la duchessa di suo pugno scrisse una obbligazione antidatata d'un anno, nella quale dichiarava d'aver ricevuto da Ludovico Sammicheli la somma di ottantamila franchi e di avergli dato in pegno la tenuta di Ricciarda. Se la somma entro un anno non veniva restituita, la Ricciarda diventava proprietà del Sammicheli.

«È bello, – pensava la duchessa, – dare a un fedele servitore pocomeno d'un terzo di quello che mi rimane!» E rivolta a Ludovico:

– Ma siamo intesi: dopo la burletta del serbatoio, ti concedo due giorni soli per goderti Casalmaggiore e la tua nuova proprietà. Perché la cessione sia valida, di' che l'affare risale a piú d'un anno. Mi raggiungi quindi a Belgirate, senza indugi: forse Fabrizio andrà in Inghilterra dove tu lo accompagnerai.

L'indomani di buon'ora la duchessa e Fabrizio si trovavano a Belgirate, dove si stabilirono. Il villaggio era incantevole; ma sulle rive di quel bel lago un gran dolore attendeva la duchessa. Fabrizio non era piú quello d'una volta; sin dai primi momenti, e cioè da quand'era uscito da quel sonno poco meno che letargico, la duchessa s'era accorta che avveniva in lui qualche cosa di straordinario. Per quanto il giovane lo celasse con ogni cura, il sentimento che lo possedeva – incredibile – era questo: Fabrizio era disperato di non essere piú in prigione. Egli si guardava bene di confessare ch'era quella la causa della sua tristezza, per evitare domande alle quali non voleva rispondere.

– Ma come! – gli chiedeva sbalordita la duchessa; – quando, per non cadere, la fame ti costringeva a toccare qualcuno di quei cibi detestabili che ti ammannivano in prigione, non t'era intollerabile doverti chiedere ogni volta: Ha il gusto solito? son già mica avvelenato?

Lui rispondeva: – Se pensavo alla morte era come, suppongo, vi pensano i soldati: come a una possibilità che con un po' d'accortezza si spera di evitare.

Da qui, che inquietudine, che dolore per la duchessa! Vedere quell'essere che lei adorava, cosí vivace e originale, vederlo ormai, sempre immerso nei suoi pensieri, preferire la solitudine al piacere di parlare a cuore aperto alla migliore amica che avesse al mondo! Era sempre buono, premuroso, riconoscente verso di lei; pronto, come un tempo, a dar per lei la vita cento volte; ma il suo cuore era altrove. Sovente capitava che percorressero insieme delle leghe su quel lago meraviglioso senza dirsi una parola. Uno scambio di pensieri indifferenti, la sola conversazione ormai possibile fra di essi, avrebbe potuto bastare ad altri; non a loro, che ricordavano bene, la duchessa specialmente, cos'erano

stati i loro colloqui prima che li separasse il fatale duello
con Giletti. I nove mesi passati in quell'orribile prigione,
di quanti racconti, di quali confidenze avrebbero fatto le
spese una volta! Adesso invece era tanto se il giovane vi accennava brevemente e con reticenza.

« Era inevitabile prima o poi, – si diceva la duchessa con
cupa malinconia. – Il dolore mi ha invecchiata; oppure egli
ora ama veramente e nel suo cuore non ho piú che il secondo posto ». Avvilita, accasciata da quel dolore, il piú grande che le potesse capitare, qualche volta essa pensava: « Se
il cielo volesse che Ferrante diventasse pazzo del tutto o
che gli venisse a mancare il coraggio di mantenere la parola, sarei meno infelice ». Da quel momento una specie di rimorso avvelenò la stima che la duchessa aveva del proprio
carattere. « A questo modo, – si diceva con amarezza, – mi
pento d'una decisione presa! non sono piú allora una del
Dongo! »

« Il cielo l'ha voluto, – seguitava a dirsi; – Fabrizio è innamorato: e con che diritto potrei pretendere che non lo
fosse? È corsa mai fra noi una vera parola d'amore? »

Questo pensiero, al quale non c'era nulla da obiettare, le
tolse il sonno: a Belgirate e sul punto di conseguire una cla-
morosa vendetta, si sentí cento volte piú infelice che a Parma: voleva dire che per lei era giunta la vecchiaia, che la
sua forza d'animo s'affievoliva. Chi fosse poi la persona che
assorbiva a quel modo i pensieri di Fabrizio, non c'era da
aver dubbi: Clelia Conti, figlia devota com'era, aveva tradito suo padre consentendo ad ubriacare la guarnigione, e di
Clelia, Fabrizio non parlava mai! D'altronde, riconosceva
la duchessa battendosi il petto dalla disperazione: « Se la
guarnigione non si fosse trovata in uno stato di ebbrezza,
tutto il daffare che mi son dato sarebbe stato inutile: è dunque lei che in realtà ha salvato Fabrizio! »

Ora, stentatamente la duchessa riusciva a tirargli qualche particolare sugli avvenimenti di quella notte; mentre
nei tempi felici ne avrebbe discorso per un giorno intero, e
alla richiesta del minimo dettaglio con un brio ed una gaiezza sempre nuove si sarebbe rifatto chi sa quante volte da
capo!

Siccome le precauzioni non erano mai troppe, la duchessa aveva mandato Fabrizio ad abitare a Locarno, città svizzera sull'estrema punta del Lago Maggiore; e tutti i giorni
veniva a prenderlo per fare insieme lunghe gite sul lago.

Ora, una volta salí in camera sua e la trovò tappezzata di vedute di Parma, fatte venire da Milano e persino da Parma: città che avrebbe dovuto detestare. La saletta, trasformata in istudio, era ingombra dell'occorrente per dipingere ad acquarello e proprio in quel momento il giovane stava dando gli ultimi ritocchi ad una veduta – la terza che faceva! – della torre Farnese e della palazzina del governatore.

– Non ti resta piú, – lei s'irritò, – che fare a memoria il ritratto di quel simpatico governatore che voleva soltanto avvelenarti. Pensavo appunto che gli dovresti una bella lettera di scuse per esserti preso la libertà di scappare e di gettare il ridicolo sulla sua cittadella.

La povera donna non sospettava con quelle parole di cogliere nel segno: ciò che ironicamente proponeva era già fatto: appena giunto in luogo sicuro, prima cura di Fabrizio era stata quella di indirizzare al generale una cortesissima, ma anche parecchio buffa, lettera: in essa si scusava d'essere scappato, allegando a sua attenuante l'aver creduto che un subalterno della prigione fosse stato incaricato di dargli il veleno. Che cosa la lettera dicesse non aveva importanza per lui; sperava solo che essa cadesse sotto gli occhi di Clelia; e, nello scriverla, a quel pensiero lacrime gli rigavano il volto. La chiusa poi era impagabile: vi diceva che adesso che n'era fuori, gli capitava spesso di rimpiangere la sua stanzetta alla torre Farnese. Era questa del resto la frase che l'aveva indotto a scrivere la lettera: sperava che Clelia l'avrebbe capita. Preso da mania di corrispondenza, e sempre nella speranza di non essere letto solo dal destinatario, Fabrizio indirizzò un'altra missiva a don Cesare, col pretesto di ringraziare il buon cappellano dei libri di teologia che gli aveva prestato. Non basta: qualche giorno dopo, incaricò il modesto libraio di Locarno d'un viaggio a Milano per acquistarvi dal celebre bibliomane Reina quelle stesse opere nelle piú lussuose edizioni. Coi libri don Cesare ricevette una bella lettera nella quale Fabrizio si scusava d'aver scarabocchiato i margini dei libri prestati di annotazioni ridicole, le quali non potevano trovare altra attenuante che quella d'aver servito di sfogo a momenti di noia d'un povero prigioniero. Volesse quindi, diceva la lettera, sostituire nella sua libreria i libri cosí sconciati con quelli che la sua viva riconoscenza gli faceva inviare.

Chiamando «annotazioni» i fitti sgorbi di cui aveva coperto i margini d'un esemplare in-folio dell'opera di san Gi-

rolamo, Fabrizio faceva loro torto. Nella speranza di poter
un giorno risarcire del danno il cappellano, su quell'in-folio s'era permesso di tenere un preciso diario dell'intera prigionia, nel quale i maggiori avvenimenti erano rappresenta-
ti da estasi d'*amor divino*, frase che vi sostituiva un'altra
ch'egli non aveva osato scrivere. A volte quell'amor divino
sprofondava il prigioniero in una profonda disperazione; a
volte gli metteva le ali della speranza e gli dava slanci di
felicità. Per fortuna tutto ciò era stato scritto con l'inchiostro che Fabrizio s'era fabbricato in prigione con gli ingre-
dienti di cui vi disponeva: vino, cioccolato e fuliggine, e
don Cesare a quegli sgorbi non aveva dato che un'occhiata,
nell'atto di sostituire il volume nello scaffale. Se avesse letto, i suoi occhi avrebbero finito con cadere su un punto nel
quale il prigioniero – che quel giorno si credeva avvelenato
– si dichiarava felice di morire a pochi passi di distanza da
ciò che aveva amato di piú al mondo. Ma un occhio diverso
da quello del cappellano aveva letto quella pagina. Il motivo: «morire vicino a ciò che si ama!» espresso in tanti diversi modi, era seguito da un sonetto: l'anima, separata
dopo crudeli prove dal corpo che l'aveva albergata ventitre
anni, e spinta dall'aspirazione alla felicità innata in ogni essere vivente, non risaliva appena sciolta a mescolarsi ai co-
ri degli angeli: ma piú felice ora che non fosse stata in vita,
aleggiava nei pressi della prigione, che a lungo aveva udito
i suoi sospiri, congiunta ormai a ciò che aveva amato di piú
sulla terra. Il sonetto si chiudeva col verso:

> Cosí mio paradiso avrò in terra.

Per quanto alla cittadella non si parlasse di Fabrizio che
come d'un infame traditore che aveva mancato ai piú sacri
doveri, tuttavia il buon cappellano restò incantato alla vista dei bei libri; è vero che Fabrizio aveva avuto la precauzione di non lasciar trapelare nella spedizione chi fosse il
mittente e la lettera d'accompagnamento l'aveva scritta solo alcuni giorni dopo, per paura che il proprio nome facesse sdegnosamente respingere ogni cosa. Della cortesia ricevuta don Cesare non fiatò col fratello, che il nome di Fabrizio bastava a mandare in bestia; mentre alla nipote, cui un
tempo aveva insegnato un po' di latino, fece vedere i bei
volumi ricevuti. Era appunto quello che il mittente aveva
sperato. Riconoscendo la scrittura di Fabrizio, la fanciulla
si fece di porpora. Segnalibri di carta gialla erano intercala-

ti qua e là al volume. E ciò che mostra come raramente falliscono i presentimenti ispirati dalla passione, quasi fossero dettati da una divinità ad essa propizia, caso volle che Clelia fosse punta da curiosità di paragonare col vecchio il nuovo esemplare. Come dire la commozione che la prese, tra la cupa malinconia in cui l'aveva immersa l'assenza di Fabrizio, quando lesse sui margini dell'esemplare vecchio il sonetto citato e vi trovò annotati giorno per giorno i sentimenti del giovane verso di lei!

Quel sonetto lo seppe a memoria dal primo giorno e se lo diceva appoggiata alla finestra davanti a quell'altra finestra, ormai deserta, dove tante volte s'era schiusa sotto i suoi occhi un'apertura nella tramoggia. L'imposta, smontata, si trovava ora in tribunale, dove doveva servire di prova a carico nel ridicolo processo che il Rassi imbastiva contro Fabrizio, reo di essersi salvato o, come s'esprimeva il fiscale – ed era il primo a riderne –, *di essersi sottratto alla clemenza d'un principe magnanimo!*

La sua condotta era per la fanciulla cagione di vivo rimorso, tanto più cocente adesso che si sentiva infelice. Dei rimproveri che si rivolgeva la consolava un po' il ricordo del voto fatto alla Madonna e che ogni giorno rinnovava: *di non riveder mai Fabrizio.*

Per quell'evasione il padre aveva fatto una malattia ed era stato lí lí per perdere il posto, quando il principe nella sua ira aveva destituito tutti i carcerieri, imprigionandoli alla loro volta nelle carceri di città. Se si era in parte salvato lo doveva all'intercessione del conte Mosca, il quale preferiva vedere il rivale confinato in cima alla cittadella che trovarselo tra i piedi ad intrigare negli ambienti di corte.

Fu nei quindici giorni che durò l'incertezza sulla sorte che attendeva il generale che Clelia ebbe il coraggio di compiere il sacrificio annunciato a Fabrizio. Il giorno che nella cittadella era stato festeggiato il governatore, la fanciulla aveva avuto l'accortezza di darsi ammalata e di restare a letto l'indomani: aveva saputo insomma condursi cosí bene che ad eccezione di Grillo, il quale non fiatò, nessuno ebbe sospetti sulla sua complicità.

Ma cessate le preoccupazioni in questo senso, più vivi si fecero sentire i rimorsi per l'aiuto dato al prigioniero. «Quale ragione al mondo, – essa si diceva, – può attenuare il delitto d'una figlia che tradisce il padre?»

Una sera, dopo una giornata quasi interamente trascorsa

a piangere nella cappella, chiese allo zio che l'accompagnasse dal padre, di cui tanto piú temeva gli accessi di furore
da quando a proposito ed a sproposito egli usciva in impre-
cazioni contro quell'*abbominevole traditore* di Fabrizio.

Giunta alla presenza del governatore, la fanciulla ebbe il
coraggio di dirgli che, se aveva sempre rifiutato di concedere la sua mano al marchese Crescenzi, era perché non sentiva per lui la menoma inclinazione ed aveva la certezza che
quell'unione non le avrebbe dato la felicità. A queste parole il generale montò in bestia; ed a fatica Clelia riuscí a riprendere la parola; per aggiungere che se suo padre, indot-
tovi dalla ricchezza del marchese, credeva doverle dare il
preciso ordine di sposarlo, lei era pronta ad obbedire. L'i-
nattesa conclusione stupí il generale; non abbastanza tuttavia per impedirgli di rallegrarsene. – Almeno, – disse al fratello, – non sarò costretto a ridurmi ad un secondo piano,
se per quel mascalzone perdo il posto.

Mosca intanto non mancava occasione per darsi a divedere altamente scandolezzato per l'evasione di quel *cattivo arnese* e ripeteva la frase del Rassi sulla stolta e parecchio
volgare condotta del giovane il quale si era sottratto in
quel modo alla clemenza del sovrano.

La spiritosa frase, che ebbe tanta fortuna nella buona società, non attecchí nel popolo. Pur riconoscendo Fabrizio
colpevole, nel suo buonsenso il popolo ammirava il coraggio che c'era voluto per calarsi da un muro come quello:
coraggio del quale nessuno a corte tenne conto. La polizia
dal canto suo, mortificata dello scacco subito, aveva ufficialmente scoperto che una ventina di soldati comperati dalla
duchessa (il nome dell'ingrata non veniva piú pronunciato
che accompagnandolo con un sospiro) avevano teso a Fabrizio quattro scale unite insieme lunghe quarantacinque piedi ciascuna: il gran merito di Fabrizio era dunque consisti-
to nel far penzolare a tirare a sé una corda cui le scale erano state attaccate. Alcuni liberali noti per la loro imprudenza, ripetendo ciò che diceva il medico C. pagato e imbeccato dal sovrano, aggiungevano compromettendosi che la polizia nella sua barbara ferocia di quei poveri soldati ne aveva fatto fucilare ben otto. Cosicché Fabrizio fu biasimato
anche dai veri liberali, per aver con la sua imprudenza cagionato la morte di otto poveracci. È cosí che i piccoli di-
spotismi riescono a ridurre a nulla la forza della pubblica
opinione.

Capitolo ventitreesimo

In mezzo alla riprovazione generale solo l'arcivescovo Landriani si serbò fedele alla causa del suo giovane amico; persino alla corte della principessa egli osava ricordare il principio secondo il quale in ogni processo è necessario, prima di condannare, porgere un orecchio sgombro di preconcetti alle giustificazioni dell'imputato.

L'indomani dell'evasione, molti ricevettero una poesia – assai mediocre – che magnificava quella fuga come una delle belle azioni del tempo e paragonava Fabrizio ad un angelo che scende in terra librandosi sulle ali. La sera del giorno dopo tutta Parma ripeteva un sonetto questa volta bellissimo: era un monologo messo in bocca a Fabrizio mentre si lasciava scivolare lungo la corda, e ripassava in mente le peripezie della sua vita. Conteneva due bellissimi versi che risollevarono il giovane nell'opinione pubblica. Tutti i competenti riconobbero in quei versi lo stile di Ferrante Palla.

Le cose erano a questo punto quando... Ma qui mi ci vorrebbe lo stile dell'epopea: come descrivere altrimenti l'ondata di indignazione che sollevò tutti i cuori bennati, quando si venne a conoscere l'incredibile insolenza costituita dall'illuminazione del castello di Sacca? Fu un urlo generale contro la duchessa; gli stessi liberali autentici trovarono che quello era un compromettere senza pietà le persone sospette detenute nelle varie prigioni e non altro che esasperare inutilmente il sovrano. Il conte Mosca dichiarò che ormai agli antichi amici della duchessa non restava piú altro da fare che dimenticarla. L'esecrazione fu dunque unanime: uno straniero di passaggio in quel momento nella città sarebbe rimasto colpito da tanta e cosí risoluta concordia nel modo di pensare dei parmigiani. Ma in compenso in quel paese dove il piacere della vendetta è cosí sentito, l'il-

luminazione e la splendida festa data nel parco ad oltre seimila contadini riscossero un enorme successo. Non c'era a
Parma chi non ripetesse che la duchessa aveva nell'occasione fatto distribuire in paese mille zecchini: spiegavano con
ciò l'accoglienza piuttosto scortese che aveva ricevuto in
quel villaggio una trentina di gendarmi che la polizia aveva
fatto la sciocchezza di mandarvi trentasei ore dopo la festa
e la generale ubriacatura che l'aveva seguita. Ricevuti a sassate, i gendarmi avevano dovuto darsi alla fuga e due di essi, caduti da cavallo, erano stati gettati nel Po.

La rottura del serbatoio invece era passata pressoché
inosservata; durante la notte qualche strada era sí rimasta
piú o meno inondata; ma già all'indomani si sarebbe detto
ch'era solo piovuto. Siccome poi Ludovico aveva avuto l'accortezza di fracassare i vetri d'una finestra, tutto fu spiegato con una visita dei ladri. Confermava la versione la presenza d'una scala. Solo il conte Mosca riconobbe nel fatto
un tiro dell'amica.

Fabrizio era deliberato di tornare a Parma appena lo potesse; mandò Ludovico a portare all'arcivescovo una lunga
lettera e di ritorno il fedele servitore metteva alla posta nel
primo villaggio del Piemonte, a San Nazaro a ponente di
Pavia, un'epistola in latino che il degno prelato mandava
al suo giovane protetto. Aggiungeremo un particolare che,
come tanti altri, sembrerà superfluo ai lettori dei paesi dove di simili cautele non c'è piú bisogno. Il nome Fabrizio
del Dongo non compariva mai sulle soprascritte; tutte le
lettere destinategli erano indirizzate a Ludovico Sammicheli a Locarno in Isvizzera oppure a Belgirate in Piemonte.
La busta era di carta grossolana, il sigillo male applicato,
l'indirizzo appena leggibile e talora con aggiunte esplicati-
ve o raccomandazioni degne d'una cuoca; tutte le lettere
poi erano datate da Napoli e la data era anticipata di sei
giorni.

Da San Nazaro Ludovico tornò in tutta fretta a Parma;
Fabrizio lo aveva incaricato d'una importantissima missione: si trattava nientemeno che di far giungere a Clelia Conti un fazzoletto di seta sul quale era stampato un sonetto
del Petrarca; nel sonetto, bisogna dire, era stata mutata
una parola. Da due giorni Clelia aveva ricevuto i ringrazia-
menti del marchese Crescenzi il quale si protestava il piú
felice degli uomini, quando doveva trovare quel fazzoletto
sulla tavola; non occorre quindi sottolineare l'impressione

che sul cuore della fanciulla fece il segno di quel costante ricordo.

Ludovico era pure incaricato di procacciarsi tutti i possibili dettagli su quanto succedeva alla cittadella. Fu perciò lui a dare a Fabrizio la dolorosa notizia che quel matrimonio pareva ormai deciso; infatti non passava giorno, si può dire, che il marchese Crescenzi non desse nell'interno della cittadella una festa in onore di Clelia. Del resto comprovavano definitivamente l'imminenza di quelle nozze i preparativi grandiosi che il marchese, immensamente ricco e per conseguenza altrettanto avaro (come succede spesso in Alta Italia), andava facendo, sebbene sposasse una ragazza *senza dote*. Offeso nella sua vanità da questo appunto, il primo che saltava agli occhi di tutti, il generale s'era deciso, è vero, ad acquistare una tenuta: e l'aveva pagata lui che non possedeva nulla, trecentomila lire in contanti: evidentemente coi soldi del futuro genero; ciò che gli aveva dato modo di dichiarare che dava quella terra come dote alla figlia. Ma le spese di contratto e accessori che ammontavano da sole ad oltre dodicimila lire sembrarono a quell'uomo eminentemente pratico ch'era il marchese, una spesa parecchio ridicola. Dal canto suo egli faceva eseguire a Lione dei sontuosi arazzi su disegni del celebre pittore bolognese Palagi. Questi arazzi di mirabile effetto per l'armonia delle tinte e ciascuno dei quali illustrava qualche impresa guerresca della famiglia Crescenzi (la quale, come ognun sa, discende dal famoso Crescenzio, console a Roma nel 985) erano destinati ad adornare i diciassette salotti che formavano il pianterreno del palazzo marchionale. Gli arazzi, le pendole e gli specchi costarono, col trasporto, oltre trecentocinquantamila lire.

Tranne due sale affrescate dal Parmigianino, il piú grande pittore del luogo dopo il divino Correggio, tutte le altre del primo e secondo piano erano ora invase dai migliori pittori di Firenze, Roma e Milano, occupati ad affrescarle. Folkelberg, il grande scultore svedese, Tenerani di Roma e Marchesi di Milano lavoravano da un anno a dieci bassorilievi celebranti altrettante gloriose gesta di quell'autentico grand'uomo che era stato Crescenzio. Allusioni a fatti della sua vita erano pure nella maggior parte degli affreschi delle volte. Universalmente ammirato poi era il soffitto dove Hayez, di Milano, aveva raffigurato Crescenzio accolto nei Campi Elisi da Francesco Sforza, da Lorenzo il Magnifi-

co, dal re Roberto, dal tribuno Cola di Rienzo, da Machiavelli, da Dante e da altri illustri personaggi del Medioevo.
Tale esaltazione dei grandi uomini del passato non era senza punta contro i piccoli contemporanei.

Tanta magnificenza sbalordiva la nobiltà di Parma non
meno della borghesia. Tutti questi particolari, dei quali in
città non si faceva che parlare, trafissero il cuore di Fabrizio quando li lesse elencati con ingenua ammirazione in
una lettera d'oltre venti facciate dettata da Ludovico ad un
doganiere di Casalmaggiore.

«Ed io che sono cosí povero! – si diceva il nostro eroe, –
quattromila lire di rendita in tutto e per tutto! bella sfacciataggine, la mia, d'innamorarmi d'una Clelia Conti per la
quale si fanno di questi miracoli!»

Nella lunga lettera c'era un punto, scritto, questo, con la
sua pessima calligrafia, nel quale Ludovico informava il
suo padrone d'aver incontrato la sera prima il povero Grillo, ridotto in uno stato tale che cercava di non farsi scorgere.

L'antico carceriere, che dopo la fuga del detenuto era
stato messo in prigione, poi rilasciato, gli aveva chiesto per
carità uno zecchino: al che Ludovico a nome della duchessa gliene aveva dati quattro. Da lui aveva saputo che i dodici carcerieri, da poco rilasciati, si proponevano di fare un
trattamento a coltellate a quelli che li avevano sostituiti,
appena li incontrassero fuori della cittadella. Grillo aveva
aggiunto che tutti i giorni in fortezza c'era una serenata;
che la signorina Clelia aveva un'aria sbattuta ed era frequentemente indisposta ed *altre cose del genere*. Questa ridicola frase fece sí che Ludovico ricevette a volta di corriere l'ordine di tornare a Locarno. I dettagli che diede a viva
voce non fecero che attristare maggiormente Fabrizio.

Figurarsi quindi la poco lieta compagnia che il giovane
faceva alla duchessa! D'altronde, egli avrebbe affrontato la
morte piuttosto che lasciarsi sfuggire davanti a lei il nome
della fanciulla. Mentre la duchessa detestava Parma, nulla
commoveva ed esaltava il giovane come quello che gli ricordava questa città.

La duchessa meno che mai dimenticava la sua vendetta;
ma non poteva non confrontare la sua sorte presente con la
passata felicità. Del terribile avvenimento, nella cui attesa
viveva, ora si sarebbe guardata bene di far cenno a Fabrizio; mentre allorché prendeva accordi con Ferrante, crede-

va che avrebbe fatto Fabrizio felice il giorno che gli avesse potuto dire che sarebbe stato vendicato.

Ora invece quand'erano insieme regnava quasi sempre tra loro un tetro silenzio. Per dare un po' di vita ai loro rapporti, la duchessa aveva ceduto alla tentazione di giocare un tiro al troppo amato nipote. Bisogna sapere che il conte quasi ogni giorno le scriveva e come al tempo dei loro amori aveva ripreso per corrispondere con lei il modo adottato nel primo tempo dei loro amori; evidentemente, perché le lettere recavano sempre il timbro di qualche cittadina svizzera, di là le faceva impostare dai suoi corrieri. Il poveretto faceva del suo meglio per non parlar troppo apertamente del suo amore e per mettere insieme nello stesso tempo delle lettere piacevoli, che lei percorreva appena con occhio distratto.

Che vale, ahimè! la fedeltà d'un amante che si stima, quando si ha il cuore ferito dalla indifferenza di chi gli si preferisce?

In due mesi la duchessa non gli rispose che una volta e quell'unica volta fu per incaricarlo di sondare il terreno presso la principessa, per vedere se, nonostante l'oltraggiosa luminaria, avrebbe ricevuto con piacere una lettera di lei. La lettera che Mosca avrebbe dovuto presentare alla principessa, ove lo avesse giudicato conveniente, chiedeva pel marchese Crescenzi il posto di cavalier d'onore da poco vacante, e manifestava il desiderio che tale posto gli fosse accordato in occasione del suo matrimonio. La lettera era un capolavoro di affettuoso rispetto; non conteneva la minima parola che potesse anche lontanamente suonar sgradita alla principessa. E la risposta che ebbe traspirava da ogni riga una tenera amicizia amareggiata dalla lontananza:

Mio figlio ed io, – scriveva la principessa, – non abbiamo trascorso una serata piacevole da quando Ella è cosí bruscamente partita. La mia cara duchessa ha dunque scordato che è stata proprio lei a farmi aver voto consultivo nella nomina degli ufficiali della mia Casa? E sente il bisogno di recarmi dei motivi per la scelta a quel posto del marchese Crescenzi, come se per me il migliore dei motivi non fosse il desiderio ch'Ella mi esprime? Il marchese avrà il posto, se io posso qualche cosa; ed un altro posto ci sarà sempre nel mio cuore, ed il primo, per la mia cara duchessa. La stessa cosa le dice mio figlio, per quanto essa possa parere un po' ardita in bocca d'un ragazzone di ventun anno; mentre la prega di

procurargli qualche campione di minerali della val d'Orta, lí
vicina a Belgirate. Ella può indirizzare le sue lettere, che
m'auguro frequenti, al conte, il quale non cessa di detestarla,
e che m'è appunto caro per questo. L'arcivescovo pure le è
rimasto fedele. Noi tutti speriamo di rivederla un giorno;
che non sia lontano! La mia prima dama d'onore, la marchesa Ghisleri, sta per lasciarci per un mondo migliore: la povera donna me ne ha fatto del male e me ne fa oggi ancora andandosene in un momento come questo; la sua malattia mi
fa pensare a colei che un tempo avrei tanto volentieri messa
al suo posto, seppure avessi potuto ottenere questo sacrificio
da quella donna straordinaria che, fuggendo, ha portato con
sé tutta la gioia della mia piccola corte, ecc. ecc.

Era dunque con la coscienza di aver fatto tutto il possibile per affrettare il matrimonio che metteva Fabrizio alla disperazione, che la duchessa lo vedeva tutti i giorni. Cosí accadeva che passassero a volte quattro o cinque ore a vogare
insieme sul lago, senza scambiarsi una parola. Non che in
Fabrizio l'affetto per lei fosse anche menomamente scemato; ma egli aveva la mente ad altro e nella sua ingenuità e
schiettezza non trovava niente da dire. La duchessa lo capiva ed era questo il suo cruccio piú vivo.

Prima d'ora avremmo dovuto raccontare che aveva preso una casa a Belgirate, villaggio incantevole, che mantiene
quel che il suo nome promette: Belgirate, vale a dire *bella
svolta sul lago*. Dalla porta a vetri del salotto, la duchessa
poteva mettere il piede nella barca: ne aveva presa una
non grande per la quale quattro rematori sarebbero basta-
ti: invece ne assunse dodici ed in modo da averne uno per
ognuno dei villaggi situati nei dintorni. Una delle prime
volte che si trovò in mezzo al lago con quella scelta di rematori al completo, dato l'ordine che si fermassero, tenne
loro questo discorsetto:

– Siccome vi considero tutti come amici miei voglio
confidarvi un segreto. Mio nipote Fabrizio è scappato di
prigione; e non è impossibile che si cerchi di riacchiappar-
lo a tradimento, per quanto qui si sia in paese libero. State
quindi all'erta e avvisatemi se qualche cosa vi viene all'orecchio. Vi autorizzo ad entrare nella mia camera sia di giorno
che di notte.

Diedero con slancio la loro parola; la duchessa era donna che si sapeva far benvolere. Ma essa non pensava neanche che si volesse riacchiappare Fabrizio; era per se stessa

che temeva, dopo l'ordine dato di aprire il serbatoio d'acqua di palazzo Sanseverina. Pure per prudenza, aveva preso per Fabrizio un appartamento a Locarno: tutti i giorni egli veniva da lei od era lei ad andare da lui. Un particolare farà capire quanto poco animati fossero i loro abboccamenti: la marchesa e le sue figlie vennero due volte a trovarli; ebbene, anziché disturbarli, la presenza di quelle estranee fece loro piacere; estranee, malgrado la parentela, se estraneo si può chiamare chi non sa nulla di quello che abbiamo in cuore e che vediamo una volta all'anno.

Ora fu appunto in questa occasione, una sera che la duchessa era a Locarno in casa di Fabrizio, insieme alla marchesa ed alle sue due figlie, che l'arciprete ed il parroco vennero a presentare i loro omaggi alle signore; e che l'arciprete, cointeressato in una casa di commercio ed al corrente perciò delle notizie, uscí a dire: – È morto il principe di Parma!

La duchessa si sbiancò in volto; poté appena dire: – Ci sono particolari?

– Particolari, no, – rispose l'arciprete; – la notizia si limita ad annunciare la morte, che però è sicura.

La duchessa guardò Fabrizio. «L'ho fatto per lui, – si disse, – mille volte di peggio avrei fatto e lui eccolo lí davanti a me indifferente, che pensa ad un'altra!»

Questa considerazione le fece tanto male che non resse e svenne. Tutti le si affaccendarono intorno. Rinvenendo poté ancora notare che Fabrizio si mostrava meno allarmato dell'arciprete e del parroco: al solito, era assorbito nei suoi pensieri.

«Pensa a tornare a Parma, – si disse la duchessa, – e forse a mandare a monte il matrimonio di Clelia col marchese: ma ci sono io!»

Si ricordò della presenza dei due preti:

– Era un grande principe! – si affrettò allora a commentare: – un principe che fu molto calunniato. È una perdita irreparabile per noi!

I due preti si congedarono e la duchessa, per restar sola, disse che andava a letto.

«Prudenza vorrebbe che non tornassi a Parma prima di due o tre mesi; ma sento che non ce la farò: soffro troppo qui. Vederlo sempre cosí pensieroso, sempre zitto mi fa troppo male al cuore. Chi m'avesse detto che m'annoierei con lui su questo lago incantevole, dopo che per vendicarlo

ho fatto piú di quello che posso dirgli! Morire è nulla, a
paragone di questo strazio. Sconto ora tutta la felicità che
ho goduto a Parma e i trasporti di gioia infantile coi quali
l'ho accolto di ritorno da Napoli! Se gli avessi detto allora
una parola, era fatta, e chi sa che legato a me non avrebbe
pensato piú a quella; ma per dirgliela, quella parola, avrei
dovuto fare su di me uno sforzo troppo grande. Ora è quella che trionfa! Bella forza! ha vent'anni; io, consumata dai
crucci, ammalata, ne ho il doppio! È tempo per me di finir-
la, di morire! Una donna di quarant'anni non dice piú nulla che a quelli che l'hanno amata da giovane! Non mi restano piú che le soddisfazioni che può dare la vanità: val la
pena di vivere per esse? Ragione di piú per andare a Parma e divertirmi. Sebbene, è vero, basterebbe che là le cose
prendessero una certa piega, perché ci rimettessi la vita.
Ma con ciò? Farei una bellissima morte e sul punto di an-
darmene, ma solo allora, gli direi: – Ingrato! è per te che
muoio! è stato per te!... – È cosí: solo a Parma posso trovare di che occupare il tempo che mi resta da vivere; là farò
la gran dama. Che fortuna se potessi ancora trovar piacere
a quei successi personali che facevano la disperazione della
Raversi! Allora, per sapermi felice avevo bisogno di spec-
chiarmi negli occhi dell'invidia... Un conforto per la mia vanità è che, tranne forse il conte, nessuno potrà indovinare
quale è stato l'avvenimento che ha ucciso il mio cuore...
Amerò Fabrizio, mi dedicherò tutta al suo bene: ma non
voglio che rompa il matrimonio di Clelia, che la sposi...
No, questo non sarà mai!»

Il triste soliloquio fu interrotto a questo punto da un
gran rumore che veniva dall'interno della casa.

«Ci siamo! – si disse, – vengono ad arrestarmi! Ferrante
si sarà fatto cogliere, avrà parlato. Ebbene, tanto meglio!
avrò di che distrarmi; non mi darò vinta tanto presto. Ma
intanto bisogna che non mi faccia prendere».

Semivestita, corse in fondo al giardino e già meditava di
scavalcare il muretto e di scappare per la campagna, quando vide gente che entrava nella sua camera: riconobbe Bruno, l'uomo di fiducia del conte, seguito dalla cameriera.
S'appressò alla porta a vetri: Bruno parlava di ferite ripor-
tate; allora rientrò, e quello le si gettò ai piedi scongiuran-
dola di non dire al conte l'ora sconveniente alla quale arrivava. – Subito dopo la morte del principe, – spiegò, – il signor conte ha dato l'ordine a tutte le poste di non fornir

cavalli a sudditi degli Stati di Parma. Per cui, io sono venuto sino al Po coi cavalli di casa; ma, sbarcato di qua, la carrozza è ribaltata, si è fracassata ed io ho riportato delle contusioni che non mi hanno piú permesso di salire a cavallo come avrei dovuto.

– Sono le tre del mattino: ebbene, dirò che sei arrivato a mezzogiorno, ma tu poi non mi smentire.

– La signora è sempre buona!

In un'opera letteraria la politica fa l'effetto d'una pistolettata in un concerto; è una stonatura, ma tant'è, vuole anch'essa il suo posto. Ci toccherà quindi parlare di faccende ingrate che volentieri salteremmo a piè pari; ma è impossibile passare sotto silenzio avvenimenti che, toccando da vicino i personaggi, rientrano per forza nell'argomento.

– Ma, Dio mio, come è morta Sua Altezza?

– Si trovava a caccia degli uccelli di passo, negli acquitrini lungo il Po a due leghe da Sacca. È caduto in una pozza ch'era nascosta dall'erba; tutto sudato com'era, ha preso freddo; l'han trasportato in una casa fuori mano e dopo qualche ora è morto. C'è chi dice che con lui sono morti anche i signori Catena e Borone e che causa della morte è stato il verderame della casseruola del contadino dal quale avevano fatto colazione. Altri – i giacobini, si sa, le teste esaltate che dicono quello che desidererebbero fosse – parlano di veleno. Io so che, col verderame di mezzo, non occorre pensare ad altro. Senza certi curiosi rimedi che gli fece ingerire un tale che si piccava di medicina, il mio amico Totò, furiere alla corte, era spacciato, pel verderame. Ma ora di questa morte del principe non si discorre già piú: non si può negare che un uomo crudele lo era. Al momento che partivo, il popolo si stava adunando per far la festa al fiscale generale; non solo, vociferavano di voler appiccare il fuoco alla cittadella, per cercar di farne scappare i prigionieri. Però c'era chi assicurava che il generale avrebbe fatto uso dei cannoni; mentre altri sostenevano che gli artiglieri della fortezza avevano bagnato le polveri perché non volevano far fuoco sui loro concittadini. Ma il piú bello è che, mentre il medico di Sandolaro mi rimetteva a posto il braccio, è arrivato uno da Parma ed ha portato la notizia che il popolo, imbattutosi in Barbone, lo ha accoppato e poi sono andati ad impiccarlo all'albero della passeggiata che è piú vicino alla cittadella. Anzi s'erano già messi in strada con l'intenzione di buttar giú quella bella statua del

principe che è nei giardini di corte; ma davanti alla statua
il signor conte aveva schierato un battaglione della guardia, e minacciava di morte chi osasse entrare nei giardini;
per cui il popolo ha avuto paura. Ma c'è di meglio ancora;
e quell'uomo che arrivava da Parma e che è stato gendarme, me l'ha ripetuto parecchie volte: «Il signor conte ha
preso a calci il generale P. comandante della guardia e l'ha
fatto portar fuori dei giardini da due fucilieri, dopo avergli
strappato le spalline».

– In questo riconosco il conte! – esclamò la duchessa in
un impeto di gioia di cui un momento prima si sarebbe creduta incapace. – Egli non tollererà mai che si oltraggi la nostra principessa. Quanto al generale P., per fedeltà ai suoi
legittimi sovrani, non ha mai voluto servire l'usurpatore,
mentre il conte, meno coscienzioso, ha fatto tutte le campagne di Spagna ed alla corte glielo rinfacciavano spesso.

Aveva aperto intanto la lettera del conte, ma ogni momento ne interrompeva la lettura per bersagliare Bruno
d'un fuoco di fila di domande.

La lettera era divertente; il tono era quanto mai costernato, eppure da ogni parola traspariva la piú viva gioia. Il
conte evitava di dar dettagli sulla morte del sovrano e con-
cludeva la lettera cosí:

> Tu ritornerai indubbiamente, mio caro angelo, ma ti con-
> siglio d'aspettare prima il corriere che, come spero, la prin-
> cipessa ti manderà oggi o domani; bisogna che il tuo ritor-
> no sia memorabile come ardita è stata la tua partenza. Quan-
> to al grande delinquente che è con te, intendo farlo giudica-
> re da capo da dodici magistrati; tra tutti i tribunali del Par-
> mense dodici magistrati probi li racimoleremo. Ma perché
> quel mostro sia punito come si merita, bisogna prima che io
> possa fare in tanti pezzettini la vecchia sentenza, se esiste.

La lettera aveva un poscritto, pel quale era stata ria-
perta:

> Una novità: ho fatto adesso distribuire le cartucce a due
> battaglioni della guardia; mi batterò e voglio meritarmi piú
> che posso il nomignolo di *crudele* di cui i liberali mi gratifica-
> no da tanto tempo. Quella vecchia mummia del generale P.
> ha osato parlare nella caserma di venire a patti col popolo
> che sta minacciando una mezza rivoluzione. Ti scrivo in mez-
> zo alla strada: sono diretto al palazzo dove nessuno entrerà
> se non passando sul mio cadavere. Addio! Se muoio, sarà
> adorandoti *anche tuo malgrado*, come adorandoti ho vissuto.

Non scordare di far ritirare le trecentomila lire che ho depositate a tuo nome a Lione.

Ho qui davanti, m'è arrivato qui, pallido come morto e senza parrucca, quel povero diavolo di Rassi; dovresti vederlo, figurarselo è impossibile! Il popolo vuole ad ogni costo impiccarlo: sarebbe usargli un torto; d'essere squartato, meriterebbe. Stava cercando scampo nel mio palazzo; non trovandomi, m'è corso dietro per la strada; non so che cosa farne: condurlo a palazzo sarebbe spingere la rivolta da quella parte. F. vedrà se gli voglio bene: la prima parola che ho rivolto a Rassi è stata: – Mi occorre la sentenza contro il signor del Dongo e tutte le copie che ne avete; e fate sapere a tutti quei farabutti di giudici, che sono la causa di questa sommossa, che li farò impiccare dal primo all'ultimo, voi compreso, se fiatano di questa sentenza *che non è mai esistita* –. A nome di Fabrizio mando una compagnia di granatieri all'arcivescovato. Addio, mio angelo! incendieranno la mia cassa e io perderò i bei ritratti che ho di te. Corro a palazzo a far destituire quell'infame generale P. che non è la prima che fa: ora adula in modo abbietto il popolo come adulava prima il defunto sovrano. Tutti questi generali hanno una tremarella maledetta; mi farò, credo, nominare generale in capo.

La duchessa cedette al maligno piacere di non far svegliare Fabrizio: sentiva pel conte una viva ammirazione che somigliava da vicino all'amore. «Tutto considerato, – si disse, – bisogna che io lo sposi». Gli scrisse subito e spedí uno dei suoi. Quella notte non ebbe il tempo di essere infelice.

L'indomani sul mezzogiorno vide una barca spinta da dieci rematori fendere velocemente le acque del lago; lei e Fabrizio riconobbero a bordo un uomo che indossava la livrea del principe di Parma: era infatti un corriere che veniva di là e che dalla barca gridò alla duchessa: – La sommossa è domata!

Le consegnò parecchie lettere del conte, una bellissima della principessa e un'ordinanza del principe Ranuccio-Ernesto V, su pergamena, che la nominava duchessa di San Giovanni e prima dama d'onore della principessa madre. Il giovane principe, quel dotto in mineralogia che lei credeva un imbecille, aveva avuto lo spirito di scriverle un biglietto, che nelle ultime righe lasciava intravedere dei sentimenti che non erano piú soltanto di pura cortesia:

Signora duchessa, il conte dice che non è malcontento di me; comunque sia, ho tirato qualche colpo di fucile al suo

fianco ed ho avuto il cavallo leggermente ferito: questa mediocre prodezza mi ha fruttato tanti elogi che ora desidero ardentemente di provarmi in una vera battaglia, ma, naturalmente, che non sia piú contro i miei sudditi. Il poco che ho
fatto lo debbo interamente al conte; tutti i miei generali,
che non sono stati mai al fuoco, si sono condotti come lepri:
due o tre, credo, sono scappati sino a Bologna. Dal giorno
che un grande e doloroso avvenimento mi ha dato il potere,
non ho ancora firmato un'ordinanza con tanto piacere come
quella che nomina Lei prima dama d'onore di mia madre.
Mia madre ed io ci siamo ricordati l'ammirazione che un
giorno ella manifestò per la bella vista che si gode dal *palaz-
zetto* di San Giovanni, che una volta appartenne, almeno si
dice, al Petrarca; mia madre ha voluto farle dono di quella
piccola tenuta; ed io, non sapendo che donarle e non osando
offrirle tutto quello che è già suo, ho voluto farla duchessa
del mio paese: non so s'ella è tanto dotta da sapere che Sanseverina è un titolo romano. Ho conferito il gran cordone del
mio ordine al nostro degnissimo arcivescovo, il quale ha dato
prova in questa occasione di un'energia quale si riscontra raramente in un uomo di settant'anni. Cosí ho fatto tornare in
città tutte le signore che n'erano state esiliate, cosa che spero
non le dispiacerà.

Mi si dice che d'ora in avanti io non devo piú firmare se
non dopo le parole *suo affezionato*; mi spiace che mi si faccia essere cosí prodigo d'un attestato d'affetto che risponde
interamente a verità soltanto quando scrivo a Lei.

Suo affezionato
                                                     Ranuccio Ernesto

Chi non avrebbe detto, a giudicare dal tono di questa lettera, che il piú grande favore attendeva alla corte la duchessa? Ma doveva insinuare qualche dubbio in questa certezza
una successiva lettera del conte, giunta due ore dopo. Senza spiegarle precisamente perché, il conte consigliava l'amica di rimandare di qualche giorno il ritorno a Parma e di
scrivere alla principessa pretestando una grave indisposizione. Ciò non impedí che tanto la duchessa che Fabrizio par-
tissero per Parma subito dopo pranzo: scopo di lei, sebbene non se lo confessasse, era di affrettare il matrimonio del
marchese Crescenzi; Fabrizio poi manifestò nel viaggio
una cosí incontenibile gioia che agli occhi della zia parve sino ridicola. Egli sperava di rivedere Clelia e meditava di ra-
pirla suo malgrado, se non vedesse altro mezzo per mandare a monte le nozze.

Il viaggio fu molto gaio. All'ultima stazione della posta

prima di Parma, Fabrizio mutò l'abito a lutto che indossava di solito con quello ecclesiastico. Quando entrò nella camera della duchessa, questa gli disse:

– C'è qualche cosa di sospetto che non mi è chiaro nella lettera del conte. Se mi dài retta, resta qui qualche ora; appena ho parlato col ministro ti mando un corriere.

A stento Fabrizio si arrese al giudizioso consiglio. Il conte accolse la duchessa che chiamava «moglie mia» con manifestazioni di gioia degne d'un ragazzo. Ce ne volle perché scendesse a parlare di politica; quando vi si rassegnò:

– Hai fatto molto bene ad impedire a Fabrizio di arrivar qui ufficialmente. Siamo in piena reazione. Indovina un po' chi mi ha dato il principe per ministro della giustizia! Rassi, cara mia; Rassi che io ho trattato come lo straccione che è, nell'occasione che sai. A proposito, t'avverto che qui ufficialmente non è successo nulla di nulla. Se leggi la *gazzetta* apprenderai che un certo Barbone, impiegato alla cittadella, è morto cadendo di vettura. Quei sessanta e piú mascalzoni che nell'assalto alla statua del principe ho fatto ammazzare a schioppettate, godono ottima salute e se non si vedono in giro è che si sono dati ai viaggi. Il conte Zurla, ministro dell'interno, è andato lui in persona casa per casa a tacitare le famiglie o gli amici con quindici zecchini, intimando loro di dire che il defunto era in viaggio e minacciando la prigione se si lasciassero scappare che è stato ucciso. Uno del mio ministero, degli affari esteri, è stato spedito in missione ai giornali di Milano e di Torino perché non fiatino del *disgraziato incidente*: è questa la parola. Il medesimo deve spingersi a Parigi ed a Londra con l'incarico di smentire in tutti i giornali e quasi ufficialmente gli echi che potessero giungere lassú dei torbidi avvenuti. Un altro agente è partito per Bologna e Firenze. Io ho alzato le spalle.

– Il ridicolo alla mia età è che ho avuto un momento di entusiasmo parlando ai soldati della guardia e strappando le spalline a quel codardo generale P. Pensa che in quel momento pel principe avrei dato senza esitare la vita; riconosco adesso che sarebbe stata una fine ben cretina. Oggi quel buon ragazzo che è il principe darebbe cento scudi perché io morissi di malattia; non osa ancora chiedermi le dimissioni, ma ci parliamo il meno possibile, gli mando le mie relazioni per iscritto, come facevo col padre dopo l'arresto di Fabrizio. A proposito, non ho potuto fare a pezzetti la sentenza firmata contro di lui, per la semplice ragione che quel mascalzone di Rassi non me l'ha consegnata. Hai fatto quindi bene a impedirgli di tornare ufficialmente. La sentenza pronunziata contro di lui è sempre in vigore; non credo tuttavia che Rassi oserebbe farlo arrestare di nuovo oggi com'oggi; ma fra quindici giorni chi sa. Se Fabrizio ha premura, venga ad alloggiare da me.

– E la causa di tutto questo? – chiese la duchessa stupita.

– Hanno messo in testa al principe che io mi do delle arie di dittatore, di salvatore della patria, che voglio guidarlo per mano come un bambino; e quel che è peggio, questa parola *bambino* mi sarebbe davvero scappata di bocca a proposito di lui. E può essere benissimo; ero cosí esaltato quel giorno! esaltato, da vedere in lui un grand'uomo perché in mezzo alle prime fucilate che gli capitava di udire si serbava abbastanza calmo. Non manca di capacità, ha persino piú stile di suo padre; insomma, ripeto, è fondamentalmente retto e buono di cuore; ma appunto per questo e perché è giovane si mette subito in sospetto quando gli si riferisce una birbonata e crede che chi gliela riferisce debba avere l'anima ben nera per accorgersi di cose simili! Deducete di qui l'educazione che ha avuto!

– Ma Vostra Eccellenza avrebbe dovuto pensare a tempo che un giorno sarebbe stato lui il padrone e mettergli al fianco un uomo capace.

– Intanto, abbiamo l'esempio dell'abate di Condillac che chiamato qui dal mio predecessore, il marchese di Filino, non riuscí a fare del suo allievo che il re dei grulli. Andava in processione e nel 1796 non seppe trattare col generale Bonaparte che era disposto a triplicargli il territorio. In secondo luogo, io non ho mai creduto di restare ministro dieci anni di fila. Adesso poi che ho perduta l'ultima illusione e me l'ha fatta perdere quello che ho visto un mese fa, intendo mettere insieme un milione e poi piantare questa babilonia che ho salvato. Se non ero io, Parma sarebbe diventata per due mesi repubblica, col poeta Ferrante Palla dittatore.

Questo nome fece arrossire la duchessa; il conte ignorava ogni cosa.

– Adesso ricadremo nella monarchia tipo secolo decimottavo, con tanto di confessore e di favorita. In fondo, il principe non ama che la mineralogia e forse voi, signora.

Dal giorno che è re, il suo cameriere, del quale ho fatto il fratello capitano sebbene non avesse che nove mesi di servizio, questo cameriere, dico, gli ha messo in testa che ha da essere piú felice di chiunque altro perché adesso c'è il suo profilo sugli scudi. Con questa peregrina idea pel nuovo sovrano è cominciata la noia.

– Per rimediare alla noia ora gli occorre un aiutante di campo. Ma se anche mi offrisse il famoso milione che ci è necessario per viver bene a Napoli od a Parigi, io non vorrei diventare il suo scaccia-noia e passare ogni giorno quattro o cinque ore con Sua Altezza. Del resto in capo a un mese mi considererebbe un mostro perché vedo un po' piú lontano di lui.

– Il defunto sovrano era malvagio e invidioso, ma aveva fatto la guerra e comandato dei corpi d'armata e questo gli aveva impresso un carattere; c'era in lui la stoffa d'un principe ed io potevo, buono o cattivo, essere un ministro. Con suo figlio cosí onesto, ingenuo e profondamente buono, devo per forza essere un intrigante.

– Mi troverò a dover rivaleggiare con l'ultima cutrettola di corte, ed in condizioni d'inferiorità, perché trascurerò cento particolari essenziali ai quali non voglio abbassarmi. Porto un esempio: tre giorni fa una guardarobiera, una di quelle donne che tutte le mattine cambiano gli asciugamani nelle stanze, ha fatto smarrire al principe la chiave d'uno dei suoi stipi inglesi. È bastato perché Sua Altezza si rifiutasse d'occuparsi di tutte le pratiche chiuse in quello stipo; con una spesa di venti lire si poteva far rimuovere il fondo o valersi di chiavi false; l'ho fatto osservare al sovrano; che cosa mi ha risposto? che sarebbe stato un cattivo esempio al fabbro di corte!

– Sin oggi, non è riuscito a restare tre giorni della stessa opinione. Se fosse nato il signor marchese tal dei tali, provvisto di fortuna, sarebbe stato uno degli uomini piú stimabili della sua corte, una specie di Luigi XVI; ma bigotto e ingenuo com'è, come potrà salvarsi dagli abili tranelli che lo circondano? Avviene cosí che il salotto della vostra nemica, la Raversi, non è mai stato potente com'ora; vi hanno scoperto che io, che ho fatto sparare sul popolo e ch'ero deliberato di ammazzare, se occorreva, tremila ribelli piuttosto di lasciar oltraggiare la statua di quello ch'era stato il mio signore, sono un liberale sfegatato, che volevo far firmare una costituzione e cento altre assurdità del genere.

Con le loro velleità di repubblica, i pazzi ci impedirebbero d'avere la migliore delle monarchie... In conclusione, voi siete, signora, di tutto l'attuale partito liberale, del quale i miei nemici mi fanno il capo, la sola persona sulla quale il principe non si sia espresso in termini scortesi: l'arcivescovo, che si mantiene quell'onesto uomo che sapete, per aver parlato con equanimità di ciò che ho fatto in quel *giorno malaugurato*, è in disgrazia.

– L'indomani di quel giorno che non si chiamava ancora *malaugurato*, quando era ancora vero che c'era stata una rivolta, il principe disse all'arcivescovo che m'avrebbe fatto duca, perché voi, sposandomi, non aveste a scadere dal vostro titolo. Oggi, credo che sarà Rassi a diventar conte; quel Rassi che ho fatto nobile io quando mi vendeva i segreti del defunto sovrano. Se questo avviene, io ci faccio la figura d'un imbecille.

– E il povero principe s'impillacchererà per bene.

– Certo; ma lui in fondo è il *padrone* e questa qualità in meno di quindici giorni farà scordare il ridicolo. Per cui, cosí stando le cose, cara duchessa, volete un consiglio? Facciamo come al gioco del tric-trac: *andiamocene*.

– Ma siamo abbastanza ricchi, per andarcene?

– Perché no? Tanto voi che io possiamo passarci del lusso. A Napoli di un palco al San Carlo e d'un cavallo io son piú che contento. Non sarà mai il lusso, piccolo o grande, che metterà in vista in società né voi né me; ma piuttosto il piacere che le persone intelligenti della città potran trovare a venir da voi a prendere una tazza di tè.

– Ma che sarebbe avvenuto, il giorno *malaugurato*, se vi foste tenuto in disparte, come spero farete per l'avvenire?

– La truppa avrebbe fraternizzato col popolo, ci sarebbero stati tre giorni di massacro e d'incendio (perché per la repubblica questo paese è immaturo: occorrono almeno altri cent'anni); poi quindici giorni di saccheggio, il tempo necessario cioè perché due o tre reggimenti potessero arrivare di fuori a ristabilire l'ordine. Ferrante Palla, pieno di coraggio e scatenato al solito, era in mezzo al popolo ed aveva con sé certo una dozzina d'altri; questo anzi darà modo al Rassi d'imbastire una cospirazione coi fiocchi. Quel che è certo è che, con un abito da straccione indosso, dispensava oro a piene mani.

Col capo pieno di tutte queste stupefacenti notizie, la

duchessa si recò senza indugio a ringraziare la principessa.

Al suo entrare, la dama di palazzo le consegnò la chiavetta d'oro da mettere alla cinta che è l'insegna del piú alto grado negli appartamenti della principessa. Clara-Paolina s'affrettò a far uscire tutti; e rimasta sola con l'amica, tenne dapprima il discorso sulle generali. Non comprendendo che significasse, la duchessa rispondeva sullo stesso tono. Ma ad un tratto, non reggendo piú al gioco, l'altra scoppiò in pianto e gettandolesi nelle braccia, esclamò:

– Stanno per ricominciare per me i guai; mio figlio mi tratterà peggio che non ha fatto suo padre!

– Lo impedirò, – disse con decisione la duchessa. – Ma prima ho bisogno che Vostra Altezza Serenissima si degni accettare qui l'omaggio di tutta la mia gratitudine e della mia profonda devozione.

– Che intende dire? – s'inquietò la principessa nel timore d'una dimissione.

– Vorrei chiedere che tutte le volte che Vostra Altezza Serenissima mi permetterà di voltare a destra il mento tremolante del cinese di porcellana che è lí sul caminetto, mi permettesse anche di chiamar le cose col loro vero nome.

– Se non è che questo! – e Clara-Paolina andò lei stessa a mettere il pupazzo nella posizione indicata. – Parli dunque ora in tutta libertà, – aggiunse affabilmente.

– Vostra Altezza ha visto giusto. Ella ed io corriamo i peggiori rischi. La sentenza contro mio nipote non è stata revocata: il giorno quindi che vorranno disfarsi di me e fare offesa a Vostra Altezza lo rimetteranno in prigione. La nostra posizione non è mai stata cosí poco lieta. Quanto a me, personalmente, sposo il conte ed andiamo a stabilirci a Napoli o a Parigi. L'ingratitudine della quale ultimamente il conte è stato vittima, l'ha totalmente disgustato della politica e, se non fosse in considerazione di Vostra Altezza, io non gli consiglierei di restare in questo pantano se non a patto che il principe lo compensasse con una somma rilevante. Mi consenta Vostra Altezza di spiegarle la situazione in cui il conte si trova: quando assunse il ministero egli possedeva centotrentamila lire; oggi non ne possiede che ventimila di rendita. Inutilmente io lo esortavo da tanto a pensare a se stesso. Durante la mia assenza egli si è messo in urto con gli intendenti generali del principe che erano dei furfanti; e li ha sostituiti con altri furfanti i quali gli hanno dato ottocentomila lire.

– Come! – gridò nel suo stupore la principessa; – mio
Dio, come questo mi dispiace!

– Altezza, – chiese con la piú grande calma l'altra, – devo voltare il naso del cinese a sinistra?

– Questo no; ma mi dispiace che un uomo come il conte
sia ricorso a questo genere di guadagni.

– Senza quel furto sarebbe stato disprezzato da tutti i ga-
lantuomini.

– Ma è possibile, mio Dio?

– Altezza, tranne il mio amico marchese Crescenzi, che
ha da tre a quattrocentomila lire di rendita, non c'è nessuno qui che non rubi; e come non rubare in un paese dove
la riconoscenza verso chi ha reso i piú grandi servigi non
dura un mese? Di reale non c'è dunque che il danaro: esso
è tutto ciò che resta, una volta che si è caduti in disgrazia.
Altezza, io mi permetto di dirle delle durissime verità.

– Le consento di dirmele, – sospirò la principessa, – sebbene mi sia cosí doloroso ascoltarle!

– Ebbene, Altezza, le dirò allora che il principe suo
figlio, probo e retto qual è, può renderle la vita assai piú infelice che non fece suo padre. Il compianto sovrano aveva
un carattere, quanto almeno ogni altro; mentre il nostro attuale sovrano non è sicuro di volere la stessa cosa tre giorni di fila. Per poter fare assegnamento su di lui bisogna per
conseguenza vivergli insieme e non lasciarlo parlare con alcuno. Che cosí sia, chiunque lo vede; per cui il nuovo partito *ultra*, capeggiato da quelle due buone teste che sono il
Rassi e la marchesa Raversi, cercherà di dare al principe
un'amante; a quell'amante permetteranno di farsi una fortuna e di distribuire qualche ufficio subalterno; però essa
dovrà rispondere al partito che il principe non muti da un
giorno all'altro di parere.

– Io, per godere a corte d'una posizione sicura, ho bisogno che il Rassi sia esiliato e pubblicamente svergognato.
Non solo; intendo che mio nipote venga giudicato dai giudici piú onesti che sarà possibile scovare; se, come spero, essi riconosceranno che è innocente, verrà a cadere ogni ostacolo a che l'arcivescovo lo faccia suo coadiutore e successore alla sua morte. Se in questo non riesco, il conte ed io
ci ritiriamo; allora io lascio partendo a Vostra Altezza Serenissima il consiglio di non perdonare mai a Rassi e di non
uscire mai piú dagli Stati di suo figlio. Se Sua Altezza gli

resterà accanto, egli è cosí buono che non avrà mai il cuore di farle veramente del male.

– Ho seguito il suo ragionamento con tutta l'attenzione che merita, – rispose la principessa sorridendo; – sarà dunque necessario che m'incarichi io di dare un'amante a mio figlio?

– No certo, Altezza; ma cerchi intanto che il suo salotto sia il solo in cui il principe non si annoi.

Su questo argomento la conversazione si prolungò parecchio: le bende cadevano dagli occhi dell'ingenua ma tutt'altro che tarda principessa.

Un corriere spiccato dalla duchessa andò a dire a Fabrizio che poteva entrare in città, ma senza farsi notare. Lo si vide appena; passava la giornata travestito da contadino nella baracca d'un venditore di castagne, sotto gli alberi della Passeggiata.

Capitolo ventiquattresimo

A palazzo non s'era mai vista tanta gaiezza come l'inverno che fu la Sanseverina ad organizzare le serate. Quell'inverno, pur correndo i maggiori rischi, la duchessa fu piú amabile che mai e ben di rado ebbe tempo di sentirsi infelice a cagione di Fabrizio. Il giovane principe era fra i primi ad apparire alle serate, cosí insolite, di sua madre; la quale non mancava di dirgli, e proprio per solito nei momenti in cui, vinta la timidezza, il figlio si divertiva di piú, od era assorto nel passatempo prediletto di risolvere una sciarada:

– Va', va' dunque a governare; scommetto che ci sono sul tuo scrittoio piú di venti pratiche che attendono un sí o un no. Non voglio che l'Europa mi accusi di far di te un re fannullone per regnare in vece tua.

Due volte la settimana si facevano delle feste all'aperto alle quali, col pretesto di conciliare al nuovo sovrano l'affetto del suo popolo, la principessa ammetteva le piú belle signore della borghesia. La duchessa, anima di tutti quei divertimenti, sperava che qualcuna di quelle signore, invidiose a morte della sfacciata fortuna del Rassi, raccontasse una volta o l'altra al principe qualcuna delle malefatte del ministro; a quel ragazzo che, tra l'altre ingenuità, si piccava d'avere un ministero *morale*.

Rassi aveva troppo fiuto per non sentire quanto gli nuocessero le brillanti serate dirette dalla sua nemica. Sebbene stilata nella forma piú legale, egli non aveva voluto dare al conte Mosca la sentenza contro Fabrizio; diventava pertanto necessario che o lui o la duchessa scomparissero da corte.

Il giorno della sommossa, che adesso era di buon gusto negare fosse avvenuta, al popolo era stato distribuito del danaro. Rassi partí di lí: vestito piú trasandato del solito, si recò nelle case piú miserabili della città e vi passò ore intere a conversare con la povera gente che vi abitava. Lo zelo che vi mise fu ricompensato: in capo a quindici giorni aveva raggiunto la certezza che capo segreto dell'insurrezione era stato Ferrante Palla; e, indizio ben piú importante, che quest'uomo, povero tutta la vita come s'addice a un grande poeta, aveva fatto vendere a Genova otto o dieci diamanti. Cinque di essi, d'un valore superiore a quarantamila lire, erano anzi stati ceduti per trentacinque, *dieci giorni prima della morte del principe*, perché, a confessione di chi li vendeva, *s'aveva bisogno di danaro*.

Come descrivere la gioia del ministro della giustizia all'apprendere questo fatto? Alla corte della principessa ogni giorno egli piú si sentiva messo in ridicolo e piú d'una volta il principe, trattando con lui d'affari, gli aveva riso sul naso con tutto il candore della giovinezza. A quel ridicolo, bisogna dire, il Rassi offriva il fianco coi suoi modi di plebeo; quando, poniamo, una discussione lo interessava, accavallava le gambe e si prendeva una scarpa in mano; se l'interesse cresceva, spiegava sulla gamba il fazzoletto rosso di cotone ecc. ecc. Una volta una delle piú belle signore della borghesia, che non ignorava d'avere delle magnifiche gambe, aveva rifatto davanti al principe quel gesto cosí poco elegante del ministro della giustizia; e della caricatura come il principe aveva riso!

Rassi sollecitò dunque un'udienza straordinaria e disse al sovrano:

– Vostra Altezza sarebbe disposta a spendere centomila lire per sapere con precisione di che cosa è morto il suo augusto padre? È la somma che mette in grado la giustizia di arrestare i colpevoli, se ve ne sono.

Il principe non poteva che rispondere affermativamente.

Qualche tempo dopo, la Cecchina avvertiva la duchessa che le era stata offerta una forte somma perché lasciasse esaminare da un orefice i diamanti della sua signora: la ragazza aveva rifiutato sdegnosamente. La duchessa la biasimò di quel rifiuto: ed otto giorni dopo le consegnò dei diamanti perché li desse ad esaminare. Intanto il conte Mosca aveva fatto trovare presso ogni orefice di Parma due uomini fidati, e verso la mezzanotte poteva già dire alla duchessa che l'orefice curioso altri non era che il fratello di Rassi. Quella sera la duchessa era allegrissima: si dava a palazzo una commedia dell'arte, cioè una di quelle commedie in

cui solo l'intreccio è fissato, ma ciascun attore improvvisa
la sua parte via via che recita. Nella commedia la duchessa
aveva per amoroso il conte Baldi e l'ex amante di questi, la
marchesa Raversi, assisteva allo spettacolo. Il principe, facile ad accendersi e bel ragazzo, per quanto timidissimo,
studiava la parte del conte Baldi per sostenerla lui sulla scena alla prossima rappresentazione.

– Ho pochissimo tempo disponibile, – disse la duchessa
al conte, – devo entrare in scena al principio del secondo atto: andiamo nella sala delle guardie.

E fu lí, in mezzo a venti guardie del corpo, con le orecchie all'erta ed attentissime ai discorsi del primo ministro
con la prima dama di corte, che la duchessa disse ridendo
all'amico:

– Voi non fate che sgridarmi quando paleso dei segreti
inutilmente. Orbene, sappiate che sono io che ho fatto salire al trono Ernesto V; si trattava di vendicare Fabrizio che
allora amavo assai piú d'adesso, per quanto innocentemen-
te. So bene che a questa innocenza voi ci credete sino ad
un certo punto; ma poco importa, visto che m'amate nonostante i miei delitti. Ebbene, ecco un mio delitto vero: io
ho dato tutti i miei diamanti ad un mezzo pazzo simpaticissimo, che si chiamava Ferrante Palla e l'ho anche abbracciato perché sopprimesse l'uomo che voleva far avvelenare Fabrizio. Dov'è il male?

– Ah, ecco allora dove Ferrante ha pescato tutto quel danaro per la sommossa! – disse il conte sbalordito; – e queste cose me le raccontate nella sala delle guardie!

– È perché ho fretta e Rassi, vedo, è sulle tracce del delitto. Se quel che vi ho detto è vero, è altrettanto vero che
non ho mai parlato di insurrezione: detesto i giacobini. Ri-
pensateci: dopo la recita mi direte che ne pensate.

– Vi dico fin d'adesso che non vi resta che innamorare il
principe... Senza passare i limiti, tuttavia!

Chiamavano la duchessa per l'entrata in scena e lei scappò via. Qualche giorno dopo la duchessa ricevette per la
posta una lunga lettera ridicola firmata da una sua antica
cameriera, nella quale questa chiedeva un impiego a corte;
ma il primo colpo d'occhio le bastò per riconoscere che la
lettera era falsificata. Nel voltar pagina, vide cadere una
piccola immagine miracolosa della Madonna, ripiegata dentro un foglio. Data un'occhiata all'immagine, scorse qualche riga dello stampato. Gli occhi le brillarono; lesse:

Il tribuno s'è tenuto per sé cento lire al mese, non di piú; col resto ha cercato di riaccendere il sacro fuoco nei cuori gelati dall'egoismo. La volpe è sulle mie tracce: per questo non ho tentato di rivedere un'ultima volta l'essere che adoro. Mi son detto: lei non ama la repubblica, lei che mi è superiore per intelligenza quanto lo è per modi e per bellezza. D'altra parte come fare una repubblica senza repubblicani? Ch'io sia in errore? Fra sei mesi percorrerò col microscopio alla mano ed a piedi le piccole città dell'America; mi renderò là conto se devo ancora amare l'unica rivale che lei ha nel mio cuore. Se riceve questa mia, signora baronessa, senza che altri l'abbia letta prima di lei, faccia spezzare uno dei giovani frassini che sorgono poco lontano dal luogo dove ardii parlarle la prima volta. A questo segnale farò sotterrare ai piedi del grande albero di bosso del giardino che Ella notò una volta nei miei giorni felici, una scatola dove troverà qualcuno di quegli oggetti che fanno diffamare un uomo che professa le mie opinioni. Certo, avrei evitato di scrivere se la volpe non fosse sulle mie tracce e non ci fosse quindi il rischio che arrivasse anche a codesta celestiale creatura. Faccia scavare sotto il bosso fra quindici giorni.

«Visto che ha una tipografia a disposizione, – si disse la duchessa, – vedremo presto una raccolta di sonetti: Dio sa sotto che nome vi comparirò!»

Nella sua civetteria la duchessa volle fare una prova; fu indisposta per otto giorni e per quegli otto giorni addio liete serate alla corte! La principessa con la coscienza inquieta per ciò che la paura del figlio la costringeva a fare proprio appena rimasta vedova, quegli otto giorni li andò a passare in un convento attiguo alla chiesa dove era sepolto il defunto principe. Interrotte le belle serate, il sovrano si trovò a non saper come passare la maggior parte del suo tempo; ed anche il credito di cui godeva il ministro della giustizia ricevette dal fatto un fiero colpo.

Ma soprattutto Ernesto V capí che razza di noia lo minacciava se la duchessa lasciava la corte od anche solo se cessava di animarla. Per cui quando le serate ricominciarono, si vide il principe prendere ogni giorno piú interesse alle commedie dell'arte. Egli si proponeva di recitarvi anche lui, ma non ardiva confessare questa sua ambizione. Un giorno infine, arrossendo sino ai capelli, disse alla duchessa:

– Perché non potrei recitare anch'io?

– Siamo tutti qui agli ordini di Vostra Altezza; se Vostra Altezza si degna ordinarmelo, io farò comporre l'intreccio d'una commedia in cui tutte le scene brillanti destinate a Vostra Altezza avverranno con me; e siccome tutti nei primi giorni si esita un po', basterà ch'Ella mi guardi ed io le suggerirò le risposte.

Tutto venne preparato con molto tatto. Della sua timidezza il principe si vergognava; perciò le cure che la duchessa si diede perché non avesse a soffrire di quell'innato difetto, fecero sul giovane sovrano una grande impressione.

Il giorno che esordí, lo spettacolo s'iniziò una mezz'ora prima del solito e nel salotto al momento in cui si passò nel teatro non c'erano che otto o dieci signore anziane.

La loro presenza non era tale da intimidire il principe, senza contare che, educate a Monaco con criteri rigorosamente monarchici, esse non mancavano mai di applaudire. Valendosi dell'autorità che le veniva dal grado, la duchessa aveva fatto chiudere a chiave l'uscio pel quale avevano accesso allo spettacolo i cortigiani di meno riguardo. L'esordiente, che aveva disposizione alle lettere e una bella presenza, se la cavò ottimamente sin dalle prime scene; pronunciava le battute che leggeva negli occhi della duchessa o che lei sottovoce gli suggeriva senza che ci s'accorgesse minimamente dell'imbeccata. In un momento in cui lo scarso uditorio applaudiva freneticamente, ad un cenno della duchessa venne aperto l'ingresso d'onore, e in un attimo il teatro si riempí delle piú avvenenti donne della corte, le quali vedendo il principe cosí bello e con un'aria cosí felice, scoppiarono in applausi: egli ne arrossí di piacere. Recitava appunto una parte di innamorato della duchessa. Presto, anziché dovergli suggerire le parole, la duchessa fu costretta a fargli cenni di abbreviare; la foga con cui lui le parlava d'amore la metteva sovente in imbarazzo; preso l'aire, non la finiva piú. La duchessa non splendeva piú della bellezza che aveva ancora l'anno prima: la prigionia di Fabrizio e piú ancora il soggiorno sul Lago Maggiore col giovane diventato tetro e taciturno avevano aggiunto dieci anni alla bella Gina. I suoi lineamenti s'erano accentuati acquistando in espressione, il viso aveva perduto in freschezza e di rado ormai si illuminava della vivacità d'un tempo. Con tutto ciò alla ribalta, avvivata dal rossetto e soccorsa dagli altri artifici di palcoscenico, appariva ancor la piú bella donna della corte. Le appassionate tirate che il principe snocciolava misero in malizia i cortigiani; tutti quella sera si dicevano: – Ecco la Balbi del nuovo regno –. Il conte sorprese qualche mezzo commento e in cuore ne soffrí. Finita la recita, la duchessa davanti a tutta la corte disse al principe:

– Vostra Altezza recita troppo bene; si dirà di Ella che s'è innamorato d'una donna di trentotto anni. Per cui non reciterò piú con Vostra Altezza, a meno che Vostra Altezza non mi prometta di parlarmi come farebbe ad una donna appunto d'una certa età; come alla marchesa Raversi, poniamo.

La commedia ebbe due repliche; il principe era fuori di sé dalla gioia; meno l'ultima sera, in cui lasciò divedere una viva preoccupazione.

– O m'inganno, – disse alla principessa la Sanseverina, – o il Rassi cerca di giocarci qualche tiro; consiglierei a Vostra Altezza di proporre per domani un altro spettacolo; il principe reciterà male e nel dispiacere che ne avrà chi sa che non le faccia qualche confidenza.

Infatti il principe recitò malissimo; lo si udiva appena e s'impaperava. Alla fine del primo atto aveva quasi le lacrime agli occhi. Trovatosi un momento nel ridotto degli attori solo con la duchessa, che non aveva dato segno di accorgersi della sua disperazione, andò a chiudere l'uscio.

– Non me la sento assolutamente, – le disse, – di seguitare stasera a recitare. Non voglio essere applaudito per compiacenza: gli applausi di stasera mi spaccavano il cuore. Che debbo fare? Mi dica lei.

– Mi presenterò io da vero capocomico alla ribalta; e fatta una profonda riverenza a Sua Altezza, un'altra al pubblico, annuncerò che per improvvisa indisposizione dell'attore che faceva la parte di Lelio, finiremo lo spettacolo con qualche pezzo di musica. Il conte Rusca e la piccola Ghisolfi saranno felici di far sentire ad una accolta cosí brillante le loro voci acidette.

Dalla gratitudine il principe le prese la mano e la baciò con trasporto: – Perché lei non è un uomo? mi darebbe un buon consiglio. Rassi mi ha messo sulla scrivania ben centottantadue deposizioni contro i presunti assassini di mio padre. Oltre le deposizioni, c'è un atto di accusa di piú di duecento pagine: mi dovrò sorbire tutto questo po' po' di roba; e per di piú ho dovuto dare la mia parola di non dirne nulla al conte. Ne seguirà una serie di condanne a morte; già il Rassi vuole che io faccia rapire in Francia, presso Antibo, Ferrante Palla, il grande poeta pel quale ho tanta ammirazione. Si cela là sotto il nome di Poncet.

– Il giorno che Vostra Altezza farà impiccare un liberale, nessuno smuoverà piú il Rassi dal suo posto di ministro ed è ciò che lui cerca innanzi tutto. Ma da quel giorno, anche, Vostra Altezza se vorrà fare una passeggiata non basterà che l'annunci due ore prima. Io non riferirò né alla principessa né al conte lo sfogo che nel dolore Vostra Altezza s'è lasciata sfuggire con me; ma un giuramento mi obbliga a non avere segreti per la principessa: sarei pertanto felice se Vostra Altezza volesse dire a sua madre le stesse cose che le sono sfuggite ora con me.

Questa idea distrasse il sovrano dal suo avvilimento di attore *zittito*.

– Ebbene, avverta mia madre: io l'attenderò nel suo gabinetto.

Il principe lasciò le quinte, attraversò la sala d'accesso al teatro, rimandò seccamente il gran ciambellano e l'aiutante di campo di turno che lo seguivano, mentre la principessa abbandonava in fretta il teatro. La duchessa che l'accompagnava, fece sulla soglia del gabinetto un profondo inchino alla madre ed al figlio e li lasciò soli. S'indovina in che subbuglio l'avvenimento mise la corte: sono queste le cose che rendono una corte divertente. In capo a un'ora il principe in persona s'affacciò alla porta del gabinetto a chiamare la duchessa: la principessa era in lacrime e suo figlio aveva il viso sconvolto.

«Come si vede subito che sono dei deboli! – pensò la Sanseverina, – sono di cattivo umore e cercano un pretesto per sfogarlo su qualcuno!»

La madre e il figlio cominciarono con togliersi la parola una di bocca all'altro per mettere al corrente la duchessa, la quale nel rispondere si guardava dal manifestare la propria idea. Durante due interminabili ore i tre attori non uscirono dalla loro noiosa parte. Poi il principe andò a prendere lui stesso i due voluminosi incarti ch'eran stati deposti dal Rassi sulla sua scrivania: lí fuori trovò in attesa tutta la corte.

– Se ne vadano, mi lascino in pace! – disse loro in un tono scortese che nessuno ancora gli conosceva: non voleva essere visto mentre portava personalmente quegli incarti: un sovrano non deve mai portar nulla. La sala si vuotò. Al ripassarvi, non c'erano piú che i servi, intenti a spegnere i lumi; li mandò tutti al diavolo e con loro il povero Fontana che come aiutante di campo di turno aveva fatto, per zelo, la sciocchezza di restare.

– Ci si mettono d'impegno tutti quanti stasera per farmi spazientire! – disse irritato alla duchessa rientrando nel gabinetto; ma era con lei che l'aveva soprattutto perché, capace come la credeva, s'ostinava a non dare il suo parere. Essa dal canto suo era deliberata a non dir nulla finché non ne venisse formalmente richiesta. Passò un'altra mezz'ora e piú, prima che il principe, geloso del suo decoro, si decise a dirle:

– Ma lei, signora, non dice niente!

– Io sono qui per servire la principessa e per dimenticarmi subito di quello che è stato detto davanti a me.

– Ebbene, signora, – ed arrossí sino ai capelli, – io le ordino di dirmi che ne pensa lei.

– I delitti si puniscono perché non si ripetano. Il compianto sovrano è stato avvelenato? la cosa è molto dubbia. È stato avvelenato dai giacobini? È quanto il Rassi vorrebbe dimostrare perché allora lui diventa per Vostra Altezza uno strumento indispensabile. In tal caso, di serate come questa Vostra Altezza deve aspettarsene parecchie. È voce generale tra i suoi sudditi, e risponde a realtà, che Vostra Altezza è buona; finché non avrà fatto impiccare qualche liberale Ella godrà di questa reputazione e potrà essere sicuro che a nessuno verrà in mente di avvelenarla.

– È evidente dove lei vuol parare, – si spazientí la principessa, – lei vuole che gli assassini di mio marito non vengano puniti!

– Si vede, signora, che io sono legata ad essi da cordiale amicizia.

La duchessa leggeva negli occhi del principe ch'egli la credeva d'accordo con sua madre per indicargli la via da tenere. Vi fu tra le due donne un concitato scambio di botte e risposte, dopo il quale la duchessa dichiarò che non avrebbe piú aperto bocca; e stette infatti zitta finché, dopo una lunga discussione con la madre, il principe non le ordinò di nuovo di dire il suo parere.

– È quello che giuro di non fare!

– Ma è un puntiglio da ragazzi! – disse il principe. E la principessa con aria sostenuta:

– La prego di parlare, signora duchessa.

– Voglia dispensarmene, Altezza, la supplico –. Poi, volgendosi al principe: – Vostra Altezza legge egregiamente il
francese: perché, per calmare l'eccitazione dei nostri animi, non vorrebbe legger*ci* una favola di La Fontaine?

La principessa trovò quel *ci* parecchio impertinente; ma
la Sanseverina s'era già alzata e con la massima calma era
andata allo scaffale dei libri. Tra stupita e divertita la principessa la vide tornare col volume delle favole di La Fontaine, sfogliarlo e presentarlo al principe dicendo:

– Supplico Vostra Altezza di leggere *tutta* la favola, – e
gliela indicava. Era *Le jardinier et son seigneur*: la favola
del giardiniere che, per liberarsi da una lepre, che gli faceva dei guasti nel giardino, ricorre a dei cacciatori i quali coi
loro cani glielo danneggiano piú di quello che avrebbero
potuto fare in cento anni tutte le lepri della provincia.

Alla lettura seguí un lungo silenzio. Il principe era andato a rimettere a posto il volume ed ora misurava il gabinetto in lungo e in largo.

La prima a parlare fu la principessa: – Ebbene, signora,
ora si degnerà di parlare?

– No, certo, finché Sua Altezza non mi avrà nominata
ministro; a parlar qui, correrei rischio di perdere il mio
posto.

Seguí un altro silenzio d'un buon quarto d'ora; in capo
al quale alla principessa venne in mente di fare come una
volta aveva fatto la madre di Luigi XIII, Maria de' Medici
(i giorni precedenti la duchessa aveva fatto leggere dalla dama di compagnia l'ottima *Storia di Luigi XIII* del Bazin).
Pur nella sua irritazione, Clara-Paolina pensò che la duchessa poteva benissimo lasciare il paese e allora Rassi, del quale aveva una grandissima paura, poteva imitare Richelieu e
farla esiliare dal figlio. Che cosa non avrebbe dato in questo momento la principessa per umiliare la Sanseverina!
ma non poteva. Si alzò e con un sorriso un po' ostentato
andò a prendere la mano della duchessa:

– Suvvia, signora, mi dimostri la sua amicizia parlando.

– Ebbene, due parole sole: ardere in quel caminetto tutte le carte che ha messo insieme quella vipera di Rassi e
non dirgli mai che fine hanno fatto.

E confidenzialmente, all'orecchio della principessa: –
Rassi può essere in questo caso Richelieu!

– Ma diavolo! sono carte che mi costano piú di ottantamila lire! – s'inquietò il principe. La Sanseverina, con fermezza:

– Ecco, principe, quello che si guadagna a farsi servire da scellerati di bassa estrazione. Metteva conto di perdere un milione, se questo era necessario perché Vostra Altezza cessasse d'aver fiducia nei volgari furfanti che hanno impedito a suo padre di dormire gli ultimi anni del suo regno.

Le parole *bassa estrazione* piacquero immensamente alla principessa, alla quale l'importanza quasi assoluta che il conte e la sua amica attribuivano all'intelligenza pareva un po' parente del giacobinismo.

Nel silenzio che seguí, all'orologio di palazzo scoccarono le tre. La principessa si alzò con un inchino al figlio: – La mia salute non mi consente di protrarre oltre la discussione. Mai ministri di *bassa estrazione*! Non mi togliete dal capo che metà del danaro che vi ha fatto spendere in spionaggio se l'è intascato il vostro Rassi.

Tolse dai candelabri due candele e le mise nel camino con precauzione perché non si spegnessero; quindi accostandosi al figlio aggiunse:

– La favola di La Fontaine in me ha partita vinta sul giusto desiderio di vendicare uno sposo. Vostra Altezza vuol permettermi di bruciare queste cartacce?

Il principe non sembrò udire.

«In questo momento ha proprio la faccia d'uno stupido, – si disse la duchessa; – il conte ha ragione: il defunto sovrano non ci avrebbe fatto star su sino alle tre del mattino per prendere una decisione».

Sempre in piedi, la principessa aggiunse: – Come monterebbe in superbia questo avvocatuccio se sapesse che i suoi scartafacci pieni di menzogne e messi assieme in vista d'un avanzamento han fatto passare la notte in bianco ai due piú alti personaggi dello Stato!

Come improvvisamente impazzisse, il principe si avventò su uno degli incarti e ne rovesciò il contenuto nel caminetto. Quella valanga di carta poco mancò spegnesse le bugie e la stanza si riempí di fumo. La principessa lesse negli occhi del figlio in quell'attimo la tentazione di afferrare una caraffa di acqua e di salvare quelle carte che gli costavano ottantamila lire.

– Apra dunque la finestra! – gridò con stizza alla duchessa, che si affrettò ad obbedire. Il mucchio di carta divampò tutto in una volta, il caminetto ronfiò minacciosamente: aveva preso fuoco.

Nella sua tirchieria il principe vide già il palazzo in fiamme, distrutti i tesori che conteneva; corse alla finestra, con voce alterata chiamò la guardia, che accorse in tumulto nella corte. Tornò presso il camino in cui l'aria della finestra aperta s'ingolfava con un rombo pauroso; si stizzì, bestemmiò, due o tre volte fece il giro del gabinetto come fuori di sé; infine, ne infilò l'uscio di corsa. La principessa e la Sanseverina restarono in piedi l'una in faccia all'altra in profondo silenzio.

«Risiamo daccapo coi bronci? – pensò la duchessa. – Comunque, la partita è vinta». E si preparava se attaccata a rispondere per le rime, quando le caddero gli occhi sul secondo incarto, ancora intatto sulla scrivania. «Adagio, – si disse, – la partita non è vinta che per metà!» E, calmissima, rivolta alla principessa:

– Vostra Altezza mi ordina di bruciare il resto delle carte?

– E dove vuol bruciarle? – chiese l'altra, secca.

– Nel caminetto del salotto; gettandole un po' alla volta, non c'è rischio.

E, dicendo, si mise sotto il braccio l'incarto rigonfio, e con una candela passò nel salotto attiguo. Si assicurò prima che le carte fossero le buone, ne avvolse cinque o sei fascicoletti nello scialle, ed arse il resto con cura; finito, partí senza prendere congedo dalla principessa.

«Commetto una bella impertinenza, – si disse ridendo, – ma anche lei, per rappresentar la sua parte di vedova inconsolabile, c'è mancato poco mi facesse lasciar la testa sul patibolo».

Il rumore della vettura con cui la prima dama di corte se la svignava mandò infatti la principessa in furia.

Nonostante l'ora indebita, la duchessa mandò a chiamare il conte; egli si trovava a palazzo per l'incendio, ma non tardò a mostrarsi con la notizia che il fuoco era stato domato. Ebbe anzi parole di lode pel principe che nell'occasione aveva dato prova di gran coraggio.

– Date un'occhiata presto a queste carte e bruciamole immediatamente –. Il conte lesse ed impallidí.

– Perbacco, non si può dire che non fossero sulla buona strada! È abile questa procedura! Sono sulle tracce di Ferrante Palla; s'egli parla, cavarsela non è facile.

– Ma non parlerà: è uomo d'onore. Bruciamo, bruciamo.

– Un momento; fatemi appuntare i nomi dei testimoni piú pericolosi; quelli da far sparire, se al Rassi prudesse di ricominciare.

– Non dimenticate che il principe ha dato la parola che non dirà nulla della faccenda al suo ministro della giustizia.

– La manterrà: per pusillanimità e per paura d'una scenata.

– E cosí, amico mio, ecco una notte che avvicina di molto la data del nostro matrimonio. Mi spiace solo che in dote vi porto un processo giudiziario e per di piú per un fallo che m'ha spinto a commettere il mio interessamento per un altro.

Innamorato com'era, il conte le prese la mano protestando con le lacrime agli occhi contro quelle parole.

– Prima d'andarvene, suggeritemi la condotta da tenere con la principessa. Sono sfinita: ho recitato un'ora sul palcoscenico e cinque nel gabinetto.

– Con l'impertinenza di andarvene a quel modo, direi che vi siete già abbastanza vendicata delle parole agrodolci, effetto del resto di debolezza, della principessa. Per cui vi consiglio di riprendere domani con lei il tono consueto: bisogna pensare che il Rassi non è ancora in prigione né esiliato e che ancora non abbiamo potuto fare a pezzi la sentenza contro Fabrizio.

– Vi par poco aver chiesto alla principessa di prendere su due piedi una decisione? È cosa che mette sempre di malumore i sovrani... ed anche i primi ministri. Dovete pensare che per quanto sua prima dama di corte, non cessate d'essere la sua umile serva. Per uno di quei voltafaccia che dobbiamo sempre aspettarci dai deboli, fra tre giorni il Rassi sarà in favore piú che mai; allora cercherà di far impiccare qualcuno: finché non ha compromesso il sovrano, non si sente sicuro.

– Nell'incendio di stanotte c'è stato un ferito: un sarto che ha dato prova d'un bel sangue freddo. Domani inviterò il principe a fare meco una visita a questo sarto; sarò armato e starò bene in guardia: non c'è di che, del resto, perché oggi nessuno odia il principe. Voglio avvezzarlo a mostrarsi in strada senza scorte; è un tiro che faccio al Rassi che certo mi succederà e che non potrà piú permettersi di questi lussi. Di ritorno farò passare il principe davanti alla

statua del suo augusto genitore; avrà cosí modo di notare i
segni che le sassate han lasciato sulla toga romana con cui
l'ha camuffato quel balordo di scultore. Sarà difficile che
non gli venga di osservare: «Ecco che si guadagna a far impiccare i giacobini!» Io coglierò la palla al balzo e gli dirò:
«O non se ne impicca nessuno o se ne impiccano diecimila:
solo una notte di San Bartolomeo ha potuto aver ragione
del protestantesimo in Francia».

– Prima ch'io lo inviti a questa passeggiata, voi domani,
cara amica, vi farete annunciare dal principe e gli direte:
«Ieri sera io ho fatto presso Vostra Altezza le parti di ministro; le ho dato, per obbedire ai suoi ordini, un consiglio
che mi ha fatto incorrere nell'ira della principessa. Per questo, m'attendo da Vostra Altezza una ricompensa». Lui
penserà subito che gli chiediate del danaro e s'abbuierà. Lo
lascerete piú a lungo che potrete alle prese con questo molesto pensiero, quindi gli direte: «Per ricompensa chiedo
che Vostra Altezza disponga che mio nipote sia giudicato
in contraddittorio (che vuol dire lui presente) dai dodici
giudici piú stimati dello Stato». Cosí dicendo gli presente-
rete da firmare un'ordinanza scritta dalla vostra bella mano e che io vi detterò, nella quale beninteso inserirò la clausola che la prima sentenza è annullata. Egli potrebbe farvi
un'obiezione, ma, se gliene togliete il tempo, l'obiezione
non gli verrà in mente. Potrebbe dirvi: «Per questo è prima indispensabile che suo nipote si costituisca prigioniero
alla cittadella». Se ve lo dirà, la vostra risposta sarà questa: «Si costituirà prigioniero alle carceri di città» (sapete
che lí comando io; per cui tutte le sere Fabrizio vi verrà a
trovare). Se il principe risponde: «No, la sua fuga è stata
uno scorno per la cittadella ed io intendo che, per la forma, egli rientri nella cella in cui era» ribatterete: «No, perché là sarebbe alla mercè del mio nemico Rassi». E qui insi-
nuerete una di quelle frasi di cui siete maestra, per fargli
capire che, costretta a venire a patti con Rassi, gli potreste
magari raccontare l'*autodafé* di stanotte. Se ancora insiste,
gli annuncerete la vostra decisione d'andare a trascorrere
quindici giorni a Sacca.

– Intanto fate venire Fabrizio e sentite che ne pensa di
questo passo che potrebbe ricondurlo in prigione. Per prevedere tutto: se mentre egli è in guardina, Rassi impaziente mi fa avvelenare, Fabrizio può correre dei rischi. Ma la
cosa è poco probabile: io ho fatto venire, lo sapete, un mat-

tacchione di cuoco francese, che è il buon umore in persona e si diverte a far delle freddure; ora, chi fa delle freddure, non ha nessun numero per essere un avvelenatore. Fabrizio sa già da me che ho scovato tutti quelli che hanno assistito al suo bell'atto di coraggio: dalle loro testimonianze risulta che fu Giletti ad aggredirlo. A voi di questo non ho parlato perché volevo combinarvi una sorpresa, ma m'è andata male: il principe non ha voluto firmare. Ho pure detto a Fabrizio che gli procurerei un'alta carica ecclesiastica; ma mantenere la promessa mi sarebbe difficilissimo se i suoi nemici potessero produrre contro di lui alla Corte di Roma un'accusa d'assassinio. Vi rendete conto, non è vero, signora, che se vostro nipote non è dichiarato innocente nel modo piú solenne, il nome di Giletti gli suonerà male all'orecchio pel resto della vita. Sarebbe un'imperdonabile pusillanimità non ripresentarsi al giudizio quando si è sicuri della propria innocenza. Del resto s'anche fosse colpevole io lo farei assolvere. Quando gli ho accennato alla cosa, il bollente giovinotto non mi ha lasciato neanche finire; ha preso l'almanacco ufficiale ed ha scelto con me dodici nomi di giudici tra i piú capaci e onesti. Di quei dodici nomi ne abbiamo quindi cancellato sei e li abbiamo sostituiti con quelli di sei giureconsulti a me avversi; visto che di questi ne trovammo due soli, abbiamo completato il numero con quattro furfanti devoti al Rassi.

Queste parole gettarono la duchessa in una grande costernazione, e c'era di che; ma finalmente essa si arrese alla ragione e scrisse sotto dettatura l'ordine che nominava i giudici.

Il conte non la lasciò che alle sei del mattino; la povera donna cercò, ma invano, di dormire. Alle nove fece colazione con Fabrizio e lo trovò smanioso d'affrontare il nuovo giudizio. Alle dieci si recava dalla principessa che non riceveva; alle undici vide il principe che s'era alzato allora e che firmò senza la minima obiezione. Spedito al conte l'ordine firmato, la duchessa andò finalmente a coricarsi.

Varrebbe forse la pena di descrivere la rabbia del Rassi quando il conte l'obbligò a controfirmare, in presenza del principe, quell'ordine che già recava la firma del sovrano; ma quel che ci resta a raccontare ci persuade a rinunciarvi.

In quella udienza il conte pose in discussione ciascun giudice e si mostrò disposto a mutare i nomi. Ma probabilmente il lettore è un po' stanco di tutti questi dettagli di procedura non meno di quello che lo è di tutti questi intrighi di corte. La morale che da tutto ciò si ricava è che chi entra nell'ambiente di corte compromette, se è felice, la sua felicità; e s'espone comunque a far dipendere il suo avvenire dagli intrighi d'una camerista. D'altra parte, in America, in regime repubblicano, occorre rassegnarsi a fare tutto il giorno la corte sul serio ai bottegai ed a ridursi stupidi come loro; col compenso a rovescio, che là non c'è neanche l'Opera.

Un grosso motivo d'ansietà attendeva la duchessa al suo risveglio: Fabrizio non si trovava piú. Soltanto a mezzanotte, durante lo spettacolo di corte, ricevette una lettera del nipote. Invece di costituirsi prigioniero alle carceri di città, il giovane era andato a rioccupare la stanza lasciata alla cittadella, felice d'abitare di nuovo a pochi passi da Clelia.

Questa alzata di capo poteva avere spaventose conseguenze: là piú che mai Fabrizio era esposto ad essere avvelenato. La duchessa ricadde nella disperazione; e tuttavia il fatto che a quella pazzia il giovane fosse stato spinto dal suo folle amore per Clelia, non solo indusse la zia a perdonargli ma ai suoi occhi restituí a Fabrizio tutte le attrattive d'una volta.

A cagionare la sua morte sarà quel maledetto foglio che sono andata io stessa a far firmare! Come sono balordi gli uomini con le loro fisime d'onore! Quasiché s'avesse a pensare proprio all'onore sotto regimi assoluti, in paesi dov'è ministro della giustizia un Rassi! Quanto sarebbe stato meglio accettare la grazia pura e semplice che il principe non avrebbe avuto difficoltà a firmare piú che non ne abbia avuta a firmare la convocazione di quel tribunale straordinario! Che importanza aveva dopo tutto che un uomo della nascita di Fabrizio fosse accusato o meno d'aver ucciso – e con la spada in pugno! – un istrione come Giletti?

Con la lettera di Fabrizio in mano la duchessa corse dal conte e lo trovò parecchio accasciato.

– Cara amica, io son ben disgraziato con questo ragazzo, non ne azzecco una, e voi ve la prenderete di nuovo con me! Potrei provarvi che ieri sera ho fatto venire il carceriere della prigione di città: tutti i giorni vostro nipote sarebbe venuto a prendere il tè da voi. Il guaio grosso è che è impossibile tanto a voi che a me dire al principe che c'è da temere il veleno e il veleno propinato dal Rassi. Sospettare una cosa simile sembrerebbe al sovrano il colmo dell'immoralità. Tuttavia se me lo chiedete sono pronto ad andare a tentare: ma sono sicuro della risposta. Vi dirò di piú: vi offro una soluzione cui non ricorrerei per me stesso. Dacché comando qui non ho fatto morire un solo e voi sapete che io sono talmente sciocco da questo lato che mi capita ancora qualche volta alla sera di pensare alle due spie che un po' alla leggera ho fatto fucilare in Ispagna. Ebbene, volete che vi liberi di Rassi? Il pericolo che con lui Fabrizio corre è grandissimo: pel Rassi è questo un modo infallibile di sbarazzarsi di me.

L'offerta piacque infinitamente alla duchessa, ma la respinse.

– Non voglio che ritirandovi abbiate a soffrire d'idee nere sotto il bel cielo di Napoli.

– Eppure, cara amica, non vedo altra via. Che succede di voi, che succede di me se Fabrizio muore alla cittadella di malattia?

La discussione si riaccese, ma la duchessa vi pose fine dicendo:

– Rassi dovrà la vita al fatto ch'io amo voi piú che non ami Fabrizio. Non voglio avvelenare tutte le sere della vecchiaia che vivremo insieme.

Dopodiché corse alla fortezza; ma tutto quello che ottenne fu di procurare al governatore la soddisfazione di poterle opporre la precisa disposizione di legge che impediva a chicchessia d'entrare in una prigione di Stato senza un ordine firmato dal principe.

– Eppure il marchese Crescenzi ed i suoi musicanti vengono alla cittadella tutti i giorni!

– Sí, perché io ho ottenuto per essi un ordine del sovrano.

La povera duchessa non sapeva ancora che, oltreché col Rassi, aveva da fare i conti anche col generale. Egli si considerava personalmente disonorato dalla fuga di Fabrizio: quando lo vide venire a costituirsi, egli non avrebbe dovuto riceverlo, mancando un ordine per ciò. «Ma, – pensò, – è il cielo che me lo manda perché io possa riparare al mio disonore e salvarmi dal ridicolo che mi manderebbe a monte la carriera. Si tratta adesso di non lasciarsi scappare l'occasione: lo assolvono di certo; per fare la mia vendetta ho i giorni contati».

Capitolo venticinquesimo

La ricomparsa di Fabrizio alla cittadella mise Clelia alla disperazione: la povera figliola, schietta com'era con se stessa, non poteva nascondersi che per lei non ci sarebbe mai stata felicità lontano da Fabrizio; ma aveva anche fatto voto alla Madonna di fare al padre il sacrifizio di sposare il marchese Crescenzi e di non veder piú Fabrizio. E già la riempiva di rimorsi la confessione che al giovane non aveva potuto a meno di fare nella lettera che gli aveva scritto la vigilia della fuga. È piú facile quindi immaginare che descrivere quello che le passò nel cuore quando, malinconicamente occupata a veder svolazzare i suoi uccelli, nell'alzare per abitudine gli occhi inteneriti verso la nota finestra, vi scorse di nuovo il giovane e si vide da lui salutare con appassionato rispetto.

Alla prima si credette vittima di una allucinazione con cui il cielo volesse punirla; poi la ragione la convinse della paurosa realtà. «L'hanno ripreso, – si disse, – è spacciato!» Non aveva dimenticato i commenti seguiti alla sua fuga nella fortezza, dove l'ultimo dei secondini si sentiva da quell'evasione mortalmente offeso. Clelia guardò Fabrizio e suo malgrado lo sguardo che gli rivolse rivelò tutta la passione che la gettava ora in mortali angosce.

«Credete, – pareva dire al giovane, – ch'io troverò la felicità in quel sontuoso palazzo che mi preparano? Mio padre non si stanca di ripetermi che voi siete povero quanto noi; ma con che gioia, mio Dio, dividerei con voi questa povertà! Ma ahimè, è scritto che noi due non dobbiamo vederci piú!»

Ma per dirglielo a parole, Clelia non ebbe la forza di servirsi degli alfabeti: guardando Fabrizio si sentí mancare e s'abbandonò su una sedia presso la finestra. Ora il suo viso riposava sul davanzale; e, siccome sino all'ultimo istante

gli occhi di lei avevano voluto veder lui, verso di lui restava rivolto cosí ch'egli poteva scorgerlo in pieno. Quando
in capo a qualche istante la fanciulla riaprí gli occhi, il suo
primo sguardo fu per Fabrizio; gli vide le lagrime negli occhi ma eran lagrime di felicità; nell'assenza non era stato
dimenticato. I due poveri giovani restarono un po' di tempo come incantati a contemplarsi a vicenda. Poi Fabrizio
ardí canterellare, quasi s'accompagnasse su una chitarra:
Per veder voi sono tornato qui; *mi rifanno il processo.*

Bastarono queste parole per ridestare nella fanciulla la
coscienza del voto fatto; s'alzò in fretta, si coprí gli occhi;
e con la mimica piú espressiva cercò di fargli capire che
non doveva piú vederlo; che l'aveva promesso alla Madonna e che se l'aveva guardato era stato per momentaneo
oblio. E poiché Fabrizio insisteva nel protestarle il suo amore, la fanciulla scappò via sdegnata, giurando a se stessa
che mai piú lo avrebbe rivisto, secondo il voto che diceva
precisamente: *I miei occhi non lo rivedranno giammai.* Cosí aveva scritto su un foglietto che don Cesare le aveva promesso di ardere sull'altare nel dir messa, al momento del-
l'offerta.

Ma a dispetto di tutti i giuramenti, la presenza di Fabrizio nella torre scombussolò daccapo la vita di Clelia: essa
ricadde nell'agitazione di prima. Passava per lo piú le giornate intere sola nella sua stanza. Appena si fu rimessa un
po' dal turbamento in cui la vista di Fabrizio l'aveva gettata, riandò su e giú per casa: quasi volesse rinnovare conoscenza con tutte le persone di servizio che le erano amiche.
Fu cosí che una vecchia chiacchierona addetta alla cucina le
confidò con aria di mistero: – Stavolta il signor Fabrizio
non uscirà dalla cittadella!

– Certo, – lei fu pronta a rimbeccarla, – non commette-
rà piú lo sbaglio di scavalcare le mura; ma uscirà dalla porta se viene assolto.

– Io dico e sono in grado di dire a Vostra Eccellenza che
dalla cittadella uscirà solo coi piedi in avanti.

Clelia diventò bianca come un cencio; quel pallore, notato dalla vecchia, tagliò corto alla sua loquacità. La linguac-
ciuta capí d'aver commesso un'imprudenza a parlare a quel
modo davanti alla figlia del governatore, il cui compito sarebbe stato a suo tempo di confermare a tutti che Fabrizio
era morto di malattia. Ma non bastava: risalendo in casa,
Clelia doveva incontrare quell'onest'uomo pauroso ch'era

il medico della prigione; il quale con l'espressione piú allarmata le disse che Fabrizio era seriamente ammalato. Allora, reggendosi a stento, la fanciulla andò in cerca dello zio per tutta la casa e finalmente lo trovò nella cappella che stava pregando con fervore: gli vide la faccia sconvolta. A tavola i due fratelli non si scambiarono una parola: solo, verso la fine, il generale rivolse all'altro qualche acida parola. Don Cesare alzò gli occhi sui domestici che uscirono.

– Mio generale, – disse allora, – ho l'onore di prevenirla che lascio la cittadella: rassegno le mie dimissioni.

– Bravo! bravissimo! per farmi sospettare!... E il motivo delle dimissioni, prego?

– La mia coscienza.

·– Andate, non siete che un pretucolo. Di onore non capite un'acca.

«Fabrizio è morto, – pensò Clelia. – L'hanno avvelenato con la colazione, oppure sarà per domani». Corse all'uccelliera, decisa a cantare accompagnandosi sul pianoforte. «Mi confesserò, – pensava; – mi assolveranno d'aver violato il voto per salvare la vita a un uomo».

Quale non fu la sua costernazione quando, entrata nella voliera, vide che in luogo delle botole erano state fissate delle tavole alle sbarre di ferro! Fuori di sé, cercò di avvertire il prigioniero gridando, piú che cantando. Non venne alcuna risposta: già un silenzio di morte regnava nella torre. «Piú nulla da fare», pensò la fanciulla. Come pazza scese giú; per risalir tosto nella sua stanza in cerca del poco danaro che aveva e di certi piccoli orecchini di diamanti. Ridiscesa tolse, passando, dalla credenza il pane rimasto della colazione. «Se è ancora in vita, il mio dovere è di salvarlo». Ostentando il piglio piú altero si diresse alla porticina della torre, che era aperta: otto soldati stazionavano al pianterreno. Li squadrò arditamente: contava di parlamentare col sergente capoposto: non c'era. Allora la fanciulla si slanciò su per la scaletta a chiocciola, sotto gli sguardi sbalorditi dei soldati che messi forse in soggezione dallo scialle di pizzo e dal cappello di lei, non ardirono dirle nulla. Al primo piano, nessuno; al secondo, trovò all'ingresso del corridoio – quello chiuso dai cancelli di ferro, che menava alla stanza di Fabrizio – un secondino sconosciuto che con aria spaventata le disse: – Non ha ancora fatto colazione.

– Lo so, – rispose lei sprezzante. Il secondino non osò fermarla. Venti passi piú in là un altro secondino sedeva sul piú basso dei sei gradini che davano accesso alla stanza del prigioniero. Era questi un uomo anziano, acceso in faccia:

– Ha un ordine del governatore, signorina? – le chiese costui in tono risoluto.

– Forseché non mi riconoscete?

Animava la fanciulla in quel momento una forza soprannaturale. Fuori di sé, essa si diceva: «È mio marito che corro a salvare!»

Senza badare al vecchio che gridava: – Ma il mio dovere non mi permette..., – s'avventò su per la scaletta, fece di volata i sei gradini e si precipitò contro la porta: una grossa chiave era nella serratura; per farla girare la fanciulla ebbe bisogno di tutta la sua forza. Il vecchio secondino, che doveva essere mezzo ubriaco, l'afferrò per un lembo della gonna: ma il lembo gli restò in mano; lei era già entrata nella stanza e s'era tirata dietro la porta, che, alle spinte del secondino, chiuse col paletto che si trovò sotto mano. Fabrizio stava seduto davanti ad un tavolinetto sul quale era la colazione. Clelia vi si avventò, rovesciò tutto in terra; e, afferrando il braccio di Fabrizio: – Hai mangiato? – gli fiatò in viso.

Quel «tu» rapí di gioia Fabrizio. Per la prima volta, nel suo turbamento, Clelia perdeva il naturale ritegno e lasciava vedere il suo amore.

Il giovane stava proprio in quell'istante per mettersi a mangiare. Prese la fanciulla fra le sue braccia e la coprí di baci. Vuol dire che il cibo era avvelenato, e cosí pensò: «Se le dico che non ne ho ancora assaggiato, pia com'è, scappa. Se le lascio questa paura, sto per morire ai suoi occhi e non mi lascia. Essa desidera al pari di me di trovare un modo per rompere quel matrimonio che detesta: il modo ce lo offre il caso: i carcerieri si daran la voce, sfonderanno la porta e lo scandalo sarà tale che forse il marchese Crescenzi romperà il matrimonio».

Già Clelia tentava di svincolarsi.

– Finora non avverto nessun dolore, – le disse, – ma presto dai dolori mi contorcerò ai tuoi piedi. Aiutami a morire.

– O mio unico amore! Io morirò con te! – e lo stringeva in un abbraccio convulso. Era cosí bella, semivestita e cosí accesa di passione che il giovane non poté resistere ad un impulso quasi involontario. Non trovò resistenza.

Nell'impeto della passione e nell'impulso di generosità che tien dietro ad una gioia suprema, storditamente le disse:

– Non voglio che un'indegna menzogna sporchi i primi momenti della nostra felicità: senza il tuo coraggio sarei già cadavere o mi contorcerei tra atroci dolori: ma mi mettevo giusto a far colazione quando sei entrata e non ho ancora assaggiato boccone.

Il giovane insisteva sulle atroci immagini d'una morte per veleno, allo scopo di scongiurare l'indignazione che già leggeva negli occhi di Clelia. Lei lo guardò un po', combattuta tra due sentimenti opposti e del pari violenti: poi gli si buttò fra le braccia.

Sorse un grande fracasso nel corridoio, i tre cancelli venivano sbatacchiati; voci, grida giungevano.

– Ah, se avessi le armi che m'han fatto depositare entrando! Certo accorrono per finirmi. Addio, mia Clelia, benedico la mia morte dacché è stata la causa della mia felicità.

Clelia lo abbracciò e gli consegnò un pugnaletto dal manico d'avorio e dalla lama poco piú lunga d'un temperino.

– Non lasciarti uccidere, difenditi sino all'ultimo. Se mio zio sente, è un uomo retto e coraggioso, ti salverà: vado a parlar loro –. E si precipitava verso la porta. Con la mano già sul paletto, volgendoglisi, esaltata seguitò:

– Se non ti uccidono, lasciati morir di fame piuttosto che toccar cibo o bevanda. Prendi questo pane...

Il rumore dei passi s'avvicinava. Fabrizio prese la fanciulla alla vita, la trasse via dalla porta che aprí in un impeto d'ira e si precipitò giú per la scaletta. Brandiva il pugnaletto e con quello poco mancò trapassasse il panciotto del generale Fontana, che indietreggiando gridò spaventatissimo: – Ma io venivo a salvarla, signor del Dongo!

Risalita la scaletta e gettate nella stanza le parole: *Fontana è venuto a salvarmi*, il giovane tornò al generale a dargli con grande calma delle spiegazioni: lo scusasse d'un atto dovuto allo stato di sovreccitazione in cui si trovava. – Si voleva avvelenarmi: codesti cibi che vede là sono avvelenati; ho avuto l'ispirazione di non toccarne, ma capirà che c'era di che mandare un cristiano in bestia. Udendo lei salire, ho creduto si venisse per finirmi a colpi di daga. Le chiedo, signor generale, di provvedere perché nessuno entri nella mia camera: farebbero sparire il veleno ed è un particolare questo che il nostro sovrano non deve ignorare.

Fontana, pallidissimo e al colmo dell'imbarazzo, impartí l'ordine richiesto ai carcerieri scelti che lo seguivano; i quali scornatissimi a sentir scoperto il tentativo d'avvelenamento, s'affrettarono a ridiscendere: in apparenza per lasciare il passo nell'angusta scaletta all'aiutante di campo del sovrano; in realtà per svignarsela e sparire. Con stupore del suo interlocutore, sulla scala a chiocciola del pianterreno, Fabrizio trovò modo d'indugiare un buon quarto d'ora: voleva dare a Clelia il tempo di nascondersi al primo piano.

Era andata cosí: era stata la duchessa, dopo piú d'un passo insensato, ad ottenere che il generale Fontana fosse mandato alla cittadella: ma non vi era riuscita che per caso.

Lasciato il conte Mosca non meno allarmato di lei, era corsa a palazzo. La principessa, che aveva orrore dell'energia e la considerava volgarità, la credette impazzita e non si mostrò affatto disposta a tentare per lei qualche passo insolito. La duchessa, fuori di sé, piangeva a calde lagrime e non sapeva che ripetere ogni momento:

— Ma, Altezza, fra un quarto d'ora Fabrizio sarà morto di veleno!

In faccia all'altra che non si scomponeva affatto, credette di perdere la ragione dal dolore. Non le venne fatto di pensare: «Ho ricorso per la prima al veleno e di veleno muoio». Una simile considerazione morale, che non avrebbe mancato di fare una donna del Nord, educata ed allevata in una religione che ammette l'esame di coscienza personale, apparirebbe in Italia, fatta in un momento di passione, poco meno che triviale; come a Parigi in simile circostanza stonerebbe una freddura.

Nella sua disperazione entrò allora nella sala dove si trovava quel giorno di servizio il marchese Crescenzi. Al suo ritorno a Parma egli l'aveva ringraziata con effusione del posto di cavalier d'onore cui, senza l'interessamento della Sanseverina, egli non avrebbe mai potuto aspirare; e le aveva in quell'occasione protestato una devozione senza limiti.

La duchessa lo abbordò con queste parole:

— Rassi sta per fare avvelenare Fabrizio nella cittadella. Si metta in tasca questo cioccolato e questa bottiglia d'acqua. Salga alla fortezza: mi renderà la vita se dirà al generale Fabio Conti che ella rompe le nozze con la figlia se non le consente di consegnare personalmente a Fabrizio quest'acqua e questo cioccolato.

Il marchese impallidí e il suo viso, anziché animarsi a quelle parole, tradí l'imbarazzo piú meschino: non poteva, allegò, credere ad un delitto simile in una città morale come Parma, dove un sí grande sovrano regnava; e avanti su questo tono. E ancora, a snocciolare quelle banalità prendeva tutto il suo tempo. Insomma, la duchessa trovava un uomo indubbiamente onesto ma incredibilmente debole; incapace di decidersi a fare alcunché. Parlava cosí da un bel po', interrotto ogni momento dall'impazienza della Sanseverina, quando ebbe un'ispirazione che lo tolse d'imbarazzo: il giuramento prestato come cavaliere d'onore gli impediva di prendere parte a maneggi contro il governo. Figurarsi durante tutta questa cicalata l'ansietà e la disperazione della duchessa che sentiva che intanto il tempo volava.

– Ma almeno vada a trovare il governatore; ch'egli almeno sappia che sono determinata a seguire sino all'inferno gli assassini di mio nipote...

La disperazione rendeva la duchessa piú eloquente di quello che già non fosse; ma tanto fuoco non faceva che allarmar di piú il marchese ed accrescere la sua irresolutezza: in capo ad un'ora, egli era meno disposto a fare qualche cosa che non fosse al principio.

La sventurata, con l'acqua alla gola, sentendo che il governatore non avrebbe rifiutato nulla ad un genero cosí ricco, si abbassò sino a buttarglisi ai piedi; ciò che sembrò accrescere dell'altro, se possibile, la pusillanimità dell'uomo; all'inaspettata scena, il Crescenzi si temette compromesso lui in persona senza saperlo; senonché ecco che cosa capitò: buon uomo in fondo, fu toccato di vedere ai suoi piedi piangente una cosí bella donna e soprattutto una donna cosí potente e si mise a piangere a sua volta: «Anch'io, – si diceva, – nobile e ricco come sono, chi sa che non abbia un giorno a trovarmi ai piedi di qualche repubblicano!» La conclusione fu che accettò che la duchessa, nella sua qualità di prima dama di corte, lo presentasse alla principessa dalla quale lei otterrebbe al Crescenzi il permesso di rimettere a Fabrizio un cestinetto del quale egli dichiarerebbe di ignorare il contenuto.

Bisogna sapere che la sera precedente, quando ancora la

duchessa ignorava la pazzia commessa da Fabrizio, si era recitato alla corte una commedia *dell'arte*; ed il principe, che
si riservava sempre le parti d'amoroso della duchessa, le
aveva parlato del suo amore con tanta passione che sarebbe
stato ridicolo se fosse mai possibile che in Italia apparisse
ridicolo un innamorato o un principe.

Ora avvenne che egli incontrò pei corridoi la duchessa
mentre questa, diretta agli appartamenti della principessa,
si tirava dietro l'imbarazzatissimo marchese Crescenzi. Il
principe fu talmente sorpreso e abbagliato dall'appassionata bellezza che in quel momento la disperazione dava alla
duchessa, che malgrado la sua timidezza per la prima volta
in vita sua dimostrò del carattere: gli è che nulla ai suoi occhi era serio come le cose d'amore. Con un cenno davvero
da sovrano mise in libertà il marchese e prese a fare alla
dama una dichiarazione in piena regola. Da parecchio doveva essersela preparata, perché in piú punti era assai abile.

— Dato che le convenienze inerenti alla mia posizione mi
vietano la suprema felicità di sposarla, le giurerò in cambio
sull'ostia consacrata di non prender mai moglie senza suo
consenso scritto. Mi rendo conto che a questo modo le faccio perdere la mano d'un primo ministro, d'un uomo capace e simpaticissimo: ma, infine, egli ha cinquantasei anni
ed io non ne ho ancora ventidue. Crederei d'offenderla e di
meritarmi il suo rifiuto se le parlassi di vantaggi estranei al-
l'amore; ma alla corte tutti quelli che tengono al danaro
parlano con ammirazione della prova d'amore che il conte
le dà, lasciandola depositaria di quanto gli appartiene. Io
sarei troppo felice di poterlo in questo imitare. Della mia
fortuna ella farà miglior uso che non potrei io stesso farne:
sarà lei a disporre interamente della somma che i miei ministri rimettono ogni anno al mio intendente generale, dimodoché deciderà lei, signora duchessa, di quello che potrò
spendere ogni mese.

La duchessa, col cuore straziato dalla previsione dei rischi che frattanto Fabrizio correva, trovava quei particolari interminabili.

— Ma non sa Vostra Altezza, — finí per gridare, — che in
questo momento nella sua cittadella si sta avvelenando
mio nipote! Me lo salvi ed io credo a tutte le sue parole.

Una frase piú disgraziata di questa non avrebbe potuto
uscirle di bocca. La parola *veleno* bastò a far cadere di colpo l'entusiasmo e la franchezza con la quale il povero prin-

cipe le parlava. Era tardi per rimediare quando la duchessa
se ne accorse e la sua disperazione crebbe ancora, ciò che
non avrebbe creduto fosse possibile. «Se non parlavo di veleno, avrei ottenuto che liberasse Fabrizio! – si disse. – Caro Fabrizio, è dunque scritto che con le mie sciocchezze
non ti faccia che del male!»

Le occorse parecchio tempo e dovette mettere in opera
tutta la sua civetteria perché il principe tornasse alle sue
appassionate proteste d'amore: ma, allarmato, ora egli non
parlava più col calore di prima: lo gelava anzitutto l'idea
del veleno e poi quella che si potesse a sua insaputa propi-
narne nel suo Stato; pensiero che lo urtava quanto il primo
lo atterriva. «Rassi vuol dunque disonorarmi agli occhi del-
l'Europa! Dio sa che cosa mi toccherà leggere il prossimo
mese sui fogli di Parigi!»

– Cara duchessa, lei sa se le voglio bene. Codeste idee
spaventose di veleno che lei ha, non hanno, amo credere,
fondamento; ma insomma mi dànno anche da pensare e mi
fanno quasi scordare per un momento la passione che per
lei nutro, la prima che provo in vita mia. Sento che lei non
ha molta inclinazione per me; io non sono che un ragazzo
innamoratissimo; ma insomma mi metta alla prova.

Il principe s'animava così dicendo.

– Salvi mio nipote ed io credo a tutto. Senza dubbio sono in preda a pazze paure: le paure d'una madre pel figlio;
ma mandi subito a cercare di Fabrizio alla cittadella, in modo che io lo veda. Se vive ancora, Vostra Altezza lo mandi
alle carceri di città: là resterà interi mesi, se così piace a
Vostra Altezza: vi resterà sino a che non sia giudicato.

S'aspettava che il principe esaudisse subito con una parola una preghiera così semplice; invece con sgomento lo vide oscurarsi in volto; era diventato rosso, guardava la duchessa, poi abbassava gli occhi e le sue guance impallidiva-
no. L'idea del veleno, avanzata così a sproposito, gliene
aveva suggerito un'altra, degna di suo padre e di Filippo II,
ma non osava esprimerla.

– Ecco, signora, – disse infine come facendosi violenza,
e con un tono pochissimo gentile, – lei mi disprezzerà come un ragazzo e in più come uno che non conosce le buone
maniere: ma tant'è! le dirò una cosa bruttissima, ma che
mi suggerisce in questo momento la passione vera e profonda che ho per lei. Se credessi almeno un po' al veleno,
avrei già fatto ciò che mi chiede: ne avrei sentito lo stretto

dovere; ma io non vedo nella sua richiesta che il capriccio d'un cuore appassionato: capriccio, mi permetta di dirlo, che non vedo bene a che miri. Lei mi chiede di agire senza consultare i miei ministri, io che regno da appena tre mesi! mi chiede di fare uno scarto, e che scarto! alla linea di condotta, molto logica ai miei occhi, lo confesso, dalla quale non dovrei mai dipartirmi. Qui in questo momento è lei, signora, il sovrano assoluto e mi dà delle speranze per ciò che per me è tutto; ma fra un'ora, appena cioè questa fisima del veleno, appena questo incubo sia sparito, la mia presenza la importunerà, mi ritirerà il suo favore. Ebbene: mi occorre un giuramento. Giuri, signora, che se suo nipote le vien reso sano e salvo, entro tre mesi otterrò da lei quello che di piú può bramare il mio amore. Concedendomi un'ora della sua vita, farà la felicità di tutta la mia.

In questa, all'orologio del palazzo scoccarono le due. «Ahimè! è forse già tardi!» pensò la duchessa. E stravolta gridò: – Lo giuro!

Subito il principe divenne un altro: corse in fondo alla galleria dov'era la sala degli aiutanti di campo.

– Generale Fontana, vada di corsa alla cittadella, salga al piú presto alla stanza in cui è chiuso il signor del Dongo e me lo conduca qui: debbo parlargli entro venti minuti; entro quindici, se è possibile.

– Generale! – aggiunse la duchessa che aveva seguito il principe: – un minuto di ritardo può decidere della mia vita. Un'informazione, senza dubbio falsa, fa temere che si avveleni mio nipote: appena la sua voce può giungergli, gli gridi di non mangiare. Se ha mangiato, lo faccia rigettare, ve lo costringa anche con la forza: gli dica che sono io che lo voglio e che fra un momento sarò da lui. Le sarò riconoscente per la vita.

– Signora duchessa, ho il cavallo pronto, cavalcare so e lo metto al galoppo. La precederò di otto minuti.

– Quattro di questi minuti, signora duchessa, glieli chiedo per me, – disse il principe.

L'aiutante di campo sparí: se c'era un merito che non gli si poteva negare era quello di saper stare a cavallo. La porta s'era appena rinchiusa alle sue spalle che il principe, facendo mostra di carattere, afferrò la mano della duchessa:

– Abbia la compiacenza, signora, – le sussurrò con passione, – di venir con me alla cappella.

Interdetta per la prima volta in vita sua, la duchessa lo

seguí senza far parola. Di corsa percorsero tutta la grande
galleria del palazzo: la cappella era all'altra estremità. Nella cappella il principe si mise in ginocchio davanti all'altare, ma in una posizione che si sarebbe anche potuto credere in ginocchio davanti alla duchessa.

– Ripeta il giuramento, – le disse col tono cupo della
passione; – se lei fosse stata giusta, se non m'avesse nociu-
to questa malaugurata mia qualità di principe, m'avrebbe
accordato per pietà del mio amore quello che ora mi deve
per averlo giurato.

– Se rivedo Fabrizio sano e salvo, se fra otto giorni egli
vive ancora, se Vostra Altezza lo nomina coadiutore dell'arcivescovo Landriani con diritto di succedergli, il mio onore, la mia dignità di donna, tutto metterò ai piedi di Vostra Altezza e sarò sua.

– Ma, *cara amica*, – e la timida ansietà e la passione con
cui parlava era ben ridicola, – ma, cara amica, non nascondono mica le sue parole qualche tranello che potrebbe distruggere la mia felicità? Ne morirei. Se l'arcivescovo mi al-
lega uno di quegli impedimenti ecclesiastici che trascinano
le cose anni interi, che è di me? Lei vede che agisco in perfetta buona fede: mi farebbe mica la gesuita?

– No, lealmente, se Fabrizio è salvo, se, per quanto sta
in Vostra Altezza, lo fa coadiutore con diritto all'arcivescovato, io mi disonoro e sono sua. Basta che Vostra Altezza
s'impegni a mettere *approvato* in margine alla domanda
che l'arcivescovo le presenterà tra otto giorni.

– Io le firmo un foglio in bianco! Regni su di me e sui
miei Stati! – esclamò imporporandosi di gioia e fuori di sé
il principe.

Volle che giurasse ancora una volta. Era talmente commosso che ogni timidezza in lui era sparita; in quella cappella dov'eran soli, sussurrò alla duchessa delle parole che,
se lei gli avesse udito dire tre giorni prima, avrebbe considerato il principe con altro occhio. Ma l'orrore per la promessa che le veniva a quel modo strappata aveva in quel
momento preso il posto del terrore pel pericolo che Fabrizio correva.

Era sconvolta da ciò che aveva fatto; e se non sentiva ancora tutta l'atroce amarezza della parola pronunciata era
perché l'assorbiva l'ansietà di sapere se il generale era giunto in tempo alla cittadella.

Per liberarsi dalle proteste follemente appassionate di

quel ragazzo e dare al discorso un'altra piega, uscí in parole d'ammirazione per un quadro del Parmigianino che adornava l'altar maggiore.

– Sia cosí buona da permettermi di mandarglielo, – s'affrettò il principe.

– Lo accetto, ma adesso mi consenta di andare incontro a Fabrizio.

Col viso stravolto ordinò al cocchiere di mettere i cavalli al galoppo. Sul ponte levatoio della cittadella incontrò il generale Fontana e Fabrizio che uscivano a piedi.

– Hai mangiato?

– Per miracolo, no.

La duchessa si gettò al collo di Fabrizio e cadde in uno svenimento di un'ora, che fece temere per la sua vita e in seguito per la sua ragione.

Il governatore Fabio Conti alla vista del generale Fontana era impallidito di collera. Egli aveva mandato cosí per le lunghe le formalità per la liberazione del prigioniero, che l'aiutante di campo, convinto dentro di sé che la duchessa stava per prendere il posto di amante in titolo del re, aveva finito per stizzirsi. Il governatore contava di far durare la malattia di Fabrizio due o tre giorni: «Ed ora sta' a vedere, – si diceva, – che il generale, uno della corte, mi trova quell'impertinente in preda ai dolori che mi vendicano della sua fuga».

Impensierito, Fabio Conti si fermò a pianterreno della torre Farnese, di dove s'affrettò a mandar via i soldati di guardia: non voleva testimoni alla scena che s'aspettava. Cinque minuti dopo trasecolava udendo Fabrizio parlare e vedendolo vivo e vispo fare al generale Fontana la descrizione della prigione. Allora si squagliò.

Fabrizio si mostrò gentiluomo compito nella visita al principe. Volle anzitutto non far la figura d'un ragazzo che si spaventa di nulla. Al principe che gli chiedeva affabilmente come stava: – Come uno, Altezza Serenissima, – egli rispose, – che muor di fame: perché, per mia fortuna, non ho fatto colazione né ho pranzato –. Ringraziato che l'ebbe, gli chiese licenza di andare a trovare l'arcivescovo prima di entrare nelle carceri di città. All'udire le sue parole, il principe era diventato pallidissimo: nella sua mente di ragazzo entrava finalmente la persuasione che il veleno non era una fantasia della duchessa. Assorto in questo doloroso pensiero, non rispose lí per lí alla preghiera che Fabri-

zio gli rivolgeva di potersi recare all'arcivescovato; dopo,
si credette in obbligo di rimediare alla propria distrazione
accordando il permesso con la maggiore gentilezza:

– Vada liberamente solo. Verso le dieci o le undici entre-
rà in prigione, dove spero non avrà a restare a lungo.

L'indomani di quella memorabile giornata, la piú memorabile della sua vita, il sovrano si riteneva un piccolo Napoleone: aveva letto che quel grand'uomo aveva goduto il favore di molte belle dame della sua corte. Di lí a sentirsi
anche un po' Napoleone pel contegno tenuto davanti alle
pallottole, fu breve il passo. Era ancora tutto orgoglioso
della fermezza con cui s'era comportato con la Sanseverina. La coscienza d'aver saputo condur bene in porto un'impresa difficile fece di lui per quindici giorni tutt'altro uomo; diventò facile ad accendersi a propositi generosi, diede prova insomma d'un certo carattere.

Quel giorno esordí gettando nel fuoco la proposta, che
aveva da un mese sulla scrivania, di far Rassi barone. Desti-
tuí il generale Fabio Conti e dal successore – il colonnello
Lange – pretese la verità sulla faccenda del veleno. Lange,
bravo generale polacco, fece paura ai carcerieri: egli poté riferire che c'era stata l'intenzione di avvelenare la colazione
del signor del Dongo, ma che sarebbe stato necessario mettere al corrente della cosa troppa gente; le misure erano
state prese meglio per avvelenargli il pranzo, tanto che senza l'arrivo del generale Fontana il del Dongo era spacciato.
Il principe rimase costernato; ma, innamorato com'era veramente, si consolò pensando: «Vuol dire che le ho salvato
davvero il nipote; non oserà mancare alla parola data». E
concluse tra sé: «Il mio mestiere, m'accorgo, è meno facile
di quanto credevo. Ora, tutti riconoscono alla duchessa
una grandissima capacità. Cuore e politica questa volta van
d'accordo; che fortuna sarebbe per me se lei accettasse d'essere il mio primo ministro!»

La sera di quel giorno il principe era cosí di malumore
per la scoperta fatta che non volle partecipare alla recita.

– Mi riterrei troppo fortunato, – diss'egli alla duchessa,
– s'ella accettasse di regnare sui miei Stati come già regna
sul mio cuore. Per cominciare, le dirò intanto come ho impiegato la giornata.

E le riferí minutamente la proposta di nobiltà del Rassi
fatta a pezzi, la nomina di Lange, il suo rapporto circa il
tentato avvelenamento...

– Io mi riconosco troppo poca esperienza per fare il re. Il conte mi umilia con le sue facezie mostrando di prendermi poco sul serio; lo fa persino in consiglio; ed in società, lei mi dirà che non è vero, ma va dicendo che sono un ragazzo e che lui mi mena pel naso. Per essere principe non cesso d'essere un uomo anch'io: sono cose che rincrescono. Per dare una smentita al Mosca, m'hanno costretto a chiamare al ministero quel pericoloso furfante di Rassi; del quale evidentemente il generale Conti ha ancora tanta paura che non ardisce confessare che è stato lui o la Raversi a spingerlo a far morire suo nipote. Ho una grande voglia di mandare il Conti davanti ai tribunali: vedranno i giudici s'egli è colpevole.

– Ma Vostra Altezza ha dei giudici dei quali fidarsi?

– Che intende dire? – chiese stupito il sovrano.

– Vostra Altezza non manca certo di magistrati che sanno l'affar loro e che passeggiano per le vie con piglio grave; ma è gente che giudicherà sempre come fa piacere al partito in auge in quel momento alla corte.

Mentre il principe ribatteva scandolezzato con frasi che lasciavan vedere piú candore che perspicacia, la duchessa pensava: «Mi conviene permettere che il Conti sia disonorato? No, certo, perché allora il matrimonio di sua figlia col Crescenzi va a monte».

Di questo durarono parecchio a discutere; e dal colloquio il principe riportò la piú grande ammirazione pei talenti della duchessa.

In considerazione del matrimonio di Clelia Conti col marchese Crescenzi, ed a questo preciso patto dichiarato senza mezzi termini, il sovrano chiuse un occhio sul tentativo d'avvelenamento; ma, per suggerimento della duchessa, esiliò il Conti fino a che il matrimonio non fosse celebrato. La Sanseverina credeva di non amar piú Fabrizio d'amore, ma ci teneva ancora moltissimo che quel matrimonio avvenisse. In questo desiderio c'era la vaga speranza di veder cosí a poco a poco sfumare la tetraggine del nipote.

Siccome quella sera il principe nella sua gioia parlava di destituire clamorosamente su due piedi il Rassi, la duchessa gli disse ridendo:

– Sa Vostra Altezza che cosa diceva Napoleone? Chi occupa un posto in vista ed ha su di sé gli occhi del mondo, non deve lasciarsi mai andare al primo impulso. Ma stasera è troppo tardi, rimandiamo gli affari a domani.

Voleva con questo prender tempo per consultare il conte; al quale riferí per filo e per segno tutto il colloquio avuto la sera col sovrano, tacendo solo beninteso le frequenti allusioni del principe a una promessa che le avvelenava la vita. A questo proposito la duchessa si lusingava di rendersi necessaria al sovrano al punto da poter ottenere da lui che il mantenimento della promessa venisse differito indefinitamente; gli avrebbe detto: «Se Vostra Altezza ha la barbara pretesa di infliggermi questa umiliazione che non le perdonerò mai, il giorno dopo io lascio i suoi Stati».

Consultato sulla sorte del Rassi, il conte si mostrò quanto mai filosofo. Il generale Fabio Conti e lui andarono a viaggiare in Piemonte.

Un'inattesa difficoltà sorse pel processo di Fabrizio: i giudici volevano assolverlo per acclamazione sin dalla prima seduta. Il conte dovette ricorrere alle minacce per ottenere che il processo durasse almeno otto giorni e tutti i testimoni venissero ascoltati. Questa gente è sempre la stessa, non poté a meno di pensare.

L'indomani del suo rilascio, Fabrizio del Dongo prese finalmente possesso del posto di gran vicario. Il giorno stesso il principe firmava le carte necessarie acciocché venisse nominato coadiutore con diritto di successione; e non passavano due mesi che il giovane s'insediava a tale posto. Tutti si complimentavano con la duchessa dell'aria grave assunta dal nipote; ma s'ingannavano sulla sua causa: in realtà Fabrizio era in preda alla disperazione.

All'indomani della liberazione di Fabrizio che segnò il trionfo della duchessa – trionfo che fu seguito dalla destituzione e dall'esilio del generale Fabio Conti – Clelia s'era rifugiata in casa della zia contessa Contarini, donna ricchissima, molto innanzi negli anni, tutta presa dalle cure della sua salute. La fanciulla avrebbe potuto vedere Fabrizio: invece chi fosse stato al corrente di ciò ch'era passato tra lei e il giovane ed avesse visto come lei ora si comportava avrebbe potuto pensare che coi rischi del giovane anche l'amore di Clelia per lui era cessato. Fabrizio, invece, non solo passava davanti al palazzo Contarini quanto piú spesso poteva senza dar troppo nell'occhio, ma in faccia alle finestre del primo piano di quel palazzo era anche riuscito non senza infinite difficoltà ad affittare un piccolo alloggio. Una volta che Clelia, lontana le mille miglia, s'era messa alla finestra al passaggio d'una processione, aveva dovuto tosto ritrarsene spaventatissima: aveva scorto Fabrizio, in nero ma travestito da povero operaio, che la guardava da una finestra di faccia: una finestra che aveva i vetri di carta oleata come già la cameretta della torre Farnese. Fabrizio avrebbe voluto potersi persuadere che Clelia lo fuggiva adirata per la destituzione del padre, destituzione che la voce pubblica attribuiva alla duchessa; ma troppo bene egli conosceva un'altra causa di quella fuga e nulla perciò poteva tirarlo dalla sua malinconia.

Né la sua assoluzione gli aveva dato la minima gioia, né l'assunzione all'alta carica, la prima che esercitava in vita sua, né la posizione raggiunta in società e nemmeno l'assidua corte che si vedeva fare da tutti gli ecclesiastici e da tutti i fedeli della diocesi. A ricevere tanta gente si trovò presto inadeguato il grazioso appartamento ch'egli aveva al palazzo Sanseverina. La zia si vide costretta con sua grande gioia a cedergli tutto il secondo piano del palazzo e due belle sale al primo: queste sale erano sempre zeppe di gente in attesa di essere ammessa a presentare i suoi omaggi al giovane coadiutore. La clausola per cui Fabrizio avrebbe dovuto succedere nell'arcivescovato al Landriani aveva avuto grande risonanza nel paese; diventavano ora in lui delle virtú quelle doti di carattere che avevano prima tanto scandolezzato la corte.

Fu una grande lezione per Fabrizio il non provare alcuna gioia per tutti quegli onori, il sentirsi piú infelice in quel sontuoso appartamento attorniato da dieci lacchè in livrea di quello che non lo fosse stato nella stanzetta di legno della torre Farnese, tra gli odiosi carcerieri ed in continuo rischio di perdere la vita. La madre e la sorella – ch'era diventata ora la duchessa V. – venute a Parma per godere del suo trionfo, rimasero colpite dalla profonda tristezza impressa sul suo volto. La marchesa del Dongo, ch'era ormai la donna meno romantica che ci fosse, da quella malinconia del figlio rimase cosí colpita che venne a credere che alla torre Farnese gli fosse stato propinato qualche veleno lento. Discreta com'era, si credette in dovere d'interrogarlo, e Fabrizio le rispose solo con delle lacrime.

I numerosi vantaggi che la brillante posizione gli dava non facevano che irritarlo. Per esempio, quell'essere vanitoso e incancrenito nel piú meschino egoismo ch'era il fratello, gli scrisse una lettera di congratulazioni quasi ufficiale, accompagnandola con un mandato di cinquantamila lire

con le quali, scriveva il nuovo marchese, potesse comperare dei cavalli e una vettura da far onore al nome. Fabrizio
girò la somma alla sorella minore, male maritata.

Cosí il conte Mosca aveva fatto fare un'elegante traduzione della *genealogia* in latino della famiglia Valserra del
Dongo e l'aveva fatta stampare sontuosamente col testo a
fronte e con splendide riproduzioni in litografia, eseguite
a Parigi, delle incisioni che la adornavano. La versione venne pubblicata come opera di Fabrizio scritta durante la prima prigionia. Ma anche la vanità cosí innata nell'uomo taceva ormai nel nostro eroe; egli non si degnò di leggere
una sola pagina dell'opera che gli veniva attribuita. Solo,
dalla posizione che occupava si vide costretto a fare omaggio al principe di un esemplare magnificamente rilegato; ed
il principe, ritenendosi in dovere di risarcire in qualche
modo il giovane del rischio corso in prigione, gli accordò il
privilegio di non dover fare anticamera, favore che dà diritto al titolo di Eccellenza.

I soli momenti in cui Fabrizio avesse qualche probabilità di uscire dalla sua nera malinconia erano quelli che passava appostato dietro un vetro che aveva fatto mettere al posto d'un foglio di carta oliata nella finestra in faccia al palazzo Contarini. Le poche volte che dalla sua uscita dalla cittadella aveva visto Clelia, in lei lo aveva colpito e addolorato un profondo cambiamento che gli sembrava di pessimo augurio. Dal giorno del suo fallo, la fisionomia della giovane aveva preso un'espressione di gravità e di nobiltà che impressionava: le si sarebbero dati trent'anni. «Per cambiare cosí deve aver preso qualche irremovibile decisione, – si diceva Fabrizio; – certo ogni momento del giorno essa giura a se stessa di restar fedele al voto fatto alla Madonna, di non rivedermi mai piú».

Con questo Fabrizio non indovinava che in parte quel che passava nel cuore dell'amata. Clelia sapeva che il suo sventurato padre, caduto irrimediabilmente in disgrazia, non poteva rientrare a Parma e ricomparire alla corte (lui pel quale frequentare una corte era piú necessario del pane) se non avvenute le sue nozze col marchese Crescenzi; ed aveva scritto perciò al generale – allora rifugiato a Torino e ammalato di dolore – ch'essa desiderava quel matrimonio. In realtà il primo effetto di quella decisione era stato di invecchiarla di dieci anni.

Dacché aveva scoperto che Fabrizio aveva una finestra in faccia al palazzo Contarini, una sola volta la fanciulla aveva avuto la disgrazia di vederlo; ormai, appena essa scorgeva a quella finestra un'apparenza di testa o una corporatura che somigliasse un po' a quella di lui, subito chiudeva gli occhi. Il sentimento religioso che nutriva profondo e la fiducia che poneva nell'aiuto della Madonna erano ormai le sue sole risorse. Con suo dolore non aveva stima pel pa-

dre; nel futuro marito riconosceva un uomo di carattere assolutamente mediocre, del modo di sentire della grande società; come non bastasse, adorava uno che non doveva veder piú e che pure poteva vantare dei diritti su di lei. Destino peggiore del suo non le pareva vi fosse e non possiamo
darle torto. Le sarebbe stato necessario almeno, una volta
sposata, andare ad abitare lontanissimo da Parma.

Fabrizio non ignorava quanto Clelia fosse ritrosa; quanto era destinato a dispiacerle qualunque tentativo di lui
che, scoperto, potesse dar luogo a maldicenze. Tuttavia,
spinto dalla tristezza in cui si sentiva sprofondare e dal vedere che immancabilmente la fanciulla stornava gli occhi
da lui, osò tentare di guadagnarsi due domestici della zia,
contessa Contarini. Una sera, vestito da villico, si presentò
alla porta del palazzo, dove lo attendeva uno dei domestici
da lui corrotti con danaro; e s'annunciò come uno che arrivava da Torino latore di lettere del padre per Clelia. Il servo andò a riferire e fece salire il giovane in un'immensa anticamera al primo piano. Ivi Fabrizio passò forse il piú an-
goscioso quarto d'ora d'ansietà della sua vita. Se Clelia lo
respingeva, era perduta per lui ogni speranza di pace. « Allora, – pensava, – libererò la chiesa d'un cattivo prete e me
dei seccanti grattacapi che il posto che occupo mi procura;
sotto un finto nome, andrò a cercar rifugio in qualche
certosa ».

Finalmente il domestico venne ad annunciargli che la signorina era disposta a riceverlo. Fabrizio sentí cadere ogni
coraggio; nel salire al secondo piano, gli tremavano le
gambe.

Clelia stava seduta davanti ad un tavolinetto sul quale
era una sola candela. Appena ravvisò sotto il travestimento Fabrizio, scappò a nascondersi in fondo alla sala.

– Ecco come vi preoccupate della mia eterna salute! –
gli gridò celandosi il viso nelle mani. – Eppure sapete che,
quando poco mancò mio padre perisse di veleno, ho fatto
voto alla Madonna di non vedervi piú. A questo voto ho
mancato solo quel giorno, il piú sciagurato della mia vita,
in cui ho creduto in coscienza mio dovere sottrarvi alla
morte. È già molto che per un'interpretazione cavillosa e
certamente colpevole, io consenta di ascoltarvi.

L'ultima frase colse cosí alla sprovvista Fabrizio, che s'a-
spettava di vederla scappar via indignata, che gli occorse

qualche secondo prima di poterne gioire. Tornatagli la presenza di spirito, spense l'unica candela. Sebbene credesse di aver capito bene l'idea di lei, nondimeno, nell'avanzare verso il fondo della sala dove la fanciulla s'era rifugiata dietro un sofà, egli tremava tutto. Ancora si chiedeva se l'avrebbe offesa baciandole la mano: quando lei tutta vibrante d'amore gli si buttò fra le braccia:

– Caro Fabrizio, – dicendogli, – quanto hai tardato a venire! Io non posso parlarti che un momento, perché già cosí commetto un grosso peccato: quando ho promesso di non vederti piú, certo intendevo promettere anche di non parlarti piú. Ma come hai potuto, dimmi, vendicarti cosí barbaramente di mio padre? Non c'è mancato poco venisse lui pel primo avvelenato, perché tu potessi scappare? Non dovevi qualche cosa a me sua figlia che ho tanto compromesso la mia reputazione per salvarti? E quasi non bastasse eccoti legato ora al sacerdozio: s'anche io trovassi modo di allontanare quell'odioso marchese, tu non potresti piú sposarmi. E poi come hai ardito, la sera della processione, cercare di vedermi di pieno giorno, facendomi violare cosí e nel modo piú clamoroso il sacro voto che ho fatto alla Madonna?

Fabrizio se la stringeva fra le braccia, ebbro di sorpresa e di felicità. Un colloquio iniziato con tante domande non poteva finire tanto presto. Fabrizio le raccontò quello che era la pura verità circa l'esilio del padre: la duchessa non entrava per niente nella faccenda, per la semplice ragione che neppure un momento essa aveva avuto sospetto che l'idea del veleno fosse venuta al generale, persuasa al contrario che quello fosse un tiro del partito della Raversi per mandare a spasso il conte Mosca. Questa spiegazione che rispondeva al vero e che il giovane corredò di tutti i particolari rese felice Clelia: sarebbe stata desolata di dover odiare qualcuno che avesse a fare con Fabrizio. Ormai per la duchessa non provava piú alcuna gelosia.

Si separarono felici; ma quella felicità non doveva regnare nel loro cuore che qualche giorno appena.

Era tornato da Torino quell'eccellente uomo di don Cesare, il quale, forte della propria coscienza che di nulla lo rimordeva, osò farsi presentare alla Sanseverina. Ottenuta la promessa che non avrebbe abusato della confidenza che egli le faceva, le confessò che il fratello, ingannato da un falso punto d'onore e convinto d'essere stato sfidato e rovi-

nato nell'opinione pubblica dalla fuga di Fabrizio, s'era creduto in dovere di vendicarsi.

Il cappellano non parlava da due minuti che già aveva
guadagnato la sua causa: tanta virtú aveva commosso la duchessa, poco avvezza a tali spettacoli. La novità della cosa
la sedusse.

– Affretti il matrimonio di sua nipote col marchese; ed
io le do la mia parola che farò quanto è in me perché il generale sia accolto come se tornasse da un viaggio. Lo inviterò a pranzo: va bene? Sulle prime non si potrà evitare una
certa freddezza e va da sé che suo fratello non dovrà aver
fretta per chiedere di riprendere il suo posto alla cittadella.
Ma lei sa che ho dell'amicizia pel marchese; per cui non
porterò al suocero nessun rancore.

Incoraggiato da queste parole don Cesare venne a dire
alla nipote che la vita di suo padre stava nelle sue mani.
Eran mesi che non si mostrava piú in alcuna corte ed era
ammalato di disperazione.

Clelia volle andare a trovare il padre che, nella persuasione che la corte di Parma avrebbe chiesto a quella di Torino
la sua estradizione, s'era rifugiato sotto un falso nome in
un villaggio presso la capitale del Piemonte. Lo trovò infermo e quasi pazzo. La sera stessa scrisse a Fabrizio una lettera in cui rompeva con lui per sempre. Ricevendola, Fabrizio, che stava maturando un carattere assai vicino a quello
dell'amata, andò a ritirarsi al convento di Velleia, nelle
montagne, a dieci leghe da Parma. La lettera di Clelia era
di dieci pagine: gli chiedeva il consenso a sposare il marchese, matrimonio che una volta gli aveva giurato di non fare
senza il suo permesso; Fabrizio glielo accordò con una lettera scritta dal ritiro di Velleia, spirante la piú pura amicizia.

Ricevuta quella lettera – il cui tono amichevole, dobbiamo confessarlo, la irritò – Clelia fissò lei stessa il giorno
del matrimonio. La celebrazione di quelle nozze, con le feste che portò con sé, accrebbe lo splendore di cui quell'inverno già brillava la corte di Parma.

Ranuccio - Ernesto V era, in fondo, avaro; ma era anche
perdutamente innamorato e sperava, dando spicco alla corte, di trattenervi la duchessa: pregò la madre di accettare
una fortissima somma per dare delle feste. Di quell'aumento di fondi la prima dama d'onore seppe tirar partito: le feste quell'inverno a Parma ricordarono i bei giorni della cor-

te di Milano e di quell'amabile principe Eugenio, viceré d'Italia, della cui bontà dura ancora il rimpianto.

I doveri di coadiutore avevano richiamato Fabrizio in città; ma, giungendovi, egli dichiarò che per motivi di devozione avrebbe continuato il suo ritiro nell'appartamentino che monsignor Landriani l'aveva costretto a prendere all'arcivescovato.

Là egli si rinchiuse con un solo domestico. Cosí non assistette a nessuna delle brillantissime feste della corte: cosa che gli valse a Parma e nella sua futura diocesi un'immensa reputazione di santità. Conseguenza inattesa di questo ritiro, ispirato a Fabrizio unicamente dalla sua tristezza senza speranza, fu che l'arcivescovo che lo aveva sempre benvoluto al punto da volerlo suo coadiutore, concepí verso di lui un po' di gelosia. A ragione il Landriani riteneva suo dovere il recarsi a tutte le feste di corte, com'è d'uso in Italia. In tali occasioni indossava il vestito di cerimonia, poco diverso da quello che gli si vedeva indosso nel coro della cattedrale. Al suo apparire i domestici che si pigiavano nell'atrio a colonne del palazzo avevano l'uso di alzarsi e di chiedere al pastore la benedizione: monsignore di buon grado si fermava per impartirla. Fu in uno di quei momenti di solenne silenzio che l'arcivescovo udí qualcuno del presenti commentare: – L'arcivescovo va al ballo, mentre monsignor del Dongo non esce dalla sua camera!

Bastò perché tramontasse in quel momento nel cuore dell'arcivescovo la straordinaria benevolenza che egli aveva sino allora nutrito per Fabrizio: ma ormai il giovane aveva ali da volare per proprio conto.

La sua condotta, ispirata unicamente dalla disperazione in cui lo gettava il matrimonio di Clelia, fu presa come il segno d'una devozione semplice e sublime: i fedeli leggevano come fosse un libro di pietà quella genealogia dei del Dongo, dalle cui righe traspariva la piú insensata vanità. Del suo ritratto i librai tirarono copie litografiche che andarono a ruba soprattutto nel popolo; l'incisore per ignoranza aveva incorniciato il ritratto di ornamenti cui un semplice coadiutore non poteva pretendere, come quelli che spettavano solo ad un vescovo. Di quei ritratti il Landriani ebbe a vederne uno ed il suo sdegno allora esplose: fece chiamare Fabrizio e gli rivolse i piú aspri rimproveri in termini che la collera rendeva qualche volta scortesi. A Fabrizio, come c'era da aspettarsi, non costò alcuno sforzo comportarsi come avrebbe fatto Fénelon in simile circostanza: ascoltò l'arcivescovo con tutta l'umiltà e l'unzione possibili; e, quando il prelato si fu sfogato, gli riferí com'era andata tutta la faccenda della genealogia dei del Dongo, per ordine del conte Mosca fatta tradurre al tempo della sua prima prigionia: la pubblicazione era stata fatta a scopi mondani ch'egli aveva sempre ritenuto s'addicessero poco a un uomo del suo stato. Quanto al ritratto, egli era stato interamente estraneo alla seconda come alla prima edizione di esso; e quando il libraio, durante il suo ritiro, gli aveva fatto recapitare all'arcivescovato ventiquattro esemplari di quella seconda edizione, egli aveva mandato il domestico ad acquistarne un venticinquesimo; ed essendo cosí venuto a conoscerne il prezzo di vendita s'era affrettato a saldare l'importo delle copie ricevute.

Tutte queste giustificazioni, per quanto esposte col tono piú umile – col tono d'un uomo che aveva sul cuore ben altri motivi di cruccio – mandarono in bestia l'arcivescovo che arrivò ad accusare il giovane d'ipocrisia.

«Ecco che cosa c'è da aspettarsi da chi vien dal basso, – pensò Fabrizio, – anche quando non è sprovvisto d'intelligenza!»

Un cruccio piú serio lo preoccupava in quel momento: lettere della zia esigevano assolutamente ch'egli venisse a rioccupare il suo appartamento al palazzo Sanseverina, o quanto meno che si facesse qualche volta vedere. Là Fabrizio era sicuro di sentir parlare delle feste date dal marchese Crescenzi pel suo matrimonio: ed egli dubitava di poter assistere a quei commenti senza tradirsi.

Quando la cerimonia di quelle nozze aveva avuto luogo, già da otto giorni Fabrizio s'era imposto il piú stretto silenzio: il domestico come quelli dell'arcivescovato coi quali era in rapporto avevano ricevuto l'ordine di astenersi dal rivolgergli la parola. Saputo di questa nuova ostentazione, monsignor Landriani mandò a chiamare con piú frequenza del solito il suo coadiutore e volle avere con lui lunghissimi abboccamenti; lo costrinse anzi a trattare con certi canonici di campagna i quali pretendevano che l'arcivescovo avesse agito contro i loro privilegi. Fabrizio si sottomise a tutte queste noie con l'indifferenza completa di uno che ha altri pensieri pel capo: «Sarebbe meglio per me, – pensava, – che mi facessi certosino; soffrirei di meno tra le rocce di Velleia».

Andò a trovare la zia ed abbracciandola non poté trattenere le lagrime. Lei lo trovò cosí mutato, cosí tutt'occhi tant'era magro, gli trovò un'aria cosí meschina e infelice nel nero abito logoro di semplice prete, che neppur lei poté alla prima trattenere le lagrime; ma appena si fu detta che tutto quel cambiamento era dovuto al matrimonio di Clelia, la collera che la prese non fu da meno di quella dell'arcivescovo, per quanto piú abilmente contenuta. Gina ebbe la crudeltà di descrivergli a lungo certi graziosi particolari che avevano reso memorabili i festeggiamenti dati dal marchese Crescenzi. Fabrizio non rispondeva; ma sbatteva le palpebre e diventava, se possibile, piú pallido, sino ad assumere in viso – ed era nei momenti che soffriva di piú – una tinta verdognola.

Arrivò in quella il conte Mosca e la vista del giovane, cosí mal ridotto che i suoi occhi non se ne capacitavano, lo guarí del tutto della gelosia che non aveva mai cessato di nutrire verso di lui. Egli mise tutta la sua abilità ed il suo garbo nel cercar di ridestare in Fabrizio qualche interesse per le cose del mondo. Il conte aveva sempre avuto per lui molta stima ed amicizia: questa amicizia, non piú turbata dalla gelosia, divenne in quel momento quasi devozione. «È un fatto, – si disse ricapitolando in mente le disgrazie del giovane, – è un fatto che la sua fortuna l'ha pagata cara». Col pretesto di mostrargli il quadro del Parmigianino donato dal principe alla duchessa, prese il giovane da parte:

– Suvvia, amico mio, parliamoci da uomini: posso fare qualche cosa per voi? Non temete ch'io vi faccia delle domande. Ditemi solo: può servirvi del danaro? o la mia influenza? Parlate, sono ai vostri ordini. Scrivetemi, se lo preferite.

Fabrizio lo abbracciò commosso e cominciò a parlare del quadro. Allora il conte ridando alla conversazione un tono leggero:

– Il vostro modo di comportarvi è un capolavoro di finezza diplomatica. Voi vi preparate cosí il piú bell'avvenire; il principe ha per voi del rispetto, il popolo vi venera; il vostro modesto abito logoro toglie il sonno a monsignor Landriani. Io ho una certa esperienza, eppure, vi giuro, non saprei consigliarvi nessun ritocco al vostro comportamento. A venticinque anni, fatto appena il primo passo nel mondo, avete raggiunto la perfezione. Si discorre molto

di voi alla corte; e sapete che cosa attira l'ammirazione su di
voi come su nessun altro della vostra età? il vostro modesto abito logoro. Se avvenisse mai che vi sentiste stanco
dell'invidia che vi circonda e dei suoi meschini maneggi,
non dimenticate che la duchessa ed io disponiamo della casa dove abitò un tempo il Petrarca, in mezzo alla foresta,
su quella bella collina, sapete, che domina il Po. In quella
casa voi succedereste al Petrarca e la sua fama accrescereb-
be la vostra.

Il conte faceva del suo meglio per far spuntare un sorriso su quel viso di asceta, ma non vi riuscí. Il mutamento
avvenuto in Fabrizio colpiva tanto piú in quanto, se a quel
viso si poteva trovare in passato un difetto, era quello di
esprimere talvolta a sproposito la gioia e il piacere di vivere.

Il conte non lo lasciò andar via prima d'avergli detto
che s'anche era in un periodo di ritiro sarebbe stato forse
ostentarlo non farsi vedere a corte il sabato seguente, compleanno della principessa. Fu una pugnalata per Fabrizio.
«Mio Dio! – si disse, – che sono venuto a fare qui? » Non
poteva pensare senza fremere all'incontro che avrebbe potuto fare alla corte. Questa idea assorbí tutte le altre: concluse dentro di sé che non gli restava altro che arrivare a
palazzo al momento preciso in cui si sarebbero aperte le
sale.

Infatti, il nome di monsignor del Dongo fu uno dei primi ad essere annunziato alla serata di gala. La principessa
lo ricevette con ogni possibile riguardo. Fabrizio non toglieva quasi gli occhi dall'orologio a pendolo: e quando esso gli disse che si trovava lí da venti minuti, già si alzava
per prendere congedo, ma in quella entrò il principe. L'aveva già ossequiato e già senza parere s'avvicinava all'uscita,
quando il ciambellano lo raggiunse per dirgli ch'era stato
designato lui per fare la partita di *whist* col sovrano: era
un tiro per trattenerlo della prima dama di corte, abilissima in simili manovre. Fare una partita di *whist* col sovrano era già un ambito onore per l'arcivescovo: figurarsi pel
suo coadiutore. Fabrizio si sentí trafiggere il cuore e per
quanto nemico d'ogni scena in pubblico, era sul punto d'andare a scusarsi col sovrano, protestando un improvviso ma-
lessere; ma pensò che l'avrebbero aggredito di domande,
fatto segno di condoglianze: il che sarebbe stato piú intollerabile del gioco. Quel giorno non se la sentiva di parlare.

Per fortuna tra i convenuti a presentare alla principessa i loro omaggi c'era il generale dei cappuccini. Questo dottissimo frate, emulo dei Fontana e dei Duvoisin, s'era andato a confinare in un angolo appartato della sala: Fabrizio venne a sederglisi in faccia in modo da togliersi la vista dell'ingresso e intavolò con lui una conversazione di teologia. Ma questo non gli impedí di udir annunziare il marchese e la marchesa Crescenzi.

Contrariamente a quello che s'attendeva, provò un impeto di rabbia.

«Se io fossi Borso Valserra, – era uno dei generali del primo Sforza, – andrei a pugnalare questo massiccio marchese, proprio col pugnaletto d'avorio che Clelia mi diede quel felice giorno. Imparerebbe questo insolente a presentarsi con la sua marchesa dove mi trovo anch'io».

L'espressione del viso tradí i pensieri che lo agitavano, al punto che il generale dei cappuccini gli disse:

– Vostra Eccellenza si sente forse male?

– Ho un tremendo mal di capo... tutta questa luce mi offende... Resto soltanto perché m'han designato a far la partita di *whist* col sovrano.

All'apprendere questo particolare, il generale dei cappuccini – da quel buon borghese che era – restò cosí sconcertato che non sapendo che fare prese a rivolgere al suo interlocutore uno sull'altro dei piccoli inchini; mentre Fabrizio, piú turbato di lui, si buttava a discorrere di tutto quello che gli veniva in bocca, saltando di palo in frasca. Notava intanto che alle sue spalle si diffondeva per la sala un grande silenzio: ma guardare a che fosse dovuto non voleva. Ad un tratto nel silenzio si udí un colpo d'archetto sul leggio: l'orchestra preludiò e la celebre P. cantò l'aria di Cimarosa un tempo tanto in voga: *Quelle pupille tenere!*

Per un po' Fabrizio resistette all'onda di commozione che lo invadeva; ma presto la sua ira sbollí e le subentrò un'acuta voglia di piangere. «Mio Dio! – si disse, – che ridicola figura faccio adesso! con questo abito indosso!» Allora si mise a discorrere di se stesso:

– Questi accessi d'emicrania, – prese allora a dire, – se cerco di combatterli come ho fatto stasera, finiscono in accessi di lagrime che in un uomo del nostro stato potrebbero dar pasto alla maldicenza; per cui prego Vostra Riverenza Illustrissima di permettermi di piangere guardandola, e di non badarci.

Al che l'altro:

– Guarda! Il nostro padre provinciale di Catanzaro è affetto dallo stesso incomodo –. E iniziò sottovoce una lunga storia.

La storia che portava con sé la minuta descrizione del regime che quel provinciale osservava nel pasto della sera era cosí buffa che fece sorridere Fabrizio: cosa che non gli capitava da gran tempo. Ma la sua attenzione al racconto durò poco. Ora mentre la P. cantava da par sua un'aria del Pergolesi (la principessa amava la vecchia musica) uno scricchiolio vicinissimo fece istintivamente voltare Fabrizio: lo scricchiolio d'una poltrona sul pavimento di legno: ed ecco che i suoi occhi in pianto incontrarono quelli non meno gremiti di lacrime della marchesa Crescenzi che aveva preso posto a tre passi da lui. Clelia chinò il capo; mentre lo sguardo di lui sdegnoso si indugiava qualche istante a contemplare la testa carica di diamanti. Poscia nel dirsi: *e i miei occhi non ti guarderanno mai*, il giovane si rivolse al padre generale scusandosi:

– Ecco che questo incomodo mi prende piú forte che mai.

Infatti per piú di mezz'ora pianse a dirotto. Per fortuna veniva eseguita intanto una sinfonia di Mozart, e, come spesso succede in Italia, in modo cosí straziante che lo aiutò ad asciugare le lacrime. Resistendo alla tentazione, non voltò piú gli occhi da quella parte; e mentre la P. riprendeva a cantare il suo cuore ormai alleggerito dal pianto, provò un senso di perfetta pace. La vita gli apparve allora sotto una nuova luce. «Pretendo forse di dimenticarla del tutto sin dal principio? – si disse. – Impossibile!» Quindi venne a pensare: «Piú infelice di quanto sono da due mesi potrei esserlo mai? E se nulla può accrescere la mia infelicità, perché allora vietarmi il piacere di guardarla? Lei ha dimenticato i suoi giuramenti: è leggera: non lo son forse tutte le donne? Ma chi potrebbe negarle una sovrumana bellezza? Il suo sguardo mi rapisce in estasi, mentre per guardare le donne che passano per le piú belle sono costretto a fare uno sforzo su me stesso. Ebbene, perché non lasciarmi rapire? sarà almeno un attimo di tregua al dolore».

Fabrizio aveva una certa conoscenza degli uomini, ma nessuna esperienza di passioni; altrimenti si sarebbe detto che il piacere d'un momento cui stava per cedere avrebbe reso inutili tutti gli sforzi che da due mesi faceva per scordare Clelia.

Questa povera donna era venuta alla festa soltanto perché il marito ve l'aveva costretta; e si proponeva di ritirarsi dopo una mezz'ora col pretesto della salute, ma il marchese le dichiarò che far avanzare la vettura per partire quando tante vetture arrivavano ancora, sarebbe stato in contrasto con ogni buona usanza, ed avrebbe magari potuto essere interpretato come una critica indiretta alla festa.

– Nella mia qualità di cavaliere d'onore poi, ho il dovere di restare nella sala agli ordini della principessa finché tutti siano usciti: possono esserci e ci saranno certo ordini da dare a questi scansafatiche di servi. E volete che un semplice scudiero m'usurpi questo onore?

Clelia si rassegnò; non aveva notato Fabrizio tra i presenti e sperò che non venisse. Ma al momento in cui stava per aver inizio il concerto, e le signore venivano invitate a sedersi, Clelia, impacciata com'era in questo genere di cose, si lasciò portar via i posti migliori, quelli vicino alla principessa; e fu cosí costretta a venire a cercarsi una poltrona in fondo alla sala, nell'angolo appartato dove s'era rifugiato Fabrizio. Nel raggiungere la poltrona, attirò i suoi occhi l'abito, insolito in un luogo come quello, del generale dei cappuccini e non notò alla prima l'uomo smilzo e vestito d'un semplice abito nero che gli parlava, sebbene d'istinto fermasse su di lui gli sguardi. Tutti qui sono in uniforme o in abito di gala: chi può essere questo giovane vestito cosí semplicemente di nero? Lo stava scrutando, quando una signora, prendendo posto, la costrinse a spostare un po' la poltrona. Fabrizio volse il capo ma lei subito non lo riconobbe tanto era cambiato. Subito si disse: «Gli somiglia, sarà il primogenito; ma credevo non avesse che qualche anno piú di lui, mentre questo è un uomo di quarant'anni». Quand'ecco a un movimento della bocca lo riconobbe.

«Poveretto, come ha sofferto!» si disse. E chinò il capo, non già per fedeltà al voto, ma rimescolata dalla pietà: non l'avevano ridotto cosí nove mesi di prigionia! Non lo guardò piú, ma senza volgersi seguiva tutti i suoi movimenti.

Finito il concerto, lo vide avvicinarsi alla tavola da gioco del principe ch'era a qualche passo dal trono. Era ora abbastanza lontano e Clelia tirò un respiro.

Senonché il marchese Crescenzi, seccato di veder la moglie confinata cosí lontano dal trono, sin dal principio della

serata si dava da fare per persuadere una signora a cedere
alla marchesa il suo posto che era a tre poltrone appena dalla principessa. E siccome la poveretta, com'è naturale, faceva resistenza, il marchese finí per andare in cerca del marito, il quale, debitore al Crescenzi d'una somma di danaro,
fece capire alla moglie la voce della ragione. Sistemata al
nuovo posto la moglie: – Voi sarete sempre troppo modesta, – il marchese non poté stare dal dirle, – perché cammi-
nate cosí ad occhi bassi? Vi si prenderà per una di quelle
borghesucce tutte stupite esse per le prime di trovarsi qui
e che di vederle qui tutti si stupiscono. Quella pazza della
prima dama di corte non ne combina che di queste! E parlano di contrastare il progresso del giacobinismo! Pensate
che vostro marito ha il primo posto alla corte della principessa; e che quand'anche i repubblicani riuscissero a sopprimere la corte e la stessa nobiltà, vostro marito resterebbe sempre l'uomo piú ricco di questo Stato! È un pensiero
che non vi mettete mai abbastanza in testa!

La poltrona dove il marchese aveva avuto la soddisfazione di far sedere la moglie non era che a sei passi dal tavolo
da gioco del principe; Clelia non vedeva Fabrizio che di
profilo, ma lo trovò talmente dimagrito, gli lesse in viso
una cosí totale indifferenza per qualunque cosa potesse succedere al mondo, lui che una volta non lasciava passare incidente senza dir la sua, che la conclusione, dolorosa, cui arrivò fu: «È un altro; mi ha scordata; il dimagrimento è dovuto ai severi digiuni che s'impone per devozione». I discorsi che udí intorno a sé s'incaricarono di confermarla
in quella persuasione. Il nome del coadiutore era su tutte
quelle bocche; si cercava la causa del segnalato favore ac-
cordatogli dal sovrano: lui, cosí giovane, ammesso a giocare col principe! Si ammirava l'indifferenza cortese e l'aria
di superiorità con cui giocava, anche quando alzava le carte
con Sua Altezza.

«È incredibile! – si scandolezzava qualche vecchio cortigiano, invecchiato alla corte. – Il favore di cui gode la zia
gli ha dato alla testa. Ma la cosa, grazie al cielo, non può
durare: il sovrano non ama che si prendano con lui di quelle arie».

In quella la duchessa s'avvicinò al principe; i cortigiani
che si tenevano a rispettosa distanza dal tavolo da gioco,
poterono solo afferrare a volo qualche parola di ciò che il
principe diceva; per cui, notando che Fabrizio diventava di

porpora, si dissero: «La zia gli avrà dato una strigliata per le grandi arie che si dà». A far arrossire Fabrizio era stata invece la voce di Clelia che rispondeva alla principessa, la quale passandole vicino nel ballare rivolgeva la parola alla moglie del suo cavalier d'onore. Giunse il momento che nella partita Fabrizio dovette cambiare di posto e venne così a trovarsi giusto in faccia alla Crescenzi: piú volte si abbandonò alla gioia di contemplarla. Sentendosi da lui guardata la povera marchesa non sapeva piú come tenersi; e dimentica del voto, nel desiderio di indovinare che cosa passasse in quel cuore, parecchie volte gli pose gli occhi in viso.

Terminato il gioco, le signore s'alzarono per passare nella sala da pranzo. Nella confusione che ne seguí Fabrizio venne a trovarsi vicinissimo a Clelia; tanto che gli giunse alle nari il sottile ben noto profumo ch'essa usava mettersi addosso; questo bastò perché tutti i suoi propositi vacillassero. Le si fece presso e sottovoce come parlasse a se stesso pronunciò due versi del sonetto del Petrarca che le aveva mandato dal Lago Maggiore stampato sul fazzoletto di seta. «No, non mi ha scordato, – si disse Clelia, ripetendoseli in un impeto di gioia. – Il suo bel cuore non è incostante!» La principessa si ritirò subito dopo la cena. Quando si seppe che il principe, che aveva accompagnato la madre, non sarebbe ricomparso nelle sale, tutti vollero partire e si pigiarono in tumulto nelle anticamere. Clelia si venne cosí di nuovo a trovare a un passo dal giovane e non reggendo alla vista del dolore che gli leggeva sul viso: – Dimentichiamo il passato, – gli sussurrò, – e conservate questo ricordo di amicizia –. E mise il ventaglio in modo ch'egli poté prenderlo.

Tutto cambiò agli occhi di Fabrizio: d'un subito egli divenne un altro. Il giorno dopo dichiarava finito il suo ritiro e tornava ad occupare il sontuoso appartamento al palazzo Sanseverina. L'arcivescovo disse e credette che il favore accordato dal sovrano al suo coadiutore avesse fatto perdere interamente la ragione al nuovo santo; mentre la duchessa subodorò un'intesa con Clelia. Questo pensiero che veniva ad accrescere il cociore che le dava il ricordo d'una promessa fatale, finí con deciderla ad assentarsi da Parma. Questa alzata di capo destò ammirazione: come! allontanarsi dalla corte nel momento in cui il favore che vi godeva pareva senza limiti! Il conte, che si sentiva il piú felice de-

gli uomini dal giorno che s'era persuaso che nulla c'era tra
la duchessa e il nipote, diceva all'amica: – Questo nuovo
principe è la virtú fatta persona; ma io l'ho chiamato *ragazzo*: me lo perdonerà mai? Per rientrare del tutto nelle sue
grazie non vedo che un mezzo: assentarmi. Prima lo per-
suado del mio ossequio e della mia devozione, poi mi am-
malo e chiedo il congedo. Voi me lo permetterete adesso
che la fortuna di Fabrizio è assicurata. Ma, – aggiunse ridendo, – mi farete voi il grandissimo sacrificio di mutare
l'eccelso titolo di duchessa con un altro ben piú modesto?
Mi prendo il gusto di lasciare qui tutti gli affari in un disordine inestricabile. Avevo ai ministeri quattro o cinque fun-
zionari che lavoravano sul serio: ma leggevano i giornali
francesi; da due mesi li ho mandati in pensione, e li ho sostituiti con degli allocchi di prim'ordine. Alla nostra partenza, il principe si troverà in un tale ginepraio che nonostante l'orrore che gli ispira Rassi si vedrà senza dubbio obbligato a richiamarlo. Ed io appena so che cosa decide di
me il tiranno, scrivo al mio amico Rassi un'affettuosa lettera, per dirgli che ho ragione di sperare che presto verrà resa giustizia al suo merito.

Questa conversazione avveniva l'indomani del ritorno di Fabrizio al palazzo Sanseverina; la duchessa non s'era ancora rimessa dalla dolorosa sorpresa di vedere Fabrizio esultante. «Cosí, – si diceva, – quella piccola bigotta m'ha ingannata: non ha saputo resistere all'amante neanche tre mesi! »

Quel pusillanime del principe, cui la certezza del successo aveva dato il coraggio di amare, ebbe sentore dei preparativi di partenza che si facevano a palazzo Sanseverina e, incoraggiato dallo scetticismo del suo cameriere francese sulle virtú delle grandi dame, si permise un passo che doveva essere severamente biasimato dalla principessa e da tutta la gente sensata della corte; mentre il popolo vi vedeva la prova definitiva dell'incredibile favore di cui godeva la duchessa: andò lui a trovarla.

– Lei parte, – le disse in un tono grave che riuscí odioso alla duchessa, – lei parte: vuol tradirmi e mancare ai suoi giuramenti! Eppure se io avessi tardato dieci minuti ad accordarle la grazia, suo nipote era morto. Parte e mi lascia nella disperazione! senza i suoi giuramenti mai sarei stato incoraggiato ad amarla come l'amo! È dunque priva d'onore?

– Altezza, voglia considerare le cose con un poco di calma. Mi dica: in tutta la vita ha avuto un periodo che eguagli in felicità questi ultimi quattro mesi? La sua gloria come sovrano e, oso crederlo, la sua felicità come uomo non è mai stata tanta. Senta la mia proposta: se si degna accettarla, non sarò la sua amante d'un attimo ed in forza d'un giuramento che mi è stato estorto dalla paura; ma consacrerò tutti i momenti della mia vita a fare la sua felicità; continuerò ad essere sempre quello che per Vostra Altezza sono stata in questi ultimi quattro mesi: e forse l'amore

verrà a coronare questa amicizia. Io non mi sentirei di giurare il contrario.

– Ebbene, – disse il principe illuminandosi, – sia piú ancora che amica, regni su di me e ad un tempo sui miei Stati: sia mio primo ministro. Le offro il matrimonio che la
mia incresciosa qualità di sovrano mi consente; ne abbiamo vicino a noi un esempio: il re di Napoli ha sposato da
poco cosí la duchessa di Partana. Le offro tutto quello che
posso offrirle, un matrimonio dello stesso genere. Aggiungerò una considerazione di triste politica: essa le mostrerà
che non sono piú un ragazzo, che ho riflettuto a tutto. Io
non le farò pesare il fatto che a questo modo mi impongo
d'essere l'ultimo sovrano della mia famiglia, il dolore cui
mi preparo di vedere, mentre sono ancora in vita, le grandi
potenze disporre della mia successione; benedico al contrario questi inconvenienti tutt'altro che lievi, dato che mi of-
frono un modo di piú per provarle la mia stima e la mia
passione.

La duchessa non ebbe un attimo di esitazione; il principe la annoiava quanto sentiva simpatia pel conte; non c'e-
ra ai suoi occhi che un uomo al mondo che si potesse preferire al conte. D'altronde lei sul conte regnava, mentre il
principe, per le esigenze della sua posizione, avrebbe piú o
meno regnato su di lei. E poi, poteva diventare incostante,
prendersi delle amanti: fra qualche anno la differenza d'e-
tà, agli occhi del mondo, gliene avrebbe dato il diritto.

La prospettiva che a fianco del sovrano si sarebbe annoiata aveva deciso la sua risposta dal primo momento; tuttavia volle essere gentile e chiese di pensarci. Troppo lungo sarebbe riferire qui i giri di frase quasi teneri e l'infinita
delicatezza con cui seppe addolcire il suo rifiuto. Il principe montò in collera; vedeva la felicità sfuggirgli. Che sarebbe di lui una volta che la duchessa lasciasse la corte? E poi,
che umiliazione essere respinto! «Infine, che dirà da buon
francese il mio cameriere quando gli racconterò il mio
scacco?»

La duchessa seppe calmarlo e rimetter a poco a poco la
quistione nei termini giusti:

– Se Vostra Altezza degna consentire a non precipitare
l'adempimento d'una promessa fatale e che è orribile ai
miei occhi perché mi spinge al disprezzo di me stessa, io
passerò la vita alla sua corte e la sua corte sarà sempre lieta
come è stata questo inverno; ogni mio minuto sarà dedica-

to alla sua felicità come uomo e alla sua gloria come sovrano. Se invece ella esige ch'io adempia il giuramento, mi di-
sonora pel resto della vita e mi vedrà lasciare immediatamente i suoi Stati per non rimetterci mai piú piede. Il giorno che avrò perduto l'onore sarà anche l'ultimo che mi
vedrà.

Ma come tutti i pusillanimi il principe era ostinato: d'altronde nel suo orgoglio d'uomo e di sovrano si sentiva offeso che si rifiutasse la sua mano; pensava a tutte le difficoltà
che per fare accettare quel matrimonio avrebbe dovuto sormontare e che pure s'era deciso a vincere.

Per ben tre ore le stesse argomentazioni vennero ripetu-
te dalle due parti, mescolate spesso di parole vivaci.

– Lei vuol ch'io creda, signora, che manca d'onore? Se
io avessi esitato tanto il giorno che il generale Fabio Conti
propinava il veleno a suo nipote, lei sarebbe oggi occupata
a fargli innalzare una tomba in qualche chiesa di Parma.

– A Parma no di certo: no di certo in questo paese di avvelenatori.

– Ebbene, parta, signora duchessa, porterà con sé il mio
disprezzo.

E se ne andava furente. Allora sottovoce la duchessa:

– Ebbene, si presenti qui alle dieci di sera, nel piú stretto incognito; sarà contento e ingannato. M'avrà vista per
l'ultima volta, mentre avrei consacrato la vita a renderla felice per quanto può esserlo un principe assoluto in questo
secolo di giacobini. E rifletta che cosa diventerà la sua corte quando non ci sarò piú io a toglierla per forza dalla sua
meschinità e malvagità naturale.

– Da parte sua, lei rifiuta la corona di Parma; piú della
corona, anzi: perché lei non sarebbe stata una delle solite
principesse, sposate non per amore ma per ragioni politiche. Il mio cuore è suo e si sarebbe vista signora assoluta
per sempre delle mie azioni come del mio governo.

– Sí, ma la principessa sua madre avrebbe avuto il diritto di disprezzarmi come una vile intrigante.

– Ebbene, avrei esiliato la principessa con un dovario.

Non finí qui con le botte e risposte, sempre piú animate.
Il principe, di animo delicato, non sapeva decidersi né a lasciarla partire né ad usare del suo diritto. Gli avevano detto che ottenuto una volta quel che si desidera da una donna, con qualunque mezzo lo si ottenga, la donna ritorna.

Scacciato dalla duchessa indignata, egli ardí ripresentar-

si tutto tremante e disperato, che mancavano tre minuti alle dieci. Alle dieci e mezzo, la duchessa saliva in vettura e
partiva per Bologna. Appena fuori degli Stati del principe
scrisse al conte:

> Il sacrificio è consumato. Per un mese non mi chiedete
> d'essere allegra. Non vedrò piú Fabrizio. Vi aspetto a Bolo-
> gna e quando vorrete sarò la contessa Mosca. Metto una con-
> dizione sola: non mi costringete a rimettere mai piú piede
> nel paese che lascio. E non scordate che invece di 150 000
> lire di rendita ne avrete trenta o quaranta al massimo. Finora
> tutti gli sciocchi vi guardavano a bocca aperta, mentre per
> l'avvenire vi terranno in considerazione soltanto se vi abbas-
> serete a capire le loro meschine idee. *Tu l'as voulu, George
> Dandin!*

Otto giorni dopo, il matrimonio veniva celebrato a Perugia, in una chiesa dov'erano le tombe degli antenati del
conte.

Il principe era alla disperazione. La duchessa aveva ricevuto da lui tre o quattro corrieri e non aveva mancato di
rimandargli sotto busta le lettere senza aprirle.

Ernesto V aveva fatto uno splendido trattamento al conte ed aveva dato a Fabrizio il gran cordone del suo ordine.

– È questa la cosa che mi ha fatto piú piacere: ci siamo
separati, – diceva il conte alla nuova contessa Mosca della
Rovere, – come i migliori amici del mondo. M'ha dato un
gran cordone di Spagna e dei diamanti che lo valgono.
M'ha detto che mi farebbe duca se non volesse riservarsi
questo mezzo per farti tornare nei suoi Stati. Sono quindi
incaricato di dirti, bell'incarico per un marito, che se ti degni di tornare a Parma, foss'anche per un mese solo, io sarò fatto duca con un nome di tua scelta e che tu avrai una
bella terra.

La duchessa rifiutò con poco meno che orrore. Dopo la
scena, che pareva decisiva, del ballo a corte, Clelia sembrò
aver bandito il ricordo dell'amore che per un momento aveva mostrato di condividere: i piú acri rimorsi si erano impadroniti di quell'anima virtuosa e credente. Fabrizio lo capiva e nonostante tutte le speranze che cercava di alimenta-
re in sé, una tetra malinconia s'era daccapo impadronita di
lui. Questa volta tuttavia non lo condusse a ritirarsi come
al tempo delle nozze di Clelia.

Il conte aveva pregato il *nipote* di informarlo con esattezza di ciò che avveniva alla corte; e Fabrizio, che comin-

ciava a capire quanto al conte doveva, s'era ripromesso di compiere quell'incombenza scrupolosamente.

Come la corte e la città, Fabrizio era certo che il suo amico progettava di tornare al ministero, piú potente che mai. Le previsioni del conte non avevano tardato ad avverarsi: e non era trascorso un mese e mezzo dacché era venuto via da Parma, che Rassi era stato fatto primo ministro, Fabio Conti, ministro della guerra, e le prigioni, che il conte aveva pressoché vuotato, s'andavano di nuovo riempiendo. Il principe, chiamando costoro al potere, aveva creduto di vendicarsi della duchessa: pazzo d'amore, egli odiava soprattutto il conte Mosca come un rivale.

Fabrizio dal canto suo aveva un gran daffare; monsignor Landriani, ormai settantaduenne, era caduto in una grande prostrazione e non usciva quasi piú, per cui in quasi tutto doveva sostituirlo il suo coadiutore.

La marchesa Crescenzi, torturata di rimorsi e spaventata dal confessore, aveva trovato un ottimo modo per sottrarsi agli sguardi di Fabrizio. Col pretesto che stava per avere un primo figlio, s'era chiusa come in una prigione nel proprio palazzo; ma il palazzo aveva un immenso giardino. In quel giardino Fabrizio riuscí a penetrare e mise nel viale preferito da Clelia dei mazzi di fiori disposti in modo che dava loro un linguaggio; cosí un tempo lei gliene mandava tutte le sere gli ultimi giorni ch'era rimasto nella torre Farnese.

Del tentativo Clelia s'irritò: passione e rimorso si disputavano il suo cuore. Per mesi si astenne dal discendere in giardino; si fece persino uno scrupolo di gettarvi gli occhi.

Fabrizio cominciava a credersi separato per sempre da lei e a precipitare di nuovo nella disperazione. La vita che conduceva gli era intollerabile; non fosse stata la persuasione che il conte non trovava pace fuori del ministero, si sarebbe ritirato nell'appartamentino dell'arcivescovato. Là almeno gli sarebbe stato di conforto vivere in compagnia dei propri pensieri e non udir piú voce umana tranne nell'esercizio del proprio ministero. «Ma, – si diceva, – in quel che posso fare per il conte, nessuno mi può sostituire».

Il principe continuava a trattarlo con una distinzione che gli dava a corte uno dei primi posti; e tale favore Fabrizio lo doveva soprattutto a se stesso. L'estremo riserbo, che in Fabrizio nasceva da un'indifferenza spinta al disgusto per tutti gli interessi e le passioncelle che riempiono la

vita degli uomini, aveva stimolato la vanità del giovane sovrano; egli diceva spesso che Fabrizio era intelligente quanto la zia. Il principe nel suo candore si rendeva conto per
metà del fatto che nessuno lo accostava con le stesse disposizioni d'animo di Fabrizio. Ciò che non poteva sfuggire
neppure all'ultimo dei cortigiani è che la considerazione di
cui Fabrizio godeva non era quella d'un semplice coadiutore, ma superava persino il riguardo che il principe mostrava all'arcivescovo. Fabrizio scriveva al conte che se attraverso lui, Fabrizio, il sovrano fosse stato in grado di avve-
dersi in che pantano i ministri Rassi, Conti, Zurla e compagnia avevano gettato gli affari, il conte avrebbe potuto fare
un passo presso il sovrano, senza troppo compromettere il
suo amor proprio.

Se non ci fosse di mezzo la disgraziata frase *questo ragazzo*, – scriveva poi Fabrizio alla zia, – rivolta da un uomo
geniale ad un augusto personaggio, l'augusto personaggio
avrebbe già gridato: «Torni senza indugio immediatamente e mi liberi di tutti questi scalzacani!» Sin d'oggi se la moglie dell'uomo geniale degnasse fare un passo, per poco im-
pegnativo ch'esso fosse, il conte verrebbe richiamato con
gioia; ma egli rientrerà per la porta d'onore, se vorrà attendere che il frutto maturi. A parte ciò, ci si annoia a morte
nei salotti della principessa; l'unico svago è rappresentato
dal Rassi, il quale, dacché è conte, è diventato maniaco di nobiltà. Sono stati da poco impartiti ordini severi perché chi
non può provare d'essere nobile da quattro generazioni non
osi piú presentarsi alle serate della principessa (cosí s'esprime il rescritto). Tutti gli uomini che hanno diritto d'entrare
il mattino nella grande galleria e di trovarsi al passaggio del
sovrano quando si reca a messa continueranno a godere di
questo privilegio; ma i nuovi arrivati dovranno provare i
loro otto quarti. Dal che si vede bene, si dice, che Rassi è
senza quarti.

Va da sé che lettere di questo tenore non erano mandate
per posta. La contessa Mosca rispondeva da Napoli:

Abbiamo tutti i giovedí concerto e riceviamo tutte le do-
meniche; c'è tanta gente nelle nostre sale che vi si stenta a
muoversi. Il conte è molto contento dei suoi scavi; consacra
ad essi un migliaio di lire al mese ed ha fatto ora venire dai
monti dell'Abruzzo degli operai che non gli costano che ventitre soldi al giorno. Tu dovresti venire a trovarci. È la ventesima volta, signor ingrato, che ve lo fate ripetere.

Ad andare, Fabrizio non ci pensava neanche: gli costava già fatica la letterina che tutti i giorni scriveva al conte. Il lettore ne lo scuserà quando gli diremo che un intero anno trascorse senza che Fabrizio potesse rivolgere alla marchesa una sola parola. Tutti i tentativi che aveva fatto per corrispondere erano stati respinti con sdegno. Il silenzio che per tedio della vita Fabrizio conservava abitualmente dappertutto, tranne nell'esercizio del ministero ed alla corte, unito alla purezza dei costumi, gli procacciava tanta fama d'uomo pio che finalmente egli si risolse ad obbedire ai consigli della zia.

Il principe ha per te tanta venerazione, – essa gli scriveva, – che devi aspettarti di cadere presto in disgrazia: comincerà lui con trascurarti ed al disprezzo del sovrano seguirà quello intollerabile dei cortigiani. Codesti piccoli despoti, per onesti che siano, sono mutevoli come la moda e per lo stesso motivo che lo è la moda: la noia. Soltanto con la predicazione puoi contrastare questa volubilità. Tu improvvisi così bene in versi! provati a parlare una mezz'ora di cose di religione; al principio dirai delle eresie, ma paga un teologo discreto e che sappia il fatto suo perché assista ai tuoi sermoni: egli ti avvertirà degli errori in cui sei caduto e l'indomani rimedierai.

Per chi ha il cuore contristato da un amore infelice tutto ciò che richiede attenzione ed attività diventa una fatica insopportabile. Ma Fabrizio si disse che, se fosse riuscito ad acquistarsi un ascendente sul popolo, un giorno avrebbe potuto essere utile alla zia ed al conte, pei quali sentiva una devozione che cresceva via via, quanto più imparava a conoscere la malvagità del mondo. Prese dunque la risoluzione di predicare: favorita dalla magrezza del predicatore e dal suo abito liso, la sua eloquenza ebbe un successo mai visto. Impregnava i suoi sermoni una profonda tristezza che, unita alla prestanza della persona ed alla notizia del favore altissimo di cui godeva a corte, gli conquistò in breve il cuore di tutte le donne. Esse inventarono che era stato uno dei più bravi generali di Napoleone: assurdità della quale presto più nessuno dubitò. Nelle chiese dove era annunciata una sua predica i posti venivano prenotati; per speculazione i poveri andavano ad occupare i loro dalle cinque di mattina.

La risonanza fu tale che una speranza venne a tirare Fabrizio dalla sua disperazione: chi sa che la marchesa Crescenzi non venisse un giorno, non foss'altro per curiosità, ad assistere ad una delle sue prediche. A questa idea il suo talento oratorio divenne genio: nella foga s'avventurava in immagini di un'arditezza che avrebbe intimidito i piú esperti oratori; talora, abbandonandosi, cedeva a momenti d'ispirazione appassionata che facevano piangere tutto l'uditorio. Ma inutilmente aguzzava gli occhi nella folla, cercando tra tanti visi protesi quello di colei la cui presenza avrebbe rappresentato per lui il piú auspicato avvenimento.

«Ma se avrò mai questa gioia, – si disse, – o mi sentirò male o non riuscirò piú a dir parola». Per premunirsi contro quest'ultimo rischio aveva composto una specie di preghiera tenera ed appassionata che predicando si teneva sempre vicino. Se mai la comparsa della marchesa gli avesse tolto la favella, si sarebbe messo a leggere quella preghiera.

Un giorno dai domestici del marchese da lui corrotti apprese che erano state impartite disposizioni perché per l'indomani fosse pronto il palco di casa Crescenzi al teatro principale. Era un anno che la marchesa non era comparsa ad alcuno spettacolo: la faceva derogare alle abitudini un tenore che riempiva con la sua fama il teatro. Fabrizio provò un'acuta gioia. «Alfine potrò pascermi della sua vista tutta una sera! Dicono che è molto pallida». E cercava di figurarsi su quel bel viso quel pallore, certo dovuto alle lotte che il cuore sosteneva.

Ludovico, che soffriva di quella che chiamava la pazzia del suo padrone, trovò, ma non senza gran fatica, un palco di quarta fila, quasi in faccia a quello della marchesa. Una speranza sorse in Fabrizio: «Chi sa che non riesca a suggerirle l'idea di venire a sentirmi; sceglierò una piccola chiesa, per aver modo di vederla bene». Egli predicava di solito alle tre. Il mattino del giorno che la marchesa doveva recarsi a teatro, fece annunziare che, trattenuto tutto il giorno all'arcivescovato dai suoi doveri, avrebbe predicato per eccezione alle otto e mezzo di sera nella piccola chiesa di Santa Maria della Visitazione, situata giusto in faccia ad una delle ali del palazzo Crescenzi. Incaricato da lui, Ludovico portò un'enorme quantità di ceri alle monache della Visitazione perché illuminassero la chiesa a giorno. Venne staccata pel servizio d'ordine un'intera compagnia di granatieri della guardia ed una sentinella con baionetta in canna venne collocata davanti ad ogni cappella per impedire i furti.

Sebbene la predica non dovesse aver luogo che alle otto e mezzo, già alle due la chiesa era zeppa: figurarsi il trame-stio in una strada solitaria come quella, dominata dalla bel-la architettura del palazzo Crescenzi. Fabrizio aveva fatto annunciare che, in onore di Nostra Signora della Misericor-dia, avrebbe predicato sulla pietà che un'anima generosa deve avere per un infelice anche colpevole.

Travestito da essere irriconoscibile, all'apertura del tea-tro che i lumi non erano ancora accesi, Fabrizio raggiunse il suo palco. Lo spettacolo s'iniziò verso le otto; e qualche momento dopo il giovane aveva una di quelle gioie che non può capire chi non le ha provate: vide aprirsi l'uscio del palco, Crescenzi e la marchesa entrare: bene come ades-so non l'aveva piú vista dal giorno del ventaglio. Credette di venir meno dalla gioia; avvertí in sé un rimescolio che gli fece pensare: «Forse sto per morire! Che bella fine sa-rebbe, per una vita cosí triste! Mi abbatto in terra qui. I fedeli che m'aspettano non mi vedranno arrivare e domani verranno a sapere che il futuro arcivescovo ha perduto la testa al punto da recarsi in un palco all'Opera, travestito per di piú da domestico e con una livrea. Addio riputazio-ne! Ma che mi faccio io della riputazione!»

Tuttavia verso le otto e tre quarti fece uno sforzo su se stesso: abbandonò il palco e penò parecchio a raggiungere a piedi il luogo dove doveva spogliarsi del travestimento. Soltanto verso le nove giunse alla chiesa ed i fedeli lo vide-ro cosí pallido e male in gamba che la voce si sparse che quella sera il coadiutore non avrebbe potuto predicare. Fi-gurarsi le cure che le suore gli prodigarono nel parlatorio! Siccome esse si accalcavano alla griglia opprimendolo di do-mande e di raccomandazioni, Fabrizio chiese che lo lascias-sero solo un momento; quindi corse al pulpito. Già dalle tre gli avevano riferito che la chiesa era zeppa, ma di gente del basso ceto, attirata probabilmente piú che altro dall'il-luminazione. Invece, salito sul pulpito, Fabrizio aveva la gradevole sorpresa di vedere tutte le sedie occupate dal fior fiore della gioventú e dai personaggi piú in vista.

Esordí con qualche parola di scusa, che venne accolta da un mormorio ammirativo. Passò quindi a fare una vivace descrizione dell'infelice del quale bisogna aver pietà se si vuole onorare debitamente la Madonna della Misericordia, tanto provata anche lei in terra dai patimenti. L'oratore appariva molto commosso; a momenti poteva appena spiccicar le parole in modo che s'udissero, per quanto piccola fosse la chiesa. Era cosí pallido che agli occhi delle donne nonché di parecchi uomini, diventava lui stesso l'infelice di cui si doveva sentir pietà. Aveva appena iniziato il sermone che l'uditorio s'avvide che il coadiutore non era nei suoi panni ordinari: si notava nelle sue parole una tristezza profonda e una facilità ad intenerirsi maggiore del solito. Ad un certo punto gli si videro le lacrime agli occhi: fu il segnale per l'uditorio di rompere in un singhiozzo generale e cosí rumoroso che la predica ne fu interrotta.

Questa prima interruzione fu seguita da parecchie altre: esplodevano gridi di ammirazione, si scoppiava in pianto: s'udivano ogni momento esclamazioni come: – Ah, Madonna santa! – Ah, Dio mio! – La commozione era cosí diffusa e incontenibile che nessuno si vergognava di lasciarsi sfuggire quei gridi né appariva ridicolo ai vicini chi cedeva a quel bisogno.

Nel momento di riposo che è d'uso prendere a metà della predica, Fabrizio venne a sapere che al teatro non era rimasto quasi nessuno: una sola dama si vedeva ancora nel suo palco: la marchesa Crescenzi. Fu durante quell'intervallo che sorse in chiesa un confuso vocio: erano i fedeli che s'accordavano per decretare una statua al coadiutore. Il successo della seconda parte del discorso fu tale e d'un carattere cosí mondano, le grida di ammirazione profane soverchiarono talmente gli slanci di cristiana contrizione, che Fabrizio, nel lasciare il pulpito, si sentí in dovere di rivolgere all'uditorio una specie di reprimenda. Dopodiché il pubblico uscí tutto in una volta, avviandosi alla porta in una specie di solenne corteo; per, giunto sulla via, scoppiare in un unanime frenetico applauso: – Evviva del Dongo!

Fabrizio, consultato con una rapida occhiata l'oriolo, s'affrettò ad una piccola griglia che dava luce allo stretto passaggio dietro all'organo, nell'interno del convento. Per un riguardo verso la folla insolita che gremiva la strada il guardaportone del palazzo Crescenzi aveva collocato una dozzina di torce in quelle mani di ferro che nei palazzi medievali si vedono sporgere dal muro di facciata. In capo ad alcuni minuti e prima che gli applausi della folla cessassero, avvenne quello che con tanta ansietà Fabrizio s'attendeva: apparve nella via la carrozza della marchesa di ritorno da teatro; il cocchiere fu costretto a fermarsi, e solo a forza di gridare poté raggiungere a piccolo passo l'ingresso del palazzo.

Allo spettacolo, la musica aveva commosso la marchesa, come suole commuovere la musica ogni cuore sventurato; ma piú ancora essa era rimasta colpita dall'apprendere la cagione per cui ad un certo punto il teatro s'era vuotato pressoché tutto. Infatti nel bel mezzo del secondo atto, mentre il celebre tenore era in scena, persino la gente in platea aveva improvvisamente abbandonato la sala, nella speranza di riuscire ancora a penetrare nella chiesa della Visitazione. Adesso, vedendosi arrestata dalla folla dei fedeli all'ingresso del palazzo, Clelia scoppiò in lacrime: «Non avevo fatto una cattiva scelta!» si disse.

Ma proprio a cagione di quel momento di debolezza, ora non voleva cedere alle insistenze del marito e di tutti gli amici di casa, i quali non potevano capire come non avesse la curiosità d'ascoltare anche lei un predicatore cosí bravo. – Insomma, – le dicevano, – batte il miglior tenore d'Italia –. E la marchesa pensava: «Se faccio tanto di lasciarmi indurre a vederlo, sono perduta!»

Inutilmente Fabrizio, che affinava ogni giorno piú le sue doti d'oratore, piú volte tornò a predicare in quella piccola chiesa; mai vide Clelia comparirvi; la quale finí anzi per irritarsi che, non contento di averla scacciata dal proprio giardino, venisse ancora cosí ostentatamente a turbare la pace di quella sua strada solitaria.

Nel cercarvi lei, Fabrizio aveva notato da un po' nel suo uditorio femminile una brunetta assai piacente, che non gli staccava d'addosso degli occhi ardenti: magnifici occhi che già all'inizio della predica si bagnavano di solito di lacrime. Quando l'argomento voleva che il sermone si trascinasse e diventasse per lui stesso noioso, non senza piacere il predicatore riposava lo sguardo su quella testa che per la sua giovinezza lo attirava. Venne a sapere che la giovane si chiamava Annetta Marini e ch'era figlia unica ed ereditiera del piú facoltoso mercante di stoffe di Parma, morto qualche mese innanzi.

Passò poco che il nome di quella giovane fu sulle bocche di tutti: la Marini s'era perdutamente innamorata di Fabrizio. Al tempo che il coadiutore aveva iniziato la sua predicazione destinata a tanto successo, già erano fissate le nozze della ragazza con Giacomo Rassi, figlio del ministro della giustizia. Il partito non dispiaceva alla ragazza; ma bastò ch'essa assistesse due volte alle prediche perché dichiarasse che non intendeva piú maritarsi, e richiesta della cagione di cosí strano mutamento, rispondesse che non era degno d'una fanciulla onesta sposare un uomo mentre si sentiva perdutamente innamorata d'un altro. Chi fosse quest'altro la famiglia cercò invano di sapere.

Ma le lacrime brucianti che Annetta versava alla predica misero sulla strada della verità; ed avendole la madre e gli zii chiesto se era monsignor Fabrizio ch'essa amava, arditamente essa rispose che, poiché s'era scoperta la verità, lei non si sarebbe abbassata a mentire; aggiunse che non avendo alcuna speranza di poter sposare l'uomo che adorava, voleva almeno essere liberata dalla urtante e ridicola presenza del *contino* Rassi.

La derisione gettata cosí sul figlio d'un uomo che tutta la borghesia invidiava divenne in due giorni l'oggetto d'ogni conversazione. La risposta di Annetta Marini ebbe successo e tutti la ripeterono. Come dappertutto se ne parlava al palazzo Crescenzi.

Clelia si guardò bene d'aprir la bocca su quell'argomento in salotto; ma interrogò la sua cameriera e la domenica dopo, ascoltata la messa nella sua cappella privata, si fece accompagnare in carrozza dalla cameriera ad una seconda messa nella parrocchia di Annetta Marini. Lo stesso motivo che vi conduceva la marchesa vi aveva attirato i bellimbusti della città, i quali si tenevano in piedi presso l'ingresso. Il movimento che poco dopo si fece nel loro crocchio, avvertí la marchesa dell'ingresso in chiesa della signorina Marini. Per caso Clelia era volta in modo da vederla a suo agio e da quel momento, nonostante la sua devozione, la poveretta non prestò piú che scarsa attenzione alla messa. Essa trovò a quella bellezza borghese un piglio ardito che al piú, si disse, poteva non stonare in una donna maritata da parecchi anni. A parte ciò, dovette riconoscere che, quantunque minuta, era assai ben fatta e che aveva, come in Lombardia si dice, degli occhi *parlanti*. Per andarsene, la marchesa non attese che fosse finita la messa.

L'indomani gli amici di casa Crescenzi, che tutte le sere vi convenivano a passar la serata, ebbero da raccontare sulla Marini un particolare piccante. Siccome la madre, temendo qualche pazzia, le lasciava poco danaro, Annetta era andata ad offrire al celebre Hayez, allora a Parma per conto del marchese Crescenzi, un magnifico anello con diamanti, regalo del padre, perché il pittore le facesse il ritratto di del Dongo; il ritrattato non doveva però figurarvi in abito da prete, ma vestito semplicemente di nero. Orbene, la vigilia la madre dell'Annetta era stata sorpresa e piú ancora scandolezzata di trovare in camera della figlia uno splendido ritratto di monsignore, chiuso in una cornice dorata come a Parma non se ne indoravano piú da venti anni.

Capitolo ventottesimo

Trascinati dagli avvenimenti da raccontare non abbiamo avuto agio di schizzare le macchiette dei cortigiani che pullulavano alla corte di Parma e che ammazzavano il tempo a fare i piú disparati commenti sui fatti che siamo venuti narrando. Il primo requisito che a quella corte doveva avere un nobiluccio fornito di tre o quattromila lire di rendita, per essere considerato degno del privilegio di figurare in calze nere alla *levata* del sovrano, era quello di non aver letto mai Voltaire e Rousseau: requisito questo non difficile a possedere. Era indispensabile poi che sapesse parlare con la commozione nella voce del raffreddore del principe o dell'ultima cassa di campioni di mineralogia che lo stesso aveva ricevuto dalla Sassonia. Infine, se non mancava alla messa un sol giorno nell'anno, se tra i propri amici intimi poteva annoverare due o tre monaci di riguardo, il sovrano allora si degnava rivolgergli la parola una volta all'anno, quindici giorni prima o quindici giorni dopo capodanno: tale privilegio lo metteva in vista nella parrocchia cui apparteneva e l'esattore non ardiva importunarlo troppo se era in ritardo nel versamento della somma annuale di cento lire gravante sulle sue modeste proprietà.

Il signor Gonzo era un povero diavolo di questo tipo: d'alta nobiltà e non sprovvisto di qualche bene, aveva inoltre ottenuto dal credito che gli accordava il marchese Crescenzi un magnifico posto, che gli fruttava millecentocinquanta lire l'anno. Gonzo avrebbe potuto benissimo pranzare in casa sua; ma egli non era felice, non si sentiva a suo agio che nel salotto di qualche alto personaggio il quale ogni tanto gli dicesse: – Sta' zitto tu, Gonzo; non sei che una bestia –. Giudizio dettato unicamente dal malumore, perché quasi sempre Gonzo era piú intelligente dell'alto personaggio. Sapeva parlare di tutto e di tutto con garbo;

in piú era sempre pronto a mutar d'avviso: gli bastava per questo avvertire una smorfia sulla faccia del padron di casa. Per non celar nulla, sebbene fosse abilissimo quando si trattava del proprio interesse, aveva il capo smobilitato di idee al punto che quando il principe non era raffreddato, gli capitava di sentirsi imbarazzatissimo al momento di comparire in salotto.

A Parma aveva dato una reputazione a Gonzo, un magnifico cappello a tre punte, guarnito d'una piuma nera vecchiotta, che egli metteva in capo anche quando indossava il *frac*; ma il cappello era niente: era il modo di portarlo vuoi in capo, vuoi in mano che bisognava vedere: l'importanza della cosa era lí, lí il suo talento. Con ansietà non finta s'informava dello stato di salute del canino della marchesa; ed ammesso, per sciagurata ipotesi, che avesse preso fuoco il palazzo Crescenzi, Gonzo avrebbe esposto la vita per salvare dall'incendio una di quelle belle poltrone di broccato d'oro che quando per distrazione vi si sedeva – una distrazione che si ripeteva da anni – gli facevano uno strappo nelle brache di seta nera.

Sette od otto tipi di questo genere arrivavano tutte le sere allo scoccar delle sette nel salotto della marchesa Crescenzi. S'erano appena seduti che un lacchè, lussuosamente vestito d'una livrea giunchiglia tempestata di galloni d'argento quanto il giubbetto scarlatto che ne completava la magnificenza, accorreva a prendere i cappelli ed i bastoni dei poveri diavoli. Lo seguiva tosto un cameriere che recava ad ognuno una microscopica chicchera da caffè sorretta da un piedino d'argento in filigrana, ed ogni mezz'ora un maggiordomo, indossante una ricca giubba a coda alla francese con annesso spadino, compariva a servire dei sorbetti.

Mezz'ora dopo l'ingresso di questi striminziti cortigiani da un soldo, si vedevano arrivare cinque o sei ufficiali che parlavano forte con piglio militaresco e che discutevano per solito sul numero e il genere di bottoni che la truppa deve portare perché il generale in capo possa riportare delle vittorie. Non sarebbe stato prudente citare in quel salotto un giornale francese, perché s'anche la notizia fosse stata per caso delle piú liete, fosse stata, poniamo, quella della fucilazione di cinquanta liberali in Ispagna, sarebbe risultato lo stesso inoppugnabilmente che chi riferiva quella notizia aveva avuto sott'occhio un giornale francese. Il colmo dell'abilità, poi, di tutta questa gente era d'ottenere ogni dieci anni un aumento di pensione di centocinquanta lire. È grazie a costoro che il sovrano divide coi suoi nobili il piacere di regnare sulla gente della campagna e sulla borghesia.

Il personaggio principale del salotto Crescenzi era senz'altro il cavalier Foscarini, perfetto galantuomo; tanto che sotto tutti i regimi aveva assaggiato un po' di prigione. Egli era stato membro di quella famosa Camera dei deputati che a Milano aveva bocciato il disegno di legge della registrazione, presentato da Napoleone; fatto ben raro nella storia. Il cavalier Foscarini, dopo esser stato per vent'anni l'amico della madre del marchese, aveva conservato una grande influenza in casa Crescenzi. Egli aveva sempre qualche racconto divertente da fare; ma nulla sfuggiva alla sua perspicacia, e la giovane marchesa, che in fondo al cuore si sentiva colpevole, davanti a lui tremava.

Come Gonzo nutriva una vera passione pel gran signore che gli dicesse delle villanie e lo facesse piangere due o tre volte l'anno, cosí la sua manía era di cercare di rendergli dei minuti servigi; e se non fosse stato paralizzato dalle abitudini che gli aveva fatto contrarre l'estrema povertà, qualche volta vi sarebbe riuscito: non difettava infatti d'una certa finezza ed abbondava in faccia tosta.

Gonzo, pur essendo come l'abbiamo descritto, disprezzava la marchesa Crescenzi perché non gli aveva mai in vita sua rivolto una parola meno che educata; ma in fin dei conti essa era la consorte di quel famoso marchese Crescenzi, cavalier d'onore della principessa, il quale, lui almeno, una o due volte al mese diceva a Gonzo: – Sta' zitto, tu, Gonzo, non sei che una bestia.

A Gonzo non era sfuggito che ogni parola che si dicesse della piccola Annetta Marini tirava per un momento la marchesa dallo stato di trasognamento e di apatia in cui restava abitualmente immersa sino al momento che scoccavano le undici; ora in cui s'alzava a preparare il tè e l'offriva ai presenti, rivolgendosi a ognuno pel nome. Dopodiché, in procinto di ritirarsi nelle sue stanze, trovava un attimo di gaiezza ed era quello il momento che si sceglieva per recitarle dei sonetti satirici.

In Italia se ne fanno di bellissimi di questi sonetti: è il solo genere di letteratura ancora un po' vivo in quel paese; forse perché la censura non se ne impiccia, e gli invitati di casa Crescenzi non mancavano di annunziare il loro sonetto con le parole: – La signora marchesa vuol permettere che si reciti in sua presenza un ben malvagio sonetto? – e quando il sonetto aveva fatto ridere ed era stato ripetuto a sazietà, uno degli ufficiali non mancava di protestare: – Il ministro della polizia dovrebbe occuparsi di fare un po' impiccare gli autori di simili infamie –. Invece nelle riunioni borghesi quei sonetti venivano accolti con la piú schietta ammirazione e i giovani d'ufficio dei notai ne tiravano e vendevano delle copie.

Da quella specie di curiosità che aveva notato nella marchesa, Gonzo dedusse che si fosse forse vantata troppo in presenza di lei la bellezza della Marini e che la marchesa fosse gelosa di quella ragazza, che oltre l'avvenenza aveva un milione di patrimonio. Siccome, grazie al suo perenne sorriso e alla sua mancanza di riguardo verso chi non fosse nobile, Gonzo riusciva a intrufolarsi dappertutto, non gli fu difficile fare un sopraluogo in casa dei Marini; e l'indomani arrivò nel salotto della marchesa, portando il cappello piumato in un certo modo di trionfo come gli capitava sí e no due volte l'anno, vale a dire i giorni che il principe gli aveva detto: – Addio, Gonzo.

Salutata rispettosamente la marchesa, non venne come al solito a prender posto nella poltrona che gli veniva offerta: si piantò in mezzo al cerchio degli invitati ed annunciò di punto in bianco:

– Ho visto il ritratto di monsignor del Dongo!

Clelia a quel nome s'appoggiò al bracciolo della poltrona: tentò sí di tener testa al suo turbamento, ma fu costretta presto a lasciare il salotto.

– Bisogna riconoscere, mio povero Gonzo, che lei è d'una goffaggine rara! – lo aggredí tronfio di sé uno degli ufficiali che stava demolendo il suo quarto gelato.

– Come fa a ignorare che il coadiutore, che è stato uno dei piú valorosi colonnelli di Napoleone, ha fatto una volta un tiro da forca al padre della marchesa, evadendo dalla cittadella dove era governatore il generale Fabio Conti, con la stessa disinvoltura con la quale sarebbe uscito dalla Steccata? – (la Steccata è il duomo di Parma).

– Infatti, che cosa non ignoro io, mio caro capitano? Sono un povero imbecille che tutta la giornata non piglia che granchi.

Questa risposta, di gusto molto italiano, fece ridere alle spalle del brillante ufficiale. La marchesa non tardò molto

a rientrare; s'era armata di coraggio e non era senza una vaga speranza di poter anche lei ammirare il ritratto che si
vantava tanto. Elogiò il talento di Hayez; e senza accorgersene rivolgeva sorrisi al Gonzo, il quale dal canto suo guardava l'ufficiale con l'aria piú canzonatoria. Siccome allo
scacco dell'ufficiale gli altri cortigiani non prendevano meno piacere, quello prese la fuga, giurando in cuor suo un
odio mortale a Gonzo; questi trionfava e mentre prendeva congedo si sentí invitare a pranzo per l'indomani.

Fu dopo quel pranzo, licenziati i domestici, che Gonzo
uscí a dire:

— Ma volete saperne un'altra, nuova di zecca? Chi se lo
sarebbe aspettato? Il nostro coadiutore è caduto innamorato dell'Annetta Marini!

Si giudichi del turbamento di Clelia all'udire una notizia
cosí inaspettata. Anche il marchese si stupí:

— Ma Gonzo, amico mio, tu parli a vanvera come al solito; mentre dovresti usare un po' piú di riguardo parlando
d'un personaggio che ha avuto l'onore di fare ben undici
volte la partita a *whist* con Sua Altezza!

— Ebbene, signor marchese, — replicò l'altro con la grossolanità dei suoi pari, — io posso giurarle che la partita al
coadiutore non dispiacerebbe di farla anche con la piccola
Marini. Ma se questi particolari le dispiacciono, basta: non
c'è piú niente di vero per me, ché prima di tutto non voglio urtare il mio adorabile marchese.

Dopo il pranzo, il marchese aveva l'abitudine di ritirarsi
a far la siesta. Quel giorno ne fece a meno; ma Gonzo si
sarebbe fatto tagliar la lingua piuttosto che aggiungere una
parola sulla piccola Marini; ed appunto per questo ogni
momento iniziava un discorso avviato in modo che il marchese potesse sperare che ricadesse a parlare degli amori di
quella borghesuccia. Gonzo possedeva in modo superlativo
l'abilità tutta italiana che consiste nel far sperare e riman-
dar sempre la parola che l'altro aspetta. Il povero marchese, che moriva di curiosità, si vide costretto a provocare
quella parola: disse a Gonzo che, quando aveva il piacere
di pranzare con lui, mangiava il doppio. Gonzo non capí o
finse, e s'ingolfò in una descrizione della superba galleria
di quadri che metteva insieme la marchesa Balbi; venendo
cosí tre o quattro volte a parlare dell'Hayez e indugiandosi
nelle lodi di quel pittore con tono della piú profonda ammirazione. «Ci siamo! – pensava il marchese. – Parlerà final-

mente del ritratto commissionato dalla piccola Marini!»
Ma era proprio quello che Gonzo si guardava bene da fare.
Suonarono le cinque; il marchese si spazientí: fra mezz'ora
avrebbe dovuto, come d'abitudine, salire in carrozza per
andare al Corso, ed ancora non aveva fatto la sua siesta.

– Ecco come sei, con le tue stupidaggini! – disse seccamente al Gonzo; – mi farai arrivare al Corso che la principessa non ci sarà già: può avere degli ordini da darmi, sono
il suo cavalier d'onore. Suvvia! spicciati! dimmi senza tante lungaggini, se ci riesci: che sarebbero questi pretesi amori di monsignore?

Ma Gonzo intendeva riservare quel racconto alla marchesa: era stata lei ad invitarlo a pranzo; spicciò quindi in
quattro parole la storia che gli veniva chiesta e il marchese
che cadeva dal sonno corse a fare il pisolino. Tutt'altri modi tenne con la marchesa, la quale, nella sua ingenuità, si
credette intanto in dovere di rimediare alla sgarbatezza
con la quale il marchese s'era rivolto a Gonzo. Di ciò lusingato, Gonzo ritrovò tutta la sua facondia e, nonché un dovere, si fece un piacere d'entrare in infiniti particolari.

Disse dunque che la piccola Annetta Marini arrivava a
pagare uno zecchino ogni posto a sedere riservatole alla
predica; non vi si recava infatti sola ma sempre accompagnata da due zie e dall'antico cassiere di suo padre. Quei
posti, fissati dalla vigilia, erano scelti di solito quasi in faccia al pulpito, ma un po' verso l'altar maggiore, perché
l'Annetta aveva notato che il coadiutore si voltava spesso
da quella parte. Ora – osservazione fatta anche dal pubblico –, *non raramente* gli occhi parlanti del giovane predicatore si fermavano compiaciuti sulla giovane provocante ereditiera; ed evidentemente quella vista lo distraeva perché,
dacché aveva gli occhi sull'Annetta, il sermone diventava
dotto, abbondava di citazioni mentre perdeva di calore; cosicché, deluse, le signore si mettevano a guardare la Marini
ed a mormorare di lei.

Clelia non si stancava di farsi ripetere quei curiosi particolari. Si fece pensierosa: erano giusto quattordici mesi
che non aveva visto Fabrizio: «Sarebbe poi un gran peccato, – si chiedeva, – passare un'ora in una chiesa, non per
vedere Fabrizio, ma per ascoltare un predicatore celebre?
Del resto mi metterei lontanissima dal pulpito e Fabrizio
non lo guarderei che una volta entrando ed un'altra alla
fine della predica... Appunto, – si incoraggiava, – non è

Fabrizio che vado a vedere; vado ad ascoltare il predicatore che fa tanto parlare di sé... il meraviglioso predicatore...»

Pur cosí ragionando la marchesa sentiva dei rimorsi: si
conduceva cosí bene da quattordici mesi! Infine, per trovar pace, rimise la decisione al caso: «Se la prima donna che verrà stasera da noi è stata a sentir predicare monsignor del Dongo, ci andrò anch'io; altrimenti, me ne
asterrò».

Fatto con se stessa questo patto, la marchesa con gran
gioia di Gonzo gli disse:

– Cercate di sapere che giorno il coadiutore predica ed
in che chiesa. Stasera, prima che ve ne andiate, avrò forse
una commissione da darvi.

Appena uscito Gonzo – anche lui si recava al Corso –
Clelia scese a prender aria in giardino. Non si obiettò che
da dieci mesi non vi metteva piede. Era vispa, animata, co-
lorita in viso. La sera, ad ogni noioso che entrava in salotto, le batteva il cuore. Finalmente venne annunciato Gonzo che alla prima occhiata si rese conto che per otto giorni
sarebbe diventato indispensabile. «La marchesa è gelosa
della piccola Annetta, – si disse; – pregusto già la commedia che seguirà; in verità, una commedia bene architettata
dove la marchesa fa la prima parte, l'Annetta fa la *soubret-
te*, e monsignor del Dongo l'amoroso! Anche col biglietto
d'ingresso a due lire, metterà conto di assistervi».

Non istava in sé dalla gioia: tutta la sera non fece che interrompere tutti e raccontare gli aneddoti piú sconclusiona-
ti (uno per esempio, quello dell'attrice famosa e del marchese di Pequigny, l'aveva udito il giorno prima da un commesso viaggiatore). Dal canto suo la marchesa non poteva
star ferma: passeggiava pel salotto, passava nell'attigua pinacoteca, dove il marchese non ammetteva che quadri pagati piú di ventimila lire. Come le parlavano quella sera al
cuore quei quadri! la stancavano a forza di commuoverla.
Finalmente udí aprirsi la porta a due battenti, corse in salotto: era la marchesa Raversi! Nel rivolgerle i soliti complimenti, Clelia si sentí mancar il fiato e dovette ripetere la
domanda che le faceva: – Che ne dice del predicatore alla
moda?

– Ah! le dirò: avevo delle prevenzioni; io lo ritenevo un
piccolo intrigante, degnissimo nipote dell'illustre conte
Mosca. Ma l'ultima volta che ha predicato, qui in faccia, appunto, nella chiesa della Visitazione, è stato cosí sublime

che la mia avversione è caduta ed oggi lo considero l'oratore piú eloquente ch'io abbia mai udito.

– Cosicché l'ha udito predicare? – e Clelia dalla felicità
tremava.

– Ma come! – disse ridendo la marchesa: – non mi ascolta? Io non mi lascerei scappare una sua predica per tutto
l'oro del mondo. Si dice che è attaccato di petto e che non
la durerà molto a predicare!

Appena la marchesa se ne fu andata, Clelia fece venire
Gonzo nella galleria dei quadri:

– Sono quasi decisa, – gli disse, – d'andare a sentire questo predicatore che vantano tanto. Vi siete informato quando predica?

– Lunedí prossimo, cioè fra tre giorni; e si direbbe che
ha indovinato il progetto di Vostra Eccellenza, perché viene a predicar qui, nella chiesa della Visitazione.

Lei non gli aveva ancora detto tutto, ma si sentiva mancare la voce; senza aggiungere parola fece qualche giro per
la galleria. «È tormentata dal desiderio di vendicarsi, –
Gonzo pensava. – Come si può essere insolenti al punto da
scappare di prigione, specialmente quando si ha l'onore di
avere per carceriere un eroe come il generale Fabio Conti!
Del resto non ha tempo da perdere se vuol vendicarsi, – aggiunse tra sé ironicamente; – lui è attaccato di petto. Ho
sentito dire dal dottor Rambo che non ce n'ha per un anno. Dio lo punisce d'essere scappato proditoriamente dalla
cittadella».

La marchesa sedette su un divano e fece segno a Gonzo
di sedervisi anche lui. Dopo un'esitazione gli consegnò una
borsetta in cui aveva messo qualche zecchino: – Fissatemi
quattro posti.

– Sarà consentito al povero Gonzo di introdursi senza
parere al seguito di Vostra Eccellenza?

– Certo, fissate cinque posti... Io non ci tengo, – soggiunse poi, – ad essere presso il pulpito, ma mi piacerebbe vedere la signorina Marini che dicono tanto bella.

Non fu un vivere per la marchesa i tre giorni che la separavano da quel lunedí. Gonzo, che considerava un ambitis-
simo onore esser visto al seguito di sí gran dama, aveva indossato l'abito a coda e cinto lo spadino; né si era fermato
lí; nel suo zelo, profittando che il palazzo era vicino, aveva
fatto portare in chiesa una magnifica poltrona dorata destinata alla marchesa; cosa che doveva apparire ai borghesi

un'insolenza inaudita. È facile immaginare come rimase la povera marchesa quando vide quella poltrona e quando la vide collocata proprio in faccia al pulpito. Clelia era cosí confusa, raggomitolata con gli occhi bassi in un canto del- l'immensa poltrona, che non ebbe neppure il coraggio di guardare la piccola Marini, sebbene Gonzo gliela indicasse con una sfrontatezza che la faceva trasecolare. Ma tant'è: agli occhi di Gonzo chi non era nobile non esisteva.

Fabrizio comparve sul pulpito; era cosí magro, cosí palli- do, cosí consunto che vederlo bastò perché gli occhi di Cle- lia si gremissero di lagrime. Lui, pronunciata qualche paro- la, s'arrestò, quasi la voce di colpo gli mancasse; invano tentò di proseguire; si volse e prese un foglio in mano.

– Miei fratelli, – disse, – un'anima infelice degnissima di tutta la vostra pietà vi chiede per mia bocca che preghia- te acciocché abbian termine i tormenti che cesseranno solo con la sua vita.

Lentissimamente lesse tutto il foglio: l'espressione della voce era tale che non era giunto a metà della preghiera e già tutti in chiesa piangevano, compreso Gonzo. «Cosí al- meno le mie lacrime non saran notate», pensava la marche- sa abbandonandosi al pianto.

La lettura ispirò a Fabrizio due o tre idee da svolgere sullo stato dell'infelice pel quale sollecitava le preghiere dei fedeli. Con quelle, altre idee vennero in folla. Sotto l'apparenza di rivolgersi al pubblico, era alla marchesa solo che parlava. Terminò il sermone un po' prima del solito perché, per quanto facesse, la commozione lo aveva preso al punto che non gli riusciva piú di articolare le parole in modo intelligibile. Gli intenditori trovarono quel sermone diverso dagli altri, ma non meno patetico della famosa pre- dica fatta al lume delle candele. Clelia, lei, aveva appena udito le prime dieci righe della preghiera che s'era detta ch'era stato un atroce delitto da parte sua l'aver potuto la- sciar passare quattordici mesi senza veder Fabrizio. Rinca- sando, si mise a letto per poter pensare a tutto suo agio a lui; e il giorno dopo di buon'ora il giovane riceveva un bi- glietto cosí concepito:

Si conta sul vostro onore; cercate quattro *bravi* sulla cui discrezione possiate contare e domani quando alla Steccata scoccherà la mezzanotte trovatevi presso la porticina che reca il numero 19 in via San Paolo. Badate che potreste essere aggredito, non venite solo.

Riconoscendo la scrittura di lei, Fabrizio cadde in ginocchio e scoppiò in pianto. «Finalmente, – esclamò, – dopo
piú di quattordici mesi! Predicazione, addio!»

In che stato di esaltazione quei due cuori trascorsero
quella giornata sarebbe lungo descrivere. La porticina indicata nel biglietto era quella dell'aranciaia di palazzo Crescenzi: dieci volte quel giorno Fabrizio trovò modo d'accer-
tarsene, passandole davanti. Si muní d'armi e solo, un po'
prima di mezzanotte, passava a passo lesto rasente a quella
porticina, quando con inesprimibile gioia udí una voce ben
nota dire pianissimo:

– Entra qui, amico del mio cuore.

Fabrizio entrò non senza precauzione: era nell'aranciaia,
ma di fronte aveva l'inferriata d'una finestra, elevata tre o
quattro piedi dal suolo. C'era un buio pesto. Nella finestra
aveva avvertito un rumore; tastava con la mano l'inferriata, quando sentí un'altra mano, che si sporgeva di tra le
sbarre, prendere la sua e portarla a delle labbra che la ba-
ciarono.

– Sono io, – gli disse la cara voce, – sono venuta qui per
dirti che ti amo e per chiederti se vuoi obbedirmi.

Figurarsi la risposta che Fabrizio diede, la sua gioia, il
suo sbalordimento; sfogati i primi slanci di passione, Clelia gli disse:

– Io ho fatto voto alla Madonna, come sai, di non vederti mai; è per ciò che ti ricevo in questo buio. Voglio che tu
sappia bene che, se tu mi forzassi mai a vederti di pieno
giorno, tutto tra noi sarebbe finito. Ma prima di tutto non
voglio che tu predichi piú davanti all'Annetta Marini e
non vorrei neanche che tu credessi che sia stata io cosí stupida da far portare quella poltrona nella casa di Dio.

– Mio caro angelo, io non predicherò piú avanti a nessuno; ho predicato solo nella speranza, un giorno, di vederti.

– *Vederci*, no; non ti scordare che non posso, io, *vederti*.

Chiediamo venia al lettore se a questo punto saltiamo a
piè pari tre anni. Al tempo in cui riprendiamo il racconto,
già da parecchio il conte Mosca è tornato a Parma, come
primo ministro, e vi è piú potente che mai.

In capo a quei tre anni d'indicibile felicità, Fabrizio fu

preso da un capriccio dettato dal cuore, e quel capriccio
venne a cambiar tutto. La marchesa aveva un incantevole
maschietto di due anni, ch'era la sua gioia: Sandrino. Sandrino era sempre con lei o sulle ginocchia del marchese Crescenzi, mentre Fabrizio non lo vedeva quasi mai. Egli non
volle che s'abituasse ad amare un altro padre e progettò di
rapirlo prima che i ricordi del bambino si precisassero.

Nelle lunghe ore in cui ogni giorno la marchesa non poteva vedere l'amante, le era di conforto la presenza di Sandrino, perché dobbiamo confessare – ed il fatto sembrerà
quasi incredibile a settentrione delle Alpi – malgrado i
suoi errori essa era rimasta fedele al voto di non *veder mai*
Fabrizio; interpretando cavillosamente tali parole, non lo
riceveva che la notte e, dove lo riceveva, non c'erano mai
lumi accesi.

Ma tutte le notti lo riceveva: e, fatto meraviglioso in
mezzo ad una corte divorata dalla curiosità e dalla noia,
grazie alle precauzioni che Fabrizio ogni volta prendeva,
mai quell'*amicizia*, come dicono in Lombardia, venne neppure sospettata. Il loro amore era troppo appassionato perché non nascessero degli screzi; Clelia era gelosissima, ma i
bisticci non venivano quasi mai di lí. Piuttosto accadeva
che Fabrizio abusasse di qualche cerimonia pubblica per
trovarsi nello stesso luogo della marchesa e guardarla; essa
pigliava allora il primo pretesto per uscirne e per lungo
tempo non riceveva piú l'amico.

Si era stupiti alla corte di Parma di non conoscere alcun
intrigo ad una donna cosí in vista per la sua bellezza e finezza; le passioni ch'essa suscitava fecero commettere molte
follie e destarono spesso la gelosia di Fabrizio.

Quel buon uomo dell'arcivescovo Landriani era morto
da gran tempo; la pietà, i costumi esemplari e l'eloquenza
di Fabrizio l'avevano fatto dimenticare. Pure Ascanio del
Dongo era morto e Fabrizio aveva ereditato tutti i beni di
famiglia. Da allora distribuiva ogni anno ai vicari ed ai parroci della diocesi le centomila e tante lire che rendeva a
Parma la carica di arcivescovo.

Sarebbe stato difficile immaginare una vita piú onorata e
piú fruttuosa di quella che Fabrizio era pervenuto a farsi,
quando tutto fu turbato da quel fatale capriccio che gli dettò l'amor paterno.

– In forza del voto che hai fatto e ch'io rispetto, sebbene mi avveleni l'esistenza, – disse un giorno a Clelia, – io

sono costretto a vivere sempre solo, senz'altra distrazione che il mio lavoro; e ne avessi almeno abbastanza! Nella malinconia in cui mi piombano le interminabili ore che passo solo ogni giorno, mi è venuta un'idea che non mi dà requie e che combatto invano da sei mesi: mio figlio non mi amerà, non ode mai il mio nome. Allevato nel lusso del palazzo Crescenzi, è tanto se mi conosce. Le rade volte che lo vedo penso a sua madre, alla celeste bellezza che mi è vietato di contemplare; egli mi vede per forza un viso serio, ciò che per un bambino vuol dire un viso triste.

– Ebbene? che vuoi dire? Mi spaventi.

– Voglio riavere mio figlio; che abiti con me; voglio vederlo tutti i giorni, voglio che s'abitui ad amarmi; voglio io stesso poterlo amare a mio piacere. Visto che una fatalità unica al mondo vuole ch'io sia privato di quel bene che tanti cuori ben fatti godono, che io non possa trascorrere la vita con colei che sulla terra unicamente adoro, voglio almeno avere accanto a me una creatura che ti ricordi al mio cuore, che in qualche modo ti sostituisca. Le faccende da sbrigare e la gente che devo vedere non rappresentano in questa mia forzata solitudine che un peso; tu sai che l'ambizione è sempre stata per me una parola vuota di senso; e ciò dal giorno che ho avuto l'onore d'essere iscritto da Barbone sui suoi registri. Tutto ciò che non appartiene all'anima mi pare ridicolo nella malinconia che mi accascia quando sono lontano da te.

Non è difficile immaginare quanto afflisse la povera Clelia il dolore dell'amante; sentiva che egli aveva in qualche modo ragione, e questo aumentava la sua tristezza. Giunse sino a chiedersi se non dovesse rompere il voto. Avrebbe allora potuto ricevere liberamente Fabrizio senza dar esca a maldicenza tanto era salda la sua reputazione di donna saggia. Pagando una forte somma, sarebbe arrivata forse a farsi sciogliere da quel voto; ma mentre si diceva questo, sentiva pure che quell'accomodamento tutto mondano non avrebbe tranquillizzato la sua coscienza, mentre il cielo poteva punirla della nuova colpa. D'altronde se essa cedeva al desiderio cosí naturale di Fabrizio, per non fare l'infelicità di quel cuore sensibile ch'essa conosceva tanto bene e del quale il suo strano voto metteva a repentaglio la pace, che probabilità c'era che l'unico figlio d'uno dei piú grandi signori d'Italia venisse rapito senza che l'inganno, commesso ai danni del marchese, venisse scoperto? Il marchese

Crescenzi avrebbe prodigato tutto il suo avere, si sarebbe posto lui stesso a capo delle ricerche e prima o poi si sarebbe scoperto il rapimento del figlio. C'era un modo solo di evitare questo rischio: quello di allontanare il bambino, di mandarlo a Edimburgo, mettiamo, od a Parigi; ma a questo il suo cuore di madre non si sapeva decidere. Un altro modo proponeva Fabrizio, ed era il piú ragionevole, ma spaventava quasi piú ancora la madre pazza d'amore per Sandrino e pareva ai suoi occhi di sinistro augurio: bisognava, diceva Fabrizio, fingere una malattia del bambino; egli sarebbe andato via via peggiorando, fino a morire durante un'assenza del marchese.

La ripugnanza a mettere in atto questo progetto, ripugnanza che in Clelia rasentava l'orrore, portò ad una rottura tra i due; rottura, tuttavia, che doveva durar poco.

Clelia sosteneva che non bisognava provocare la clemenza di Dio: quel figlio tanto amato era già frutto d'un peccato mortale; se si irritava ancora il cielo Dio non avrebbe mancato di riprenderselo. Ma Fabrizio tornava a parlare del suo strano destino: – L'abito che il caso mi ha dato e l'amore congiurano a confinarmi in un'eterna solitudine; io non posso, come la maggior parte dei miei confratelli, godere le dolcezze che dà la consuetudine e l'intimità con la donna che amo perché tu non vuoi ricevermi che al buio e questo fa sí che la vita che posso passare con te si riduce, per cosí dire, ad istanti.

Le lagrime non furono poche. Clelia cadde ammalata; ma amava troppo Fabrizio per rifiutarsi costantemente al terribile sacrificio ch'egli le chiedeva. Si simulò la malattia di Sandrino; il marchese allarmato fece venire i medici piú rinomati. Ma bisognava anche impedire che il bambino prendesse le medicine che quelli ordinavano: la cosa era tutt'altro che facile e Clelia, che non l'aveva prevista, passò momenti di tremendo imbarazzo.

Sandrino, costretto a letto, finí per ammalarsi davvero. Disputata tra l'amore per Fabrizio e quello pel figlio, Clelia fu sul punto di ammattire. Si doveva dare il bambino per guarito? era sacrificare il frutto d'una lunga e penosa simulazione. Fabrizio, dal canto suo, non poteva né perdonarsi la violenza che esercitava sul cuore dell'amante né rinunziare al progetto. Egli aveva trovato modo di introdursi tutte le notti presso l'infermo e questo aveva aggravato la situazione, perché non era possibile evitare ch'egli vedesse Clelia alla luce delle candele: peccato orribile agli occhi della poveretta che ne presagiva la morte di Sandrino. Inutilmente i teologi piú celebri, consultati sul caso, avevano risposto che non poteva considerarsi peccato rompere quel voto finché chi lo aveva fatto vi mancava non per un vano piacere dei sensi, ma per evitare un male che immancabilmente ne sarebbe derivato. La marchesa non si disperò meno per questo e Fabrizio vide arrivare il momento in cui la sua idea stravagante avrebbe cagionato la morte di ambedue le creature che amava.

Allora ricorse per consiglio all'amicizia del conte Mosca che, vecchio uomo indurito nella politica qual era, restò commosso a quella storia d'amore che in gran parte ignorava.

– Posso far assentare il marchese per almeno cinque o sei giorni: ditemi quando.

Non passò molto che Fabrizio venne a dirgli che tutto era pronto per poter profittare di quell'assenza.

Due giorni dopo, mentre il marchese tornava a cavallo da una sua terra nelle vicinanze di Mantova, dei briganti, che avevano l'aria d'essere stati assoldati per una vendetta, lo rapirono senza usargli la minima violenza, e lo misero su una barca che impiegò tre giorni a discendere il Po, compiendo lo stesso viaggio che aveva fatto Fabrizio dopo l'uccisione del Giletti. Al quarto, i briganti sbarcarono il marchese in un isolotto deserto, dopo avergli tolto d'addosso col danaro sino il minimo oggetto che potesse avere qualche valore. Il marchese dovette impiegare altri due giorni prima di poter raggiungere il suo palazzo a Parma; lo trovò parato a lutto e tutta la servitú nella desolazione.

Quel ratto, eseguito con molta abilità, ebbe un funesto risultato: Sandrino, nascosto in una grande e bella casa dove la marchesa veniva a vederlo si può dire ogni giorno, in capo a pochi mesi morí. Clelia si mise in testa che era quella una giusta punizione per aver mancato al voto: durante la malattia di Sandrino, tante volte essa aveva visto Fabrizio alla luce delle candele e due volte persino di pieno giorno e con sí teneri trasporti d'amore! La poveretta non sopravvisse che qualche mese al figlio tanto amato; ma ebbe la gioia di morire nelle braccia del suo amico.

Fabrizio era troppo innamorato e troppo credente per uccidersi: sperava di trovare l'amata in un mondo migliore; ma aveva troppo criterio per non rendersi conto che aveva molto da riparare.

Pochi giorni dopo la morte di Clelia egli firmava degli atti notarili coi quali lasciava a ciascuno dei suoi domestici una pensione di mille lire, riservandosene per sé una eguale; terre per un reddito di circa centomila lire assegnava alla contessa Mosca; eguale somma lasciava alla madre, marchesa del Dongo; e quel che restava della fortuna paterna, alla sorella male maritata. L'indomani, presentate a chi di dovere le sue dimissioni dal posto di arcivescovo e da tutte le cariche di cui lo aveva in seguito insignito il favore di Ernesto V e l'amicizia del primo ministro, egli si ritirava alla Certosa di Parma, che sorge tra i boschi in vicinanza del Po, a due leghe da Sacca.

La contessa Mosca aveva a suo tempo dato il suo pieno consenso al marito perché rientrasse al ministero; ma mai essa volle consentire a rimetter piede negli Stati di Ernesto V. Gina teneva la sua corte a Vignano, ad un quarto di lega da Casalmaggiore, sulla riva sinistra del Po e quindi dentro gli Stati dell'Austria. In quel magnifico palazzo, che il conte le aveva fatto costruire, essa riceveva il giovedí tutta l'alta società di Parma e tutti i giorni i suoi numerosi amici. Fabrizio non mancava un giorno di venirvi. Si sarebbe detto insomma che nulla mancasse alla contessa per essere felice; ma essa doveva sopravvivere di pochissimo a Fabrizio ch'essa adorava e il quale nella sua Certosa non passò che un anno.

Le prigioni di Parma erano vuote, il conte immensamente ricco, Ernesto V adorato dai sudditi, che paragonavano il suo governo a quello dei granduchi di Toscana.

To the happy few.

La polemica tra Balzac e Stendhal
di György Lukács

Il presente saggio è tratto dal volume di György Lukács *Saggi sul realismo*, edito da Einaudi nel 1950.

Il 25 settembre del 1840, Balzac, all'apogeo della sua fama, pubblica una recensione entusiastica e straordinariamente profonda della *Certosa di Parma* di Stendhal, autore ancora sconosciuto in quell'epoca. Alla fine d'ottobre Stendhal risponde alla critica in una lunga lettera. Egli precisa i punti a proposito dei quali accetta la critica di Balzac e quelli di fronte ai quali difende contro Balzac il proprio metodo creativo. L'incontro dei due piú grandi scrittori della prima metà del secolo XIX sul campo della storia letteraria, è estremamente significativo, sebbene – come vedremo in seguito – la lettera di Stendhal sia alquanto riservata; egli non manifesta apertamente le sue obiezioni, come fa Balzac nei suoi confronti. Ciò nonostante vediamo chiaramente che i due grandi scrittori sono sostanzialmente d'accordo nel giudicare i problemi centrali del grande realismo e, nel contempo, anche nei riguardi di quelle vie divergenti, in cui l'uno e l'altro hanno cercato il grande realismo.

La critica di Balzac è un modello di analisi concreta dei grandi capolavori. In tutta la letteratura critica sono pochi i casi in cui le piú essenziali bellezze di un'opera d'arte vengono rivelate e trattate con tanto approfondimento affettuoso, con tanta sensibilità amorevole e congeniale. È un modello di critica fatta da un grande artista e pensatore, che conosce il suo mestiere. E per nulla diminuirà l'importanza di questa critica, se nel corso delle nostre considerazioni segnaleremo che, nonostante il meraviglioso acume con cui Balzac cerca di comprendere le intenzioni di Stendhal e di spiegarle al lettore, egli rimane tuttavia cieco di fronte alle piú profonde di esse, volendo imporre a Stendhal il proprio metodo creativo.

Simili limitazioni però non sono le limitazioni personali di Balzac. Le osservazioni di grandi artisti nei riguardi delle proprie opere e di quelle di altri sono molto istruttive appunto perché nella loro stessa natura è implicita questa necessaria e feconda unilateralità. Noi però non possiamo trarre realmente un insegnamento dalle loro critiche, riducendole a qualche principio astratto, ma solo mettendo in luce il caratteristico e tipico modo di vedere che le informa. Perché l'unilateralità d'un artista della

statura di Balzac – come abbiamo già detto – è dettata dalla necessità ed è feconda; proprio nella sua unilateralità sta radicata
la sua capacità di metterci davanti agli occhi la vita nella sua to-
talità.

L'urgenza di chiarire la posizione di entrambi, la propria e
quella dell'unico scrittore contemporaneo di pari altezza, spinge
Balzac, fin dal principio della sua critica, a definire con piú precisione delle altre volte, il proprio posto nella storia della letteratura, nell'evoluzione dello stile del romanzo. Infatti, nella prefa-
zione della *Commedia umana*, Balzac in sostanza determina il
proprio posto soltanto nei confronti di Walter Scott, rilevando
quei soli punti in cui egli prosegue l'opera di Scott e che in essa
hanno i loro presupposti. In questa critica invece egli procede a
una profonda analisi delle correnti di stile rappresentate dai romanzi del suo tempo. Per il lettore intelligente la concreta profondità di questa analisi stilistica non è compromessa dal fatto
che la terminologia di Balzac è piuttosto imprecisa e, anzi, a volte
potrebbe dar luogo a malintesi.

Si potrebbe riassumere il contenuto essenziale dell'analisi dicendo per prima cosa che Balzac distingue tre grandi correnti sti-
listiche del romanzo. Queste correnti sono, anzitutto, la «letteratura degli ideali», termine con cui intende, grosso modo, la letteratura dell'Illuminismo francese: ai suoi occhi i maggiori rappresentanti di questa corrente sono, tra gli antichi, Voltaire e Le
Sage, tra i nuovi, Stendhal e Mérimée; in secondo luogo, la «letteratura delle immagini». I rappresentanti di questa sono principalmente i romantici, Chateaubriand, Lamartine, Victor Hugo e
altri. La terza corrente – e in questa comprende anche se stesso –
tende alla sintesi delle due correnti precedenti. A questa corrente
Balzac dà il nome – piuttosto improprio – di «eclettismo letterario». (La fonte di questa poco fortunata espressione va ricercata
probabilmente nella stima esagerata ch'egli nutriva per i filosofi
idealisti del suo tempo, sul tipo di Royer-Collard). Seguaci di
quest'ultima corrente, secondo Balzac, sono Walter Scott, Madame de Staël, Cooper e George Sand. Da questa lista di nomi
appare quanto solitario e isolato si sia sentito Balzac nella propria
epoca. Le sue dichiarazioni sugli scrittori qui elencati, per esempio la sua critica straordinariamente interessante su Cooper, pubblicata nella «Revue Parisienne», mostrano che il suo accordo
con essi, nelle questioni piú profonde dei metodi creativi, non si
è spinto troppo oltre. Ora però, volendo difendere il proprio metodo creativo come una grande corrente storica, dinanzi all'unico
scrittore di pari altezza, egli si vide costretto a richiamarsi alla serie dei suoi predecessori e agli scrittori contemporanei della stessa
tendenza.

Balzac per definire nel modo piú preciso il proprio indirizzo,
lo contrappone soprattutto alla «letteratura idealistica». Ciò è

comprensibile, perché cosí si delinea il suo contrasto con Stendhal. Egli dice:

> Non credo che la illustrazione della società moderna sia possibile con i rigidi metodi della letteratura dei secoli XVII e XVIII. Ritengo inevitabile nella letteratura moderna l'applicazione degli elementi drammatici dell'immagine, della pittura, della descrizione, del dialogo. Confessiamolo sinceramente, la struttura di *Gil Blas* è stancante: nell'accumulare avvenimenti e pensieri ha qualcosa di sterile

Ravvisando quindi nel romanzo di Stendhal il capolavoro della «letteratura idealistica», egli rileva e nello stesso tempo sottolinea che quest'opera ha fatto alcune concessioni alle altre due scuole. Vedremo in seguito come Balzac con la sua eccezionale sensibilità comprenda che Stendhal invece, nei particolari artistici, non fa alcuna concessione né al romanticismo, né all'indirizzo rappresentato da Balzac. D'altro lato però vedremo anche che negli ultimi problemi della composizione, in quelli che rasentano quasi i problemi della concezione del mondo, egli critica Stendhal appunto perché non fa concessioni.

Si tratta del problema centrale della concezione del mondo e dello stile di tutto il secolo XIX: definire l'essenza del romanticismo. Non vi è grande scrittore che si sia potuto sottrarre a questo processo di chiarificazione, parlo degli scrittori entrati in scena dopo la rivoluzione francese. La chiarificazione comincia già nel periodo «weimariano» di Goethe e di Schiller e raggiunge il suo culmine nella critica del romanticismo fatta da Heine. Il suo processo è stato ostacolato categoricamente dalla circostanza che il romanticismo non è affatto un indirizzo puramente letterario. Nella concezione romantica del mondo si esprime una spontanea e profonda ribellione contro la rapida evoluzione dell'assetto produttivo capitalistico, naturalmente in forme molto contraddittorie. I romantici piú spinti si trasformano addirittura in reazionari feudali e ultramontani. Ma nello sfondo di tutto il movimento sta sempre la spontanea ribellione contro il capitalismo. Per i grandi scrittori dell'epoca, che, pur non potendo superare gli orizzonti borghesi, si sforzavano di raggiungere un'immagine ampia e reale del mondo, questa situazione implicava un singolare dilemma. Non potevano esser romantici nel senso tipico della parola, perché in tal caso non avrebbero potuto raggiungere, né seguire il tempo nel suo progresso. Non potevano però trascurare impunemente neanche la critica romantica del capitalismo, della civiltà capitalistica, perché rischiavano di diventare ciechi glorificatori della società borghese, apologeti del capitalismo. Dovevano dunque adoperarsi a superare il romanticismo – nel senso della dialettica hegeliana – ossia combatterlo e, nel contempo, conservarlo ed elevarlo a un livello piú alto. (Si trattava in quell'epoca di una tendenza generale che non presupponeva – come non lo presupponeva l'opera di Balzac – la conoscenza della filosofia di

Hegel). E dobbiamo aggiungere ancora che a questa sintesi neppur uno dei grandi scrittori dell'epoca arrivò senza riserve e senza
contraddizioni. Le maggiori qualità di scrittore derivarono loro
dalle contraddizioni, oggettivamente per loro insolubili ma coraggiosamente affrontate, della loro posizione sociale e spirituale.

Possiamo annoverare anche Balzac tra quegli scrittori che si
appropriano del romanticismo, pur mirando, in maniera piú ampia e cosciente, al suo superamento. Per contro, l'atteggiamento
di Stendhal, di fronte al romanticismo, è assolutamente negativo.
Nella sua concezione del mondo egli è un grande seguace pienamente cosciente della filosofia dell'Illuminismo. Questo contrasto tra i due scrittori si osserva piú facilmente nei loro rispettivi
metodi creativi. Stendhal, per esempio, sconsiglia a uno scrittore
principante la lettura di autori moderni. Per scrivere bene in
francese, gli suggerisce di sfogliare opere anteriori al 1700; per
appropriarsi poi della facoltà di pensare in modo giusto, egli rac-
comanda di studiare il libro di Helvétius, *De l'esprit*, e Bentham.
Al contrario, è universalmente nota la grande stima che Balzac,
nelle sue critiche, dimostra tra i piú grandi scrittori romantici,
Chénier e Chateaubriand. Vedremo che questo è il contrasto che
si cela nel fondo della polemica decisiva tra i due.

Abbiamo dovuto rilevare questo contrasto subito, perché soltanto avendone conoscenza possiamo misurare la straordinaria
importanza della critica di Balzac. Infatti, il pathos, la ricchezza
di pensiero, il perfetto disinteresse con cui egli combatte per ottenere il riconoscimento del suo unico, vero rivale, sono ammire-
voli, e non solo dal lato umano. (La storia della letteratura borghese conosce ben pochi esempi di siffatti riconoscimenti obiet-
tivi). La critica, l'entusiasmo di Balzac sono degni d'ammirazione
anche perché egli vuol riuscire a comprendere il valore classico di
un'opera che è in deciso contrasto con le sue piú profonde aspi-
razioni personali. Balzac loda ripetutamente con il massimo entusiasmo la costruzione del romanzo di Stendhal, agile, lineare e
limitata alle cose piú essenziali. Giustamente egli definisce questa
costruzione drammatica e fa risaltare come lo stile di Stendhal,
accogliendo l'elemento drammatico, s'avvicini al suo. E in base
a questo pensiero egli elogia Stendhal proprio perché si astiene
dall'arricchire il suo romanzo con degli *hors-d'œuvre* e intermezzi.
«No, sono i personaggi che agiscono, giudicano, sentono; e il
dramma non fa che procedere sempre avanti... Sono le idee che
fanno del poeta un poeta drammatico. Egli non devia dal suo
cammino, neanche per il piú piccolo fiore, tutto si svolge con una
velocità ditirambica». E sino alla fine Balzac esalta la linearità, la
mancanza di digressioni, la snellezza della costruzione stendhaliana. Questo elogio rivela l'esistenza di certe tendenze, comuni
a tutti e due i grandi scrittori. Per un osservatore superficiale,
proprio in questo campo apparirebbe il piú grande contrasto di
stile tra la snellezza «illuministica» di Stendhal e il modo di scri-

vere di Balzac, romanticamente colorito e quasi incontrollabil-
mente ricco e complesso. Tuttavia, questo contrasto implica anche la loro profonda affinità: nelle sue opere migliori neanche
Balzac si china mai per cogliere un fiore dal margine della via; anche lui rende l'essenziale, e soltanto l'essenziale. La differenza e
il contrasto stanno però in ciò che Stendhal e Balzac considerano
come essenziale. Questo si presenta molto piú confuso, molto piú
nascosto, molto meno condensato in alcuni grandi momenti in
Balzac, che non in Stendhal.

Questo appassionato sforzo verso l'essenziale, il disprezzo
d'ogni realismo meschino, costituiscono il ponte che unisce i due
artisti, per quanto sia grande il loro contrasto nella concezione
del mondo e nei metodi di lavoro. Perciò Balzac, nel corso del
suo esame analitico del romanzo stendhaliano, è costretto a parlare dei piú profondi problemi della forma, di problemi che sono
tuttora della massima attualità. Come artista, Balzac vede chiaramente l'inscindibile nesso tra la fortunata scelta dell'argomento
e il successo della sua elaborazione. Ritiene dunque importante
dimostrare per esteso quale profondo senso artistico riveli Stendhal facendo svolgere il suo romanzo in Italia, in una piccola corte italiana. E a buon diritto rileva che ritraendo l'ambiente, Stendhal sorpassa di gran lunga i limiti dell'intelaiatura costituita dai
meschini intrighi di corte di un piccolo principato. Nel suo romanzo egli presenta la tipica struttura fondamentale del despotismo moderno. Ci mostra i tipi costanti, che sono necessariamente prodotti da questa società, nella loro forma piú caratteristica,
nei punti culminanti della loro realizzazione. Egli ha scritto il
moderno *Principe* – dice Balzac – «quel romanzo che Machiavelli scriverebbe se vivesse esiliato nell'Italia del diciannovesimo
secolo». Nel senso migliore della parola, è un libro tipico: «Infine, getta magnificamente luce su tutti i patimenti che la *camarilla*
di Luigi XIII ha causati a Richelieu».

Secondo Balzac, il romanzo di Stendhal acquista il suo grande
e caratteristico valore, proprio perché egli pone l'azione a Parma,
teatro di piccoli interessi e meschinissimi intrighi. Infatti – continua Balzac – la rappresentazione di interessi cosí grandi, come
quelli che dominavano il gabinetto di Luigi XIV o di Napoleone,
avrebbe necessariamente richiesto tante spiegazioni obiettive, e
uno svolgimento cosí vasto, da appesantire enormemente la scor-
revolezza dell'azione. Lo Stato parmense, invece, si può facilmente percorrere con lo sguardo e la Parma di Stendhal spiega
tuttavia perfettamente la caratteristica struttura intrinseca d'o-
gni corte assolutistica. Con ciò Balzac rivela un essenziale momento strutturale del romanzo borghese del grande realismo. Lo
scrittore, «storiografo della vita privata» (Fielding), deve far intravedere l'occulta fluttuazione della società, le intime leggi, le
tendenze iniziali, l'invisibile incremento e i turbamenti rivoluzionari del suo movimento. Ma i grandi avvenimenti storici, le gran-

di firme della storia mondiale, soltanto in rarissimi casi sono atti
a rispecchiare, in tipi ben delineati, il carattere dell'evoluzione
sociale. Non è certamente un puro caso, per esempio, che in tutta
l'opera di Balzac, Napoleone non compaia che molto raramente
e sempre soltanto come figura episodica, sebbene gli ideali napoleonici, il contenuto ideologico dell'impero napoleonico, siano i
veri protagonisti di molti romanzi balzachiani. E Balzac considera come dilettante lo scrittore che scelga per argomento lo splendore esteriore, la grandezza degli avvenimenti storici, invece della intima ricchezza insita nella caratteristica evoluzione degli elementi sociali. In una sua critica, comparsa pur essa nella «Revue
Parisienne», in cui si occupa di Eugène Sue, egli contrappone a
questi l'esempio di Walter Scott. Dice:

> Il romanzo non sopporta che in via accessoria la presenza sulla sce-
> na di grandi personaggi. Cromwell, Carlo II, Maria Stuarda, Luigi
> XI, Elisabetta, Riccardo Cuor di Leone, sono tutti grandi personaggi,
> che il creatore del genere letterario fa salire sulla scena soltanto per un
> istante, quando la vicenda drammatica creata dal narratore tende pro-
> prio verso il punto della loro entrata in scena, esattamente come vi
> tendevano gli uomini e i fatti stessi dell'epoca. La ricchezza delle sue
> figure secondarie ha già conquistato il lettore. Nel momento dunque
> che il grande personaggio storico fa la sua comparsa, il lettore ha già
> vissuto insieme con gli eroi del romanzo. Scott non ha mai scelto co-
> me oggetto della sua poesia avvenimenti smisurati, ma illustrando i
> costumi e lo spirito di un'epoca e rendendone l'ambiente sociale, egli
> ne sgroviglia con minuziosa cura le cause, anziché trasferirsi nell'at-
> mosfera rarefatta dei grandi avvenimenti politici.

In tale questione Balzac considera Stendhal come un alleato,
come un compagno d'armi di pari valore. Lo considera come uno
scrittore che sprezza tanto il meschino realismo, la minuziosa riproduzione degli stati d'animo, quanto la monumentalità storica
freddamente esteriore, e che, proprio come lui, mira a svelare
con un lavoro coscienzioso le vere cause degli eventi sociali, i
tratti piú caratteristici di tutti i fenomeni sociali. Sulla via di tale
lavoro analitico s'incontrano e si salutano i due piú grandi realisti
dello scorso secolo; s'incontrato nella difesa contro tutte le tendenze che vogliono rovesciare il realismo da questa altezza essenziale.

Nel romanzo di Stendhal, Balzac ammira soprattutto come
questi dia vita a una intera serie di figure straordinarie. Le mire
finali dei due realisti s'incontrano anche in questo campo: tutti e
due vedono il loro compito principale nel fissare i grandi tipi del-
l'evoluzione sociale, ma il tipico per loro significa tutt'altro che
per il realismo successivo, quello dopo il '48. Essi considerano come eroi tipici quegli uomini straordinari, che in tutti i momenti
decisivi della vita rispecchiano un dato grado o una data via dello
sviluppo storico, un dato strato o una data tendenza sociale. Agli
occhi di Balzac il tipo del delinquente è Vautrin, e non un qual-

siasi piccolo-borghese che, per essersi casualmente ubriacato, ammazzi una o piú persone, come piú tardi il naturalismo farà per risolvere il problema della tipicità. E Balzac in Stendhal ammira precisamente l'energia con la quale egli ha saputo plasmare in siffatte figure tipiche tutti e due i duchi di Parma, il conte Mosca, il ministro, la duchessa San Severino, il rivoluzionario Ferrante Palla. Particolarmente interessante e profondamente caratteristico per l'obiettività di Balzac – con la quale egli trascura i propri interessi ed esamina soltanto i problemi dell'evoluzione del grande realismo – è il sincero entusiasmo che egli nutre per la figura di Ferrante Palla. Rileva che in passato, con la figura di Michel Chrestien, anch'egli aveva mirato a qualcosa di simile a ciò che ora Stendhal ha compiuto; aggiunge però subito con grande risalto che nella rappresentazione delle due figure Stendhal lo ha superato di gran lunga.

Tuttavia, quanto piú profondamente penetra Balzac, nei problemi della costruzione del romanzo stendhaliano, tanto piú evidenti devono risultare le differenze tra i due autori nel loro modo di comporre. Vediamo con quale giustificato entusiasmo Balzac segue, passo per passo, la descrizione della Corte di Parma, sia nel suo contenuto che nella sua forma. Ma proprio quest'entusiasmo lo porta alla maggiore e piú importante obiezione nei riguardi del romanzo di Stendhal. Egli dice: in fondo, è questa parte che costituisce il libro. I precedenti, ossia la storia della gioventú di Fabrizio del Dongo, non si sarebbero dovuti toccare che brevemente. La descrizione della famiglia del Dongo, il contrasto della famiglia aristocratica austrofila con Fabrizio, fanatico di Napoleone, e con la sua sorella maggiore, la futura duchessa di San Severino, la descrizione della Corte milanese di Eugenio Beauharnais e le altre cose, secondo il suo parere, non c'entrano nel romanzo. Parimenti non ha a che vedere con questo – afferma Balzac – tutta la costruzione stendhaliana della conclusione: il periodo successivo al ritorno da Mosca è della duchessa di San Severino, la storia dell'amore di Fabrizio e Clelia, e infine il ritiro di Fabrizio in un convento.

Qui Balzac vuole imporre a Stendhal il proprio modo di costruire. La maggior parte dei romanzi balzachiani hanno una trama molto piú circoscritta, ma il tono fondamentale è molto piú definito che non nei romanzi di Stendhal e in quelli del secolo XVIII. Assai raramente Balzac si scosta da questo tipo di composizione. Il piú delle volte descrive catastrofi, le condensa in un determinato punto del tempo e dello spazio, oppure ci presenta addirittura intere serie di catastrofi. E a tutta la composizione aggiunge il fascino d'un tono severamente compatto; includendo nella forma del romanzo alcuni elementi del dramma shakespeariano e della novella classica, egli cerca solo di controbilanciare artisticamente l'inafferrabile amorfismo della vita borghese moderna. Come necessaria conseguenza di tale costruzione, i suoi

romanzi pullulano d'una massa di eroi appena abbozzati e lasciati
a metà. Il principio balzachiano della costruzione ciclica – che
nulla ha a che vedere con le forme successive dei romanzi ciclici,
per esempio con quelle di Zola – deriva dall'idea artistica che
tutte queste figure non perfettamente realizzate e condotte a termine, in seguito costituiranno il centro di altre opere, nelle quali
l'atmosfera e il tono della vita saranno piú adatte ad attribuire loro una posizione centrale. Ricordiamo: Vautrin, Rastignac, Nucingen, Maxim de Truilles e altri, figurano in *Papà Goriot* come
personaggi drammatici, ma la loro vera realizzazione costituirà
l'argomento di altri romanzi. Il mondo di Balzac è in realtà simile
a quello di Hegel: circolo che di soli circoli consiste.

I principî di composizione di Stendhal sono diametralmente
opposti. Anch'egli cerca di dare qualcosa di completo, come Balzac, ma condensa i tratti caratteristici delle singole epoche nelle
biografie di personaggi di un dato tipo. (Nel *Rosso e il Nero* fa rivivere la restaurazione, nella *Certosa di Parma* l'assolutismo dei
piccoli stati italiani, in *Lucien Leuwen* la monarchia di luglio).
Questa forma biografica Stendhal l'attinse dai suoi predecessori.
In lui però essa ha un senso molto diverso e del tutto particolare.
Durante tutto il tempo della sua attività egli creò soltanto eroi
che malgrado la loro spiccata individualità, malgrado la precisa
definizione e descrizione della loro posizione sociale e delle circostanze della loro vita, nel piú profondo della loro essenza stanno
in intima relazione con l'epoca di Stendhal, con la quale rivelano
molti tratti d'affinità (Julien Sorel, Fabrizio del Dongo e Lucien
Leuwen). Nel destino di questi eroi deve rispecchiarsi la meschinità, la turpe abiezione di tutta l'epoca: di un'epoca, in cui per i
grandi e puri discendenti degli eroici periodi della borghesia, della rivoluzione e dell'era napoleonica, non c'è piú posto. Questi
eroi stendhaliani non possono salvare la loro integrità spirituale
dalla lordura dell'epoca, che uscendo dalla vita. All'esecuzione di
Julien Sorel, Stendhal con la massima chiarezza conferisce il carattere di un suicidio. Anche Fabrizio e Lucien s'allontanano cosí
dalla vita, anche se in modo meno drammatico e patetico.

Questi momenti importantissimi dal punto di vista della concezione del mondo, sono completamente sfuggiti a Balzac, quando egli consigliava di condensare il romanzo e di limitarlo alle lotte della Corte di Parma. Tutto ciò che dall'angolo visuale del proprio modo di comporre egli riteneva superfluo, era invece per
Stendhal altamente importante. Cosí, in primo luogo, l'inizio:
l'epoca napoleonica, con la corte sfarzosa e brillante del viceré
Eugenio Beauharnais, ch'ebbe un'influenza decisiva sulla forma-
zione spirituale di Fabrizio, e la sua antitesi, l'abiezione dell'assolutismo austriaco, la famiglia aristocratica italiana dei del Dongo, degenerata al punto di divenire spia dell'inviso nemico austriaco. Tutto questo è assolutamente necessario a Stendhal. E

gli stessi motivi, ora menzionati, spiegano anche la fine, gli ultimi sviluppi della storia di Fabrizio.

Balzac, fedele al proprio principio di composizione, avanza la proposta che Fabrizio diventi l'eroe d'un romanzo a parte, intitolato: *Fabrizio o l'Italiano del secolo XIX*. «Se però facciamo di questo giovane il protagonista del dramma – dice Balzac – l'autore deve anche suggerirgli una grande idea, investirlo d'un sentimento che gli assicuri una superiorità di fronte alle grandi figure che gli vivono intorno, e questo, qui, manca». Balzac non vede che, secondo la concezione del mondo di Stendhal e il suo modo di comporre, a Fabrizio non mancano quelle qualità che possono far di lui l'eroe principale del romanzo. Il tipo desiderato da Balzac, quello dell'italiano del secolo XIX, è rappresentato molto meglio e piú caratteristicamente da Mosca e da Ferrante Palla. Fabrizio è nel romanzo di Stendhal la figura centrale, perché – sebbene nel suo modo di vivere si conformi sempre alla realtà – egli è tuttavia la personificazione dell'uomo che, in ultima analisi, non vuol saperne di accomodamenti e compromessi. E l'espressione di questo concetto è la mira poetica piú importante di Stendhal. (Accenno soltanto brevemente al malinteso quasi comico di Balzac che vorrebbe far motivare il ritiro di Fabrizio in un convento con un movente religioso, cattolico. Una simile possibilità, che a Balzac appare del tutto naturale – pensiamo soltanto alla conversione dell'eroina alla George Sand, Mademoiselle de la Toûche in *Beatrice* – è completamente esclusa da quel mondo che Stendhal ha creato).

Stando cosí le cose, si può facilmente comprendere come la critica di Balzac abbia suscitato in Stendhal sentimenti molto contrastanti. L'artista mal compreso, che solo dal lontano avvenire sperava riconoscimento e comprensione, naturalmente era profondamente commosso dall'appassionato entusiasmo che il piú grande scrittore vivente manifestava per la sua opera. Né gli sfuggí che Balzac era l'unico che avesse riconosciuto e compreso le sue piú profonde intenzioni e che nel suo brillante esame analitico avesse richiamato su di esse anche l'attenzione del pubblico. Lo lusingava particolarmente quella parte dell'analisi balzachiana che dava risalto alla scelta dell'argomento, al collocamento dell'azione in una piccola corte italiana. Tuttavia, nonostante il profondo e sincero giubilo suscitato in lui dalla critica, egli dà espressione alla sua opinione contraria, sia pur formulata nel modo piú cortese e diplomatico. Egli protesta particolarmente contro le osservazioni di Balzac, che si riferiscono allo stile.

Balzac, infatti, alla fine del suo studio critica piuttosto duramente lo stile di Stendhal. Egli riconosce anche, naturalmente, le grandi virtú di scrittore di Stendhal, soprattutto la sua capacità di caratterizzare i suoi personaggi con poche pennellate, facendo risaltare l'essenziale. «Anche poche parole bastano a Beyle, il quale forma le figure per mezzo delle azioni e dei dialoghi; non stanca il lettore con prolisse descrizioni, ma mira dritto verso il dramma e a questo scopo gli basta una parola, un'osservazione». In questo campo dunque Balzac considera Stendhal alla sua altezza, mentre proprio nella questione del modo di caratterizzare i personaggi critica senza misericordia coloro che, secondo lui, appartengono al proprio indirizzo. Egli critica piú volte i dialoghi di Walter Scott: sulle colonne della «Revue Parisienne» protesta anche contro il manierismo di Cooper che caratterizza i suoi personaggi con alcune frasi stereotipate. Riconosce che di tanto in tanto anche Scott cade nello stesso errore, «ma il grande scozzese non ha mai abusato di questo mezzo che dimostra sterilità, aridità spirituale. Il genio trova parole per ogni situazione; parole che svelino il carattere delle figure. E non è genio colui che non mette in bocca ai suoi personaggi delle frasi che a tutto si possono applicare». (Quest'osservazione di Balzac ha tuttora la sua attualità, perché dal naturalismo in poi, dal tempo dell'attività di Wagner e di altri, la caratterizzazione dei personaggi per mezzo di modi di dire che si ripetono a guisa di leit-motiv non è andata ancora fuori di moda. A ragione Balzac mette in rilievo che con tale procedimento lo scrittore cerca solo di nascondere la mancanza di talento, l'incapacità di dipingere delle figure in movimento ed in atto di evolversi).

Ma nonostante l'ammirazione ch'egli esprime per la grande capacità di Stendhal di caratterizzare in modo conciso e profondo i personaggi con il solo mezzo dei loro discorsi, dei loro dialoghi, Balzac non è affatto contento dello stile dell'autore. Egli rimprovera un'intera serie di trascuratezze di stile, anzi perfino di grammatica. Ma la sua critica non si ferma a questo punto. Egli invita Stendhal a rifare completamente il suo romanzo dal punto di vista dello stile. Nell'esprimere questo suo desiderio, rammenta che anche Chateaubriand e de Maistre hanno frequentemente ritoccato le loro opere. Infine conclude con la speranza che il romanzo di Stendhal, per mezzo del consigliato rifacimento «si arricchirà di quelle incomparabili bellezze, con cui Chateaubriand e de Maistre hanno ornato i loro libri favoriti».

Contro questo ideale stilistico di Balzac insorgono però in Stendhal tutti i suoi istinti e le sue convinzioni di scrittore. Egli riconosce senz'altro la trascuratezza dello stile. Moltissime pagine del romanzo sono state mandate all'editore direttamente nella loro prima stesura. «Dirò come i ragazzi: non lo farò piú». Il suo consenso però, nella questione dello stile, si limita quasi unicamente a questo punto. Egli disprezza con tutto il cuore i modelli stilistici additati da Balzac, e scrive: «Mai, neanche nel 1802... sono riuscito a leggere di Chateaubriand piú di venti pagine... Il signor de Maistre lo trovo insopportabile. Il motivo per cui scrivo male, sta probabilmente nel mio eccessivo amore per la logica». E in difesa del suo stile, aggiunge la seguente osservazione: «Se Madame Sand traducesse in francese la *Certosa*, avrebbe certamente successo. Ma per dire tutto ciò ch'è contenuto nei due volumi attuali, essa avrebbe bisogno di tre volumi, o anche di quattro. Ponderate questa argomentazione». E definisce lo stile di Chateaubriand e compagni con queste parole: «1) Moltissime cosucce assai piacevoli, che però era superfluo raccontare... 2) Moltissime piccole menzogne, ch'è piacevole ascoltare».

Come vediamo, la critica cui Stendhal sottopone lo stile romantico è straordinariamente mordace: eppure non dice neanche la metà di tutto ciò che aveva in animo di dire contro Balzac stilista e critico dello stile. Cogliendo l'occasione, tra le osservazioni polemiche, egli non manca di alludere alla grande stima che nutre per alcune opere di Balzac (*Il giglio della valle, Papà Goriot*). E con ciò certamente non vuol far soltanto complimenti. Nello stesso tempo però naturalmente non confessa di disprezzare gli elementi romantici dello stile di Balzac, non meno dello stile dei romantici propriamente detti. In un luogo egli dice a proposito di Balzac: «non dubito ch'egli scriva i suoi romanzi due volte. La prima volta li scrive in modo intelligente, la seconda volta poi li infronzola di bello stile neologista, *patiments de l'âme, il neige dans son cœur* e di altre belle cose». Nella lettera però tace del profondo disprezzo che prova anche per se stesso, per le concessioni che lui stesso fa allo stile neologista. Scrive una volta di Fabrizio: passeggiava, «ascoltando il silenzio». Sul margine della propria copia chiede scusa al lettore del 1880 con la seguente osservazione: «Per essere letti nel 1838 era necessario qualcosa di simile: ascoltare il silenzio». Stendhal dunque non nasconde le sue antipatie, soltanto non manifesta le sue opinioni in forma così decisa e non trae tutte le sue conclusioni come nell'intimo del suo cuore sentirebbe di fare.

Alla critica negativa si aggiunge anche una confessione positiva: «A volte penso per interi quarti d'ora se ho da mettere l'aggettivo prima o dopo del sostantivo». A questo ideale di stile corrispondono precisamente i suoi modelli positivi. «Le *Memorie* del maresciallo Gouvion-Saint-Cyr sono il mio Omero. Montesquieu e i *Dialoghi dei Morti* di Fénelon – credo – sono cose ben scritte... Spesso leggo l'Ariosto, e il suo modo di raccontare mi piace. Faccio sempre del mio meglio per dire ciò che mi sta nel cuore, sinceramente e chiaramente. Conosco una sola regola: esser chiari. Se non parlo chiaramente, tutto il mio mondo crolla». E da questo punto di vista egli condanna i più illustri scrittori francesi, Voltaire, Racine e altri, perché nei loro drammi, per amor della rima, riempiono i versi con parole vuote. Questi versi – spiega Stendhal – occupano tutti quei posti che di diritto spetterebbero a fatti, magari piccoli, ma veri.

È evidente che nella questione dello stile, Balzac e Stendhal rappresentano due tendenze diametralmente opposte. Balzac, criticando lo stilista Stendhal, così dichiara: «Le sue lunghe proposizioni sono composte male, quelle brevi non sono tonde. Egli

scrive su per giú nella maniera di Diderot, che non era uno scrittore». (Qui la sua violenta presa di posizione contro lo stile di
Stendhal spinge Balzac fino a questo esagerato paradosso: nelle
altre sue critiche egli è molto piú equo nella valutazione di Diderot). In ogni caso anche in questo paradosso si esprime la sua vera
convinzione. Stendhal risponde: «Per ciò che riguarda la bellezza, la rotondità, il ritmo delle proporzioni (come nell'epilogo di
Jacques, il fatalista) io considero spesso queste cose come un difetto)».

In questi problemi si delinea il contrasto di stile di due grandi
indirizzi letterari. Nel corso dell'ulteriore sviluppo del realismo
francese, i principî stendhaliani andranno sempre piú perdendo
terreno. Flaubert, la figura piú grande del realismo francese successivo al 1848, è un ammiratore ancor piú fanatico della bellezza
dello stile di Chateaubriand, che non lo stesso Balzac. E Flaubert
non ha piú alcun senso per la grandezza letteraria di Stendhal. I
Goncourt raccontano, nel loro *Journal*, che Flaubert veniva preso
da veri accessi di furore ogni qual volta veniva in discorso il «signor Beyle» come scrittore. E non c'è bisogno di un'analisi piú
particolareggiata per mostrare che lo stile dei piú eminenti scrittori del realismo francese posteriore – Zola, Daudet e i Goncourt – deriva ugualmente dagli ideali romantici e che questi
scrittori non hanno affatto rinnegato, come Stendhal, i neologi-
smi romantici. È vero che Zola naturalmente considera l'ammirazione del suo maestro Flaubert per Chateaubriand come una
stravaganza. Questo però non altera per nulla il fatto che anche
il suo stesso stile è determinato dalla larga assimilazione d'una
grande eredità romantica, quella di Victor Hugo.

Il contrasto di stile tra Balzac e Stendhal risale sostanzialmente a una divergenza di concezioni del mondo. Riassumiamo
un'altra volta la posizione dei grandi realisti di quell'epoca in merito ai problemi del romanticismo: superare il romanticismo, fa-
cendone, nello stesso tempo, semplicemente uno dei momenti del
grande realismo, significa molto piú che una semplice questione
di stile. Il romanticismo, in un senso piú ampio della parola, non
è soltanto un indirizzo letterario e artistico. È piuttosto una presa di posizione nei riguardi dell'evoluzione postrivoluzionaria
della società borghese. Le forze capitalistiche, liberate dalla Rivoluzione e dall'impero napoleonico, vanno guadagnando terreno sempre piú largamente e il loro sviluppo viene a creare un proletariato che sempre piú decisamente si sveglia all'autocoscienza.
L'epoca dell'attività di Balzac e di Stendhal si estende sino al
tempo dei primi grandi movimenti operai (sommossa di Lione).
Questo è anche il tempo della nascita della concezione socialista
del mondo. È il tempo, innanzi tutto, della critica socialista della
società borghese, il tempo dell'attività dei grandi utopisti, Saint-
Simon e Fourier. Ed è l'epoca in cui, parallelamente all'utopistica
critica socialista del capitalismo, anche la sua critica romantica

raggiunge il suo apice teorico (Sismondi). È altresí il periodo di fioritura della teoria socialista feudale, religiosa (Lamennais). Ed è, infine, l'epoca che rivela nella storia dei precedenti della società borghese una costante lotta di classe (Thierry, Guizot, ecc.).

Il piú profondo contrasto tra Balzac e Stendhal consisteva nel fatto che la concezione del mondo di Balzac poteva essere un punto di confluenza di queste correnti che tutte lo raggiungevano, esercitando qualche influsso su di lui, mentre la concezione del mondo di Stendhal era in sòstanza un coerente ed interessante sviluppo della visione della civiltà precedente. La visione del mondo di Stendhal è molto piú chiara e progressista di quella di Balzac. Su Balzac il cattolicesimo romantico, mistico, influisce non meno del socialismo feudale, ed egli invano tentava di coordinare questi indirizzi con un monarchismo politico costruito su modelli inglesi, o con la concezione poetica della spontanea dialettica evolutiva di Geoffroy de Saint-Hilaire.

A questa divergenza di concezioni del mondo corrisponde il fatto che gli ultimi romanzi di Balzac sono dominati da un profondo pessimismo sociale, da uno stato d'animo addirittura apocalittico di fronte alla civiltà; mentre Stendhal, che vede la propria epoca in colori straordinariamente oscuri e la critica con acume e con profondo disprezzo, prevede ottimisticamente la realizzazione delle sue speranze in un periodo della civiltà borghese che dovrebbe formarsi intorno al 1880. Le speranze di Stendhal non erano soltanto dei sogni, sogni d'un poeta che la sua epoca non ha debitamente apprezzato; esse si fondavano su di una determinata concezione dell'evoluzione della società borghese – naturalmente su di una concezione illusoria. Secondo Stendhal, l'epoca precedente alla Rivoluzione aveva ancora un determinato concetto della civiltà: ad essa non mancava uno strato sociale che sapesse valutare i prodotti culturali. Invece, dopo la Rivoluzione, la nobiltà, vivente nell'eterna paura di un nuovo 1793, ha perduto ogni facoltà di giudizio, mentre la marmaglia dei nuovi ricchi, presuntuosi e parvenus, è indifferente, apatica. Egli prevede una nuova fioritura della civiltà soltanto intorno al 1880. Spera che fino allora alla società borghese la sua situazione permetterà di accogliere la civiltà, e precisamente nello spirito dell'illuminismo, come una continuazione dell'illuminismo.

È un'interessante conseguenza della particolare dialettica della storia, del diseguale sviluppo delle ideologie, che Balzac con la sua visione del mondo molto piú indefinita, spesso addirittura reazionaria, rispecchia piú perfettamente e piú profondamente il periodo che va dal 1789 al 1848, che non il suo grande rivale, di lui piú progressista e piú chiaro come pensatore. Balzac giudica il capitalismo dalla visuale della Destra, della parte feudale, romantica. Il suo chiaroveggente odio contro il nascente assetto mondiale capitalistico proviene da questa parte, ma genera tipi imperituri di questa società, quali Nucingen o Crével. Basta confron-

tare queste figure al vecchio Leuwen, unica figura di capitalista
che Stendhal abbia descritta, e ci accorgeremo subito che Stendhal è in ciò molto meno profondo e comprensivo. Lo stesso personaggio con la sua cultura e con la sua abilità in affari finanziari
non è che una riuscitissima trasposizione delle caratteristiche del-
l'illuminismo, precedenti la rivoluzione, alla monarchia di luglio.
Il vecchio Leuwen è, come individuo, una figura squisitamente
raffinata e viva, ma come capitalista è un'eccezione. Quindi come tipo è di gran lunga inferiore a Nucingen.

Questo stesso contrasto si nota tra i due scrittori nella raffigu-
razione dei tipi principali dell'epoca della Restaurazione. Stendhal odia la Restaurazione, la considera come l'epoca delle me-
schine abbiezioni, erede indegna degli eroici periodi della rivoluzione e di Napoleone. Balzac personalmente è fedele alla Restaurazione. Stimmatizza bensí la politica aristocratica, ma soltanto
dal punto di vista di quella politica che i nobili opportunamente
avrebbero dovuto seguire per evitare la rivoluzione del luglio.
Questi, gli atteggiamenti politici dei due scrittori: ma il mondo
che ciascuno di loro fa rivivere con la sua penna, parla un linguaggio ben differente. Balzac, l'artista, intuisce come la Restaurazione non sia che lo scenario apparente della crescente capitalizzazione della Francia: ormai la produzione capitalistica ha trascinato irresistibilmente con sé anche la nobiltà. Quindi ci pone
dinanzi agli occhi tutti i tipi grotteschi, tragici, comici e tragico-
mici, prodotti dall'evoluzione del capitalismo. Egli dimostra che
l'azione demoralizzatrice di questo processo deve irresistibilmente travolgere tutta la società. Il fedelissimo monarchico Balzac ci
presenta i devoti e onesti sostenitori dell'ancien régime come al-
trettanti Don Chisciotte provinciali, dalla mente ristretta, che si
trascinano a stento dietro la loro epoca. (Vedi la figura del vecchio d'Esgrigons nella Bottega d'antichità, o del vecchio du Gué-
nic in Beatrice). Gli aristocratici al potere, allineati con l'epoca,
sorridono di questi rispettabili e angusti atteggiamenti antiquati.
A loro importa solo di servirsi dei loro privilegi nobiliari, per
trarre individualmente il maggior profitto dall'evoluzione capitalistica. Il monarchico Balzac raffigura i suoi prediletti nobili come una massa di piú o meno abili arrivisti, di vuoti zucconi e di
aristocratiche prostitute.

Stendhal nel suo romanzo sulla Restaurazione, Il Rosso e il Nero, manifesta un odio acceso contro questa epoca. Tuttavia Balzac non ha creato neanche una rappresentante cosí positiva della
gioventú romantica, come Matilde de la Mole di Il Rosso e il Nero. Matilde de la Mole è la vera e sincera rappresentante del sentimento monarchico, un'entusiasta degli ideali romantici e monarchici, che disprezza la propria classe sociale, perché a essa
manca quella fede appassionata e tutta dedizione che ferve nella
sua anima. Essa stima piú dei suoi pari il plebeo Julien Sorel, fer-

vente giacobino e ammiratore di Napoleone. Una volta – in un modo straordinariamente caratteristico per Stendhal – essa motiva il suo entusiasmo per gli ideali romantico-monarchici in questo modo: «L'epoca della guerra della Lega è il periodo piú eroico della Francia, – gli disse un giorno [a Julien Sorel], con gli occhi scintillanti di passione e quasi estatici. – In quel tempo ognuno combatteva per ciò che lui stesso aveva scelto. Combatteva per portare alla vittoria il suo partito e non per raccogliere medaglie e decorazioni, come al tempo del vostro imperatore. Riconoscete che allora minore era la vanità e minore la meschinità. Io amo il Cinquecento». Matilde de la Mole oppone dunque al fanatico Julien, ammiratore entusiastico dell'eroica era napoleonica, un altro periodo, a suo parere ancora piú eroico. L'amore di Julien e Matilde ci viene presentato di nuovo con la maggior realtà che si possa immaginare. Ciò nondimeno Matilde, come figura centrale della giovane aristocrazia della Restaurazione, come tipo, non è neanche da lontano cosí profonda e vera come la Diana de Maufrigneuse di Balzac.

E cosí siamo nuovamente ritornati al problema centrale della critica di Balzac: il modo di formare i caratteri degli eroi. E con ciò siamo tornati anche ai decisivi principî di composizione dei due romanzieri. Tanto Balzac che Stendhal mettono nel centro delle loro opere i piú capaci ingegni della giovane generazione, nei cui pensieri e sentimenti la burrasca del periodo eroico ha lasciato tracce profonde e che in un primo tempo non trovano il loro posto nel meschino mondo della restaurazione.

L'espressione «in un primo tempo», si riferisce veramente soltanto a Balzac. Egli, infatti, descrive proprio quelle catastrofi, quelle crisi materiali, spirituali e morali, nel cui corso i giovani tuttavia finiscono per ritrovarsi nella società francese avviata verso la capitalizzazione e si guadagnano, o tentano almeno di guadagnarsi, il loro posto (Rastignac, Lucien de Rubempré, ecc.). Balzac sa con molta esattezza a prezzo di quali crisi spirituali ci si possa inquadrare nella società della Restaurazione. Non per caso appare ben due volte la figura, foggiata in proporzioni quasi super-umane, di Vautrin, per indurre, simile a un Mefistofele, gli eroi che si dibattono in una profonda crisi, a prendere la via della «realtà» ossia dell'abiezione capitalistica: la via dell'arrivismo nudo e crudo. E non è nemmeno per caso che tutte e due le volte egli riesca nel suo intento. Balzac illustra, infatti, quel periodo in cui il capitalismo, arrivato ormai a un potere illimitato, spinge la degradazione di questi uomini, la loro abiezione umana e morale, la loro degenerazione, fino alle piú intime profondità delle loro anime, del loro essere.

La concezione di Stendhal è totalmente diversa. Naturalmente, da grande realista, anch'egli vede tutti i fenomeni piú importanti della vita della sua epoca, tutto ciò che vede anche Balzac. Certo non è un caso e probabilmente non è per influsso di Balzac che sulla funzione della morale nella società, il conte Mosca, nei suoi consigli a Fabrizio, dice le stesse cose che Vautrin ha esposte a Lucien de Rubempré: «La vita nella società somiglia al gioco del whist. Chi vuol giocare, non deve indagare se le regole del gioco siano giuste, se abbiano qualche ragione morale o altre». Tutto questo Stendhal lo vede molto chiaramente, a volte anche con maggior disprezzo e cinismo (nel senso «ricardiano» della parola) di Balzac. E, da grande realista, lascia che il suo eroe partecipi al gioco della corruzione e dell'arrivismo, guazzi in tutta la lordura del crescente capitalismo, impari scrupolosamente, anzi a volte anche ingegnosamente, le regole del gioco secondo lo spirito di Mosca o di Vautrin. È però interessante osservare che dei suoi eroi principali neanche uno s'imbratta e neanche uno si corrompe, sebbene tutti partecipino «al gioco». Un ardore puro e nobile, la ricerca senza mercanteggiamenti della verità, mantengono tuttavia pura l'anima di questi uomini immersi nella lordura, ottenendo che essi, alla fine della loro carriera (ma ancora nel fiore della loro gioventú), si scuotano di dosso il sudiciume: è vero però che con ciò essi finiscono anche di partecipare alla vita della società, trovando una via per allontanarsene.

Ed è questo l'elemento piú profondamente romantico nella concezione del mondo di Stendhal, illuminista, ateo e tenace persecutore del romanticismo. Naturalmente, noi intendiamo qui il romanticismo nel senso piú ampio e meno scolastico del termine: nella concezione del mondo di Stendhal l'elemento romantico è un momento annullato e in pari tempo conservato, nel senso in cui ne abbiamo parlato piú sopra. In fondo, questo romanticismo scaturisce dal fatto che Stendhal non riesce a rassegnarsi al tramonto del periodo eroico della borghesia, alla scomparsa dei «colossi antidiluviani» (tali sono, secondo Marx, le figure del periodo eroico, viste dal meschino angolo visuale della Restaurazione). Egli vorrebbe intensificare tutte le residue tendenze all'eroismo, fino al punto di farle diventare una superba realtà da opporre, in modo satirico o elegiaco, allo squallore e alla meschinità della sua epoca: ma queste tendenze egli le trova soltanto o soprattutto nella sua anima eroica, schiva di ogni compromesso.

Cosí si forma la concezione stendhaliana: e si forma un'intera galleria di eroi che rappresentano un'esagerazione romantica e idealistica dei fatti e delle tendenze della società. Perciò essi non possono raggiungere quel grado di tipicità sociale che contrassegna cosí inimitabilmente la *Commedia umana*. Sarebbe però erroneo voler negare, per la presenza di quest'elemento romantico, la grande tipicità storica dei personaggi di Stendhal. Il rimpianto dell'età eroica caratterizza tutto il romanticismo francese. Il culto romantico delle passioni, l'entusiasmo romantico per il Rinascimento nascono, appunto, da questo rimpianto, dalla disperata ricerca dei luminosi esempi di grandi passioni, dalla lotta contro lo spregevole presente. L'unico che rappresenti un vero compimento di questa nostalgia romantica è Stendhal: proprio lui, che resta sempre e immutabilmente fedele al realismo. Egli compie tutto ciò che Victor Hugo in molti dei suoi romanzi e drammi ha cercato di raggiungere, senza tuttavia riuscire a concretarlo se non in un modo astratto, quasi nella forma di uno scheletro rivestito del manto di porpora della retorica. Stendhal crea invece in carne e sangue, crea l'esuberante vicenda di personaggi vivi e concreti, il cui carattere acquista un valore tipico, perché – sebbene la loro natura costituisca eccezioni estremamente individuali – essi personificano la profonda nostalgia dei figli migliori della classe borghese. Stendhal si distingue, a questo punto, da tutti i romantici per il fatto di essere pienamente consapevole del carattere eccessivo ed eccezionale dei suoi personaggi, carattere ch'egli rende con insuperabile realismo, avvolgendo i suoi eroi in un'atmosfera di solitudine. Tra lui e gli altri romantici vi è un confine netto anche per il fatto che con un realismo ugualmente stupendo egli descrive l'inevitabile fallimento dei suoi personaggi in contrasto con la loro epoca, la loro fatale sconfitta nella lotta contro il presente, il loro necessario allontanamento, o meglio, la loro eliminazione dalla vita.

Queste figure hanno una cosí spiccata tipicità storica che le concezioni del destino analoghe a quella da loro rappresentata si ritrovano nei piú vari poeti tra di loro indipendenti e perfettamente estranei, dell'Europa postrivoluzionaria. Le troviamo anche in Schiller. Si pensi soltanto al Max Piccolomini del *Wallenstein*, quando corre a cavallo della morte. Anche l'Iperione e l'Empedocle, di Hölderlin abbandonano il mondo reale. Tale è anche la sorte di alcuni eroi di Byron. Non è dunque per una caccia ai paradossi della storia della letteratura, ma per rifare nel pensiero la stessa dialettica dell'evoluzione delle classi, che poniamo Stendhal, il grande realista, a fianco di scrittori come Schiller e Hölderlin. Per quanto grandi siano le differenze tra i loro rispettivi metodi creativi (determinate dalle differenze tra l'evoluzione sociale francese e quella tedesca), l'affinità delle loro concezioni fondamentali è ugualmente profonda. Il tono dell'elegia schilleriana: «Tale la sorte del bello sulla terra», risuona anche in quella musica con la quale Stendhal accompagna Julien Sorel al patibolo e Fabrizio del Dongo al convento. Infine bisogna anche dire che queste voci neanche in Schiller sono tutte puramente romantiche. L'affinità dei concetti di eroi e di destino in questi poeti proviene dall'affinità delle idee ch'essi professano nei riguardi dell'evoluzione delle proprie classi, cioè da un umanesimo che vede il presente quanto mai oscuro. E proviene anche dal fatto che, perseverando nelle grandi idee del periodo ascendente della borghesia, essi confidano che verrà, che dovrà pur venire il tempo in cui quegli ideali tuttavia si avvereranno (cfr. le speranze di Stendhal per il 1880).

Stendhal differisce da Schiller e da Hölderlin, inquantoché il suo malcontento di fronte ai suoi tempi non si esprime in forme liriche, elegiache (come in Hölderlin), né si esaurisce in un astratto giudizio filosofico (come in Schiller), ma porta l'autore a una grandiosa e profonda e crudelmente satirica rappresentazione realistica della sua epoca. Infatti, la Francia di Stendhal ha vissuto effettivamente la Rivoluzione e i tempi di Napoleone: in Francia forze rivoluzionarie sono insorte anche contro la Restaurazione, mentre nella Germania economicamente e socialmente non ancora evoluta, non ancora toccata dalla rivoluzione borghese, Schiller e Hölderlin non potevano che abbandonarsi ai sogni per quel che riguarda l'evoluzione successiva, senza conoscerne le effettive forze operanti. Cosí si spiega il realismo satirico di Stendhal, e cosí, d'altra parte, il lirismo elegiaco dei Tedeschi. Gli eroi di Stendhal acquistano un'enorme ricchezza intima e una meravigliosa profondità, perseverando, malgrado ogni pessimismo di fronte ai loro tempi, negli ideali dell'umanesimo. L'idea di Stendhal intorno alla società borghese del 1880, non è che una pura illusione, che però essendo storicamente giustificata e di carattere essenzialmente progressista, è potuta diventare la sorgente della sua feconda produzione poetica. Non dobbiamo dimenticare nemmeno che Stendhal era anche un contemporaneo delle sommosse di Blanqui. Anche questo eroico rivoluzionario mirava soltanto a far risorgere la dittatura plebeo-giacobina. La triste degenerazione del giacobinismo borghese, il cambiamento che trasformò i migliori rivoluzionari da borghesi in proletari, avvenne in un'epoca che Stendhal non ha piú veduta. Quand'egli prende posizione per i movimenti operai dei suoi giorni – pensiamo a Lucien Leuwen – e condanna la monarchia di luglio per la sanguinosa repressione della classe operaia, le sue convinzioni sono demo-rivoluzionarie. Ma egli non ha veduto, non ha potuto vedere l'importanza del proletariato, come forza trasformatrice della società né le prospettive del socialismo, o quelle del nuovo tipo di democrazia.

Per quel che riguarda le illusioni di Balzac e le sue vedute relative all'evoluzione sociale, abbiamo già constatato ch'esse sono di tutt'altra natura. Perciò egli non contrappone alla propria epoca, i «colossi antidiluviani» dell'epoca eroica ormai tramontata. Al contrario, egli dipinge le figure caratteristiche della propria età. È vero però che a queste poi conferisce dimensioni che, nella realtà della produzione capitalistica, non valgono mai per i singoli, bensí per il complesso delle forze sociali. Grazie a questa sua mentalità, tra i due è lui il realista piú profondo: malgrado la recezione piú vasta degli elementi romantici della concezione del mondo e dello stile, in ultima analisi è lui il meno romantico.

Balzac e Stendhal, di fronte all'evoluzione della società borghese nel periodo che va dal 1789 al 1848, personificano i due punti estremi piú significativi delle posizioni possibili. Tanto l'uno che l'altro creano un intero mondo di figure, un'immagine riflessa profonda e mobile di tutta l'evoluzione sociale, secondo il punto di vista che ciascuno di loro rappresenta. Essi s'incontrano precisamente in questa profondità: nel disprezzo per i meschini trucchi del nudo realismo naturalistico, per qualsiasi gonfiamento puramente oratorio dell'uomo e del destino. In entrambi il realismo e il superamento del piano medio quotidiano significano la stessa cosa, perché per loro il realismo equivale all'essenza della realtà che si cela sotto la superficie. Di questa essenza però i due scrittori hanno idee del tutto divergenti. Essi rappresentano, di fronte a quel periodo dell'evoluzione dell'umanità, due atteggiamenti diametralmente opposti, ma storicamente giustificati. Perciò nei riguardi di tutti i problemi letterari, eccezion fatta per uno – quello generale dell'essenza del realismo – essi hanno dovuto procedere per vie diametralmente opposte.

La profonda comprensione dunque di cui, nonostante tutto, Balzac dà prova di fronte a Stendhal, significa qualcosa piú che una critica letteraria approfondita e intelligente. L'incontro dei due grandi realisti, è uno dei piú grandi avvenimenti della storia della letteratura. Lo potremmo paragonare all'incontro di Goethe e Schiller, anche se non è stato seguito da una collaborazione altrettanto produttiva.

Indice

La Certosa di Parma

Stampato per conto della Casa editrice Einaudi
presso Mondadori Printing S.p.a., Stabilimento N.S.M., Cles (Trento)

C.L. 18942

Edizione						Anno
11	12	13	14	2012	2013	2014